LA PARCA INFINITA

ADAM SILVERA

LIBRO 2 DE EL CICLO INFINITO

Traducción de Laura Ollé

Argentina – Chile – Colombia – España
Estados Unidos – México – Perú – Uruguay

Título original: *Infinity Reaper*
Editor original: HarperTeen, un sello de HarperCollins Publishers
Traducción: Laura Ollé

1.ª edición: abril 2022

Plaza de los Reyes Magos, 8, piso 1.º C y D – 28007 Madrid
www.mundopuck.com

ISBN: 978-84-17854-46-1
E-ISBN: 978-84-19029-40-9
Depósito legal: B-3.515-2022

Fotocomposición: Ediciones Urano, S.A.U.
Impreso por: Rodesa, S.A. – Polígono Industrial San Miguel
Parcelas E7-E8 – 31132 Villatuerta (Navarra)

Impreso en España – *Printed in Spain*

Para los que no quieren seguir luchando. Seguid luchando.
Doy las gracias a Becky Albertalli y Elliot Knight,
que siempre han estado conmigo incluso cuando no podían.

EL MUNDO DE LOS ARTESANOS DE LUZ

Artesanos de luz: personas con poderes. Aplicable tanto a celestiales como a espectros.

Celestiales: se desconocen sus verdaderos orígenes, poseen poderes que tiene en una conexión con las estrellas y el cielo. Algunos poderes se presentan al nacer, otros durante el transcurso de la vida. Tienen una amplia gama de habilidades. Los celestiales se pueden distinguir por el brillo de sus ojos, como diferentes pedazos del universo. Grupo notable: los Portadores de Hechizos.

Espectros: hace sesenta años, la alquimia se desarrolló como una forma de usar la sangre de las criaturas para dar poderes a los humanos. Las personas que reciben sus poderes de esta manera se conocen como «espectros», y el rango de sus habilidades se limita a la sangre de la raza de esa criatura. Los espectros se pueden distinguir por la forma en que arden sus ojos, como eclipses cuando resplandecen. Grupo notable: los Regadores de Sangre.

DRAMATIS PERSONAE

PORTADORES DE HECHIZOS Y ALIADOS

Emil Rey: espectro reencarnado con sangre de fénix que puede arrojar fuego gris y dorado, autocurarse heridas mortales, sentir los sentimientos de otros fénix, volar y resucitar. Conocido como Alas de Fuego e Hijo Infinito.

Brighton Rey: el creador de la serie en línea *Celestiales de Nueva York*. Bebió Sangre de la Parca para obtener los poderes de un fénix, una hidra y un fantasma.

Maribelle Lucero: celestial que puede levitar y planear.

Iris Simone-Chambers: celestial con una fuerza poderosa y una piel impermeable a la mayoría de los ataques de brillo. Nueva líder de los Portadores de Hechizos.

Atlas Haas (fallecido): celestial que podía conjurar vientos.

Wesley Young: celestial que corre a gran velocidad.

Eva Nafisi: celestial que puede curar a otros, pero se hace daño en el proceso.

Prudencia Méndez: celestial con telequinesis.

Carolina Rey: la madre de Emil y de Brighton. Sin poderes propios.

Ruth Rodríguez: celestial que puede crear clones de sí misma.

Bautista de León (fallecido): un espectro reencarnado con sangre de fénix que podía arrojar fuego dorado, curar sus heridas mortales, resucitar y recordar detalles de su vida pasada. Fundador de los Portadores de Hechizos.

Sera Córdova (fallecida): alquimista y celestial que tuvo visiones psíquicas. Miembro fundador.

REGADORES DE SANGRE Y ALIADOS

Ness Arroyo: espectro con sangre cambiante que puede transformar su apariencia cuando quiere.

Luna Marnette: alquimista suprema que creó a los Regadores de Sangre. Sin poderes propios.

Dione Henri: espectro con sangre de hidra que puede crear o regenerar partes del cuerpo ausentes.

Stanton: espectro con sangre de basilisco que tiene sentidos serpentinos y habilidades venenosas, ácidas, petrificantes y paralíticas.

June: espectro con sangre fantasma que puede atravesar objetos sólidos y poseer personas.

POLÍTICOS

Senador Edward Iron: candidato a la presidencia que se opone a los artesanos de luz. Sin poderes propios.

Barrett Bishop: candidato a vicepresidente y arquitecto jefe del Confín. Sin poderes propios.

Congresista Nicolette Sunstar: candidata presidencial celestial que puede crear luces cegadoras y deslumbrantes.

Senadora Shine Lu: candidata a vicepresidenta celestial que puede volverse invisible.

CABALLEROS DEL HALO Y FÉNIX

Tala Castillo: Caballero del Halo sin poderes propios.

Wyatt Warwick: Caballero del Halo sin poderes propios.

Nox: un fénix de obsidiana que sobresale en el rastreo.

Roxana: fénix aulladora con poderes de tormenta.

OTROS PERSONAJES DESTACADOS

Keon Máximo (fallecido): alquimista y espectro con sangre de fénix que podía arrojar fuego gris, autocurarse las heridas mortales y resucitar. Desarrolló la alquimia para dar poderes a las personas normales y se convirtió en el primer espectro.

Kirk Bennett: conservador de la exposición del fénix en el Museo de Criaturas Naturales.

Doctora Billie Bowes: celestial que puede crear espejismos.

Asesino de Estrellas: youtuber conservador.

Los verdaderos gobernantes no nacen. Se hacen.

—MARIE LU,
LA SOCIEDAD DE LA ROSA.

1
NOCHE BRILLANTE

BRIGHTON

Bebo hasta la última gota de Sangre de la Parca mientras miro al Soñador Coronado.

El elixir huele a cuerpos quemados y sabe a hierro y a carbón. La sangre del fénix centenario, la hidra de la hebra dorada y los fantasmas muertos pesan en mi lengua como el barro. Me arde la garganta y estoy a punto de escupir el resto, pero me obligo a tragarlo todo, porque la sangre está cambiando las reglas del juego. No he tenido la suerte de nacer con poderes, de nacer celestial. Pero ahora que he absorbido las habilidades de estas criaturas, el mundo me dará la bienvenida como su nuevo campeón, un espectro único e imposible de matar.

Dejo caer la botella vacía y rueda hacia mi hermano, a quien han apuñalado. Emil me mira como a un extraño mientras me relamo los labios y los seco con la mano. Estoy a punto de ayudarlo a levantarse, pero me tropiezo y caigo de rodillas. Veo borroso.

Es como si toda la gente que está en el jardín de la iglesia estuviera girando lentamente, y cada vez más rápido, y más, y más. Siento como si miles de dedos estuvieran arañándome la piel. Tomo el respiro más profundo de mi vida, como si alguien me hubiera estrangulado y me acabara de soltar y, antes de poder entrar en pánico, la luz me envuelve.

Estoy brillando. No soy ni de lejos tan brillante como el Soñador Coronado, pero todavía me siento como mi propia constelación; el Brighton brillante, el Rey Brillante, como quieras llamarlo. No sé si todos los espectros experimentan este brillo blanco cuando obtienen sus poderes. Los únicos espectros que conozco a quien podría preguntarles son casos especiales que no se acordarían: Emil, que renació con sus poderes de fénix, y Maribelle Lucero, que descubrió hace tan solo unas horas que no es una celestial normal. Su padre biológico era un espectro —el mismísimo fundador de los Portadores de Hechizos—, cosa que le otorga el título de la primera híbrido espectro-celestial conocida hasta el momento. Pero yo también soy un caso especial. Lo siento; siento este cambio en mí, incluso cuando el brillo cesa.

Emil está atónito, pero su expresión vuelve a ser de dolor.

—A-ayúdame —exhala. La sangre azul de la fénix muerta, Gravesend, está húmeda y pegajosa en el pecho de Emil, pero lo que necesita atención es su propia sangre roja derramando de la herida. Luna Marnette, la alquimista suprema que creó la Sangre de la Parca que acabo de beber, lo ha apuñalado con el puñal asesino de infinitos. Le herida es tan profunda que Emil ni siquiera puede usar sus poderes de fénix para curarse.

Acerco la cabeza de Emil a mi pecho.

—Ya estás conmigo.

Miro mientras hechizos estallan en el jardín de la Iglesia Alpha de la Nueva Vida. La lucha no cesa porque mi hermano se esté muriendo. Es como si los Regadores de Sangre y sus acólitos no descansaran hasta ver muertos a todos los Portadores de Hechizos. En el combate, veo a mis amigos Prudencia Méndez, Wesley Young e Iris Simone-Chambers, la líder de los Portadores de Hechizos. A pesar de sus poderes innatos, luchan por contener a Stanton, un espectro con la sangre y los poderes de un basilisco, y a Dione, una espectro con la velocidad de una hidra y brazos extra a conjunto.

Entonces veo a Maribelle, nuestra luchadora con más poderes, mientras se agacha junto a Luna con una mirada asesina.

—Has matado a mis padres y a mi novio, para poder vivir para siempre. Ahora podré ver cómo te desangras.

Luna entra y sale de la conciencia mientras mira las estrellas, como si pudieran hacerla poderosa. No pasará. Su cabello plateado está pegado a su frente sudorosa y está presionando el agujero que le hice a través del estómago con el hechizo de mi varita.

—No lo harás... no...

Luna intenta hablar pero sigue ahogándose con sus propias palabras. Me recuerda a papá atragantándose con su propia sangre. Es tan cruel que me doy la vuelta, a pesar de que Luna se merece cada instante de dolor.

A diferencia de Luna, nunca más tendré que temer a la muerte gracias a la Sangre de la Parca.

Pero mi hermano, sí.

—¡Maribelle! Maribelle, tenemos que llevar a Emil al hospital.

Entonces June aparece de la nada; piel pálida como la luna, cabello plateado oscuro, mirada perdida. Es un espectro con sangre fantasma, la única Regadora de Sangre con esos poderes, creemos. Poseyó a Maribelle y la obligó a matar a Atlas Haas, el amor de su vida y uno de mis Portadores de Hechizos favoritos. Sigo llamando a Maribelle por su nombre, pero es como si su necesidad de venganza me hubiera silenciado. Nadie la detiene mientras levanta la daga del olvido, la que está hecha de hueso y puede matar a los fantasmas, y persigue a la joven asesina por el jardín.

Cuando le conté a Maribelle mi plan de robarle la Sangre de la Parca a Luna, ella no lo cuestionó. Quiere que Luna muera indefensa, y yo no quiero morir en absoluto; los dos salíamos ganando. Aunque nada importa si Emil no vive también. Tengo que sacarlo de aquí. Intento levantarlo, pero me cuesta; es como si tuviera piedras en los bolsillos. Es una lástima que ninguna de mis nuevas habilidades sea una increíble fuerza, pero aun así me las arreglo para levantarme y poner a Emil de pie, mientras él pasa su brazo alrededor de mis hombros.

Un acólito corre hacia nosotros con un hacha, saltando sobre la hidra decapitada para la poción, y patinando con la sangre amarilla. Espero que se resbale en la hierba, pero se mantiene de pie. Emil no puede protegernos, pero está bien. Voy a ser su héroe así como él lo fue el mes pasado. Respiro hondo y abro mi mano, visualizando el fuego del fénix saliendo de mi palma. El acólito sigue persiguiéndonos. Mantengo mi mano lista, concentrándome en lo mucho que quiero sacarlo, y de repente él se retuerce hacia atrás como si lo lamiera una mano invisible.

¿Cómo he hecho eso? ¿Es un poder de sangre fantasma?

Me doy cuenta de que no he sido yo cuando Prudencia aparece con los ojos brillantes como estrellas. Los ojos que parecen puertas a diferentes rincones del universo son la manera de identificar a cualquier celestial, pero eso es solo si el celestial activa sus poderes cerca de ti. Prudencia solo nos había enseñado sus hermosos ojos marrones cuando la conocimos en el instituto, y ahora aquí está, cubriéndonos las espaldas y luchando esta guerra con nosotros. Se ha abierto la frente y su sangre celestial reluciente se derrama por el lateral de la cara.

—¿Qué ha pasado? ¿Quién te ha herido? —pregunto.

Prudencia rechaza la pregunta mientras observa la herida de Emil.

—Tenemos que llevarlo al médico.

Hace solo unas horas que Prudencia y yo nos hemos visto por última vez en Nova, la escuela primaria para celestiales que se usaba como refugio. Iris me prohibía ir a más misiones, y aunque Prudencia me dijo que dejara de arriesgar mi vida, que me quedara con mi familia, que permaneciera con ella, seguí a Maribelle como un verdadero héroe.

Desde el suelo, Luna gime.

—Vaya —dice Prudencia—. ¿La hemos detenido?

Debe haberse perdido todo mientras luchaba por su vida. Mi gran entrada, bombardear a Luna con el último hechizo de mi varita, salvar a Emil y beber la Sangre de la Parca. Incluso el resplandor. Esos momentos fueron históricos y se los perdió; debería haber configurado una cámara para cargar todo en línea más tarde para que todos lo vieran.

—La he derrotado —le digo, señalando la varita de acero en el suelo.

No me llama «héroe» ni me dice que he hecho un gran trabajo.

Iris grita mientras atraviesa a los acólitos como un mariscal de campo, tumbando a seis antes de alcanzarnos.

Hay sangre en su pelo verde e incluso en sus nudillos. Claramente ha superado a todos los idiotas que pensaban que podían enfrentarse a una de las celestiales más fuertes de la ciudad.

—Las fuerzas del orden están entrando —dice entre jadeos.

—He contado una docena, pero habrá más en camino. Es hora de retirarse.

Las fuerzas del orden entran en fila por la puerta del jardín de la iglesia, protegidos con su armadura verde mar mientras apuntan con sus varitas a cada uno de nosotros: celestiales, espectros, los acólitos humanos que quieren ser más, y nos bombardean con hechizos de todo tipo. Ahora sería un gran momento para que mis habilidades fantasmales se activasen para poder atravesar la pared que tenemos detrás, tal vez incluso teletransportarnos, pero cuando lo único que siento son náuseas y mareos, me dejo caer con Emil al suelo mientras miles de hechizos vuelan sobre nuestras cabezas. Iris salta hacia adelante y nos protege con los brazos cruzados sobre el pecho; su piel morena es resistente a estos hechizos. Prudencia usa su poder para barrer otros hechizos, pero va con cuidado de no devolverlos a las fuerzas del orden.

En enero pasado, se culpó a los últimos cuatro Portadores de Hechizos de un ataque terrorista conocido como el Apagón, pero todos sabemos que los Regadores de Sangre fueron realmente los responsables. Excepto por que las fuerzas del orden no lo saben y se les asignó la tarea de eliminar a la nueva ola de Portadores de Hechizos, aunque no es su culpa.

A diferencia de los Portadores de Hechizos, los Regadores de Sangre no salvan vidas inocentes. Algo va mal cuando las fuerzas del orden no se esfuerzan para derrotarlos y encerrarlos.

Wesley se acerca corriendo hacia nosotros, derrapando. Su altura y su constitución con curvas me recuerdan a uno de mis luchadores favoritos de la infancia, aunque ese hombre no tiene el moño de Wesley. Pero sí que tenía moratones en la zona de los ojos y los labios cortados como Wes ahora.

—Atención, amigos, estamos muy acorralados —dice.

—No me he dado cuenta —suelta Iris mientras aleja un hechizo de relámpago.

Hay charcos de sangre azul, amarilla, gris y roja por todo el jardín. Yo no estaba aquí cuando comenzó la masacre, pero aun así me perturba ver la cabeza de la hidra mirando hacia el cielo con la lengua colgando de su boca y la fénix azul muerta en el suelo.

Los movimientos bruscos captan mi atención, y Dione se lanza hacia las fuerzas del orden. Usando sus seis brazos, raja la garganta de uno, rompe el cuello de otro, le da un puñetazo a un tercero entre los ojos, les arrebata las varitas a dos más y los mata de una explosión.

Este jardín se está convirtiendo en un cementerio.

—Prudencia, cúbreme —dice Iris mientras corre hacia la puerta, separa los postes con púas como si estuvieran hechos de arcilla y empieza a golpear la pared que tiene detrás.

—¡Wes, trae a Maribelle!

Me doy la vuelta y veo a Maribelle cortando el aire con la daga del olvido, constantemente fallando a June mientras se teletransporta por todos lados. Wesley se acerca y da un paso atrás de inmediato, para evitar que lo apuñalen.

Está tratando de llevarse a Maribelle, pero ella no quiere, así que la agarra por las piernas, la pone sobre su hombro y vuelve hacia nosotros.

—¡Bájame! —grita Maribelle, tratando de soltarse como un fénix encerrado en una jaula.

—No te vamos a dejar atrás —dice Wesley.

Maribelle golpea la espalda de Wesley con el hueso de la daga hasta que la suelta. Observa su alrededor cuando de repente June se levanta del suelo y coloca las manos sobre Luna, protegiendo a su líder. Maribelle lanza la daga y vuela en el aire tan rápido como un parpadeo, pero June y Luna desaparecen en la oscuridad de la noche.

—Se ha escapado, ¡todos se han escapado!

Un hechizo falla por poco y Maribelle se da la vuelta para evaluar el peligro. Más fuerzas del orden que quieren matarla. Está claro que está harta cuando un ojo brilla como un cometa y el otro arde como un eclipse. Llamas de color amarillo oscuro cobran vida desde sus puños hasta sus codos, y lanza el fuego hacia las fuerzas del orden. Es rápida con una flecha de fuego hacia el caldero cuando Stanton, el espectro basilisco, hace un movimiento para tomar el elixir restante; toda la Sangre de la Parca se incendia.

—¡Corre! —le grita Prudencia a Iris.

Sus poderes no están lo suficientemente entrenados para esquivar estos hechizos, y las fuerzas del orden siguen llegando con varitas cargadas al máximo.

Iris rompe la pared de un golpe, creando un agujero bastante grande como para que todos podamos pasar.

—Gravesend —dice Emil a duras penas.

—Gravesend está muerta —digo.

—No la dejes.

Por supuesto, Emil se preocupa por el cadáver de un fénix, como si realmente pudiera importar que alguien hiciera una bufanda con las plumas de Gravesend ahora. Pero a medida que se disparan más hechizos, tomo la iniciativa y saco a Emil de allí. Iris me ve luchando y carga a Emil directamente en la parte trasera de su Jeep.

—¿Dónde está Eva? —pregunto. Eva es la novia de Iris, y una celestial poderosa en pleno derecho. Emil necesita sus poderes curativos rápidamente.

—Eva va rumbo a Filadelfia con tu madre y más gente —dice Iris.

—Tengo una conexión en las instalaciones de Lynx —dice Wesley desde el otro lado de la puerta—. Deberíamos poder recibir atención médica discreta.

Prudencia se sube al asiento del copiloto.

—Necesitamos algo más cerca. Está perdiendo sangre rápidamente.

Wesley piensa.

—¡Aldebarán! Hay buena gente en Aldebarán.

—Lidera el camino —dice Iris.

Wesley se adelanta a pie. Iris aprieta el acelerador y arranca. Miro por la ventana del retrovisor y veo que Maribelle entra detrás. No sé cuándo planea volver a por el coche de Atlas que hemos usado para llegar hasta aquí esta noche, y no me importa. Los ojos de Emil se están cerrando y lo abofeteo para despertarlo.

—Emil, vamos. Hermano, mírame.

Estaba tan ocupado usando cada carga de la varita que no vi a Luna destripar a mi hermano con ese puñal asesino de infinitos. Si yo fuera mi propia varita, mi propia arma andante, tendría poderes ilimitados para ocuparme de estas cosas. La sangre se me sube a la cabeza al ver a Emil en este estado. No va a morir. Esto no termina así.

—Debería haber llegado antes.

Prudencia se gira desde el asiento delantero.

—Nunca debiste haber dejado Nova. Ni siquiera sabíamos si estabas vivo.

—Estaba con Maribelle. Ella también fue expulsada.

—Nadie te echó, Brighton.

Miro a Emil. Prudencia niega con la cabeza.

—¿No estarás culpando a tu hermano mientras se desangra? Debes ser mejor que eso.

—Pero ¡es verdad! Me rechazó para que no me uniera a la próxima misión. Tú también, Iris.

Iris permanece concentrada en la carretera, esquivando los coches para mantenerse al día con Wesley.

—No te metas conmigo cuando estoy haciendo todo lo posible para salvar la vida de tu hermano.

—¡Deberías haberte tomado un tiempo para entrenarme!

—Demasiado ocupada salvando al resto de la ciudad —dice Iris.

La vida pasa volando por la ventana. La gente está en los porches y escaleras de incendios mirando al glorioso Soñador Coronado, a pesar de que las autoridades advirtieron a todo el mundo que se quedara en casa hasta que pasara. A diferencia de las constelaciones básicas como la Osa Mayor u Orión, que solo fortalecen poderes selectos, el Soñador Coronado es una constelación que eleva por igual a todos los artesanos de luz, celestiales y espectros. Los medios de comunicación hacen que parezca que los celestiales son el problema esta noche. Son los alquimistas como Luna quienes necesitan este tipo de constelaciones para convertir a las personas en espectros.

—Te prometo que ya no eres superior a mí —le digo.

—Y te prometo que no estoy intentando competir contigo —responde Iris, mientras gira a la izquierda.

Prudencia está a punto de preguntar algo cuando me mira bajo los destellos de la farola.

—No lo has hecho... Brighton, no lo has hecho...

—Alguien tenía que ser valiente —digo.

Creo que Prudencia me va a dar una bofetada.

—¡Deja de confundir imprudencia con coraje! ¡Ese elixir puede matarte!

No voy a dejar que nadie me hable como si fuera un idiota, ni siquiera Pru. Se han probado elixires similares en personas. Tan pronto como el Soñador Coronado se levantó en mi decimoctavo cumpleaños, el primero de septiembre, los Portadores de Hechizos comenzaron a rastrear espectros que exhibían poderes de múltiples criaturas. Los poderes de Emil salieron a la luz cuando luchábamos cara a cara.

—Funcionó para los otros espectros —digo.

La mirada de Prudencia es incómoda.

—¿Te refieres a otros espectros como Orton, que literalmente se quemó hasta morir en su propio fuego? Brighton, tu padre murió porque su sangre no pudo soportar la esencia de la hidra.

—¡Sé por qué murió mi padre!

—Entonces, ¿por qué estás jugando con fuego? ¡Por culpa de tu comportamiento, Iris no te quería en el campo de batalla! Te crees muy fuerte, pero Emil es uno de los artesanos de luz más poderosos que tenemos, ¡y míralo!

—Imagina lo que seré capaz de hacer cuando mis poderes entren en acción. Lanzar fuego, atravesar paredes, regenerar extremidades, correr por las calles. ¡Volar! Tal vez yo también pueda poseer a gente y…

—Malditas sean las estrellas, poseer a la gente no te ayuda a verte bien. Estos poderes no son tuyos. Ese elixir fue creado para Luna con la sangre de sus padres. Puede haber efectos secundarios negativos. Eres tan irresponsable…

—¡No recuerdo que le dieras a Emil ninguna de estas charlas!

—Emil no eligió convertirse en un espectro, y está trabajando activamente para descubrir cómo apagar estos poderes, mientras tú has creado una combinación de poderes peligrosa, que podría matarte.

Me mantengo fiel a lo que le dije a Emil.

Preferiría morir indefenso antes que ver cómo él puede hacer todo lo que yo no puedo.

Entramos en un aparcamiento e Iris frena con tanta fuerza que tengo que sujetar el cuello de Emil.

El Centro Aldebarán de Cuidados Celestiales es de color rojo vivo y tiene forma de anillo. Desde la ventana veo que Wesley está en la entrada, sudando y respirando profundamente mientras habla con tres médicos. Los médicos se acercan corriendo hacia nosotros, sus capas de color azul medianoche se mueven; sacan a Emil con cuidado del coche y lo suben a una camilla. Dos de ellos lo admiran, como si fuera famoso. La cuestión es que Emil se ha convertido en una celebridad, especialmente para los celestiales, desde que se hizo viral varias veces. Tiene suerte de que no estemos en un hospital normal, donde los trabajadores podrían esposarlo hasta que llegasen las fuerzas del orden para encerrarlo en el Confín.

Oigo pasos detrás de mí; es Maribelle. Ha llamado la atención de la médica, que la mira, lo cual no es raro. La madre de Maribelle, Aurora, fue grabada por las cámaras bombardeando el Conservatorio Nightlocke y, desde entonces, los celestiales no viven en paz. Aun así, tal y como la mira, parece como si Maribelle hubiera bombardeado el Conservatorio ella misma. La médica aparta la mirada, mientras evalúa al resto. Iris, Wesley y Prudencia están bastante heridos: sangrando, sucios, llenos de moratones. Yo estoy más o menos bien, nadie me ha tocado; es como si ya tuviera poderes. He ido con cuidado y he estado más alerta, porque ser tomado como rehén por los Regadores de Sangre una vez ha sido más que suficiente para mí.

Me pongo al día con los médicos que se encargan de Emil justo cuando las puertas del ascensor se cierran.

—Solo la familia —dice un médico.

—Es mi hermano.

Maldita sea, no dice nada. Si lo conocen a él, deberían conocerme a mí. Emil ha aparecido en mi canal de YouTube varias veces.

Tarde o temprano me conocerán.

El ascensor sube hasta arriba de todo, al decimocuarto piso. Las luces del pasillo son cálidas y brillantes, y me recuerda a cuando estaba en el escenario haciendo el discurso de graduación. Me tropiezo, mareado, pero me levanto. Los médicos llevan a Emil a una habitación privada con paredes blancas, ventanas anchas y, sobre todo, un techo con contraventanas abiertas, que es estándar en la mayoría de los hospitales de Cuidados Celestiales, para que el cielo nocturno pueda sanar y fortalecer a los celestiales, y también a los espectros, pero en menor grado.

El médico se está tomando su tiempo para abrir el chaleco a prueba de poderes de Emil. Le digo que vaya más rápido, que lo han herido con el puñal asesino de infinitos. Emil está pálido, y yo me quedo cerca, sosteniendo su mano, incluso cuando alguien me pide que les dé espacio, porque mi hermano tiene que saber que estoy aquí con él. Eva Nafisi podría salvar la vida de Emil en segundos, pero los Portadores de Hechizos nunca la sacan al campo de batalla porque perder a la sanadora sería una gran desventaja para nosotros y una gran ganancia para nuestros múltiples enemigos. Me relajo cuando veo que la médica tiene la habilidad de autocuración. Su poder no es tan colorido como el de Eva, que brilla como un arcoíris, pero las tenues luces rojas están ayudando a reponer la sangre de Emil. Lento pero seguro.

Aunque no parece ser lo suficientemente fuerte como para sellar completamente el corte. Puede que tengan que darle puntos de sutura. Ojalá Emil y yo pudiéramos curarnos el uno al otro, de poder a poder.

Toda la sangre me está mareando. Debería sentarme, beber un poco de agua, pero todo esto me recuerda demasiado a la muerte de mi padre. Emil no quería luchar, pero lo presioné. La habitación da vueltas cuando pienso en que él podría morir. Se merece vivir; vamos, estamos hablando de alguien que quería asegurarse de que no abandonáramos a una fénix muerta. Las luces de la pared son cada vez más tenues. No siento que el Soñador Coronado trabaje para hacerme más poderoso, para mantenerme en pie. Mi agarre se afloja alrededor de la mano de Emil y tropiezo hacia atrás.

Una vez le pregunté a papá cómo se sentía vivir con veneno en la sangre. Dijo que estaba por todas partes: escalofríos en el cuerpo, la piel roja, mareos, latidos feroces. A veces su respiración se acortaba, como la mía ahora, se cortaba a la mitad; luego esas mitades se cortaban a la mitad, y lo más parecido con lo que lo puedo comparar es la asfixia de cuando tenía ataques de ansiedad por los exámenes, o peor aún, los que tenía cuando mi padre volvía del hospital con una esperanza de vida más corta.

Colapso, mirando desde el piso al Soñador Coronado que se desvanece, y cuando mis ojos se cierran, tengo esa sensación de sangre y huesos de que la Sangre de la Parca no me va a hacer inmortal. Me va a envenenar a muerte.

2
PRISIONERO

NESS

¿Quién voy a ser? ¿Un prisionero suelto del senador o uno que está encerrado en el Confín?

Estando bajo cubierta, el senador me invita a tomar un poco de aire en la parte delantera del barco para pensar sobre la gran decisión que se acerca. Entre que me ha dado un puñetazo en la nariz, las fuerzas del orden me han lanzado un hechizo hace horas y el acelerón del barco hacia la isla, apenas tengo equilibrio mientras subo la escalera y salgo a popa.

Hay dos hombres vestidos con traje negro de arriba abajo que custodian la escalera, y ninguno me hace caso, a pesar de que nos conocemos bien. El jefe de seguridad del senador, Jax Jann, siempre me ha recordado a un nadador olímpico, con su torso estirado y sus piernas largas. Tiene cejas tupidas y el cabello pelirrojo recogido en una cola. Es el telequinético más impresionante que he visto en mi vida; ningún asesino puede llegar a disparar al senador si él está cerca. El otro, Zenon Ramsey, tiene un pelo rubio oscuro que le cubre por completo los ojos, lo que hace que la gente piense que no está prestando atención cuando en realidad está mirando más que la mayoría.

Tiene la escasa habilidad de ver las cosas desde la perspectiva de otras personas; literalmente. He escuchado que solo funciona con personas que están cerca, pero eso es todo lo que necesita para ser un guardia de seguridad en un radio de tres kilómetros.

El senador siempre ha contratado a celestiales para proteger a nuestra familia, y tener guardaespaldas celestiales mientras hace campaña contra la comunidad siempre me ha parecido un truco de magia, hasta que descubrí lo bien que cobraban para mantenerlo con vida. Eso es más de lo que puedo decir, habiendo sido un Regador de Sangre que trabajaba para hacer inmortal a Luna. Lo que me sorprende es cómo Jax y Zenon me hablan, como si no hubieran sido ellos los que me hicieron volar por los aires en el Conservatorio Nightlocke.

¿Cuánta gente sabe que el senador intentó matar a su propio hijo para poder decir que los Portadores de Hechizos eran un peligro para la sociedad?

Incluso si hubiera alguna forma de derribar a Jax y Zenon y escapar en una balsa, hay algo que me dice que no llegaría demasiado lejos. Un fénix, que es cuatro veces más grande que un águila, desciende en picado hacia el río. Su vientre azul acaricia la superficie en busca de intrusos o fugitivos. Este fénix con sus plumas color índigo empapadas es un nadador del cielo. Lo puedo identificar porque el senador una vez regresó a casa de un viaje de caza con la cabeza de uno; probablemente esté montado en su oficina, en la mansión.

—Todo un espectáculo —dice el senador mientras me sigue hasta la proa del barco.

Primero pienso que está hablando del nadador del cielo, pero está mirando recto hacia nuestro destino. El Confín de Nueva York es una colección de pequeños castillos de piedra, apiñados como si alguien juntara todas las torres de un tablero de ajedrez. Las torres no tienen ventanas, diseñadas de esa manera para que los presos estén desconectados de las estrellas, lo que debilita sus habilidades. El aislamiento es el castigo más cruel, entierran a los celestiales tan profundamente que es como si todas las estrellas se hubieran desvanecido del universo.

Lo veía venir desde el principio.

El senador me trajo aquí después de que mataran a mi madre. Hicimos una gira por el Confín para que yo pudiera entender el significado creativo que los arquitectos correccionales de la prisión tuvieron que poner en marcha para encerrar a sus poderosos presos. En uno de los pisos había dos hombres flotando en tanques de agua, solamente la cabeza sobresalía, para poder respirar y comer; las heces eran un problema. El regador de fuego no podía convocar su destello en absoluto, y si el relámpago quería hacer un movimiento, bueno, eso acababa con su vida. En otro piso, se instalaron trampas eléctricas alrededor de los bordes de una celda para evitar que una mujer que podía derretirse se escapara. Su vecino era un hombre capaz de camuflarse con cualquier superficie, por lo que los ingenieros instalaron rociadores de pintura de diferentes colores para estar siempre al tanto de él.

La última persona que visitamos ese día fue a un preso en régimen de aislamiento. Había sido encarcelado por usar sus poderes de calentamiento para hervir la sangre de su familia. Los gritos que resonaban por los pasillos me ponían tan nervioso que me había escondido detrás de mi entonces guardaespaldas, Logan Hesse. Pero cuando el guardia de seguridad abrió la celda, me di cuenta de que no tenía motivos para tener miedo. Las manos, los tobillos y la cintura del recluso estaban atados con cadenas de hierro. Lo observamos como a un animal en un zoológico, ya no tenía fuerzas. Al día siguiente, el celestial fue encontrado muerto en su celda, con huellas de manos rojas marcadas en su pálido rostro. Cuando el senador me dio la noticia, se burló del muerto imitando su suicidio. Me reí mucho antes de volver al colegio.

Odio la persona que era.

El barco atraca en el muelle.

La isla es conocida debido a sus trampas, que son como basiliscos de arena esperando para tragarse a gente entera, pero si el senador entra en la playa primero, confío en que él sabe más que yo. Me pregunto si estoy listo para subir esta cuesta llena de pedruscos hasta la cárcel cuando de repente un hombre mayor aparece entre los árboles. La linterna que le guía el camino ilumina su rostro y lo reconozco al instante.

Él manda en esta isla.

Barrett Bishop es muy pálido, como si solo saliera de noche. Lo vi por última vez la mañana del Apagón, y ahora tiene más arrugas en la zona de los ojos y el pelo gris a la altura de los hombros.

Va arrastrando la chaqueta granate de su traje porque, a diferencia del senador, no le importan las apariencias. El contraste les ha funcionado para este período de elecciones. El senador es el mejor candidato para presidente, pero la energía de Bishop y su experiencia como líder del Confín lo han convertido en un candidato a la vicepresidencia de ensueño. Sus seguidores lo animan en cada mitin, incluso cuando dice cosas peligrosas.

—Edward —dice Bishop con voz ronca, refiriéndose al senador. Me mira con sus ojos azul cielo—. Has traído a tu fantasma.

—Sí, así es —responde el senador.

Bishop apunta la linterna hacia mis ojos, jugando conmigo como si fuera un gato aburrido antes de apagarla.

—¿Qué hacemos con el fantasma? ¿Enterrarlo en lo profundo del Confín?

—Es su elección —dice el senador.

Los pequeños puntos de luz se desvanecen y la sonrisa de Bishop sugiere que quiere convertirme en su prisionero personal. Si me encerraran, dejarme en una celda lamentando todos mis errores sería castigo suficiente. Pero los arquitectos correccionales que odian a los artesanos de luz tienen que mostrar su dominio. Tienen que demostrarnos a todos, en todas partes, que nuestros poderes pueden ser derrotados por medios ordinarios. Tienen una imaginación oscura y suficiente odio para irse a casa por la noche sin sentirse absolutamente inhumanos.

Una vez sentí ese odio también.

Después de nuestra visita al Confín, el senador me preguntó cómo habría castigado al hombre que mató a mi madre si alguna vez lo hubiéramos localizado.

El celestial había creado una ilusión y había engañado a mamá haciéndole creer que era su amigo antes de destriparla. Pasé todo el día pensando en la pregunta y durante la cena le dije al senador que encadenaría al celestial a una silla, traería a su familia y los mataría a todos frente a él. Sin trucos. Solo realidad. «No podemos matar gente», había dicho el senador.

Pero eso era claramente una mentira. Organizó mi muerte y culpó a celestiales inocentes. La verdad es que no es posible pillarlo con las manos manchadas de sangre.

Entonces, ¿qué debo hacer?

Odio que el senador me use para difundir mensajes a los jóvenes de que todos los celestiales son peligrosos, pero lo que tiene pensado para mí es aún más extremo. En el barco me dijo que quiere que use mis habilidades cambiantes para hacerme pasar por la congresista Sunstar y su equipo, para contrarrestar el apoyo que recibe en las campañas presidenciales. No sé los detalles exactos del plan, pero si hubiera alguna posibilidad de hacerme pasar por ella en un lugar público, entonces podría huir.

Ahora mismo no tengo ninguna posibilidad de escapar de este laberinto: cuatro torres con varios pisos, guardias armados y trampas a granel.

Me giro hacia el senador para darle su respuesta, y el desvanecido Soñador Coronado se refleja en sus gafas. No tengo idea de qué ha pasado esta noche con el ritual de inmortalidad. Espero que Emil haya podido encontrar a su hermano y salirse con la suya con el fénix; espero que no haya muerto por ese pájaro. Si alguna vez tengo la oportunidad de volver a verlo, deberé ser igual de calculador y paciente como lo ha sido Luna durante toda su vida.

Tengo que convertirme en un peón que derriba al rey. Para superar al hombre que engaña al mundo sin un solo músculo de cambiante.

—Trabajaré para ti —le digo.

—Buena elección, Eduardo —responde el senador.

—Tenía muchas ganas de divertirme con tu encarcelamiento —comenta Bishop—. Pero nos las arreglaremos.

—Vámonos a casa, entonces —dice el senador.

Casa. Esa fría mansión dejó de ser mi hogar antes del Apagón. Es una jaula. Pero si puedo aguardar mi momento y esperar a que el senador deje una rendija en la puerta, podré escabullirme sin mirar atrás.

Ojalá logre escapar antes de haber ayudado al senador a convertirse en presidente.

3
LA ESPERA DE LA MUERTE

MARIBELLE

Hace meses —no me acuerdo cuántos, cuatro meses, tal vez cinco— había un celestial en la esquina de una calle que anunciaba su habilidad para ver el pasado y el futuro. Normalmente no estoy tan desesperada, pero estaba dispuesta a intentar cualquier cosa para descubrir la verdad detrás de la muerte de mis padres. Atlas me había advertido que no me hiciera ilusiones; debería haber confiado más en sus instintos. Mamá siempre decía que tengo tendencia a perderme en mis pensamientos y que alguien lúcido como Atlas sería bueno para mí. El celestial y su bola de cristal fueron inútiles, pero después de todo este tiempo tengo mi respuesta: June, el espectro con sangre fantasma, poseyó a mi madre y la incriminó en el Apagón para que el país dejara de creer en los Portadores de Hechizos.

Entonces June me poseyó y me hizo matar a Atlas.

Necesitaba espacio, así que estoy en el mirador del Centro Aldebarán, con las piernas colgando del borde, catorce pisos de altura, y la luz de las estrellas del Soñador Coronado me acaricia la piel por última vez antes de desvanecerse por completo. Ya está. La última oportunidad de Luna de volverse inmortal. No diría que no a las cajas de vino tocado por las estrellas ni a las cajas de bizcocho ardiente como agradecimiento por los milagros que Brighton y yo hicimos esta noche.

Aunque me marché con un regalo. La daga del olvido girando entre mis dedos es hermosa. No por su aspecto; estrellas, no. La rara daga parece un hueso podrido y tiene las manchas gris oscuro de todos los fantasmas que han sido asesinados por ella; más recientemente, los padres de Luna. La daga también es engañosamente pesada, pesada como la bola de cristal celestial que arrojé a través de su habitación cubierta de terciopelo una vez que me di cuenta de que su lectura era un engaño, un timo para ganar dinero. La daga del olvido es hermosa porque es el arma que podré usar para acabar con June para siempre.

Estoy exhausta, derrotada; me duelen los huesos, los músculos. La última vez que descansé fue cuando colapsé sobre el cadáver de Atlas hace unas horas en el museo, inmediatamente después de que mis nuevos poderes aparecieran en un anillo de fuego. Pero no puedo dormir sin Atlas esta noche.

Este sentimiento me recuerda a esas noches oscuras y solitarias después del Apagón, cuando obligué a todos a alejarse, incluso a mi entonces mejor amiga, Iris, que también estaba en duelo por sus padres. Pero luego Atlas se convirtió en una luz. Algunas tardes necesitaba que me ayudara a levantarme de la cama. Otras veces fui lo suficientemente fuerte como para hacerlo sola. Ahora mismo la idea de meterme en cualquier cama sin él me aterroriza.

El viento me echa el pelo para atrás. Ojalá mi padre estuviera aquí para hacerme una trenza como cuando era pequeña. Pero no está.

La muerte se apodera de mí, se lleva a toda la gente que quiero. Mamá, papá. Atlas. Simone, Konrad.

No tenía que ser así. Si hubiera sabido que los fundadores de los Portadores de Hechizos eran mis padres, habría entendido que mi capacidad de planear era solo un indicio de lo que soy capaz de hacer después de haber heredado las habilidades del fénix de Bautista de León. Habría sabido que los instintos que me mantenían con vida en combate eran más bien un sexto sentido, una extensión de las visiones de detección de peligros de Sera Córdova. Podría haber fortalecido mis poderes y haber mantenido a mamá y a papá en casa antes de que se fueran a intentar salvar el mundo. Antes de que hicieran retroceder nuestro movimiento por años.

Podría haber usado mi poder para mantener vivo a Atlas.

Mientras esperamos a ver cuál es el trato con Emil, y si Brighton regresará conmigo después para poder localizar a los Regadores de Sangre juntos, debería recoger el auto de Atlas, que dejé a un par de manzanas de la Iglesia Alpha de la Nueva Vida. Todavía no tengo una funda para la daga del olvido, y es demasiado gruesa para meterla en mi bota, así que la guardo dentro del bolsillo de mi chaleco a prueba de poderes.

Vuelvo a entrar al edificio a través de una puerta en forma de pirámide, y un par de médicos me miran con cautela, como si pudiera bombardear las instalaciones de la forma en que creen que mi madre lo hizo con el Conservatorio. Estos médicos son más jóvenes, tal vez mayores que yo, así que quizá no hayan prestado atención hace ocho años cuando los Portadores de Hechizos ayudaron a una docena de hospitales de Cuidados Celestiales recaudando millones para mejoras de alta tecnología. La gente pagaba por sesiones de fotos con mis padres y los padres de Iris. E Iris y yo nos sentíamos como miembros de la realeza cuando los donantes solicitaban saludos personales y felicitaciones de cumpleaños para sus hijos. Pero la mayor parte del dinero vino de personas que querían saber cómo era volar, y no solo volar, sino volar con los entonces amados Portadores de Hechizos. ¿Por qué hacer paracaidismo cuando los Lucero podrían llevarte unos minutos por tu vecindario?

Las cosas no eran perfectas entonces, y nunca serán perfectas, pero mataría por esos tiempos.

Mataré por esos tiempos.

Doblo la esquina y alguien está gimoteando. Prudencia está sentada en el suelo, llorando. Emil debe estar muerto. Sé que tiene buen corazón, pero parece justo. Si Emil no hubiera liberado a June cuando finalmente la controlamos en la Arena Apolo, Atlas estaría vivo ahora mismo.

—¿Emil ha muerto? —pregunto.

Prudencia apenas puede pronunciar palabras y no se molesta en secarse las lágrimas de sus brillantes ojos marrones.

—No lo sé. Los médicos ya están tratándolo, pero Brighton... también está inconsciente y tienen un equipo que intenta salvarlo.

Por lo que tengo entendido, Brighton y Emil son las personas más cercanas en su vida. Los padres de Prudencia también fueron asesinados, y ahora ella está a punto de perder a toda la gente que quiere. Solo se involucró en esta guerra porque quería hacerlo con sus mejores amigos. ¿Se quedará con los Portadores de Hechizos si ellos mueren o volverá con su tía que odia a los celestiales? No lo sé.

—Todavía hay esperanza —digo. Es verdad, no desperdicio el aliento en palabras vacías—. Se sabe que los espectros se desmayan al principio de sus viajes, después de consumir elixires, cuando sus poderes emergen por primera vez. Sus cuerpos tienen que adaptarse. Y la Sangre de la Parca es un nivel completamente diferente. Estoy segura de que Brighton saldrá adelante.

—Brighton no debería ser un espectro —dice Prudencia.

Bueno, se supone que nadie debería ser un espectro. Yo incluida. Pero las ambiciones de Emil de crear la poción que combina poderes en la que estaban trabajando Bautista y Sera antes de morir se sienten como una tarea imposible. Puede que no sea fácil hacer que un alquimista con experiencia convierta a alguien en un espectro, pero no es tan difícil como transformar a cada espectro en una persona común. Esa estrella hace tiempo que se perdió de vista, como dice el viejo proverbio.

—Brighton hizo su elección —respondo.

—Y tú elegiste ayudarlo, lo que me da ganas de estamparte contra la pared... pero también conozco a Brighton. Incluso si no lo hubieras ayudado, habría aparecido. En todo caso, lo mantuviste con vida.

Prudencia mira hacia la pared opuesta, en la que hay un relajante póster de celestiales corriendo sobre el agua. Dudo de que esté teniendo un efecto positivo en ella ahora mismo.

—¿Cuál fue su razonamiento para beber la Sangre de la Parca? —pregunta.

Cuando Brighton presentó su plan por primera vez, pude ver la realidad que, algunas personas, incluso Prudencia, confunden con encanto.

—Dijo que tenía que ser él quien se la bebiera. Dijo que sería demasiado arriesgado, ya que no sabemos lo suficiente sobre el tipo de sangre de alguien que heredó propiedades celestiales y espectrales.

—Ya, sí, como si no tuviera sus propios riesgos. Como su propio padre, que no sobrevivió aun teniendo esencia de hidra, o cómo Luna preparó este elixir con sangre de los fantasmas de sus padres, o cómo nada de esto estaba testeado y él lo sabía, pero ¡lo hizo de todos modos!

Está hiperventilando, y me recuerda a los muchos días después de la muerte de mis padres, cuando lloraba y gritaba tan fuerte que Atlas, Iris y los demás ni siquiera podían entender lo que yo intentaba decir.

—Se va a morir —dice Prudencia.

—Quizá. A los artesanos de luz no se les promete el lujo del tiempo. Deberías entender eso ya, tus padres han muerto.

Se detiene.

—¿De qué estás hablando?

—No tenía secretos con Atlas. Tenías tus razones para no decirle a Brighton que eres celestial, lo entiendo. Pero ¿cómo crees que se sintió cuando le confiaste tu gran secreto a Iris, una absoluta desconocida, antes de confiar en él?

—No quería que me explotara. Mira cómo usaba a Emil para mejorar su propio estatus y su fama. Y Brighton y yo somos diferentes a ti y a Atlas.

—Yo abrí mi corazón con la persona que amo y tú no. —Prudencia pone los ojos en blanco.

—No me conoces.

—Fuiste a misiones en las que participaron personas peligrosas, sabiendo que había probabilidades de exponer tu telequinesis con tal de mantener vivo a Brighton.

—¡Y también a Emil! —Está temblando. Este enfado sería útil contra los Regadores de Sangre si se pusiera seria.

—¿Puedes decir honestamente que habrías ido a todas estas misiones en las que sabías que Emil estaba siendo protegido por los Portadores de Hechizos si Brighton no hubiese estado allí?

Prudencia respira hondo. Está a punto de decir algo, pero se lo guarda para ella y se va. Huir de la verdad parece ser su sello característico.

Si Wesley no me hubiera alejado de June, lo invitaría a que me acompañara a recoger el coche de Atlas. Pero estoy enfadada, así que bajo las escaleras para evitarlos a él y a Iris, y una vez que estoy fuera, salto en el aire y me deslizo a través de las sombras de la noche con el viento en mis oídos.

No se tarda mucho en llegar a la iglesia. Voy con cuidado porque todavía hay un tanque aparcado delante, con una ambulancia y coches de policía cerca. Las bolsas para cadáveres con los acólitos muertos deben sacarse lo antes posible. Los policías están tomando declaraciones, y me pregunto si los testigos exageran los detalles sobre lo que sucedió, como muchos lo han hecho antes.

Abro el coche de Atlas, pero antes de regresar a Aldebarán para recibir noticias sobre Brighton, abro el maletero y saco la botella de vino con las cenizas de Atlas. Lo incineré yo misma con el poder que se manifestó después de su muerte; moriré antes de dejar que un poeta ponga sus manos en esa historia.

No soy una experta en fantasmas. No es una fuerza enemiga con la que hayamos cruzado espadas antes, y crecí sabiendo solo los detalles obvios, cómo los fantasmas solo pueden aparecer bajo los cielos nocturnos y cómo solo deambulan por el mundo si fueron asesinados violentamente. Pero aprendí algo valioso gracias al ritual de Luna. Un alquimista experto en nigromancia puede convocar a un fantasma errante; solo necesitan algo de la persona de cuando estaban vivos y la presencia de la persona que los mató. No parece cósmicamente justo para los fantasmas, pero si hay un lado positivo en que June me poseyera cuando le disparó a Atlas en el corazón con un hechizo, es que yo también debería considerarme su asesina.

Pero primero mataré a June y me vengaré.

Presiono las cenizas de Atlas contra mi corazón, soñando con la noche en la que podré convocar a su fantasma y enviarlo en paz a las estrellas.

4
PESADILLA

EMIL

Mi hermano es una pesadilla.

Las calles están llenas de fuerzas del orden lanzando hechizos en la noche mientras sus tanques arden con fuego dorado. Brighton ha volado más alto que todos los edificios a su alrededor, y se detiene en el aire, admirando su caos. Tiene tres cabezas con ojos tan oscuros como agujeros negros, y de las palmas de sus seis manos brotan chorros de fuego de fénix. Vuelo en el aire para abordarlo, para que se detenga, pero es intocable. Lo atravieso como si estuviera hecho de aire. Floto frente a su cara, rogándole que pare, pero no hay nada más que una risa cruel resonando en sus tres cabezas. La ciudad es suya para destruirla. Cuando soy lo suficientemente valiente como para refrenar a mi hermano y conjurar mi propio fuego, Brighton desata un infierno hacia mí y...

Me despierto de golpe, gimiendo y jadeando.

Mi hermano ha sido una pesadilla. Eso es todo. Todo ha sido una pesadilla.

Brighton nunca se oscurecería así. Todo está en mi cabeza.

Recuerdo fragmentos de una discusión entre Brighton y Prudencia, pero ninguno está conmigo ahora. Estoy solo en una habitación con paredes blancas y luces cegadoras, así que me muevo hacia el techo transparente y miro hacia arriba para ver el cielo nocturno. No sé qué hora es, ni siquiera qué día es, pero no veo al Soñador Coronado o su resplandor extendido a través de la oscuridad. Ni una sola estrella a la vista. Esta constelación es rara y no volverá a verse hasta que yo sea un anciano, asumiendo que viviré hasta entonces. Tal vez pueda contemplarlo en mi próxima vida, o en la siguiente, o en cuantas vidas pueda tener antes de que alguien me mate de verdad con el puñal asesino de infinitos.

La cama en la que estoy es demasiado dura y tengo calor, así que me quito la sábana y me doy cuenta de que voy sin camiseta. Hay sangre seca alrededor de mi estómago, donde Luna me apuñaló. La herida está cerrada, pero tiene un aspecto extraño, como piel descolorida y estirada; alguien me ha curado. Pero no creo que haya sido Eva. El poder de Eva sella todas las heridas abiertas, tan bien que tienes que mirar dos veces para creértelo. Ella también absorbe todo el dolor, y todavía siento este latido sordo y punzadas agudas. No me malinterpretéis, agradezco que alguien me haya salvado la vida. Simplemente me doy cuenta de la suerte que tenemos al contar con una curandera tan poderosa como Eva.

Rodeando la herida están las cicatrices de cuando Ness me cortó para engañar a Luna y a los Regadores de Sangre haciéndoles creer que todavía era leal a su pandilla. Creo que estas jamás se curarán por completo. Pero Ness hizo esto para salvarme la vida, e incluso cuando tuvo la oportunidad de volver al anonimato, regresó a Nova cuando nos atacaban para salvarme otra vez. Luego las fuerzas del orden lo atraparon, y dudo de que haya podido escapar. Probablemente esté muerto en alguna parte, aunque no vale la pena morir por mí.

Oigo un golpe suave en la puerta. Miro hacia arriba y veo a una practicante bajita, con pecas, con un pelo pelirrojo y rizado que reposa sobre los hombros de su capa azul medianoche. Sus ojos verde eléctrico se agrandan cuando ve que la estoy mirando.

—Emil Rey —dice con un toque de orgullo maternal—. Soy la doctora Bowes. Es un honor haber sido parte del equipo que, eh, que trabajó contigo. —Sus mejillas se ruborizan y niega con la cabeza como si quisiera salir de la habitación y volver a entrar para reiniciar toda la conversación.

—Hola, gracias… —Estas primeras palabras no son demasiado, pero suenan ásperas contra mi garganta.

—Relájate —dice la doctora Bowes mientras me da un vaso de agua y bebo de la pajita metálica.

Ella me hace una serie de preguntas y yo respondo con la menor cantidad de palabras posible: califico el dolor en siete de diez; me gustaría que las luces se atenuaran; me muero de hambre y soy vegano; estoy agotado. Atenúa las luces y pide que alguien me prepare la comida. Me vuelvo a cubrir con la manta. La última vez que mi escuálido cuerpo estuvo expuesto fue cuando Ness me estaba lavando los cortes que me hizo, y lo hizo con los ojos cerrados porque sabe que me cuesta aceptar mi apariencia, incluso con todo lo que está pasando. Sé que la doctora Bowes nota mi incomodidad porque me ayuda a ponerme la ropa de paciente de color amarillo mostaza con estrellas negras, y eso es una cosa menos en la que pensar.

—Emil, las autoridades van a necesitar un informe sobre lo que ha pasado esta noche —dice la doctora Bowes mientras acerca una silla.

—Los Regadores de Sangre —digo.

Ella asiente.

—Iris también mencionó eso mientras la estábamos tratando. Tengo entendido que ha estado en contacto con tu madre y le ha aconsejado que mantenga la distancia, de momento.

Tiene sentido, pero sé que no es fácil para mamá.

—Tengo que darte las gracias por servir a este país, Emil. Solo un alma valiente puede luchar en esta pelea. No creo que yo lo sea, ni siquiera con tus poderes. Crecí viendo a Bautista y a sus Portadores de Hechizos entrar en combate. Eso fue cuando eran héroes queridos, celebridades también, por supuesto. —La doctora Bowes sonríe con nostalgia y se pone la mano en el pecho—. Lloré durante semanas después de su muerte, y pasaron años hasta que quité sus carteles.

La forma en que me mira me hace dudar de si sabe que Bautista es mi vida pasada. Pero eso es imposible. El público no sabe que la reencarnación es real, ya que incluso los espectros con sangre de fénix como yo no resucitan como la misma persona. La forma tan admirable en la que está hablando de Bautista me hace pensar que estaría relajada si le contara el secreto, pero es mi vida original como Keon Máximo, el alquimista que se convirtió en el primer espectro, lo que quiero mantener cerca del pecho. La única persona a la que se lo dije, y que no está directamente involucrada en esta guerra entre los Portadores de Hechizos y los Regadores de Sangre, fue a mi antiguo jefe en el museo, Kirk Bennett. Luego me traicionó por su propia investigación y fama.

Me tomo con tranquilidad lo de Bautista.

—Era un héroe.

—Como tú. Mi hijo está muy orgulloso de mí por haber ayudado a un Portador de Hechizos. Seguramente escuches mucho esto, pero él es tu fan número uno. Hemos estado haciendo su disfraz para Halloween. Se disfrazará de ti.

La sangre que no he perdido en el jardín antes, ahora me está subiendo a las mejillas. Brighton y yo nos disfrazamos de Portadores de Hechizos en Halloween durante un par de años. Él era Bautista, claro, por ese carácter alfa, de hermano mayor, y yo elegí ser Lestor Lucero porque pensaba que era mono, no voy a mentir. Pero míranos ahora. Las fantasías de Brighton sacaron lo mejor de él esta noche y bebió Sangre de la Parca para poder encajar con los Portadores de Hechizos. Soy el vástago de la vida real de Bautista. Estas vidas nunca fueron disfraces, pero el hijo de la doctora Bowes se va a disfrazar de mí, aunque podría morir antes de Halloween. ¿Y luego qué? ¿Llorará su hijo de la misma forma en que ella lloraba por Bautista? Él no me conoce y ella no lo conocía a él. Este ciclo de admiración y dolor tiene que llegar a su fin.

Doy las gracias rápidamente, es lo mejor que puedo hacer.

—¿Dónde está mi hermano?

Podría tener que derribarlo si estuviera en el pasillo presumiendo ante alguna cámara sobre este asunto de la Sangre de la Parca.

Por un momento, la doctora Bowes parece como si alguien hubiera doblado la esquina y la hubiera sorprendido. Se recompone y dice:

—No te alarmes.

—Demasiado tarde. ¿Qué ocurre?

—Tengo entendido que Brighton ha bebido una poción esta noche —dice la doctora Bowes—. El tráfico aumenta en todas nuestras instalaciones durante la aparición de cada constelación principal a medida que la gente persigue la conversión en espectro. Créeme, ya nos estamos aprestando para el Fantasma Encapuchado el próximo fin de semana. Los cursos de alquimia mientras hacía mi doctorado no me han preparado para esta nueva y peligrosa tendencia de personas que experimentan con múltiples esencias. Los resultados han sido desastrosos. Ha habido tantos casos de personas que entran en combustión, otras que son comidas vivas desde dentro, extremidades que se caen…

No era necesario que describiera la imagen de Brighton quedándose sin piernas ni brazos, como dientes podridos que caen de la boca, mientras él grita y muere en un incendio, pero no puedo quitarme eso de la cabeza.

—Es muy complicado —dice ella—. Pero te aseguro que mi equipo y yo estamos haciendo todo lo posible para estabilizarlo.

—No puedes garantizar eso. —Estoy temblando. Es como todas las promesas que nos hicieron los médicos y alquimistas sobre salvar a papá—. El elixir fue creado por la propia Luna Marnette. Es otro nivel. Ella es responsable de los Regadores de Sangre y todos estos otros espectros híbridos. Iba a usar la poción para vivir para siempre.

—La inmortalidad es imposible —dice la doctora Bowes.

—Apuesto a que piensas que robar sangre a los fantasmas también es imposible, pero aquí estamos.

La doctora Bowes está en shock mientras intenta asimilarlo.

—Están todos librando una batalla más allá de nuestra comprensión, ¿no?

No respondo a eso.

—¿Puedo ver a Brighton?

Me ayuda a levantarme de la cama, estoy mareado. Me siento en la silla de ruedas que ha insistido en que use. Buena idea. Me lleva a otra habitación cuatro puertas más abajo.

En el interior, Brighton está en la cama con los ojos cerrados, pero no está durmiendo plácidamente. Jamás lo había visto tan pálido. Tiene vías en los brazos que llevan fluidos rojos y azules hacia sus venas. Hay un respirador que lo ayuda, es mejor que el que teníamos en casa para papá. Sé que debería sentirme aliviado, pero en realidad me asusta que la condición de Brighton sea tan grave que necesite el mejor equipo disponible.

Salgo de la silla de ruedas, y sostengo su mano mientras lucho por contener las lágrimas.

—Ahora mismo está estable —dice la doctora Bowes.

—Nuestro padre murió por intoxicación sanguínea.

—Soy consciente.

¿Cuánto saben los desconocidos sobre mí? Me siento incómodo, como si las cámaras me siguieran a todos lados.

—La esencia de hidra se volvió contra él —digo—. ¿No matará a Brighton también?

—Estamos trabajando para purificar la sangre antes de que se propague una infección, pero considerando que hay tres esencias extrañas que actúan contra su sistema, las posibilidades de que el cuerpo de Brighton falle son más altas que las de la mayoría. Pero habéis venido al lugar correcto; he tratado a muchos aspirantes a espectro. No vas a creer cuántas personas intentan conseguir poderes sin contratar a un alquimista. Es como cuando mi esposo se tatuó él mismo cuando era adolescente para ahorrar dinero. No salió bien.

La doctora Bowes se ve avergonzada cuando se da cuenta de que se ha ido y ha hecho esto sobre sí misma.

—Prometo que haré todo lo posible para asegurarme de que tu hermano vuelva a casa contigo.

Confía demasiado. Si mamá estuviera aquí ahora mismo, se las vería con la doctora Bowes por no decírnoslo directamente.

Espero que Brighton viva, incluso si eso significa revivir todo el dolor que pasamos viendo a papá sufrir.

—¿Cuánto tiempo crees que le queda?

—Es demasiado pronto para decirlo, pero me mentalizaría para unos meses si no podemos purificar su sangre con éxito.

Meses, y eso si tenemos mucha suerte.

—¿Y si pudiéramos anular las esencias? ¿Crees que eso detendrá su enfermedad?

—Es una teoría popular, pero nadie ha sido capaz de erradicar los poderes de un espectro. Cuando la sangre de la criatura se fusiona en una persona, las habilidades se vuelven tan permanentes como las de un celestial. Las fuerzas del orden tienen medios para atenuar temporalmente los poderes, por supuesto, pero incluso eso requiere recursos considerables. Me temo que, actualmente, no existe una cura conocida para los espectros.

Brighton siempre dice que aunque algo sea poco probable, eso no lo hace imposible. Espero poder escucharlo decir eso otra vez.

Aprieto su mano. No hay ninguna estrella en el cielo a la que rezar, pero cuando vuelvan, cuento con todas y cada una de ellas para devolverle la salud.

—Doctora Bowes, ¿puedes asegurarte de que tu hijo no diga nada sobre que estamos aquí? Quiero que Brighton tenga la mayor asistencia posible de ti y de tu equipo. Podría, no sé, autografiar algo para tu hijo a cambio de cierta privacidad.

La doctora Bowes niega con la cabeza.

—Eso no es necesario… pero si no te importa, estoy segura de que le alegrará el día. Sueña con convertirse en un Portador de Hechizos cuando sea mayor.

Debería estar preocupada, no orgullosa. No sé qué poderes tienen la doctora Bowes o su hijo, pero espero que a él se le pase esto de los Portadores de Hechizos antes de encontrarse en una batalla mortal. Todo puede cambiar muy rápido. Miro a Brighton. En un momento me estaba salvando la vida, y al siguiente, estaba haciendo lo impensable porque quedarse al margen no era suficiente.

Las pesadillas pueden ser aterradoras, pero los sueños son peligrosos.

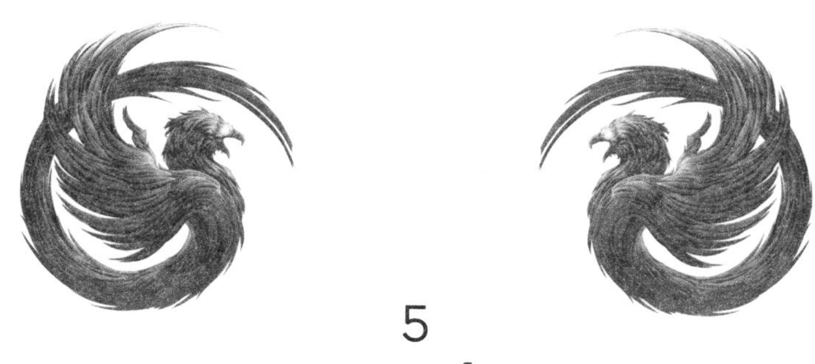

5
LA MANSIÓN IRON

NESS

Hace tiempo que no me monto en una limusina.

Luna no se sentía cómoda con los Regadores de Sangre viajando en manadas, a menos que la protegiéramos o hubiera una razón muy urgente. De esa forma, si atrapaban a uno de nosotros, el resto podría completar la misión. Stanton viaja por las alcantarillas. Dione salta de azotea en azotea. June se teletransporta en distancias cortas, y generalmente solo se deja ver el rato suficiente como para que alguien se pregunte si está viendo cosas. Y yo siempre me camuflo en el transporte público, una experiencia que me negaron cuando era pequeño porque cada vez era más famoso en los círculos políticos. Pero el senador mantiene unido a su equipo. Jax está conduciendo y Zenon está haciendo saltar la visión a través de los ojos de otros conductores para determinar el camino más seguro, así como para asegurarse de que no nos sigan. El vidrio divisor está bajo mientras el senador y Bishop discuten la noticia que acaba de llegar sobre una pelea entre los Portadores de Hechizos y los Regadores de Sangre en una iglesia.

—¿Qué iglesia? —le pregunta el senador a Bishop, que está leyendo las actualizaciones en su tableta.

—La Iglesia Alpha de la Nueva Vida —digo con una sonrisa, aunque sé que no es una buena noticia.

Bishop confirma y asiente.

—¿Qué sabes? —pregunta el senador.

—Que mientras estabas ocupado conmigo, Luna se estaba convirtiendo en la persona más poderosa de este planeta.

El senador golpea el panel entre nosotros, una señal de que está tenso, aunque su expresión no lo delatará. Estos son los detalles a los que presto atención cuando tengo que hacerme pasar por alguien. Ya estoy planeando cuándo puedo hacerme pasar por él para organizar mi fuga.

—¿Alguna baja? —pregunta.

—Una hidra y algunos acólitos idiotas —dice Bishop.

No menciona al fénix ni a Emil. Quizás hayan escapado. Luna siempre ha jurado que la clave del éxito es fusionar las tres esencias, pero tal vez se arriesgue solo con la sangre de los fantasmas y la hidra. Sería complicado, pero sería posible matarla si nos cruzamos de nuevo.

—Muy bien —le dice el senador a Bishop—. Harás una declaración por la mañana mientras me reúno con algunos donantes.

Lo de siempre. Como si el hijo que se supone que está muerto debido a un plan que él diseñó no estuviera vivo y coleando en su casa. Me pregunto si me encerrará en la habitación del pánico de la mansión. Conducimos por mi antiguo barrio, Whitestone, que se encuentra en la cima de Queens, y es aún más residencial de lo que recordaba. He visto tanta vida y color desde que trabajé en el campo como Regador de Sangre que ver estas casas me hace sentir que mi vida está del revés. Me he acostumbrado a ver a los niños fuera tan tarde que o ignoran el toque de queda o bien a sus padres no les importa. Me he cruzado con adolescentes en parques donde están acurrucados, compartiendo un porro, como si el olor no se fuera a pegar a su ropa. Cuando yo ya era lo suficientemente mayor para probar ese tipo de libertades, mi madre ya estaba muerta y la carrera del senador iba en aumento, por eso insistió en protegerme. Quizá me haya mantenido con vida todo este tiempo para poder martirizarme algún día.

Me siento mal al ver los conocidos setos de laureles que esconden la finca. La puerta se abre y conducimos alrededor de la pequeña fuente de mi abuelo Burgundy Iron, quien convirtió su miedo a los celestiales en fortuna cuando inventó los primeros chalecos a prueba de poderes y los fabricó para el gobierno. El palacete tiene tres pisos de altura y es más gris que la fuente del abuelo. Lo odio.

—¿Dónde voy a dormir? —pregunto mientras abro la puerta principal.

—Tu habitación, por supuesto —dice el senador.

Todo está prácticamente igual. La misma alfombra sobre el suelo de madera de color corcho. La misma sala para los amigos del senador, pero nunca para mí. La misma terraza acristalada donde mamá solía comer pitahaya mientras leía un libro de no-ficción. El mismo comedor que parecía una sala de juntas dada la frecuencia con la que el senador invitaba a su personal de campaña. El mismo crujido en el séptimo escalón de la escalera. Los mismos retratos de figuras políticas que se alinean en el pasillo cuando paso por la oficina del senador y abro la puerta de mi dormitorio.

La mayor parte de la habitación sigue igual. Todas las paredes son blancas excepto una que había empapelado con diamantes negros. Las cortinas verdes están abiertas y puedo ver que el Soñador Coronado ha desaparecido del cielo. Mis velas de colores están en la estantería llena de biografías de políticos que reescribieron la historia para engañarme a mí y a millones de personas más haciéndonos pensar que todos los celestiales son peligrosos. Me detengo frente a mi escritorio y miro las fotos que no deberían estar ahí.

A mediados de febrero, un mes después de que el mundo pensara que había muerto, encontré este artículo sobre padres en duelo que habían perdido a sus hijos. Una madre entró en depresión porque estaba embarazada y ya no confiaba en sí misma para mantenerlos con vida. Otros padres jóvenes recaudaron fondos para que menos niños tuvieran que morir a causa de un tipo de cáncer que se llevó a los suyos. El caso que más me atrapó fue el de un padre que se negó a sacar un solo calcetín, juguete o taza de la habitación de su hija para preservar su memoria. Me preguntaba si el senador habría dejado mi habitación intacta. Pero no lo ha hecho.

En algún momento durante el mes de abril, el senador enseñó mi dormitorio a Wolf News. Ha puesto fotografías nuestras: la noche en que fue elegido senador; nuestro viaje en barco por el mar Caribe mientras visitábamos la República Dominicana, un viaje que estaba planeado para que mamá pasara tiempo con sus parientes lejanos; y el primer día de octavo grado. Debería haberme dado cuenta de que era un truco publicitario, ya que era la primera vez que mamá no estaba para llevarme a la escuela. El senador se quedó observando más tiempo la foto en la que salimos los dos en traje saludando en las escaleras de un juzgado en el Bronx, momentos después de que anunciase que se postulaba para presidente.

«Eduardo es la razón por la que creo que puedo liderar nuestra gran nación», le había dicho el senador al reportero. «Especialmente después de haber perdido a Esmeralda». Luego hizo un ridículo silencio que los editores consideraron digno de mantener en el corte final.

Tiro la foto directamente a la basura, odiando el hecho de que lo más probable es que deba agradecerle mis dotes de actor al senador. Pensar en actuar me recuerda a la foto que está desaparecida desde que me fui. La busco porque ya no está en mi mesita de noche, pero no está aquí. En la foto estábamos mamá y yo en la noche de inauguración de mi primera obra de teatro en el colegio. Estaba vestido como el nieto de este domador de dragones y mamá me daba un beso en la frente. El senador no estaba ahí por una recaudación de fondos de última hora. En ese entonces me enfadé porque no vino, pero ahora estoy enfadado porque ha borrado por completo un gran recuerdo físico de esa noche.

Me dirijo a la puerta derecha mientras el senador y Jax vienen por el pasillo. Jax me empuja de vuelta a la habitación y casi me caigo.

—Controla a tu lacayo —le digo.

—Jax no necesita control. Él coopera —contesta el senador—. Tienes que seguir su ejemplo.

—Tienes que devolverme la foto en la que estoy con mi madre.

El senador lo piensa durante un segundo y luego se ríe.

—¿Esa de una obra de teatro? Yo no salía, así que la hemos tirado.

—No tenías ningún derecho.

—Los muertos no tienen posesiones, y se suponía que tú debías ser uno. Si quisieras tanto esa foto, podrías haber resucitado para esa ocasión. —El senador aplaude—. Bueno, tengo que hablar sobre asuntos privados con Bishop y debo avisar a los otros sobre tu regreso. Si necesitas algo de las cocinas, Jax te lo enviará y te acompañará al baño según sea necesario.

—¿Para protegerme? —pregunto con sorna.

—Para proteger mi campaña —dice el senador—. Bienvenido a casa, Eduardo. Que tengas buenas noches.

Jax cierra telequinéticamente la puerta en mi cara.

De todas mis pesadillas acerca del momento en el que el senador descubriera que estoy vivo, nunca pensé que volvería aquí. Muerto en el instante siempre parecía más probable. Todavía hay tiempo para que eso suceda si no coopero.

Me siento en mi cama, exhausto. Había olvidado lo cómoda que era. He llegado muy lejos desde que dormía en colchones, sofás, bancos del metro e incluso en el suelo del armario de suministros cuando manipulé a Emil y los Portadores de Hechizos para que me tomaran como rehén. Todo esto sería un poco más fácil si Emil estuviera aquí conmigo. Si pudiéramos hablar de nuestras propias vidas en lugar de cómo salvar las de los demás.

Pero mi vida aquí no será fácil. Me mantendrá desconectado. Nunca he tenido una tele en mi habitación, y el senador no va a darme una ahora, así puede seguir controlando la narrativa. Aun así, hay una narrativa que no puede controlar: nunca volverá a engañarme haciéndome pensar que esta lujosa casa no es una prisión. Excepto en las cárceles tradicionales, se espera que los presos mantengan la cabeza baja y se comporten mientras cumplen su condena. Aquí, en casa, el senador va a corromperme aún más.

6
DE TAL PALO TAL ASTILLA

BRIGHTON

Me despierto con un tubo en la garganta y cables en los brazos, y me asusto.

Emil pide ayuda y los médicos se apresuran a entrar, diciéndome que me relaje y que deje que las máquinas me ayuden a respirar un poco más. Pero el llanto de Emil me da más ganas de entrar en pánico, así que miro por la ventana. La negrura del cielo ha sido reemplazada por tonos naranjas, rosas y azules brillantes. Está amaneciendo. ¿Han pasado horas desde que me desmayé? Supongo que sí, ya que mamá también estaría a mi lado si hubiera pasado más tiempo.

Cuando por fin me calmo, no puedo evitar pensar en esa vez en que papá se despertó solo en su habitación del hospital. Estaba tan asustado, que se sentía retraído. Se supone que los niños no son los que deben meter a sus padres en la cama después de haber tenido una pesadilla, o revisar los armarios para asegurarse de que los basiliscos no están ahí escondidos. Papá explicó que su miedo era morir solo, y eso nos marcó a todos. Desde ese momento, siempre nos aseguramos de que hubiera alguien allí cuando papá se despertara, incluso si eso significaba faltar a clase, al trabajo, a los cumpleaños, a las sesiones de tutoría de Emil y a mis actividades extraescolares.

Tuve suerte de tener a Emil para hacerme compañía. Más suerte aún de que esté vivo. Pero definitivamente estoy olvidando que Prudencia no está aquí.

Una hora después, una enfermera vuelve para parar la intubación. Mi garganta está seca e hinchada cuando me quita el tubo, pero puedo respirar bien. Una médica, la doctora Bowes, me toma la temperatura, me examina los sentidos y evalúa los niveles de energía. Estoy ardiendo y Emil me coloca una toalla fría en la frente. Solía estar fuera mirando cada vez que veía a papá tratar de mantenerse fuerte mientras las médicas lo sacudían. Pero la hierba no es siempre más verde en el otro lado, Emil me ve sufrir. Cada vez ardo más. Lo mismo le sucedió a él cuando aparecieron sus poderes por primera vez. Puede que sea algo bueno, excepto por que también fue lo que le sucedió a papá antes de morir. Emil me ayuda a quitarme la camisa, aunque la cosa no mejora demasiado.

Me estoy preparando para preguntar una cosa y me vienen arcadas, me pongo nervioso y empiezo a temblar.

—Me estoy muriendo, ¿verdad?

La expresión solemne de la doctora Bowes lo dice todo.

—Parece ser que tu cuerpo está rechazando el elixir que bebiste. Creemos que te quedan pocos meses más por delante.

No lo entiendo, resplandecí después de beber la Sangre de la Parca. Eso tiene que significar algo.

—Pero el elixir se mezcló y consumió cuando el Soñador Coronado estaba en su cenit.

—La alquimia de sangre para espectros ha existido durante décadas, pero no hay métodos infalibles —dice.

Incluso con todos los cálculos de Luna, el elixir también podría haberse vuelto contra ella. Si la salvé de todo lo que estoy pasando, espero que haya sufrido mi hechizo antes de morir. Hay peores legados que podría tener.

—Estamos preparando algunas pruebas más para hacerte y luego podemos explorar prácticas alternativas para limpiar tu sangre —dice la doctora Bowes—. ¿Necesitas algo más, Brighton?

—Necesito un minuto.

La doctora Bowes dice algo antes de irse, pero no la escucho porque estoy demasiado ocupado con mis propios pensamientos sobre cómo el elixir ha salido por la culata.

Emil y yo nos quedamos solos y no decimos nada. Me da trocitos de hielo para masticar y me hace sentir culpable de lo triste que se ve, así que me concentro en el cielo. Me pregunto cuántos cielos más podré ver antes de morir. Si podré ver a mamá. Hablar las cosas con Prudencia. Si Emil y yo…

—¿Era verdad lo que dijiste en la iglesia? —pregunta Emil, poniendo fin al silencio.

Dije muchas cosas, pero supongo que me está preguntando sobre lo que dije antes de beber la sangre. Dije que preferiría morir, como papá, que vivir sin poderes.

—Ya puedes decir «te lo dije» —respondo.

—No va a pasar. Todo el mundo ignora a su hermano mayor —dice Emil.

—Soy mayor. Yo nací primero… creo que nací primero. En realidad, no lo sabemos.

—Tengo dos vidas extra. Yo gano.

A pesar de que es humor forzado, es la conversación más fácil que hemos tenido en semanas. Todo lo demás ha sido una batalla sobre la mejor manera de abordar nuestras posiciones en esta guerra. Por extraño que parezca, la última vez que fue tan fácil hablar con Emil fue después de descubrir que era adoptado. Hablamos de que siempre íbamos a ser hermanos, sin importar el qué.

—¿Recuerdas al que me hacía *bullying* en séptimo grado? —pregunto—. ¿El que odiaba mis vídeos de YouTube?

—La primera vez que le pegué a alguien que no eras tú —dice Emil.

Cuando éramos pequeños solíamos pelearnos, siempre por tonterías. Una vez estaba practicando su dibujo, dibujó un superhéroe en uno de mis cómics y dejó marcas de lápiz por toda la página. Otra vez me apropié de la televisión para jugar un juego de rol en el que puedes construir tu propio celestial. Pero esas peleas eran diferentes a las que teníamos con otras personas en el colegio o en el barrio. Observar cómo Emil tumbaba a ese niño era algo que me hubiera gustado tener en cámara para poder verlo mil veces.

—Fue increíble —digo.

—Hasta que él me devolvió el golpe y te pegó también.

—Nos pegaron a los dos. Incluso en ese entonces.

—Tiempos mejores —dice Emil.

Pues sí. No cambiaría esta guerra por peleas en el patio del colegio. Pero ojalá todo fuera diferente. Emil y yo podríamos ser unos poderosos Reyes de la Luz, como soñábamos cuando éramos pequeños.

—Ojalá no fuera tu hermano —dice Emil.

Eso me duele más que descubrir que estoy muriendo.

—No, eso no ha sonado bien —agrega, con la cara roja—. Lo siento. Ojalá fueras hijo único. Me encanta ser tu hermano, Bright, pero nuestra hermandad es lo que te involucró en esta guerra, para empezar. Si papá no me hubiera encontrado en esa esquina, estarías a salvo en casa y cubrirías toda esta acción para tus *Celestiales de Nueva York*. No estarías…

—¿Qué, muriendo? No, pero tampoco sería feliz.

—Lo sé, pero nunca te habías involucrado en nada de esto hasta que comenzaste a vivir en mi sombra. No te habrías sentido tan competitivo o incompleto. Solo digo que desearía que otra familia me hubiera encontrado.

—No, lo que estás diciendo es que desearías no estar involucrado. Adivina qué, Hijo Infinito, fui yo quien detuvo a Luna, no tú. Si no hubiera estado allí, estarías muerto y Luna sería inmortal. ¿Cómo puede ser eso bueno para alguien? ¿Para el mundo?

Emil salta de su silla y le da una patada.

—¡No me importa el mundo! ¡Me preocupo por ti!

—¡Por eso soy yo el que debería tener poderes! Podría demostrar que no todos los espectros son malos, que podemos confiar en la gente normal con poderes. Que todos podemos ser más como Bautista. Ser más como tú.

Me duele usar a Emil como un buen ejemplo, pero es verdad. El poder no lo corrompió, y la corrupción parece ser la narrativa popular sobre cualquier espectro. Este país se está haciendo un flaco favor al asumir que todos abusarán de sus capacidades. En este momento, las fuerzas del orden son las únicas unidades de operaciones especiales autorizadas a acabar con los artesanos de luz. Algunos celestiales han sido contratados como fuerzas del orden, sí, pero la mayoría son humanos que están contraatacando con varitas, granadas de gemas y otras armas impulsadas por los artesanos de luz. Pero ¿y si confiáramos en más personas con poderes? ¿Qué pasaría si pudiéramos usar sangre de criaturas para fortalecer a los soldados en el ejército, oficiales de policía, guardaespaldas y protectores de todo tipo? No podemos asumir que todo saldrá mal solo porque unos pocos elegidos abusan de ese privilegio.

—Por centésima vez —dice Emil, temblando—. No quiero estos poderes. No son la solución a mis problemas.

—¡Quizá te sentirías diferente si hubieras visto morir a papá! —Eso lo hace callar.

A ambos nos cuesta respirar. Tengo las mejillas mojadas de lágrimas y sudor. Mi puño tiembla tan fuerte que podría golpear una pared y no sentir nada.

—Siempre tuve la esperanza de que papá muriera en paz mientras dormía con todos nosotros. No estaba preparado para estar a solas con él cuando todo sucedió tan violentamente. De repente me estaba explicando por qué ya no le gustaba su libro favorito y un segundo después lo tomó tan fuerte que rompió la cubierta. Me arrodillé ante él y me agarró de la mano y sus ojos se agrandaron...

—Brighton, para, para...

—... escupió sangre mientras lloraba y le rogué que aguantara y su mano perdió la fuerza. Su cabeza chocó con brusquedad contra la mía y mis reflejos lo apartaron. Me miraba fijamente sin parpadear. Le grité que se despertara, aunque sabía que se había ido.

Estoy llorando.

Es la primera vez que me quito este peso de encima. Es un alivio parecido a cuando me sacaba la mochila cargada de libros de texto. Me acuerdo de muchos más detalles de la muerte de papá, pero Emil no necesita más. Está llorando mucho, como si fuera el funeral de papá otra vez.

—No quiero morir contigo pensando que esto ha pasado solo porque tengo sed de poder —le digo mientras me mira como si hubiera cometido el acto más imperdonable—. Bebí la Sangre de la Parca porque pensé que los poderes me protegerían en este mundo aterrador, donde un día estás sano y al día siguiente te estás muriendo. —Mi garganta se tensa y mi voz se reduce a un susurro—. Espero que el día que yo muera, tú no estés cerca. Tendrás tantas cicatrices que lo recordarás en cada vida.

7
EL DIARIO

EMIL

Creedme, he intentado varias veces que Brighton hable de la muerte de papá, y entiendo que quisiera protegerme, pero nunca hubiera pensado que usaría los detalles más gráficos en mi contra, ni en un millón de vidas.

Ando por el pasillo y llego a mi habitación, apoyo la cabeza en la almohada y Prudencia me da un masaje en los hombros para consolarme. Estoy llorando muchísimo, los ojos me arden, y me hubiera jugado dinero a que no me quedaban más lágrimas, pero sigo llorando mucho porque no puedo sacarme de la cabeza la imagen de papá llorando y chocando contra Brighton. No sé cómo Brighton no iba al psicólogo todas las semanas. Incluso yo iba a terapia, y eso que no sufrí todo lo que él sufrió.

—Eso no fue justo por su parte —dice Prudencia.

No le he dicho todo lo que Brighton me contó. Ella también quería a mi padre, no necesita conocer esas imágenes.

—Brighton ha estado cargando esto sobre sus hombros solo durante meses —digo mientras me doy la vuelta y noto el dolor de mi herida—. Entiendo por qué no ha podido mantener la calma.

—Se ha equivocado al compartirlo en un arrebato, cuando menos lo esperabas.

No lo niego.

Sigo intentando concentrarme en los buenos recuerdos con papá, como cuando alquiló un coche y nos llevó a todos por sorpresa a Poconos de vacaciones, o cuando hicimos una maratón de documentales de naturaleza sobre los fénix, los dos solos. Pero solo puedo pensar en lo que debió sufrir durante sus últimos días. ¿Quería disculparse con Brighton por haberle escupido sangre en la cara? ¿Lo hacía feliz, aunque fuera un poquito, el hecho de haber estado con su único hijo biológico al morir?

Me enfrento a los hechos. Mis padres solo esperaban tener un hijo cuando nació Brighton, pero cuando papá salió del hospital para traerle globos a mamá y me vio en una esquina, me llevó a casa porque pensó que estaba abandonado. No sabía que yo no era un recién nacido, sino un renacido de una llamarada de fuego. Ninguno de nosotros lo sabía hasta hace unas semanas cuando lo descubrimos con los Portadores de Hechizos. Sé que papá me quería. Pero si alguien le hubiera puesto una varita en la cabeza y le hubiera preguntado qué hijo prefería que estuviera con él al morir, ahora más que nunca tiene sentido que hubiera elegido a Brighton.

—Oye —dice Iris mientras entra sujetando un teléfono con la mano vendada—. ¿Cómo estás?

—Bien —digo. Me cuesta moverme aún, pero el puñal asesino de infinitos está hecho para matar a los fénix y evitar que resuciten. La primera vez que me hirieron, mis poderes todavía seguían conmigo, pero más débiles. Tendré que ver qué queda cuando llegue el momento de volver a usarlos—. ¿Tú cómo estás?

—Tengo un esguince en los puños por culpa de romper ladrillos, pero gracias a la pomada que me han puesto podré volver a demoler paredes en nada —dice Iris.

—Gracias por sacarnos de ahí —comenta Prudencia—. Se estaban acercando.

Iris asiente.

—¿Qué pasa con Brighton?

No sé cómo responder a eso, en general.

—No lo sé.

—Bueno, tienes que hablar con tu madre. Carolina sigue amenazando con tomar un autobús y venir desde Filadelfia si no la llamáis.

—No le voy a hablar de la Sangre de la Parca —le digo.

—Tu familia, tu problema —responde Iris—. No le hemos dicho a tu madre que hemos acampado en el hospital de Cuidados Celestiales, pero nuestro plan es que Eva y Carolina lleguen mañana por la tarde. Wesley, con suerte, habrá descubierto nuestro próximo refugio.

—A escondernos otra vez —digo.

—Puedes volver a tu casa, si quieres. Avísame si los Regadores de Sangre llaman a tu puerta.

Me uní a los Portadores de Hechizos después de que Ness, haciéndose pasar por Atlas, me sorprendiera en casa para arrastrarme hasta Luna. Pero afortunadamente el verdadero Atlas apareció y nos salvó a Brighton y a mí. No existe mundo en el que podamos vivir allí otra vez sin volvernos locos, preocupados por que los Regadores de Sangre, o cualquier otra persona que me quiera muerto, nos maten a todos mientras dormimos. Más paraísos no habrá. Iris marca un número.

—Eva, nena. ¿Está Carolina? Pondré a Emil en la línea… Perfecto… Yo también te quiero.

Es precioso que Iris y Eva y todos los Portadores de Hechizos hayan encontrado el amor en medio de esta guerra. Pero yo no sé cómo hacerlo mientras intento sobrevivir. La muerte de Atlas no me da más ganas de averiguarlo, pero lamento no haberlo explorado con Ness cuando tuve la oportunidad. Quizás hubiera sido mejor haber amado, perdido y todo eso.

Tomo el teléfono de Iris y hablo.

—¿Mamá?

—Mi Emilio, ¿cómo estás? ¿Por qué no has llamado antes?

Salgo al pasillo y camino hacia la habitación de Brighton.

—Lo siento, mamá, han pasado tantas cosas. Pero Brighton y yo volvemos a estar juntos.

—Esa es la única razón por la que aún no me he vuelto loca. Eva dice que habéis ganado. Habéis detenido a Luna. Así que todo ha terminado.

—Hemos ganado —le digo. La verdad detrás de esa victoria va a romperle el corazón—. Pero creo que aún no ha terminado. Todavía tenemos que atar algunos cabos.

—¿Qué quieres decir?

—No te preocupes. Yo me voy a encargar de todo.

—¿Dónde está Brighton? Quiero hablar con él.

A través de la ventana triangular de Brighton, lo veo mirando al cielo.

—Ahora mismo está descansando. ¿Has podido dormir?

—No, pero la maravillosa novia de Wesley, Ruth, ya me ha preparado la cama. Ahora que he escuchado tu voz ya podré dormir.

Me gusta saber que las cosas le van bien en Filadelfia.

—Por favor, descansa, mamá. Llámanos por la mañana cuando estés de camino.

—Lo haré. Os quiero mucho, chicos.

—Yo también te quiero.

Colgamos.

Voy a darle a mamá una vida lo más normal que pueda, una vida a la que espero que Brighton se sume porque estoy harto de todo este caos y de lo que le ha hecho a nuestra familia. Si no puedo salvarlo con la poción que apaga el poder, entonces mamá sabrá que hice todo lo que pude para mantener vivo a su único hijo biológico. Es lo menos que puedo hacer por todos los problemas que le he causado.

Vuelvo a mi cuarto. Prudencia está descansando en mi cama e Iris se quita una de sus vendas.

—Gracias —le digo, devolviéndole el teléfono a Iris.

—¿Carolina está más calmada?

—Sí, pero cuando se entere de lo de la Sangre de la Parca, se pondrá furiosa. Tengo que concentrarme en la poción que apaga el poder.

—Ya lo estabas haciendo —dice ella.

—No, mi enfoque se dividió por culpa del Soñador Coronado. Pero ahora que he cumplido mi parte del trato y he detenido a Luna, prestaré toda mi atención a esta poción para salvar a Brighton.

Iris no discute.

—El mundo te lo agradece. Bueno, el mundo no nos lo está agradeciendo. Ya me entiendes.

—¿Cuál es el plan? —pregunta Prudencia.

—No hemos podido averiguar qué significan los ingredientes en el diario de Bautista. Apuesto a que él y Sera estaban cerca; solo tenemos que terminar el trabajo. Es hora de que le pidamos directamente a un alquimista que lo decodifique todo y rápido, para que podamos salvar a Brighton también.

Iris se ríe.

—Lo siento, pero sabes que la mayoría de los alquimistas de alto nivel en Nueva York juraron lealtad a Luna, ¿verdad? Incluso algunos de los alquimistas más jóvenes que no están de acuerdo con ella respetan su trabajo. Es poco probable que Luna haya sobrevivido a ese ataque, y una vez que se supo que tú participaste en su muerte, todos intentarán hacerse un nombre.

—Y qué mejor manera de hacerlo que atrapándonos —dice Prudencia.

Puedo dejar de luchar, pero eso no impedirá que otros me persigan.

—Entonces no le preguntamos a un alquimista —digo—. La doctora Bowes estudió alquimia. Ella podría conocer los ingredientes.

Prudencia se lo plantea durante un segundo.

—Después de todo lo que ocurrió con Kirk, debemos tener cuidado. ¿Confiamos en ella?

—No nos ha vendido —dice Iris—. Todavía.

—La doctora Bowes no lo haría. Ella siempre ha querido a los Portadores de Hechizos.

—Por algo hay que empezar —dice Prudencia, dirigiéndose hacia la puerta—. El diario está en el coche.

La sigo escaleras abajo, y cuando llegamos al coche de Iris, abre el maletero con sus poderes. El diario está dentro de su mochila, y doy las gracias de que no lo haya dejado en Nova mientras yo estaba ocupado tratando de proteger a Gravesend. Prudencia me entrega el diario y resurge la esperanza cuando lo miro de nuevo. Está revestido en cuero azul oscuro, y hay una esfera de fuego en la portada, dorada como las llamas que Bautista creaba. De regreso en el ascensor, hojeo y encuentro las páginas con los ingredientes que no pudimos traducir.

Encontramos la oficina de la doctora Bowes con la puerta abierta. Levanta la vista de su ordenador.

—Emil, Prudencia. Entrad, por favor. —Nos sentamos en el pequeño sofá amarillo que tiene en su oficina y huelo el olor de las rosas que tengo al lado—. La semana pasada fue el decimoquinto aniversario —dice cuando me ve mirándolas. Hay una foto de la doctora Bowes con su familia en Egipto y otra de ella en una piscina de bolas con su hijo. Debería estar en casa con su hijo y su marido, no trabajando horas extras para mantenernos a todos con vida—. ¿Qué puedo hacer por vosotros?

—Odio pedir, pero necesitamos tu ayuda —digo.

—Y discreción —añade Prudencia.

La doctora Bowes se endereza.

—Lo haré lo mejor que pueda.

—Sé que no podemos eliminar por completo la esencia de las criaturas una vez que están dentro del cuerpo de un ser humano, pero esperamos poder encerrar bajo llave todos los poderes que conlleva ser un espectro, y que dejen de devorar a Brighton. —Toco la portada del diario—. Esto pertenecía a Bautista y a Sera Córdova.

La doctora Bowes mira el diario como si fuera un tesoro desenterrado.

—Recuerdo todos los rumores sobre lo impresionante que era Sera. Incluso se habló de que ella y Bautista tenían una relación sentimental.

No voy a entrar en el árbol genealógico de Bautista, especialmente no donde Maribelle y yo estamos.

—No sé nada de eso, pero sus notas son confusas.

—Hay muchos ingredientes que no podemos traducir —dice Prudencia—. Hemos mirado en libros de texto, por Internet. No sale nada.

—¿Qué ingredientes? —pregunta la doctora Bowes.

Los leo en voz alta:

—Cáscara fantasma, polvo de cúmulo, pluma de roca, lágrimas de hueso, baya quemada, raíz carmesí, ceniza sombría y agua del Mar de la Sombra. ¿Te suena alguno?

La doctora Bowes niega con la cabeza.

—Ni uno.

—¿Podrían ser nombres arcaicos? —pregunta Prudencia.

—Tal vez, pero creo que es más probable que sean nombres inventados. A lo largo de los años, los alquimistas han trabajado para definir sus legados con obras innovadoras. Incluso la gran devastación que Keon Máximo causó al crear espectros es histórica —dice la doctora Bowes. Mantengo la cara seria, sin reconocer mi primera vida—. Los alquimistas rivales han querido dejar su huella en el mundo desde entonces, y algunos comenzaron a robar las fórmulas de otros y a reclamarlas como propias. Al usar nombres en clave que solo el alquimista original entenderá, su trabajo está protegido.

Es un asco que no podamos convocar al fantasma de Sera y pedirle que nos cuente el secreto, pero sabemos muy bien que los fantasmas solo hablan con aullidos que te hacen sentir desesperado y miserable. No es que necesite ayuda en ese departamento.

Cierro el diario.

—Así que estamos jodidos. Tiene que haber otra manera —dice Prudencia.

—¿Qué, simplemente tiramos un montón de ingredientes en un caldero y esperamos que sea la combinación correcta?

—Los planetas no se forman en un día —dice la doctora Bowes.

Sé que es una expresión, pero a diferencia de los planetas, esta poción no se creará sola.

—Las mentes más inteligentes y con recursos de verdad han intentado descubrir la manera de quitarle los poderes a alguien, pero no han encontrado nada. Podríamos pasar el resto de nuestras vidas experimentando con esta fórmula para acabar descubriendo que Sera estaba totalmente equivocada. Esto es… —Intento respirar profundamente, pero la ansiedad me gana—. Por eso no quería involucrarme. Esto es superior a mí, no puedo ganar. —Me levanto y le entrego el diario a Prudencia—. He terminado. No seré yo el próximo Bautista. Lo siento.

Brighton tenía razón. Quizá haya obtenido poderes el hermano equivocado.

8
CREÍDO

BRIGHTON

Hay demasiada gente en esta sala, por el amor de las estrellas. Emil está revisando los resultados de las pruebas con la doctora Bowes, y a juzgar por su rostro, no parecen buenos. Wesley se inclina junto a la ventana y envía mensajes a sus contactos para saber cuál es el próximo refugio. Por suerte Iris sale al pasillo para hablar con Eva. También hay un montón de médicos, pero con todo el mundo entrando y saliendo, no he visto a Prudencia ni a Maribelle desde que llegamos hace un par de noches. Una persona está de luto por su novio. La otra no lo está. No estaré cuando Prudencia se arrepienta de haberme evitado; ese será el problema de su futuro psicólogo.

Entra otro médico, el doctor Oshiro, pero me parece bien. Sus métodos de ayuda son más sencillos que los de los demás. Cuando era niño pensaba que todos los médicos del centro de Cuidados Celestiales tenían poderes curativos, pero papá me explicó que si en el mundo hubiera tantos médicos con poderes, no habría tantos pacientes en los hospitales. Desafortunadamente, ese no es el caso, pero el doctor Oshiro hace un muy buen trabajo bajándome la temperatura. Me pide que respire profundo y me preparo para el toque de su mano helada en mi frente. Se siente como esos primeros momentos en los que salgo a una tormenta de nieve, maldiciéndome por no usar un pasamontañas para proteger mi cara del frío, pero luego su toque enfría todo mi cuerpo en segundos, y es como si me hubiera estado relajando en una piscina todo el día para escapar del calor del verano. No es el tipo de poder por el que hubiera arriesgado mi vida, pero tiene sus usos.

No he podido dormir anoche. Los efectos secundarios de la intoxicación sanguínea son terribles, pero me preocupa más el daño que le hice a Emil ayer. Disculparse es inútil. No era como las veces pasadas en las que priorizaba mi enfado antes que sus sentimientos, como esa ocasión en la que no quiso parar el pódcast cuando yo intentaba estudiar y le dije que estaba tratando de tener éxito en la vida para que no me rechazaran como a él por sus notas bajas. Sé que Emil se esforzaba mucho en el colegio, pero en ese momento me daba igual. Pasaron semanas antes de que volviésemos a estar bien. Necesitaría ser inmortal para poder compensárselo.

El doctor Oshiro y la doctora Bowes se van juntos e Iris vuelve antes de que la puerta se cierre.

—Tu madre ha llamado —dice Iris, entregándome el teléfono.

No creo que esté dispuesto a contarle todo a mamá. Me recuerda a cuando estudiaba para los exámenes finales con días de antelación, pero, aun así, no me sentía preparado. Aunque daba igual si estaba preparado o no, cuando tenía el examen delante, iba a por todas.

Mucha gente querría privacidad en mi lugar, pero he vivido tanta vida en línea que no me importa. Especialmente cuando todos conocen mi condición.

Respiro hondo e intento sonar lo más fuerte que puedo.

—¿Hola?

—Mi estrella brillante —dice mamá con voz temblorosa—. Estoy tan feliz de que hayas vuelto, no puedes marcharte otra vez. Le he dicho lo mismo a tu hermano, ¿te acuerdas? Somos responsables los unos de los otros.

Las lágrimas se abren paso a medida que cada momento que pasa se siente como si se acercara mi final. Me siento culpable por haberla ofendido; me enfadé con Emil y los Portadores de Hechizos cuando me dijeron que no podía ir a más misiones, pero ¿hacerla sufrir así? Prefiero hablar de cualquier otra cosa. Preguntarle sobre su recuerdo favorito con abuelita. La primera receta que aprendió a cocinar. Si vernos a Emil y a mí crecer juntos le hace querer tener su propio hermano. Lo que más echa de menos de papá.

No puedo morir sin ser honesto.

—Lo siento. No volveré a irme. Lo prometo.

—Bien. Tengo ganas de veros a ti y a tu hermano en un par de horas. ¿Estás bien?

—He estado mejor. Ma, he vuelto porque quería derrotar a los Regadores de Sangre. He sobrevivido y aguantado, pero tienes que saber que estoy recibiendo atención médica.

Los paralelos entre Emil y yo siendo tratados en el hospital de Cuidados Celestiales cuando tuvimos que darle noticias a nuestra madre relacionadas con el espectro no se me escapan. Excepto que todo esto es culpa mía.

—¿Qué ha pasado? —pregunta mamá—. ¿Te has quemado? ¿Te has roto algo?

—Nadie me ha hecho daño. Es que… ha sido difícil vivir a la sombra de Emil, y decidí tomar medidas. Mis sueños sacaron lo mejor de mí.

Se queda en silencio tanto rato que tengo que comprobar que no se ha cortado la llamada.

—Sacaste lo mejor de ti, ¿cómo?

—Bebí la Sangre de la Parca y ahora estoy muy enfermo. Quería el máximo poder y…

—¡Brighton Miguel Rey! ¿Cómo…? Has… ¡Eres mejor que eso! La sangre de hidra arruinó a tu padre. ¿Qué te ha hecho pensar que eras la excepción a la regla?

—¡Muchas razones, mamá! Para empezar, tu madre era celestial, así que pensaba que sería más fácil para mi sistema aceptar los poderes. —Todos me miran y Emil se acerca. Intenta quitarme el teléfono y yo le aparto la mano de un golpe—. Podría haber salvado vidas si esto hubiera funcionado. Podría haber estado a salvo de la muerte para siempre.

Mamá está llorando, y me transporta de inmediato a cuando la llamé para darle la noticia de papá. Nunca pensé que las palabras pudieran herir tanto a alguien.

—No puedo perderte a ti también —dice ella—. No puedo creer que te esté perdiendo porque eres tan egoísta…

—¡¿Egoísta?!

—¡Sí, egoísta! ¡Siempre te priorizas antes que a los demás, Brighton, y tu padre y yo no te criamos para que fueras tan creído! Tú…

Estoy ardiendo, como si me hubiera tragado una estrella y estuviera a milisegundos de estallar.

—¡Por esto papá siempre fue mejor! Si le dijera que me estoy muriendo, ¡no gritaría diciendo lo mal que piensa de mí!

Lanzo el teléfono al otro lado de la habitación y la pantalla se rompe contra la pared.

Emil me mira como si fuera una hidra que se ha comido a un fénix y luego escupido los huesos. Wesley está boquiabierto. Iris mira su teléfono roto y probablemente esté pensando en qué brazo me va a arrancar primero para que no pueda romperle nada nunca más.

—No me miréis como si supierais cómo me estaba hablando —digo.

Emil me mira fijamente a los ojos.

—Genial, si necesitas desahogarte, yo seré tu saco de boxeo, pero no las tomes con nuestra madre como si ella te hubiese dado la Sangre de la Parca y esperes que me ponga de tu lado. Has cruzado la línea, a lo grande.

Sale corriendo de la habitación.

Iris recoge el teléfono y lo examina antes de tirarlo a la basura.

—Era mi último teléfono. Wesley, ¿te importaría conseguir algunos nuevos?

—Tenemos poco dinero —dice él.

—Entonces cámbialos por favores. Alguien tiene que tener contacto con un comprador al por mayor —dice Iris al salir.

—Hecho.

Wesley se acerca a los pies de mi cama como si estuviera a punto de decir algo, pero me lanza una mirada de lástima antes de irse. Lo tiene tan fácil por haber nacido con poderes. Cuando vivía en las calles, usaba su velocidad para sus propios fines egoístas, pero nadie le llamaba la atención. Pero cuando se trata de mí, soy la pesadilla de mi familia porque nadie cree que pueda ser tan bueno y poderoso, si no mejor y más, como cualquier Portador de Hechizos en este edificio.

Me quedo solo. Cierro los ojos con fuerza y trato de obligarme a descansar para no tener que pensar en lo mal que mi madre y mi hermano piensan de mí.

9
EL BORDE DEL OLVIDO

MARIBELLE

Me despierto lentamente, preguntándome por qué no siento su barbilla entre mis hombros o su aliento en mi mejilla o sus manos entre las mías. En realidad, no estoy en la cama con Atlas. Estoy sola en su coche. Empiezo a temblar cuando me doy cuenta de que solo era un sueño. Grito y golpeo el volante, la bocina suena una docena de veces. No sé cuánto tiempo he estado dormida. Minutos, supongo. Cuando aparqué el coche fuera del Centro Aldebarán, incliné el asiento y usé mi chaleco a prueba de poderes como almohada, dudando de que pudiera descansar. Pero parece que mi cuerpo solo tomará en cuenta mi venganza durante un tiempo antes de apagarse.

Me seco los ojos y entro en el hospital. Inmediatamente veo a Prudencia, Wesley e Iris siendo escoltados a la cafetería de la facultad. Fantástico. No tendré que aguantarlos cuando vaya a ver cómo está Brighton. Subo en el ascensor, voy a la habitación donde todo el mundo estaba anoche antes de dirigirse a la azotea, y entro.

Brighton está viendo la tele en un carrito que alguien debe haber traído.

—Justo a tiempo. Hemos salido en las noticias —dice.

Me paro junto a él y miro.

El general Bishop (elegido por el senador Iron como su vicepresidente) está en la Iglesia Alpha de la Nueva Vida. Lleva la corbata suelta y la camisa remangada, enseñando los tatuajes de flechas de color verde oscuro en su pálida piel. Sigue intentando recordar al público que es uno de ellos, que se ha ensuciado las manos. La gente pasa por alto que el general Bishop nunca ha sido de clase trabajadora. Su familia vivía lujosamente gracias a lo que su abuelo hizo cuando creó el Confín.

—*¿Me sorprende que estemos aquí de nuevo?* —dice el general Bishop a todos los reporteros—. *Por supuesto que no. Esta pandilla solo se preocupa por ganar la guerra, no por el bienestar de sus vecinos, de sus hogares. Estos jóvenes acólitos, todos aspirantes a convertirse en espectros, anoche fueron masacrados en esta iglesia. Dejad que esa frase os acompañe... ¿No hay vida o lugar sagrado para estos Portadores de Hechizos?* —Su expresión es furiosa; se va inclinando hacia la personalidad de tipo duro que sus seguidores están animando—. *Puede que tus hijos no hayan muerto, pero ¿qué les impide ser seducidos por el poder y terminar muertos?*

Brighton mira hacia abajo. Apago la tele.

—Si hay un lado positivo en todo esto —dice—, es que probablemente no estaré vivo para ver a Iron y a Bishop ganar las elecciones.

Tiene razón. El senador Iron y el general Bishop probablemente tomarán la Casa Blanca. Si van a hacer todo lo que esté en su poder para quitarnos el nuestro, me aseguraré de no caer sola.

Arrastraré a June a la tumba conmigo.

Clavo mi pulgar en mi palma por primera vez en meses. Es una técnica que Atlas me enseñó; él la aprendió después de que condenaran a sus padres por usar sus poderes para robar un banco y fueran enviados al Confín de San Diego. Si presiono el pulgar en mi palma, sentiré lo real que soy. Funcionó incluso cuando estaba hundida en el dolor por haber perdido a mis padres.

—Hubieras sido un gran socio —le digo mientras me siento—. Los Regadores no estaban preparados para la tormenta que estábamos a punto de desatar sobre ellos.

—Está bien saber que alguien creyó en mí —dice.

—Eso no funcionó a tu favor.

—Me diste una oportunidad. Emil, Prudencia, mamá y los demás, no.

—Quizá no, pero el amor se interpone.

—No sé cuánto me aman —dice Brighton—. Les dije cosas realmente horribles a Emil y a mamá, y Prudencia no me ha venido a ver ni una vez.

—A Prudencia le importas. Lo veo en sus actos. —No es de mi incumbencia. Pero que Prudencia proteja su corazón para que Brighton no pueda ser usado en su contra de la forma en que Atlas fue asesinado por mi culpa parece inútil. Brighton ya se está muriendo.

Intenta sentarse.

—¿Qué quieres decir? Yo…

Se oyen hechizos afuera, y me apresuro a llegar a la ventana para ver lo que pasa. Hay un par de camionetas y cuatro motocicletas bloqueando la entrada. Identifico a los acólitos por sus monos grises. Están luchando contra los guardias de seguridad del hospital, ambas partes lanzan hechizos con las varitas. Es difícil distinguir las caras desde el piso catorce, pero no hay duda sobre la chica de seis brazos que sostiene sus propias varitas: Dione. Si una Regadora de Sangre está aquí, los demás no pueden estar muy lejos.

—¿Qué pasa? —pregunta Brighton.

—Regadores de Sangre —digo—. Ve a buscar refugio.

Presiono el botón gris que abre el panel del techo de la cúpula, diseñado para permitir que los celestiales aceleren su curación durmiendo bajo el cielo nocturno. Necesito salir rápido, así que cuando el techo está lo suficientemente abierto, levito hasta el borde, me deslizo por el lado de la cúpula y salgo del edificio. El viento ruge en mis oídos mientras mantengo las manos a los lados para parecer un misil. Cuando estoy cerca del suelo, activo mi poder, empujo hacia atrás unos pies y me deslizo hacia abajo en un círculo. Me dejo caer en el aparcamiento, y cuando mis sentidos psíquicos indican que hay peligro, me sumerjo detrás de un coche, agarrándome en el aire para no golpear el concreto. Se están disparando más hechizos en el coche, y me alejo antes de que explote y me lleve consigo.

Las puertas de la entrada se abren, e Iris y Wesley salen corriendo junto con otros tres guardias de seguridad. Aunque está claro que los acólitos están directamente frente a ellos, siguen mirando a su alrededor. Iris señala, mientras que Eva y Ruth están aquí y están ayudando a Carolina a salir de una camioneta verde. Ninguna tiene los poderes necesarios para enfrentarse a los acólitos. Iris les dice que se queden dentro del coche, pero no la oyen. Corre mientras los hechizos impactan contra ella, frenándola, hasta que Dione carga desde el otro lado del aparcamiento y la ataca.

Los acólitos disparan hechizos a la camioneta verde mientras se va acercando a mí. Ruth está en el asiento del conductor, pero otra Ruth sigue ayudando a Eva y a Carolina. No está claro cuál es el clon hasta que el que está en pie se desvanece en un destello púrpura. Cuatro acólitos suben a sus motocicletas y persiguen la camioneta. Derribo a un acólito con una flecha de fuego antes de que llegue demasiado lejos, pero todos los demás desaparecen de la vista cuando atraviesan la salida. El viento sopla; Wesley las persigue para proteger a su novia, tal vez incluso a su hija si Esther estuviera con Ruth.

Corro hacia el coche de Atlas, sabiendo que mi piel no puede resistir los hechizos tanto como la de Iris. Tomo mi chaleco a prueba de poderes del asiento delantero y me lo pongo, rápidamente como mis padres me enseñaron, y agarro la daga del olvido.

Salto y me meto en la batalla, lanzando flechas de fuego a los acólitos. Aterrizo detrás de Dione, y antes de que pueda golpear a Iris con sus seis puños, le hago un corte en la espalda con la daga. Dione grita, se da vuelta y me pega cuatro veces. Un escupitajo sale de mi boca y ella me arrebata la daga. Dione me aprieta la cabeza con un brazo, me da la vuelta y me estampa contra el suelo. Se cierne sobre mí, inmovilizando mis brazos con dos de los suyos y girando la daga del olvido con otro. Intento darle golpes en la cabeza, pero un cuarto brazo agarra mi pie. Dirige la daga hacia mi garganta, pero la mano de Iris se desliza por debajo y la hoja atraviesa su palma, y sangre reluciente se derrama sobre mí. Iris le da un puñetazo en la cara a Dione con la otra mano, y escucho los huesos crujiendo mientras Dione vuela hacia atrás.

Iris se muerde el labio mientras se saca lentamente la daga del olvido de la mano, el hueso retumba cuando la deja caer al suelo. Nos escondemos detrás de un pilar. Iris examina la sangre que le sale de la mano, y me recuerda a cuando éramos niñas, estábamos en el parque y saltó sobre mi espalda para poder experimentar lo que era levitar. Corrimos hacia el borde de la escalera y flotamos en el aire, pero no pude aguantarla demasiado tiempo. Caímos y ella aterrizó sobre un montón de cristales rotos que le atravesaron la piel. Al menos Iris no está llorando ahora.

—Ve a por Eva, está con Carolina, Ruth y Esther.

—Ruth se ha ido —digo.

Miramos alrededor del pilar y vemos a acólitos persiguiendo a Eva y a Carolina.

—Tenemos que atraparlas —dice Iris, despegando a toda velocidad.

Pero ahí es cuando veo a June de pie junto a la señal de entrada del camino, y ella me mira fijamente.

Alzo la daga y voy hacia June, ignorando a Iris que me grita que la ayude porque ella no está a cargo de mí. No le debo nada solo porque le hayan atravesado la mano con una daga. Si ella no me hubiera ocultado mi verdadero linaje, habría entendido mejor mis poderes y habría salvado a nuestros padres y a Atlas. Iris rescatará a Eva y ella le curará la mano. Tengo que matar a June mientras sea tan estúpida como para mostrar su rostro.

Me deslizo tras June mientras ella sale corriendo entre los arbustos y va cuesta abajo. June se lanza a la calle y tiene que atravesar un automóvil que se aproxima, aunque es demasiado tarde para el conductor, que se desvía para evitarla y choca contra otro automóvil. June está en el centro del caos mientras los otros coches que tocan la bocina camuflan el sonido de los hechizos en el hospital. Me dejo caer a la calle, blandiendo la daga. June se desvanece y me patea por detrás, y choco contra el capó de un coche. Mi sentido psíquico se sobrecarga mientras ella reaparece y me ataca. Golpea mi espalda, me clava el codo en el cuello, me da una patada en las costillas. Me golpea el hombro por detrás con tanta fuerza que creo que lo ha dislocado y Atlas no está cerca para ponerlo en su sitio. Mis ojos tiemblan del mareo por el golpe que me ha dado en la cara contra el capó.

Intenta quitarme la daga, y mi brazo está demasiado roto como para sujetarlo con fuerza. Llamas amarillas salen disparadas de mi puño y le queman las manos. ¿Es por eso que ella y los Regadores de Sangre han vuelto? ¿Por la daga? ¿O nos han capturado para vengarse de su creador? No sé si June tiene la humanidad suficiente para cuidar a Luna como una madre, pero espero que haya tenido que ver a Luna morir ahogada en su propia sangre.

Lanzo un chorro de fuego a June, oscureciendo su visión mientras levito a unos tres metros de altura, y cuando camina entre mis llamas esperando encontrarme todavía en el suelo, le lanzo la daga con mi brazo bueno. June me ve justo a tiempo, y la daga la atraviesa, golpeando contra el suelo. Es intocable…

June se da la vuelta lentamente, mirándolo con curiosidad. Sangre gris y roja gotea por su cuerpo sólido.

La daga del olvido puede hacerle daño cuando es incorpórea.

Ambas aprendemos esto al mismo tiempo.

Me dejo caer, agarro y lanzo la daga de nuevo, pero June desaparece en el suelo. Espero a que vuelva a aparecer, pero no lo hace. La sangre gris y roja en la daga es lo más prometedor que he visto en días.

Hay una grieta en la armadura de June y la voy a hacer pedazos.

10
VENENO

BRIGHTON

No han sido demasiadas las veces en las que he echado de menos al Brighton que hace un mes iba a la universidad, pero pagaría mucho dinero por estar ahora mismo en una residencia de estudiantes viendo una serie en la tele con algún compañero de habitación al que odio. En cambio, estoy contemplando cómo sucede una batalla a través de la ventana de un hospital, y creo que alguien vendrá a matarme antes de que yo muera por causas no naturales.

Suena una alarma y, en contra de las indicaciones de todos los médicos, corro. Llego a la puerta y choco tan fuerte con Emil que colapsamos uno encima del otro. Él se queja y yo me froto la frente.

—Tenemos que irnos —dice Emil mientras nos ayudamos mutuamente a levantarnos.

—¿Tú crees?

No llevo nada más que el atuendo del hospital. Ni siquiera tengo tiempo de ponerme los calcetines que Emil me quitó cuando tenía calor, o de llevarme mis deportivas por si vamos fuera. Me duele el cuerpo, pero Emil me arrastra por el pasillo. Las luces del techo parpadean en amarillo y naranja, lo que sé que es una señal de emergencia de la peli de terror de zombis que grabaron en un centro abandonado de Cuidados Celestiales.

—¿Dónde está Prudencia? —pregunto.

—No lo sé.

Llegamos al final del pasillo cuando la doctora Bowes nos llama desde atrás. Abandona sus tacones altos y nos alcanza.

—Vamos a llevaros a un lugar seguro hasta que seguridad pueda hacerse cargo del ataque.

—Son Regadores de Sangre. ¡Van a destrozar a tus guardias! —digo.

El estallido de un hechizo nos pilla por sorpresa y la doctora Bowes nos saca del peligro. El póster que hay detrás de nosotros se incendia. Me doy la vuelta y veo a tres acólitos armados con varitas. Odio a todos los celestiales que han donado su sangre para alimentar todas estas llamadas «armas defensivas», como si no fuera fácil para las personas peligrosas ponerles las manos encima también. A estos acólitos no les importa usar el poder de los demás, si eso es lo que se necesita para convertirse en espectros y tener sus propios poderes algún día. Pero si Luna está muerta, ¿por qué se molestan? ¿Están sirviendo a un nuevo líder?

La doctora Bowes abre la puerta de la escalera y Emil y yo bajamos lo más rápido que podemos, luchando contra nuestro dolor.

—Undécimo piso —dice la doctora Bowes mientras nos sigue.

Los hechizos llueven sobre nosotros mientras los acólitos se ponen al día. Emil abre la puerta y la doctora Bowes hace una pausa antes de cerrarla. Sus ojos brillan con lunas crecientes gemelas mientras extiende sus manos, balanceándolas en caídas y curvas como un péndulo. De repente, hay proyecciones de nosotros tres que continúan bajando silenciosamente las escaleras.

—Los espejismos solo durarán uno o dos pisos antes de que desaparezcan, pero eso debería bastar para proteger a dos héroes —dice la doctora Bowes con orgullo. Parece que no es lo suficientemente fuerte como para proyectar el tipo de espejismos que enmascaraban Nova, pero este truco escénico nos ha salvado la vida.

Nos lleva a un laboratorio y entramos con su tarjeta de acceso. Apaga las luces para que podamos escondernos. Está completamente oscuro hasta que Emil crea una pequeña bola de fuego, retorciéndose de dolor mientras nos lleva a un mostrador lleno de viales, lupas y documentos. Presiona su palma contra la herida. El puñal asesino de infinitos afectó sus poderes cuando Ness lo cortó por primera vez, pero va a doler aún más después de que fuera apuñalado por Luna. Una vez que estamos todos ubicados, Emil cierra la mano y el fuego se apaga. El laboratorio no es más que una respiración profunda en la oscuridad.

—Tal vez debería ayudar —susurra Emil.

—Están aquí por nosotros.

—Están aquí por mí. Yo fui quien mató a Luna.

Debería ser valiente y entregarme para que no hicieran daño a los otros pacientes. Aunque ya sé que me estoy muriendo, no lo tengo asumido. Se me acaba el tiempo, y quiero tanto como sea posible. Las estrellas no me dieron los poderes que quería para proteger a la gente, por lo que todos pueden ser sus propios héroes.

Se escucha un golpe al otro lado de la puerta. Dos golpes, tres golpes, cuatro golpes. ¿Nos han encontrado los acólitos? Algo se rompe fuera. La puerta se abre y las luces del pasillo iluminan la entrada durante un segundo antes de cerrarse otra vez. Oigo pasos ligeros cerca de la habitación.

—*Tss-tss* —sisea un hombre.

Inútilmente pronuncio el nombre de Stanton a Emil, pero él también debería reconocer la voz del espectro con sangre de basilisco. La idea de ser secuestrado por Stanton vuelve a aterrorizarme. Es tan fuerte y agresivo. Solo me mantuvo con vida para poder usarme para enviar un mensaje a Emil, que había huido con la urna de los fantasmas de los padres de Luna. Pero eso no significa que se haya portado bien conmigo. Me estranguló y me pegó hasta dejarme inconsciente.

No dudé en darle mi contraseña para que pudiera subir ese vídeo para Emil en mi propio canal de YouTube. No quería arriesgarme a sufrir torturas de más. Ahora me ha vuelto a encontrar y no creo que esta vez me mantenga con vida.

Si tuviera una varita, le dispararía en el corazón.

Si tuviera poderes, le prendería fuego.

Me concentro y miro la palma de mi mano. Espero que el miedo active mis poderes como lo hizo con los de Emil. Pero todavía estoy envuelto en la oscuridad sin que aparezca una pizca de flama.

—Quizás, solo quizás, estén detrás de ese mostrador —bromea Stanton.

Emil me pega al mostrador.

—Obviamente sabe que estamos aquí —le susurro—. ¿Por qué estoy susurrando? —pregunto en voz alta y me pongo de pie—. Nos has encontrado. —No puedo distinguirlo en la oscuridad—. Adelante, puedes encender las luces.

—¿Qué ocurre? ¿No puedes ver en la oscuridad o sentir los latidos del corazón de tu presa? ¿Su olor? Seguro que estabas deseando que Luna necesitara sangre de basilisco para los poderes que le robaste —dice Stanton desde el extremo derecho de la habitación.

—No conseguí ningún poder. Todo fue un fracaso.

—A Luna le gustará escuchar eso —dice la voz de Stanton desde la otra esquina.

—¡¿Está viva?!

—Aguantando después de que una escoria le diera un golpe bajo.

—Ella me dijo que no debería haberme perdido en el cementerio. Estaba cumpliendo sus deseos.

Intento sonar más valiente de lo que soy, pero estoy muy nervioso. La doctora Bowes temblando en el mostrador no ayuda. Nuestra mejor defensa es Emil, y no está al ciento por ciento. Pero Stanton se mueve silenciosamente, y no podemos intentar vencer a alguien al que ni siquiera podemos ver.

—Un poco de luz —le digo a Emil.

Emil lanza fuego e ilumina el rostro de Stanton justo delante de nosotros.

—Hola. —Lo agarra por el cuello y lo estampa contra una vitrina que se rompe tan fuerte que es como si alguien le hubiera lanzado un hechizo.

Vuelve a estar oscuro sin la luz del fuego de Emil. Ni siquiera lo escucho quejarse. Tengo que llegar hasta él. Busco alguna cosa que pese para intentar defenderme. Escucho que la doctora Bowes corre hacia Emil. La oigo gritar y pienso que habrá pisado un cristal. Noto las uñas de Stanton clavadas en mis hombros y me arroja a la sombra; ni siquiera puedo tratar de ponerme bien porque no sé si chocaré contra algo. Me estampo contra una pared y choco contra un carro con viales. Me quedo sin aliento y respiro con fuerza. Se me clavan trozos de vidrio en el brazo y unos líquidos se derraman en mi pelo como si fueran champú espeso. Un dolor agudo me recorre la espalda y los codos. Estoy mareado y me doy la vuelta.

Stanton presiona su bota contra mi cuello.

—Hay tantas formas de matarte antes de llevarle a Luna tu cabeza. Petrificación. Veneno. Siempre he tenido curiosidad por tocar el pecho de alguien mientras está petrificado y arrancarle el corazón para ver cuánto dolor siente…

Es un basilisco que juega con su comida. Su única motivación es la sangre.

—Puedo petrificarte y hacer que veas cómo torturo a tu hermano. —Aprieta más fuerte sobre mi cuello—. O te puedo matar ahora mismo.

La puerta se abre, revelando una silueta con ojos brillantes. Las luces se encienden cuando Stanton levanta el pie y, antes de que pueda pegarme, Prudencia lo atrapa telequinéticamente. Ella está luchando por suspenderlo. Su poder no es tan fuerte sin el Soñador Coronado. Ruedo unos centímetros, lo suficiente para que Prudencia lo suelte. El pie de Stanton choca contra el suelo como un paso pesado.

Stanton se ríe.

—No eres lo suficientemente fuerte para detenerme.

Prudencia le arroja telequinéticamente varios instrumentos y fragmentos de vidrio. Le están cortando la piel y aun así sonríe con sus terribles dientes.

La doctora Bowes se levanta y aparecen ocho espejismos: dos Brighton, dos Emil, dos Prudencia, dos doctora Bowes. Corren alrededor de Stanton y él les da un puñetazo, atravesándolos como al aire. Luego, Stanton cierra los ojos por un momento, gira y se lanza directamente hacia la doctora Bowes, rompiéndole el cuello. Los espejismos se desvanecen antes de que su cuerpo toque el suelo.

Su muerte no es tan impactante. Es la primera de cuatro en esta sala.

Antes de que me añadan al recuento, reúno todas mis fuerzas y recojo un trozo de vidrio; luego salto sobre los hombros de Stanton y lo apuñalo en el pecho. Intenta apartarme, pero sigo clavando más y más fuerte a pesar de que me estoy cortando con el cristal. Quiere atraparme, pero Prudencia le está atando las manos. Stanton me muerde la mano y sus dientes se afilan, extendiéndose en colmillos como un basilisco real que me atraviesa la palma. Es el mayor dolor que he sentido desde que la Sangre de la Parca me atacó. Parece como fuego recorriendo mis venas, tan caliente que quiere derretir mis huesos. Me caigo.

Me sangra la mano.

Prudencia mantiene a Stanton fijo en su lugar antes de que pueda cargar contra ella.

Llamas doradas y grises iluminan la esquina; Emil, tirado en el suelo, lleva un orbe brillante, aunque parece que está demasiado débil para lanzarlo. Prudencia suelta a Stanton, y él está tan cerca de alcanzarla cuando tira telequinéticamente del orbe de fuego de Emil como si estuviera tensando una cuerda, y golpea a Stanton en la espalda. Se aparta y Stanton se estrella de cabeza contra la pared y se derrumba, inmóvil.

—¿Estás bien? —me pregunta Prudencia mientras se levanta.

Ni siquiera puedo hablar. Mi mano ensangrentada tiembla incontrolablemente y el fuego interior palpita. No hay mejor momento para estar en un hospital, pero ver la cabeza de la doctora Bowes en un ángulo tan antinatural me recuerda lo mortales que somos todos. Cuán inmortal hubiera sido con los poderes de la Parca.

Prudencia ayuda a Emil mientras intenta levantarse solo. Está gimiendo mientras su poder cura automáticamente los cortes de vidrio en su cara y en sus brazos.

—Guau —aparece Maribelle, pasando por encima de Stanton, mientras presiona su puño contra su hombro—. Habéis estado ocupados. —Ella también, a juzgar por la sangre en su rostro y la capa fresca de sangre gris y roja en su daga del olvido. June debe estar muerta.

—Stanton ha matado a la doctora Bowes —dice Prudencia, incapaz de mirar su cadáver.

Gimo de dolor, y Maribelle se agacha a mi lado, sus ojos miran directamente la mordedura en mi mano. De repente todo se vuelve borroso y tengo frío.

—Eso es veneno de basilisco. Necesitamos un antídoto —dice Maribelle.

—¿Qué me va a pasar? —pregunto.

—Te puede matar en unos días —dice.

Mi sentencia de vida sigue reduciéndose.

—¡Encuentra un antídoto!

Prudencia revisa frenéticamente los armarios y Emil intenta ayudar, pero es demasiado lento y débil. Estamos en un hospital que se especializa en lesiones por poderes; encontrar un antídoto no debería ser tan difícil.

Iris irrumpe, al principio sorprendida de ver a Stanton en el suelo, pero luego pasa por encima de él mientras se dirige hacia Maribelle, con su mano ensangrentada en el pecho.

—¡¿A dónde has ido?!

—Tenía que alcanzar a June —dice Maribelle, todavía buscando un antídoto.

—¡Espero que la hayas matado, porque Dione me ha ganado!

—Has perdido una pelea; supéralo —dice Maribelle.

—¡He perdido más que una pelea! Los acólitos han capturado a Eva y a Carolina y se han escapado.

Emil y yo nos miramos a la vez, como una persona y su reflejo, preguntándonos qué significa esto, especialmente para nuestra madre.

Mi mano se tensa por completo, tan rígida que ni siquiera puedo mover un dedo. Es como si hubiera arcilla secándose por todas partes. Mis venas están cambiando a un verde oscuro, el veneno corre por mi brazo y va directo a mi corazón.

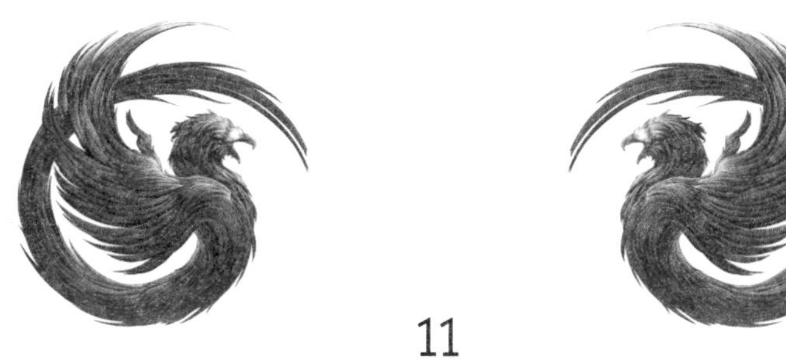

11
REUNIÓN

NESS

Me despierto confundido, especialmente cuando trato de averiguar por qué hay cicatrices en mis costillas y otra arriba de mi tobillo. Todo me cuadra cuando lo miro de cerca, no tengo una complexión pálida. Acabo de tener una pesadilla en la que torturaba a Emil con la daga infinita. Era bastante peor a como sucedió en la vida real, pero quizá representaba cómo se sintió en ese momento, por eso me convertí en él mientras dormía.

A juzgar por el sol, parece que he dormido todo el día.

No me creo que el senador todavía no me haya puesto a trabajar.

Me quedo en la forma de Emil y miro las cicatrices que sus poderes de fénix no han podido curar. Lo ayudé a curar las heridas en un almacén de material de arte en Nova, yo tenía los ojos cerrados porque no quería que viera su cuerpo; incluso la silueta que estoy viendo ahora mismo es mayoritariamente imaginaria, porque Emil siempre viste con ropa ancha. Hay muchas cosas que sacrificaría ahora mismo simplemente para poder tocarlo otra vez. Explorar nuestros sentimientos. Tal vez incluso explorarnos sin nada de ropa.

—¿Ese Portador de Hechizos es tu novio? —pregunta Jax desde la puerta. Su presencia me sorprende por completo.

Mi sangre se precipita a las mejillas de Emil, y resplandezco gris mientras vuelvo a ser yo mismo.

—No —digo mientras me pongo una camiseta. No tengo idea de cuánto tiempo me ha estado observando Jax. No me puedo permitir que el senador piense que Emil es alguien que me interesa—. Es solo un buen chico que ha sido herido por mi culpa. Y aún quedan muchos gracias a vosotros.

Jax no muerde el anzuelo.

—Dime. ¿Cuántas veces te has convertido en otras personas para verlas desnudas?

Me siento en la cama.

—No funciona así.

—Qué pena.

El guardaespaldas Logan y yo tampoco éramos mejores amigos, pero siempre ha habido decencia entre nosotros.

—¿Alguna posibilidad de que Logan te releve de tu turno?

—Se fue después de tu «muerte». Se lo tomó como algo personal —dice Jax—. Pero no te preocupes. No voy a irme.

Dejo que crea que él es el que me tiene acorralado, aunque cada vez que sonríe y se cruza de brazos o pisa con el pie izquierdo, me está dando lo que necesito si consigo la oportunidad de transformarme en él y escapar.

Hace años que soy bueno captando los pequeños detalles. Un ejemplo son las fotos de una sesión familiar en las que salgo sonriendo pero en el fondo llevaba toda la mañana enfadado con mis padres. Tenía once años y ya pensaba en lo raro que era el hecho de poder fingir una sonrisa. Seguí analizando a otras personas, intentando descifrar sus mensajes. ¿Qué sonrisas fingió mamá? ¿Era real la sonrisa de papá cuando me veía en el escenario en las obras de teatro del colegio? ¿O cuando lo dibujé en tercer grado para el Día del Héroe?

Todo esto fue útil a principios de febrero cuando me paré bajo el Fantasma Encapuchado, la constelación que sale dos veces al año y que eleva las habilidades cambiantes, y bebí la poción de Luna para obtener mis poderes. Ella apreciaba lo bien que prestaba atención a los demás, y aunque nuestras sesiones fueron brutales antes de que pudiera dominar el cambio, todo eso influyó en por qué soy tan bueno en lo que hago.

Tengo que usar esto en mi beneficio, pero conspirar contra el senador y su equipo es complicado. No hay forma de saber cuándo Zenon mira a través de mis ojos para ver lo que estoy haciendo. No puedo tomar notas de ningún plan. No puedo forzar la ventana, está soldada. No puedo guardarme nada que pueda usar como arma. Tengo que actuar como si tuviera una cámara en mí en todo momento; no sé si la hay o no. He pasado mucho tiempo en la cama, con los ojos cerrados para tenerlo a oscuras. Está bien que no pueda ver lo que hay dentro de mi cabeza, creo.

Las luces de mi habitación se apagan. Me doy la vuelta pensando que es Jax gastándome una broma, pero el pasillo también está oscuro, y él mira a su alrededor con sospecha.

—Estado —pide Jax al comunicador que lleva en la muñeca.

—*Explorando el perímetro* —responde la voz de Zenon. Luego, segundos más tarde—: *Intrusos. Estamos rodeados.*

—¿Los has identificado? —pregunta Jax.

—*No los veo* —dice Zenon.

Eso significa que quienesquiera que estén cerca de la mansión deben estar separados o sin mirarse los unos a los otros. Cuando una persona está sola, Zenon solo puede identificarla si reconoce su cuerpo o su ropa, o si está mirando fijamente una superficie reflejante como un charco o un vaso.

—Voy a llevar a Eduardo a la sala del pánico —dice Jax.

La sala del pánico ha existido en la mansión desde que el senador era un niño, pero la ha actualizado a lo largo de los años a medida que fue haciendo más enemigos. Tiene todo lo que podríamos necesitar:

conexión a Internet de alta velocidad, neveras con suficiente comida para dos semanas, varitas de primera, baño con ducha, camas plegables y, lo más importante, el bloqueador de poderes más potente que existe. No quiero bajar ahí. No puedo arriesgarme a triplicar el número de candados que me encierran en la mansión.

Es una posibilidad remota, pero ¿y si Emil ha venido a rescatarme? Si sospecha que las fuerzas del orden me han detenido, tal vez haya pensado que la casa familiar sería un buen lugar donde buscarme. Por otra parte, es irrecusable irrumpir en la casa del candidato presidencial que fundamenta su campaña en el odio contra los celestiales. Si los Portadores de Hechizos están arriesgando sus cuellos por mí, es solo porque Emil me hizo volver a por ellos durante la invasión en Nova.

Entonces me viene un pensamiento terrible en mi contra: ¿qué pasa si Emil piensa que me he vuelto a escapar y nunca viene a buscarme?

Jax me dice que lo siga, y yo coopero para ganar tiempo y decidir cuál será mi siguiente paso. Estoy tenso mientras andamos por el pasillo. Algo de cristal se rompe en el vestíbulo, y nos paramos en lo alto de las escaleras. La alarma de seguridad salta durante unos segundos, pero luego para. Ni siquiera yo podría haber desactivado la alarma tan rápido; tal vez Wesley se ha dado prisa y lo ha hecho.

Mientras Jax está distraído, corro hacia la oficina del senador para abrir la ventana y bajar a la terraza. No llego muy lejos antes de que me tire hacia atrás telequinéticamente con tanta fuerza que noto mi columna vertebral a punto de romperse. Estoy suspendido en el aire, con todo mi cuerpo rígido mientras Jax me da la vuelta.

—No vas a ir a ninguna parte —dice con los ojos brillantes.

La voz de Zenon resuena desde el comunicador de Jax.

—*¡Encima de ti!*

Ambos miramos hacia arriba. Mi corazón se hunde cuando no es un Portador de Hechizos quien cae del techo, sino un Regador de Sangre. Dione cae rápido, como cuando saltó de un edificio para escapar de los asesinos. Encara a Jax delante de la oficina con sus seis brazos, inmovilizándolo antes de que pueda defenderse, y desata una oleada de golpes en la cara y el pecho.

El control telequinético sobre mí se rompe.

Tengo que correr. Si no soy lo suficientemente rápido, estar encerrado no será mi mayor problema. Los Regadores me torturarán por haberlos traicionado, hueso por hueso. No quiero estar cerca para ver si Luna tuvo éxito en su ritual. No puedo pasar por la oficina sin arriesgarme a que Dione me agarre con uno de sus brazos. Corro escaleras abajo, doblo la esquina y me apresuro a través del comedor hacia la cocina. El senador y Zenon están de pie en la puerta, y me detengo patinando. Pero Zenon ha sabido esperarme y me estampa contra la pared antes de que pueda cambiar de rumbo.

—¿Por qué están atacando los Regadores de Sangre? —pregunta el senador.

—Dímelo tú.

—¡Te traigo a casa y ni siquiera veinticuatro horas después viene tu pandilla! Como les hayas enviado un mensaje...

—Me escapé de ellos, ¿recuerdas? Tú fuiste quien habló con Luna por última vez. Tal vez esté tratando de librarse de ti para siempre.

Parece como si quisiera estrangularme.

—Se acercan los acólitos —dice Zenon mientras sus ojos brillantes resplandecen como estrellas—. Están todos armados. —Me suelta y apunta con su propia varita a la puerta.

A menos que sea un francotirador, soy nuestra mejor opción. Respiro hondo y la luz gris me baña mientras me transformo en Dione. Es la primera vez que el senador me ve usar mi poder. Odio que al salvarme también lo esté salvando a él. Salgo al comedor con los hombros encorvados, haciendo todo lo posible por imitar la máscara de determinación de Dione cuando está cazando. Los acólitos se paralizan cuando me ven.

—¿Qué estáis haciendo aquí? —digo con la voz de Dione. Nunca tiene paciencia con los acólitos—. Subid las escaleras y repartíos.

Siguen mis órdenes. Esto nos dará un minuto como máximo, solo hasta que encuentren a Dione con Jax. Tengo que escapar antes de que aparezca Stanton. Si está centrado en cazarme, mi forma no significará nada. Estará rastreando mi olor.

—Id a la sala del pánico —dice el senador mientras todos salen de la cocina.

Si estoy encerrado en esa habitación con el senador, solo uno de nosotros saldrá con vida.

—Alguien está entrando. —Zenon señala una pared sin puerta.

Estamos todos confundidos hasta que mi pesadilla se hace realidad: Luna y June salen de la pared de la mano. El cabello plateado de Luna está sucio y hay sangre sobre la misma capa ceremonial que usó la noche que obtuve mis poderes. Manchas de sangre adornan la barriga de su sedosa blusa blanca. Si está herida y todavía se las arregla para mantenerse erguida de esta manera, esto debe significar que ha ganado.

Es imposible de matar.

Zenon dispara múltiples hechizos con su varita, pero atraviesan a Luna y a June como si no estuvieran allí.

Los ojos verdes de Luna me estudian.

—Dione, querida, ¿por qué no le has roto el cuello a ese tonto? —Tiene razón. La lealtad de Dione es siempre hacia la mujer que le dio poderes cuando estaba indefensa en el mundo—. Deja la farsa, querido Ness.

Cruzo los brazos y vuelvo a convertirme en mí.

—Las reuniones familiares son tan bonitas —dice Luna—. Especialmente cuando alguien vuelve de entre los muertos. —Parece distraída por un momento, luego sale de su ensoñación—. Debo decir, senador, que esta bienvenida no es muy acogedora. Primero nos saludan con hechizos, y ahora ni siquiera se nos ofrece un asiento. Pon tu casa en orden.

—Tal vez si nos hubieras avisado —dice el senador—. Si estás aquí por ese espectro tuyo al que han retenido en el Confín, no puedo decirle a Bishop que lo libere bajo ninguna circunstancia. A nuestros seguidores no les gustaría.

Luna hace un gesto con sus manos.

—Ahora mismo no me preocupa Stanton. Es un soldado que comprende los sacrificios que tenemos que hacer.

¿Stanton está encerrado? Ni siquiera me importa saber por qué ahora mismo. Es una gran noticia.

—Entonces, ¿por qué estás aquí? —pregunta el senador.

—Para hablar de nuestro futuro. ¿La sala de estar se encuentra por aquí? —pregunta Luna mientras ella y June, con la mirada muerta, pasan junto a nosotros—. Bonito comedor, por cierto —dice por encima del hombro, caminando por la mansión como si fuera la dueña.

Oigo pasos en las escaleras. Dione me mira, cuatro de sus brazos se retiran a sus costados; miro sus puños ensangrentados antes de que se desvanezcan. Jax podría estar muerto.

—No te atrevas a transformarte en mí otra vez —me dice Dione mientras se acerca a Luna.

Fantástico. Yo también la he cabreado.

Nos reunimos todos en la sala de estar, pero Dione envía a los acólitos a la cocina. Me apoyo en la repisa de la chimenea, deseando poder convertirme en pájaro y salir volando por ahí. Luna se sienta en el sillón del senador, obligándolo a que se acomode en el sofá. Zenon parece cauteloso mientras vigila a Dione y a June.

—He mantenido mi parte del trato, Luna —dice el senador—. ¿Quieres explicarme por qué Eduardo sigue vivo?

—Si querías que tu hijo muriera, podrías haberte ensangrentado las manos. Todavía puedes. De todas las maneras. —Luna se relaja en la silla con las manos cruzadas sobre la rodilla—. Sospecho que está vivo porque reconoces la influencia que su poder puede tener asegurándote estas elecciones.

—Estoy aquí. —Muevo mis manos—. Tal vez podríais discutir sobre si debería estar vivo o muerto en otra habitación.

—Serás despedido en breve —dice Luna—. Te salvé la vida cuando tu padre quiso convertirte en mártir. Te di poder y seguridad. Lo más importante es que te di mi confianza. Me traicionaste al divulgar mi plan más grande a los Portadores de Hechizos y arruinaste décadas de trabajo. —Se detiene y tose sangre, usando la manga de su blusa para limpiarse los labios. Son unas vistas maravillosas; no es inmortal—. No tengo la intención de morir sola, Ness. Como castigo, deberás asegurarte de que todos los Portadores de Hechizos mueran conmigo. —Se gira hacia el senador—. Creo que esta meta será de gran interés para ti a medida que nos acercamos al día de las elecciones.

—Voy ganando en las encuestas —dice el senador—. ¿Qué te hace pensar que necesito tu ayuda?

—Siempre he admirado tu compromiso con un plan, senador, pero no olvides quién lo diseñó todo —dice Luna. Él se sonroja—. El conocimiento que tengo sobre cómo funcionan los poderes de tu hijo nos llevará a ambos muy lejos en nuestros planes.

Estoy a punto de gritarle en la cara cuando Dione se lanza frente a mí y me detiene con su brazo musculoso y tatuado.

—¡Estoy harto de trabajar para ti, Luna! ¡Para los dos!

—Entonces morirán vidas inocentes —dice Luna. Ella asiente con la cabeza hacia June, que desaparece.

Todos estamos en suspenso mientras Luna sigue sonriendo.

Zenon se inclina hacia el senador.

—La chica ha vuelto con dos personas más, señor. Ambas con los ojos vendados.

Me pregunto si uno de ellos será Emil, pero cuando June reaparece, está agarrando las muñecas de una mujer mayor que reconozco de inmediato como su madre y una joven de piel morena y cabello oscuro. June le quita la venda de los ojos a la última. Es Eva Nafisi, la sanadora de los Portadores de Hechizos. Tiene un ojo morado y hematomas en las muñecas. Deben haberla obligado a curar todas las heridas que le han hecho a Luna; espero que fuera Emil quien la atacó. June le quita la venda de los ojos a Carolina. Está absolutamente paralizada, como se podría esperar de cualquier rehén, hasta que entra en shock: está viendo a Luna y al senador, el maldito candidato presidencial, sentados uno frente al otro como si fuera un encuentro casual entre vecinos.

Luna me mira a los ojos y señala a Carolina.

—O cooperas o lanzaremos un hechizo directamente a su cabeza. Eva tiene mucho talento, pero incluso esto va más allá de sus posibilidades.

Carolina está temblando mucho. No seré yo la razón por la que la maten. El senador sonríe, una de esas sonrisas terribles y honestas.

—¿Cuál es el plan?

—Encierra a estas dos en algún lugar —dice Luna, señalando a Carolina y a Eva—. Envía lejos a Ness. Claramente, no se puede confiar en él contándole cosas.

—Zenon, acompaña a nuestras invitadas a la sala de pánico. Invierte los controles de protección a encerramiento —dice el senador. Luego, otra sonrisa juguetona—. Ve a tu habitación, Eduardo.

Si esto es un juego, no puedo ganar. Ni siquiera sé las reglas. Pero aún no puedo rendirme. Tiene que haber una posibilidad de hacer trampa en mi camino hacia la victoria.

Carolina y Eva se resisten mientras Zenon y June las obligan a bajar. Dione se encarga de vigilarme desde que derrotó a Jax.

Miro por encima del hombro una última vez mientras dejamos a Luna y al senador solos. ¿Así fue cuando se sentaron a planear el Apagón, a planear mi muerte? ¿Lo están tramando de nuevo?

Ojalá hubiera muerto la primera vez.

12
LA UNIÓN LUMINARIA

MARIBELLE

Probablemente, Brighton no sobreviva esta noche.

Un médico de Aldebarán le ha inyectado un antídoto, pero solo ha ralentizado el veneno. Era demasiado arriesgado estar ahí, así que llevamos a Brighton al Centro Clayton de Recuperación en Long Island, una clínica privada de alto nivel dirigida por celestiales. Si Aldebarán es una sola estrella, esta clínica es una constelación, en cuanto a cómo pueden ayudarlo. La factura no será bonita, pero entre el brazo infectado de Brighton y la intoxicación en la sangre, necesitará atención las veinticuatro horas del día a menos que ocurra un milagro. Lo que no necesita es a mí.

Tengo que ir a cazar.

Deambulo por los pasillos. Las paredes son de un blanco estéril, como si la clínica fuera nueva, y con apliques de bronce en forma de manos que representan a los curanderos. Es espeluznante, no quiero mirarlos más. Finalmente encuentro la sala de suministros, vacío la bolsa de algún empleado y la lleno de cosas. Mis nuevos poderes de fénix no han curado ningún moratón o el corte de mi frente de la pelea con June, así que busco algunos botiquines de primeros auxilios. Me quedo con botellas de agua, una manta, y escondo la daga del olvido entre gasas antes de salir de la sala.

Hay un jardín interior, donde los alquimistas cultivan sus propias hierbas. Es muy sereno y acogedor, pero no hay tiempo para la paz. No cuando June y Luna todavía están vivas. No cuando se han llevado a Eva y a Carolina.

Seguramente, Luna ya las habrá matado. Brighton arruinó el trabajo de su vida.

No le deseo ni un solo hueso roto a Carolina, pero especialmente Eva no merece estar en este fuego cruzado.

Hace un par de años, los padres de Iris usaban un club para ancianos celestiales como refugio. Mamá y papá habían viajado a Colombia por trabajo humanitario, y yo me había quedado con la familia Simone-Chambers para no atrasarme en los estudios. En el tercer día de mi estancia, Eva vino a nuestro cuidado después de que una familia de acogida dudara de su capacidad para protegerla de los traficantes. Eva e Iris conectaron enseguida, pero los cables seguían cruzados. Eva pensó que Iris solo estaba halagando su pañuelo porque quería uno para ella, e Iris pensó que no había forma de que una pacifista como Eva pudiera enamorarse de una luchadora con una fuerza poderosa. La misma noche que convencí a Iris para que fuera directa e hiciera algo, Eva le dio una sorpresa con una clase de natación en la piscina del club. Iris confesó sus sentimientos y se besaron por primera vez mientras se secaban fuera de la piscina. Uno de mis momentos favoritos fue cuando estábamos todas mirando Pinterest y a Iris le encantó tanto el pelo verde de una modelo que nos encerramos en el baño para teñirle el suyo del mismo tono, riéndonos mucho cuando no podíamos quitar las manchas del suelo.

Eva era —no, es— una gran amiga. Es leal a Iris, naturalmente, pero incluso después de que Iris y yo fuéramos a la deriva tras el

Apagón, Eva revisaba regularmente mi salud mental. Siempre agradeceré cómo ella no se puso del lado de Iris cuando todos descubrimos que había mantenido mi verdadero linaje en secreto.

Es retorcido que Eva haya sido secuestrada por su ex mejor amiga, pero si Dione la hiere, Iris se asegurará de arrancarle los brazos, uno por uno, hasta que no vuelvan a crecer.

Me pongo la mochila en el hombro y paso por la zona de espera más cercana a la habitación de Brighton, donde sigue inconsciente. Iris duerme en un banco y Emil apoya la cabeza en el hombro de Prudencia. No estoy perdiendo el sueño por esto, pero ver a Emil tan destrozado me detiene en seco. Mis padres y Atlas murieron. Pero Emil tiene que ver a su hermano consumirse, así que poco después de pasar por lo mismo con su padre, las estrellas saben lo que los Regadores han hecho con su madre. El duelo antes de que alguien muera es su propia bestia.

Me dirijo a la salida, pensando en conducir de vuelta a la ciudad para cazar a cualquier comerciante de Cerveza. Amenazar con quemarlos vivos, al igual que los celestiales han sido castigados durante generaciones, debería hacerlos hablar sobre dónde obtienen sus suministros.

Las puertas se abren antes de llegar a ellas, pero nadie entra. Me detengo, y aunque mi sentido psíquico no me alerta de ningún peligro, no tengo un buen presentimiento. Luego escucho pasos silenciosos; quienquiera que esté cerca de mí tiene un andar ligero, pero papá me entrenó para que tuviera un buen oído. Finjo que no me doy cuenta, y cuando pasan por mi lado, ataco. Mi puño conecta con el antebrazo de alguien. La última vez que luché contra alguien invisible fue junto a Atlas, y él los había expuesto creando una tormenta de viento que barrió todo tipo de basura en el aire, y un periódico se presionó contra el rostro del celestial. Soy todo lo que tengo.

—¡Para! —dice la intrusa, una mujer mayor, creo.

Nos han descubierto de nuevo, porque parece ser que no podemos confiar en nadie, ni siquiera en una clínica de celestiales que se han manifestado abiertamente en contra del senador Iron. Esta celestial invisible probablemente haya sido contratada para asesinar a Brighton. Me siento aún más validada por haber dejado a los Portadores de Hechizos; estoy cansada de trabajar tan duro para salvar a las personas que no tienen problemas para volverse contra nosotros por dinero, favores o venganza.

—¡Prudencia, ayuda! —grito por el pasillo.

Me apoyo contra la pared para que la intrusa no pueda colarse detrás de mí y salto en una patada de tijera, pero no la golpeo. Me dice que me detenga de nuevo, incluso usa mi nombre, pero sigo su voz y la golpeo con un pinchazo en lo que se siente como su hombro. Prudencia, Emil y una aturdida Iris salen corriendo de la sala de espera, pero ninguno de ellos entiende el peligro. Voy por la patada creciente, apuntando hacia donde he calculado que estaría su cabeza a juzgar por la altura del hombro, pero agarra mi pie y me tira al suelo. Estiro las manos, rodeadas de llamas de color amarillo oscuro.

—¡ESPERA!

Una mujer pálida de unos treinta y cinco años aparece tan rápido como un parpadeo: cabello negro azabache hasta los hombros con una raya dorada característica, una camisa blanca sin arrugas debajo de un blazer azul a cuadros, brazaletes plateados en una muñeca y un reloj esmeralda abrochado en la otra; sus ojos de color castaño claro se asustan con mi fuego. Es la compañera de la congresista Sunstar, la senadora Shine Lu.

—¿Qué estás haciendo aquí? —pregunto.

—Queremos ayudar —dice Shine.

—¿Quiénes? —pregunta Iris.

Shine me suelta el pie y habla por su reloj de pulsera.

—He hecho contacto. Adelante.

Se abre la puerta y entran dos mujeres con chalecos a prueba de poderes debajo de sus chaquetas negras. Una sigue pasando por delante de nosotros mientras la otra vigila la puerta y aparece Nicolette Sunstar, que lleva un traje de pantalón blanco que resalta con su piel y su pelo oscuros. El ruido de sus tacones amarillos me enfurece. Aquí estamos todos, heridos y ensangrentados, y Sunstar y Lu con estilo como si fueran a un desfile de moda. Todos tenemos objetivos, pero está muy claro quién de nosotros tiene que esconderse en escuelas y clubes para personas mayores y quién puede volver a su loft con total seguridad.

—Hola, Portadores de Hechizos —dice Sunstar.

—¿Cómo nos conoce? —pregunta Iris.

—No estáis exactamente escondidos. Nos encargaremos de que un grupo de ilusionistas os oculten mientras estáis aquí.

—Fantástico —digo secamente—. ¿Qué estás haciendo aquí?

Sunstar mira por encima de nosotros y su guardaespaldas señala algo con el puño.

—¿Qué tal si tenemos algo de privacidad?

Espero que esto valga la pena. Finalmente me estaba liberando por completo de los Portadores de Hechizos, y de repente estoy con ellos en una sala de empleados vacía. El guardaespaldas cierra la puerta al salir. Sunstar y Lu se sientan en una mesa redonda, y Emil y Prudencia están claramente avergonzados de unirse a ellas. No me importa si se postulan para presidenta y vicepresidenta, son dos mujeres que no han estado a nuestro lado. No tienen mi respeto. Tampoco deberían tener el de Iris, pero ella se sienta.

—¿Te importaría unirte a nosotros, Maribelle? —pregunta Sunstar.

El último asiento está al lado de Iris. Cruzo los brazos y me apoyo contra la pared.

—Estoy bien. ¿Qué estáis haciendo tú y Lu aquí?

—Puedes llamarme Shine —dice Lu—. Estamos encantadas de conoceros.

Tiene un nombre muy tradicional entre los celestiales: el más popular, Star, ya que en inglés significa «estrella». Casi me quedé atrapada con Skye antes de que mamá recobrara el sentido; una celestial llamada Skye que puede volar ya es molesto de por sí. Pero entiendo la marca que Shine está impulsando. El lema de su campaña, *Brilla como una estrella*, es pegadizo y bonito, no me molesta.

Prudencia toca la mano de Emil.

—Tenemos dieciocho años. Tienes nuestro voto. Fuimos al Festival de los Soñadores del viernes el mes pasado y nos encantó todo lo que dijiste.

Emil asiente.

—Sí, las apoyaremos.

—Gracias a los dos —dice Sunstar—. No pretendemos ser perfectas, pero sabemos que esta victoria es de gran importancia para los celestiales en todo el mundo. E incluso para espectros con buenas intenciones como tú, Emil. No sé si eres uno de esos espectros que hemos visto a lo largo de los años, que intentan hacer lo correcto como Bautista de León, pero nuestra administración quiere prohibir esa práctica.

Emil tiene la cara roja.

—Yo también quiero eso, lo prometo. Yo no me hice esto a mí mismo.

—¿Estabas drogado? —pregunta Shine.

Él niega con la cabeza.

—Es complicado.

—Y no es asunto vuestro —les digo a Sunstar y a Shine—. No podéis venir aquí y convocar una reunión como si estuviéramos en el mismo bando. El hecho de que no nos hayas condenado no significa que nos apoyes. Ahora, mi paciencia se está agotando, así que aprovecha este próximo minuto y explica por qué has venido. De lo contrario, me iré para cazar hasta al último Regador de Sangre yo misma.

Sunstar cruza las manos.

—Eso se relaciona maravillosamente con la razón por la que estamos aquí. Sentimos mucho no haberos apoyado públicamente, pero si no tenemos cuidado con esta campaña, todo empeorará para los celestiales y los espectros inocentes. —Mira a Emil, que se ruboriza—. No entendemos la causa del Apagón, pero sabemos que algo sucedió. Os prometo que os apoyaremos y lo haremos pronto al decirlo públicamente. No quiero engañar al pueblo estadounidense. Si podemos asegurarnos la Casa Blanca, seremos capaces de sentar un precedente sobre cómo los artesanos de luz merecen ser tratados a nivel mundial.

Estoy cansada de tener que defender mi humanidad. Mi vida no debería ser un tema de debate.

—¿Cómo piensa hacer eso? —pregunta Iris.

—Queremos abolir el Programa de Fuerzas del Orden —dice Sunstar—. Cada vez que un celestial inocente es brutalizado y asesinado por asesinos corruptos, aumenta la narrativa de que todos somos peligrosos. Que debemos ser detenidos por las varitas que contienen energía procedente de nuestra propia sangre. Necesitamos protectores honestos que se dediquen a detener a los Regadores de Sangre y a otros pícaros.

—¿Y quién sería? —pregunto.

—Todos vosotros —dice Sunstar.

—Y las otras facciones de justicieros que nacieron con grandes intenciones —añade Shine.

Sunstar está radiante.

—Lo llamaremos Unión Luminaria, porque esta división será una luz guía global en heroísmo, iluminando prácticas de seguridad que siempre deberían haber estado vigentes. Cada Luminario será examinado por un consejo de celestiales que no operan con odio en sus corazones. Toda facción que quiera hacer lo correcto no tendrá que ser clasificada como vigilante. Su trabajo será autorizado y apoyado por el gobierno.

—Por supuesto, se pagará a todas las facciones que se incorporen a la Unión Luminaria —dice Shine—. Durante este año hemos donado discretamente a vuestras campañas para tener fondos. Ya no necesitaremos ser reservados si podemos construir esta división.

Esto siempre fue parte del sueño de mis padres y de Iris también. Querían que su trabajo fuera más que confiable, un servicio para hacer del mundo un lugar mejor. Este mundo no los merecía.

—En primer lugar, ten cuidado con las metáforas. Lo entendemos —digo—. En segundo lugar, ¿por qué deberíamos someternos al gobierno? ¿Para controlar la forma en que salvamos al mundo?

Iris se vuelve hacia mí.

—Si no recuerdo mal, dejaste el grupo. No puedes ser parte de esta decisión.

No puedo llevarla a un combate cuerpo a cuerpo, pero quiero estrangularla de todos modos.

—¿Te refieres al grupo que fundaron mis padres biológicos? Soy la verdadera heredera de los Portadores de Hechizos. Yo soy la que debería liderar.

—Entonces tal vez deberías actuar como tal —dice Iris. Sunstar intenta hacer preguntas sobre mi familia, pero Iris habla por ella—. Somos protectores que también necesitamos protección. ¿Mis padres? Muertos. ¿Tus padres? Muertos. ¿Atlas? Muertos. ¿Eva? Probablemente muerta. Y estas son solo las principales muertes entre nosotras dos. ¡Nuestro camino claramente no está funcionando, y me estoy desmoronando por todas estas pérdidas! Estoy abierta a un cambio. Tú también deberías estarlo.

Si eso fuera cierto, patrullaría estas calles conmigo y haría todo lo necesario para acabar con el origen de nuestro sufrimiento.

—El destino de Eva no está claro, Iris. Pero el de Atlas, sí. Puedes estar abierta a todos los cambios que desees porque todavía hay un rayo de esperanza de que podrás cosechar los beneficios. Yo no tengo a nadie, y voy a acabar con todos los responsables de eso.

Sunstar se levanta y se me acerca. Me enderezo y sus ojos miran mis puños.

—Maribelle, por favor. Si eres Portadora de Hechizos activa o no, es algo irrelevante para el público. Si el país va a creer en nuestra visión, necesitamos la cooperación de todos.

—*Tu* visión. No voy a mentir para que puedas ganar las elecciones. ¿Por qué no guardas esta gran idea durante unas semanas más?

—Los «planes B» no son fórmulas para generar confianza. La Unión Luminaria necesitará años para construirse y, para lograrlo, también será preciso que me voten para un segundo mandato. Pero toda esta agenda es inútil si te vuelves deshonesta. Honra a tus padres ayudando a mejorar el país.

Podría quemar a Sunstar aquí mismo, ahora mismo. No ha ofrecido ni una sola condolencia y, sin embargo, intenta usar el recuerdo de mis padres en mi contra. La aparto de mi camino y Shine salta de su asiento como si estuviera preparada para otra pelea.

—Ponme a prueba —le advierto—. Nunca he visto a una mujer invisible en llamas.

Prudencia se apresura entre nosotras con los ojos brillantes y la mano extendida. La puerta se abre.

—No somos enemigos. Pero sé que no podemos detenerte, Maribelle. Cuídate.

Miro por última vez a las dos mujeres que están intentando llegar a la Casa Blanca, al chico que no está hecho para esta guerra, a su mejor amiga —a quien respeto— y a la chica que solía ser mi hermana. Luego me voy, el ejército de una sola mujer que no morirá luchando. Viviré haciendo lo que seguramente no será aceptado en ninguna de las normas de la Unión Luminaria: matar.

13
EL CRIMEN HEROICO

EMIL

Todos estarían mejor si yo no hubiera renacido.

Papá nunca me hubiera encontrado en la calle ni me hubiera traído a la familia. Brighton no hubiera estado tan metido en esta guerra como para pensar que envenenarse con la Sangre de la Parca era la única forma de ganar. Mamá estaría en casa, tal vez extrañaría a Brighton si aún se hubiera ido a Los Ángeles a estudiar. Ness podría haber engañado a los Portadores de Hechizos para que lo tomaran como rehén, y se hubiera mudado a otro país, cambiando tan a menudo que nadie pudiera rastrearlo. Eva estaría a salvo con Iris, pudiendo usar sus poderes sin estar obligada a curar a una alquimista. La doctora Bowes estaría en casa con su hijo y su marido.

Pero esas no son las vidas que vivirán. Todos están muriendo como Brighton o ya están muertos como papá.

No estoy bien con esto. Prudencia sigue recordándome que no tuve elección al renacer, pero ¿qué pasa con las decisiones que he tomado desde que me convertí en el elegido? Pensé que podría entrar y salir de esta guerra, que tendría un asombroso momento de luz sobre la poción que apaga los poderes. Vamos, hombre, nunca podría haber hecho enfadar a alguien como Luna y disfrutar de una jubilación anticipada. Por supuesto que está enviando a sus Regadores de Sangre para secuestrarnos y asesinarnos. Nunca me perdonaré por haber involucrado a Brighton, a mamá y a Prudencia.

He estado pensando en cómo Maribelle e Iris pudieron seguir adelante después del Apagón. Tenían a Atlas y a Eva para consolarlas, distraerlas, quererlas. No sé cómo van a continuar ahora, pero hay otra cosa de la que me arrepiento especialmente. Debería haberme escapado con Ness y haberme llevado a Gravesend conmigo, escapar al otro lado del mundo, donde podríamos haberla criado en paz. Ness y yo hubiéramos tenido tiempo de resolverlo todo. Quizás hubiéramos sido grandes amigos, o podríamos haber sido algo más, pero ahora nunca lo sabré.

Estoy harto de estar vivo, pero no puedo decirlo en voz alta porque nadie quiere escuchar eso cuando muchos han perdido su vida. Especialmente cuando es tu culpa.

Desde la visita de Sunstar y de Shine ayer me siento más seguro con los ilusionistas ocultándonos, pero incluso con toda la investigación que ha hecho la gente de Sunstar antes de contratar a los celestiales para usar sus poderes para protegerla, y ahora a nosotros, todavía no puedo evitar este sentimiento de que alguno de ellos podría vendernos, ya que es normal culpar a los Portadores de Hechizos por todo lo malo que les pasó a los artesanos de luz desde el Apagón. Tal vez los métodos extremos del senador Iron y del general Bishop pierdan fuerza si todos los Portadores de Hechizos están muertos antes de las elecciones, y algunos votos pueden volver a Sunstar.

Me quedo fuera de la habitación de Brighton, preguntándome cuándo los médicos podrán darme una actualización sólida sobre su condición. Realmente ha sido un trabajo en equipo. La doctora Swensen usa su poder de hipnosis para mantener a Brighton dormido, para que no sufra. La doctora Salinas ha estado tratando el veneno de basilisco con antídotos frescos, todos personalizados por la intoxicación por la Sangre de la Parca.

Cuando la doctora Swensen finalmente sale y me dice que Brighton necesita más descanso y que parece que yo también debería descansar, le agradezco todo lo que está haciendo y me dirijo a la cafetería. Necesito engullir una ensalada o algo. No he comido nada sustancioso desde ayer por la mañana, cuando Prudencia me trajo sopa de tofu a la parrilla y se quedó conmigo hasta que me la terminé.

Me detengo cuando veo a un guardia ilusionista hablando por sus auriculares junto a la entrada lateral, con los ojos brillantes. Mi corazón late con fuerza al instante, y estoy listo para tratar de superar el dolor y lanzarle una flecha de fuego, pero cuando ha terminado de maniobrar con las manos, tallando un agujero en forma de puerta más allá de la puerta abierta real, veo que está dejando que Wesley, Ruth y su pequeña hija entren a las instalaciones.

Olvidé que vendrían hoy.

Wesley parece preocupado mientras empuja el cochecito hacia mí.

—Emil, amigo, ¿estás bien?

No entiendo cómo la gente que sabe a ciencia cierta cómo está alguien puede preguntarle si está bien. Claramente, no. No he dormido más de dos horas seguidas durante días. Apenas he comido. Mi madre está muerta o está siendo torturada por la pandilla más peligrosa de la ciudad. Mi hermano se encuentra en estado crítico. No me están pasando cosas que me hagan estar bien.

—Estoy bien —le digo, porque no tengo fuerzas para enfadarme con alguien que tiene buenas intenciones.

Dirijo mi atención a Ruth, que sonríe cautelosamente, como si quisiera ser agradable para nuestro encuentro oficial pero a la vez ve que estoy sufriendo. Lleva una de sus camisas Mighty Wear, una línea de vestimenta que empezó porque vio que no hay suficiente ropa para celestiales gordos como ella y como Wesley. Brighton solía mostrarme fotos de su cuenta, especialmente cuando incluían a Wesley, y su cabello era negro en todas sus publicaciones anteriores, pero ahora está teñido de marrón claro. Su piel morena también parece estar bien hidratada, y Brighton siempre la señaló como una *influencer* que parecía creer realmente en los productos que promocionaba.

—Parece que necesitas un abrazo. ¿Puedo? —pregunta Ruth sin acercarse más—. No me ofenderás si no quieres. No a todo el mundo le gustan los abrazos.

—Puedes abrazarme —le digo en voz baja.

Ruth me rodea con sus brazos y yo relajo la frente en su hombro. Ya tengo una idea de lo que Brighton quiere decir con las habilidades de influencia de Ruth. Su abrazo me ha ganado instantáneamente; a diferencia de un masajeador de abdominales que un chico en Instagram una vez me convenció para comprar, en realidad necesitaba esto. Su pelo huele a vainilla y me recuerda a cuando Ness pidió velas de vainilla durante su interrogatorio. Abrazo a Ruth con más fuerza, deseando poder transportarme a esos tiempos en los que podía visitar a Ness en la sala de suministros de Nova y tener conversaciones honestas.

Wesley y Ruth me presentan a su inquieta hija de cuatro meses, Esther, que comparte el cutis y los ojos marrones de Ruth, pero su nariz de botón y sus orejas ligeramente puntiagudas, como un elfo en una novela de fantasía, son todas de Wesley.

Los llevo a su habitación, justo al lado de la que comparto con Prudencia, que todavía está dormida cuando me asomo.

—¿Iris está por aquí? —pregunta Ruth mientras saca a Esther del cochecito.

—Su habitación está al final del pasillo, pero no la he visto hoy.

—¿Ha salido a buscar a Eva? —pregunta Wesley.

Asiento con la cabeza. Me ofrecí a ir con ella, pero dejó en claro que no quería tener que protegerme ya que mis poderes apenas funcionan. Estoy seguro de que hay algo más.

—Al menos es un lugar más seguro para quedarse, incluso si alguien la sigue —dice Wesley—. Las ilusiones hacían que el centro pareciera ocupado. Una zona un poco muerta. —Se sonroja mientras gira sus manos, como si pudiera rebobinar el tiempo y retractarse de las palabras—. No me refiero a que la zona está muerta porque Brighton va a morir, o que todos van a morir, obviamente, porque nosotros también elegimos estar aquí, y no traeríamos a Esther si pensáramos que es de alto… riesgo, ya sabes.

Ruth coloca una mano sobre el hombro de Wesley.

—Cálmate.

No sé dónde han estado estos últimos días y no pregunto.

—He descubierto cómo nos encontraron —dice Wesley—. La doctora Bowes tiene un hijo, Darren. Envió un mensaje de texto a algunos amigos diciéndoles que su madre nos estaba cuidando y se corrió la voz.

Pedí discreción, pero Darren tiene catorce años y su entusiasmo se apoderó de él. No puedo culparlo. Probablemente yo habría sido capaz de mantener la calma si mamá nos hubiera dicho que estaba tratando a un Portador de Hechizos en el hospital, pero Brighton se habría jactado.

—Él es mi fan —digo, lo que se siente asqueroso—. La doctora Bowes me lo dijo. Se suponía que le debía firmar algo.

—No es tu culpa —dice Wesley—. Lo mismo le he dicho a Darren.

—¿Lo has visto?

Wesley asiente.

—Me acerqué al padre y los llevé a una casa segura. Se trasladarán a un refugio más tarde, esta noche.

Tal vez no pueda traer de vuelta a nadie de entre los muertos, pero puedo confesar y pedir perdón cara a cara.

—Quiero verlo.

Ruth está llorando mientras mece a Esther de un lado a otro.

—Eres un amor por querer hablar con Darren.

—No intento ser amable; le debo una disculpa. Crecerá sin una madre por mi culpa. —Me pregunto cuánto tiempo me queda sin mamá antes de morir también—. ¿Puedes llevarme a verlo o decirme dónde está?

—Puedo llevarte —dice Ruth.

—Tú me has traído aquí —dice Wesley.

—Bueno, te has quedado despierto toda la noche con Esther.

—Cosa que has hecho todas las noches.

—Estabas impidiendo un ritual —dice Ruth, radiante como si hubiera ganado.

—Estabas cuidando a nuestra hija —responde Wesley, sonriendo porque sabe que la superó al declarar que su hija triunfa en el mundo—. Sin mencionar las docenas de celestiales en el refugio. Además, cariño, te estás olvidando de algo enorme sobre este viaje. El tráfico. De hora. Punta.

Ruth deja escapar un profundo suspiro y se vuelve hacia mí.

—Lo siento mucho, Emil, me derrumbo cuando hay tráfico. Una vez tuve que lanzar un clon para que se hiciera cargo de la rueda y casi provoco un accidente cuando el clon desapareció y… —Niega con la cabeza y me ofrece una expresión de disculpa.

—No pasa nada. De verdad.

—Bueno, seré tu chófer —dice Wesley—. Me comunicaré con mi contacto en la casa segura y concertaré la visita.

Mientras espero, voy a la cafetería. Devoro mi ensalada de tofu tostado con aderezo de jengibre y pierdo el apetito a la mitad de las patatas fritas. Normalmente Brighton se apoderaría de mi plato y se lo terminaría. Pero estoy sentado aquí solo y sigo pillando a los miembros del personal mirándome. Me pregunto cuántos de ellos me conocen desde que me volví viral como Alas de Fuego. Definitivamente todos me conocen ahora como uno de los Portadores de Hechizos que tiene que estar tan ferozmente protegido que Sunstar y Shine se involucraron. Quiero saludar y agradecer a todos por su trabajo, pero no lo tengo en mí.

Saco mi móvil y entro a Instagram. Ignoro la avalancha de comentarios y mensajes directos, y escribo el nombre completo de la doctora Bowes, Billie Bowes, en la barra de búsqueda. La foto más reciente fue tomada en el Festival de los Soñadores del viernes en Central Park, el día que obtuve mis poderes. Es una locura pensar que la doctora Bowes estaba allí con su marido e hijo para apoyar a Sunstar al mismo tiempo que yo estaba en ese lugar con Brighton y Prudencia. El mundo a veces es tan pequeño. Darren está etiquetado en la foto y miro su perfil. No ha publicado nada desde que la doctora Bowes fue asesinada. Hay una foto de él colocando una camiseta blanca y unos vaqueros en su cama, y dice que este es el comienzo de su disfraz de Alas de Fuego y que su madre lo ayudará a hacer un chaleco a prueba de poderes con el emblema de Portadores de Hechizos, para poder ganar el concurso de Halloween. Me rompo por completo y lloro con fuerza, enterrando mi cara en mis brazos, desesperado porque esta vida sea la última.

Salto cuando Wesley me golpea el hombro.

—¿Estás bien? —Me seco las lágrimas—. ¿Estamos bien para pirarnos?

—Sí, podemos irnos.

Salimos del Centro Clayton, y cuando me doy la vuelta, el guardia ya no está. Es como dijo Wesley, el espejismo crea la impresión de que hay una vida normal, una persona al teléfono llorando, un médico entrando. Desde el exterior no se ve que tenemos ilusionistas junto a cada puerta en el ala este de la instalación. No sé cuál es el plan a menos que alguien tenga una emergencia real, pero confío en que el equipo de Sunstar estará listo.

No sabía cuánto echaba de menos el aire fresco hasta que he salido y, cuando nos alejamos, mantengo la ventanilla baja. Tendré que volver a subirla cuando pasemos al lado de otros coches, pero hasta entonces disfruto de la brisa.

Le digo a Wesley que me gusta Ruth y que mi madre agradecía su bondad en el refugio. Antes de volver a pensar en el destino de mamá, Wesley me distrae con diferentes historias sobre lo generosa que es Ruth. Ya sea que esté donando ropa a otros celestiales y aliados que solía obtener de los patrocinadores, o si se clona a sí misma para ayudar a otros padres con sus propios hijos, Ruth se entrega constantemente a los demás.

—Ella no te lo dirá, pero es lo suficientemente fuerte como para crear seis clones a la vez —dice Wesley mientras mantiene sus ojos en el camino—. Para el Día de San Valentín, escribí una frase muy mala en su tarjeta. Cursi-mala. Era algo como «Tu amor es tan grande que estoy seguro de que tienes siete corazones en el pecho», y como respuesta ella se clonó a sí misma para que todos los clones pudieran poner los ojos en blanco al mismo tiempo.

Me río un momento y me sienta bien, como aire fresco.

—Guau. Te esforzaste.

—Siempre lo hago —dice Wesley—. Incluso si parezco un payaso, tendremos otro recuerdo divertido.

Empezamos a entrar en la ciudad y cierro la ventanilla mientras me pongo un gorro que me aplastará los rizos en caso de que alguien me reconozca desde su coche.

—Tenéis suerte de teneros el uno al otro —le digo.

—Tengo suerte de tenerla. Parece como si fuera ayer cuando estaba usando mis poderes para robar y sobrevivir, pero Ruth me ha cambiado. Le dio la espalda a su familia rica y respetada y a todo el botín que los extraños le darían si hacía una publicación en Instagram, y ahora lo único que hace es dar y dar y dar. Su tiempo, su energía, sus propios zapatos.

—¿Alguna posibilidad de que podamos enviarla a algún Tour de la Amabilidad? Necesitamos más Ruths en el mundo.

—Oh, «más Ruths en el mundo». Voy a usar eso en mi tarjeta —dice Wesley con una sonrisa—. Hay algo que os he estado ocultando a todos. Hace meses, Atlas vino conmigo cuando compré esta cabaña para mi familia. Nos divertimos mucho ese día. —Se apaga. No conocía demasiado a Atlas, pero eran unidos como hermanos—.

Le compré la casa a un celestial al que salvamos, es un espacio seguro donde Ruth y yo podemos criar a Esther en paz. Es donde hemos estado Ruth y yo, y quiere invitaros a todos cuando salgamos del centro.

Niego con la cabeza.

—De ninguna manera. No vamos a traer peligro a vuestro hogar.

Ya estoy luchando por vivir conmigo mismo. ¿Cuántas personas más tienen que salir heridas antes de que pueda huir y vivir solo en alguna montaña al otro lado del mundo?

—Creedme, yo tampoco estoy emocionado, pero sois familia. Os cuidaremos.

—No se nos da bien cuidarnos los unos a los otros. Mira cuántas vidas hemos perdido solo esta semana —digo.

Atlas, Gravesend, la doctora Bowes. Quizá Brighton, mamá y Eva.

—Es el crimen heroico —dice Wesley mientras entra en un garaje y aparca el coche.

—¿El qué?

—Lo he acuñado yo. Es lo que pasa cuando personas inocentes quedan atrapadas en el fuego cruzado de la guerra. No importa el cuidado que tengamos al salvar el mundo, habrá bajas. Las pérdidas son brutales y reales, y muchos viajaríamos en el tiempo y desharíamos cualquier acto que matara a nuestros seres queridos, como Atlas, y a inocentes como la doctora Bowes.

Tal vez Luna estaba en algo al querer la Sangre de la Parca. No habría tanto dolor en el mundo si todos pudiéramos vivir para siempre. La doctora Bowes podría estar en casa haciendo disfraces con su hijo.

—Darren me va a odiar, ¿verdad?

Wesley aprieta mi hombro, que no está al mismo nivel que el abrazo de Ruth, pero lo entiendo.

—Conozco el sentimiento. He podido sentarme con algunos niños y disculparme por no haber podido salvar a sus tutores. Algunos necesitan un minuto, pero luego comparten historias; no los trae de vuelta, obviamente, pero todos nos sentimos mejor en ese momento. Darren te admira y estaba orgulloso de su madre. Entra ahí, recuérdale que no es su culpa y que su madre era una heroína que estaba creando un mundo mejor para él.

A diferencia de la doctora Bowes, no puedo confirmar si mi madre murió luchando o no. O si fue rápido e indoloro, o si la hicieron sufrir durante tanto tiempo que suplicó la muerte.

Miro al suelo con los ojos llorosos y funciona, ya que intentamos que no nos reconozcan mientras vamos por la calle.

Wesley se pone la capucha y me dice que hoy, cuando llevaba a Darren y a su padre a esta casa, le habría gustado poder llevar gafas de sol, pero la gente sospecha de las gafas de sol desde el Apagón, y juran que los celestiales esconden sus ojos brillantes para poder usar sus poderes sin ser detectados. No es nuestro problema ahora mismo, pero pienso en lo fácil que es que Ness se mezcle entre la multitud. No tenía que ponerse tenso como yo cuando me cruzaba con gente en la calle, actuando como si de repente me interesara el toldo de una floristería y la tienda de bagels de la esquina.

Paramos frente a una tienda de tatuajes, Orb Ink; el letrero de la puerta pone *Cerrado* y las persianas están bajadas. Me doy cuenta de que estamos parados sobre un grafiti y retrocedo para verlo más de cerca: vuestras luces se apagarán. He visto este discurso de odio hacia los celestiales desde el Apagón, y el senador Iron nunca condena a los que están detrás de él.

—¿Esta tienda es propiedad de un celestial? —pregunto.

—Sip. —Wesley llama a la puerta con un ritmo que debe ser codificado.

Se acerca una mujer con decenas de pequeños tatuajes plateados, como relojes y ladrillos y flores que brillan sobre su piel morena. Sus ojos oscuros me atrapan antes de que abra la puerta.

—Hola de nuevo, Xyla. Este es...

—Un placer —interrumpe Xyla mientras vuelve a mirar a Wesley. Definitivamente no se disfrazará de mí en Halloween—. Tienes diez minutos antes de que llegue Flex para acompañar al niño y a su padre. Estaré en la parte de atrás terminando algunos trámites. Dentro y fuera, ¿lo entiendes?

—Entendido —dice Wesley mientras nos deja entrar y se aleja—. No le hagas caso, E. Puede que no esté en primera línea, pero su trabajo también es arriesgado. Iré a buscar a Darren y a Daniel.

Miro a mi alrededor mientras Wesley se dirige a una habitación que intuyo que se usa para sesiones privadas de tatuajes. El nombre de la tienda está pintado en el techo como una constelación. Hay fotografías de clientes anteriores con sus tatuajes: una estrella en la frente de una mujer, un caballo galopando en la cintura de alguien, dos manos dando forma al universo en el antebrazo de un hombre, una hidra poligonal con siete cabezas que brilla en la oscuridad en el lomo de otra persona, y mi favorito, un viejo coronado, el precioso fénix que nace viejo, con su plumas gris tormenta y ojos ámbar perfectamente dibujados en el hombro de una mujer.

Si alguna vez me hago un tatuaje, creo que me haría uno de Gravesend. Entonces podré recordarla como una hermosa fénix recién nacida en lugar de ensangrentada y muerta.

Wesley sale por la parte de atrás con Darren y el señor Bowes. El señor Bowes es calvo, con una barba espesa, y Darren tiene el cabello negro y desgreñado con sus primeras motas de bigote. El chico lleva una camiseta blanca lisa como yo, con pantalones de camuflaje y unos auriculares grandes alrededor del cuello. Camina directamente hacia un taburete y toma una carpeta con plantillas de tatuajes. El señor Bowes se acerca a mí y me estrecha la mano.

—Siento mucho su pérdida —le digo. Niego con la cabeza porque odio cómo suena eso. Ese pésame apenas me sirvió después de la muerte de mi padre—. No, eso no es suficiente. Mi hermano y yo estamos vivos gracias a su esposa. Ella se merecía algo mejor.

—Billie realmente se preocupaba por sus pacientes —dice el señor Bowes.

No me parece correcto decir que ella se preocupaba más por su familia. Ellos ya lo saben.

—No debería haber muerto por nosotros. Lamento que hayamos traído el peligro hasta ella.

El señor Bowes asiente. No contesta.

Me acerco con cautela a Darren y me siento frente a él.

—Ey, Darren. —Sigue hojeando la carpeta. Wesley me dijo que puede ser más difícil romper el caparazón de los niños que han perdido a sus padres, pero solo soy cuatro años mayor que Darren. No puedo actuar como un sabelotodo. Me conecto con él de la única manera que sé—. Perdí a mi padre hace unos meses. No comparto este secreto en Internet, pero no tengo ningún problema en decirte que en realidad soy adoptado. Me enteré hace unas semanas. Fue una sorpresa total porque mi padre siempre me trató como si fuera un Rey, y sé la suerte que tengo por eso. No ha pasado un día en el que no lo haya echado de menos preguntándome sobre mis cosas o contándome alguna historia que a veces era larga.

Darren cierra la carpeta. Casi se gira hacia mí, pero se detiene.

—Lloré mucho con mi madre después de la muerte de mi padre. Mi hermano, Brighton, al que seguramente conozcas por su serie *Celestiales de Nueva York*, se guardó el dolor dentro. No intento decirte cómo llorar, simplemente no hay una manera correcta.

Darren me mira a los ojos.

—¿Por qué no estás muerto también? —Mi aliento está atrapado en mi garganta.

—Darren —dice el señor Bowes con un tono de advertencia.

—No, está bien —le digo.

—¡No está bien! —grita Darren, tirando la carpeta al suelo—. ¡No me importa tu padre, él no murió por mi culpa! —La conmoción hace que Xyla salga de la trastienda, tan sorprendida como Wesley—. ¿Por qué no estás muerto? ¿Eres mejor que mi madre?

—No, claro que no...

—¿Por qué no te rompieron el cuello?

No pensaba que supiera los detalles de cómo había muerto su madre. Su padre le está diciendo que ya es suficiente, pero no se rinde.

—¡Pensaba que eras uno de los buenos!

—Lo intenté, lo estoy intentando...

—¡Dile eso a mi madre!

Me giro hacia Wesley para preguntarle si deberíamos irnos, pero no, me lo merezco. Cuando me doy la vuelta, Darren se ha ido y la doctora Bowes está frente a mí con el cuello roto.

—Mi hijo tiene que crecer sin una madre por tu culpa —dice la doctora Bowes con una voz ronca y de otro mundo, con sangre saliendo de su boca—. ¡Deberías estar muerto!

—¡Lo siento, lo siento!

Sé que esto no puede ser real, sé que los muertos no pueden revivir, sé que no podemos entender a los fantasmas, pero sé que la doctora Bowes tiene razón. Yo soy el que debería estar muerto.

—¡Recuerda esta cara! —grita la doctora Bowes mientras sus ojos se cierran y su carne comienza a deshacerse. Ella sigue repitiéndose, quemando este horror en mi mente junto con el recuerdo muy real de Stanton rompiéndole el cuello, y a través de otra repetición su voz se convierte en la de Darren y la ilusión termina.

—¡Recuerda esta cara, recuerda esta cara! —grita Darren con los ojos aún cerrados como la ilusión efímera que se ha echado sobre sí mismo como un disfraz.

El señor Bowes arrastra a Darren del brazo, se disculpa por el comportamiento de su hijo, lo cual es una tontería porque merezco estar atrapado en una casa de terror, perseguido por las ilusiones de todos los que han muerto por mi culpa.

Los miro mientras salen de la tienda, y Darren se gira por última vez antes de subir al coche, con una mirada amenazante.

Puedo decir con seguridad que recordaré su cara. Es el rostro de alguien que me ve como al villano de su historia, y cuando sea mayor y más fuerte, y si de alguna manera sigo vivo, me perseguirá, me quitará todo lo que amo y me matará.

14
LAS PROBABILIDADES

BRIGHTON

Estos últimos días han sido una pesadilla febril que me ha quitado tantas cosas; mi sangre, mi conciencia, mi tiempo (que ya se estaba acabando). Las dos médicas, la doctora Swensen y la doctora Salinas, me cuentan que he perdido cuatro días. De alguna manera, incluso con la mayor cantidad de sueño que he tenido, estoy aturdido, como si me fuera a desmayar en cualquier momento, pero siguen hablándome de lo difícil que es limpiar mi sangre.

Mi brazo está aún más rígido que antes. Deben haber fallado en salvarme. Me inspecciono y descubro que mi brazo está bien envuelto en un suave vendaje de seda. La doctora Salinas me dice que está hecho de capullos de basilisco. Repasa la lista de sueros antiveneno que me ha dado, como si fuera a familiarizarme con cualquiera de estas cosas. Lo que sí sé es que esta factura médica va a ser inimaginablemente cara. Aunque las probabilidades de que alguien de mi familia viva lo suficiente como para tener que pagar un solo dólar son escasas, espero que la factura no persiga a Emil en su próxima vida.

—¿Me voy a morir pronto? —les pregunto, porque estoy cansado de que no vayan al grano.

—El veneno todavía se está propagando, pero hemos logrado ralentizar el avance —dice la doctora Salinas.

—Pero la intoxicación de la sangre es otro asunto —añade la doctora Swensen.

Dos hospitales, un veredicto. Estoy casi muerto.

—¿Dónde está Emil?

—Podrás verlo pronto —dice la doctora Salinas—. Te voy a poner una venda nueva en el brazo para evitar infecciones.

—¡Quiero ver a mi hermano ahora!

Retroceden, y se van a buscar a Emil.

Esto me recuerda al funeral de papá. Emil y mamá hicieron realmente bien sus elogios, pero parecía imposible recordar las cosas buenas después de ver morir a papá. Un segundo estaba en primera fila mientras el jefe de papá del teatro Lucille Barker compartía algunas palabras y al siguiente estaba de pie en el podio con Emil a mi lado. Yo no podía dejar de hablar de lo que echaba de menos: papá cantando canciones en español que solo mamá entendía; pedirle que me preguntara el temario para verlo sonreír cuando lo respondía todo correctamente; invitarnos a Emil y a mí a hacer la compra; cómo nunca se conformó con respuestas de una palabra cuando nos preguntaba por nuestro día.

Intentaba contener las lágrimas mientras el resto expresaba sus elogios, pero perdí la cabeza cuando el médico de papá estaba detrás del podio y dio su pesar. Durante todo el tiempo en el hospital, el doctor Queen siempre estuvo muy agradecido por la amabilidad y la paciencia de Emil, pero yo era una pesadilla para cualquiera, especialmente para el doctor Queen, que se interpuso en mi camino cuando quería ver a papá. En el funeral se lo solté por última vez, aunque Emil y Prudencia me suplicaron que me calmara por el bien de mamá. Pero no paré hasta llegar hasta el doctor Queen fuera de la funeraria, culpándolo por someter a papá a ese ensayo clínico que lo mató antes de tiempo.

Yo decido qué hago con el tiempo que me queda. Nadie más.

Al cabo de poco rato alguien llama a la puerta y Emil entra. No dice nada; simplemente me abraza, lo cual es una sorpresa dada la forma en la que lo traté. Pero cuando empieza a llorar, escupo la pregunta que me daba miedo hacer desde que estaba despierto.

—Mamá está muerta, ¿no?

Emil retrocede, secándose las lágrimas mientras se sienta a mi lado en la cama.

—No. Quiero decir, no lo sé.

—¿Por qué no lo sabes? ¿Qué habéis estado haciendo mientras yo dormía?

Aparentemente, han sucedido muchas cosas, incluida una visita de la congresista Sunstar y la senadora Lu, pero lo que no escucho es acción.

—¿Y qué, los Regadores de Sangre no han enviado ningún mensaje como cuando querían que les devolvieran la urna?

—Negociaron la última vez porque yo tomé la urna, y Luna necesitaba matar a los fantasmas para su fecha límite del Soñador Coronado. Pero esta vez…

—¿Esta vez qué? ¿Tengo lo que Luna quería? Bien, publicaré un vídeo y me ofreceré.

—¡No! —Emil está mirando, pero no puede detenerme—. ¡Ni siquiera sabemos si mamá está viva!

—Pero, si lo está, esta puede ser la única forma de recuperarla. De todos modos estoy muerto, Emil.

Él niega con la cabeza.

—Has bebido la Sangre de la Parca, Bright. Es un trato hecho, como cuando Luna intentaba intercambiarme por Gravesend con Kirk porque yo ya no tenía ningún valor para ella. No tienes ninguna utilidad para ella si estás vivo. Lo dejó claro cuando envió a Stanton a asesinarte.

—Entonces tal vez le guste verme morir.

Emil está abatido, como si hubiera estado lo suficientemente despierto por los dos. Sus rizos están crecidos, la suciedad se acumula debajo de las uñas y huele a sudor. Estoy a punto de preguntarle cómo no ha podido ducharse durante todo este tiempo que no ha hecho nada cuando mira mi brazo vendado.

—¿Cómo te sientes?

—Fantástico.

—Bright, no tienes que mentirme. Realmente ojalá pudiéramos ir al psicólogo porque lo he estado pasando mal y...

—Como todos —lo interrumpo—. Estamos perdiendo la guerra.

—Sí, lo sé. No intentaba ser el protagonista. Creo que a todos nos iría bien un poco de ayuda profesional. Más que los servicios de Eva, que no fue justo para ella.

—Yo también tengo una lista de cosas que son injustas.

Me mira como esperando que continúe. Emil se levanta.

—Voy a buscar a la doctora Salinas para que te cambie el vendaje. Hazme un favor y trátala un poco mejor que a mí y a mamá.

Dejo que se vaya. No quiero pelearme con todo el mundo, pero las cosas están empeorando y no sé cómo gestionar mi rabia y mi frustración. Hay muchos poderes que me gustaría tener, pero leer pensamientos sería realmente útil para saber con certeza si Emil tiene pensamientos oscuros y desagradables como yo. No puedo ser el único.

Vuelve con la doctora Salinas, que me pide que me relaje mientras deshace el vendaje. Pica, como una tirita que arranca múltiples costras. Me quedo sin palabras cuando veo lo diferente y monstruoso que se ve mi brazo. Las escamas de color amarillo oscuro están esparcidas por todas partes, desde mis dedos hasta mi antebrazo y toda la piel es de un color verde intenso. Es como si me estuviera convirtiendo en un basilisco.

—¿Se curará? —pregunta Emil.

—Hay un ungüento que puede ayudar con la caída de la piel —dice la doctora Salinas—. Pero pasarán varios meses antes de que vuelva a estar como antes.

—Pero… —Emil se detiene. Todos sabemos que no tengo varios meses.

—Quizás sea hora de que empecemos a apostar sobre cómo voy a morir —digo—. Tenemos algunas opciones sólidas. El veneno llega a mi corazón. Intoxicación de la sangre. Personalmente, lo apuesto todo a que los Regadores de Sangre vuelven para terminar el trabajo.

—No hace gracia —dice Emil—. Te ayudaremos a superarlo.

Pensar en mi futuro distorsiona la realidad. Esto es demasiado para una persona, es como disparar un tiro tras otro. Los envenenamientos, las condenas a muerte. Siento que estoy atravesando las etapas del dolor. He estado viviendo en la negación y la ira desde la última noche del Soñador Coronado. Definitivamente la depresión está entrando en mí porque no tengo poderes, especialmente ahora, que me encantaría usarlos para localizar a mamá y castigar a todos los que la miraron mal. Pero no hay negociación porque no hay nada más que pueda hacer para convertirme en un espectro, y cualquier otro juicio solo me matará antes. Sentado en esta habitación del hospital y pensando en cómo no quiero el poco tiempo que me queda por pasar aquí, he alcanzado la aceptación.

—No quiero morir aquí —digo—. Quiero ir a casa o a algún lugar.

Papá tampoco quería morir en el hospital. Quería morir en paz con nosotros a su lado. Uno de dos no es lo peor, pero no es la forma en que voy a morir.

—Bright, aquí tenemos buena seguridad —dice Emil.

—Bien, ¿me van a proteger para que pueda morir en paz? Las probabilidades están en mi contra.

—¡Podrían salvarte la vida! Venga, siempre dices que porque algo sea improbable no significa que sea imposible.

—¡CÁLLATE!

Me pongo tenso, pensando en todos los sueños que he tenido a lo largo de los años. Graduarme de la universidad con honores. Convertirme en presentador de un programa de entrevistas. Batir récords con el número de seguidores que tengo. Acertar en el tiempo con Prudencia. Salvar el mundo con Emil como Reyes de la Luz.

Improbables, pero no imposibles, es lo mejor para cualquier soñador. Pero ya no sueño.

15
FUEGO Y VUELO

MARIBELLE

Aún no hay pistas.

Ha pasado un día desde esa ridícula reunión con Sunstar. He perdido demasiadas horas durmiendo en el coche de Atlas, pero ahora lo estoy compensando. He estado patrullando por Greenpoint durante horas. Es un punto de encuentro para los hípsters que quieren beber Cerveza, la poción ilusoria que muestra cómo es tener poderes a todo aquel que la bebe. Uno de los mayores errores de Luna fue confesarle a Brighton que es la creadora de Cerveza. Si encuentro a un distribuidor, puedo obligarlo a que me dé información que me lleve hasta Luna y June.

En lo alto de un edificio de siete pisos espero a que una pareja doble la esquina antes de saltar de la cornisa. A varios metros por encima del suelo empiezo a andar dando pasos invisibles.

Aprieto la gorra de béisbol de Atlas que encontré en el maletero y trato de pasar inadvertida para poder moverme con discreción.

Paso por un gimnasio celestial y veo a una mujer a través de la ventana que usa sus brazos elásticos como una cuerda de saltar. Me recuerda a cuando el padre de Iris, Konrad, era nuestro entrenador y hacía que usar nuestros poderes fuera divertido. Mamá y papá siempre tuvieron la esperanza de que pudiera volar por mi cuenta, y siempre supieron que existía la posibilidad de poder volar gracias a mis poderes de levitación. Pero nunca me dijeron que podría manifestarse en alas de fuego. Aún no ha pasado.

El bar Night Elk de la esquina está bastante animado para ser un jueves por la noche. Hay un segurata que revisa las identificaciones debajo del letrero feo de un alce con ojos de lunas crecientes. Me asomo y hay un celestial bailando con su clon para impresionar a un grupo de mujeres. La música es rápida con ritmos con los que Atlas no habría sabido qué hacer.

Poco después de que Atlas y Wesley comenzaran a trabajar con nosotros, organizamos una fiesta de bienvenida en nuestro refugio. Iris pinchó, tocando todos los éxitos que nos hicieron compartir auriculares y bailar juntos. Ella tocó una de nuestras favoritas, esta canción en español que comienza lento antes de estallar con un ritmo que te hace sudar hasta el final si logras seguirlo. Llevé a Atlas a la pista de baile y no tuvo ninguna posibilidad contra esta canción, por lo que tuvo que conjurar sus vientos para enfriarse. Esa fue la primera vez que me encantó como es debido.

Atlas ya no puede bailar mal.

—Oye, eres Maribelle Lucero —dice el portero.

No le hago caso. Me tapo la cara un poco más con la gorra y me alejo. No dejo de moverme como un zombi emocional hasta más de una hora después, cuando el puente de Brooklyn aparece a la vista. Aquí fue donde conocí a Atlas. Quiero sentirme más cerca de él, más que estar en su coche o abrazar sus cenizas, que dejé en el aparcamiento de un colegio.

En la parte de arriba de este puente fue donde le dije por primera vez que estaba enamorada de él.

Fue en abril, tres meses después del Apagón. Atlas me había cuidado a mí, y ese día me tocaba a mí cuidar de él. Acababa de enterarse de que la pena de prisión de sus padres por robar un banco se extendía otros cinco años.

«Estaba *a punto* de tenerlos de vuelta», había dicho Atlas, chasqueando los dedos. Caminaba de un lado a otro del puente. Le encantaba venir aquí para relajarse con el viento en los oídos. Su cabello rubio ondeaba en todas direcciones y luego lo perdió por completo. «¡Apuesto a que ni siquiera hicieron nada malo! ¡Los están castigando porque intento hacer las cosas bien!».

Ni siquiera podía visitarlos. No sin caminar directamente hacia el Confín, donde todas las fuerzas del orden lo querían.

Atlas intentó secarse las lágrimas y recuperar aire. «Lo siento, Mari, sé que mis padres todavía están vivos, hablaré de esto con Wes…».

«Puedes echar de menos a tus padres», le había respondido.

Era igual de cierto entonces como lo es ahora, prefería una muerte rápida para mis padres antes que una larga vida de maltrato en el Confín.

Cerré mis dedos alrededor de los suyos. «Puedes contarme cualquier cosa. Nos hacemos más fuertes el uno al otro cuanto más vulnerables somos juntos». Tenía que honrar mis propias palabras sin importar cuánto me asustaran. Miré sus llorosos ojos grises. «Te quiero, Atlas. Siempre me tendrás».

El dolor en su mirada se había desvanecido mientras me asimilaba por completo. «Yo también te quiero, Mari».

Nos besamos con los vientos acercándonos más.

Miro ese lugar en el puente ahora, asustada de ir allí sabiendo que él no podrá abrazarme o decirme que me ama, pero espero que me haga sentir más cerca.

Levito varios centímetros y llamas de color amarillo oscuro se arrastran desde mis puños hasta mis codos.

Emil tardó semanas en darse cuenta de que podía volar, y eso nació del pánico, como cuando descubrió por primera vez que era un espectro. Soy más capaz que él: soy la hija de poderosos Portadores de

Hechizos, soy un híbrido de espectro celestial, he fortalecido el brillo de mis venas durante toda mi vida.

Cuando era niña, solo aproveché mi poder por primera vez cuando fui empujada por mis seres queridos. Soy todo lo que tengo ahora. Me esforzaré.

Me alejo de la seguridad y voy hacia el puente. Mis llamas amarillas brillan a través del oscuro East River y me elevo más y más alto, empujando más allá de los límites de altura que siempre me han separado de todos los demás agraciados con poderes para volar. Mis brazos tiemblan y mi cuerpo tiembla y me estoy hundiendo en el aire. Siento a Atlas más lejos que nunca, ahora mismo ni siquiera puedo alcanzar su memoria, y las llamas rugen y rugen hasta que se extienden más allá de mis manos y se convierten en alas ardientes que me llevan hacia la noche. Empujo y empujo contra los vientos e imagino a Atlas y a mis padres a mi lado hasta que aterrizo en la cima del puente de Brooklyn. Miro mis alas, manteniéndome fuerte contra los elementos, hasta que decido que es hora de que desaparezcan.

He llamado la atención de las personas que están abajo posando para tomarse fotos con el paisaje urbano. Dudo de que muchos sepan que este puente sigue existiendo porque Atlas, Wesley, Iris y yo luchamos contra los terroristas.

Me siento en el centro, e imagino que me encuentro con Atlas en diferentes circunstancias. Podría estar abajo jugando con Wesley mientras Iris y yo damos un paseo. Atlas y yo podríamos habernos notado y, al igual que cuando instruí a Iris sobre cómo hablar con Eva, ella podría haberme empujado a saludar a Atlas. Pero volver a imaginar la historia de esta manera duele, porque la realidad es que la batalla nos unió y también nos separó para siempre.

Hace mucho frío aquí, y lanzo un orbe de fuego para mantenerme caliente. Miro el cielo nocturno, deseando ver el rostro de Atlas brillando en las estrellas. Hay todas estas constelaciones primarias sin sentido que se supone que me preocupan como celestial, pero a menos que una pueda devolver la vida a mis seres queridos, en realidad no es así. Rompo a llorar y grito tan fuerte y estoy tan cerca de hacer llover fuego sobre todos debajo de mí, cuando el viento se vuelve tan violento y ruidoso que apenas puedo escucharme. Finjo que Atlas está alrededor, lanzando los vientos él mismo.

Empieza a llover a cántaros de la nada, y se apaga mi orbe de fuego. No sabía que llovería esta noche, pero el clima siempre me toma por sorpresa. Atlas era el que prestaba más atención a los pronósticos para no volar hacia las tormentas.

Los relámpagos atraviesan el oscuro cielo nublado e iluminan a una enorme fénix que proyecta su sombra sobre mí mientras se dirige hacia la ciudad. Las plumas de la fénix son amarillas y marrones, y su vientre y corona son negros. Es la fénix más grande que he visto de cerca, del tamaño de un caballo de carreras, y mientras se aleja veo la silueta de un jinete, una mujer joven. Mi sentido psíquico vibra, advirtiéndome de un gran peligro. La lluvia deja de caer sobre mí y el río, pero continúa siguiendo a la fénix como si fuera una nube de tormenta. No estoy familiarizada con esta raza, nunca he estudiado a los fénix porque nunca me he enfrentado a uno, pero cuando estoy ahí, mojada y temblando contra los vientos fríos, estoy segura de que eso podría cambiar.

La jinete de la fénix es una amenaza clara. ¿A quién estará cazando?

16
REINICIAR

BRIGHTON

Los Portadores de Hechizos están cumpliendo mis deseos y hacen las maletas.

Iris echó a los ilusionistas, lo que funciona de todos modos ya que Sunstar hará su gran anuncio hoy y necesita esa protección adicional. Los médicos parecen nerviosos sin ellos, como si los Regadores de Sangre pudieran rastrearnos de alguna manera hasta aquí y hubieran estado esperando a que las ilusiones se desvanecieran para poder atacar. La doctora Swensen y la doctora Salinas me han dado muchas razones para quedarme, como que la mayoría de las veces cuando estoy despierto ni siquiera puedo mantener la cabeza recta, y que mi temperatura se dispara y desciende de repente, y que vomito cada vez que como. Pero me niego, así que enseñan a Emil y a Prudencia cómo mezclar un gel refrescante y les dan los ingredientes para una poción de hierbas que me calme el estómago.

Me veo con Ruth y la bebé brevemente cuando estamos todos reunidos afuera, y ella se ofrece muy generosamente a cocinarme lo que quiera cuando lleguemos a su casa. Luego se lleva a Esther y va en un coche con Iris mientras Wesley conduce el otro conmigo, Emil y Prudencia. Emil es el único que está detrás junto a mí, y puedo mantenerme tranquilo.

Últimamente he tenido muchos reinicios. Hay algunas cosas para las que normalmente habría usado mi mano derecha, pero ahora tengo que usar la izquierda, como cepillarme los dientes y navegar por el móvil. Pero luego están los reinicios importantes, como no pensar más colaboraciones para mis canales en línea o esperar a que mamá esté presente. Ya no espero estar cerca.

Hasta entonces, me pregunto cuánto tiempo pasará antes de que me acostumbre a usar la mano izquierda. Tengo que rehacer el escaneo de huellas dactilares en mi teléfono porque no reconoce mi escamoso dedo índice. Entro en Instagram y tengo tantos mensajes, algunos de *mutuals* como Lore, le icone genderqueer, que me pregunta si estoy bien, pero sobre todo de extraños que quieren saber si estuve involucrado en la batalla de la Iglesia Alpha. Al igual que no le dije a nadie que bebí una poción para intentar matar a Luna sin darme cuenta de que era Cerveza, estoy tratando de no entrar en la historia de la Sangre de la Parca, ya que tiene un final infeliz. No soy una de esas almas desesperadas en las redes sociales que necesitan tanta atención que confunden los mensajes de simpatía básicos con el verdadero afecto de sus seguidores que comentan mientras están en el baño. Una parte de mí quiere subir una publicación de despedida para tener la última palabra, pero ¿a quién le importa?

Navego por mi inicio. Mi artista favorita, Himalia Lim, ha pintado alas doradas y grises en diferentes edificios en el Bronx para celebrar a Emil, y ella comparte algunas fotos de fans posando frente a sus obras; no le muestro a Emil las publicaciones. Reed Tyler, un celestial, publica un desafío de baile de clones de TikTok usando los suyos. Son estos pequeños momentos los que se acumulan dentro de la gente común y hacen que quieran convertirse en espectros. Lore ha empezado un club de lectura, aparentemente, y sus primeras opciones son una novela de fantasía sobre un celestial no binario que abre un portal que los envía a una Nueva York alternativa donde los poderes no son reales. Si viviera en un mundo libre de destellos, estaría bien sin tener mis propios poderes. Pero ese es un mundo de fantasía y mi realidad ha demostrado ser letal.

Nadie habla durante el viaje. Prudencia enciende la radio y canta tranquilamente junto a su banda mexicana favorita. Hay árboles gruesos en esta carretera casi vacía, y después de adentrarnos más en los suburbios de Nueva Suffolk, entramos en el camino adoquinado de una casa de campo de una planta con ladrillos de color verde oscuro y una puerta de entrada marrón. El buzón está marcado con el número 149. Las olas rompen en la Gran Bahía Peconic, que está a poca distancia andando. Si cuelgas tu chaleco a prueba de poderes, este es definitivamente un buen lugar para retirarte.

Wesley aparca y Emil sale corriendo del coche para ayudarme.

—Puedo abrir mi propia puerta —suelto.

—Solo intento ayudar —dice Emil en voz baja.

Parece que Prudencia va a decir algo, pero entrelaza su brazo con el de Emil y entran en la casa.

Me da igual si piensan que tengo una mala actitud. Puedo estar enfadado, por el amor de las estrellas.

Voy con mi propio bolso. Hay fotos por todas partes de Wesley, Ruth y Esther, desde las paredes hasta la mesa con el cuenco de llaves. Incluso la esfera del reloj es una foto de Esther recién nacida. Hay un piano junto a las puertas corredizas de vidrio y un televisor montado sobre la chimenea. Emil, Prudencia e Iris están reunidos torpemente alrededor de la acogedora sala de estar, sin saber a dónde ir.

—¿Cómo nos repartimos? —pregunta Iris.

—Tenemos tres dormitorios —dice Wesley en voz baja con Esther dormida en sus brazos—. Voy a mover todas las cosas de Esther a nuestra habitación. Entonces, ¿Iris y Prudencia en una habitación y Emil y Brighton en la otra? Tenemos algunos colchones hinchables que podemos usar.

—Yo me quedo con el sofá —dice Emil.

—Yo me quedo con el otro —dice Prudencia y se vuelve hacia Iris—. Quiero darte un poco de espacio, si te parece bien.

Iris hace un mínimo movimiento de cabeza. Mira su reloj.

—El anuncio de Sunstar es en treinta minutos. Nos vemos aquí entonces.

La habitación de invitados es sencilla. Cama doble, baño privado y escritorio con vista a la bahía. Emil podría echarse en un saco de dormir en el suelo si no estuviera tan frustrado conmigo. Pongo a cargar mi portátil, con ganas de investigar un poco sobre las hidras de hilo dorado, pero me paso los siguientes veinte minutos apoyado contra el inodoro, vomitando tanta bilis que me arde la garganta. Aunque estoy tentado de quedarme y descansar, me lavo porque quiero estar con todos los demás mientras ven el anuncio de Sunstar. Ya me perdí bastantes cosas cuando dormí durante días. Ya no soy parte del equipo, pero seguiré teniendo voz mientras esté aquí. Ya están todos situados, y Prudencia me deja un espacio en el sofá, pero tomo una silla de la mesa de comedor y me siento junto a Ruth.

Vemos a Sunstar subir al escenario en una reunión en el ayuntamiento con cientos de espectadores. Habla sobre que este país tiene un problema con los artesanos de luz que abusan de sus poderes, especialmente con el aumento de los espectros, pero tiene más problemas con la forma en que las fuerzas del orden han estado operando. Se ha confiado en los asesinos para que defendieran a los ciudadanos de los abusadores del brillo y, en cambio, han estado abusando de su poder autoritario contra los artesanos de luz inocentes. Afortunadamente, tiene una propuesta: la Unión Luminaria, un grupo de trabajo oficial del gobierno formado por los mejores protectores de cada ciudad. Los Verdaderos Iluminadores, de Chicago. Los Primeros Gorriones, en Omaha. Las Almas de Flecha, en Dallas. Los Rayos del Sol, en Phoenix. Fuerza Zoom, en Lexington. Las Bellezas Sombrías, en Nueva Orleans. Hace una pausa antes de anunciar a los Portadores de Hechizos de Nueva York y se oye una mezcla entre aplausos y abucheos. Cierra su declaración diciendo que, para crear un futuro brillante, necesitan reconstruir los programas vigentes para proteger a este país, y que al unir a todos estos grupos bajo la atenta mirada del gobierno, cree que todos podemos vencer a la oscuridad.

—¿Creéis que esto va a funcionar? —pregunta Ruth mientras apaga la televisión.

—Es un sueño al que algunos han estado abiertos desde antes del Apagón —dice Wesley—. Luna arruinó todas las posibilidades de que la gente nos tratase bien.

—Si no podemos hacer realidad ese sueño, buena suerte disfrutando de esta casa que estáis construyendo —dice Iris mientras se levanta, paseando—. No estaríamos en esta situación si tuviéramos un gobierno que realmente se preocupara por nosotros. Me iría bien un poco de ayuda para buscar a Eva y a Carolina. No tendría que pedir consejos en Internet o intentar reclutar rastreadores o salir a la calle yo misma. Pero no, ¡están separados de nosotros por un crimen del que ni siquiera somos responsables! —Golpea su puño contra la mesa del comedor, partiéndola por la mitad. Es la persona más baja de la habitación, pero con un solo golpe demuestra ser la más fuerte. Esther se pone a llorar en la otra habitación—. Lo siento —dice mientras sale al patio trasero.

—¿Se disculpa por haber roto nuestra mesa o por haber despertado a Esther? —pregunta Wesley.

—¿Bebé o amiga? —pregunta Ruth, ignorando su broma.

—Llevaré a Esther a correr —dice—. Un trote ligero —agrega fuera de la mirada de Ruth.

Me quedo ahí sentado con Emil y Prudencia. Emil enciende manualmente la chimenea y observa cómo el fuego lame los troncos. Prudencia se estira en el sofá que reclama como suyo. Vuelvo a mi habitación, aunque en realidad ahora mismo no quiero estar solo. Me llevo el portátil a la cama e intento distraerme con algunos vídeos de YouTube, pero realmente lo que quiero hacer es elaborar algún plan que haga que los Regadores de Sangre nos saquen del sufrimiento de no saber si mamá está viva o no.

No tengo exactamente esa sensación de sangre y huesos como de costumbre, pero sospecho que habrá otro reinicio importante en mi vida: mis dos padres están muertos.

17
PROPAGANDA

NESS

He estado leyendo guiones durante estos días, pero nada que me entusiasme protagonizar. La directora de campaña, Roslyn Fox, pensó que sería una gran estrategia oponerse a la serie *Portadores de Hechizos de Nueva York* de Brighton con nuestros propios vídeos. El senador y Bishop han autorizado los guiones que pintarán a los celestiales como armas andantes que necesitan ser controladas, todo gracias al poder cambiante que se suponía que me ayudaría a reiniciar mi vida.

Me han tenido frente a la cámara durante más de doce horas filmando vídeos anticelestiales. Estoy encerrado en el ático convertido en estudio con Roslyn como única compañía. Parece una asesina mientras revisa nuestra toma más reciente.

Lleva el mismo moño negro ajustado desde que se incorporó al personal del senador un año después de que mataran a mamá. El delineador de ojos negro que probablemente se ha puesto para el senador está manchando sus ojos azules. Ella maldice en voz baja.

No tengo que ser bueno leyendo a la gente para saber que ella me odia.

Trabajamos juntos cuando yo era más dócil, ella escribió algunos de los discursos que pronuncié en las conferencias de jóvenes que me conseguía. Una noche le agradecí por haberme dado todos esos escenarios para liberar mi ira y dolor. Luego se excedió al invitarme a hablar siempre con ella sobre mis sentimientos como lo haría con mamá. Hice que el senador cerrara eso inmediatamente porque nadie iba a reemplazar a mi madre. De ahí en adelante todo fue asunto de Roslyn.

Estoy seguro de que se puso contenta cuando pensó que yo había muerto en el Apagón. Seguramente mi resurrección debe haber sido muy dura para ella. Ojalá hubiera estado presente cuando el senador le dio la noticia.

La diferencia entre trabajar con Roslyn ahora y antes es que esta vez sé que todo lo que me dice es mentira. No me sorprendería que me hiciera trabajar pasada la medianoche. Me han dado de comer dos veces, pero durante esos descansos he tenido que mirar imágenes del personal de la congresista Sunstar para estudiar su comportamiento y su apariencia, para poder actuar como ellos. Pero sobre todo me he estado convirtiendo en personas que ni siquiera existen. Me han dado partes de desconocidos de todo el país para montar un look. Los dientes amarillos de alguien con los labios de otra persona, la nariz de otra con los ojos marrones de alguien más y el corte de pelo de una persona diferente.

Luego miento sobre cómo los celestiales han arruinado mi vida.

Aparecí como un adolescente cuyo entrenador de secundaria invisible me espiaba en el vestuario. Como la asistenta de un jefe que amenazó con quemarme de arriba abajo si seguía negándome a tener citas con él. Una víctima que entregó las llaves del coche debido al control mental de algún joven punk, que ni siquiera es un poder conocido en nuestro mundo; es algo sacado de las películas de ciencia ficción. Un niño que intimidaba a otro en la escuela, por lo que su madre me cegó con su luz resplandeciente, un poder no tan sorprendentemente similar a Sunstar.

Nadie usará la palabra, pero todo es propaganda.

—Otra vez —dice Roslyn desde detrás de la cámara—. Véndemelo.

—El joven celestial me amenazó si no le daba todo el dinero —digo como un cajero con lágrimas en los ojos, debido a mi cansancio. No quiero decir la última parte, pero lo hago—. Me dijo que el dinero se iba a donar a los Portadores de Hechizos para construir defensas mejores contra los asesinos. Sus ojos brillaban tanto como el relámpago de sus manos…

La cuestión es que, si alguien hace lo mínimo para verificar estas historias, no podrá encontrar nada que las respalde. Pero el problema es que ya nadie lo intenta. Se leen los titulares, se hojean los artículos, y el lector le pasa la historia a otra persona, que la acepta como verdad. Entonces esa persona se lo dice a otra y se extiende como un veneno. Para cuando alguien ve que algo va mal y hace su propia investigación, ya es demasiado tarde. El daño ya está hecho.

Esta es solo una de las veinticuatro historias que he grabado hasta ahora para pintar a los Portadores de Hechizos como villanos. Para asegurar que Sunstar nunca vaya primera en las encuestas. Limitar los derechos de los celestiales y aumentar las demandas de más asesinos.

El mundo está peor por mi culpa y la de mis interminables facetas.

18
EL NO ELEGIDO

BRIGHTON

Siento como si mi cuerpo estuviera en llamas.

He estado aplicándome el gel refrescante en la frente, el pecho, los brazos e incluso los pies desde medianoche. Luego, la mañana fue de mal en peor cuando luché por abrir la tapa a prueba de niños de mis analgésicos con mi mano izquierda. Además, las farmacias deberían tener prohibido llamar «analgésicos» a estas pastillas si no alivian el dolor. Estoy cubierto de sudor, reprimiendo mis lágrimas, cuando de repente alguien llama a la puerta. Estoy a punto de gritarle a Emil que se vaya cuando Ruth dice mi nombre desde el pasillo.

—¿Sí? —pregunto, tenso.

Ruth entra y se lleva la mano al corazón. Mira alrededor de la habitación, que ya es un desastre, y sus ojos brillan como estrellas que se multiplican. Una luz violeta parpadea y aparece su clon, haciendo juego con cada mechón de cabello y cada arruga de su camisa. El clon recoge los platos de mi comida sin terminar y mi vaso vacío y se va. Ruth me ayuda a salir de la cama para poder cambiar las sábanas empapadas. Abre las cortinas de la ventana para dejar entrar más aire y ahora está oscuro. He dormido la mayor parte del día.

—¿Quieres compañía? —pregunta Ruth—. Me vendría bien un poco.

—¿No es para eso para lo que están los clones?

—Es difícil hablar con alguien que lo sabe todo sobre ti porque eres tú. Créeme, montaría mi propio club de lectura si mis clones tuvieran opiniones propias —dice Ruth con una sonrisa—. Deberías tomar la medicación con algo de comida en el estómago.

—Comeré aquí.

—Si quieres, pero significaría mucho para mí si comieras conmigo en la sala de estar. Prácticamente todo el mundo está fuera ahora mismo, o sea que está tranquila.

Debería intentar comer un poco más, especialmente después de todo lo que he vomitado.

El clon de Ruth vuelve con agua helada. Ruth y su clon intercambian sonrisas cansadas antes de que el clon se desvanezca entre una pálida luz púrpura. Si esto hubiera sido hace semanas, habría sido genial ver el poder de Ruth en acción después de haber escuchado a Wesley hablar de ello en nuestra entrevista de *Portadores de Hechizos de Nueva York*, en la que Ruth se ganó el respeto por parte del youtuber conservador Asesino de Estrellas. Pero ahora me da más envidia.

Salimos hacia la sala de estar, donde alguien toca el piano. Un poco entrecortado, pero es muy bonito y relajante. Espero que sea Wesley u otro clon, pero es Prudencia sentada en el banco, sus manos sobre las teclas, presionándolas con el poder. Pierde la concentración cuando entro y Esther comienza a retorcerse en el moisés que tiene junto a sus pies. Los ojos de Prudencia brillan, y cuando vuelve a tocar, Esther se calma.

—¿Dónde está todo el mundo? —pregunto mientras me siento en el sofá frente a una mesa plegable, ya que Iris destruyó la mesa del comedor.

—Iris finalmente se ha dormido, y Wesley y Emil están instalando cámaras de vigilancia a lo largo de la carretera para estar a salvo —dice Ruth con miedo en su voz. Está arriesgando su casa por nosotros.

Me prepara un plato con puré de patatas, salsa, brócoli al vapor, zanahorias asadas, maíz y una ensalada con vinagreta. Nada que no pueda comer fácilmente con una mano.

—Gracias.

—Es un placer —dice Ruth mientras se sienta a mi lado en el sofá—. Debería haberte preguntado antes, pero ¿te parece bien que mis clones estén cerca? Es una costumbre, pero quiero ser más delicada.

—No, sigue haciéndolo. De hecho, tengo curiosidad sobre tus poderes —paro, dándome cuenta de que este es uno de los problemas más grandes que Prudencia tiene conmigo—. Olvídalo. No tienes por qué hablar de eso.

—Puedo hablar de eso. Ha sido un largo viaje —dice, comenzando su historia.

Ruth proviene de una larga línea de celestiales con habilidades de clonación. Su matriarca, Ruth Primera, nació bajo la constelación de la Reina Melliza, que solo sale durante dos noches cada siglo. Era tan poderosa que también podía clonar objetos. La fama convirtió a Ruth Primera en una purista y todos los demás niños de su línea siguieron su ejemplo. Cuando la Reina Melliza regresó hace dieciocho años, los padres de Ruth programaron su embarazo para poder tenerla bajo la constelación.

—Se alegraron mucho cuando se enteraron de que iban a tener una niña para poder llamarme como Ruth Primera. Pero mi madre rompió aguas tres días antes de la constelación. El parto fue doloroso y ella hizo todo lo posible para mantenerme dentro; contrató curanderos para que absorbieran su dolor y bebió pociones para anestesiarse, pero fue demasiado y dio a luz pronto.

Pasaron varios años y Ruth no mostró señales de poder. No podía clonarse a sí misma ni objetos como su madre, ni proyectar su espíritu en su sueño como su padre. Sus padres pidieron que los sabios le hicieran pruebas, y estaban muy avergonzados de tener que admitir que su hija era descendiente de Ruth Primera y no mostraba señales de destello.

—Crecí avergonzada por no ser especial —dice Ruth.

—Conozco el sentimiento. Mi abuela era psíquica. Su poder no era tan fuerte, solo tenía visiones del futuro inmediato, como si alguien estaba a punto de tropezar, pero tenía esperanza en mí. Y no... —Hago un gesto a todo mi cuerpo—. Aquí estoy. El no elegido.

—Podría ser mejor así. Mis poderes no se manifestaron por nada bueno. Ese sabio recomendó aislamiento forzado y situaciones en las que tendría que escapar a algún lugar para intentar encender mi poder. Mis padres me mantuvieron ocupada con amigos y juegos durante semanas, y de repente, un día, me lo quitaron todo. No podía salir y estaba sola y llorando todo el tiempo. Diez días después, mi clon apareció por primera vez porque quería que alguien jugara conmigo.

He perdido el apetito.

Ruth mira a su hija y sé que nunca torturaría a Esther de esa manera.

—Mi madre me llamó su Princesa Melliza... Me probó para que clonara objetos como ella, pero lo único que sucedió fue que apareció otro clon para que pudiera lidiar con mi madre mientras yo jugaba con mi primer clon.

—Es horrible. ¿Por qué nunca has hablado de esto?

—Pintar a los celestiales tan mal no ayuda a nuestra causa. Tenemos personas de nuestro lado que cometen errores graves como este, pero si no podemos mostrar que la mayoría de nosotros somos ciudadanos modelo, especialmente después del Apagón, nunca se nos otorgará la igualdad por la que generaciones y generaciones de celestiales han estado luchando.

Nunca pensé que los celestiales pudieran ser tan monstruosos como los peores espectros. Que los Regadores de Sangre no eran los únicos villanos.

—¿Te hablas con tus padres?

Ruth niega con la cabeza.

—No. A medida que crecía, menos me gustaba su actitud de cara a los celestiales. Son ricos y engreídos y me apuntaron a una escuela privada de élite para celestiales para fortalecer mis poderes, para que los inversores se interesaran por mi futuro. Siempre luché con ellos para que marcaran la diferencia con su dinero, pero solo invirtieron en nuestra línea de sangre, así que tomé todo el dinero que gané de las asociaciones en las redes sociales, doné mi ropa elegante y renuncié a todo lo que se sentía como de la realeza. Luego empecé a trabajar en un albergue para celestiales y se me daba bien (estoy siendo humilde, se me daba muy bien) confeccionar ropa para los celestiales más necesitados.

La música deja de sonar. Prudencia mece suavemente el moisés con su telequinesis, se ve preciosa usando su poder para algo tan simple.

—¿Tus padres saben sobre Esther? —pregunto.

—Sí. Les impresionó que Wesley fuera un Portador de Hechizos, pero dijeron que su poder arruinaría nuestro linaje, como si eso me importara. Puede que Esther no tenga poderes, y me parecería bien. Aunque Wesley quiere que tenga una combinación de nuestros poderes para que ella y sus clones puedan correr por las casas de mis padres y robar. —Pone los ojos en blanco y sonríe.

Su historia es tan épica que le hubiera ido muy bien en *Celestiales de Nueva York*, pero tendría que ser una docuserie de ocho partes.

—¿No quieres arreglar las cosas con ellos? —pregunto, pensando en cómo no voy a tener esa oportunidad con mamá.

—Ellos me dieron a luz, y técnicamente siempre serán familia, pero no son míos. Tengo a Wesley y a Esther. Al resto de los Portadores de Hechizos. A mis amigos en los refugios. Emil no tiene tu sangre, pero sabes que es tu hermano.

—Por supuesto. Siempre lo será.

—La familia no depende de la sangre. —Ruth asiente muy obviamente a Prudencia—. No dejes que los buenos se escapen.

19
EL FANTASMA ENCAPUCHADO

NESS

El senador se ha pasado la tarde viendo los cortes finales de mis vídeos de propaganda.

Estamos en el ático con Roslyn mientras nos explica su plan de implementación actualizado. La mayoría de los vídeos se enviarán en línea a través de cuentas de marionetas. Los que sean capaces de hacer el mayor daño a la reputación celestial, también conocidos como los favoritos del senador, se ofrecerán a las redes pro-Iron como Wolf News para una transmisión más prominente.

Roslyn saca un guion de su carpeta.

—Escribí esto anoche. Creé a una víctima que afirma que Iris Simone-Chambers le rompió el brazo y amenazó con hacerle un agujero en el estómago si no entregaba las imágenes de vigilancia que la hubieran identificado como culpable de un robo.

El senador desliza el guion por el escritorio.

—No podemos involucrar cuentas personales detalladas como esa. No para los Portadores de Hechizos, Sunstar o cualquiera de mis oponentes. Si notaran que algo está mal, podrían abrir una investigación que cerraría la herida que estamos tratando de ensanchar. Solo vídeos que no puedan ser rastreados hasta nosotros. —Se vuelve hacia mí, donde estoy sentado en un rincón junto a la ventana—. No podemos desperdiciar el maravilloso trabajo de Eduardo. ¿No es así, hijo?

Yo no reacciono. Eso es lo que quiere y ya le he dado bastante. El rodaje de los últimos dos días ha sido absolutamente agotador. Lo más cerca que he estado de usar activamente mi poder durante largos períodos de tiempo como este es cuando una vez fui encubierto como uno de los alquimistas rivales de Luna para conseguirle información para el chantaje. Por más físicamente agotador que haya sido todo esto, no tiene nada que ver con cómo me ha afectado mentalmente. Soy la persona detrás de todas estas máscaras de mentiras. Una vez que estos vídeos estén disponibles, todos los que sufran (despojados de derechos, encarcelados, asesinados) serán por mis actuaciones. Todo esto me hace querer transformarme en un niño y llorar en el pecho de mi madre.

El senador se pone de pie.

—Buen trabajo, Roslyn. Tengo que terminar de prepararme, pero podemos discutir tus propuestas de la fase dos de camino a Florida. Estaré abajo en tres. —Al salir, mira por encima del hombro y dice—: Compórtate mientras estoy fuera, Eduardo. No te quedes despierto hasta muy tarde. —Su risa lo sigue fuera del ático.

Roslyn deja escapar un suspiro de felicidad.

—¿Cómo duermes por la noche, fraude? —pregunto.

—Mucho mejor desde que empecé a compartir la cama con tu padre —dice con una sonrisa.

Así que ahora están juntos, o por lo menos se acuestan. Parece que solo hay algunas personas en el equipo del senador que saben que estoy vivo. No he visto a ningún otro guardaespaldas excepto a

Jax y Zenon, y Jax debería haber sido despedido por cómo falló en su trabajo durante el allanamiento de esta semana. Pero si realmente son solo esos dos, Bishop y Roslyn, tengo que manipularlos. Meterme en sus cabezas.

—Nunca vas a ser su primera dama —le digo—. Sé cómo es cuando habla con una mujer a la que ama. Eso no es lo que está pasando aquí.

—Mi amor por él y su trabajo son suficientes para los dos —dice Roslyn mientras termina de recoger su portátil y sus documentos—. Esto me mantendrá caliente en el dormitorio principal de la Casa Blanca.

Sale del ático.

Le diría que es un monstruo, pero eso no la perturbará. Roslyn necesita tiempo para inquietarse y tengo que confiar en que he plantado una semilla. Ni siquiera he tenido que mentir. Mi madre no era perfecta. Sus puntos de vista no siempre estaban en línea con los míos, y no siempre desafiaba a su marido como me decía que yo debía hacerlo con los demás, pero nunca habría apoyado este engaño, y mucho menos ayudar a diseñarlo. No tenía que demostrar su lealtad al senador para que él la amara. Lo vi sufrir cuando la mataron.

Espero que todos los corruptos de este equipo terminen en la cárcel como los criminales que son. En el momento justo llega Jax, con su rostro completamente curado gracias a Eva, para encerrarme de nuevo en mi jaula después de esta tortuosa sesión en el ático. Habría sido más feliz si hubiera estado solo, quitando la pintura de mis paredes, antes que tener al senador y a Roslyn haciéndome compañía. Pero Jax no me lleva a mi habitación. Bajamos las escaleras, donde el senador, Roslyn y Zenon esperan junto a la puerta principal con el equipaje.

—Ya hemos dicho «adiós» —le digo al senador.

—Pero no a Jax y a Zenon. Vendrán conmigo en este viaje. No te preocupes, no te dejarán solo —dice.

Dione sale de la sala de estar y se apoya en el reloj del abuelo.

—Basta de hablar. Puedes irte —le dice al senador.

Él no desafía su falta de respeto. Ya debe entender que ella nunca lo favorecerá. Es una de las razones por las que confié en ella después de haberme unido a la pandilla.

Veo al senador y a Roslyn bajo esta nueva luz sabiendo que están juntos, y estoy emocionado cuando se van con Jax y Zenon siguiéndolos. Eso me deja con Dione. No somos amigos, aunque creo que podríamos haberlo sido. Siempre fue la más humana en las habitaciones con el sanguinario Stanton y la fantasmal June. Pero se enfada con facilidad, no muestra remordimiento por matar a aquellos que intentan dominarla, y es muy leal a Luna. Tengo que ser inteligente con ella si quiero aprovechar al máximo este tiempo lejos del senador y su equipo.

—¿Deberíamos hacer una fiesta? —pregunto.

—Cualquier cosa que ayude a destrozar este lugar —dice Dione, mirando el reloj del abuelo como si estuviera pensando en tirarlo—. Pero tengo que encontrarme con Luna.

—¿Dónde está?

Dione se ríe.

—El Fantasma Encapuchado estará en el cielo esta noche. ¿Dónde crees que está?

—¡¿Es esta noche?!

La constelación que sale dos veces al año y que me convirtió en un cambiante. ¿Cómo han pasado ya ocho meses desde que obtuve los poderes? Nunca hubiera pensado que volvería a la mansión, forzado a ser un arma una vez más para la persona ante la que fingí estar muerto para no volver a verla jamás.

—Para alguien a quien se le atribuye el mérito de estar muy alerta, este importante detalle se te ha pasado por alto.

—No me dieron un calendario con cada constelación cuando me obligaron a volver aquí. Habla con el anfitrión para el que estás trabajando.

Los ojos de Dione son dagas.

—No trabajo para tu padre. Si Luna tiene éxito, tú tampoco tendrás que trabajar para él.

Esto debe ser lo que Luna y el senador discutieron la noche en que ella llegó, mi reemplazo. Tal vez tenga a alguien en mente con más ganas de ayudarlos a cumplir su visión.

—Entonces, ¿quién es el joven bastardo del que Luna se está aprovechando esta vez?

Dione me agarra del brazo y me arrastra escaleras abajo hasta el sótano.

—No es tu problema.

Lucho, pero ella es mucho más fuerte que yo.

—¡Dione, esto es lo que hace! ¡Esto es lo mismo que hizo contigo! Luna es una depredadora oportunista que compra nuestra lealtad con poder, ¡sé que lo sabes!

Llegamos al rellano y Dione me empuja al suelo.

—Si fueras leal, no estarías en este lío.

La sala de pánico es una enorme caja negra con ventanas de un solo sentido para que los que están dentro puedan seguir los movimientos del intruso. Está protegida por el escudo brillante, una cúpula de energía amarilla. En un vídeo de muestra proporcionado por el proveedor había un celestial que lanzaba fuego al escudo brillante y rebotaba contra ellos tan rápido que ni siquiera tuvieron la oportunidad de moverse. El senador ha reflexionado sobre cómo mejorar el legado de su abuelo y actualizar el chaleco a prueba de poderes con protecciones similares, para que las fuerzas del orden estén más blindadas contra los ataques de brillo. Dione lee el código de seguridad de veinte dígitos colgado en la pared y lo escribe en el teclado; una vez tuve esos números (u otros parecidos, asumiendo que los hayan cambiado), memorizados en caso de que tuviera que encerrarme en la sala de pánico. El escudo cae y Dione abre la puerta.

—Entra o te meto yo.

—Estás cometiendo un gran error —le digo mientras me levanto del suelo—. Si le fallas, le darás igual. ¡Mira a Stanton! ¡Ella ni siquiera lo está liberando! ¡Te reemplazará igual que lo intenta hacer conmigo!

Dione no espera a que entre tranquilo. Me agarra de la muñeca, me tira por la puerta y caigo en un sofá. Alguien respira. Se asoma, mira a Eva y luego cierra la puerta. En unos momentos, el escudo resplandeciente vuelve a estar en funcionamiento.

Acaricio el hombro en el que aterricé mientras miro a mis nuevas compañeras de habitación que están sentadas juntas en una de las dos camas. La madre de Emil, Carolina, parece agotada y es posible (bueno, probable) que haya estado llorando. En general, ella está bien. A diferencia de Eva. Su piel morena parece más pálida, tiene menos pelo en un lado, un ojo morado del tamaño de mi puño y vendajes en todos sus brazos. Es como si la hubieran usado de saco de boxeo, que es algo que hicimos una vez con un exjefe de las fuerzas del orden que no entendió que nadie se mete con los Regadores de Luna; aquí está la esperanza de que podamos sacar a Eva de aquí antes de que encuentre una varita en su cabeza como hizo el jefe.

—¿Estás bien? —pregunto.

Eva se incorpora.

—¿Te parece que estamos bien?

No digo nada. No es necesaria mi estúpida respuesta después de mi estúpida pregunta.

—¿Por qué estás encerrado con nosotros? —pregunta Eva.

—Todos están ocupados, así que necesitaba una niñera. ¿Era Dione así de mala cuando erais amigas?

Eva niega con la cabeza.

—Era mi persona favorita.

Carolina viene y se arrodilla a mi lado; sostiene mis manos entre las suyas.

—Por favor, dime que mis chicos están bien.

—Esperaba que tú pudieras decírmelo. Me han desconectado de todas las noticias desde la invasión de Nova.

—Han salido todos vivos —dice Carolina.

Me hace un resumen de las cosas importantes que han pasado mientras me reunía con el senador. Los Portadores de Hechizos se enfrentaron a los Regadores de Sangre. Luna apuñaló a Emil con una daga asesina de infinitos, y luego Brighton apareció y le disparó en el estómago con un hechizo antes de beber la Sangre de la Parca. Pero aparentemente el elixir no lo hizo inmortal y es probable que muera. Emil todavía está vivo, según lo que ellos saben. Hay que tomar las victorias cuando las obtienes, y eso es una gran victoria en mi opinión.

—No sabemos nada más —dice Carolina.

—Si hubiera habido alguna mención de la muerte de Emil o de Brighton o de cualquier Portador de Hechizos, estoy seguro de que el senador habría organizado una fiesta.

Enmarcar la muerte de sus hijos como motivo de celebración no mejora su estado de ánimo. Me suelta las manos y se sienta en el sofá. Me uno a ella. Lo relajada que está Carolina a mi alrededor libera mucha tensión.

—Lamento mis últimas palabras hacia Brighton —dice Carolina—. Lo llamé «creído» por haber elegido esos poderes, y ahora puede que no llegue a decirle cuánto lo amo.

—Él tampoco fue amable contigo —comenta Eva—. También debe estar arrepintiéndose de sus palabras.

—¿Qué dijo? —pregunto.

Carolina no me mira a los ojos.

—Que su padre fue el mejor de los dos. A menudo pienso que eso es verdad, pero he hecho todo lo que he podido.

—Estoy seguro de que lo que has intentado ha sido genial —digo.

Brighton no sabe la suerte que tiene. Mataría por recuperar a mi madre en lugar de quedarme con un hombre que me está utilizando para arruinar el país.

Esta es la primera vez en días que no me siento vigilado. No por Jax desde fuera de mi habitación o por Zenon desde donde sea que esté dentro de la mansión. Mi vida durante los últimos años se ha estado poniendo todas estas máscaras metafóricas, y algunas literales durante los últimos meses. La última vez que bajé la guardia fue cuando estaba cerca de Emil, y él me vio en un momento vulnerable en el que me había transformado en una de mis víctimas. Pienso en él mientras inhalo profundamente con los ojos cerrados y aprovecho esta paz.

Eva chasquea los dedos. Adiós, paz.

—¿De qué estabas hablando con Dione? ¿Te están reemplazando?

—Eso parece —digo—. El Fantasma Encapuchado sale esta noche.

—¿Qué constelación es esa? —pregunta Carolina.

—No es tan épica como el Soñador Coronado —dice Eva—. Pero es una que mi madre admiraba porque esta constelación invita al cambio. Algo así como el comienzo de un nuevo año. También es muy importante para los celestiales que pueden cambiar… y ahora al parecer también para los que busquen convertirse en un espectro que pueda transformarse.

Puede juzgarme todo lo que quiera; no me conoce.

—Desharía todo si supiera que iba a terminar aquí otra vez. Toda la propaganda que he estado grabando para construir el caso de Iron contra los artesanos de luz pronto será un problema de algún otro espectro.

—¿Piensan mantenerte aquí abajo con nosotras? —pregunta Carolina.

Me encojo de hombros.

—Probablemente, no. Es mucho más inteligente tirarme de un helicóptero a aguas infestadas de basiliscos. Es una buena forma de deshacerse de alguien que se supone que está muerto.

Carolina me acaricia el hombro.

—Estoy segura de que ese no será el caso. Eres su hijo.

Veo de dónde le viene la dulzura a Emil. No necesito decirle que hicieron el Apagón para poder matarme.

—Lamento que nunca hayamos podido conocernos en condiciones antes de esto —digo.

—Yo también. Debes ser importante para Emil dado lo mucho que quería defenderte.

—Creo que Emil habría hecho eso por cualquiera. Lo has criado bien. Te juro que haré todo lo posible para que vuelvas con él de una pieza. Nadie te ha hecho daño, ¿verdad?

Su voz tiembla antes de que pueda formar completamente sus primeras palabras.

—El senador Iron exigió que Eva curara a su guardaespaldas, y cuando la defendí, Dione me pegó. Eva lo curó y me cuidó después de que todo el mundo se fuera.

No sé cómo lo voy a hacer, pero me aseguraré de que Dione y Jax sientan el doble del dolor por el que hicieron pasar a Eva y a Carolina.

—La curación es cada vez más difícil. —Eva se frota una de sus vendas—. No he estado bajo las estrellas ninguna noche desde que estamos aquí y Luna sigue drenando mi sangre, a pesar de que ella está bien.

Su propia enfermedad. Probablemente Luna esté mezclando alguna poción para intentar ganar tiempo.

—No he estado lejos de Iris durante tanto tiempo desde que nos conocimos —añade—. No podré volver con ella.

Lo dice como un hecho. La entiendo a mi manera.

—¿Cómo os conocisteis? —pregunto.

Eva duda, pero cede.

—Los alquimistas me perseguían por razones obvias —dice, señalando todo su cuerpo—. Mi familia adoptiva no pudo protegerme. Siempre he evitado la violencia, pero necesitaba a los Portadores de Hechizos. La madre de Iris, Finola, respondió a nuestra llamada de ayuda. Ella me llevó a su refugio y me presentó a Iris.

—¿Amor a primera vista? —pregunto.

—No, en absoluto. Era mejor. Iris me trajo una muda de ropa y hablamos hasta el amanecer, a pesar de que estaba agotada después de semanas sin poder dormir una noche entera. —Eva está llorando y estoy a punto de darle pañuelos, pero continúa—. Iris me contó una historia de que sus padres la llevaron a ver la constelación Luna Bella cuando tenía diez años. Finola le compró una camisa en la calle, pero Iris no pudo probársela antes. Le iba perfectamente, y no pude evitar sentir que Iris también estaba hablando de nosotras. Encajamos, me siento desnuda sin ella ahora mismo.

Carolina se levanta y cubre con una manta los hombros de Eva, que está temblando, y le da el tipo de abrazo que hace que eche de menos aún más a mamá. Luego se gira hacia mí.

—¿Sientes eso por mi hijo?

Estoy desconcertado por la pregunta; entonces me doy cuenta de que esto viene de una mujer que comprende que tal vez nunca llegue a ver a sus hijos convertirse en adultos plenos que eligen tener parejas y formar familias. No sé nada sobre el historial de citas de Emil, aunque apuesto a que tenía muchos pretendientes.

—No diría que me siento desnudo sin él —admito—. Pero tengo frío sin él. Si es que eso tiene sentido. Es como si alguien me dejara salir al sol y me encantara sentir el calor. Pero luego me veo obligado a volver a entrar y me arrepiento de lo poco que aproveché la situación.

Haría las cosas de manera diferente con Emil. No lo besé cuando dejé Nova o cuando volví para salvarlo. Besar cuando estalla una guerra nunca viene a la mente. Si los astros se alinean por nosotros, lo daré todo.

—Es la mejor persona que conozco, y ni siquiera lo conozco desde hace tanto tiempo —digo.

—Ese es mi hijo —asiente Carolina con orgullo—. Desde que era joven, Emil siempre ha querido hacer sentir bien a la gente. No lo sabía hasta que su profesora me lo dijo, pero en sexto curso Emil no jugaba con Brighton y sus amigos durante el recreo porque estaba consolando a una niña que había perdido a su hermana. Los chicos siempre estuvieron cerca, pero se unieron más porque Emil también estaba muy asustado de perder a Brighton. —Está llorando. No tenemos ni idea de si Emil y Brighton están muertos o si uno está vivo echando de menos al otro. Ambas situaciones son devastadoras—. Cuando perdimos a Leo, Emil se aferró a su calidez. Luchó mucho para mantenernos unidos. Mi héroe. Siempre que cedía a su dolor, la calidez regresaba.

Me río entre dientes, pensando en cómo Emil es fiel a su naturaleza luciérnaga.

—Es curioso, le tengo un apodo y...

El zumbido del escudo brillante se silencia y la puerta se abre. Dione entra con Zenon detrás. Se supone que se había ido.

—La hora del cuento ha terminado —dice Dione. Se vuelve hacia Zenon—. ¿Tenemos suficiente?

—Debería ser suficiente —responde él.

Me pongo de pie.

—¡Se supone que ni siquiera debes estar aquí!

Dione está detrás de Eva y de Carolina. Su expresión es amenazante, lo que se siente como un espectáculo, pero hay un indicio de conciencia, como cuando hizo una pausa en nuestra misión de darle algo de dinero a un celestial cuyos ojos habían sido arrancados por algún cazador celesfóbico.

—Necesitábamos que te acercaras en persona, Ness. ¿De qué otra manera vas a interpretar los papeles si no entiendes a tus sujetos?

¿Desempeñar los papeles? Entonces lo comprendo.

—No, haré todo lo demás, seguiré inventando personas falsas, pero no puedes obligarme a que me haga pasar por ellas.

—¡Cállate! —Dione grita mientras sus ojos brillan y le crecen dos pares de brazos más. Estrangula a Eva y a Carolina y les inmoviliza las manos—. Si no te conviertes en ellas, las mataré.

Levanto las manos en señal de tregua.

—Suéltalas.

Dione las suelta y, aunque tiene seis manos, solo usa una para agarrarme de la muñeca. Ni siquiera tengo la oportunidad de disculparme con Eva y con Carolina.

Esta noche han jugado conmigo, el manipulador manipulado. Si el equipo del senador todavía me usa para transformarme en otras personas, ¿cuál es el plan para el nuevo espectro con sangre de cambiante? ¿Solo un nuevo Regador de Sangre? Debe haber un error. Cualquier plan que Luna ayude a diseñar tiene que ser más profundo que los nuevos reclutas.

Por ahora, tengo que prepararme para causar más daño con los rostros de dos mujeres que confiaron en mí con sus corazones.

20
CORAZONES OSCUROS

EMIL

Es medianoche cuando salgo a hurtadillas de la cabaña para ver las estrellas. El Fantasma Encapuchado está alto en el cielo oscuro, su luz se refleja a través del mar. La constelación principal tiene la forma de una máscara de teatro de la vieja escuela con los ojos astutos brillando más. Esta noche estoy aquí por Ness, sabiendo que esta alineación de estrellas es la razón por la que tiene sus poderes. Poderes que no pudieron mantenerlo a salvo.

Voy a la playa, deseando haber traído una chaqueta. No me saco los zapatos porque la arena está demasiado fría, lo que hubiera sido fantástico las veces que he estado aquí con Prudencia durante el día, pero ahora hace demasiado frío. Flexiono los dedos, y trato de aprovechar mi brillo para mantenerme caliente; pero, al igual que cuando apenas podía crear un orbe de fuego para atacar a Stanton en Aldebarán, todas mis heridas, las infligidas por Ness y por Luna, arden tanto que casi me hacen llorar.

Parece imposible ser un soldado en esta guerra. Quiero decir, mírame, no he sido precisamente el arma más eficaz en las batallas.

Prudencia y yo hemos tenido esa agotadora conversación mientras estábamos en la playa. Odio haberla arrastrado a esta guerra, pero estoy agradecido de que esté aquí, especialmente cuando Brighton se mantiene en su mayor parte para sí mismo. Prudencia no es una soldada conocida por el público, pero los Regadores de Sangre ya deben haber reconstruido su identidad. No lo ha dicho en voz alta, y dudo de que alguna vez lo haga, pero creo que le preocupa que su tía, Maia, acabe igual que mamá. Hay mucho amor perdido por lo celesfóbica que es Maia, pero a Prudencia todavía le importa.

Se oyen pasos arrastrando los pies en la arena detrás de mí, y me doy la vuelta, nervioso de que las fuerzas del orden o un Regador de Sangre nos hayan rastreado. Estoy listo para lanzar fuego como si mi vida dependiera de ello, pero es Brighton. No descarto que él también venga a darme caña. Se sienta a mi lado y mira al Fantasma Encapuchado. Días atrás estaba brillando bajo el Soñador Coronado, preparado para convertirse en un espectro imparable.

—Al diablo con estas constelaciones —suelta Brighton.

Está cabreado por algo que nunca fue para él. Estas constelaciones existen para los celestiales. Muchos sabios pueden rastrear el origen de las diversas ramas de poder que hay gracias a las constelaciones. Definitivamente no soy un experto, pero cuando era más joven, la constelación de la Figura Emplumada salió y elevó todos los poderes voladores.

—En realidad, pueden ser fuerzas positivas para los celestiales —digo, recordando lo alucinante que fue ver a tantos celestiales flotando en el aire esa noche.

—Pero no espectros como nosotros —dice Brighton, frotando su mano izquierda contra su pierna para calentarse y con el brazo envenenado envuelto en vendas otra vez—. Espectros como tú. —Creo que morirá antes de que entienda la suerte que tiene de no ser un espectro—. No habría bebido la Sangre de la Parca si el gen brillante se hubiera activado. No sé por qué mamá no heredó los poderes psíquicos de abuelita, pero los habría usado muy bien.

Este mundo imaginario tiene sus posibilidades.

—Podrías haber sido un detective que tiene visiones sobre crímenes y evita que se cometan —digo.

—Suena como una serie de televisión —dice Brighton—. Probablemente serías el héroe que se queja de ser el héroe durante toda la serie. Pero luego, al final, estás agradecido de haber luchado porque ha cambiado tu vida para mejor. Ganas la guerra y te quedas con el chico.

Me siento atraído otra vez por el Fantasma Encapuchado mientras las suaves olas se arrastran sobre la arena. Las salpicaduras normalmente me calmarían, pero esta noche no lo hacen.

—Excepto por que no puedo quedarme con el chico cuando está muerto —digo. Está claro que ya no estoy hablando de la serie de televisión con la que Brighton sueña. Nuestras vidas no son el entretenimiento de nadie, o al menos no deberían serlo.

—Como si lo hubieras querido —dice Brighton.

Estoy temblando de frío.

—No tengo que quererlo para llorar por él. Ness era importante para mí y confiábamos el uno en el otro. Cuando nos atacaron en Nova, corría buscándote porque no teníamos idea de que ya te habías escapado con Maribelle. Ness arriesgó su vida haciéndose pasar por mí para conseguirme más tiempo. Fue entonces cuando lo atraparon y…

Dejo de hablar porque no sé qué pasó después. Ni siquiera sé mucho sobre lo que pasó antes, ni sobre su relación con su madre antes de que fuera asesinada o con su padre antes de que se consumiera tanto con el poder que usó a Ness para propagar el odio. Me pregunto si alguna vez ha tenido una relación romántica o si siempre ha estado soltero como yo. Incluso quiero saber más sobre su transformación en espectro.

—Hay tantas cosas que nunca voy a saber sobre Ness —digo. Su historia seguirá siendo un gran misterio para mí. Y siempre me preguntaré qué habría pasado entre nosotros si nos hubiéramos escapado juntos.

—Siento lo mismo por Prudencia —dice Brighton.

—La conocemos desde hace cuatro años.

—Pero no realmente. Si ocultó ser celestial, ¿qué más no sabemos acerca de ella? Tiene que haber más de esta historia. ¿Qué sucedió realmente para que sus padres fueran asesinados por las fuerzas del orden? Su vida en casa con Maia. ¿Y salió con ese Dominic porque él también era un celestial? ¿Sabía él algo sobre ella?

El día que Prudencia reveló sus poderes, me dijo que solo su padre era celestial, pero no tengo las respuestas a ninguna de las otras preguntas de Brighton.

—Pregúntale a ella —le digo.

—¿Qué sentido tiene? Me estoy muriendo y no es como si fuera a volver.

—Tal vez no se trate de ti. Prudencia podría abrirse contigo si lo hicieras por ti mismo, no por los *Celestiales de Nueva York*.

—¿Ella ha dicho eso?

Niego con la cabeza. Nunca presiono a Prudencia sobre sus sentimientos por Brighton. También era reservada cuando estaba saliendo con Dominic, y siempre pensé que era porque no quería confundir a Brighton, pero después de todo el mes pasado, supongo que es más reservada de lo que pensamos.

—Bright, habla con ella. A diferencia de Ness, Prudencia está viva. Si solo te quedan unos meses de vida, ¿de verdad quieres pasar ese tiempo sin ser honesto?

—Tienes razón —dice Brighton. No le escucho decir eso a menudo. Mira hacia el cielo, y contempla las estrellas—. Si se supone que esta constelación representa un cambio, entonces debería considerar hacer algunos.

Extiende su puño izquierdo, y primero creo que quiere que lo ayude a levantarse, pero me doy cuenta de que está esperando un choque de puños. Ha pasado un tiempo desde que hicimos uno por última vez. Supongo que tener una conversación de verdad que no acabe con él gritándome merece uno. Nuestros nudillos se encuentran y silbamos.

—¿Qué estás haciendo? —pregunto mientras se levanta.

—Voy a asegurarme de no morir arrepentido —dice Brighton mientras regresa a la cabaña.

Me deja solo con el Fantasma Encapuchado, y me quedo aquí, deseando tener la misma oportunidad de arreglar las cosas con Ness.

21
FINALMENTE

BRIGHTON

Realmente es duro pensar en lo corta que es la vida.

Camino hacia la cabaña, cavilando sobre que nunca tendré una casa donde poder presumir ante mi familia. Lo que siempre he querido para mí —fama, poder, éxito, familia— nunca sucederá. He tomado algunas decisiones estúpidas y arrogantes y ahora estoy pagando el precio. Pero las conversaciones que he tenido últimamente con Ruth y con Emil me están inspirando a tomar mejores decisiones antes de que sea demasiado tarde.

Prudencia se estaba duchando cuando me fui para hablar con Emil, pero ahora no la encuentro por ningún lado. Salgo y la encuentro en el césped junto al cobertizo de herramientas, sentada en el aire con las piernas cruzadas. Tiene los ojos cerrados y se tambalea, pero mantiene el equilibrio. Siempre ha habido algo atractivo en Prudencia cuando está concentrada que me distraía tanto que echaba un vistazo, como cada vez que hacíamos los deberes juntos o hacíamos carteles de protesta, o el par de veces que me ayudó a editar mis vídeos. Pero ella es deslumbrante en este momento, completamente en su propio elemento: cabello oscuro y húmedo recogido con una banda elástica, una de las camisetas *Todo el mundo mola* de Ruth metida en pantalones de chándal y elevada por el poder que ha mantenido en secreto durante demasiados años.

Me siento raro aquí de pie, mirándola, así que susurro su nombre para llamar su atención, cada vez más fuerte, hasta que accidentalmente la asusto y cae al suelo. Corro y la ayudo a levantarse con mi mano izquierda.

—Lo siento, no quería asustarte.

Prudencia inhala aire mientras se masajea el codo.

—No pasa nada.

—¿Necesitas hielo? —Me doy la vuelta para entrar.

—No, estoy bien. Entre todas las batallas que hubo últimamente puedo soportar una pequeña caída. —Se limpia la suciedad de las manos en los pantalones de chándal—. ¿Qué estás haciendo aquí?

—Te estaba buscando. —Los segundos de silencio son demasiado, así que digo rápidamente—: ¿Y tú?

Prudencia señala al Fantasma Encapuchado.

—No pudimos ver el Soñador Coronado en su cenit, así que he pensado que podría salir esta noche y sentir las estrellas en mi piel.

Empiezo a alejarme.

—Está bien, te dejo con eso.

Necesito ser más respetuoso con su origen.

Prudencia se sienta en la hierba y mira hacia la bahía.

—Me vendría bien un descanso —dice, y dejo de alejarme—. Hacer equilibrio en el aire es bastante agotador. Así que, ¿me estabas buscando?

—Solo quería hablar.

—¿Sobre...?

—Todo. Nada. Lo que sea.

—Ven a sentarte. —Acaricia la hierba a su lado.

La última vez que pudimos sentarnos así en la naturaleza fue el día de mi cumpleaños. Fui anfitrión de una decepcionante reunión para menos de una docena de Brightsiders y me fui a casa con muchísimos *souvenirs*. Ahora tengo mucha más influencia, estoy seguro de que podría conseguir cientos de personas. Pero este enfoque en los extraños siempre ha sido mi problema. Siempre he tenido una verdadera amiga aquí, a mi lado. Alguien que podría haber sido más si la hubiera priorizado antes que a los demás.

—Lo siento mucho —le digo. Me destroza saber que tengo tanto de qué disculparme—. Mi ego ganó todas las batallas contra ti y contra Emil, pero no fue justo, especialmente para ti. Emil y yo hemos podido acudir a nuestros padres cada vez que nos poníamos de los nervios, pero tú has estado a solas con Maia, que no ha sido una buena tía contigo. Ni siquiera te dejó ser tú misma. Y fallé al no ser alguien en quien pudieras confiar.

Prudencia cruza los brazos sobre las rodillas y asiente.

—Gracias por eso, Brighton. Nunca he querido llevarme mis poderes a la tumba, pero tampoco quiero aceptarlos. Me he sentido muy sola.

No quiero preguntar porque tengo miedo de cómo me hará sentir, pero es lo que debo hacer para compensar todas las veces que me he priorizado.

—Pero tenías a Dominic, ¿verdad? ¿El novio celestial que te entendía?

—Podría haberlo hecho —dice ella—. Si se lo hubiera dicho.

—¿Por qué no lo hiciste?

—No estaba escrito en las estrellas —dice Prudencia—. Su familia está muy orgullosa de su artesanía de luz. Prácticamente son puristas. Dominic me gustó mucho, pero no iba a darlo todo para gustarles a los padres de mi novio del instituto.

—De todos modos, siempre has sido demasiado buena para él —le digo.

—¿Esto es porque no quiso hacer una entrevista para CDNY? —pregunta Prudencia con una sonrisa.

Me río.

—Solo digo que si estuviera tan orgulloso de ser un celestial, habría dejado que lo entrevistara.

—Lo habría hecho si no fuera tan competitivo. Siempre has tenido notas más altas y más seguidores. Le expliqué una y otra vez que hacer crecer su plataforma era importante para poder presentar su propio programa de televisión, y que eso no importaba para ser piloto. Pero todavía te vigila.

Se me hace raro pensar que alguien que podía viajar a través de las sombras estuviera celoso de mí.

—Bueno, tuvo la suerte de salir contigo. Esa fue una gran victoria.

La luz de las estrellas en las mejillas sonrojadas de Prudencia aprieta mi pecho. La constelación trata sobre el cambio y espero que ella esté tan abierta a honrar eso como yo. Sus ojos brillan como estrellas saltarinas y parece una directora de orquesta mientras hace bailar las piedras y las ramas de nuestro alrededor. Los movimientos son en su mayoría delicados; incluso cuando un par de ramas se rompen, las atrapa antes de que toquen el suelo y las agrega a su corriente telequinética.

—Mami no era celestial, pero papi sí. El primero de nuestra familia en siete generaciones. Es por eso que nuestra telequinesis no es tan poderosa. No tenía a nadie que le enseñara a usar su poder, pero tuve suerte de tenerlo. La lección más importante fue la concentración. —Los dedos de Prudencia se mueven con más fuerza, como si estuviera dando un masaje profundo al aire—. Para suspender algo en el aire, tienes que mantener la concentración. No puedes olvidarte de ninguna piedra ni de ningún palo. Tienes que decidir los movimientos de cada uno. Es más complicado cuando también te estás levantando a ti misma… —Asciende, aunque no tan alto como cuando me la he encontrado esta noche, y de repente siento que estoy siendo succionado hacia el cielo—, y cuando levantas a otros.

Estamos sentados el uno frente al otro en el aire envueltos de naturaleza. Empieza a sudar mientras nos baja con cuidado al suelo.

—Un mejor aterrizaje esta vez —bromea.

—Gracias por contarme todo esto. Es como si te volviera a conocer.

—Estoy feliz de contártelo todo, siempre y cuando no termine en *Celestiales de Nueva York* —dice Prudencia con una sonrisa, aunque sé que habla en serio. Se tumba en la hierba y mira las estrellas.

Me estoy quedando sin tiempo para verla sonreír y flotar juntos. Soy tan estúpido, el tipo de estúpido que solo podría haberse graduado con honores si hubiera hecho trampa. He dedicado horas y horas a *Celestiales de Nueva York* para que pueda ser la plataforma de referencia de noticias sobre una comunidad a la que no pertenezco, y a la que esperaba pertenecer si los poderes psíquicos de abuelita se manifestaban en mí. Siempre he soñado con describirme. Brighton de Nueva York. Pero jamás va a suceder.

Me acerco un poco más y me tumbo a su lado. El Fantasma Encapuchado es el brillante y gigantesco recordatorio de que es el cambio que quieres ver.

—Sabes que me importan más cosas aparte de los «me gusta» y las visitas, ¿verdad? —pregunto con el corazón en la garganta mientras apoyo mi mano sobre la de Prudencia y aprieto—. Siempre he sentido cosas por ti, Pru. Incluso rompí con Nina porque te veía como más que una amiga, pero entonces estabas saliendo con Dominic, y esperé y me dolió y ahora estamos solteros, pero está pasando todo esto. Siempre he sentido como si hubiera algo entre nosotros y nunca fuera el momento ideal, pero teniendo en cuenta que podría morir en cualquier momento, no hay mejor instante que el presente. Lamento haberte dejado en Nova cuando me pediste que te eligiera. Debería haberme quedado y haberte dicho que te amo.

Prudencia no se mueve. No me suelta la mano, pero tampoco la sostiene con fuerza. Creo que si alguna vez hubiera tenido sentimientos por mí, seguirían existiendo a pesar de todas las cosas horribles que he hecho.

Suelto su mano.

—Lo siento. Siempre has sido demasiado extraordinaria para alguien como yo. Ni siquiera hablo de los poderes. —Me levanto—. Te dejaré sola. Disfruta de la constelación.

A cada paso que doy espero que me llame por mi nombre, pero no lo hace. Echo una última mirada por encima del hombro y Prudencia sigue tendida sobre la hierba con los ojos puestos en el Fantasma Encapuchado. Está claro que no quiere que nada cambie entre nosotros y ya.

Entro. Wesley está en la cocina dándole a Esther su biberón. Se ha soltado su moño hípster y lleva el pelo suelto sobre el cuello. Parece agotado. Menciona algo sobre la hermosa constelación de esta noche, pero voy directamente a mi habitación, apago la luz y cierro la puerta. Es como le he dicho a Emil antes: al diablo con estas constelaciones.

Que se joda el Fantasma Encapuchado por haberme inspirado a hacer el ridículo.

Que se joda el Soñador Coronado por haberme matado en lugar de hacerme inmortal.

En la cama, siento fiebre, picazón y náuseas al pensar en lo fuerte que sería si no hubiera fallado tantas veces en mi corta vida: no me sentiría como un subcampeón si me hubiera convertido en graduado con honores en lugar de en el segundo mejor; me habría sentido más valorado si mis supuestos fans se hubieran molestado en venir a mi reunión; me habría sentido más poderoso si hubiera podido evitar que papá muriera o si hubiera tenido los medios para vengar a mamá, o si la Sangre de la Parca me protegiera eternamente; podría haber construido algo con Prudencia si no me hubiese obsesionado con *Celestiales de Nueva York*; podría haber estado viviendo mi propia vida si no hubiera seguido a Emil para salvar la suya.

Al final siempre soy el compañero y nunca el héroe. No tendré que estar cansado de eso por mucho más tiempo.

Tomo mi teléfono, la luz me ciega hasta que bajo el brillo. Mi inicio de Instagram consiste principalmente en imágenes de personas que publican el Fantasma Encapuchado con descripciones sobre los cambios que quieren hacer en el futuro, como si alguna vez hubieran cumplido con sus propósitos de Año Nuevo. Estas fotos me ponen de mal humor.

Alguien llama a la puerta y grito:

—¡¿Qué?! —No estoy de humor para una visita de Emil o de Wesley.

—¿Puedo entrar? —pregunta Prudencia desde el otro lado de la puerta.

—Sí —digo a regañadientes. Aquí viene el siento-que-hayas-tardado-tanto-en-solucionar-esto.

Intenta entrar, pero la puerta sigue cerrada. Un segundo después, la desbloquea telequinéticamente desde el exterior. Prudencia camina entre la oscuridad, la luz de la constelación se filtra por la ventana, y se me sube encima y me besa. He querido esto durante años, lo quería igual que quiero mis propios poderes. La sensación de sus labios sobre los míos es mejor que cada beso en la mejilla que me ha dado como amiga. No es un beso rápido, tiene vida. Sus manos me tocan por todas partes, y me rindo y también la exploro.

Todo lo que hay en este beso es como si me estuviera diciendo que no quiere verme marchar.

Cuando empieza a quitarme la camisa y cierra telequinéticamente la puerta, me dice algo más.

22
CABALLERO DEL HALO

MARIBELLE

La caza finalmente está dando sus frutos gracias al Fantasma Encapuchado.

Los circuitos de alquimia en funcionamiento, como farmacias y hospitales, no me han dado ninguna información, excepto que algunos alquimistas preferirían arder por el fuego de mi fénix antes que traicionar el honor de Luna. Pero afortunadamente no hay nada como una constelación ceremonial que hace que la gente común quiera sus propias habilidades, porque las estrellas prohíban que los celestiales tengamos algo que solo nos pertenece a nosotros. Esta noche se divide en dos grupos: los que se juntarán con los alquimistas para convertirse en espectros y los que no quieren exponerse a la persecución por tener poderes reales, por lo que buscan los imaginarios.

He seguido a una joven comerciante de Cerveza esta noche en Alphabet City y la golpeo contra una camioneta negra en un estacionamiento. Parece que entiende el miedo mientras mi orbe de fuego ilumina su rostro. Lo mismo para su posible cliente mientras se aleja. No podría estar más feliz si pudiera arruinar su noche y su día de pago.

La comerciante suelta la Cerveza. El vial se rompe contra el suelo y un líquido dorado fluye bajo mi bota.

—Por favor, no me hagas daño —pide.

El orbe de fuego amarillo oscuro gira alrededor de mi palma como un planeta en llamas.

—¿Dónde está Luna?

—¿Quién?

—Mis fuentes ya me han dicho que Luna Marnette está al frente de esta operación —digo. La comerciante está sudando mientras acerco el fuego a su cara—. Dime dónde encontrarla a menos que quieras pasar la noche como un montón de cenizas.

Llora mientras aparta la mirada.

—¡No estoy mintiendo! Ni siquiera sé quién es esa Luna, ¿de acuerdo? Me despidieron y necesitaba un trabajo y mi prima conoce a alguien que conoce a alguien. ¡Solo he estado haciendo esto durante una semana, lo juro!

—Entonces, ¿quién es tu jefe?

—No lo sé. Recibo una llamada de un número desconocido que me dice a qué hora recoger mis viales en la torre Light Sky. ¡Eso es todo!

La torre Light Sky. A pesar de todo el trabajo que Luna estaba haciendo al estudiar las estrellas para planear su próximo movimiento, residir en el edificio más alto de la ciudad tiene mucho sentido.

Mis padres soñaban con trabajar con arquitectos para construir apartamentos y escuelas para celestiales que fueran más altos que la mayoría, pero la idea no fue bien recibida porque los que no tienen poderes tuvieron temor. Eso solo resultaría en más celestiales que podrían fortalecerse bajo las estrellas y volverse tan fuertes que nunca podríamos ser dominados. Así de profunda es la celesfobia en algunas de estas personas: ni siquiera podemos vivir en lo alto sin ser vistos como amenazas.

Cierro el puño y el orbe de fuego se apaga. La comerciante está temblando cuando la suelto.

—Fuera de aquí —le digo.

Esta es la mayor compasión que puedo ofrecerle en honor a Atlas. Cuando no sabíamos que Ness se hacía pasar por un acólito llamado Hope para intentar engañarnos y traerlo de vuelta a Nova con nosotros, Atlas fue quien intentó consolar a Hope después de que trataran de colarnos una historieta. Estaba lista para marcharme. A veces me pregunto por qué quería a alguien como yo. Especialmente desde que empezó a salir conmigo, cuando mi corazón estaba más vengativo que nunca.

Corro a toda velocidad y mis alas de fuego de color amarillo oscuro cobran vida y me llevan fuera del estacionamiento y a través de Alphabet City, donde los celestiales y otros han tomado las calles para divertirse bajo la constelación. La torre Light Sky también está en el centro de Manhattan, y ya puedo distinguir el prisma brillante de un edificio que emerge del grupo de rascacielos. Es arriesgado hacerlo sola, pero sería más arriesgado darle a Luna, a June y a los demás la oportunidad de reubicarse si aún no lo han hecho. Si existe la posibilidad de vengar a Atlas y de salvar a Eva y a Carolina, tengo que atacar ahora.

Llego a la torre y voy directamente al ático. Si no están ahí arriba, encontraré el camino hacia abajo, incluso si tardo toda la noche en subir lo que recuerdo que son más de cien pisos. Vuelo alrededor para que los guardias de seguridad que patrullan la terraza en el lado sur del edificio no me vean. Es posible que no puedan marcarme de inmediato como la hija de terroristas que creen que soy, pero no se necesitan prismáticos para detectar a alguien con alas de color amarillo oscuro que se dirige al techo. Todavía soy nueva en volar, así que esto me está costando mucho, pero sigo adelante por mamá, papá y Atlas. Las llamas alrededor de mis brazos están disminuyendo hasta que les doy un último empujón que me saca un grito. Las alas arden más y más llenas y planeo sobre el balcón del techo, chocando contra el suelo y rodando junto a un enorme telescopio.

Contemplo mis alrededores mientras recupero el aliento. Las luces están apagadas más allá de las puertas de vidrio. No hay señales de vida. Nadie parece estar vigilando el ático; sin seguridad, sin acólitos, sin Regadores. Saco la daga del olvido de la nueva funda que he moldeado en mi chaleco a prueba de poderes, quemo la manija de la puerta y entro. Las luces se encienden inmediatamente. Por supuesto que este lugar tiene sensores. Nadie aparece con una varita para enfrentarme.

Mi sentido psíquico no me indica ningún peligro. Pero sigo siendo cautelosa porque todavía no entiendo completamente este poder. Si supiera todo lo que hay que saber sobre las visiones de Sera, podría averiguar cómo sintonizar las mías.

Todavía no he tenido tiempo de procesar por completo todo lo que significa ser la hija de Sera y de Bautista. Solo sé que el mundo tendría más motivos para odiarme porque no solo culpan a mamá y a papá por el Apagón, sino que acusan a mis padres biológicos de haber fundado los Portadores de Hechizos, a los que ellos consideran villanos. Creo que ya estoy harta de salvar a un mundo que no quiere recordar a mis padres como héroes, y ahora aún lo pienso más. Yo también me incluyo.

Los que no me salvaron no merecen mi salvación.

Los que sí, merecen mi venganza.

Camino por el ático. La luz de las estrellas entra a través de algunos ventanales. Hay una mesa de comedor con capacidad para una docena de personas, pero no hay señales de vida. Hay tarros de cerámica negra en las estanterías empotradas. Hay un cuadro de una mujer saliendo de la boca central de una hidra de nueve cabezas en la chimenea. El candelabro es la guinda de este carísimo pastel.

Las habitaciones están al final del pasillo. Una huele a sudor y a aguas residuales y hay pieles secas en la funda de la almohada. Todas las señales apuntan a Stanton. Voy a la habitación de al lado, con ganas de confirmar que los Regadores de Sangre han estado aquí. Sobre una mesa encuentro recortes de periódico que aluden al senador Iron. Podría haber sido Ness vigilando a su padre. No hay nada fuera de lo común en el dormitorio de al lado, pero hay gotas de sangre en el suelo del baño. Es roja, no gris como la de June, así que puede que fuera la habitación de Dione.

Tengo mi daga preparada cuando entro a la suite. Es ocho veces el tamaño del dormitorio más grande que he tenido a lo largo de mi historia en hogares de acogida, que fue la sala de archivos de la biblioteca Amy Silverstreak en Queens. El vestidor está vacío. La cama está hecha, pero sobresale un pañuelo manchado de sangre. Esta tenía que haber sido la habitación de Luna; vivir a lo grande y morir lentamente mientras intentaba perfeccionar la inmortalidad. Me estremezco al pensar en Luna obligando a Eva a curar sus heridas y esforzándose tanto para intentar curar su enfermedad, a pesar de que Eva ni siquiera puede curar un resfriado común. Pero si alguien va a descubrir cómo usar la sangre de un sanador para salvarse a sí misma, es la alquimista que diseñó pociones combinando múltiples esencias de criaturas.

Salgo de la suite y continúo por el pasillo, cuando veo un relámpago fuera de la ventana. He comprobado el tiempo esta mañana y ayer, desde que vi a esa fénix hace dos noches, y no había pronóstico de tormentas. No ha habido avistamientos desde entonces, pero los que estábamos en el puente esa noche no fuimos los únicos que las vimos entrar en la ciudad. Varios clips aparecieron en Internet, pero nadie sabe dónde se instaló la jinete. Pude identificar a la fénix e investigar un poco. La fénix es una aulladora de luz y, en una pelea, puede ser tan rápida como sus relámpagos.

El trueno ruge y el segundo relámpago revela a la fénix y su jinete.

El peligro zumba a través de mi cuerpo cuanto más se acercan.

La jinete lleva una máscara con un pico dorado metálico y confirma mi sospecha: forma parte de los Caballeros del Halo, y protege a los fénix. La aulladora de luz se cierne sobre el balcón mientras la jinete sujeta una ballesta contra su pecho, hace saltos mortales en la parte superior del telescopio y me dispara una flecha. Giro fuera de peligro haciendo una voltereta con una mano. La flecha rompe la puerta y llueven cristales detrás de mí.

Dos pueden jugar este juego.

Soy rápida con una flecha de fuego y le arranco la ballesta de su agarre. Ella aparta el telescopio y aterriza en una posición defensiva. Lleva la chaqueta de cuero habitual con mangas de plumas amarillas y guantes con los dedos cortados.

—No tienes derecho a poseer ese fuego sagrado —dice la Caballero del Halo con furia y angustia en su voz, como si yo estuviera matando a un fénix justo en frente de ella.

—Heredé mis poderes...

Peligro.

Una daga cae de la manga emplumada de la Caballero del Halo y me la arroja. Me muevo a tiempo para que la daga pase por delante de mi cabeza. Me ataca de regreso al interior del ático y me inmoviliza los hombros con sus rodillas. Ella juguetea con un pequeño bolsillo en su cinturón de cuero negro y yo levito horizontalmente, la agarro y giro rápidamente hasta que logro que se maree; luego la golpeo contra el suelo.

Le doy un puñetazo al pico dorado y le quito por completo la máscara de la cara. La Caballero del Halo tiene una sombra de ojos oscura sobre su intenso resplandor, una nariz larga que se redondea como un botón, mejillas besadas por el sol que están ruborizadas por la pelea, labios carnosos pero agrietados, como si los hubiera estado mordiendo, y cabello oscuro que ha sido trenzado en una corona que se deshace.

Entonces su pie se conecta a mi espalda y ruedo. Nos levantamos y cargamos, encerradas en una danza de combate físico. Ella rueda con el hombro sobre la mesa del comedor y arroja una silla en mi dirección. La esquivo y se acerca rápidamente a mí. Voy a dar una patada ascendente pero ella se cuela debajo de mi pierna con un puntapié que bloqueo. Utilizo mi poder para flotar sobre ella, pero acelera maravillosamente su patada de barrido hacia mi aterrizaje y me golpea de espaldas.

Los Caballeros del Halo son guardianes autoproclamados entrenados por quienes vinieron antes que ellos para proteger a los fénix contra todos los peligros humanos: traficantes, cazadores, alquimistas. Dado que todos mis enemigos han sido personas, nunca antes había tenido que luchar contra un Caballero del Halo.

Me pregunto si todas sus habilidades son tan de otro mundo como esta.

—¿Qué quieres de mí? —pregunto desde el suelo.

—Tu sangre, Portadora de Hechizos —dice.

—Esa frase no es nada nuevo —digo. Mis alas de color amarillo oscuro me sacan del suelo y cargo un orbe de fuego mientras floto sobre la Caballero del Halo.

Ella huye de mí y le silba a su fénix.

—¡ATACA!

La aulladora de luz se balancea sobre sus garras negras mientras un rayo de relámpago sale de su garganta. Me aparto antes de que el rayo pueda abrir un agujero en mi cuerpo, pero cuando destruye la chimenea, la réplica me arroja a través de la habitación y golpeo la pintura de la mujer y la hidra. Los colores bailan en mi visión mientras se agacha sobre mí y me apuñala el brazo con una aguja.

—No más fuego —dice la Caballero del Halo mientras agita un pequeño dardo en mi cara—. Tranquilizante. El mismo que se usa para sedar a los fénix. Tienes aproximadamente tres minutos antes de quedar inconsciente.

Me impresionaría si llegara a los tres minutos. Quiero darle un puñetazo pero no consigo que mi mente se conecte con mi puño.

—Mis padres fueron masacrados en el Museo de Criaturas Naturales que protegía a una fénix del siglo recién nacida —dice la Caballero del Halo.

La noche en que Atlas fue asesinado.

—No fui yo. Los Caballeros del Halo estaban muertos cuando llegué con los otros Portadores de Hechizos. Salvamos a la fénix del siglo.

—¿Dónde está?

—Muerta. Puedes culpar a los Regadores de Sangre.

El ascensor suena. La placa indica que alguien viene del piso sesenta.

Mi adversaria se pone de pie.

—¿Son ellos? —pregunta.

—No lo sé, no soy psíquica; bueno, es una larga historia. —Empiezo a delirar—. Podrían ser Regadores de Sangre o seguridad, ya que tu mascota ha tirado una pared.

—Roxana no es mi mascota.

Me estoy quedando dormida, no puedo meterme en la política de su fénix en este momento.

—Sácame de aquí. Cuando me despierte, te contaré todo sobre mis poderes y te conectaré con Emil Rey, que estaba allí cuando asesinaron a tus padres.

—¿Por qué iba a confiar en ti?

—Yo también quiero ver muertos a los Regadores de Sangre.

La Caballero del Halo mira de un lado a otro entre el ascensor y Roxana antes de arrastrarme por las piernas al balcón. La fénix se hunde sobre su vientre mientras me apoya en la cabeza emplumada de Roxana, que huele a agua de lluvia. Un hechizo suena a través del ático, rápidamente ahogado por el fuerte batir de alas y por los truenos y la lluvia mientras huimos lejos del peligro. Luego, nada. Me quedo dormida sobre la ciudad.

23
PLATA Y ZAFIRO

BRIGHTON

Tengo tanto calor que me despierto de un sueño en el que Prudencia me lleva telequinéticamente al cielo y me besa con la luna a sus espaldas.

La cabeza de Prudencia está apoyada en mi hombro izquierdo mientras mi brazo escamoso arde como si estuviera atrapado en una chimenea. El calor se esparce por mi cuerpo, y por mucho que no quiera dejarla ir, me deslizo por debajo de Prudencia. Piso el condón usado y me pongo los interiores para poder beber un poco de agua fría y tomarme el medicamento que necesito para bajar mi temperatura. Caigo de rodillas y no me doy cuenta de que estoy gritando hasta que Prudencia se levanta de la cama con nada más que el sujetador y la ropa interior que se ha puesto después de tener sexo.

—Brighton, ¿qué pasa? —pregunta Prudencia, y su toque me quema aún más.

Me estremezco.

—Hace calor, estoy ardiendo. ¡AHHH!

Debe haber un infierno en mi corazón. El veneno me está comiendo vivo.

Emil entra corriendo a la habitación con ojos aturdidos.

Sostengo mi brazo tembloroso, y me duele tanto respirar que ni siquiera quiero hacerlo.

—Emil, ya está, hermano; me estoy muriendo. —Grito de nuevo mientras golpeo el suelo con el puño izquierdo para intentar luchar contra el dolor. Es una batalla perdida. Aprieto los dientes con tanta fuerza que podrían romperse y bajar por la garganta y asfixiarme antes de que el veneno pueda terminar su trabajo sucio.

—Vas a estar bien —miente Prudencia con lágrimas cayendo por sus mejillas.

Wesley, Ruth e Iris están fuera mientras Esther llora en el pasillo.

Emil me abraza.

—Te quiero, Bright.

El calor sube a un nivel completamente nuevo y aparto a Emil porque siento algo explosivo dentro de mí. Mi brazo escamoso brilla como carbón ardiendo y desearía que alguien me pusiera una varita en la cabeza y me sacara de la miseria. Mi visión se vuelve borrosa y densa como nubes de humo, y se aclara segundos después cuando veo algo imposible.

Mi brazo arde en llamas de plata y zafiro.

Por una décima de segundo me engaño haciéndome creer que la Sangre de la Parca está funcionando, hasta que el fuego incinera mi carne y mis huesos. La sangre se acumula alrededor de mis rodillas. Seguramente me debo parecer a alguien en una grotesca película de terror. Las llamas estallan a mi alrededor hasta que estoy completamente consumido. Seré nada más que cenizas en unos momentos. Mi hombro se tensa cuando un puño se abre camino, estirándose hasta que el resto de mi brazo lo sigue.

Las llamas de plata y zafiro se dispersan por todas partes excepto por mi brazo, que está como nuevo.

—¡Ha funcionado! ¡La Sangre de la Parca ha funcionado!

Me echo a reír, con sudor y lágrimas todavía en la cara, y mientras el fuego del fénix se desvanece de mi mano, no veo a nadie más riendo o celebrando. Todos están atónitos, pero es el horror en los ojos de Prudencia y el pavor en los de Emil lo que realmente me sorprende.

—¿Qué? —pregunto.

Me inspecciono el cuerpo para ver si me estoy perdiendo algo. Pero solo veo cosas alucinantes.

—¿Cómo te sientes? —pregunta Emil.

Mi temperatura está bajando. Mi brazo está adolorido y rígido, pero nada que no se arregle doblando y estirando un poco los dedos.

—Feliz —digo, con una sonrisa tan grande como la que tenía cuando Prudencia y yo paramos para recuperar el aliento durante el sexo, una sonrisa que ha estado enterrada en mi rostro durante años y finalmente se ha liberado. He querido poderes desde que era niño; nunca he tirado la toalla con ese sueño como lo hizo Emil. Parecía que la Sangre de la Parca me iba a matar cuando, en realidad, me ha mejorado la vida infinitamente—. Estoy comenzando de cero con poderes. Es todo lo que siempre he querido, casi todo. Solo dos de las tres esencias se han manifestado hasta ahora, pero no quiero ser codicioso. ¡Esto es un gran comienzo!

Estoy tan emocionado que de hecho salto arriba y abajo, bombeando mi nuevo puño, que es casi idéntico al que siempre he tenido menos las mellas que he ganado el mes pasado luego de todas las peleas contra espectros y acólitos. Noto una fina cicatriz blanca donde el fuego carcomió mi brazo y la trazo. La esencia de hidra mató a mi padre pero me salvó a mí.

Soy lo suficientemente fuerte para salvar al mundo con estos nuevos poderes.

—Quiero empezar a entrenar —digo, yendo hacia la puerta.

—Probablemente deberías vestirte primero —comenta Wesley.

Todavía estoy en interiores. No me importa. Todos acaban de presenciar un milagro.

—Tranquilízate —dice Prudencia—. Son las tres de la mañana y estabas literalmente en llamas.

—Pero ya no me duele. Emil, ¿fue así de doloroso para ti?

Emil niega con la cabeza.

—No. Mi fuego nunca me hizo tanto daño. Pru tiene razón; vamos a calmarnos. Los fénix del siglo son diferentes a los soles grises. Escuché cuán hambrientos de guerra eran los gritos de Gravesend; no sabemos cómo se desarrollará eso para ti.

Genial, ahora van a culpar a todos mis instintos de temperamentos de raza. Estoy ansioso porque si existe la posibilidad de que mi madre todavía esté viva, tendremos que actuar rápido para salvarla.

Me balanceo, este mareo es diferente a todas las otras veces desde que la Sangre de la Parca ha impactado en mi sistema. Entonces recuerdo lo que les sucedió a Emil y a Maribelle poco después de haber usado su fuego fénix por primera vez.

—Me voy a desmayar —digo. Pienso en llegar rápidamente a la cama para tener un aterrizaje seguro y de repente me lanzo hacia adelante tan rápido que ruedo sobre el colchón y choco contra el escritorio junto a la ventana. Prudencia me masajea la nuca mientras me ayuda a subir a la cama.

—¿Acabo de correr rápido? ¡Ni siquiera estaba intentando hacerlo!

Los poderes se están manifestando. Está sucediendo; todo está sucediendo realmente. Descanso mi cabeza en la almohada porque me estoy desvaneciendo, pero ya estoy muy emocionado de despertar sabiendo lo que me espera cuando lo haga. Nadie más en la sala comparte mi entusiasmo.

Es casi como si todos quisieran verme muerto en vez de vivo y con poder.

24
SALVADOR INFINITO

BRIGHTON

No ha sido un sueño.

Me siento en la cama y la fina cicatriz blanca sobre mi bíceps demuestra cada pesadilla por la que pasé en medio de la noche para ganar mis poderes. No sé cuál fue el empujón final para acceder a ellos: ¿el Fantasma Encapuchado? ¿La cercanía a la muerte? ¿Sexo con alguien por quien quería vivir? ¿Tiempo? Pero no estoy cuestionando esta victoria. Me tomo un selfie en mi móvil para documentar esta histórica mañana. Todavía no lo subo. El tiempo es realmente importante cuando se trata de las redes sociales, y mi mente ya está pensando en la colaboración de Brighton de Nueva York que mostrará al mundo mis humildes comienzos en mi viaje para convertirme en el espectro más fuerte de todos los tiempos.

Prudencia ya debe estar despierta, así que me visto para ir a buscarla.

El glorioso olor del desayuno no me da náuseas hoy; Wesley está en la cocina untando mantequilla de maní y mermelada en unos bagels junto a un plato humeante de patatas, una jarra de zumo de naranja recién exprimido y cuencos de melón en rodajas y kiwis.

—Buenos días, Súper Espectro —dice Wesley antes de centrar su atención en el biberón vacío que está hirviendo en la olla—. ¿Has dormido bien?

—¿Cuenta como dormir si me he desmayado porque mi cuerpo se sobrecalienta por el fuego de fénix?

—Sea lo que fuere, has dormido más que nosotros —dice Wesley—. Esther no paraba de llorar. Tuve que salir a correr con ella.

—Transición perfecta. A juzgar por los poderes de Dione, sé que la velocidad rápida funciona de manera diferente para los espectros y los celestiales, pero ¿te importaría darme algunos consejos luego? Necesito poner en forma todas mis habilidades.

Wesley termina de preparar un plato de comida y toma uno de los biberones esterilizados.

—Solo digo que sí para que puedas llevar a Esther a correr durante la noche la próxima vez que la despiertes. Emil está en la playa, por si quieres llevarle el desayuno. Definitivamente deberías comer todo lo que puedas. Necesitarás energía para correr.

Vuelve a su habitación y alguien se mueve en el sofá. Prudencia duerme con su camiseta de *Todos los cuerpos molan* y el pelo colgando del cojín. ¿Por qué no vino a la cama conmigo? ¿Se quedó hablando de mí con Emil? No la molestaré ahora, pero es una de las muchas preguntas que tengo que hacerle. Aún no me ha contado por qué vino a mi habitación ayer por la noche. Pensé que podríamos hablar de eso después de acostarnos, pero se puso la ropa, la rodeé con el brazo y se durmió.

Preparo platos de desayuno y los llevo a la playa en una bandeja. Cualquier otro día me habría quejado de lo caliente que está el sol, pero esto no es nada comparado con estar encerrado en el fuego de fénix hace horas. Emil está de pie en el agua, y las olas chocan contra sus vaqueros ya ajustados, que serán imposibles de quitar cuando estén empapados. Lo llamo por su nombre tres veces antes de que finalmente me escuche por encima del viento.

Está chorreando.

—¿Cómo estás?

Dejo la bandeja y le entrego su plato con el bagel y fruta.

—Me siento listo para darle un buen uso a esta nueva oportunidad de vida. Cuanto antes pueda descubrir estos poderes, antes podremos hacer algo contra los Regadores de Sangre. —Creo en las estrellas ahora más que nunca y rezo para que no hayan matado a mamá por mi culpa. Especialmente no después de lo mal que me porté con ella en nuestra última llamada—. Quizá podamos salvar a nuestra madre.

Emil deja de comer el desayuno, como si hubiera perdido el apetito al pensar en el destino de mamá. No tener una respuesta es inquietante, y sigo asumiendo lo peor, pero no puedo actuar hasta que lo sepamos con certeza. No voy a ceder al dolor porque me hará débil e impotente, como cuando murió papá. No cuando soy más fuerte y más poderoso que nunca y que nadie.

—Yo también quiero salvarla, pero no podemos correr. Mis poderes no funcionan y eres un novato con los tuyos. Si le ha pasado algo a mamá, pues…

—Pues nos aseguraremos de que no se salgan con la suya —lo interrumpo.

Emil deja escapar un profundo suspiro.

—Los encerraremos en el Confín, ¿verdad? Necesitas mi ayuda con los poderes del fénix, pero yo no haré eso si quieres convertirte en un asesino.

Hay muchas cosas erróneas en ese análisis, pero me muerdo la lengua. Emil parece estar olvidando que aprender nuevas habilidades y absorber información siempre ha sido más fácil para mí. También estuve trabajando con la cámara durante todas sus lecciones de entrenamiento con Atlas sobre cómo sacarle el fuego. Puedo hacer esto yo mismo si fuera preciso, pero no quiero.

—El sueño siempre ha sido salvar el mundo contigo; ¡los Reyes de la Luz! Los Regadores de Sangre no tendrán ninguna oportunidad contra nosotros. Seremos… ¿cómo te llamé cuando estaba tratando de averiguar tu nombre de héroe? Oh... ¡Reyes imposibles de matar! Aunque deberíamos volver a trabajar con los Reyes Infinitos para la marca. Tú eres el Hijo Infinito y yo seré... —Dada la naturaleza de la poción y mis poderes mortales, hay un nombre que pega: la Parca Infinita. Pero entre no tener los poderes fantasma y que Emil no quiere que mate, abandono el nombre—. Soy el Salvador Infinito.

Chocamos los puños y silbamos, pero está tan poco entusiasmado que se me hace muy difícil no frustrarme.

—Sé que mi segunda vida no es tan increíble como tú renaciendo del fuego de fénix, pero estoy vivo y pensé que mi hermano estaría contento por eso.

—Relájate, Bright, sabes que lo estoy, pero eso no significa que me guste la dirección que estás tomando. No me voy a quedar atrapado en nuestra marca cuando es más importante averiguar sobre las pociones que apagan poderes. —Está estudiando mi rostro como si me estuviera viendo por primera vez—. Si milagrosamente conseguimos preparar la poción, tengo miedo de que no te bebas una conmigo. Tengo miedo de en quién te convertirás.

Técnicamente no es mi gemelo, pero crecimos como si lo fuéramos. Puedo hablar con él sobre cualquier cosa, sí, pero no hay nada que duela más que las palabras que nunca hemos intercambiado. Yo lo asusto.

—No te voy a mentir, hermano, no hay ninguna parte de mí que esté impaciente por deshacerse de estos poderes. He estado esperando este momento desde siempre, pero eso no significa que realmente entenderé las desventajas de ser un artesano de luz hasta que me sumerja en estos destellos. Sin embargo, esto no va a funcionar si me tratas como a un adicto al poder desde el primer momento.

—Literalmente arriesgaste tu vida por la combinación de poderes más peligrosa.

—Para no morir y ayudar a luchar contra los peligros reales en esta ciudad. Sé que no es una elección que hubieras tomado, pero te prometo que haré todo lo posible para ganarme tu confianza. Somos un equipo. ¿Podemos abrazarnos?

Me levanto y lo ayudo a levantarse. Este abrazo me recuerda al mes de junio, cuando Emil echó de menos a papá durante el mes del Orgullo. El año pasado nuestros padres se ofrecieron a acompañarnos al desfile, pero Emil no quería ser el centro de atención, ya que entraba en ese espacio por primera vez, así que solo fuimos Prudencia y yo. Le dijo a papá y a mamá que podían unirse la próxima vez. Emil lamenta mucho que papá no haya podido estar en este último Orgullo. Le di el abrazo que papá le hubiera dado, que siempre ha sido como su propio superpoder.

Espero que Emil se sienta más cómodo cuando está conmigo. Me he portado mal con él, incluso antes de involucrarnos con los Portadores de Hechizos, y se necesitará más que una charla en la playa para arreglar una hermandad por la que estaba dispuesto a mudarme al otro lado del país para olvidar, pero estoy seguro de que seremos más fuertes que nunca. Literalmente.

Le doy una palmada en la espalda.

—¿Estamos bien?

—Lo estaremos —dice Emil. Señala con la cabeza hacia la cabaña, desde donde Prudencia viene hacia nosotros.

—¿Estáis bien vosotros dos?

—Eso espero. ¿Te ha dicho algo de anoche?

—Bueno, uno más uno es dos, pero no hemos estado hablando de nada.

Personalmente, no me molestaría que Prudencia se juntara con Emil. Lo que importa es saber en qué punto estamos.

—Buenos días —dice Prudencia mientras se une a nosotros.

Quiero darle un beso, pero es raro.

Me estoy poniendo nervioso con la energía confusa de este triángulo. Todo ha cambiado y todo está cambiando. Soy un espectro. Prudencia y yo nos besamos y nos acostamos después de años de nada. Emil podría sentirse como un sujetavelas, de la misma manera que Prudencia ha podido sentir lo mismo y yo también. Luego queda por averiguar qué somos el uno para el otro ahora que estoy vivo, para poder responder esa pregunta tácita.

—¿Cómo has dormido? —pregunto.

—No muy bien —responde Prudencia. Mira a Emil, que capta la indirecta.

—Voy a empezar una investigación sobre tus poderes.

—Comencemos el entrenamiento esta tarde —digo.

Chocamos los puños y silbamos, y aunque no conectamos a la perfección, es mejor que antes. Me lo tomo como un progreso.

—Debéis haber tenido una gran conversación —dice Prudencia—. No sé si me sorprende más el abrazo o que Emil te ayude a entrenar.

—Trabajamos a través de nuestra confianza y quiero hacer lo mismo contigo, Pru. Tengo que ir directo a eso. ¿De verdad te interesas por mí románticamente? ¿O lo de anoche solo sucedió porque estaba muriendo?

El viento le echa hacia atrás el pelo mientras mira hacia la arena.

—Quería estar contigo porque quería estar contigo. Bajé la guardia porque me mostraste un lado de ti que finalmente me hizo sentir segura, pero no sé si voy a ser igualmente importante para ti ahora que eres un espectro.

—Pru, no estoy eligiendo mis poderes antes que a ti. Podemos luchar por tenerlo todo como Iris y Eva, Maribelle y Atlas, Wesley y Ruth.

—No quiero que seamos una pareja poderosa, Brighton —dice Prudencia, con filo en su voz—. Quiero ser una persona en el mundo que no sea odiada por lo que soy.

—¡Quiero ayudar a crear ese mundo para ti! —Vuelvo a lo que dijo Emil y veo las mismas preocupaciones formándose en su rostro—. No me temas. Confía en mí.

Tomo su mano y me siento aliviado cuando ella aprieta la mía. Preparo mis labios mientras se acerca, pero me besa en la mejilla.

—Estás en libertad condicional, Brighton Miguel Rey. Te lanzaré telequinéticamente por todo el mundo si rompes tus promesas.

—No hace falta, Prudencia Yolanda Mendez. —La miro fijamente a los ojos y vuelve hacia la cabaña con una gran sonrisa—. ¡Oye, Pru! ¿Quieres ayudarme a convertirme en el espectro más poderoso de todo el universo y en la persona más seguida en Instagram?

La mano de Prudencia cae a su lado, sus dedos se mueven y recibo un puñado de arena. Está huyendo y riendo y yo la persigo, impaciente por aprender a correr a gran velocidad para que podamos tener más momentos ordinarios que se transformen en extraordinarios gracias a lo que somos.

Finalmente estoy en camino de tener todo lo que siempre he querido.

25
ENTRENAMIENTO: EDICIÓN BRIGHTON

BRIGHTON

Si nuestras vidas fueran un programa de televisión ficticio, la primera temporada se habría centrado en Emil y la segunda en mí. Los espectadores recordarían cómo animé a Emil durante su entrenamiento y lo apoyé durante las otras peleas, pero estarían más entusiasmados por mí, al saber que tenía más ganas de tener poderes que él. Nuestra serie, *Los Reyes Infinitos* o *El Ciclo Infinito*, tendría un comienzo lento, porque Emil no es el héroe más emocionante del mundo, la verdad. Pero luego, justo cuando los espectadores temen tener que despedirse de mí mientras me engullen las llamas de plata y zafiro, emerjo más fuerte que nunca. Soy el favorito absoluto de los fans, el que llevará adelante la serie.

Me encanta ser el centro de atención.

Muevo mi teléfono hasta encontrar el ángulo correcto para un selfie. No quiero que nada de lo que se vea de la casa pueda revelar dónde estamos, pero la luz del sol que entra por la ventana es demasiado fuerte en mi cara. Justo cuando creo que lo he conseguido, me arrancan el móvil de la mano y me pongo nervioso pensando que quizás es mi mano regenerada haciendo de las suyas, pero el teléfono vuela detrás de mí hacia Prudencia.

Sus ojos dejan de brillar y coloca el teléfono en el suelo, donde está sentada con una libreta abierta.

—La próxima vez va directamente a la chimenea.

—No es demasiado tarde —dice Emil mientras escribe algo en el portátil de Ruth.

Me dejo caer en el sofá.

—¡Estoy emocionado! Esto es enorme para mí; quiero capturar estos momentos.

He tomado fotos de los días importantes durante toda mi vida: Emil y yo en nuestro decimosexto cumpleaños, que pasamos jugando a videojuegos mientras nuestros padres nos atendían todo el día; antes de mi primera cita con Nina, y luego otra foto con ella besándome en la mejilla cuando salimos de la pizzería; cuando llegué a los diez mil suscriptores en YouTube; justo antes de subir al escenario en la graduación para pronunciar mi discurso. El que más me atormenta es el de la mañana del funeral de papá, cuando no quería levantarme de la cama. Pero también es el más importante. Antes de convertirme en un espectro, el mayor cambio en mi vida fue volver a casa después del entierro y empezar a ser el hombre de la casa.

—Bright, tenemos que investigar para que podamos entender tus complejos poderes.

—Prueba y error es una razón más para documentar nuestras sesiones.

—¿Así que esto no es para tu serie?

La forma en la que lo pregunta es como si hubiera estado tratando de ocultar mi intención. No me escondo.

—Algunas cosas, sí. Al igual que vosotros aparecisteis en mis cuentas, haremos lo mismo conmigo. El mundo necesita saber que tiene a otro héroe de su lado. —Puedo ver en sus ojos que piensa que solo estoy haciendo esto por mí—. Deberíamos hacer un directo. Que todos sepan lo que pueden hacer los Reyes de la Luz. —Parece que podría contraatacar, así que añado—: La confianza es una calle de doble sentido, hermano.

—Tienes razón. —Emil asiente—. Pero deberíamos saber con qué estamos trabajando antes de que planees una gran revelación.

—Estoy de acuerdo con eso —dice Prudencia.

—Y yo también —aseguro—. Todos estamos parados en la misma página.

Dividimos y conquistamos. Emil está a cargo de la investigación del fénix, Prudencia está investigando fantasmas y yo estoy con las hidras. Tengo la tentación de recuperar mi móvil para poder sacarme un selfie y dar un avance de mis grandes noticias. Pero me concentro durante una hora seguida. Esto me recuerda a mis grupos de estudio antes de los finales, excepto que esta vez el mundo nos puntuará sobre cuán bien logramos salvar a todos sin causar más daño.

Cuando Emil termina de comer su ensalada de tofu, comparte sus hallazgos sobre los fénix del siglo, comenzando con lo básico, sobre lo raros que son porque solo se reproducen cada cien años; eso ya lo sabíamos. No ha podido encontrar ningún registro de ningún otro espectro con el poder de esa raza, lo que me hará destacar. Pero, básicamente, el problema con todos los espectros de fénix es que nunca nadie ha resucitado como él mismo. Siempre hay nuevas identidades y, en el caso de Emil, ni siquiera se acuerda de su vida pasada. Luna afirmaba que la Sangre de la Parca aumentaría los poderes para poder funcionar correctamente, entre la pureza de las criaturas y el Soñador Coronado elevando el brillo, pero esto no ha sido probado.

—Encontré esto en la página web de Caballeros del Halo: «Los fénix centenario son luchadores inquietos, hambrientos de guerra, con instintos de supervivencia tan feroces que matarán a cualquiera que amenace sus vidas porque no quieren estar lejos del mundo durante otros cien años». Eso es… —Emil se pasa la mano por el pelo y sus ojos se ponen vidriosos—. Sentí los gritos de Gravesend cuando nació y me di cuenta de que estaba lista para una pelea, pero no puedo imaginarla convirtiéndose en una asesina.

—Los salvajes son diferentes —digo.

Prudencia escribe en el diario de Bautista.

—Lo que más me preocupa es si tus instintos se verán afectados por los poderes. Controlaremos tus comportamientos, pero tienes que decirnos si te sientes...

—¿Asesino? —Hago mímica de rajarle el cuello a alguien. Emil niega con la cabeza y Prudencia aparta la mirada—. Es broma.

Pero no dicen nada. Ya me tratan como si hubiera aniquilado a una ciudad entera. Sigo recordándome que voy a demostrar que todos están equivocados. Soy el héroe de esta guerra.

Prudencia casi tira su móvil porque está frustrada con la falta de información sobre los espectros con sangre fantasma, que incluso es nula en algunos rincones más tabús de Internet. No sabíamos que existían esos espectros hasta el mes pasado, y el resto del mundo tampoco se ha dado cuenta todavía. La única información que encuentra Prudencia son las historias de que la gente está poseída, cosa que no nos sirve de nada. Es una pena que no pueda llamar a Orton, que murió abrasado por sus propias llamas de fénix, o invitar a June a una aparición exclusiva de Espectros de Nueva York para mi serie.

La Sociedad de Hidra Global tiene una gran cantidad de información sobre hidras; debería haber recurrido a ellos antes en lugar de a artículos al azar. Hay un vídeo de una hidra de hebra dorada corriendo por una playa, a gran velocidad de vez en cuando, que Wesley me ayudará a dominar más tarde; pero cuando la hidra corre a través de las palmeras, se integra perfectamente. Un empleado de Hidra explica lo que está pasando y casi pierdo la calma.

—Así que las hebras doradas viven en las playas tropicales —digo, tan emocionado que interrumpo a Emil mientras intenta contarnos sobre la dieta de los fénix centenario—. Y aparentemente pueden camuflarse en la arena, los árboles y el océano. ¡No me esperaba este poder!

—Entonces, ¿está orientado a la naturaleza? —pregunta Prudencia.

—No lo sé, pero de todos modos los poderes funcionan de manera diferente entre criaturas y humanos. No encuentro nada acerca de que las hebras doradas puedan volver a hacer crecer sus extremidades, solo sus cabezas, y obviamente he recuperado mi brazo —digo, admirando mi obra—. Como no puedo atravesar las paredes sin el poder fantasma, tal vez aún pueda acercarme sigilosamente a los Regadores de Sangre con este nuevo poder.

—Sí, quizá —dice Emil.

Ya no es el único héroe, y tendrá que acostumbrarse.

Sabiendo lo que sé ahora sobre el camuflaje, tiene mucho mérito el modo en que evité que Luna bebiera la Sangre de la Parca. Hubiera sido más que imposible de matar; hubiera sido letal. Puedo imaginarme a Luna desapareciendo entre las casas de sus enemigos, ocultándose para recopilar información e incinerándolos antes de irse. Esa es solo una de las muchas combinaciones peligrosas que podría haber usado con todos esos poderes.

Una vez que estoy al tanto de todo lo relacionado con las hebras doradas, hago *clic* en el sitio y encuentro enlaces sobre espectros de hidra conocidos. Dione aparece en la lista con una foto capturada por una cámara de vigilancia. Su sangre proviene de un asesino de colinas y esa raza aparentemente es conocida por vivir en los bosques y multiplicar sus cabezas en minutos. Paso al perfil de un hombre, Lucas Samford, que tiene la sangre de una hidra nacida en la roca. Los nacidos de este modo son los más difíciles de decapitar, su exterior es similar a una roca, pero una vez que se tiene éxito, necesitan semanas antes de que les pueda crecer otra cabeza. Los asesinos tardaron horas en decapitar a Lucas y quemar su cuerpo en el fuego del fénix.

Repaso varias de estas páginas antes de aterrizar en la historia de un espectro que se hacía llamar la Bestia de Sangre. Estuvo entre la primera ola de Regadores de Sangre, en los días de gloria, cuando Bautista era un héroe idolatrado por luchar contra ellos. La Bestia de Sangre tenía la esencia de la hidra garganta de muerte, la raza más notoriamente viciosa, y en los tres meses en los que tuvo poderes logró un alto recuento de muertos. Un acólito anónimo puso sus manos en los diarios de Luna, tentado a imbuirse de los poderes de la garganta de la muerte para volverse tan peligroso, pero los ensayos por los que había pasado la Bestia de Sangre demostraron ser tan exigentes, como comer carne cruda podrida en cada comida, que el acólito finalmente renunció al sueño de convertirse en un espectro y publicó los hallazgos en línea para inspirar a otros a que hicieran lo mismo.

La Bestia de Sangre no vivió mucho. Hay un vídeo de su muerte con una advertencia sobre contenido sensible. Me pongo los auriculares y le doy al botón de *play*. Es sangriento. La Bestia de Sangre corre con seis piernas, seis brazos y tres cabezas. Aniquila a las fuerzas del orden, que eran relativamente nuevas en ese momento y más pequeñas en número. Pero eventualmente, al igual que cuando Orton se quemó, la Bestia de Sangre debe haberse esforzado demasiado y todas las partes de su cuerpo se le caen hasta que no es más que un torso rodeado de cabezas, brazos y piernas. Parece un muñeco de tamaño natural esperando a que alguien lo monte.

Si me esforzara así, ¿moriría?

Hay un borrón y viento, y salto cuando Wesley me da un toque en el hombro.

—¿Qué estás mirando?

Cierro el portátil de golpe.

—Eh…

—¿Estás viendo porno mientras tu hermano y tu novia trabajan? —pregunta Wesley.

—No soy su novia —canturrea Prudencia mientras me sonríe.

—Y no es pornografía —añado—. Es solo un vídeo de un espectro que empujó sus límites. —No parecen convencidos, pero conozco a Emil y a Prudencia lo suficientemente bien como para saber que odiarían ver eso—. Wesley, ¿entrenamos?

Él sonríe y sale corriendo de la casa hacia la playa.

—Lo tomaré como un «sí». ¡Descanso!

—No es un descanso. Estás a punto de trabajar más —dice Emil.

—Lo que para ti es trabajo para mí es diversión.

Tomo mi móvil y persigo a Wesley. Ya está tirado en la arena, por supuesto, y se hace el dormido, como si hubiera tardado siglos en atraparlo. No pasará mucho hasta que pueda controlar mi velocidad.

Wesley me presenta unos ejercicios de estiramiento que no son nada amables conmigo. Siempre he criticado la postura de Emil, aunque todo el tiempo que he pasado editando vídeos en mi portátil tampoco me ha hecho ningún favor. Emil nos graba en mi teléfono mientras Prudencia ejerce su poder levantándose en una posición de dominación.

—La regla más importante cuando se corre a gran velocidad es estar siempre varios pasos por delante de uno mismo —dice Wesley—. Si despegas sin rumbo fijo, volarás sobre tu cama o, peor aún, directamente hacia un camión en movimiento. No es que conozca a ningún chico de trece años que estaba tan ansioso por un nuevo videojuego que casi se queda aplastado en la carretera.

Después de que Wesley termina de mentir sobre su pasado, me explica cuánto más consciente de lo que me rodea tengo que ser que cualquiera que corra a velocidad estándar porque, aunque puedo alejarme de los peligros más rápido, también puedo enfrentarme a ellos primero. Mi poder es complicado ya que las hidras no pueden mantener el impulso en distancias más largas, como Wesley y otros celestiales rápidos. Podría perder fuerza en medio de una batalla, lo cual me impediría escapar.

—Probémoslo —digo.

Me pongo en postura de corredor y me concentro en llegar a la costa. Espero la misma sacudida hacia adelante que todas las montañas rusas en las que monté con papá, siempre en primera fila porque a él le encantaba esa descarga de adrenalina, pero mi carrera es tan normal como siempre. Wesley me pide que respire profundamente, lo cual hago. Que no piense pero que también me concentre, lo que creo que hago. Mi explosión de velocidad fue tan sin esfuerzo anoche, cuando pensé que me iba a desmayar y accidentalmente sobrepasé mi nuevo poder y terminé en el suelo. Pero incluso eso no está sucediendo en este momento.

Grito «¡Tiempo!» a Wesley y «¡Corten!» a Emil.

Cae un sol de justicia. Pensé que esto iba a ser más fácil. En cambio, me siento ridículo frente a Prudencia, que hace malabarismos telequinéticamente con peras y manzanas con una mano y construye una montaña de arena con la otra. Va a ser tan poderosa, y yo seré un espectro de un solo éxito cuyos poderes nunca volverán a aparecer.

—Mal comienzo —dice Wesley.

Me limpio el sudor de la cabeza cuando me doy cuenta de que está bromeando.

—No hace gracia.

—Pausa breve —dice Wesley. Antes de que pueda decirle que pare con las bromas, se marcha corriendo y regresa con botellas de agua—. Ofrenda de paz. —Se sienta a mi lado en la arena—. Es un poder divertido, pero no siempre es fácil, Brighton. Crecí con el mío, y sabes que también abusé de él.

—Después de que tus padres te echaran —digo, recordando nuestra entrevista para *Portadores de Hechizos de Nueva York*.

—Antes también. Aún no le estaba robando a nadie para mi propia supervivencia, pero mis padres siempre estaban muy frustrados conmigo. No planearon tenerme y lo intentaron. Se arrepintieron, ya que nunca podían seguir mi ritmo o hacer que me calmase. En lugar de ir a casa después del colegio, seguía explorando la ciudad, y un día mi padre me dijo que si no respetaba la hora límite, iba a cambiar las cerraduras. No pensaba que me echarían; tenía doce años. Pero lo decían en serio.

Entre los padres de Ruth que la concibieron para convertirla en una celestial todopoderosa y los padres de Wesley que lo excluyeron por afirmar cierta independencia con sus poderes, es una maravilla que Ruth y Wesley sean tan cariñosos con su hija. Realmente me hace apreciar la suerte que tuve de haber tenido a papá y a mamá, y de tener a mamá todavía…

—Lo que digo es que la velocidad es un poder de supervivencia. Puedes usarlo para rescatar a otros y salvarte a ti mismo. —Me da una palmada en el hombro—. No miro hacia atrás tan a menudo. Presto atención adonde voy ahora. Y adonde voy ahora es dentro de ese precioso mar, porque me estoy derritiendo con este calor.

Se lanza directamente al agua y corre sobre ella, lo que no sabía que podía hacer. He seguido muchos de sus éxitos en los medios a lo largo de los años y ya sueño despierto con correr por las paredes como él lo ha hecho. Pero esta es una habilidad avanzada. Fuertes corrientes lo arrastran como si fuera una moto de agua hasta que de repente cae bajo la superficie.

Me echo a reír y me vuelvo hacia Emil.

—¿Has grabado eso?

—Me has dicho que cortara.

—Solo tenías que encargarte de hacerlo, hermano. —Mi risa se apaga cuando Wesley no vuelve a subir—. ¿Dónde está?

Prudencia corre hacia el mar tratando de dividirlo, pero se necesitará mucho más que hacer malabarismos con frutas antes de que sea lo suficientemente fuerte como para conseguirlo.

—¡Ahí! —Emil apunta.

Wesley no está muy lejos, pero está teniendo problemas para mantenerse por encima de la superficie. Corro hacia él y mi cuerpo avanza tan rápido que podría sufrir un latigazo cervical. La arena se levanta a mi alrededor cuando paso por al lado de Prudencia. El agua salpica mis tobillos en cuestión de segundos. ¡Estoy corriendo! ¡Corriendo sobre el agua! Estoy muy cerca de Wesley, pero no sé cómo frenar con seguridad mi poder, así que me detengo y caigo bajo la superficie. Doy vueltas por momentos que se sienten más largos de lo que me tomó correr aquí. Wesley me ayuda y se ríe mientras soplo toda el agua que me ha subido por la nariz.

—¡No me puedo creer que haya funcionado! —dice Wesley mientras rema perfectamente para mantenerse a flote—. ¡La víctima en peligro es el truco más antiguo del mundo! ¡Ni siquiera yo me lo creí cuando era niño!

Casi le grito, pero me río porque esto es enorme. He corrido con un propósito y una dirección, y la adrenalina de la necesidad de salvarlo me ha dado la carga que me faltaba. No solo eso, mi primera carrera con éxito ha sido sobre el agua. De esto es de lo que estoy hablando: estoy en el siguiente nivel.

Nadamos de regreso a la orilla y Emil está allí, flipando. Por supuesto que tampoco ha grabado esto, pero lo dejaré pasar esta vez ya que realmente habíamos pensado que Wesley estaba en peligro. No es que Emil pudiera haber hecho algo al respecto.

Wesley me da una palmada en la espalda.

—Solo necesitabas algo de motivación. Vamos a intentarlo de nuevo ahora que estás más familiarizado.

Me aseguro de que Emil esté grabando antes de que Wesley me entrene. Gracias a las estrellas, porque realmente me he acostumbrado a esto. Es como ir en bicicleta. Corro hasta la hoguera de un vecino y regreso, volviendo en menos de cuatro minutos. Nunca me di cuenta de que se sentiría tan agotador, pero es como cuando Emil describió que llevar su fuego era pesado. Llevar el brillo no es fácil.

Aquellos de nosotros que podemos aguantar somos los verdaderos campeones de este mundo. Después de unas cuantas carreras exitosas más, Wesley me desafía a un juego de persecución para probar mis habilidades y mantener la vista en un objetivo en movimiento, en caso de que alguna vez necesite perseguir a otros velocistas como él lo ha hecho en el pasado. El tiempo se mueve de manera diferente cuando puedes correr a un ritmo superior al promedio. Se siente como si hubiera estado corriendo durante una hora, y cuando me detengo a recuperar el aliento, Prudencia me dice que solo han pasado diez minutos. Lo dejo antes de que pueda atraparlo.

Wesley patina a mi lado, la arena se levanta.

—Este ha sido un mejor comienzo, Brighton. Algún día me alcanzarás.

—Algún día te superaré —le digo con una sonrisa. Y eso es una promesa.

Durante un almuerzo masivo en el que termino de devorar lo que queda de mis patatas al vapor, arroz integral y hamburguesa de frijoles negros, Emil descubre que la ciudad tiene un invitado especial. Una Caballero del Halo y su fénix han sido vistas por Nueva York, y están causando tormentas por todos lados. Fueron detectadas por última vez en la torre Light Sky anoche, en la que ella irrumpió, pero no hay detalles que respalden por qué. Ese asunto solo es de su competencia, no tiene nada que ver con nosotros.

Emil está fascinado con los clips que circulan en línea, pero vuelvo mi atención a mi propio teléfono para poder volver a ver los vídeos en los que estoy corriendo. Ahora me doy cuenta de que cuando corría hacia esa hoguera, Wesley debía haberme seguido con la cámara porque la toma es básicamente yo despegando y volviendo unos minutos más tarde. Es bastante fácil editar el espacio muerto, pero tal vez pueda superponerlo con algunas voces en *off* con lo que estaba pensando; no he visto a nadie más hacer eso. Los otros vídeos míos persiguiendo a Wesley son una buena demostración de mi velocidad y será seguro compartirlos en línea.

Cuando termino de ayudar a Emil y a Prudencia a limpiar nuestros platos, llevo mi portátil al patio trasero y reviso todas las imágenes antiguas de Atlas enseñándole a Emil cómo alcanzar su interior y pedir su poder. Hay tantas razones para echar de menos a Atlas, pero ahora mismo desearía que uno de mis héroes favoritos estuviera cerca para entrenarme como lo hizo con Emil. Sería épico compartirlo para un *in memoriam*.

Estoy tratando de centrarme mentalmente cuando Emil y Prudencia se me unen afuera.

—¿Has estudiado? —pregunta Prudencia.

—Listo para conseguirlo —digo. Me siento seguro, como si fuera un examen. Apoyo mi teléfono contra la cerca, pongo a grabar y confirmo que se me ve antes de intentar arrojar fuego. En el vídeo, Atlas le dice a Emil que visualice su poder para lanzarlo, pero es más fácil decirlo que hacerlo. Me estoy imaginando las llamas de plata y zafiro en mi posesión, incluso el calor cuando sentí que me quemaba vivo, pero eso no las evoca instantáneamente. Atlas lo tuvo más fácil. Creció con sus poderes al mismo tiempo que aprendía a hablar y a formar oraciones. Es mucho más difícil para los que lo aprendemos más tarde en la vida.

Ni siquiera puedo conseguir un parpadeo.

—Vamos —digo en voz baja.

—¿Qué sientes? —pregunta Prudencia.

—Frustración. Me estoy concentrando y visualizando todo como Atlas ha dicho.

Prudencia sostiene mi mano y me acomoda.

—Es más que eso. Papi siempre dijo que los poderes tienen que ser potenciados. La frustración te está frenando. Cuando uso mi telequinesis, me estoy dando el control en un mundo en el que no siempre siento que lo tengo. ¿Tú qué sientes, Emil?

—Siempre empieza como miedo —dice Emil—. Como cuando Orton intentaba matarte, Bright. Cuando más que nada quería protegerte, el fuego cobró vida.

Prudencia me suelta.

—Profundiza, Brighton.

—No trates simplemente de sacarte el fuego —agrega Emil.

Cierro los ojos.

Tengo mis propios miedos. Los poderes de Emil se activaron porque quería protegerme, pero fui por la Sangre de la Parca porque significaba que nunca más tendría que temer a la muerte. No quiero pasar por lo que pasó papá, quiero la vida más plena posible, y el fuego del fénix me dio la segunda oportunidad que necesitaba desesperadamente. El calor se apodera de mí y no me atrevo a mirar para ver nada de lo que está sucediendo; sigo avivando las llamas. Emil y Prudencia tienen razón; se trata de algo más que de que yo pueda lanzar fuego y tal vez algún día volar. Puede que nunca sea intocable como un fantasma, pero con mis poderes de hidra y de fénix no tendré que temer una muerte fácil y podré salvar muchas vidas. Estoy cada vez más ardiente pensando en cómo este mundo me celebrará: portadas de revistas, documentales sobre mi vida, firmas de libros para mis memorias escritas por fantasmas, estatuas erigidas en mi honor, equipos de celestiales y espectros que se unen bajo mi vigilancia.

Tendré gloria infinita.

Desde algún lugar profundo, escucho un grito de dolor, como el de un fénix siendo asesinado, como cuando apuñalaron a Gravesend. Abro los ojos y veo llamas de plata y zafiro girar en espiral alrededor de mis puños, como serpientes en llamas.

Emil y Prudencia me miran fijamente, con cautela, como si estuvieran preocupados de que pueda volver a tener un dolor tremendo, pero estoy bien. Las llamas ni siquiera pesan tanto como Emil decía, o tal vez simplemente sea más fuerte que él.

—¿Qué hago con esto ahora? —pregunto sobre las llamas, riendo.

—Puedes retraerlas —dice Emil—. Tienes que tener los pies en la tierra y…

Tener los pies en la tierra es lo último que quiero hacer.

Lanzo mis puños hacia el cielo, y de pronto rayos de plata y fuego de zafiro se disparan en el aire con un estruendoso chillido de fénix y explotan sobre nosotros como fuegos artificiales.

Este poder que tengo en mí es el comienzo. El mundo adorará al Salvador Infinito.

26
BRIGHTON DE NUEVA YORK

BRIGHTON

Un par de horas después de haber lanzado fuego, termino de editar el vídeo de mis sueños. Proyecto la versión final en la tele y reúno a todos en la sala: Emil, Prudencia, Iris, Wesley y Ruth con Esther, que está dormida en los brazos de su madre.

—Os prometo que no estáis listos para esto, pero ¿preparados? —pregunto.

Choco los puños con Wesley, y Ruth me anima, pero Emil, Prudencia e Iris son el público más difícil. Lo respeto. Como creador, siempre quiero que a la gente le guste mi trabajo realmente; no deseo que se sientan obligados a fingir porque soy yo.

Le doy al botón de *play*.

El vídeo empieza con oscuridad. Luego, mi voz: «Ha llegado la hora…». Aparezco rápidamente en el suelo del patio trasero.

Seguramente debe parecer bastante básico, pero esa es la cuestión. Esos fueron mis últimos momentos normales antes de lanzarme a mis nuevos y extraordinarios poderes. Entonces la pantalla se divide. A la izquierda corro, a la derecha sacudo la mano, pero no pasa nada.

«Para que triunfe otro Portador de Hechizos...». El enfoque vuelve a centrarse en mí en la playa, minutos después de haber cruzado el mar para salvar a Wesley. Me alejo de la cámara y hay un trozo un poco editado donde salgo volviendo antes de lo que lo hice en realidad, porque he descartado la idea de la voz en *off*. Luego pasa al momento más glorioso en el patio trasero. Siento escalofríos al verme, con los ojos cerrados en concentración, mientras las volutas de humo que me rodean las muñecas crecen hasta convertirse en llamas plateadas y de zafiro. Mis ojos se abren, y aunque crecí soñando con el día en que brillarían como un rincón divino del universo, todavía encuentro estos eclipses ardientes absolutamente hermosos. Nos demoramos en mi sonrisa antes de cambiar a cortes rápidos en los que estoy demostrando mi velocidad mientras persigo a uno de los celestiales más rápidos del país y lanzo rayos al cielo, este último un talento que nos tomó a todos por sorpresa. El vídeo termina conmigo llevando fuego en mis manos antes de perderme de vista; se requirieron algunos intentos para que pudiera hacer bien ese tiro, pero lo logramos.

—Increíble, ¿verdad? —pregunto.

—Este es el tráiler de una película que vería —comenta Wesley.

—Muy inspirador. ¡Además, lo has montado todo muy rápido! —dice Ruth.

—Es una lástima que no tengas imágenes de mí tirándote arena en la cara, pero esto también funciona —añade Prudencia.

—Es bastante épico, Bright —dice Emil.

La felicidad me inunda el cuerpo, como cuando veía crecer mi número de seguidores.

—Esto solo es un tráiler de lo que está por venir. Mi prólogo, por así decirlo.

Iris se ríe.

—Entonces, tal vez no deberías empezar tu historia con una mentira. Nunca te he dado permiso para que te convirtieras en un Portador de Hechizos.

En las últimas veinticuatro horas, me he acostado con Prudencia por primera vez, he tenido una segunda oportunidad de vida, he usado mis nuevos poderes y he montado este vídeo para finalmente poder tener el gran momento con el que tanto he soñado desde hace años. Por supuesto, Iris tiene que arruinarlo.

—Pero te faltan tres miembros del equipo —le digo.

—Lo creas o no, eso no ha afectado mi capacidad de hacer cuentas.

—He estado en esta pelea cuando todo lo que tenía era mi cámara. Ahora tengo los poderes de Emil y de Wesley, ¡todo en una sola persona! Estamos tratando de salvar a mamá y a Eva y tú ni siquiera has podido encontrarlas. Me necesitas.

Iris me mira fijamente, pero parece como si no me viera. Si pudiera leer la mente, estoy seguro de que todos sus pensamientos serían sobre Eva.

—Puede que te necesite, pero no tomarás esa decisión por mí. No hay nada que nos diga que nuestra gente aún no ha sido asesinada. Entonces, si todo lo que me queda es el legado de los Portadores de Hechizos, me aseguraré de que no hagamos más cosas que pongan en peligro a los celestiales, y evitaré que nuestros números bajen; no quiero aguantar otra lección más de matemáticas. La verdad es que no confío en ti, Brighton.

Se levanta y camina hacia su cuarto, y estoy muy tentado de correr delante de ella, pero me controlo porque sé que eso está fuera de lugar.

Trabajar con los Portadores de Hechizos ha tenido muchas desventajas, pero también ha sido un sueño hecho realidad. Sería increíble unirme al rango como mi hermano y volverme aún más famoso que Bautista, pero no voy a dejar que Iris me arrincone así. Ya es bastante duro sentir que estoy en libertad condicional con Emil y con Prudencia, no voy a permitir que Iris tenga ese poder sobre mí también.

—Ella se lo pierde.

—No está diciendo que nunca serás un Portador de Hechizos —dice Prudencia—. Simplemente que no lo eres ahora.

No voy a discutir porque tengo mucho de lo que estar orgulloso, aunque puede que nunca sea un Portador de Hechizos oficial, y a pesar de no haber obtenido los tres conjuntos de poderes que prometió la Sangre de la Parca. Sería tan fácil dejar que el desaire de Iris se apoderara de mí como cuando no llegué a ser el mejor estudiante, pero todo sobre mí ahora es indiscutiblemente único. Alguien puede sacar mejores notas que yo (mientras mi concentración estaba baja porque estaba de duelo, no hay que olvidarlo) pero no es como si hubiera otro espectro corriendo por ahí que va a tener una oportunidad contra mí una vez que domine mis habilidades.

Estoy en una liga propia.

Edito el vídeo rápido con mi portátil, cambiando «Portador de Hechizos» por «héroe». Antes de hacer cualquier otra cosa, me tomo un selfie para conmemorar al Brighton cuyos poderes extraordinarios no son conocidos por el público. Escribo un título: *Brighton Rey acaba de volverse un poco más brillante. #BrightonDeNuevaYork,* y lo subo primero al Instagram de Celestiales de Nueva York. Luego publico el vídeo en YouTube y en Twitter e incluso finalmente cedo y hago un TikTok para poder dominar las principales plataformas en Internet. Cada vídeo tiene los detalles del evento para la transmisión en vivo que Emil y yo presentaremos en un par de horas en Instagram. Me siento contra la pared para cargar mi teléfono mientras salto de aplicación en aplicación y leo los comentarios. Mis visitas y seguidores están subiendo, casi alcanzan al mismísimo Hijo Infinito.

Hay muchas preguntas sobre cómo me convertí en un espectro y respondo a algunas en mi sección de comentarios, haciéndoles saber a mis seguidores que todas serán respondidas durante el directo. Personas de todo el mundo me cuentan cómo verán el directo:

se quedarán despiertas hasta tarde, no irán al colegio, saldrán antes del trabajo.

Recibo un mensaje de Lore; dice que está feliz de que esté mejor y que le encantaría hacer una sesión de preguntas y respuestas en un futuro. Aunque tengo más seguidores que elle, Lore todavía tiene un alcance social impresionante con otros *influencers* importantes en cuyo radar necesito estar. Mi crecimiento será enorme como Salvador Infinito, pero espero que eso se limite a algún lugar, por lo que aprovechar las audiencias de los otros *influencers* será una gran actualización. Prometo a Lore una entrevista cuando el tiempo lo permita; tengo algunos asuntos que atender primero.

—Una persona quiere ayudar a hacer *souvenirs* —le digo a Prudencia mientras miro el perfil de ese usuario. Sería útil que alguien se encargara de las responsabilidades administrativas, así yo podría ser la cara visible de todo—. Parece real.

—¿Por qué no hablas con él después de prepararte? Tu charla es en treinta minutos, superestrella.

—Por favor, quiero que ese sea mi nuevo apodo —le digo.

—Sigue soñando, soñador —responde Prudencia con una sonrisa.

Estoy teniendo dificultades para elegir qué ponerme, especialmente sin tener mi armario lleno delante, hasta que recuerdo a todos los *influencers* que intentan verse casuales a pesar de que controlan cada hilo y arruga de su look. No necesito un esmoquin o una chaqueta de cuero pretenciosa. Ruth me da permiso para elegir algo de ella, y aunque actualmente no está vendiendo nada de su línea *Todos los cuerpos molan*, hago una nota mental para darle créditos. Elijo una camisa azul con letras blancas porque es la que más se parece a mis llamas.

Salgo con Emil y con Prudencia. El aire de la tarde es frío. Nos adentramos en los árboles y encontramos un área anodina con un par de piedras para sentarnos y suficiente luz de luna para que nos vean. Repaso los puntos de conversación con Emil, haciendo que me los repita, porque quiero que parezca casual y no podemos tener eso si él está sentado allí con un bloc de notas. Prudencia se ofrece a sostener el móvil para que podamos transmitir el directo en un ángulo más amplio, pero creo que será más acogedor si estoy hombro con hombro con Emil. De esta manera también puedo ver cuántos espectadores están conectados y leer algunos de los comentarios.

—Todavía no hablaremos de mis vidas pasadas, ¿no? —pregunta Emil.

Tuvimos esta conversación cuando estábamos haciendo la colaboración para *Portadores de Hechizos de Nueva York.*

—Esa no es mi decisión. Pru y tú fuisteis los que no queríais sacar el tema.

—Porque la gente podría odiar a Emil por haber sido Keon hace tiempo —dice Prudencia.

—O podrían amarlo por ser Bautista.

—De cualquier manera, se las tomarán con los fénix cuando se den cuenta de que los espectros pueden resucitar con su esencia —dice Emil—. Odiaría que los Regadores de Sangre se adelantaran y revelaran esto para poner al público en mi contra, pero aún no lo han hecho. Ojalá tengan sus propias razones para mantenerlo en secreto.

—Bien pensado. El secreto permanece en la caja fuerte —afirmo.

Sigo creyendo que sería muy potente que el mundo supiera no solo que Emil es adoptado, sino que renació del fuego de los dos espectros más famosos de la historia; pero la historia no es más importante que las consecuencias.

—Tampoco debemos mencionar a los espectros fantasmas —dice Prudencia—. No necesitamos alquimistas o nigromantes que pretendan ser dioses aún más.

Mientras más política se involucra en mi negocio, menos entusiasmo tengo por esta transmisión en vivo. Pero me vuelvo a animar porque no es como si tuviera que ocultar algún poder fantasmal del público. Todavía puedo lucirme.

Cuando llegan las nueve en punto, nos conectamos al directo.

—Hola, Brightsiders, es vuestro chico Brighton hablando desde algún lugar del mundo. No puedo decir dónde exactamente porque tengo a unos despiadados Regadores de Sangre detrás de mí, y estoy aquí con mi increíble hermano, Emil, para una conversación única. —Pongo mi brazo encima de sus hombros—. Saluda, tío.

Emil saluda tímidamente:

—Hola.

Nunca entenderé cómo no lo alimenta toda esta atención. Estoy tan entusiasmado ahora mismo, especialmente a medida que llegan los comentarios. Mi favorito es de un fan que dice que me ha estado siguiendo desde mi primer vídeo de YouTube y que le encanta mi progreso. Digo su nombre de usuario y le doy las gracias. Reacciona con más amor al instante porque lo he saludado. El poder de un simple saludo es increíble.

El chat ha empezado con casi diez mil espectadores y en dos minutos ya pasamos de los cien mil.

—Sois muchos, pero vamos a esperar un poco más para dar tiempo a que todos os instaléis —digo—. Pero tengo un regalo para vosotros, que llegasteis temprano. —Veo mis ojos arder como eclipses en el directo y llamas de plata y zafiro deslizarse por mis dedos. La sección de chat explota con emojis de fuego. Nos estamos acercando a los quinientos mil espectadores cuando anuncio que estamos listos para empezar, lo cual es asombroso ya que hemos avisado con poco tiempo, pero espero que lleguemos al millón de espectadores.

—Así que ya sabemos qué novedades hay —dice Emil—. Obviamente, sé lo que es, pero ¿quieres explicar a todos tus magníficos Brightsiders qué ha pasado?

Me alegro de que se haya acordado de llamarlos «magníficos». Lore se refiere a sus fans como «hermosos», tanto que es casi como si la palabra fuera suya. Quiero que mi marca sea un heroísmo épico, y esta asociación me conectará mejor con mis seguidores.

—Mi historia de origen ha sido todo un viaje —digo—. Todo cambió el día en que ese espectro intentó matarme. Me salvaste la vida, hermano. También me la has salvado muchas veces desde entonces. Pero no había mucho que pudiera hacer detrás de la cámara, especialmente cuando estalló la pelea.

—Esa noche fue salvaje —dice Emil.

—Casi te matan. Luna Marnette te hirió con el puñal asesino de infinitos, ¡un arma diseñada para matar a los fénix para siempre! Muéstrales tu cicatriz. —Le sujeto la camisa pero me agarra la mano y la empuja hacia mí—. ¡Vamos, enséñales a todos por lo que hemos pasado!

—No me voy a levantar la camisa —dice Emil, y luego recuerdo todos sus temas corporales.

—Vale. De todos modos, no es para la gente con estómagos débiles. —Gran recuperación. Por eso siempre he pensado que sería un excelente presentador de televisión—. Pero sí, esta noche hace una semana, cuando el Soñador Coronado estaba en su cenit, estábamos luchando contra los Regadores de Sangre. Estábamos perdidos después de que hubieran matado a Atlas, que descanse en las estrellas, y Luna estaba a punto de convertirse en un espectro con el nuevo brebaje. Pude derribarla antes de que bebiera el elixir y luego algo se apoderó de mí y fui a por ello. Me lo bebí todo.

—Y envenenó tu sangre —dice Emil—. Casi mueres como papá.

Tengo un vídeo de YouTube que grabé un mes después de la muerte de papá para explicar por qué no había estado publicando tan a menudo, pero comparto todos los detalles otra vez para los nuevos.

—Entre tener miedo por mi vida en el centro de Cuidados Celestiales y Stanton viniendo a asesinarme, realmente pensé que estaba perdido. Pero resulta que soy lo suficientemente fuerte como para convertirme en un soldado como tú.

Hay muchos comentarios de personas que esperan transformarse en espectros.

—Y Bautista de León —dice Emil—. Lo has querido desde que éramos niños.

—¡Sí! No se puede negar que la mayoría de los espectros están abusando de sus poderes. Pero también hay algunas estrellas brillantes como tú y como Bautista que habéis hecho mucho bien.

—Con poderes que no son nuestros —dice Emil—. Realmente espero poder encontrar esa poción para desempoderar a cualquier espectro. No más Regadores de Sangre. No más nosotros.

Asiento con la cabeza a pesar de que ese no era un tema de conversación.

—Hasta que llegue ese momento, tenemos mucho trabajo por hacer para que este país esté a salvo de los verdaderos terroristas: los Regadores de Sangre. Emil y yo hemos sido capturados y abusados por ellos. Tenemos suerte de estar vivos. Pero no sabemos si nuestra madre, a quien secuestraron, también lo está.

—También se llevaron a Eva Nafisi. Algunos de vosotros la recordaréis como la sanadora de las entrevistas de Portadores de Hechizos de Brighton —dice Emil como si me hubiera olvidado de ella.

—Eva me dejó como nuevo. Es una sanadora increíble y una persona aún más notable. Eva y nuestra madre son mujeres fuertes, pero no tienen ninguna posibilidad contra los Regadores de Sangre. Necesitamos que todos vosotros seáis nuestros ojos en la ciudad para que podamos traerlas a casa a salvo —digo.

Mientras Emil describe todo sobre la pelea en el Centro Aldebarán, leo las preguntas, y llegan tan rápido que apenas puedo seguir el ritmo. La gente quiere consejos sobre cómo convertirse en espectros. Otros comparten sus propias luchas personales que requieren manos heroicas. Hay algunas preguntas buenas que quiero responder.

—Creo que es hora de responder algunas preguntas —digo. Es un movimiento más seguro ya que Emil no se ciñe al guion precisamente—. Veo a muchos preguntando si estoy planeando un cambio de marca en la serie, ya que Emil y yo no somos celestiales. Tal vez lo cambie a *Artesanos de luz de Nueva York* para que sea más inclusivo.

Pero, honestamente, creé *Celestiales de Nueva York* porque era mi forma de sentirme cerca de la vida de los que tenían poderes. Mantener este formato de entrevistar a extraños es complicado con todo lo que está sucediendo, podría hacerlo mío hasta que las cosas se calmasen. Si es que algún día se calman.

Recibo apoyo inmediato e incluso una sugerencia de que siga el ejemplo de Atlas y de cómo todas sus publicaciones eran sobre las vidas salvadas y perdidas. Esa podría ser una forma genial de honrarlo.

—Veamos. —Hay una pregunta que han repetido mucho y es hora de responderla—. ¡Está bien, está bien, está bien! ¿Soy un Portador de Hechizos? La respuesta es NO. —Estoy tentado a revelar lo mucho que se están fracturando las filas del grupo, pero soy mejor que eso—. Soy parte de una unidad más importante: los Reyes Infinitos. Cuando todos pensaban en Emil como Alas de Fuego, bromeé diciendo que él era el Hijo Infinito ya que tiene los increíbles poderes de un fénix del infinito.

Una vez más, mi pequeño giro salva el día. No tengo que revelar por qué le puse ese nombre realmente.

—Me parece bien que todos uséis mi nombre —dice Emil.

—Y yo siempre seré Brighton, especialmente para todos vosotros, los épicos Brightsiders. Pero cuando obtuve mis poderes, pensé que estaría bien añadir un toque a mi identidad. Se me ocurrió Salvador Infinito. ¿Qué opináis?

El *engagement* es clave para ganar seguidores. Puede que yo sea el *influencer*, pero es importante hacer creer a mis seguidores que también tienen influencia sobre mí. Los Brightsiders realmente están adoptando el nombre. Un comentarista sugiere Hermano Infinito y ojalá pudiera bloquearlo; me haría sentir como si todavía estuviera siguiendo a Emil en sus misiones y no como lo que puedo hacer yo mismo. Afortunadamente, su comentario queda enterrado por todo el amor y ahí es cuando me doy cuenta de que hemos superado los 1,3 millones de espectadores.

—Estoy muy feliz de que el nombre sea un éxito —digo con una mano en mi corazón—. Lo admito, ser un espectro con una diana en la espalda es realmente aterrador. Pero tengo un gran sistema de apoyo. —Miro a Prudencia, deseando poder mencionarla—. Siempre he podido recurrir a Emil y tengo la suerte de que todos vosotros también me animéis. —Tengo muchas ganas de quedarme y hablar toda la noche, pero si respondo todas estas preguntas ahora, entonces mis seguidores, antiguos y nuevos, no tendrán ninguna razón para permanecer aquí—. Emil y yo necesitamos descansar un poco después de este día ajetreado. Prometo volver a hablar con vosotros pronto.

Le doy un codazo a Emil, esperando a que inicie la despedida.

—Eh, uh. Antes de que fuéramos los Reyes Infinitos, éramos los Reyes de la Luz —dice Emil.

—Y ahora estamos brillando más que nunca —digo y saludo. Termino el directo antes de perder la calma. Pensar que anoche me estaba muriendo y ahora estoy viviendo mi mejor vida. Le pido disculpas a Emil por lo de la camisa, chocamos los puños y suelta un silbido. Mi subidón aumenta cuando Prudencia nos dice que hemos hecho un gran trabajo y me besa suavemente en los labios. Soy la persona más afortunada del mundo.

Paso el resto de la noche en la cama, navegando por las redes sociales con Prudencia dormida en mi pecho. Ya hay *fan arts* de mí luchando contra todos los Regadores de Sangre del mundo con mis llamas. Esos espectros criminales estarán jodidos cuando esto se convierta en una realidad. También tengo algunos *haters* que no creen en nada de esto. Entro en sus perfiles y decido que no voy a hacer caso a personas celosas con quinientos seguidores que quieren lo que tengo, que desearían ser yo.

Es difícil asumir que incluso los superhumanos necesitan dormir, pero no lo hago de buena gana. Paso hasta el último momento despierto absorbiendo todo el amor del Salvador Infinito.

Esto es solo el principio.

27
LUCERO

MARIBELLE

El olor a romero fresco me despierta y la Caballero del Halo está parada sobre mí. Instintivamente quiero darle un puñetazo, pero mi aturdimiento funciona a su favor, no tenemos que pelear porque tenemos el mismo enemigo.

Sin su máscara, es fácil ver en sus ojos que tampoco está impaciente por enfrentarse a mí. Su chaqueta de cuero con mangas de plumas cuelga del respaldo de un sillón, y lleva solo una camiseta negra sin mangas, lo que también significa que no puede sorprenderme con más puñales. Me quitó el chaleco a prueba de poderes y no sé dónde está. Ella tiene la ventaja de jugar en casa, donde sea que esté, y mi sentido psíquico no está sonando cerca de ella.

La Caballero del Halo toma asiento en el sillón y deja el romero en una mesa auxiliar.

—¿Has dormido bien?

Estoy recuperando el control de mis músculos mientras me incorporo en el lujoso sofá. Estamos en un loft minimalista con altos techos de hormigón y bombillas colgadas alrededor de ventanas redondas. El Fantasma Encapuchado no está afuera.

—¿Cuánto tiempo he estado inconsciente?

—Treinta y una horas.

—¡¿Qué?!

—El tranquilizante está pensado para un fénix del tamaño de Roxana. Tienes suerte de estar viva —dice mientras cruza las piernas.

—Entonces me debes una disculpa por casi haberme matado.

Sus ojos color ámbar se entrecierran.

—No deberías preocuparte por eso, ya que tienes tus poderes de fénix robados.

Ella no sabe nada sobre mí.

—Nací con los poderes, pero son nuevos para mí.

La Caballero del Halo se burla.

—Interesante. No me he dado cuenta de que eras un fénix imitando a un espectro. —Comienza a aplaudir y es exasperantemente sarcástica—. Brava.

—No sé si puedo o no resucitar. Pero es posible, ya que mi padre biológico podía. Bautista de León.

Hay un millón de preguntas en sus labios. Pero lo que quiere saber me pilla desprevenida:

—¿Quién eres tú?

La verdad es que ya no lo sé.

Soy hija de cuatro poderosos padres, todos muertos. Soy una terrorista para algunos y una heroína para otros, aunque ya no soy Portadora de Hechizos. Ya no soy la novia de Atlas porque Atlas no está vivo. No tengo ni idea de quién seré si sobrevivo a esta pelea.

—Soy alguien nacida en el caos —respondo.

—Entonces, Maribelle de León, eres una princesa en lo que respecta a la realeza de los espectros.

—Lucero —corrijo. Me siento fuerte con ese nombre—. La misma pregunta. ¿Quién eres?

Ella duda, muy consciente de que tiene control sobre mí mientras yo esté en su territorio, pero responde de todos modos.

—Tala Castillo. Toda mi vida me han enseñado que no hay nada más horrible que alguien que mata a un fénix por sus poderes. Mis padres me contaron todas las historias sobre cómo tu padre fue exhibido como campeón, pero sabemos que era simplemente un ladrón disfrazado como tal.

De algún modo, Tala podría entender mejor a Bautista que yo. Cada vez que mamá y papá hablaban de Bautista, siempre lo enmarcaban como el tipo de persona que no tenía la misma codicia por los poderes en su corazón que otros espectros. Pero, sin importar lo que pase, el héroe siempre es el villano de otra persona, y para los Caballeros del Halo, ese habría sido Bautista entre todos los demás espectros con sangre de fénix.

—No estoy defendiendo a Bautista. No lo conozco. Las últimas semanas han traído tantas revelaciones, incluyendo que soy la hija de Bautista y Sera Córdova y el verdadero poder de los espectros de fénix. Estoy segura de que Emil Rey está en tu radar.

—Alas de Fuego —dice Tala.

Ese apodo que le dieron los medios no se mantuvo.

—Bueno, Emil es Bautista reencarnado, y Bautista es el vástago directo de Keon Máximo.

La maravilla hace temblar el mundo en los ojos de Tala.

—Pero…

Los Caballeros del Halo pusieron su fe en el concepto de resurrección, y ahora Emil es una prueba andante.

Le cuento a Tala todo lo que he descubierto desde que Emil llegó a mi vida hace un mes: los secretos familiares que mis propios padres me ocultaron, pero que los padres de Iris compartieron con ella; los espectros de fantasmas, en particular June; y las verdaderas intenciones detrás de los Regadores de Sangre al perseguir a Gravesend en lugar de a un fénix centenario normal.

Tala se muerde el labio.

—Entonces Luna es inmortal.

—No lo es. Nadie lo es. Brighton, el hermano de Emil, bebió la Sangre de la Parca y se está muriendo por eso.

—Esos poderes nunca fueron de él —dice Tala.

—Podría haber hecho el bien con ellos.

Tala se levanta y se pone la chaqueta.

—Si me dieran un dólar por cada vez que he escuchado este discurso vacío sobre un espectro, podría permitirme comprar una casa como esta en lugar de alquilarla a un verdadero activista de fénix. Ven conmigo arriba.

¿Piso de arriba?

Me tambaleo, pero encuentro mi equilibrio mientras caminamos por el loft con sus paredes cubiertas de espejos y fotos en blanco y negro de una mujer interactuando con diferentes fénix en la naturaleza. Debe ser la activista. Hay una escalera de caracol en la esquina, que nos lleva a un jardín en la azotea con bancos de piedra y un jacuzzi burbujeante lo suficientemente grande como para que Roxana se acurruque dentro. La aulladora de luz está bajo el agua y de alguna manera nos oye acercarnos, o tal vez incluso siente nuestra presencia, y su cabeza empapada sale de debajo del líquido humeante y la sacude. Me salpica, y el agua está tan caliente como parece. No es un problema para un fénix, supongo.

Tala le da un beso a Roxana entre sus ojos azul rayo, que son tan grandes como puños.

—Los fénix han existido antes que los humanos y, sin embargo, la mayoría de nosotros no respetamos su gloria. Es raro, pero todavía hay algunos fénix vivos hoy en día, que han pasado por miles de vidas. Si quieres hablar sobre cómo hacer el bien con ellos, busca otras formas de honrarlos que no impliquen sacrificarlos en beneficio humano. —Acaricia las plumas amarillas de la manga de su chaqueta—. Estas plumas vienen de Roxana. Algunas son porque muda, la mayoría de cuando murió a lo largo de los años.

—¿Cómo murió?

—El ciclo estándar de un aullador de luz es un año antes de morir y comienzan de nuevo un mes después —dice Tala. Saca dos manzanas verdes de un árbol pequeño, y la fénix agarra una con el pico y muerde—. Desde que crecí en Cebú y viví un tiempo en El Cairo, he protegido a Roxana de ser asesinada por alquimistas y cazadores. —Acaricia el cuello de la fénix, pero a Roxana solo le importa la manzana—. He prometido anteponer mi vida antes que todas las de ella.

—¿Tus padres hicieron lo mismo con sus fénix?

—Todos los Caballeros del Halo lo hacen. Este es nuestro juramento —dice Tala—. A cambio de nuestros servicios, seremos reencarnados como fénix. —Mira a las estrellas—. Me reuniré con mis padres algún día. Si no es en esta vida, será en la siguiente.

Había olvidado que esto estaba integrado en sus creencias. Incluso como alguien que es en parte espectro y puede tener esa habilidad, todavía no creo que sea cierto.

—Si un par de fénix aterrizaran a nuestro lado en este momento, ¿cómo sabrías si son tus padres o no?

—Lo sentiré en mi corazón —dice Tala simplemente—. De la misma manera en que mi exnovia Zahra sabía que la mariposa que aterrizó en su hombro durante la graduación era su abuela reencarnada.

Me cruzo de brazos.

—La fe no es una prueba. Me encantaría creer que cada vez que sopla el viento es porque mi novio muerto lo está lanzando en mi dirección, pero no voy a fingir que no estoy de duelo. —Tala se pone de pie y Roxana también. El menor indicio de peligro me pincha.

—La muerte es parte del ciclo y la única muerte a temer es la que rompe el ciclo.

—Entonces, ¿por qué estás persiguiendo a los asesinos de tus padres, si es algo natural?

—El asesinato no es natural.

Tala me da la espalda y salta al borde del techo. Por un segundo creo que se va a lanzar. Roxana tendría que ser tan rápida como mi investigación afirma que los aulladores ligeros son para atrapar a Tala, porque golpearía ese terreno en menos de un minuto. Lo sabría, habiendo saltado de innumerables edificios. Tala se balancea sobre sus talones y dedos de los pies, confiando en sí misma para no caerse. Me pongo a su lado.

—Mis padres lo eran todo para mí. Mis primeras manos amorosas, mi brújula. Soy quien soy gracias a ellos y esperaba que vivieran más para nutrir lo mejor de mí y exprimir lo peor —dice Tala.

A pesar de que está a un fuerte viento de caer por el borde, la compostura de Tala es la más relajada que he visto jamás. No digo mucho, ya que nuestro encuentro involucró un combate físico, una flecha y una daga, pero encuentro que mis propios puños se abren alrededor de ella. No la descartaré como nada más que un arma de la misma manera que el mundo lo hace conmigo.

—Mi nombre significa «estrella brillante» —dice Tala mientras mira al cielo nocturno—. Mis padres intentaron e intentaron tener hijos, pero mi madre tuvo varios abortos involuntarios. Oraron a sus compañeros fénix, un anciano coronado y un devorador de sol, una última vez para ayudar a llevar a un niño a esta vida, y nueve meses después nací. Yo era su estrella brillante en una vida que personalmente consideraban oscura sin mí. Ahora su amor se ha ido.

—El amor no se ha ido —digo.

Baja de la cornisa.

—¡Por eso es que todo esto duele tanto! Llevo sus enseñanzas, existo porque sus compañeros contestaron a sus oraciones, pero su ceremonia de recuerdo no me consoló. Le grité a nuestro nuevo comandante durante la hora de silencio para que tuviéramos una estrategia para vengarnos. Esa noche, todos los demás Caballeros del Halo se mantuvieron erguidos en un campo mientras nuestros caídos eran incendiados por sus fénix hasta que no fueron más que cenizas. Mientras tanto, yo estaba en el suelo y lloraba en las sombras.

Ese momento me recuerda lo furiosa que aún estoy porque el Apagón no me permitió llevar a cabo una ceremonia pública para mis padres.

—Cremé a Atlas con mi fuego de fénix —digo—. Guardo sus cenizas en una botella que me dio. —Me acerco a su hombro para consolarla, pero me aparto—. Entiendo lo perdida que te sientes sin tus padres. Y ni te digo cuando pierdes a un ser querido. Reza a tu santo de los fénix más venerado para que nunca tengas que sentir ese fuego ardiente de dolor, porque es real e imparable. —En algún lugar de esta ciudad están los responsables—. Me he sentido conmovida por la muerte después de todas mis pérdidas este año. Es hora de que empiece a hacer que los demás sientan lo mismo. Si has venido aquí para vengar a tus padres, deja que esa sea tu brújula.

—Te mantuve con vida para que pudieras llevarme en la dirección correcta. Preséntame a Emil Rey y luego podrás irte.

—¿Y si nos asociamos? No tengo a los Portadores de Hechizos, y tú no tienes a los Caballeros del Halo, pero ambas queremos que mueran los Regadores de Sangre.

Tala me considera y me tiende la mano como si estuviera a punto de desafiarme a una lucha de brazos.

—¿Prometes quitar vidas por los que ya se han ido?

Tomo su mano.

—Absolutamente.

Tala aprieta tres veces y yo hago lo mismo sin saber si eso es importante o no.

—Que sus muertes sean para siempre —dice Tala mientras me suelta—. Entonces, ¿dónde está Emil?

—Puede que todavía esté en un hospital con su hermano, pero es posible que ya se hayan ido.

—Me dijiste que lo sabías. Debería haber conseguido que Wyatt viniera conmigo, su compañero Nox es un rastreador brillante y...

—Tengo otras formas de averiguarlo —digo—. Solamente necesito mi móvil.

Volvemos abajo y Tala recupera mi chaleco a prueba de poderes, las llaves del coche y el móvil de una caja en el armario. Debió pensar que esto me habría frenado de escapar si me despertaba cuando ella no estaba cerca. Está muy equivocada. Desbloqueo mi teléfono, y cuando busco el perfil de Brighton en Instagram para enviarle un mensaje, veo una nueva publicación. Está vivo y bien, demasiado bien.

Los ojos de Brighton arden como un eclipse y lleva un fuego de zafiro proveniente del fénix al que los padres de Tala murieron defendiendo.

28
OTRO CABALLERO

EMIL

Realmente espero estar viviendo bien esta vida.

Tengo que confiar en Brighton y dejar que se pruebe a sí mismo, pero no soy idiota; sé que su ego puede sacar lo peor de él. La arrogancia por sí sola es una cosa. La arrogancia combinada con superpoderes es otra. Soy responsable de Brighton, ahora más que nunca.

Sale en todas las noticias. Los clips del evento en vivo de anoche están en todas las estaciones y solo un par de medios lo informan de manera justa. Los otros excluyen cómo evitamos que los Regadores de Sangre lograran algo que hubiera sido catastrófico. Todo lo que ven ahora es otro objetivo al que temer en un momento en el que ha habido un número creciente de acusaciones contra los celestiales. Esto no ayuda a Sunstar y a Shine a medida que se acercan las elecciones, ni a la comunidad en general.

Las noticias son desgarradoras: hay un entrenador invisible del instituto espiando a los estudiantes en los vestuarios; el jefe que amenazó con quemar a su asistente si seguía negándose a tener citas con él; la madre que cegó a los niños que hacían *bullying* a su hijo en el colegio; y tantas historias más que pintan los destellos como armas. La esperanza sigue menguando. Creo que jamás veré a este país tan fuerte como creo que puede ser, por más que me engañe.

Apago la tele cuando Prudencia sale de la ducha completamente vestida y con una toalla alrededor de la cabeza. Fue mucho más difícil dormir solo anoche desde que ella se quedó en la habitación con Brighton, pero lo entiendo. Finalmente se están dando una oportunidad y no hay mejor momento que ahora. La vida es corta, especialmente cuando estoy encerrado en una guerra, y tener vidas extra no me ha hecho ningún favor.

—¿Cómo está llevando Bright su fama? —pregunto.

Prudencia deja escapar un profundo suspiro mientras se sienta en el sofá que solía ser su cama.

—Me he despertado con él literalmente babeando en su teléfono.

—Dieciocho años compartiendo habitación con él y es la primera vez que hace eso —digo.

—Habría sido un poco más bonito si no me hubiera preguntado hasta qué hora estuvo despierto leyendo comentarios sobre él. —Los ojos de Prudencia brillan cuando abre telequinéticamente la ventana y deja entrar un poco de aire fresco—. Prometo que no quiero usar mi poder para cosas cotidianas.

—Estás recuperando el tiempo perdido.

—Por una guerra en la que nunca quise luchar —dice Prudencia—. Pero con Atlas muerto, Maribelle desaparecida y tus poderes apagados, vamos a necesitar ayuda.

Estoy a punto de decirle que no quiero que tome el relevo cuando un viento borroso sopla hacia nosotros y Brighton aparece con su móvil.

—Guau —dice mientras se equilibra—. No recomiendo hacer eso recién despierto. —Se sienta al lado de Prudencia—. Maribelle me envió un mensaje anoche. Debe haber sido justo después de que me quedé dormido.

—¿Qué quiere? —pregunta Prudencia.

Brighton lee el mensaje:

—«Las estrellas te han cuidado después de todo, Brighton. Tu segunda oportunidad en la vida no podría haber llegado en un mejor momento. Estoy trabajando con una Caballero del Halo para acabar con los Regadores de Sangre. Pero Tala quiere respuestas sobre la muerte de sus padres. Lleva a Emil al piso dieciocho de First Nebula Lofthouse. Podemos trabajar juntos, y tal vez incluso salvar a Eva y a tu madre. Sin Portadores de Hechizos».

—Espera, ¿por qué la Caballero del Halo quiere reunirse conmigo? —pregunto—. ¿Cree que maté a sus padres?

La ansiedad me estrangula.

—Lo dudo, hermano. Maribelle es la primera persona en argumentar que no matarás a nadie. Probablemente Tala quiera saber qué les pasó a sus padres.

—Entonces probablemente nos matará por tener sangre de fénix.

—Maribelle también la tiene, así que a menos que su fantasma me escriba un mensaje directo, deberíamos estar bien —suelta Brighton.

—Lección rápida de historia, Bright: los Caballeros del Halo mataron a Keon. ¿Qué crees que va a suceder si ella se entera de mis vidas pasadas?

—Vamos a mantenerte a salvo. Mira, Iris ha estado buscando pistas todos los días y ha vuelto sin nada. Esta Caballero del Halo podría tener sus propias conexiones que puedan llevarnos a salvar a mamá. Nunca podrás vivir contigo mismo si le ocurre algo que podríamos haber evitado. Iré a prepararme.

Corre por el pasillo.

Está tan ansioso por salir de aquí que no está considerando las obvias diferencias entre nosotros y Maribelle. Maribelle nació con sus poderes y yo renací con los míos. No soy inocente por todo lo que he hecho en mis vidas pasadas, pero Brighton es un espectro tradicional que robó sus poderes en esta vida. No estoy seguro de si las cosas van a terminar bien para él.

—No dejes que te presione para hacer esto —dice Prudencia—. Voy a hacerle saber lo injusto que está siendo.

—No, tiene razón. Si hay una oportunidad para salvar a mamá, tengo que aprovecharla.

Prudencia asiente.

—Maribelle dijo que sin Portadores de Hechizos, pero no ha dicho nada sobre mí. Voy contigo.

Nos preparamos rápido. Es tan jodido escabullirse después de toda la hospitalidad que nos han mostrado Ruth y Wesley, pero he cabreado a Maribelle lo suficiente para toda una vida y me digo a mí mismo que regresaremos al final del día, si no antes. Está muy mal cuando Prudencia le quita las llaves a Wesley y nos vamos con su coche.

—Maribelle sabe que estamos en camino —dice Brighton, colgando su teléfono.

—¿Le has dicho que estoy contigo? —pregunta Prudencia.

—Dijiste que no querías ponerle una etiqueta.

—No de tipo romántico. Que vengo físicamente contigo.

—Oh. —Brighton toma su teléfono otra vez—. Un segundo.

Paso el viaje nervioso de que esto sea una especie de trampa, y Brighton sigue disparándome y me dice que confíe más. Mi ansiedad solo se ha vuelto más fuerte desde que obtuve mis poderes, y la última vez que confié en alguien nuevo, fue asesinado por mi culpa. Sigo discutiendo conmigo mismo que el hecho de que mamá esté viva no es una ilusión, que Luna podría tenerla como rehén para usarla como herramienta, pero es casi imposible depositar esperanza en Ness. Su misma existencia podría poner patas arriba toda la campaña de su padre.

Tardamos un par de horas en llegar a Carroll Gardens en Brooklyn y aparcamos a pocas manzanas del First Nebula Lofthouse. Prudencia emite señales que nos avisan de cuándo es seguro seguirla. Está asociada con nosotros, pero afortunadamente no es famosa como nosotros, los Reyes Infinitos. Dos hombres salen de un edificio empujando un cochecito y nos obligan a dar media vuelta; entonces vemos a un grupo de mujeres botando una pelota de baloncesto mientras se acercan a nosotros. Brighton y yo de repente nos interesamos en contar las marcas de goma de mascar en la acera como cuando éramos niños hasta que pasan de largo. Echo de menos los días en los que no tenía que preguntarme si los extraños me aman o me odian.

Brighton y yo llegamos delante del edificio justo cuando sale Prudencia.

—El portero está hablando con una niñera —dice Prudencia. La seguimos a la vuelta de la esquina y hay una puerta junto a un contenedor de basura. La abre telequinéticamente—. Vamos.

—¿Por qué Tala tenía que estar en el ático? —pregunto.

—Son solo dieciocho pisos. Te veré allí arriba —dice Brighton mientras sus ojos brillan como un eclipse. Se difumina por un momento antes de paralizarse en el lugar.

Prudencia lo tiene atado con su poder.

—Iremos todos juntos. Si es una trampa, no quiero que lo descubras solo.

—Tú eres la jefa —dice Brighton con una sonrisa. Esto es como un juego para él.

Cuando ella lo suelta, todos subimos, afortunadamente sin encontrarnos con nadie en el camino.

Brighton mantiene la puerta abierta en la planta de arriba.

—Esto será mucho más divertido cuando todos podamos volar directamente al tejado la próxima vez.

Si es que puedo volar de nuevo.

Prudencia llama a la única puerta y Maribelle responde en segundos.

Ha pasado exactamente una semana desde la última vez que Maribelle nos vio en la reunión con Sunstar y Shine, pero la única persona a la que mira ahora es a Brighton, con asombro en sus ojos.

—¿Cómo te sientes?

—Más fuerte —responde él. Es incómodo verlo empaparse de este momento sabiendo que Prudencia está más que familiarizada con que tuviera un cartel de Maribelle en nuestro dormitorio—. Listo para trabajar.

—Vamos.

Maribelle nos lleva al interior del loft, pero apenas logramos explorarlo antes de subir un último tramo de escalones hasta el techo. Hay una mujer joven parada en el jardín, está acariciando al ave fénix más grande que jamás he visto de cerca. La fénix podría montarse de forma segura para volar y tal vez incluso aplastar a alguien con un solo placaje. A juzgar por sus plumas amarillas, creo que podría ser un engendro de aliento o un aullador ligero. El primero puede explotar para matarnos a todos y el último podría matarnos con un rayo. Normalmente no pensaría en las diferentes formas en que un fénix podría matarme, pero no cuento con mi presencia de espectro para ser bienvenido por esta Caballero del Halo. Una mirada de Tala lo confirma. La fénix ladea la cabeza como si me estuviera estudiando. Me pregunto si puede sentir el poder que se supone que no debe estar en mí ni en Brighton.

—Tala, ellos son…

—¿Quién mató a mis padres? —pregunta Tala, interrumpiendo a Maribelle.

—Los Regadores de Sangre —digo de inmediato.

—¿Cuáles?

Me quedo congelado. Todos los Caballeros del Halo llevaban puestas mis máscaras y su complexión variaba. Comparto todo lo que recuerdo de esa breve pelea. Había cinco Caballeros del Halo en total empuñando hachas, espadas y ballestas. Un hombre fue asesinado inmediatamente por Dione antes de que una mujer le cortara la cabeza.

—Entonces, June, el espectro con sangre fantasma —no sé si Maribelle ha explicado todo esto— poseyó a un hombre. Nimuel, creo. —Los ojos de Tala se llenan de lágrimas ante la mención de su nombre—. June lo obligó a matar a dos Halos. Le advertí a la mujer que estaba poseído y ella dijo que era su esposa. Cuando June no abandonó su cuerpo, la Halo le dijo a Nimuel que lo vería en otra vida y lo apuñaló. Pero June escapó a tiempo y luego Stanton mató a la mujer.

Tala vibra de ira.

—Siento tu pérdida. Luchasteis valientemente —digo.

No parece agradecer mis condolencias.

—Siempre arriesgaremos nuestras vidas por las aves de muchas vidas.

—Se suponía que Gravesend estaba a salvo detrás de un escudo abovedado, pero mi antiguo jefe cambió su vida por la mía para poder hacerse famoso.

No le digo a Tala que consideré matar a Gravesend yo mismo, esperando que eso hiciera una diferencia durante el ritual. Me tensé al revivir el momento en que Luna atacó a Gravesend y luego a mí con el puñal asesino de infinitos. Yo también debería haber muerto en esa iglesia.

—Mis padres murieron por esa fénix, para asegurarse de que pudiera vivir y nunca ser utilizada —dice Tala, y se vuelve hacia Brighton—. Entonces robaste su esencia para tu propio beneficio.

Realmente debería correr escaleras abajo y alejarse.

—Mejor yo que Luna. Vengaré a Gravesend con sus poderes.

—¡Se suponía que Gravesend tendría su propia vida, su propio futuro!

Tala se agacha detrás de un arbusto de lirios y cuando se levanta nos apunta con una ballesta. Maribelle le grita que se detenga, pero es demasiado tarde. Una flecha vuela hacia Brighton, y él se aparta del camino y casi cae por el borde del tejado. Prudencia le arrebata telequinéticamente la ballesta a Tala y la sostiene contra su pecho.

—¡Roxana, ataca!

La fénix se detiene sobre sus garras negras y dispara un rayo hacia Prudencia. No creo que sea lo suficientemente fuerte como para desviar a la aulladora de luz y, afortunadamente, Brighton la saca del camino. El rayo golpea el suelo; la réplica me lanza a través del techo y ruedo hacia una pequeña piscina. Mi oído zumba, pero creo que puedo distinguir a Maribelle gritando para que Tala se detenga. Aunque tal vez Tala tampoco pueda oír porque salta directamente hacia Brighton. Él corre en círculos a su alrededor y Tala extiende una pierna e inmediatamente lo hace tropezar.

Incluso si pudiera usar mis poderes, no me atrevería a emplearlos contra Tala, una Caballero del Halo que hace un trabajo honorable para los fénix, pero eso no significa que voy a dejar que intente matar a mi hermano a golpes. Lucho contra el mareo mientras corro directamente hacia ella, pero Tala me agarra del brazo y me da la vuelta por encima del hombro. Va y viene entre golpearnos a Brighton y a mí, pero su mirada se vuelve más letal.

—Tú empezaste esto —dice Tala—. Eres el primer espectro. ¡Los Regadores de Sangre existen por tu culpa!

Estoy intentando hablar, pero los golpes de Tala no se detienen. Mi cuerpo procura curarse a sí mismo, pero siguen llegando nuevas heridas, se sigue derramando más sangre. Es posible que Tala me mate antes de que mi poder curativo pueda salvarme.

Me pregunto quién seré en mi próxima vida.

Antes de que pueda darme otro golpe, Maribelle envuelve sus brazos alrededor de Tala y la tira en el aire, exigiéndole que ponga fin a esto.

Trato de recuperar el aliento para preguntarle a Brighton si está bien, pero mi poder sigue intentando curarme involuntariamente y no puedo detenerlo. Tengo que soportar el dolor. Prudencia agarra mi mano y yo aprieto, aprieto, aprieto. Por primera vez en mi vida siento que mi agarre podría ser lo suficientemente fuerte como para romperle los huesos a alguien. Cuando la quemadura desaparece, Prudencia dirige completamente su atención a Brighton, que no se está curando a sí mismo. Hay moretones rosados y rojos alrededor de su ojo derecho, que está cerrado. Me pregunto cómo se siente al ser más confiado con los extraños ahora que está gimiendo de dolor.

La conmoción de arriba capta mi atención y Tala se escapa de Maribelle y se deja caer en la azotea. Rueda con los hombros hacia su ballesta y apunta a mi pecho. No tengo fuerzas para moverme. Cierro los ojos y espero.

—¡Tala, no lo hagas! —grita un tipo con acento inglés.

Estoy cubierto por las sombras de unas alas enormes y, por un momento, me pregunto si hay un fénix británico que hable como los humanos, como en mi serie de dibujos animados favorita de cuando era niño. Pero, por supuesto, eso es una tontería. Miro hacia arriba para ver quién me ha salvado la vida y hay un tipo pálido con cabello castaño montando lo que tiene que ser un fénix de obsidiana, a juzgar por sus brillantes plumas negras. El tipo lleva una chaqueta de cuero con mangas de plumas tan negras como el fénix; otro Caballero del Halo.

La obsidiana aterriza suavemente en la azotea y si no estaba ya intimidado por el tamaño de este fénix, treinta centímetros más alto que el aullador de luz, me pongo completamente tenso cuando sus ahuecados ojos oscuros me miran. El Caballero del Halo desmonta y hay una cartera blanca sucia colgando de su ancho hombro. Por lo que puedo ver debajo de la chaqueta abierta, la camisa blanca está pegada a sus pectorales. Extiende su mano cautelosa hacia Tala mientras se acerca a mí.

—¿Por qué me estás siguiendo, Wyatt? —pregunta Tala.

—Eres mi amiga; y porque Crest dijo que aumentaría mi presupuesto de libros si Nox y yo te localizábamos. —Wyatt le ofrece a Tala una sonrisa con hoyuelos que no la conquista—. Ya conoces a Nox; le encanta la caza.

—No necesito tu ayuda.

—Claramente. —Wyatt nos hace un gesto a Brighton y a mí. Él me ayuda a levantarme con sus manos sudorosas y parece que tenemos exactamente la misma altura, a juzgar por la forma en que puedo mirarlo directamente a los ojos, que son tan azules como las llamas de Brighton.

Entre el rastrojo irregular que se arquea a lo largo de la línea de la mandíbula y el olor a madera de cedro, es como si Wyatt hubiera estado caminando por el desierto durante días. Hay tres finas cicatrices en el costado de su cuello, posiblemente de un fénix, pero demasiado pequeñas para ser de Nox. Envuelve mi brazo alrededor de sus musculosos hombros y me guía hasta el banco de piedra para descansar.

—¿Tienes idea de quiénes son? —pregunta Tala.

—Emil y Brighton Rey, los autoproclamados Reyes Infinitos. —Wyatt sabe quiénes somos. El tiempo dirá si eso es bueno o no—. Perdóname, cariño, pero no te conozco —le dice a Prudencia.

—Una amiga.

—Bueno, hola, amiga. —Wyatt se vuelve hacia Maribelle con una mano en su corazón—. Eres Maribelle Lucero. Mis condolencias. Que los vientos de Atlas soplen de nuevo en otra vida.

Tala permite que su simpatía se hunda por un momento antes de señalarme con el dedo.

—Wyatt, no es solo Emil Rey, también era Bautista de León y Keon Máximo. Todo lo que hemos temido sobre los espectros fénix es cierto. ¡Pueden renacer y él es el cerebro detrás de todo!

Me preparo para que la amabilidad de Wyatt se convierta en violencia, pero sigue siendo una estatua.

—Renací así, pero no tengo ninguno de los recuerdos de Bautista o de Keon. Juro que soy mi propia persona y no quiero ser un espectro. Tengo un diario que perteneció a los padres de Maribelle, Bautista y Sera, y estoy tratando de completar su trabajo en una poción que apague poderes. Quiero que este ciclo termine conmigo.

—Espera un segundo. —Wyatt mira entre Maribelle y yo—. Maribelle, pensé que tus padres eran dos de los Portadores de Hechizos que murieron durante el Apagón. Y Emil, ¿no te pareces en nada a Bautista o a Keon, pero de alguna manera eres el padre de Maribelle?

—Bautista y Sera son mis padres biológicos, pero Aurora y Lestor Lucero me criaron. Emil no es mi padre —dice Maribelle.

—Pero técnicamente lo es, ¿no? —Wyatt responde—. Su vida pasada te dio la tuya. Pero ¿en qué te convierte eso? Pensé que eras una celestial.

El ojo izquierdo de Maribelle arde como un eclipse y el derecho brilla como cometas. Llamas de color amarillo oscuro rodean sus puños.

—Soy un híbrido.

—No tenías que demostrarlo; te hubiera creído —dice Wyatt mientras escarba dentro de su cartera y saca un libro de registro—. Dicho eso, esto es mucho —murmura mientras toma notas—. Emil es el padre de Maribelle, pero en realidad no; los espectros con sangre de fénix pueden volver a la vida, pero aparentemente como nuevas personas celestiales, y los espectros pueden procrear... Uf...

Mantengo mis ojos en Tala todo el tiempo en caso de que se sienta feliz mientras Wyatt escribe como si este hubiera sido un ambiente frío antes de su llegada.

—¿Me he perdido algo? —pregunta Wyatt.

—La poción que apaga poderes —digo.

—¡Ajá! Serás un excelente asistente en el Santuario —afirma Wyatt.

Tala podría disparar una flecha directamente entre los ojos azules de Wyatt.

—Claramente todavía te falta oxígeno por tu vuelo, si crees que traeremos espectros a cualquiera de nuestras bases sagradas.

Wyatt guarda su cuaderno de bitácora.

—Tala, por favor. Tenemos más que ganar como Halos aprendiendo de ellos que vengando a nuestros compañeros caídos. Piensa en todas las personas que no se molestarían en dañar a los fénix si las autoridades tuvieran una poción que puede evitar que usen sus poderes. Es especialmente crítico si se corre la voz de que los espectros pueden resucitar si poseen sangre de fénix. Crest querrá noticias sobre esto.

No sé quién es Crest, pero Tala no discute más.

—Es mejor si vamos más temprano que tarde, ya que tú y Roxana han llamado la atención de la ciudad —dice Wyatt con una ceja levantada. Algo me dice que esta no es la primera vez que Tala hace lo suyo—. El Santuario Nuevas Brasas está ubicado en el Parque Estatal Storm King. Hermosos paisajes alrededor, preparad vuestros corazones. —Wyatt se sube a Nox—. ¿Te importaría venir a dar un paseo, Emil? Me encantaría descubrir más acerca de tu cerebro.

Es tentador montar en un fénix, pero no voy a volar con un extraño.

—Me quedaré con mi gente.

—Como quieras. Que tengáis un buen viaje. —Wyatt acaricia el cuello de Nox y el fénix extiende sus magníficas alas. Se disparan a través del cielo azul como una estrella en sombras.

Veo al Caballero del Halo despegar, y envidio su cercanía con un hermoso fénix.

De todas mis vidas, desearía que una hubiera sido como la suya.

29 SUPLANTACIÓN DE IDENTIDAD

NESS

Desde que estuve encerrado en la sala de pánico hace dos días, me he visto obligado a memorizar nuevas frases antes de mis entrevistas en las que me haré pasar por Carolina y por Eva. Roslyn me da su último guion y no puedo creer la gran noticia que corre por aquí: Brighton reveló anoche en el directo que tiene poderes. No está claro cuáles, pero me importa más el hecho de que Emil también sigue vivo y bien. Si puedo volver abajo, puedo informarle de esa noticia a su madre. Apenas puedo concentrarme, estoy tan aliviado de que Emil esté bien, y honestamente, un poco agradecido de que su hermano tenga poderes para ayudar a mantenerlo con vida, ya que no puedo confiar en que Emil se cuide a sí mismo.

Estoy en mi cama, casi terminando de memorizar las páginas, cuando el lento golpe con el que he crecido me llama la atención. El senador ha regresado y no parece él. Sus gruesas gafas no ocultan las sombras profundas debajo de sus ojos enrojecidos. Ha perdido un peso notable en sus mejillas y el público se asegurará de escudriñar lo que eso significa para él.

—Te ves horrible.

—Hacer campaña para ser el líder del mundo libre no está exento de sacrificios —dice el senador. Espero algún comentario sobre cómo trató de deshacerse de mí para conseguir sus objetivos, pero no parece estar sarcástico en este momento.

—Parece que tienes más competencia ahí fuera.

—¿Los Reyes Infinitos? Otra amenaza que neutralizaremos.

Estoy seguro de que a Brighton se le ocurrió ese nombre. Espero que haya algo de verdad detrás de esto.

—Confío en que estés preparado para tus entrevistas —dice el senador.

—Ya casi he memorizado las nuevas mentiras.

—Si no vendes estas mentiras como verdades, mataremos a esas mujeres delante de ti.

—Entonces perderás tu influencia contra mí.

El senador sonríe.

—No creerás que dependemos únicamente de sus vidas para que cooperes.

No sé si está jugando conmigo, pero estas amenazas mientras hago su trabajo sucio realmente me están cabreando.

—¡He dicho que ya lo sé! A menos que estés aquí para practicar conmigo, vete.

Jax aparece en la puerta con la mano levantada como si tuviera que sujetarme telequinéticamente. Me quedo sentado en mi cama.

El senador no parece intimidado en lo más mínimo.

—Estoy aquí para informarte que hemos asegurado al Asesino de Estrellas para la entrevista con un conjunto de preguntas preaprobadas. Él es un gran partidario mío y darle esta atención aumentará una plataforma que ha sido muy generosa con nuestra causa.

Asesino de Estrellas es un vlogger trastornado. Siempre tiene la cara roja mientras explota con teorías de conspiración, como un avión que se perdió porque fue tragado por una constelación. El primer vídeo entero que vi de él fue sobre el Apagón. Afirmó que la pelea entre los Portadores de Hechizos fue el resultado de que Aurora Lucero hubiera descubierto un romance entre su marido, Lestor, y Finola Simone-Chambers. Había compartido todas estas fotos de Lestor y Finola juntos durante la batalla, para apoyar su teoría de cuánto no pueden vivir el uno sin el otro.

—Deberías hacerle un favor y enviarlo a un psiquiatra —le digo.

—Eso no me serviría —contesta el senador.

No lo haría. El Asesino de Estrellas siempre será directo en contra de cualquier cosa que haga un artesano de luz. Una vez, un celestial en un avión fue elogiado por teletransportarse a la cabina del piloto para salvar al capitán, que estaba teniendo un ataque, y Asesino de Estrellas publicó un vídeo completo sobre lo vulnerables que son los pasajeros en un avión cuando un celestial puede tomarlo más rápido que un chasquido. Odia absolutamente a los Portadores de Hechizos, y siempre los culpa por la destrucción de la propiedad pública cuando luchan por sus vidas o salvan a otros.

—Tienes que estar listo en treinta —dice el senador.

—Sé que Luna estuvo ocupada durante el Fantasma Encapuchado —le digo antes de que pueda irse—. ¿Qué vas a hacer conmigo cuando sea el momento de cambiarme por mi sustituto?

El senador se detiene en la puerta.

—Eso dependerá de que tus actuaciones sigan adelante, Eduardo. Podemos volver a escribir para que participes en el programa o podemos eliminarte para siempre.

Han reformado el ático para la entrevista. Taparon las paredes y las ventanas para evitar que alguien reconozca este espacio por las muchas fotos que hay en Internet de la mansión. Sé por los guiones que cuando hable como Eva y como Carolina, no revelaré dónde se supone que debemos estar, y Asesino de Estrellas firmará un acuerdo de confidencialidad. No es que parezca necesario con la forma en que adula al senador en el pasillo.

—Es hora de arreglarse —dice Roslyn después de terminar de configurar la cámara y el aro de luz.

Me transformo en Eva, mi piel morena se aclara, el cabello crece más largo con un parche donde Eva ha estado tirando demasiado, las marcas de belleza aparecen en mis mejillas, las pestañas se extienden, y me encojo un poco en la silla.

—No te preocupes por el ojo morado —dice Roslyn mientras estoy en medio de la construcción de todos sus moretones. Ella sostiene una tableta en la que está conversando por vídeo con Dione, quien está abajo en la sala de pánico con Eva y Carolina. Roslyn compara mis rasgos con los de Eva, que parece aterrorizada junto a su ex mejor amiga de cuatro brazos—. Suéltate un poco más el pelo.

—Ya está —digo. Me veo más arreglado que Eva, ya que se supone que no debe parecer que ha estado encerrada durante una semana.

—El drama nos beneficiará. Si quieres, estoy segura de que Dione arrancará más cabello para hacerlo realidad.

Hago lo que me pide, recordándome que llegará su momento.

—Cíñete al guion —dice antes de exclamar—: ¡Estamos listos!

Mantengo mis manos cruzadas en mi regazo. No estoy lo suficientemente familiarizado con la compostura de Eva cuando está relajada, después de haber pasado un tiempo de intimidad con ella mientras estaba estresada y llorando, pero espero poder venderle esto al equipo de la senadora y hacerle alguna señal a Iris sobre que algo anda mal con su novia.

El senador escolta al Asesino de Estrellas dentro, un hombre blanco de unos treinta años con una corbata azul marino sobre su espantosa camisa verde lima que parece que podría brillar en la oscuridad. Tiene cabello castaño rojizo y ojos marrones que ya odian a la celestial que ve sentada frente a él. Se me acerca con cautela, como si sospechara que el poder curativo de Eva es, de algún modo, violento.

—Russell, esta es Eva —presenta el senador.

Me levanto para estrechar su mano, ocultando mi diversión cuando da un paso atrás. El senador le asegura a Russell que está a salvo y le recuerda que Jax está justo afuera en caso de que ocurra algo. Es tan patético ver a Russell poner una cara valiente para impresionar al senador cuando recuerdo cuántos años fui culpable de ese mismo crimen.

Quiero creer que la gente puede dejar de caer en mentiras obvias, pero la verdad es que algunos ni siquiera se dejan engañar.

—Hola —Russell saluda con torpeza mientras se coloca frente a mí.

La primera vez que conocí a los celestiales cuando era niño también estaba tenso así, y juraba que alguien podría derretir mis entrañas con una sola mirada o controlar mi mente para cometer crímenes. Realmente creía que las personas con poderes eran todas peligrosas y que las leyes por las que tanta gente ha luchado eran para proteger a personas como yo. He tardado demasiado tiempo en darme cuenta de que esto nunca se ha tratado de seguridad y siempre de dominación.

—Gracias por tu tiempo —le digo automáticamente, programado desde mis días con los medios.

Russell asiente y le indica a Roslyn que comience a grabar. Estoy seguro de que está ansioso por continuar con Carolina, que no puede hacerle daño. Se vuelve hacia la cámara con el pecho orgulloso, un lenguaje corporal tan mentiroso como él.

—Las entrevistas de hoy están siendo grabadas desde un lugar discreto para proteger el paradero de mis invitadas. En primer lugar, como verán, está Eva Nafisi, quien llamó nuestra atención el mes pasado cuando apareció en la serie de Brighton Rey sobre los Portadores de Hechizos. Pero últimamente ha cambiado de opinión. ¿Qué inspiró esto, Eva?

—Los Portadores de Hechizos se están desmoronando —digo, y es una de las verdades que saldrán de mi boca, la boca de Eva, en una red de mentiras—. Ha habido luchas por el liderazgo y se han ocultado secretos unos a otros, incluso uno muy grande de mi novia. Algunas confianzas no se pueden curar. —Tomo la pausa que me escribió Roslyn a pesar de que cualquier clase de Introducción a la actuación te alentaría a ignorar las descripciones, pero la única forma en que voy a sobrevivir es siguiendo todas sus reglas—. Los Portadores de Hechizos son mi familia. Me acogieron cuando luchaba por mi vida, pero estoy cansada de ser un objetivo.

—¿Quién te está amenazando?

—Los líderes de pandillas y los alquimistas siempre han querido hacer un buen uso de mi poder curativo. Pero hace poco los Regadores de Sangre me tomaron como rehén. Una ex mejor amiga mía, Dione, me hizo daño y me obligó a usar mi poder para salvar a personas horribles. —Respiro hondo, sabiendo las mentiras que vienen a continuación—. Entonces fui salvada por las fuerzas del orden. No pudieron detener a Dione, pero arrestaron a algunos acólitos y me han tenido en un lugar seguro durante los últimos tres días.

No hay nada en esta declaración que llame la atención de inmediato. Nada demasiado específico sobre el incidente, y no comparto detalles sobre las identidades de los acólitos o sobre las prisiones a las que habrían sido enviados si se tratara de relatos reales. Cuento con que Iris y los Portadores de Hechizos sepan mejor y profundicen más que todos los demás, que aceptarán esto como un hecho.

—¿Te has comunicado con alguien? —pregunta Russell.

Niego con la cabeza.

—Intenté comunicarme con Iris, pero ella ya había abandonado el hospital. Podría ser lo mejor hasta que todo esto pase. Amo a Iris, pero estoy empezando a cuestionar si encajamos tan bien como esta camiseta que le compró su madre. Ella lleva a la gente a la batalla con su fuerza poderosa, y yo soy la pacifista que los cura a todos después. Creo que necesito encontrar mi propio camino.

—¿Qué vas a hacer?

—Planeo donar sangre a un centro médico que no puedo nombrar. Si puedo ayudar a impulsar ciertos avances para curar a los pacientes con mi sangre, seré una heroína a mi manera.

—Ciertamente es mejor que curar a los terroristas —dice Russell con la mayor agresividad en su voz de toda la entrevista. Esa línea no estaba escrita. Me ahogo con una respuesta y finalmente no digo nada. Él sonríe—. Gracias por tu tiempo, Eva.

—Corta —dice Roslyn—. Maravilloso trabajo. Russell, necesitaremos unos minutos para escoltar a la señorita Nafisi fuera de aquí y traer a la señora Rey, pero creo que el senador quiere enseñarte su oficina personal.

Russell está intentando con todas sus fuerzas reprimir su sonrisa y actuar con calma. No importa cuánto lo odie, el senador es un héroe para muchos. Los Russell del mundo están muy dispuestos a votarlo. Me da asco.

Cuando se van, resplandezco en una luz gris y me convierto en yo mismo otra vez.

—Ese comentario no fue aprobado previamente.

—No para ti —dice Roslyn—. Le pedí a Russell que lo colara. ¿A quién no le gusta un poco de improvisación?

Si fuera mi amiga o alguien a quien me interesara una milésima parte conocer, compartiría que la improvisación fue mi parte menos favorita de la actuación, por muy útil que haya sido adaptarse a todas las situaciones como un espectro con infinitos rostros. Mi instinto de no decir nada cuando Russell me desafió parece haber jugado bien en las esperanzas de Roslyn. Ahora podrán transmitir la expresión culpable de Eva, ya que ella no negó que los Portadores de Hechizos fueran terroristas.

—Vístete —dice Roslyn.

La luz gris me baña de nuevo. Cabello oscuro con mechas grises, ojos amables, brazos que abrazaban amorosamente a Eva, manos que alguna vez se usaron para nutrir a la mejor persona que he conocido.

Una mirada a la cámara y soy tan perfectamente Carolina Rey que incluso ella me confundiría con su reflejo.

Odio las palabras que me van a hacer decir.

Unos minutos más tarde, el senador y Russell vuelven. El Asesino de Estrellas definitivamente tiene puestos sus pantalones de niño grande esta vez, ya que me confunde con una madre impotente. No me mira a los ojos mientras me da la mano y estoy tentado a romperle la muñeca. En lugar de eso, suavizo mi comportamiento y expreso gratitud, aunque lo único en lo que puedo pensar es en cómo obtendrá lo que le espera algún día. No hay forma de que Brighton no use sus nuevos poderes contra Asesino de Estrellas; no me importaría ver ese vídeo.

Las cámaras empiezan a grabar.

—Mi próxima invitada no tiene ningún poder, pero sus hijos sí. Anoche, sus hijos subieron un vídeo en el que amenazan a quienes se interpongan en su camino —dice Russell. Nadie me mostró la transmisión en vivo, pero dudo de que haya amenazas—. Brighton ha abusado de su plataforma para difundir información errónea sobre los Portadores de Hechizos, alegando que son buenos. Siempre me ha quedado claro que está muy preocupado, pero admito que me sorprendió lo de Emil. ¿Qué oscuridad lo poseyó para que se convirtiera en un espectro?

—Es complicado —digo, lo cual es cierto en maneras que el senador y su equipo ni siquiera entienden—. Lo que tenéis que comprender es que mis hijos han pasado por muchas cosas este último año después de haber perdido a su padre.

Si Emil y Brighton ven esto, me pregunto si asumirán que su madre está omitiendo los detalles obvios para protegerlos. No tengo ni idea de si el senador ha sido informado sobre las revelaciones de la resurrección, pero odiaría que Luna usara eso como arma contra Emil.

—El dolor no le da a alguien autoridad sobre los demás —dice Russell—. ¿No ve el valor de confiar en nuestro gobierno?

Sé la respuesta que se supone que debo decir, pero hago una pausa. No se puede confiar en el senador en este país. Estoy listo para delatarlo, para transformarme de nuevo en mí mismo porque no me importa un comino si tienen que matar a Russell para proteger mi secreto. Ni que él fuera una fuente de bien en este mundo. Roslyn levanta la tableta y Dione está asfixiando a Carolina. Russell solo vive para ver otro día porque quiero que Carolina pueda verlo.

—El gobierno merece nuestra confianza —miento.

Me quedo en el personaje el resto de la entrevista, haciéndome eco de la mentira de que Carolina también fue rescatada por el gobierno, y comparto la historia de Emil para ilustrar cómo era antes de elegir la vida de espectro, hablando sobre su búsqueda de atención en un centro privado para complicaciones cardíacas, y sobre los cargos a los que Carolina se puede enfrentar si no coopera con las autoridades.

—Una última pregunta —dice Russell—. Si pudieras enviar un mensaje a tus hijos ahora mismo, ¿qué les dirías?

—No seáis tan creídos, y no os matéis usando poderes que no deberíais tener. Sois todo lo que me queda.

Luego, a la orden, me pongo a llorar. Los actores siempre hacen que parezca tan fácil, pero aprendí que ese no es el caso para todos. Lloran porque están aprovechando sus propios pozos personales de dolor, y mi detonante es pensar en cuánto ha empeorado mi vida sin mi madre.

La cámara está apagada y Russell no me demuestra simpatía. Inmediatamente vuelve al lado del senador.

—Muchas gracias por confiar en mí con estas entrevistas, señor.

—Oh, por favor. Estoy agradecido de tener seguidores increíbles como tú —dice el senador.

—Voy a traer a amigos la noche del debate. No podemos esperar a ver cómo destruye a Sunstar. —Hay tanto odio en el corazón de Russell que estoy seguro de que está alentando la muerte de Sunstar, como la de tantos otros—. Por favor, avíseme si puedo serle útil nuevamente.

—Por supuesto, amigo mío.

—¡Y mejórese!

Roslyn acompaña a Russell hasta la salida.

Dejo mi metamorfosis y el senador se sienta frente a mí.

—¿Te enorgullece estar haciendo trampa para ganar? —pregunto.

—Estoy combatiendo fuego con fuego, Eduardo. Los celestiales siempre han tenido ventaja sobre nosotros, y haré lo que sea necesario para nivelar el campo de juego en este país. El trabajo que has hecho hasta ahora ha sido increíble, hijo. La gente se está armando con varitas para protegerse, y una docena de celestiales han sido asesinados desde que se publicaron tus vídeos. El pueblo estadounidense entiende que soy la solución a esta gran amenaza que afronta nuestra nación —dice el senador como si quisiera convencerme de todo esto una vez más.

No me sorprende que los celestiales hayan sido asesinados, pero la confirmación duele. No tengo acceso ni siquiera a ver sus rostros, lo que podría ser una bendición, así que no puedo estar tan obsesionado por su destino como para transformarme en ellos en medio de la noche.

La luz gris se apodera de mí y me transformo en el hombre sentado frente a mí.

—Este es el rostro de la mayor amenaza de la nación. No importa lo que te digas a ti mismo.

El senador sonríe.

—Ese rostro es muy presidencial. No importa lo que te digas a ti mismo.

30
EL SANTUARIO NUEVAS BRASAS

EMIL

Crecí pensando en que el Parque Estatal Storm King no era real porque su nombre parece recién salido de una novela de fantasía, pero es legítimo. Hace meses, papá habló de llevarnos a todos allí cuando mejorara. Tenía tantos planes para nosotros, todos ellos relacionados con mamá también, y ella tampoco está con nosotros. Durante este viaje en automóvil de una hora con Brighton y Prudencia, mencioné que tal vez Wyatt y Nox podrían rastrear a mamá de la misma manera en que encontraron a Tala. Es suficiente esperanza a la que aferrarse.

Pasamos por innumerables árboles recién coloreados por el otoño, con sus hojas naranjas, rojas y amarillas. Cuanto más nos adentramos en el parque, más grandes son las rocas que vemos a lo largo del costado de la carretera, con diferentes fénix pintados sobre ellas. Las pinturas brillantes son tan atrevidas que probablemente podrían verse desde el cielo.

Prudencia sigue el camino cuando finalmente respondo a la séptima de las llamadas de Wesley e inmediatamente me disculpo mil veces y lo pongo al tanto de todo.

—¿Así que estás de camino a su fantástico palacio fénix? —pregunta Wesley.

Los Santuarios de Halo de los que he visto imágenes a lo largo de los años son hermosos: una mansión gótica en Nueva Orleans que adora a las obsidianas como Nox; una casa adosada a poca distancia del Gran Cañón, donde se sabe que se sumergen los soles grises; un castillo en la cima de una colina en París, que tiende a coronar a los ancianos para que se sientan cómodos en su vejez. Me pregunto cómo será el Santuario Nuevas Brasas; me mantengo en suspenso ya que esta puede ser la única vez que me dan la bienvenida personalmente dentro de uno.

—Creo que deberíamos llegar pronto —le digo a Wesley mientras atravesamos un claro y un fénix marrón con alas de color esmeralda y una barriga chamuscada aterriza dentro del nido de un árbol. Estos chaquetas de hoja perenne son verdaderos campeones de la naturaleza, mejor conocidos por tragarse las llamas durante los incendios forestales como si no fuera más que comida caliente. Si no estuviera hablando por teléfono, grabaría este avistamiento—. No sé cuánto tiempo estaremos aquí, pero…

—Vaya descaro —dice Iris, sorprendiéndonos a todos cuando su voz llega por el altavoz—. No solo escapaste de la seguridad en un momento en el que tus poderes no son fiables y Brighton es nuevo con los suyos, sino que dejaste a Wesley, a Ruth y a Esther vulnerables diciéndoles que estabas en casa. ¡¿Y si los hubieran descubierto y hubieran necesitado tu ayuda mientras yo estaba buscando a Eva y Carolina?!

Debo tener la cara rojísima, porque me estoy quemando.

—Lo siento, todo sucedió muy rápido. El fénix de este Caballero del Halo podría ser capaz de localizar a mamá y a Eva; entonces todos podremos unirnos…

—¡No! Los equipos se basan en la confianza y la comunicación, y no habéis honrado ninguno de esos dos valores cuando robasteis el coche de Wesley sin decírselo a nadie.

—Tienes tanta razón, Iris, no queríamos…

Brighton se gira desde el asiento delantero y agarra el teléfono.

—¡Pero mira quién habla! ¡No nos trates como si hubiéramos matado a la familia de Wesley, cuando Atlas podría estar vivo si hubieras sido honesta con Maribelle en todo!

No escuchamos nada más que la respiración de Iris durante unos momentos.

—Espero que la hospitalidad de Maribelle sea tan generosa como la nuestra. Habéis elegido un bando. No volváis a contactarnos.

La línea se interrumpe.

—Bright, ¿por qué tenías que hablarle así?

—¡Estaba siendo muy creída, como si fuéramos los malos!

—Iris también está de duelo —le recuerda Prudencia—. Tal vez no tan duro como el de Maribelle, pero estoy segura de que ya se está culpando a sí misma. Eres mejor que eso, Brighton.

Es difícil hacer que Brighton se quede callado, pero si realmente está tratando de hacer que algo funcione con Prudencia, debe mejorar para no arremeter contra nuestros amigos y aliados. Estoy tentado de llamar a Iris, pero le voy a dar un poco de espacio.

Conducimos alrededor de una montaña y hay un puente levadizo que se extiende hacia un hogar apropiado para Caballeros del Halo: un castillo de piedra de dos pisos con torres de observación y torretas que se elevan hacia el cielo. Si Iris no quiere volver a vernos en la cabaña, con suerte, todos podremos meternos en un armario aquí o incluso en el cobertizo del jardín orientado hacia el río Hudson. Wyatt, Tala y Maribelle esperan fuera de las puertas del santuario mientras Nox y Roxana pescan en el arroyo cercano.

—No voy a cruzar ese puente viejo —dice Prudencia mientras estaciona el coche a un lado.

Cruzamos con el río fluyendo debajo de nosotros. Roxana nos mira por un momento antes de tragarse otro pescado entero. Todos los Caballeros del Halo son veganos, pero no se lo imponen a los fénix que tienen a su cargo. Si bien los fénix son espíritus generosos con sus compañeros, los Caballeros del Halo creen que ellos son los que sirven a los fénix, no al revés.

—Has llegado —dice Wyatt. Consulta su reloj—. Buen momento también.

—¿Cómo has llegado aquí tan rápido? —Brighton le pregunta a Maribelle. Mira a su alrededor—. ¿Has conducido el coche de Atlas?

—Anoche aparqué el coche en el loft después de enviarte un mensaje. Viajé con Tala.

—Pero ¡ella te pegó! —dice Brighton.

—No tan fuerte como a ti.

El ojo morado de Brighton se ha oscurecido significativamente en la última hora. Aunque nada es mejor que su ego, ya que no podría dominar a alguien sin sus propios poderes. Parece como si quisiera desafiar a Tala a otra ronda. Parece que le gustaría.

Wyatt agarra la aldaba de latón con forma de huevo.

—Antes de invitaros a entrar, debemos recordaros que todos somos huéspedes en estos terrenos sagrados.

—Se están haciendo considerables excepciones para vosotros, espectros. —Tala nos mira fijamente, centrándose más en Brighton—. Cualquier cosa que les ocurra a los fénix la pagarán con vuestros últimos alientos.

Wyatt se rasca la cabeza.

—Uh, tened cuidado con los fénix, por favor.

Empuja la puerta y no me siento digno de estar dentro de estos muros o bajo este cielo majestuoso. Un arcoíris de fénix se extiende por el patio. Lo más cerca que he estado de una vista como esta es en el museo donde teníamos las réplicas de fénix colgando del techo del Invernadero. Un nadador del cielo se sumerge en un lago, salpicando a una mujer que persigue a una pequeña golondrina de sol.

—Todo un espectáculo, ¿no? —pregunta Wyatt.

—Sí. Música para mis oídos también. —Ojalá pudiera entender estos graznidos y chirridos y participar en todas las conversaciones—. Podría escuchar esto cualquier día en lugar de la gente peleándose en las esquinas.

—Puede que no seamos capaces de entenderlos, pero estoy seguro de que los fénix también se están jurando tormentas entre ellos.

La unidad entre los fénix y la gente parece utópica, sobre todo teniendo en cuenta lo que ocurre en la ciudad. Seguramente aquí no vea los tobillos de un devorador de sol encadenados o con el pico sellado como en la Arena Apolo, donde ese pobre fénix se vio obligado a luchar contra una hidra de hebra dorada. Ver volar a esa golondrina de sol es un buen recordatorio de que no he hecho daño del todo en mi tiempo como Portador de Hechizos. Pero las vidas que he salvado no superan en número a las que he perdido.

—Entonces, ¿qué hay en este sitio? —Le pido a Wyatt que me distraiga—. ¿El Santuario Nuevas Brasas tiene una especialidad?

—Está en el nombre, ¿no? Los Halos atienden a los fénix en sus resurrecciones. Cada raza tiene su propia necesidad, especialmente de acuerdo con su Verdadera Edad de cuántas vidas han vivido. —Otro chaqueta de hoja perenne, este del tamaño de una gallina, vuela directamente sobre el guante raptor de un hombre que me está mirando. No, me está mirando mal. Me siento incómodo, así que me doy la vuelta y me encuentro con casi todos los demás humanos fuera de mi grupo contemplándonos con rabia en sus ojos.

—Esta gente nos odia —digo.

Wyatt deja escapar un silbido flojo.

—Ciertamente no son fanáticos de los espectros con sangre de fénix, pero nuestro comandante Crest ordenó que cooperaran mientras exploramos nuestro trabajo. Que os concedan acceso al castillo es una cosa. Y que os acepten es otra.

—Entonces deberíamos rajarnos —digo.

—¿Rajarnos? —pregunta Wyatt.

—Irnos —le aclaro.

—Oh, no. Estos entrenadores son inofensivos. Todos han visto los vídeos de tus poderes y sabrán que es mejor no intentar pelear contigo, Hijo Infinito.

Si tan solo los Caballeros del Halo supieran cuánto respeto tengo por los fénix, si supieran mi verdadera historia sobre cómo me convertí en un espectro, dudo de que me vieran como un arma amenazante.

—Siéntete libre de decirles que soy inofensivo. Luna Marnette me hirió con el puñal asesino de infinitos y mis poderes no han estado funcionando bien desde entonces.

—Dios mío, ¿te apuñaló?

Me sorprende que le sorprenda. Puede que tenga cicatrices en el cuello, pero las tengo en todo el cuerpo por el tiempo que he estado en esta guerra.

—Estaba intentando proteger a Gravesend.

Los ojos azules de Wyatt siguen a Brighton mientras intenta acariciar al nadador del cielo en el lago y, a cambio, lo salpica.

—Y Tala me dice que la esencia de Gravesend ahora corre por Brighton, junto con la de una hidra y fantasmas. Entre esto y el drama familiar de telenovela de Maribelle, parece que he llegado en un momento emocionante para ayudar.

—Seguro que te volverás contra nosotros en cualquier momento y atacarás —le digo.

—Probablemente sería una ventaja para mí mantener vivo ese miedo, pero soy un desastre con cualquier arma. Atravesé el hombro de mi propia madre con una flecha.

—Sí, pero ¿cuánto tiempo hace que ocurrió eso? ¿Cuándo empezaste a entrenar?

Wyatt se sonroja.

—Este verano. —Su pequeña risita me recuerda a las personas que comienzan a reírse en los funerales y luchan por no perder la compostura—. De todos modos, el talento de Tala para el combate se adapta a su papel como Halo del campo, pero trabajo más de cerca con los propios fénix.

—Entonces deberías estar más cabreado conmigo y con todo lo que represento —le digo.

Casi alcanzamos a los demás en la puerta opuesta cuando apoya su mano en mi hombro y me detiene.

—He viajado por el mundo reuniéndome con innumerables organizadores que se especializan en alquimia, enjaulamiento, matanza y caza para lograr que cesen todo daño en beneficio propio. He conocido a espectros que no valoran la vida de las criaturas o que creen que están más equipados para hacer el bien con poderes que no les pertenecen. Eres el primer espectro en decir que también quiere acabar con esto. Es posible que tu primera vida haya comenzado este lío, pero no avives esa llama, Emil.

Es casi como si no notara los ojos de todos los demás Caballeros del Halo sobre mí al saber que hay uno que cree en mí.

—Dicho esto, para pagar los crímenes de Keon contra los fénix, tienes que limpiar todos los excrementos de los terrenos. —Esboza una sonrisa.

Casi le devuelvo la sonrisa cuando nos reunimos con el grupo, pero las cosas están tan tensas entre Brighton y Tala que tengo miedo de que otra pelea esté a punto de estallar. Incluso si Tala lanza el primer puñetazo, seremos los culpables de haber traído el caos al Santuario. Dudo de que entonces Wyatt pueda responder por nosotros. Estoy al lado de Brighton, listo para detenerlo por si se atreve.

—¿Alguien quiere hacer un tour por el castillo? —pregunta Wyatt—. Han pasado años desde la última vez que estuve aquí, pero es realmente maravilloso y…

—Esto no es una excursión —interrumpe Tala—. Aunque tus padres están viviendo sus mejores vidas en Londres, no puedo decir lo mismo de los míos. Si no puedes ayudar a los espectros a descubrir esta poción, ya pueden irse, así podremos concentrarnos por completo en los Regadores de Sangre.

—Absolutamente —dice Wyatt. Tala se aleja sin decir una palabra más y Maribelle está lista para seguirla—. Dale un momento, Maribelle. Personalmente, le daría una hora, porque he aprendido por las malas lo que sucede cuando intentas ayudar. —Wyatt imita un puñetazo en la cara.

—Me arriesgaré —dice Maribelle mientras corre por el patio para alcanzar a Tala.

—¿No os quedaréis todos juntos? Pensaba que erais un equipo —dice Wyatt.

—Piensa de nuevo —digo.

—¿Amigos?

Dejo escapar una pequeña risa.

—Debidamente anotado.

Wyatt nos lleva al castillo. El gran salón no es tan grande como esperaba, pero su grandeza es legítima. Doy un paso dentro de un círculo de estatuas de bronce, admirando todos estos fénix bien elaborados, y retrocedo cuando noto a un Caballero del Halo arrodillado ante uno en oración. Banderas coloridas cuelgan del techo alto y se nota que quien cosió los patrones lo hizo con cariño; el sol gris con sus plumas doradas es tan bonito que quiero convertirlo en el fondo de pantalla de mi teléfono. Brighton confunde al nadador del cielo con el fénix centenario, ya que ambos son azules, pero cuando lo corrijo, se toma un selfie bajo la pancarta correcta. Ni siquiera poder distinguir la raza de Gravesend de los fénix conocidos por flotar bajo el agua es la milésima razón por la que Brighton no debería tener sus poderes, pero me callaré porque no quiero arruinar esta experiencia.

Pasamos por una sala circular con todo tipo de armas en las paredes: bastones, ballestas, dagas, y hay dos mujeres con los ojos vendados que pelean con espadas. Estoy nervioso al oír el metal chocar, pero no importa lo rápido que vayan, ningún golpe de la espada consigue cortar a ninguna de las Caballeros del Halo. Wyatt explica que estos métodos de entrenamiento extremos son una de las muchas razones por las que ha evitado asumir un papel de combate más activo como Tala. Brighton jura que podría soportar todo esto, pero tampoco cree que sea necesario estar bien entrenado en armas, ya que es una fuerza motriz. Es una verdad aterradora.

Al cruzar el puente hacia la siguiente torre, el segundo patio aparece a la vista. Hay un joven Caballero del Halo sentado en la cima de una tempestad ardiente, el fénix con un cuerpo del tamaño de un pequeño sabueso. La tempestad de fuego tiene alas enormes que le permiten desplazarse por el aire; temo que el niño se caiga, pero están siendo supervisados por un Halo mayor en su propio fénix.

Wyatt señala una esquina donde un tragador de sol lanza fuego sobre una gran armadura que brilla.

—¿Ves eso de ahí? Mi tatarabuela fabricó la primera armadura para los fénix.

—¿Ella creó Plumas de Hércules?

Hace años, estaba en un mercado y me encontré una polaroid de un fénix con una armadura que se ajustaba perfectamente a su cabeza y a su cuerpo. Pensé que se trataba de una especie de servidumbre hasta que lo investigué en casa y descubrí que los Caballeros del Halo usaban estas armaduras hechas de diamantes y de polvo solar para darles a los fénix una capa extra de protección en la batalla.

—Increíble, ¿no? Ciertamente no estuve a la altura del legado de mi familia cuando no pude construir Plumas de Hércules para Nox a los catorce años, pero fue más práctica que cualquier otra cosa, ya que Nox no es un fénix de guerra.

Brighton observa con asombro cómo las llamas anaranjadas profundas del tragador de sol mantienen a todos a raya.

—Esto es increíble. ¿Cómo podemos conseguir un fénix de mascota?

Es la persona más inteligente y desorientada que conozco.

—Los fénix no son mascotas —digo.

—Por supuesto que no —afirma Wyatt—. La semana pasada liberé a un viejo coronado domesticado de una mujer en Tampa que se hacía llamar la Reina Fénix. Los fénix eligen su hogar.

Daría cualquier cosa por salir de esta guerra como soldado y, en cambio, convertirme en un guardián que salva a los fénix de ser enjaulados, comidos, usados y, lo que es peor, masacrados por sus poderes.

—No quería decir «mascota-mascota» —dice Brighton—. Pero tener un fénix puede darnos ventaja. Especialmente para Emil, ya que sus poderes están bajos...

—Bright, calma.

Estoy intentando con todas mis fuerzas enterrar mi rabia. Ya es bastante grave que seamos espectros con la sangre de criaturas que son literalmente adoradas aquí en este castillo, pero ahora está sugiriendo que compense mis poderes dañados y robados usando a un fénix en perfecto estado.

—Me encantaría pedir prestado a Emil por un tiempo —dice Wyatt—. ¿Queréis algo de comer?

—Sí, por favor —dice Prudencia.

—De todos modos, tengo que ponerme al día con mis mensajes directos —dice Brighton mientras mira a Wyatt.

Nos lleva a todos más allá de la cocina que huele a pan horneado, sopa y patatas. Prudencia toma la mano de Brighton y lo acomoda, pero él todavía mira por encima del hombro mientras entran a un comedor con tres mesas largas que me recuerdan a la cafetería de nuestro instituto.

Respiro hondo.

—Perdóname si esto ha sido inapropiado —dice Wyatt.

—¿Qué? ¿Impedirme que le dé patadas a Brighton?

—Precisamente. Salvar a los fénix es el trabajo de mi corazón, pero evitar que hermanos se peguen también es de suma importancia. —La sonrisa con hoyuelos de Wyatt me pilla desprevenido. Cada vez que experimento la más breve sacudida de alegría me siento culpable, porque la guerra está en su apogeo. El trabajo de Wyatt es significativo, pero no parece tener el peso del mundo tratando de aplastarlo.

—Estás estresado, ¿lo sabías? Conozco un lugar que podría ayudarte.

Me estoy perdiendo el sonido de las olas en la cabaña y no me importaría otro momento en medio de la naturaleza para tratar de centrar mi ansiedad. Wyatt le pregunta a un Caballero del Halo cómo ir a una habitación, no oigo el nombre, y ni siquiera puede ocultar su propio entusiasmo. Apuesto a que es terrible guardando en secreto las fiestas sorpresa. Sube corriendo los escalones de piedra de la torre orientada al sur. Mis heridas en recuperación hacen que la escalada sea un poco más difícil para mí, sin la adrenalina que me ha empujado hacia adelante hasta ahora, pero cuando llego a la cima, el dolor ha valido la pena.

La habitación es un nido enorme con tres fénix bebés que inmediatamente nos miran. El tragador de sol tiene plumas irregulares de color naranja y carmesí y sus grandes ojos negros pierden interés en nosotros cuando dos chaquetas cargan. El pájaro de fuego más popular del mundo tose la más pequeña de las llamas, lo que hace que los pequeños fénix de color marrón y verde tropiecen mientras huyen. El pecho del tragador de sol se hincha con orgullo.

—Esto es una especie de guardería —dice Wyatt.

—¿Puedo esconderme aquí para siempre?

—Adelante. No me importaría tener algunas de mis cenizas esparcidas aquí.

Tal vez para un Caballero del Halo ese no sea un sentimiento sombrío, pero estoy menos preocupado por lo que sucederá con mis cenizas y más preocupado por lo que me espera en mi próxima vida si no puedo romper este ciclo infinito.

Wyatt levanta con cuidado a la tragadora de sol.

—¿Quieres alzarla?

—No debería.

—Vamos. No muerde. Aunque podría quemarte las cejas si tuviera gases.

Me tenso cuando el recuerdo de Luna apuñalando a Gravesend se repite en mi cabeza. Su último grito. Su sangre azul oscuro se derramó por mi pecho antes de que Luna drenara el resto sobre el caldero.

—El último fénix al que sostuve fue asesinado.

—Pero no fuiste su asesino. Eras su protector.

Pienso en la mirada de los ojos de Gravesend cuando toda la vida se desvanecía.

—Fallé.

—¿Te crees que no fallamos? —Wyatt frota el cuello de la fénix en su pecho—. Los tragadores de sol como esta pequeña dama son tratados como un manjar en muchos restaurantes de lujo. Un plato puede costar más de mil libras. El trato en esas cocinas es cruel. Encierran a los fénix en jaulas, los asesinan, los cortan, los cocinan y los sirven. Desafortunadamente para los tragadores de sol, renacen de sus cenizas un día después, condenados a morir una y otra vez para ser la cena de alguien. —Besa la cabeza de la fénix con lágrimas en sus ojos—. He perdido más batallas de las que he ganado liberándolos de esas condiciones.

No sé qué es peor, si Gravesend perdiendo todas sus vidas futuras después de su primera muerte, o todos estos fénix enjaulados traicionados una y otra vez.

Me acerco a Wyatt y mi mano se cierne sobre la tragadora de sol. Ella parpadea, sospecha de mí, y solo se calma cuando le cepillo las suaves plumas. Tengo miedo de que se me caiga, así que me siento en el suelo y los chaqueta de hoja perenne trepan por mis tobillos y corren hacia mi regazo. La tragadora de sol hunde su pico en mí, y siento algo de consuelo en ella, de la misma manera en que pude detectar la sed de guerra de Gravesend.

—Les has gustado —dice Wyatt, secándose los ojos.

Estos fénix poniéndose sobre mí me recuerdan a la entrevista de BuzzFeed en la que Wesley estaba jugando con cachorros. Es probable que Brighton la haya visto diez veces. Y es probable que esté mandando mensajes a BuzzFeed ahora mismo intentando organizar algo para él. No necesito ese tipo de atención.

—Ojalá tuviera mi cámara —dice Wyatt.

—Está bien.

Este es uno de esos momentos que juro que recordaré en mi próxima vida.

Un chaqueta de hoja perenne picotea mi estómago, y tengo suerte de que todavía sean jóvenes porque sus picos crecen lo suficientemente afilados como para atravesar árboles cuando son adultos.

—A veces puedo sentir lo que siente un fénix —digo.

—¿Sí?

—La primera vez que sucedió fue cuando estaba cerca del huevo de Gravesend. Su canción fue un hermoso caos que me dijo lo letal que iba a ser. —Hay una parte de mí que no quiere hablar sobre los poderes que no debería tener para que Wyatt no me vea como a un espectro. Pero es por eso que estoy aquí. Tengo que compartir estas ideas para que podamos detener esto—. Entonces sentí que ella me advertía acerca del peligro después de salir del huevo. Fue entonces cuando me la robaron y…

Wyatt se sienta a mi lado.

—Es extraño que Luna quisiera un fénix centenario. Si la matan, ¿no querría renacer antes de cien años?

—Me dijo… —Recuerdo la conversación con Ness en el armario de suministros donde me lo soltó todo. La tragadora de sol se acurruca contra mi pecho, quizás ella también pueda sentir mis emociones—. Un infiltrado me ha dicho que Luna ha sido muy calculadora. ¿Tal vez la esencia regenerativa de la hidra de la hebra dorada tenga algún efecto en el renacimiento del fénix centenario?

—Estoy seguro de que muchos alquimistas que esperaban lograr un elixir similar habrían pasado por alto a los fénix centenario, ya que la resurrección podría ser como la muerte si regresaran una vida más tarde y descubrieran que sus seres queridos se han ido y el mundo ha cambiado. Ciertamente es una genio si este es el caso. Genio malvado, pero una genio de todos modos.

Si tan solo tuviéramos a alguien tan brillante de nuestro lado para crear esta poción que apaga los poderes.

—No recuerdas nada de la vida de Bautista o de Keon —afirma Wyatt.

—No. Luna cree que rompió mi capacidad para recordar vidas pasadas cuando atacó a Bautista con el puñal asesino de infinitos. Solo estoy vivo porque no me dio un golpe letal durante esa vida.

—Pero eso significaría que Bautista sabía que él era Keon. Quizás exista la posibilidad de que reparemos esa habilidad por ti, o incluso… —Hay tanta vida en los ojos de Wyatt mientras se deja llevar por sus pensamientos, como si estuviera arrastrando a Nox hacia su próximo destino—. ¿Y si…? Pero no… Aunque no es imposible, si consideramos todas las cosas… Volver y luego… —Wyatt deja de hablar consigo mismo mientras se pone de pie—. Emil, cuida de estos pequeños *nuggets*. Tengo asuntos que hablar con Tala. —Tiene un pie fuera de la puerta y de repente se detiene—. Está claro que me refiero a *nuggets* como los pequeños y preciosos bebés de oro que son y que no se deben comer, ¿vale? Maravilloso, maravilloso.

Wyatt se va, esta vez de verdad.

La tragadora de sol y los chaqueta de hoja perenne continúan arrastrándome por todas partes, y aunque no estoy completamente convencido de que lo merezca, me tomo en serio las palabras de Wyatt de que no soy lo mismo que los asesinos que estoy tratando de detener. Jugar con los fénix es una pequeña alegría que me doy y voy a mantener los ojos abiertos para más.

31
PÁJARO DE PAPEL

MARIBELLE

Esto puede ser un paraíso para algunos, pero ver a Tala frotando la barriga de Roxana con una esponja me hace echar de menos una ciudad de gente que intenta matarme.

—Así que Wyatt parece haberte puesto de los nervios —digo.

—Es muy irritante.

—Parecéis exnovios tolerantes.

—Nunca hemos sido novios porque no soy su reflejo. —Tala tira la esponja a un cubo y se sienta a mi lado en el banco—. También porque soy lesbiana. Wyatt es un Caballero del Halo excepcional que hará grandes cosas, lo pienso desde que lo conocí hace dos años. Pero a veces es difícil estar cerca de él. Es como si… es como si caminara bajo el sol en un mundo sin color. Sé que la muerte es parte del ciclo, pero mi pérdida aún es reciente y no puedo imaginar un futuro en el que haga tours por el Santuario o ligue con alguien nada más conocerlo.

Me identifico con mucho de lo que está diciendo. Estoy más avanzada en este viaje del duelo por los padres, pero todavía me falta camino por recorrer.

—Atlas es la razón por la que no estaba enfadada todo el rato.

—Nadie me hubiera descrito como alguien que se enfada rápidamente antes de la muerte de mis padres.

—Es como si te hubieras perdido.

—Todas las partes buenas de mi alma —dice Tala mientras saca una hoja de papel de su bolsillo y comienza a doblarla—. De alguna manera, la vieja Tala se ha quemado y todavía me estoy acostumbrando a la nueva Tala que ha renacido. —Se centra en lo que parece ser origami. Puedo ver las alas justo antes de que lo presente—. Pájaro de papel.

—¿El origami es lo tuyo?

No esperaba eso de alguien que diseña armas.

—No éramos ricos, así que mis padres siempre fomentaron la artesanía para construir algo bonito a partir de algo ordinario. Mi madre me enseñó a hacer pájaros de papel para mi décimo cumpleaños. Los usamos como obsequios y decoraciones de fiesta. —Los ojos de Tala buscan el cielo como si estuviera esperando que sus padres reencarnados volaran hacia ella con su antigua alma.

El acento inglés rompe el silencio.

—Aquí estás. Tala, tenemos que hablar de algo muy importante.

Tala se recompone. Veo mucho de mí en ella con lo rápido que puede regresar al mundo cuando su mente está en otra parte.

—¿Qué es? —pregunta.

—Es un asunto no oficial, pero potencialmente oficial, de Caballero del Halo.

—Estoy incluso menos interesada en tus secretos que en tu tour —digo.

—Entonces no te importará que me la lleve un momento —dice Wyatt con una sonrisa radiante, como si hubiera ganado un partido en el que yo no estaba jugando.

—Sol —murmura Tala mientras camina detrás de él.

Se gira y lanza su pájaro de papel, que se desliza perfectamente por el aire y aterriza en mi palma.

32
PISTA

BRIGHTON

No me gusta que me traten como si no tuviera valor. Tengo millones de seguidores. Soy bastante brillante. He dedicado horas y horas a la construcción de mi plataforma en línea. Entonces, ¿por qué me excluyen de las conversaciones importantes? Con suerte, Emil le estará dando a Wyatt una lección de historia acerca de que los Portadores de Hechizos me ahuyentaron cuando hicieron tonterías como esta, y no tengo ningún problema en darle la espalda a los Caballeros del Halo también.

No estoy haciendo un gran trabajo en ocultar mi enfado con Prudencia. Este maltrato amargará mi estado de ánimo y amenazará mis posibilidades de tener una relación real con ella. Si se tratara de una transmisión en vivo podría ocultar mis emociones, soy un profesional en convertirme en el Brighton seguro para mis Brightsiders. Pero Pru ve mi verdadera intención.

Estamos en el comedor y me termino la sopa en silencio, esforzándome para ignorar a este Caballero del Halo que me mira como si yo personalmente le hubiera cortado el cuello a su fénix.

—No le hagas caso —dice Prudencia.

Está tratando de atrapar un rayo de fuego en su cara.

Abandonamos nuestros cuencos vacíos y tomamos un poco de aire. Quiero correr de habitación en habitación, derribando las puertas del castillo hasta encontrar a Emil, pero Prudencia quiere ver aves, así que bajamos al patio. Realmente no puedo identificar a ninguno de estos fénix, pero respiro hondo porque me estoy preocupando otra vez por cómo Emil y Wyatt se lo tomaron cuando insinué que quería uno. Emil miente si dice que no quiere un fénix, y es un verdadero tonto si no ve las ventajas de tener uno a su lado para protegerlo en caso de que yo no esté cerca.

Esta guerra no terminará pronto. Incluso cuando logremos acabar con Luna y todos sus Regadores de Sangre en Nueva York, todavía habrá otros repartidos por todo el país causando su propio caos. Nos rastrearán. Sin mencionar a todos los alquimistas que han jurado lealtad a Luna. Si Emil no ha recuperado los poderes para entonces y tengo que acabar con todos estos enemigos, no estaré ahí para cuidarlo.

Un fénix azul desciende del aire y aterriza a unos metros de nosotros. Estoy bastante seguro de que este es un fénix centenario dado lo mucho que se parece a un Gravesend un poco más mayor. Plumas de cola más largas, pecho más peludo, pico de bronce más grande. Prudencia se arrodilla ante el fénix como si fuera a inclinarse y le ofrece la palma. El centenario la ignora y se interesa por mí.

—Yo no, amigo. Ve con ella.

El fénix ladea la cabeza como si le hubiera contado un acertijo. Entonces me doy cuenta de que yo soy el acertijo. La sangre de Gravesend debe haber llamado la atención de este fénix, pero claramente no soy un pájaro de fuego. El centenario se acerca, inspeccionándome. Quizás haya alguna extensión de poder que ganar, o un vínculo que pueda construir para que este fénix se alinee conmigo. No estoy seguro de qué piensan los Caballeros del Halo sobre adjudicarse fénix, pero esta podría ser mi forma de entrar, especialmente si no puedo volar por la razón que sea.

Extiendo mi mano con cautela.

—Me muerdes y te lloveré fuego.

Prudencia suelta una carcajada.

—Podría prescindir de la amenaza, pero es refrescante ver al chico al que le creció el brazo de nuevo preocupado por perder la mano.

El fénix centenario grazna y vuela. Salta sobre mí antes de que pueda ponerme de pie para salir corriendo y me golpea el pecho. Agarro su cuerpo, lo aprieto, y el pico del fénix golpea mi mejilla y de repente vuela hacia atrás, no antes de que Prudencia lo haga volar. Hemos llamado la atención de un par de Caballeros del Halo que se están riendo. Tengo sangre goteando por mi cara y piensan que esto es una broma.

—¿Me han atacado con este fénix? —pregunto. Estoy dispuesto a preguntármelo yo mismo con un rayo de fuego cuando Prudencia me agarra de la mano.

—Vamos a buscar un baño para que te limpies eso.

Estoy cansado de tanto andar por ahí, especialmente cuando la gente nos ignora cuando pedimos direcciones. Creo que la única forma de ganarnos un poco de respeto es si nos ponemos algunos disfraces de Halloween de fénix y les exigimos que nos sirvan. Alguien debería enseñarles a estos Caballeros del Halo una lección de que está bien preocuparse por los seres humanos, especialmente por los que están sangrando.

—¡Bright! ¡Pru!

Nos damos la vuelta y Emil está bajando unas escaleras desde una de las torres. A papá le encantaba señalar cuando teníamos un impulso en nuestros pasos, y Emil ciertamente tiene uno en los suyos. No sé dónde está Wyatt, pero tal vez él y Emil se han acostado. Cualquier otro día estaría orgulloso de él, pero ahora no. Se da cuenta de la sangre.

—¿Qué ha pasado?

—Un fénix bastardo.

—¿Qué has hecho?

—¿De verdad? ¿Crees que he mutilado a un fénix?

—No sé lo que has estado haciendo.

—Igualmente. ¿Qué quería Wyatt?

—Quería hablar sobre mis vidas pasadas, así que me ha llevado a esta torre con fénix jóvenes y…

Me obligo a soltar una risa que lo calla.

—Me alegra que estés jugando con los fénix mientras me ataca uno. ¿Al menos has mencionado lo de usar a Nox para localizar a mamá?

Las mejillas enrojecidas de Emil lo dicen todo.

—Vaya, Emil.

—No he tenido la oportunidad. Wyatt tuvo que marcharse y salió corriendo para buscar a Tala.

Estoy rabiando porque estoy cansado de que el secuestro de mamá sea visto como algo que se puede seguir pasando por alto.

—En fin. Voy a salir a correr y a lavarme. Diviértete contándole a Prudencia sobre los fénix.

Corro por los pasillos y estoy un poco mareado por la pérdida de sangre. Wesley no me hubiera aconsejado que corriera en ráfagas de velocidad en esta condición, pero tenía que salir de allí antes de atacar a Emil. Busco un baño e inmediatamente pongo una toalla mojada contra el corte hasta que para de sangrar. Froto mi mejilla limpia y me quedo con un rasguño desagradable. Es frustrante y ridículo que todavía no me esté curando, especialmente porque los fénix y las hidras tienen esa habilidad, pero no fue instantáneo para Emil, así que tengo que aguantarme.

No tengo prisa, así que vuelvo caminando, y me pongo al día con mis mensajes. Recibí un mensaje de Nina, de quien no he sabido mucho desde que rompimos. Dejó un mensaje de voz después de la muerte de papá, pero eso es todo. Incluso con todo lo que se ha hecho público sobre mi familia durante este mes pasado, esta es la primera vez que tengo noticias de ella. Su hermano pequeño quiere un autógrafo. Ese niño nos delató cuando Nina y yo estábamos planeando tener sexo. Normalmente no le haría ningún favor, pero está bien, ya que me alegro de que mi primera vez haya sido con Prudencia. Le digo a Nina que le enviaré algo cuando tenga la oportunidad. Realmente tengo que abrir mi tienda de *souvenirs*.

—Brighton, Brighton, Brighton —me llama Wyatt—. Sabes, mi madre es de Brighton. Abordó un tren a Londres y conoció a mi padre. Tienes un gran nombre.

Se suponía que yo sería Miguel, pero papá quería honrar a su mejor amigo y me puso su nombre. No le contaré a Wyatt nada de esto.

Me mira el rasguño.

—¿Estás bien?

Voy directo al grano.

—Dijiste que a tu fénix le encantaba rastrear. Ayúdanos a encontrar a nuestra madre y a los Regadores de Sangre, que también estarán ahí. Dos pájaros de un tiro.

Wyatt se encoge.

—Entiendes que la expresión es de mal gusto en estos sitios.

—Por favor, infórmame sobre las expresiones adecuadas para fénix después de que mi madre no esté encerrada con problemas cardíacos importantes en una situación altamente estresante.

Parece avergonzado.

—Lo siento, amigo. Nox es un rastreador brillante. ¿Tienes alguna de las pertenencias personales de tu madre?

—Aquí conmigo, no; en casa, sí. ¿No puedes usar mi sangre?

Wyatt niega con la cabeza.

—Me temo que no. La Sangre de la Parca hará que toda la caza se salga de control. Debe ser puro, y lamentablemente tampoco podemos usar la sangre de Emil ya que…

—Ya que no es su hijo biológico. —Esta es la única maldición que me ha lanzado la Sangre de la Parca, pero sigue siendo valiosa.

Tal vez no pueda usar mi sangre para encontrar a mamá, pero usaré los poderes que la sangre me ha dado para ser su Salvador Infinito—. Entonces, ¿qué hacemos?

—Te diré una cosa. Podemos enviar a buscar parte de la ropa de tu madre a tu casa y ver si Nox puede encontrar un rastro. Pero por ahora deberíamos reunirnos con Tala y con Maribelle en la biblioteca porque creo que he descubierto una forma espectacular de canalizar sus habilidades de fénix.

—¿Qué? No me dejes en suspenso, especialmente después de haberte escapado con mi hermano como si yo fuera insignificante...

—Creo que podéis viajar en el tiempo.

33
REVERTIR EL CICLO

EMIL

La biblioteca del castillo es íntima, pero podría relajarme en el diván gris durante horas, o, como diría Wyatt, esparciría mis cenizas aquí.

Hay dibujos de diferentes fénix sobre algunas estanterías, señalando los libros que se centran en cada raza en particular. Me detengo frente al fénix centenario, de luto por Gravesend, quien nunca crecerá para extender sus alas de manera tan masiva y orgullosa como esta ilustración. Tala abre las puertas del balcón y entra aire. Hay un par de sillas afuera, pero apenas hay espacio para estirarse con Nox y Roxana descansando en el suelo.

Ya están todos reunidos alrededor de una mesa de madera, pero me quedo atrás mientras admiro todos estos coloridos lomos de libros con información general sobre el cuidado de los fénix.

Podría pasar el resto de mi vida aquí leyendo sobre los fénix, lleno de conocimiento para tratar de salvarlos. No es por eso que nos han traído aquí, así que tomo asiento antes de que Brighton vuelva a reñirme por haber experimentado un segundo de ocio. Hay un candelabro con bombillas en forma de pico y la luz se proyecta sobre siete volúmenes de *El compendio de las aves de fuego*. Wyatt hojea las páginas de un octavo volumen.

—Comparte tu teoría —dice Tala mientras se sienta en el respaldo de la silla de Maribelle.

—Estoy buscando la página que necesito para una presentación más fluida —dice Wyatt—. Odiaría interrumpir el flujo cuando tengamos estas alas batiendo, porque… ¡ajá! —Murmura el texto para sí mismo mientras asiente con la cabeza—. Excelente. Emil, dulce Emil, cuando hablé del alcance de tus poderes, me puse a pensar. La habilidad más hermosa de un fénix es el renacimiento, y no sabíamos que los espectros tuvieran el privilegio de contar con esa habilidad hasta que te conocimos.

No había considerado directamente la resurrección como un privilegio. Hay tantas personas que han muerto antes de su hora (papá, Atlas) y, sin embargo, yo soy el que ya ha recuperado el alma dos veces. Por lo que sabemos, soy el primer y único espectro que experimenta esto. ¿Funcionará para Maribelle, ya que ella también es parcialmente celestial? ¿Funcionará para Brighton, ya que su gran conjunto de poderes está técnicamente incompleto? ¿Qué pasa con mis enemigos, como Orton? ¿Ha renacido ya como un bebé y crecerá con los recuerdos de nuestra enemistad?

Por enésima vez, quiero salir de este ciclo.

—Entonces, ¿cuál es el plan? —pregunto.

Brighton se inclina hacia adelante.

—Wyatt cree que podemos volver a…

—¡Buh, buh, buh, buh! —Wyatt sacude su dedo—. No te gustó mi «estafa de película de ciencia ficción de bajo presupuesto», pero eso no significa que puedas robarme mi dramaturgia. —Vuelve a centrar su atención en mí—. Me preguntaba si tal vez podríamos reparar tus recuerdos y casi he pasado por alto que los fénix no siempre renacen con los recuerdos de sus vidas anteriores. Eso no significa que estén perdidos para siempre. Simplemente requiere un viaje.

—Un viaje al pasado —dice Brighton—. Él cree que podemos retroceder en el tiempo.

A Wyatt se le cae la mandíbula.

—Bastardo. —Brighton sonríe.

No estoy conectando.

—Lo siento. ¿Qué? ¿Cómo vamos a viajar en el tiempo?

—No lo plantees demasiado literalmente. A diferencia de la acusación de tu hermano, esto no será como las películas estándar de viajes en el tiempo que vienen con un montón de reglas sobre no chocarte con tu yo pasado o incluso no poder mover una sola piedra sin cambiar el curso de la historia. —Wyatt se sienta en la mesa a mi lado con el libro en su regazo—. Verás, los fénix necesitan historia. Cuando resucitan, llevan consigo sus vidas pasadas a través del tiempo, pero pueden retroceder si lo desean, lo que se conoce como «retrociclado». Es una función necesaria para los fénix con memorias fracturadas, como la tuya, para regresar a través de sus vidas pasadas y reunir la sabiduría que necesitan para no repetir errores. Si los fénix pueden retrociclar, no veo por qué no puedes viajar a través de tus propios linajes.

Siempre he pensado que los recuerdos de mis vidas pasadas se han perdido en el tiempo. He leído un poco sobre el retrociclado de los fénix, pero no es algo que pensé que pudiera lograr. Después de que los Caballeros del Halo fueran asesinados en el museo y de que Kirk renunciara a Gravesend para convertirme en un experimento científico, estaba especulando si podría entrar en mis vidas pasadas. Luna no respondió a su pregunta. No estoy seguro de si ella sabe si esto es posible para los espectros de fénix.

—¿Crees que puedo volver a ver la vida de Bautista?

—Quizá. Entonces puedes ver por ti mismo lo que Bautista y Sera estaban planeando con su poción que apaga poderes.

Suponiendo que todo esto sea verdad, mi vida se vuelve cada vez más surrealista. ¿Existe la posibilidad de que pueda transportarme al pasado y convertirme en uno con Bautista? Realmente no me lo puedo creer. Me doy la vuelta y Brighton parece creerlo muy bien. La envidia está escrita en todo su rostro.

—¿Qué hay de mí? —pregunta Brighton—. Y Maribelle. Dijiste que esto nos afectaría a todos, pero no tenemos vidas pasadas como las de Emil.

—Por supuesto que dudas de la reencarnación —dice Tala antes de que Wyatt pueda hablar—. Y sigues sin saber nada sobre la sangre de la criatura que hay dentro de ti.

—Un fénix tiene dos linajes —dice Wyatt con suavidad—. El primero lo relaciona con su familia. El segundo fluye infinitamente de su ciclo de vida personal. Si mi teoría tiene algún peso, habrá oportunidades para que Brighton y Maribelle también retrocedan a través de sus linajes familiares.

El rostro de Maribelle se ilumina por primera vez en mucho tiempo, pero una sombra parece invadirla con la misma rapidez.

—Yo… No puedo ver a mamá y papá. Solo a Bautista y Sera.

—Puedes ver a Aurora y Lestor —dice Brighton—. Pero supongo que tendrían que estar cerca de Bautista y Sera. No debería ser demasiado difícil, ya que todos eran Portadores de Hechizos originales. —Una sonrisa se está apoderando de él—. Puedo ver a papá con mi poder.

Al igual que Maribelle, estoy desconcertado. Estaba al borde de pensar en qué momentos del pasado me encantaría volver a experimentar con papá, cuando recuerdo que, aunque él es mi padre, no estamos unidos por sangre. Si esta guerra se acaba algún día y tengo el tiempo necesario para procesar cada gramo de trauma, me gustaría imaginarme encontrando la paz por haber sido adoptado en secreto más pronto que tarde. Pero el poste de la portería parece alejarse cada vez más en cada ocasión en la que el mundo me recuerda que viví una mentira durante dieciocho años.

Apuesto a que tengo la misma expresión de envidia que tenía Brighton hace unos momentos.

Entonces me viene.

—¿Brighton solo puede volver a través del linaje de alguien si está muerto? —pregunto.

—Eso creo —dice Wyatt—. La idea es que te estás conectando con otras vidas para ayudar a la que tienes.

Me vuelvo hacia Brighton.

—Así que podrías intentar retrociclar a mamá. Eso nos dirá si...

—Está viva o muerta —dice Brighton, hablando por encima de mí como si fuera idea suya.

Espero que Brighton no pueda experimentar la historia de mamá.

—Estoy tan confundida —dice Prudencia. Me estoy dando cuenta de que ella es la única celestial en una habitación con Caballeros del Halo y espectros de fénix hablando de vidas pasadas—. ¿Cómo saben los Caballeros del Halo sobre el proceso de retrociclado de un fénix? Imagino que un fénix no regresó de su viaje del pasado y te contó sobre sus vacaciones.

Wyatt agita el libro en el aire.

—¡Ha llegado mi momento! —Abre la página que ha marcado antes—. Hora del cuento.

Hace dos siglos, cuando los Caballeros del Halo se estaban formando para combatir las injusticias contra los fénix, se transmitieron ideas unos a otros para crear un códice sobre la mejor manera de servir a los pájaros de fuego. En aquellos primeros días, hubo muchos relatos de fénix que inexplicablemente hibernaban dentro de sus propios fuegos. Para algunos, la hibernación duró un día, mientras que para otros se prolongó durante semanas. Los Halos creían que los fénix se estaban preparando para su muerte, pero los fénix siempre volvían más inteligentes y más fuertes. Una historiadora, Elodie Badeaux, viajó por el mundo para explorar este fenómeno.

Casi pierdo la concentración soñando despierto con la vida que Elodie tuvo y deseando que fuera la mía, pero sé muy bien que nunca habría podido descifrar este código. Afortunadamente, estaba en la cima, entrevistando a todos los Halos sobre las diferencias específicas en los fénix antes y después de la hibernación. En un caso, un nadador del cielo en su sexta vida parecía haber olvidado cómo nadar; luego, cuando se despertó después de tres días, aceleró hacia el océano y se zambulló alegremente persiguiendo a los delfines. En otro lugar, un cuervo cantor, mejor conocido por su habilidad para regenerar partes del cuerpo, fue víctima de la trampa para pájaros de un cazador y perdió su pata, y cuando el fénix se rodeó a sí mismo en sus llamas violetas, su compañero de Halo se marchó. Horas más tarde, el cantor se despertó de la hibernación e inmediatamente volvió a levantar la pata, para alivio del afligido Halo.

—... estos ejemplos y otros sugirieron que los fénix estaban aprovechando sus vidas pasadas para fortalecer las presentes —dice Wyatt mientras cierra el libro—. Este es un poder que siempre tienen. Es tan instintivo como aprender a volar y tan primordial como respirar. Si un fénix siente que su memoria muscular está apagada, simplemente puede volver al pasado para recordarlo. Fascinante, ¿no?

—Fui testigo de esto de primera mano con Roxana —dice Tala—. Yo tenía siete años y un niño de mi grupo de entrenamiento la llamó «estropeada» porque Roxana no podía lanzar tormentas después de su resurrección más reciente. Le di un puñetazo en la nariz.

—Por supuesto que sí —dice Brighton.

—¿Te gustaría una recreación? —pregunta Tala.

¿Quién la culparía a estas alturas? Entre Brighton gritándole a Iris, que literalmente puede arrancarle los brazos —y arrancarlos de nuevo si vuelven a crecer— y ahora dirigiéndose a Tala, que está enfadada con él por tener sangre de fénix, no puede controlar su actitud.

Tala se aleja de él.

—Una noche, Roxana prendió fuego a su nido y se durmió. No se despertó a la mañana siguiente, y lloré todas las noches después de esa, jurando que no la había cuidado bien. Fue el mes más doloroso de mi vida. Y luego se despertó. El cielo tronó y bailé bajo su diluvio.

—Esta es la primera vez que veo a Tala radiante mientras mira a Roxana. Hay tanto amor. Estoy seguro de que durante el mes que Tala creyó que estaba muerta fue un sufrimiento inimaginable.

—Situación similar con Nox —dice Wyatt—. Hace dos vidas estaba rastreando a un fénix herido en un bosque y sus sentidos estaban muy desequilibrados. Hasta el día de hoy, apostaría diez libras a que él solo estaba adivinando. Entonces Nox se detuvo y comenzó a hibernar. Estaba familiarizado con el retrociclado, pero verlo en acción fue asombroso. Podría habérmelas arreglado solo en un bosque durante tres noches, pero Nox se despertó y me llevó un rato encontrar el marfil en una cueva.

Wyatt también está muy orgulloso de Nox. Su sonrisa puede iluminar el sol.

—¿Cómo funciona esto para los humanos? —pregunto—. ¿Intentamos retrociclar mientras dormimos o algo así?

—Aquí es donde comienzan las conjeturas. Trágicamente para todos vosotros, no hay fuego que ilumine vuestro camino. Quizá suceda mientras duermes o meditas o te prendes fuego o bailas desnudo bajo el sol. Personalmente, me gustaría experimentar lo de bailar desnudo —dice Wyatt mientras me mira a los ojos.

Me estoy encendiendo. Definitivamente estoy moviendo una vibra de Wyatt mientras evito su mirada. No sé si liga con todo el mundo o si lo hace conmigo, pero Wyatt es ciertamente más directo que cualquiera de mis encuentros con Ness. Nunca sabré cuál era el trato con Ness, pero siempre me siento ridículo incluso al imaginar que alguien tan hermoso y valiente como él se hubiera interesado en alguien como yo. Probablemente también me lo esté imaginando todo con Wyatt.

—Esto no me sirve —dice Maribelle.

—Podría —dice Tala—. No tienes control sobre tus poderes de sentidos y eso puede convertirte en una oponente más letal para los Regadores de Sangre. Pero solo si vas directamente a la fuente de tu poder.

Maribelle considera sus palabras, pero me pregunto si eso será suficiente para ella.

—Empecemos —dice Brighton.

—Reduce la velocidad de tu caballo de carreras —contesta Wyatt.

—No, la vida de mi madre está en juego.

—Por supuesto, por supuesto. Necesito algo de tiempo de preparación para investigar un poco más y decidir cuál es nuestro mejor enfoque. Prometo compartir mis hallazgos por la mañana a más tardar.

—¿A qué hora deberíamos volver? —pregunto. No estoy seguro de adónde iríamos, ya que Iris no quiere que volvamos a la cabaña. Podríamos dormir en el coche.

—Sois bienvenidos a quedaros aquí. Quedan dos habitaciones más. Dormiré aquí en la biblioteca. Tala, ¿te importaría acompañarlos?

—Sí —dice Tala.

—Gracias.

—No lo has entendido. Sí, me importa. Trabajaré con ellos siempre que esto tenga sentido para los fénix, pero no voy a poner caramelos en las almohadas ni a cambiar las sábanas —dice Tala. Sale al balcón y se tumba al lado de Roxana.

Wyatt lidera el camino él mismo, murmurando cuánto le encanta lo bien que nos estamos llevando. Hay dos camas en cada habitación, y por mucho que me encantaría darles algo de privacidad a Brighton y a Prudencia, Maribelle deja bastante claro que no me da la bienvenida en su habitación cuando cierra la puerta detrás de ella.

Pasar el rato en una biblioteca toda la noche suena relajado, pero esta simple habitación con un retrato en blanco y negro de un fénix tumbado y vistas al primer patio servirá.

—Hasta mañana —dice Wyatt, inclinando un sombrero invisible—. Tal vez hasta más tarde esta noche, según los ánimos.

Estúpidamente me alejo de la ventana y Wyatt me mira fijamente, con lujuria en sus ojos. Guiña un ojo antes de dejarnos.

Brighton se ríe.

—Oh, hermano. Ese Caballero del Halo es difícil para el Hijo Infinito.

—No creo que sea porque es el Hijo Infinito —dice Prudencia—. Lo siento, Emil, no te estoy llamando así. Perdóname. Pero creo que Wyatt está interesado.

—Deberías habértelo traído antes y montado en su fénix —dice Brighton con cejas sugerentes.

Prudencia lo golpea en el pecho.

—Bright, tenemos asuntos más importantes.

—¡Estoy cuidando de ti! Ni siquiera has besado a un chico y hay un Caballero del Halo con tu acento favorito tirándote la caña.

En realidad, Wyatt es alguien con quien debería explorar cosas, lo entiendo, pero solo porque un chico inglés guapo y amante de los fénix pueda estar interesado en mí no significa que Ness esté fuera de mi cabeza y mi corazón. Ness se ha ganado mi confianza una y otra vez, y eso dice mucho considerando que tenía múltiples posibilidades de matarme. Pagó el precio máximo al tratar de salvar mi vida. El mundo lloró su muerte después del Apagón, pero soy una de las pocas personas que sabe que estaba vivo y ahora está muerto de verdad porque quería salvarme. Tengo que honrar a Ness asegurándome de que su padre no se convierta en presidente. Y para hacer eso, tengo que quitarles poder a los Regadores de Sangre que solo apoyan el caso del senador Iron de que los artesanos de luz son peligrosos.

No puedo deshacer sus errores, pero puedo intentar hacer las cosas bien. Tengo que volver a mi última vida para poder hacer el bien en esta.

34
DE PEÓN A REINA

NESS

Estoy en mi habitación soñando con maneras de vencer al senador.

El primer paso es incapacitar a Zenon, donde sea que esté en la mansión, para que no pueda hacer sonar una alarma si logro esquivar a Jax y transformarme en otra persona para escapar. Los números de las encuestas que vi por última vez favorecían al senador, y estoy seguro de que ha ganado más apoyo desde los vídeos de propaganda, pero si puedo transmitir en vivo en la televisión nacional con la cara del senador, confesaré todos sus delitos.

No más Casa Blanca. Directo a la cárcel.

Oigo un golpe suave en mi puerta y Luna entra lentamente con una capa carmesí que contrasta con su enfermiza piel blanca. Es la primera vez que la veo en los siete u ocho días desde que irrumpió en la mansión y llegó a un acuerdo con el senador. Está sola, sin ni siquiera June a su lado.

Podría llevármela ahora mismo.

Luna saca una vela apagada de mi estantería y la huele.

—Eucalipto. Uno de los muchos engaños de la naturaleza. Te invita a entrar con su olor, pero sus aceites son un toque de bienvenida al veneno.

—Me mentiste —le digo, yendo al grano.

—¿Cuándo?

Su pregunta es real. Me ha confiado su vida, su búsqueda de la inmortalidad, y quién sabe cuántas veces me ha mentido.

—Sobre el senador —digo.

—Que no hagas las preguntas correctas no es culpa mía.

—¿Hubieras dicho la verdad?

—Es mejor tener las cartas guardadas hasta que sea necesario. Ya estabas más que dispuesto a trabajar para mí; trabajar en contra de tu padre. —Luna se sienta a mi lado en mi cama, recordándome los días en que me acogió y me cuidó por primera vez—. Además, tu traición demuestra por qué fui prudente al guardarte secretos. Hay muchos Regadores de Sangre repartidos por todo el país, pero los pocos que mantengo a mi lado son en los que más confío. Las cosas que te he pedido podrían llevarme a la cárcel, convertirme en un objetivo, pero te las pedí porque era importante, porque creía en ti.

Hay suavidad en su voz, como una madre que intenta que su hijo entienda algo muy importante sin gritar.

El día del Apagón, después de que June me salvara y me llevara a una de las casas escondidas, Luna me sorprendió con palabras arrulladoras acerca de segundas oportunidades.

No lo vi en ese entonces, pero me estaba manipulando para que hablara de mis problemas con el senador. Se estableció como la aliada de confianza que me mantendría a salvo si trabajaba para ella. Aunque significó arriesgar mi vida para convertirme en un espectro. No fue una decisión fácil, y el Fantasma Encapuchado se estaba acercando rápidamente. Pero fue como una señal cuando Luna obtuvo un cambiante herido por un cazador, y me dijo que la pobre criatura podría vivir en espíritu si fusionaba su sangre con la mía. Estuve de acuerdo y bebí la poción pensando en que mi nueva vida sería mejor, pensando en que podía confiar en esta mujer que me devolvió la vida con tónicos cuando mi cuerpo se estaba transformando peligrosamente en contra de mi voluntad.

Nunca en mi vida me he sentido más especial que cuando Luna me enseñó a ver cómo se puede transformar sin luces grises.

Me levanto de la cama y me siento en mi escritorio.

—Ojalá tu próximo Regador de Sangre coopere. Sí, Dione me dijo lo que estabas haciendo la noche de la constelación; no soy el único bocazas.

Luna se vuelve hacia la puerta.

—Me aseguraré de hablar con ella —dice, y luego sus ojos verdes se posan en mí de nuevo—. No está claro cuánto tiempo me queda en este mundo, pero sé que no debo dedicarlo a criar nuevos espectros. Estaba usando el Fantasma Encapuchado para cumplir un favor. Tu padre y yo soñábamos con crear un reemplazo para ti, ya que nunca he conocido a una sola persona, celestial o fantasma, que pudiera transformarse en otra tan fielmente como tú. Contratar a otro podría ser una opción para trabajos con poco riesgo, pero no cambiaría el mundo como te pedimos.

Preferiría que me despidieran de este trabajo en lugar de quedarme como su mejor empleado.

—Ahora que ya me he disfrazado de Eva y de Carolina para el senador, ¿supongo que me harás convertirme en los Portadores de Hechizos?

—Era una idea, pero luego los Portadores de Hechizos descubrirán que estás vivo y potencialmente encontrarán pruebas y métodos para desacreditar la campaña de tu padre. Las mismas precauciones están en vigor desde que te infiltraste en mi nombre: nunca te hagas pasar por alguien que tenga una coartada creíble. Eva y Carolina no lo harán mientras estén a nuestro alcance. —Luna tose, violentamente, y lucho contra esos viejos instintos de ayudarla—. Pero cuando sea el momento adecuado, puedes usar la cara de tu amante para nosotros.

Un escalofrío me recorre la columna vertebral.

—No sé de qué estás hablando.

—Reuní la fórmula alquímica más innovadora desde que Keon Máximo descubrió cómo dar a los humanos el poder de las criaturas. No me confundas con una tonta que no puede ver el amor joven. —Luna podría perder esa sonrisa altiva de su rostro si no va con cuidado—. Debió ser doloroso cuando lo tallabas como si no fuera más que carne asada. ¿Cuánto daño crees que le ocurriría si todos supieran la verdad sobre quién es? ¿Sobre quién era?

Tengo entendido que mucha gente estuvo de luto por Bautista de León. Hubo tantos homenajes en su honor en todo el país, incluso los fanáticos de todo el mundo se vieron afectados por su muerte. Pero fueron muchos los que celebraron la noticia. Y luego están todas las almas vivientes que odian a los espectros con todo su ser y que tomarían las calles si pudieran dirigir toda su ira hacia Emil.

Ni siquiera les importaría que Emil no tuviera un solo recuerdo de esas vidas, o que sea su propia persona, que nunca haría lo que hizo Keon Máximo. Podría convertirse en la persona más perseguida.

He herido a Emil lo suficiente para toda una vida. No puedo dejar que los demás sepan todo lo suyo.

—¿Por qué el senador no ha usado esto todavía para ensuciar a Emil?

Luna sonríe.

—Como te he dicho, solo revelo mis secretos cuando me benefician. Le he dado a Iron un plan para el éxito sin que él sepa que la resurrección es posible.

—¿Por qué aún te preocupas por guardar secretos? Te estás muriendo. Prende fuego al mundo.

—Has pasado la mayor parte de este año bajo mi cuidado, y sigues pensando que no soy más que una coincidencia. Ha habido mucha muerte, nunca lo negaré, pero siempre he buscado la resurrección y la inmortalidad, la vida en todas sus formas. De los cientos de alquimistas en todo el mundo, apostaría que solo docenas valen la pena y, en su mayor parte, le hemos fallado a la humanidad. Nadie ha descubierto cómo curar el resfriado común, el cáncer, las infecciones mortales, las enfermedades de la sangre como la mía. —Hay color en sus mejillas, pero aún está lo más débil que la he visto jamás—. Algunos han ganado tiempo, pero no todo —agrega con tristeza.

Su enfermedad, *haimashadow*, se describe simplemente como una dolencia que bloquea la vida. No hay cura conocida, aunque Luna siempre esperaba que la Sangre de la Parca pudiera regenerar sus arterias y dejarlas como nuevas.

—Si te preocupas tanto por el mundo, Luna, tal vez deberías haber pasado más tiempo tratando de proteger a los que están en él.

—No tengo que preocuparme por aquellos que no me van a llorar.

—No te haría daño ser menos egoísta —digo—. Podrías haber aprendido mucho de Emil si no estuvieras interesada en torturarlo.

—No hay nada de malo en ser egoísta. Se te permite tener una agenda nacida de tu propia necesidad: fama, amor, seguridad, poder, venganza. Para algunos, es todo eso y más.

Parece muy codicioso, pero yo también quería todas estas cosas. Ha sido un gran privilegio ser el hijo de un político con mi propio guardaespaldas y vivir en una mansión con una sala del pánico. Sin mencionar toda la seguridad financiera que hemos tenido. Soñé con cambiar escenarios de convenciones por los de Broadway y los teatros de todo el país. Alfombras rojas, viajes de prensa, ir a escuelas de teatro para compartir mi sabiduría. Esperaba envejecer y descubrir el poder de mis propias decisiones, pero en cambio me pregunto cómo puedo vengarme del senador y de Luna, quienes me robaron mi libre albedrío con manipulación y amenazas. Y está el amor, que es probable que comience al correr hacia un edificio para salvar a alguien cuando finalmente eres libre para convertirte en ti mismo.

—Veo en tus ojos que no estás en desacuerdo —dice Luna.

Aunque juro que estoy enmascarando mis emociones, ella ve mis verdaderas intenciones.

—¿Qué quieres decir? —pregunto.

—Que me quedó claro hace mucho tiempo que no alcanzaría el dominio sobre la vida y la muerte en un lapso de vida promedio. A los alquimistas les lleva décadas dominar su oficio, e incluso los supremos como Keon y yo avanzamos gracias a las obras que dejaron los que nos precedieron. La pérdida me ha puesto en mi viaje, pero ¿no crees que sería una gran tristeza reconstruir el mundo y no vivir en él? Eso no parece justo, en absoluto.

—Y no te sirve —me burlo.

Tiene cara de piedra.

—No es así. Lo que más deseo en este mundo es que mi querida hermana, Raine, sea más que cenizas en una urna. He hecho cosas increíbles y antinaturales para resucitarla y, a pesar de mis muchos avances y descubrimientos, necesitaba más tiempo para resolver el acertijo de la verdadera resurrección, que la Sangre de la Parca me habría proporcionado.

Morirá antes de que me disculpe.

—Durante mucho tiempo, cargué con demasiados arrepentimientos. Hubo oportunidades para reclamar mis propios poderes, especialmente cuando era lo suficientemente joven como para que no representara para mí los grandes riesgos que hemos visto con los mayores, pero el amanecer de los espectros aún era nuevo. Sus poderes pueden ser extraordinarios, pero, sobre todo, los espectros siguen siendo mortales; incluso mi milagro, June, no vivirá para siempre. Afortunadamente, no tomé ninguna decisión apresurada, ya que no hay nada que sugiera que la sangre de fénix por sí sola me hubiera traído de vuelta como soy, y hemos visto que eso es cierto con Keon y sus vástagos. La creación de la inmortalidad siempre significó jugar a largo plazo, y eso es lo que he hecho, desde trabajar junto a Keon hasta nutrir mi matrimonio y daros poder a todos vosotros, los Regadores de Sangre.

—No sabía que estabas casada. —Antes de que pueda decir algo, añado—: Lo entiendo. No es asunto mío.

La sonrisa de Luna se interrumpe por la tos, la sangre mancha la palma de su mano.

La limpia en su capa carmesí, sin molestarse en hacerlo con un pañuelo.

—Cuando Keon fue asesinado por los Caballeros del Halo y no resucitó, pensaba que estaba muerto y busqué otras formas de acercarme a la muerte. Había unos quintillizos en Colombia, todos hermanos perseguidos por sus poderes de muerte.

Apoyo mi codo en mi escritorio; siento que me voy internando en esta historia que es como un cuento de hadas. El hermano mayor, Fabián, podía oír y entender a los fantasmas, pero estaba tan atormentado por sus súplicas que se quitó la vida. Los aullidos de Mattias se volvieron tan penetrantes que los cerebros quemados de toda una ciudad se remontaron a él. Santiago se encerró para evitar sus visiones de muertes inminentes. Álvaro podía oler los huesos y la sangre de alguien y predecir cuánto tiempo le quedaba. Y el más joven era Davian, cuyo tacto fue tan letal que su madre murió en el parto.

—Santiago era el último hermano vivo cuando llegué a Colombia, y aunque me hubiera encantado trabajar con Fabián y su línea directa con los fantasmas, llegué a casa de Santiago con la promesa de ayudarlo a controlar su poder para que pudiera regresar al mundo —dice Luna con orgullo, y como alguien que accedió a cambiar los poderes para el mismo sueño, no me sorprende que él la aceptara—. Me gané su confianza y él me acogió en su hogar y en su corazón. Me dieron todo después de nuestro matrimonio: las propiedades de la familia, sus secretos más oscuros, incluso a una niña con un gran potencial que ya no tiene. No me considero supersticiosa, pero incluso yo diría que la familia estaba maldita.

Estoy pensando en cómo ella era esposa y madre y nunca supe nada de esto. Puedo transformarme en ella y capturar el tono exacto de verde en sus ojos y las grietas en sus labios y las arrugas en su cuello y la lengua rojo oscuro debido a sus tónicos diarios. Pero eso es todo superficial. Nunca podré imitar el corazón sombrío dentro de ella.

—¿Santiago se quitó la vida como su hermano?

—No, tuve el honor de matarlo. Me alegré mucho al ver cómo brillaban sus ojos cuando previó la muerte que planeé para él y lo impotente que fue para detenerla.

Ni siquiera puedo fingir que esto es impactante. Esta es la misma mujer que asesinó a sus padres cuando era joven. Tiene sentido.

—Parece que no te sirvió.

—Me dio una hija y, gracias a eso, aprendí a criar a los que tienen poderes. Los Regadores de Sangre nacieron años después.

—Gracias por la lección de historia. Es genial saber que siempre has sido así de horrible.

Luna deja escapar una pequeña risa.

—Una vez creíste que yo era el mal menor, que tu padre era un criminal aún más peligroso. Te preguntaste sobre tu próxima tarea. Te hago saber que te harás pasar por Nicolette Sunstar en el próximo debate. El plan es bastante diabólico, diseñado por mí. Pero simplemente estoy ganando tiempo hasta que pueda hacer mi próximo movimiento, y cuando pueda, espero que estas confesiones personales de mi pasado hayan recuperado tu confianza. No me queda familia, aunque te considero la mía.

No quiero mostrar mi enfado, pero no hay rostro en el que pueda esconderme.

—Tendrías más familia si no los mataras a todos.

Inhala profundamente mientras se levanta de la cama y se dirige a la puerta.

—Tú no...

—¡Cállate! Crees que eres una mente maestra de la manipulación y que te jactas de usar a otros, como si el senador no te estuviera utilizando en este mismo momento.

Espero que llame a Stanton para que me castigue por haber arremetido así, pero luego recuerdo que él no está presente y que ella está en mi casa y ya no tiene todo el poder sobre mí. Luna sonríe, como si estuviera orgullosa de que me haya enfrentado a ella.

—Es cierto que no importa cuán calculador pueda ser uno en una ronda de ajedrez, la reina aún puede ser vencida por una fuerza desprevenida. Pero el juego continúa mientras el rey esté de pie, y un peón puede cruzar al otro lado del tablero, más fuerte que antes. Lo que te pregunto, querido Ness, es si estarás de mi lado cuando vuelva al poder, ¿o serás un enemigo al que deba conquistar?

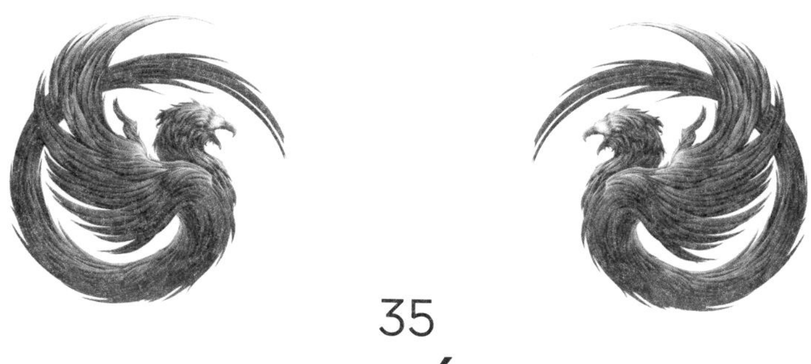

35
BUENOS DÍAS, NOX

EMIL

Lo único mejor que quedarse dormido con la música de los fénix es despertarse con ella.

He estado muy obsesionado con los gritos finales de Gravesend, clavados en mis huesos, pero la mañana me ha regalado nuevos sonidos de fénix que se llaman entre sí antes de surcar el cielo. El ciclo de un fénix es de vida y muerte, pero las últimas veinticuatro horas han sido la primera vez que vi a tantos en vida. Agradezco a Brighton y a Prudencia por haberme dado la cama junto a la ventana para poder tener todas estas vistas. La luz del sol se desliza sobre mí mientras pasa un marfil común, tan cerca que podría haber rozado su cola plateada.

Ojalá todos los días comenzaran así. Pero hoy podemos demostrar que la teoría de Wyatt es una tontería, y luego los Caballeros del Halo nos echarán del Santuario.

Voy a aprovechar esto al máximo mientras pueda. Salgo a escondidas mientras Bright y Pru todavía están durmiendo, con los brazos envueltos alrededor. Saludo a un Caballero del Halo con los buenos días, pero continúa apagando los apliques sin decirme una palabra. Intento no tomármelo como algo personal. Una parte de mí quiere decirles a todos que en realidad no elegí esta vida para mí, pero tal vez estoy mejor así, en lugar de que ellos sepan que solía ser su enemigo número uno, el tipo cuyo trabajo ha causado devastación para todas las criaturas, incluidos los fénix a los que cuidan los Halos.

Mantengo la mirada baja hasta que llego al patio. Paso el rato bajo la sombra de un manzano, porque el sol está dando fuerte en estas montañas. Ver a estos fénix en el cielo me hace desear haber podido compartir esta experiencia con mamá y papá. Para nuestro décimo cumpleaños, me dieron una cometa azul con forma de fénix, y Brighton me tomó fotos con su nueva cámara. Ojalá pudiera retroceder a ese día; los cuatro tendidos en la manta de pícnic que nos cosió abuelita, comiendo arroz con gandules y tostones con ajo y jugando al *Uno* en el parque hasta que nos hartamos de los bichos.

El viento se levanta detrás de mí y se oye un ruido sordo. Me doy la vuelta esperando encontrar una manzana caída, pero hay un fénix de obsidiana mirándome con ojos negros como la boca del lobo. Su aliento de repollo sopla en mi dirección y me quedo congelado hasta que Wyatt baja de Nox. Luego sigo congelado por otros motivos. Los musculosos muslos de Wyatt están apretados en sus pantalones cortos. Su camiseta de malla gris revela unos abdominales más pálidos que sus brazos tonificados; supongo que sus abdominales no reciben tanto sol como el resto de su cuerpo. Está sudando por todas partes, y el pañuelo blanco que sujeta su pelo castaño parece haberse empapado un poco.

—Se acercó en silencio —dice Wyatt.

—Sí. Nox es silencioso.

—Crucial para un rastreador.

—¿Me estabas siguiendo?

Wyatt se sienta en la hierba.

—Nox y yo siempre comenzamos nuestros días con un vuelo. El sol puede ser abrasador, pero se pone de mal humor si no se sale con la suya. Te vi caminando hacia el árbol cuando volvíamos, pero estaré más que contento de buscarte personalmente la próxima vez.

La forma en que puede aguantar la mirada me pone muy nervioso.

—Entonces, ¿llevas eso por el calor?

—Te has dado cuenta, ¿no? —La sonrisa de labios entreabiertos de Wyatt es excitante incluso en momentos cuestionables, no voy a mentir—. Aquí está la cosa, amor. Nuestras exclusivas chaquetas de cuero de cactus con plumas de fénix son hermosas, verdaderas obras de arte, nunca lo negaría. Pero es absurdo usarlas cuando el sol está alto. Los tops de malla son los ganadores: tienen estilo, son flexibles y aireables. Estoy pensando en comprar unos pantalones cortos a juego para que los chicos puedan respirar.

Mira su entrepierna con orgullo.

—No veo nada —digo.

Wyatt se queda boquiabierto y se lleva la mano al corazón.

—Ah, el dulce Emil ha muerto y un estúpido se está levantando de las cenizas. Interesante, interesante. Quizá debería desnudarme para que pudieras comprobarlo por ti mismo.

Definitivamente he picado.

—Nah, estás bien así.

—¿Estás seguro? Me encanta estar desnudo y no me importaría verte con mi ropa. Apuesto a que lucirías genial con todo esto.

Un top corto de malla está bastante arriba en la lista de ropa que nadie me verá usando. No quiero que mis huesos y cicatrices sean más visibles. Pero el ligoteo de Wyatt me transporta a la sala de suministros de arte con Ness. Recuerdo el olor a pintura y a papel, lo caliente que me puse cuando dijo que mi cuerpo estaría tan duro como mi cara, lo seguro que me sentí cuando sus manos deambulaban a mi alrededor para limpiar mis heridas y lo cerca que estuve de pedirle que abriera los ojos para que pudiera verme. Y ahora nunca lo hará.

—¿Estás bien? —pregunta Wyatt.

—¿Qué? Sí, sí.

—Parecías estar en un trance bastante triste. Lo siento si me he pasado.

—No, no pasa nada. —No quiero meterme en eso ahora mismo. Estoy asociado con suficiente muerte de por sí—. Voy a visitar el Santuario mientras pueda. Estoy seguro de que tendremos que irnos cuando fallemos en el retrociclado. —No lo niega. La presión para hacerlo bien y poder quedarme aquí más tiempo ha aumentado—. Sin duda sería mi poder favorito si funcionara durante mi propia vida. Lo usaría para ver a mis padres juntos de nuevo, incluso una vez más.

Brighton lo tiene bien si sus poderes pueden llevarlo de regreso a la vida de papá. Pasó la noche anterior hablando de lo maravilloso que sería ver a nuestros padres cuando se conocieron e incluso experimentar todos sus altibajos. Tenía muy claro que evitaría cualquier momento mínimamente íntimo porque no quiere quedar marcado de por vida.

Prudencia debió de darle un codazo mientras yo estaba de espaldas o algo así, porque entró en razón y recordó que no puedo ver nada de mamá y papá.

—Nadie sabe con certeza si puedes volver a tu vida actual —dice Wyatt—. Pero estoy de acuerdo en que parece poco probable, ya que el propósito de esa habilidad parece ser volver a una vida anterior.

—Brighton jura que porque algo sea poco probable no lo hace imposible.

—Eso es lo más inteligente que ha salido de su boca. Bueno, de su boca a través de tu boca. Esto está sonando terriblemente incómodo.

—Sí, retrocede en el tiempo y deshaz todo eso, por favor —digo con una sonrisa—. En realidad, si pudieras volver atrás, ¿hay algún momento en particular que tengas en mente?

—Ah. Me encanta esta pregunta.

Wyatt murmura diferentes ideas, pero claramente no se compromete con ninguna. Personalmente, quiero saber más sobre su libro favorito, al que quiere volver y ver cómo acaba por primera vez.

—Me siento como si hiciera trampa, pero los que más me gustan son los momentos con Nox. Ni siquiera lo digo porque él esté aquí —añade con una sonrisa. Nox se come una manzana del árbol sin prestarnos atención—. Una posibilidad: me quedé impresionado durante días después de haber volado juntos por primera vez. Honestamente, fue mejor que el sexo, y que no haya dudas de que he tenido un montón de sexo fantástico.

Definitivamente no es un giro en la trama que Wyatt haya estado ocupado. Me pregunto si estará insinuando algo acerca de que tenga una pareja estable o encuentros casuales. Quizás una combinación de los dos.

Tiene ¿qué, dieciocho? ¿Diecinueve? ¿Veinte años? Definitivamente está viviendo su vida más que yo. Solo puedo imaginarme cuál sería mi situación si tuviera siquiera una décima parte de su confianza.

—Eso suena como una gran elección —digo, pasando por alto su comentario sexual.

—Pero si tuviera que elegir un momento, volvería a cuando Nox finalmente me eligió.

—¿Qué quieres decir?

—¿Qué, crees que los Caballeros del Halo seducen a un fénix y vuelan felices? Tenemos que demostrar que somos dignos. Calculamos que Nox tenía noventa años cuando murió su antiguo compañero. Ese bastardo fue aparentemente abusivo, y si estuviera vivo hoy, mantendría su rostro contra el fuego por toda la agresión que descargó sobre Nox.

En pocos segundos, paso de preguntarme sobre la vida sexual de Wyatt a recordar que es un Caballero del Halo que seguramente ya ha matado antes.

—Nox tenía problemas de confianza y no se relacionaba con nadie más. Parecía especialmente irritado conmigo a los ocho años. Yo era muy molesto, lo creas o no. Empecé a entrenar para convertirme en un Caballero del Halo en esa época, empleando todas mis lecciones de crianza para demostrarle a Nox que estaba a salvo. Pero Nox era difícil de cortejar. A lo largo de los años, pareció considerarme más favorablemente, pero aun así no se comprometió conmigo cuando cumplí los trece. Yo era el único entre los aprendices que no tenía acompañante. Me trataron como si no fuera merecedor de un fénix.

Cinco años es mucho tiempo de espera.

—¿No hubo otro fénix que te llamara la atención?

—Por supuesto. Había un cazador de reinas que acababa de resucitar, y pensé que sería maravilloso cuidar a uno como mi padre, pero tanto si Nox estaba con nosotros o no, sabía que era el mejor para mí. Nuestra amistad era intermitente; simplemente tenía que ser propenso al fuego. Nox regresó después de estar fuera durante meses. Estaba esquelético. Muriendo. —Wyatt se levanta, vuelve como magnetizado a su compañero, y besa a Nox entre los ojos—. Es raro estar de luto por un fénix que sabes que resucitará, pero las obsidianas necesitan aproximadamente tres años para reaparecer. Nox me dejó abrazarlo mientras moría, y protegí sus cenizas en una caja de hierro. Cuando Nox volvió a la vida, yo era un desastre llorón, lo había echado mucho de menos. Voló sobre mi hombro y me mordió la oreja, y fuimos el uno del otro.

—¿Qué crees que hizo que Nox finalmente te eligiera? —pregunto.

—Creo que entendió que nunca le haría daño y que le mostraría el amor que se merece. Francamente, hubiera esperado por él el resto de mi vida. —Se gira hacia Nox—. No tengas ideas locas, bonito. Siete años fueron suficientes.

Este es un hermoso recuerdo que Wyatt ha compartido, uno al que definitivamente vale la pena retroceder. Estoy decidido a crear un mundo en el que Wyatt y todos estos otros Caballeros del Halo nunca tengan que temer que alguien mate a sus fénix para robar sus poderes. Ese problema comenzó con Keon, y yo lo resolveré aunque sea lo último que haga en esta vida.

36
SENTIDOS INFINITOS

EMIL

Nos estamos preparando en la sala de meditación del Santuario. Es un espacio sencillo, con velas, incienso, un estandarte de un tragador de sol y un techo abovedado con ventanas lo suficientemente amplias para que entren los fénix, ya que aquí son bienvenidos tanto como cualquier otra persona. O debería decir, más que nadie. Es difícil sentirnos bienvenidos cuando un hombre termina sus oraciones antes de tiempo porque no quiere estar aquí con nosotros. Tala nos entrega tapetes que pidió prestados a una de las familias de limpieza y los desplegamos en el suelo. Le da a Brighton intencionadamente el más pequeño, hecho para un niño.

Me siento en triángulo con Brighton y Maribelle mientras Prudencia se apoya contra la pared.

Wyatt abre su diario.

—Pasé la mayor parte del día de ayer explorando diferentes métodos potenciales para que un espectro retrocicle. Los seres humanos no hibernan en el sentido tradicional, pero dormimos y, quizá lo más importante, soñamos. Imagino que el retrociclado es como un sueño con lucidez intensa, pero la tasa de éxito no está a nuestro favor.

—¿Basado en qué? ¿Datos de gente normal? —pregunta Brighton—. Estamos por encima de su nivel.

—Adelante, demuestra lo poderoso que eres dominando un músculo que no existe de manera natural en ningún ser humano.

Puedo sentir lo mucho que Brighton quiere hacer precisamente eso.

Maribelle está intranquila, como si hubiera olvidado cómo quedarse quieta.

—No necesitamos saber qué no funcionará. Necesitamos saber qué funcionará.

—No os gusta el suspense. Vale. Creo que lo mejor para nosotros es que os prendáis fuego por completo —dice Wyatt, mostrándonos una página en su diario de tres figuras con llamas alrededor—. Supongo que no habrá preocupaciones, ya que estáis acostumbrados al fuego.

—Sí, pero no todo nuestro cuerpo. —Me he vuelto más fuerte desde que obtuve mis poderes, pero lanzar fuego todavía no es fácil. El peso de todo esto es muy agotador.

—Tu propio fuego no te hace daño, ¿no?

Brighton y Maribelle dicen que no, pero yo digo que sí.

—Normalmente, no —digo, recordando cómo el orbe de fuego cargado que lancé al campo de fuerza en el cementerio me dejó sin aire—. Pero ha sido más doloroso usar mis poderes desde que Luna me hirió con el puñal asesino de infinitos.

—Lamento eso, amor; no quiero hacerte sufrir…

—Entonces no lo hagas —dice Prudencia—. Sé que quieres proteger a los fénix, pero estoy hablando por mi amigo. La última vez que Emil incluso conjuró un orbe de fuego, no tenía fuerzas para lanzarlo. Él se sometió a eso para salvar nuestras vidas.

Wyatt parece que quiere contraatacar, tal vez murmurar algo para sí mismo, pero en cambio asiente.

—Comprendido. Brighton, también puedes experimentar, pero tal vez nuestro enfoque debería estar en lograr que Maribelle retrociclase, ya que ella también tendrá acceso a la vida de Bautista.

—Me parece bien —responde Maribelle.

—Quiero intentarlo —le digo.

—No tienes que hacerlo —insiste Prudencia.

—Sí, hermano, no te expongas a eso —añade Brighton.

—Esta es una de las raras ocasiones en las que puedo aprovechar al máximo estos poderes sin luchar —digo. No estaba con todas mis fuerzas durante nuestra batalla con el Soñador Coronado debido al enorme dolor que Ness me había infligido, pero la constelación ayudó a mis poderes. Puedo usarlos, solo tengo que ser muy fuerte para soportar el dolor—. Juro que me voy a rendir si el fuego se vuelve demasiado.

Brighton y Prudencia parecen precavidos mientras Wyatt brilla con gratitud por mis esfuerzos. Sé que no está tratando de ponerme en peligro, pero de cualquier manera vale la pena correr el riesgo. Así es como puedo compensar los crímenes de Keon.

Realmente desearía que hacer lo correcto fuera suficiente para vencer el miedo.

Wyatt nos explica todo lo demás. Tala nos enseñará cómo medir nuestra respiración y concentrarnos, y juntos intentarán guiarnos en nuestro viaje de vuelta. Sabemos que puede ser inútil, pero se nos pide que creamos en esto completamente; de lo contrario, es posible que no podamos conectarnos con nuestro pasado ni con nuestro linaje. No tengo ninguna razón para pensar que esto no es posible. Podría ser mi propio obstáculo, si no lo pudiera aguantar.

Antes de empezar, Brighton se da la vuelta.

—Pru, graba esto.

—Este es un espacio sagrado y, lo más importante, estás llamando a emitir un poder sagrado —dice Tala con astucia—. Los Caballeros del Halo determinarán si la capacidad de retrociclado de un espectro se convertirá en conocimiento público.

—Sí, Bright, estamos intentando que convertirse en un espectro sea menos emocionante —digo.

—Lo sé, pero... —Se calla—. Tenéis razón. Lo siento.

Ver a Brighton disculparse es más extraño que si tuviera tres cabezas, y todos parecen estar de acuerdo. Prudencia es la única que sonríe. Agradezco a las estrellas que se esté comunicando con él.

Tala parece sospechosa, pero por una vez no tiene que defenderse. Ella nos guía a través de respiraciones profundas durante lo que parece una hora, pero en realidad son solo diez minutos. A pesar de que he dormido bien, todo esto me está cansando más.

—Concentraos en las vidas que no habéis vivido, pensad en lo que necesitáis de ellas, en lo que esperáis ganar al regresar —dice ella—. Recordad que a los fénix no se les enseñó a usar este poder. Fue puro instinto. Seguid el vuestro.

—Cuando estéis listos —dice Wyatt—. Encendeos.

37
EL RASTRO DEL AZUL

MARIBELLE

Empiezo con Sera.

Siempre seré una Lucero y llevaré ese nombre como insignia de honor, pero en sangre soy una Córdova y una De León. Esta conexión biológica con Sera me acercará más a ella, para ayudarme a comprender mejor los poderes psíquicos que me ha transmitido. Pero me resisto. Mamá y papá me enseñaron a usar mis poderes. Tenía siete años cuando me puse en el balcón de la casa en la que estábamos y les dije a mis padres que iba a saltar y a volar como ellos. Me dijeron que no estaba lista, pero salté de todos modos y antes de que pudiera chocar contra la mesa del comedor, mamá me atrapó. Sus manos son las que quiero sentir a mi alrededor ahora.

No me puedo resistir a Sera. No sé cuánto me amaba, si me quería o no, o si hubiera estado a salvo con ella, pero tengo que aceptarla si voy a hablarle. No puedo seguir actuando como si ella no importara porque no tiene nada que ver con mi vida hoy, o porque me siento culpable de no honrar a mis verdaderos padres. Sera haciendo de madre no significa que mamá no lo fuera.

En la oscuridad, lucho hacia adelante como si estuviera viajando por un camino real, pavimentado con culpa y dolor. Cuanto más pienso en Sera criándome, mis sentidos se sienten más fuera de control. Es como si me estuviera separando de mí misma, como si estuviera renaciendo como la hija que habría sido si Sera no hubiera sido asesinada. Creo que puedo oler el color azul, las olas del océano chocando entre sí, los baños con Atlas en los que se dejaba llevar lavándome el pelo con champú para su propia diversión, cielos despejados en los que ahora puedo volar. Puedo escuchar el dolor: cuando era una niña que intentaba volar de un árbol a otro y atravesaba la superficie del río; la fuerza con la que golpeaban los latidos de mi corazón cuando sostuve el cadáver de Atlas.

Esto es diferente a cualquier sensación que haya experimentado, así que debo estar llegando a alguna parte. Confío en mi instinto y hago crecer mis sentidos. Me siento perdida y encontrada dentro de un espacio que es cálido y fresco, y todo y nada. Hay susurros que invaden mi cabeza y mi corazón, y la claridad me golpea como un rayo. Tan repentina y extrañamente segura como estoy de que mi propio nacimiento fue como si me despertara la luz de las estrellas, sé que la persona que estoy escuchando es Sera Córdova a pesar de que su voz me es completamente ajena. No tengo ni idea de lo que está diciendo, es como si esperara que leyera sus labios que no puedo ver, pero algo en este espacio que une nuestro linaje me permite entender las emociones detrás de sus palabras: hay amor, hay pánico, hay dolor, hay derrota. Luego, finalmente, alivio.

Creo que estoy en algún lugar cerca del borde de su muerte.

38
EL SONIDO DE LA PIEL

EMIL

Tengo que llegar a Bautista.

Visualizo las llamas grises y doradas, tratando de centrarme, pero es difícil cuando escucho el fuego rugiendo alrededor de Brighton y de Maribelle. El miedo de decepcionar a Wyatt se apodera de mí, pero tengo que sacar ese pensamiento y mantener la concentración en el premio. Me concentro, me caliento y me muerdo el labio inferior para evitar gritar y arruinar el progreso de Brighton y de Maribelle.

No, tengo que parar. Elimino a todos los demás. Soy el único en la habitación.

Me entreno para creer que podría sobrecalentarme como una supernova ahora mismo y nadie más moriría.

Estoy tratando de… No, tengo que creer fielmente en esto. Sin dudas.

Voy a recorrer la vida de Bautista. De alguna manera, voy a encontrar el momento adecuado en el que necesito aprender los verdaderos nombres de los ingredientes para las pociones que mezclan poderes. Pienso en todos ellos, memorizados gracias al tiempo que hemos pasado investigando: bayas quemadas, agua del Mar de la Sombra, polvo de cúmulo, roca pluma, cáscara fantasma, raíz carmesí, lágrima de hueso y ceniza sombría. Cuando vuelva a ser Bautista, cuando esté en su carne y en sus huesos como si lo estuviera poseyendo, obtendré todas mis respuestas. Voy a traer su conocimiento, conocimiento con el que habría nacido si Luna no me hubiera matado. No, a él. No otra vez.

Voy a saber todo lo que debería saber si Luna no *nos* hubiera matado.

Alguien me susurra al oído, pero no puedo entender las palabras, aunque mi instinto me dice que no es un idioma extranjero. Es extraño, pero casi siento que puedo oler las palabras. Son tan importantes como algunas de las veces en las que no me lavé los dientes en Nova porque estábamos demasiado ocupados elaborando estrategias para seguir con vida o porque yo estaba demasiado deprimido como para que me importara.

Tío, esto no tiene sentido, pero juro que oigo oro. Pesa, pero no lo compararía con un bloque de oro real. El peso es como mis llamas grises y doradas. Pero estas llamas no son mías. Son de Bautista y prácticamente puedo escuchar su piel, la forma en que debió haber entrado en pánico cuando esas llamas doradas se prendieron por primera vez, todos esos nervios callando cuando quedó claro que no podían herirlo.

Me siento cada vez más cerca, entrando en su vida, en nuestra vida.

Bautista será Emil, Bautista se convirtió en Emil y Emil fue Bautista.

Somos uno; ni siquiera somos nosotros.

El fuego arde a mi alrededor y mi lengua está llena de sangre. Estoy saboreando la muerte. No, mal otra vez. Estoy probando la vida, estoy probando el ciclo infinito. Hay explosiones de dolor en todo mi cuerpo y quiero que mis padres me consuelen, pero no conozco a las almas que criaron a Bautista. Me estoy deslizando sin este conocimiento, como si debiera conocer a esas personas tan claramente como conozco a Carolina y a Leonardo Rey. El fuego y las explosiones se multiplican por diez, y permanecer en este espacio es tan difícil como volar con alas pesadas.

Me estoy cayendo, cayendo, cayendo de nuevo en mi propia vida, y aunque confío en que estoy sentado a salvo en el Santuario, la sensación de vértigo y el infierno dentro de mí se sienten como si yo fuera un meteoro encadenado a la tierra.

Y ya no creo en que no pueda hacerles daño a quienes me rodean.

39
EL PESO DE NADA

BRIGHTON

Será mejor que no encuentre a mamá.

Si logro ver su pasado, eso significará que es demasiado tarde. Si es así, se acabó el juego para Luna, cada Regador de Sangre, cada acólito, cada amigo de un amigo de la pandilla. No será suficiente quitar el poder a nuestros enemigos y tenerlos encerrados como quiere Emil. Si mi madre está muerta, los enviaré a todos a sus tumbas.

La ira está destruyendo mi enfoque y al mismo tiempo hace que mis llamas plateadas y de zafiro crezcan.

Mis instintos prácticamente me están gritando para convencerme de que mamá está muerta para poder probar esta teoría del retrociclado. Me recuerda a la infancia, cuando Emil creía que podíamos maldecir nuestra fortuna hablando demasiado de ellos, especialmente en lo que respecta a convertirnos en celestiales; se podría decir que tenía razón en eso.

Empiezo a pensar en la muerte de mamá, buscándola a lo largo del tiempo. No estoy seguro de a qué momento quiero volver. Podría ser cualquier momento, supongo. Me decido por mi nacimiento. Estaría bien entender ese día por lo que realmente fue. El día en que nací solo mientras Emil renacía en algún lugar cercano. También significa que puedo ver a papá dándome la bienvenida al mundo. Recuerdo cómo se ve mamá por todas las fotos de nuestros álbumes. Pelo oscuro recogido en un moño, sin maquillaje, Emil y yo acurrucados en sus brazos mientras ella le sonreía a papá.

Estoy esperando alguna señal de que esto está funcionando. Un cosquilleo, un mareo. Recopilo más y más detalles sobre mamá para ver si eso activa algo: Carolina Rey, hija única; tomó clases de baile cuando era niña, pero renunció cuando sus nervios se apoderaron de ella; fue a la Comic Con mientras estaba embarazada para obtener un autógrafo de su *crush* de la infancia; nunca entendió cómo su madre supo que se le acercaba sigilosamente hasta que abuelita le contó a mamá las visiones de su séptimo cumpleaños; estaba devastada cuando su padre murió antes de que él pudiera caminar con ella hacia el altar como siempre habían soñado; nunca pudo escoger un día favorito porque dijo que había sido bendecida con muchos.

Nada.

Por un lado, me alivia mucho que mamá esté viva y pueda salvarla. Por otro lado, si está viva, ¿en qué condiciones?

Antes de salir corriendo de aquí, debo estar seguro de que realmente tengo el poder en mí, que puedo confiar en esta prueba de que ella está viva. Las llamas están rugiendo, ahogan a Wyatt y a Tala mientras discuten algo. El sudor me gotea. Tengo tanto calor que quiero quedarme bajo la lluvia de Roxana hasta que esté temblando de frío. Lo primero es lo primero: demostrar lo extraordinario que soy haciendo un retrociclado con papá.

Una vez más intento volver al día en que nací, excepto que esta vez desde la perspectiva de papá. Los recuerdos llegan con la misma facilidad para completar su historia: papá nunca se perdía los episodios de lucha de los lunes por la noche a pesar de que estaba todo planeado, porque amaba cualquier deporte con competidores celestiales; la forma en la que le encantaba ordenar nuestro armario de ferretería, poniendo las herramientas y los tornillos sueltos en sobres etiquetados; cómo solía hablar tanto de niño que el abuelo sumaba un dólar a su paga por cada hora en la que no pronunciaba una sola palabra; su hábito de quedarse dormido frente al televisor; con qué cariño hablaba de su amigo Brighton, quien aparentemente lo había salvado de muchas palizas en su edificio.

Nada.

Abro los ojos para comprobar si algo ha cambiado, pero solo veo a Maribelle y a Emil sentados en torres de fuego mientras Wyatt, Tala y Prudencia miran preocupados. Estoy inmediatamente allí, con ellos. Me limpio el sudor de los ojos para poder ver con claridad. Emil y Maribelle tienen hemorragias nasales que se mezclan con los litros de sudor que les caen en cascada por la frente. Curiosamente, sus dientes castañetean con tanta fuerza que podrían romperse si no los amordazáramos con una camisa o algo. En mis dos intentos de retrociclar, nunca me he sentido tan extremo como parece.

Lo han logrado. Regresan a las vidas de Bautista y de Sera.

—¡Brighton! —Prudencia me agarra de la mano—. ¿Estás bien? ¿Cómo estás?

—No ha pasado nada —digo.

—Entonces Carolina está viva. Ese es un buen comienzo. Hay esperanza para ella.

Prudencia está mirando a Emil y creo que los dos nos preguntamos si hay esperanza para él.

—Esto no parece normal —digo. El calor que irradian Emil y Maribelle es intenso—. ¿Deberíamos despertarlos?

Wyatt camina en círculos a su alrededor.

—Muchos intentaron despertar a sus fénix, pero cuando la mayoría de las criaturas y animales están hibernando, solo se despiertan cuando es su momento.

—¡Mi hermano no es un fénix! Si no podemos despertarlo, ¡busquemos un extintor o cubos de agua!

Voy a sacudir a Emil para despertarlo. Rodeo mi mano con llamas de plata y zafiro, con la esperanza de que duela menos cuando toque el fuego de Emil, pero si lo peor llega a lo peor y pierdo una mano, puedo hacer crecer una nueva. Lo rozo cuando Maribelle jadea y sus llamas amarillo oscuro se desvanecen.

Maribelle mira frenéticamente alrededor de la habitación.

—La he escuchado.

—¿Quién? ¿Qué ha pasado? —pregunta Tala.

—Sera. —Maribelle lucha por contener las lágrimas—. Creo que se estaba muriendo.

Tala asimila esto.

—Quizá su muerte sea la puerta más cercana a su vida.

Wyatt asiente.

—Brillante. El objetivo del ciclo no es comenzar por el principio, sino conectar tu principio con su final.

Los ojos de Wyatt se agrandan mientras habla.

—Oh, por mis santas llamas, ¡lo hemos conseguido!

Quiero pegarle.

—Estás celebrando esto mientras mi hermano…

Emil grita mientras sus llamas doradas y grises se disipan. Sus ojos están muy abiertos, como si hubiera visto algo horrible; me pregunto si me veía así cuando papá me escupió su sangre antes de caer muerto. Emil tiembla incontrolablemente hasta que Wyatt lo rodea con sus brazos. Emil llora mientras presiona una mano a sus costados, escondiendo su rostro en el hombro de Wyatt.

—Estás a salvo —dice Wyatt. Coloca una mano en la frente de Emil—. Estás ardiendo.

—Estaba sentado en el fuego, genio —digo—. Hermano, ¿qué ha pasado? ¿Has visto a Bautista?

No dice nada.

Esto está desenterrando infinidad de sentimientos horribles e impotentes a lo largo de los años. No sé qué he hecho mal, pero estoy realmente confundido por cómo Emil lo ha descubierto antes que yo. Sin ofender, pero vamos. No solo soy más fuerte como el Salvador Infinito con Sangre de la Parca, sino que aprender siempre ha sido algo más instintivo para mí. Emil ni siquiera podía montar un armario (¡que venía con instrucciones!) sin mi ayuda.

—Ese era un mundo completamente diferente —dice Maribelle. La última vez que vi su mirada tan distante fue horas después de la muerte de Atlas—. Sentí que estaba en todas partes y en ninguna. Cuanto más aceptaba a Sera como mi madre, más se sobrecargaban mis sentidos con cosas que no tenían razón de ser. Olía el color azul cuando veía los recuerdos de mi vida.

Emil se anima, con sangre manchando su rostro.

—Dejé de rechazar mi conexión con Bautista. Dejé de fingir que yo no era él. Luego juro que escuché el fuego dorado en la piel de Bautista, a pesar de que no estaba visible.

—Quizás sea una especie de sinestesia —dice Wyatt, ignorando la sangre de Emil en su camisa—. Los sentidos pueden sangrarse entre sí a medida que atraviesas otras vidas.

¿Es por eso que el retrociclado no encajó conmigo? Usé la lógica: piensa en el pasado, ve al pasado. ¿Cómo podría haber sabido que los sentidos intensificados iban a liderar el camino? Emil y Maribelle necesitan iluminarme sobre los detalles que lo motivaron todo.

—Bright, ¿has visto a mamá y a papá?

—No, pero todos deberíamos intentarlo de nuevo. Vamos.

—De ninguna manera —dice Emil—. Tengo que descansar un rato.

—Es más agotador de lo que te imaginas —me dice Maribelle—. Estoy hambrienta y exhausta.

Tala ayuda a Maribelle a ponerse de pie.

—Vamos a traerte algo de comer.

—Necesito una siesta —dice Emil—. O dormir. Y un poco de hielo para mis heridas.

—Te prepararé un ungüento —dice Wyatt—. Podemos volver a visitar esto cuando todos estéis bien.

Prudencia debe poder sentir que estoy a punto de contraatacar porque apoya su mano en mi hombro.

No puedo creer que esté viendo cómo Emil, Wyatt, Maribelle y Tala se van, como si no hubiera más trabajo por hacer aquí.

—Este es un avance gigantesco y vais a ir todos a comer y a dormir —digo.

A veces siento que soy el único verdaderamente comprometido con hacer de este mundo un lugar mejor.

—Brighton...

—Lo sé. Lo siento.

Tengo que morderme la lengua. Me alivia que no pueda leer mi mente porque solo apoyaría su argumento. Sangrados nasales, escalofríos y sentir calor es un juego de niños comparado con mi sangre envenenada y mi brazo literalmente quemado. Pero si dijera eso ahora mismo, sería insensible al agotamiento y al estómago vacío de Emil y de Maribelle.

Prudencia me abraza.

—Estoy de tu lado. Solo digo que no sabemos por lo que han pasado.

—Debería averiguarlo. Voy a intentarlo otra vez, ahora que sé más.

Prudencia me mira a los ojos.

—No hay mundo en el que no estés.

—Entonces, ¿te quedarás conmigo?

—Estoy aquí.

—¿Me grabarás?

—Este sigue siendo un espacio sagrado que quiero respetar —dice—. Pero no lanzaré tu cámara a los cielos si prometes que solo usarás el material con fines de investigación.

—Buen compromiso. —La beso. Hay una cosa que podría evitar que intente retrociclar ahora mismo.

—¿Qué vas a hacer diferente esta vez?

Esto es lo más difícil que tendré que hacer.

—Maribelle se encontró a Sera al borde de la muerte. Creo que debo volver a casa de papá. Tengo la desafortunada ventaja de haber estado allí.

Las lágrimas se forman en los ojos de Prudencia.

—Brighton, no tienes que hacerte eso.

—Si eso significa salvar a mamá, lo haré. —Nadie puede refutar esta afirmación.

Apoyo mi teléfono contra la pared y preparo la cámara. No repito todos los ejercicios de respiración de Tala, confío en que puedo entrar en la mentalidad correcta. Cierro los ojos, enciendo mi fuego e imagino mi día más traumático.

Papá y yo estábamos en la sala de estar. Fuera de la ventana se oía el ruido estándar de la ciudad, nada especial. Papá llevaba el albornoz verde que le compré como regalo de bienvenida a casa después de que pasara un tiempo en el hospital; su temperatura dictaba con frecuencia si estaba alta o baja. Se sentó en el sofá con su libro favorito, *El último gran terrícola*, y me contó cómo, durante su última relectura en el hospital, no podía soportar al narrador y que no había química entre la pareja. He intentado leer el libro y pienso que papá estaba equivocado en ambos aspectos, pero fue divertido verlo enfadado por una historia que ha apreciado durante tantos años.

Fue entonces cuando empezó a morir.

La enfermedad se apoderó de él tan repentinamente que arrancó la cubierta del libro, partiendo por la mitad al hombre que estaba parado en la tierra.

Estoy esperando a que mis sentidos agudizados e ilógicos se apoderen de mí, como la cubierta gritando de dolor o los pulmones de papá apretándose como si le estuviera cortando el aire con mis propias manos, pero no llega nada. Estoy luchando contra todas las lágrimas y esperando una hemorragia nasal, pero nada. Cuando el calor de mi propio fuego se vuelve demasiado, lo dejo.

—Para la cámara.

40
PAREJA PODEROSA

BRIGHTON

—Tengo una idea.

Estoy tomando aire en el patio, con Prudencia. Ha estado observando a esta familia de fénix blancos durante los últimos minutos a pesar de que solo son pájaros. No espero mucho de las palomas, pero los fénix deberían estar haciendo algo más guay que seguirse unos a otros.

—¿Es sobre volver a retrociclar? —pregunta.

—Más o menos. Por la razón que sea, no puedo acceder a ese poder, pero si mamá está viva, debemos averiguarlo antes. Regresemos a la ciudad para que pueda buscar algo de ella en casa. Así Wyatt puede rastrearla.

—Bien pensado. Vamos a hacerlo.

—Gracias a las estrellas, estaba nervioso por si encontrabas alguna razón para decir que no.

—Estaba considerando esperar para hacer el viaje con Emil, pero sé que simplemente secuestrarías al fénix de alguien e irías tú mismo.

—Me conoces bien.

Regresamos al interior del castillo y despertamos a Emil para contarle nuestro plan. Está tan agotado que no estoy seguro de que se dé cuenta de que estamos hablando con él antes de que se vuelva a dormir. Dejamos los terrenos, cruzando el puente de regreso al coche. Prudencia está preciosa mientras se concentra en la carretera y nos saca del bosque. Pone un poco de música mientras conduce y toca el volante cuando canta. Saco mi móvil para grabarla.

—¡No publiques eso en ningún lado!

—¿Por qué no? Ganarás muchos seguidores nuevos.

—Por eso exactamente. Intento pasar inadvertida.

—Pero ¿no sería divertido ser la Reina Infinito para mi Rey Infinito?

—Prefiero ser la Mujer Independiente Infinita.

—Eso no tiene gancho.

—Tu dirás, Chico Infinito.

—Prefiero Hombre Infinito.

—Tú también dirías eso —dice sonriendo.

Por lo impotente que me he sentido, Prudencia me ha estado animando todo el camino de regreso a la ciudad. Estoy seguro de que está siendo coqueta y divertida para distraerme de todo lo que ha ido mal, y realmente lo aprecio. Las parejas no solo deben estar para presenciar los problemas. También deben ayudar a dejar de pensar en ellos. Quiero asegurarme de poder hacer lo mismo para ella en el futuro.

Hay algo grande que ha estado en mi mente desde el Fantasma Encapuchado, cuando todo cambió entre nosotros. Pero no puedo esperar a que las constelaciones especiales me den permiso para ser audaz.

—¿Puedo preguntarte algo?

—Esta siempre ha sido una pregunta tan extraña. ¿La gente realmente responde que no y sigue con su día?

—Así que tu respuesta es «sí».

—Correcto.

—¿Me quieres?

Prudencia se queda en silencio hasta que nos detenemos en un semáforo en rojo.

—Tal vez debería haber preguntado de qué se trataba tu pregunta antes de responder. No estaba preparada para eso.

—Perdón. Pensé en decírtelo y luego nos acostamos, pero no pudimos hablar de nada de eso por mis poderes.

—Salvados por los poderes.

—No tienes que responder. No importa.

Prudencia sigue conduciendo y nos acercamos a casa.

—Obviamente te quiero, Brighton, y claramente me atraes. Pero necesito algo de tiempo para averiguar si estoy enamorada de ti. Soy una huérfana de dieciocho años que ha estado huyendo con sus mejores amigos durante semanas y mi mente está un poco nublada.

—¿Te arrepientes de haber entrado en mi habitación esa noche?

—Para nada. No hagas que me arrepienta ahora.

Este es un gran comienzo y no terminará después de todo lo que hemos pasado.

Aparcar en la esquina de mi manzana me hace sentir como si el Brighton que solía vivir aquí fuera una de mis vidas pasadas. Es fácil recordar a los Portadores de Hechizos peleando contra Stanton en esta calle el día en que Emil obtuvo sus poderes, pero los recuerdos de la infancia jugando con los niños del vecindario se sienten muy lejanos. Siempre supe que iba a salir de esas amistades y hacer cosas mejores, pero para mí eso significaba mudarme a Los Ángeles y comenzar a estudiar Cine, no convertirme en un héroe que está demasiado ocupado para responder a los mensajes directos de amigos con los que solía jugar.

—No tengo la llave —digo mientras comenzamos a subir las escaleras de mi edificio.

—Realmente intento no usar mi ya sabes qué por razones personales, pero lo dejaré pasar por hoy.

—Deberías dejarlo pasar todos los días.

—Antes de que tuviera que utilizar mi ya sabes qué para evitar que Orton los quemara a ti y a Emil, estuve casi dos años sin usarlo —dice Prudencia mientras llegamos al cuarto piso y nos detenemos frente a mi puerta—. Pero ahora la Mujer Independiente Infinita tiene que fortalecerse.

Se asegura de que no haya nadie antes de abrir telequinéticamente la puerta. Arranco el aviso de desalojo cuando entro.

El apartamento todavía está desordenado. La última vez que estuve aquí con Maribelle fue la noche del Soñador Coronado. Publicó sobre la muerte de Atlas en Instagram y luego le presenté mi idea de robar la Sangre de la Parca; estuvo inmediatamente de acuerdo.

—¿Sabes que Maribelle fue la última chica que entró a mi habitación? Bastante épico, ¿verdad?

Prudencia finge el jadeo más grande y me agarra la muñeca.

—Oh, ¿cómo fue? ¿Fue alucinante? ¡Estoy tan feliz por ti!

—No, no estés feliz, ponte celosa.

—¿Te hizo sentir como un Hombre Infinito?

—Siempre he querido traerte a casa como más que una amiga y estás siendo una *bully* —le digo, alejándome. Luego giro contra mi control para encontrarme cara a cara con ella y sus ojos brillantes—. Eso ha sido sexy.

Está a punto de besarme cuando se abre la puerta de mi habitación.

Espero (deseo) que sea mamá, porque ¿quién más podría estar aquí? Un extraño sale de mi cuarto. Está pálido, tiene el pelo castaño desgreñado, una camisa blanca rasgada y ojos que parecen cansados, como si hubiera estado durmiendo en mi cama. Será mejor que no sea un saqueador o uno de mis fanáticos.

—¿Quién eres?

Responde con ojos ardientes y nos arroja un orbe de fuego blanco.

Nos agachamos y el orbe de fuego pasa por encima de nuestras cabezas y explota contra la pared. Arrojo al espectro en mi habitación.

—¿Por qué estás aquí?

Me golpea con la cabeza y se pone de pie. Corro de nuevo, esta vez disparando directamente a través de él como si no estuviera allí y chocando contra mi escritorio.

Ha usado... uno de los poderes fantasma que no tengo. Entonces me doy cuenta de que el último espectro con el que luché con el fuego blanco fue Orton. Está lanzando otro orbe de fuego cuando mi televisor cae directamente sobre él.

—Tiene una imitación de la Sangre de la Parca —digo, recordando cómo Luna dijo que solo experimentó con la mezcla de esencias en algunos, pero guardó la última versión de sangre pura para ella.

Estoy a punto de atacar cuando el extraño desaparece debajo del televisor. Sigo mirando a mi alrededor, esperando que se plante detrás de mí. Esta es mi primera pelea real desde que obtuve mis poderes y estoy más que listo para demostrar al resto del mundo lo que sucede cuando te cruzas conmigo.

—Quizá se haya ido —dice Prudencia, mirando por la ventana. Entramos en la sala de estar.

—Supongo que Luna lo ha enviado en caso de que volviéramos a casa.

—Probablemente esté volviendo con Luna.

Escucho un *clic* procedente de la cocina. Le hago un gesto a Prudencia para que se calle mientras nos acercamos sigilosamente y encontramos al espectro de pie sobre el horno con un orbe de fuego. Mis ojos se abren cuando agarro a Prudencia y corro a través de la sala de estar, justo cuando hay una explosión atronadora y una tormenta de fuego saliendo de la cocina. El humo oscuro llena el apartamento inmediatamente cuando salta la alarma de incendios. Otra explosión se dispara desde el apartamento de abajo, y otra, y otra, el espectro nos está derribando junto con todo este edificio.

—¿Estás bien? —pregunta Prudencia.

Estoy en estado de shock cuando me doy la vuelta y veo que el fuego se extiende hacia nosotros, como si la casa no fuera sagrada para mi familia. Incluso teniendo el dinero para empezar de nuevo después de la muerte de papá, nunca quisimos irnos porque aquí es donde él y mamá nos criaron. Pero ahora todos nuestros muebles y cuadros están siendo devorados por las llamas.

Debería haber sido más rápido para matar a ese espectro.

—¡Brighton! —Prudencia me sacude—. Tenemos que irnos. —Me toma la mano y me lleva hacia la escalera de incendios.

—Espera. Mis vecinos... Tengo que asegurarme de que salgan todos.

Parece destrozada, pero asiente.

—¿Por dónde empezamos?

—Abre todas las puertas y yo entraré corriendo en cada apartamento. Pero sal de aquí tan pronto como hayas terminado.

Los aspersores ya se han activado y el suelo mojado tiembla debajo de nosotros. Podría derrumbarse si no somos lo suficientemente rápidos. Prudencia abre de golpe telequinéticamente la puerta principal de cada apartamento antes de bajar al siguiente piso. Los residentes ya están llenando los pasillos e intento no resbalar mientras entro, gritando a todos que evacuen. Mis pulmones están aspirando este aire tan malo, pero tengo que seguir moviéndome. Hay muchas vidas en juego. Cuando llego al segundo piso, Prudencia está perdiendo el tiempo mientras ayuda a una anciana a bajar las escaleras. Golpeo las pocas puertas que aún no se han abierto, aliviado cuando salen los residentes.

—Has salido en las noticias —dice un hombre.

—Tienes que irte —le digo, corriendo hacia la planta baja y encontrando todos los apartamentos vacíos justo cuando Prudencia se va con la mujer.

Respiro aire fresco, y sostengo la mano de Prudencia mientras cruzamos la calle para unirnos al resto de mis vecinos. Todos estamos viendo cómo las llamas devoran nuestro edificio, nuestra casa. Me quedo mirando el enorme agujero en la pared donde solía estar mi cocina y rompo a llorar.

—Ya no está —digo débilmente.

—Hemos salvado a mucha gente —dice Prudencia—. Eso es lo que más importa.

—Sí, pero… no hemos podido quedarnos con nada de mamá. —Otra vez me siento incapaz de salvarla.

41
DAYROSE

EMIL

Llaman a mi ventana.

Le he dado un trozo del pan de mi cena a este marfil común y probablemente haya vuelto a por más. Me doy la vuelta en mi cama, me levanto de mi tercera siesta desde el casi retrociclado, y Wyatt está flotando afuera a pesar de que no es un artesano de luz. Me doy cuenta de lo que es. Entrecierro los ojos y apenas soy capaz de distinguir a Nox, que se mezcla con las sombras esta noche. Lucho para abrir la ventana; el dolor se dispara desde mis heridas reavivadas por el puñal asesino de infinitos, pero me las arreglo. Wyatt entra y Nox se aleja.

—¿Mi puerta está rota? —pregunto.

—Dulce Emil, te pido amablemente que tengas más estilo en la vida.

—Por supuesto, lo programaré después de retroceder en el tiempo.

—Fantástico. —Wyatt busca dentro de su cartera y saca un frasco de vidrio que contiene un líquido espeso al que solo puedo describir como barro rojo—. Mira, buen señor, es tu ungüento de Dayrose.

Desenrosco el tapón.

—¡Espera, no lo hagas!

Pero es muy tarde. Este ungüento de Dayrose, sea lo que fuere, no huele a rosa. Me ahogo tanto que vuelvo a enroscar el tapón de inmediato. El hedor me recuerda a cuando cociné pasta vegetal para la familia, pero una parte se quedó en la olla cuando nos fuimos de casa unos días, y al volver tenía tanto moho que Brighton vomitó en el suelo de la cocina al olerlo. Wyatt se baja el pañuelo de la cabeza para cubrirse la boca y la nariz y me da otro para que yo pueda hacer lo mismo.

—Probablemente el peor olor del mundo —dice Wyatt—. Prefiero estar cerca de Nox cuando tiene problemas de estómago, y te prometo que no es nada fácil.

Mis ojos están llorosos.

—¿Qué diablos es Dayrose?

—Es un olor que huele bastante bien por sí solo, pero si lo mezclas con la flor aro gigante, o «flor cadáver», obtienes este asalto a tus sentidos. El bálsamo fue creado para curar a los fénix cuyos poderes regenerativos son más lentos, como los asesinos de reinas. Por mucho que esos fénix ganaran brutalmente a los dragones, a menudo volvían heridos de la batalla.

Por trágica que haya sido su extinción, estoy bastante aliviado de no tener que enfrentarme a ningún espectro de dragones.

—Debo haber olvidado todos los detalles sobre Dayrose cuando estudié.

—Eso es porque es un secreto comercial. Exclusivo de Caballero del Halo. —Wyatt se sienta en el alféizar de la ventana, levantando su pañuelo para respirar un poco de aire fresco—. Aunque, si somos honestos, creo que en un futuro te convertirás en un Caballero del Halo. Controvertido, ya que eres un espectro, pero no siempre tiene que ser así.

Cuando se suponía que comenzar los estudios superiores sería la siguiente fase de mi vida, estaba emocionado de poder profundizar en la investigación de los fénix. Creía que trabajar con Kirk en el museo sería fácil de compaginar con mis clases. Pensaba que existía la posibilidad de que algún día me hiciera cargo de la exposición.

Nunca me he atrevido a soñar con convertirme en un Caballero del Halo.

Esta sería una gran oportunidad para mí. No es como si pudiera volver a mi vida normal ahora que la gente me conoce como Alas de Fuego e Hijo Infinito. Probablemente incluso podría estar a salvo aquí y aprender cómo proteger mejor a los fénix. Pero no hay forma de que me reciban como a uno de los suyos.

—Es una idea bonita, pero ambos sabemos que eso nunca pasará.

—¿Qué hay de malo en eso? Hay dos formas de convertirse en un Caballero del Halo. La primera es ser criado como uno, un maravilloso regalo de la vida con el que he tenido el privilegio de nacer. O puedes hacer contribuciones significativas a los fénix. No estoy en el consejo, pero entre lo guapo que eres y, oh, ya sabes, retrociclar para encontrar una poción que desterrará las esencias de los fénix caídos de los espectros, eres un ganador asegurado.

Afortunadamente, el pañuelo alrededor de mi cara oculta mis mejillas sonrojadas después del magnífico comentario de Wyatt.

—El único problema es que el hecho de que mi vida pasada haya causado esto sería bastante imperdonable, ¿verdad? Convertirme en un Caballero del Halo ahora sería como darle a alguien un aumento por arreglar su propia metedura de pata. Uno que cuesta vidas.

—Bueno, nuestros números han bajado, así que no podemos ser exigentes —dice Wyatt, y sé que está sonriendo detrás de su pañuelo—. De verdad, Emil, tienes el corazón para esto. Si puedes crear esta poción y deshacerte de tus poderes, estás en camino de unirte a nosotros. Sería el mentor de las santas llamas que salen de ti.

Me mira con tanta lujuria que necesito un poco de aire.

Sostengo el ungüento de Dayrose.

—¿Deberíamos salir? No quiero apestar la habitación.

—Hombre sabio.

Cada paso hasta llegar al patio duele. Veo a Nox descansando bajo la luz de la luna, aparentemente uno de sus pasatiempos favoritos. Esta idea de convertirme en un Caballero del Halo me emociona. Podría trabajar más de cerca con los fénix, pero me pregunto si lograré unirme con uno o si todos sentirán la esencia del sol gris muerto que ha estado en mi sangre durante tres vidas.

Pasamos la puerta principal del castillo porque Wyatt dice que los fénix tampoco responden bien al hedor del bálsamo de Dayrose. Realmente no quiero oler así a saber durante cuánto tiempo. Nos sentamos cerca del puente levadizo, los sonidos del río me tranquilizan. Aspiro una última bocanada de aire fresco antes de volver a abrir el tarro de cristal. El olor es tan intenso que toso y toso en el pañuelo.

—¿Tienes algún espray dentro de esa cartera?

—Me temo que no. Tendremos que aguantar esto. —Wyatt se acerca a mí—. ¿Me concederías el gran privilegio de ayudarte a aplicarlo?

Tengo un flashback de Ness ayudándome en la sala de suministros de arte, de Ness tocándome.

—No hace falta —digo.

—Sé generoso.

Saco suficiente ungüento como para cubrir los dedos. Casi me levanto la camisa, pero los ojos azules de Wyatt me miran y no quiero que vea mi cuerpo desnudo. Me doy la vuelta y me levanto la camisa, aplicándome el ungüento en todas mis cicatrices. Me pongo más sobre mi estómago ya que la herida del apuñalamiento de Luna me ha estado matando de dolor. En pocos segundos, algo helado se activa en el bálsamo.

—Por favor, dime que no tengo que dejarme esto puesto toda la noche —le digo mientras me giro hacia Wyatt.

No responde. Me mira como si fuera una obra de arte, lo cual es ridículo.

—Lo creas o no, amor, a pesar de lo directo que he sido contigo, hay algo que no te he dicho. Estoy desesperado por decirte lo hermoso que eres bajo la luna, como un poeta cursi, pero entiendo que no estás interesado en mí. ¿Mi aliento huele como ese bálsamo? ¿O hay alguien más?

Wyatt y yo no hemos hablado ni una sola vez sobre quiénes somos, pero sé que la cultura de Caballero del Halo en general siempre ha aceptado a las personas queer. No contaba con que él fuera tan directo con esto. Definitivamente no esta noche.

—¿Son esas las dos únicas opciones por las que no me estoy enamorando de tus encantos?

—Así que crees que soy encantador.

—No. O sea, claro, sí. Eres genial y tu acento te ha dado muchos puntos.

—¿Pero?

—Hay alguien. Había alguien. No estábamos saliendo ni nada por el estilo y no estoy seguro de lo que pensaba de mí, pero me atraía un chico, Ness.

Wyatt recoge una piedra y la arroja al río.

—Maldita sea, ese es un gran nombre. Esperaba un Chad o un Bobby. Puedo conquistar a todos los Chads y los Bobbys.

Me doy cuenta de que no tengo ni idea de por qué Ness eligió ese nombre.

—Su verdadero nombre es Eduardo. Eligió el nombre Ness después de convertirse en Regador de Sangre.

—¡Qué manera de esconder la noticia!

—Lo creas o no, esa no es la noticia. Ness era el hijo del senador Iron. El que supuestamente murió en el Apagón.

Los ojos azules de Wyatt se abren con sorpresa.

—Guau. Bueno, veo por qué te resistes a mis encantos. No puedo competir contra un chico malo que resucitó de entre los muertos.

—No era un mal tipo. Ness fingió su muerte porque su padre fue una terrible influencia.

—¿Unirse al grupo más letal de tu país lo hace bueno? —pregunta Wyatt, con un tono sorprendente en su voz.

Eso no es una novedad para mí, he sido su objetivo directo durante semanas.

—Los Regadores de Sangre le salvaron la vida y le ofrecieron sangre cambiante para que se escondiera de su padre. Sus opciones apestaban.

—Moriría antes de tomar voluntariamente la sangre de cualquier criatura.

No quiero traicionar a Ness, pero yo también. Aunque no está bien que lo juzgue cuando todavía no conozco su historia entera.

—Ness era bueno. Se vio obligado a matar a los enemigos de Luna, pero no está orgulloso de eso. Lo traumatizó tanto que se despertaba en la forma de sus víctimas. Y cuando tuvo la oportunidad de huir, regresó para salvarme. No lo vi morir, pero estoy bastante seguro de que le costó la vida.

Estoy temblando y no es por el ungüento.

Wyatt cierra el espacio entre nosotros con los brazos abiertos.

—¿Puedo?

Dejo que me abrace. Ya he llorado en sus brazos una vez hoy; no tengo más lágrimas. Pensar en Ness me hace sentir muerto por dentro y culpable de estar vivo.

—Quizá pudo escapar —dice Wyatt—. Ha fingido su muerte antes. Podría ser cualquiera en este mundo.

Me encantaría vivir en esa fantasía. No culparía a Ness si logró escapar de las fuerzas del orden y decidió que era demasiado arriesgado tratar de encontrarme de nuevo. Si supiera que está vivo sería feliz solo con eso, incluso si significara no poder estar juntos. Pasaría el resto de mi vida imaginando a Ness como personas diferentes, preguntándome si la persona que me está mirando demasiado rato o sonriendo mientras nos cruzamos en la calle es Ness disfrazado de alguien más. Solo lo quiero vivo y lo quiero con alguien con quien pueda ser él mismo, incluso si fuera solo en privado. Odiaría que esa cara se ocultara del mundo para siempre.

Pero tengo el presentimiento de que algo ha ido terriblemente mal con Ness.

El sonido del coche que se detiene me llama la atención y rompemos nuestro abrazo. Prudencia vuelve a aparcar al otro lado del puente levadizo. Se bajan del coche; Brighton está destrozado con la camisa rasgada y la frente vendada. Ayuda a Prudencia, que cojea hacia nosotros. Corro hacia ellos, el ungüento ya está haciendo su magia y reduce mi dolor.

—¿Qué diablos es ese olor? —pregunta Brighton, dando un paso atrás y tosiendo.

—Te quiero, Emil, pero hueles a muerte —dice Prudencia mientras presiona una bolsa de hielo contra su ojo morado y se tapa la nariz.

—Y vosotros dos lo parecéis. ¿Qué ha pasado?

—Hemos sido emboscados por un espectro —dice Prudencia—. Con poderes de Parca. Incluyendo el desvanecimiento fantasma —dice Brighton.

—Pero lo hemos vencido.

Los abrazo a los dos al mismo tiempo.

—Estoy tan contento de que estéis bien.

Brighton tiene náuseas.

—En serio, ¿te ha meado encima un fénix? ¿Qué es ese olor?

—Un ungüento curativo —dice Wyatt—. La orina de fénix huele más a…

—¿Has conseguido la ropa de mamá? —pregunto, interrumpiendo a Wyatt.

Brighton y Prudencia intercambian el tipo de miradas que no pueden significar nada bueno. ¿Han asaltado el apartamento? ¿Lo han tirado todo porque no hemos podido pagar el alquiler?

—Díselo —habla Prudencia.

Brighton deja escapar un profundo suspiro.

—Hoy no ha sido exactamente una victoria para el Equipo Infinito.

42
PREDECESOR

EMIL

Mi hogar ha desaparecido para siempre.

Todo lo que nos pertenecía, a mamá, a papá, ha sido destruido. Cada día de esta guerra parece que estamos más cerca de ser borrados de la historia. Como si alguien nos fuera a matar tarde o temprano y el mundo siguiera adelante. Entonces renaceré, tal vez Brighton también, y no habrá restos de los Reyes de la Luz con los que conectarnos, ni imágenes, ni arte, ni *tokens* personales.

Brighton y Prudencia están agotados, así que se van a la cama, pero entre todo el descanso de hoy y esta noticia, estoy tenso. Hace frío, incluso cuando el efecto del ungüento comienza a desaparecer, por lo que Wyatt y yo nos sentamos juntos, con los hombros pegados; ya nos hemos acostumbrado al hedor.

Estoy a punto de ponerme a llorar cuando Wyatt me pregunta cómo ha sido mi vida hogareña a lo largo de los años.

Duele compartir recuerdos de tiempos más sencillos, pero así es como me aseguro de que la historia de mi familia no se reduzca a cenizas. Hablo de lo que en teoría era ser el hermano pequeño por siete minutos para alguien que siempre ha sido tan naturalmente brillante, y lo afortunado que he sido de tener padres que me han querido tanto que ni siquiera sospechaba que era adoptado. Pero todo empezó a ir cuesta abajo cuando papá se enfermó. Estábamos todos muy cansados, Brighton siempre nos criticaba a nosotros y a los demás en el hospital, y las cosas solo empeoraron cuando papá murió. Ahora mamá está perdida, Brighton se portó muy mal con ella y no tenemos forma de encontrarla.

Ahora que he empezado, es como si no pudiera callarme. Antes de darme cuenta, estoy guiando a Wyatt a través de todo lo que ha sucedido desde que obtuve mis poderes: unirme a los Portadores de Hechizos, salvar al tragador de sol la noche que tomamos a Ness como rehén, la falsa traición de Ness que lo llevó a cortarme con el puñal asesino de infinitos, descubrir que Prudencia es una celestial, y la batalla de la última noche del Soñador Coronado en la que Gravesend murió en mis brazos.

Para lo rápido que puede ser Wyatt con sus respuestas, es un oyente increíble. Sin embargo, noto que se está durmiendo, así que miento y digo que quiero irme a la cama para poder dormir un poco. Se merece un descanso después de toda su investigación sobre el retrociclado, además de por haberme preparado el ungüento de Dayrose. Me doy una ducha rápida, luego regreso a la habitación y estoy despierto un par de horas más, escuchando los ronquidos de Prudencia y alguna canción de fénix, antes de dormirme al fin.

Me he despertado demasiado temprano porque Brighton está reproduciendo noticias en su móvil sin auriculares. Diferentes medios están cubriendo la historia de la batalla de Brighton con el espectro, y me dispongo a ver lo que queda de nuestro hogar. El edificio está completamente quemado y hay escaleras de incendio en la acera, que no le hacen bien a nadie allí. Veo nuestras ventanas en el cuarto piso, la de la sala de estar rota de cuando Ness se disfrazó de Atlas, y las de los dormitorios deformadas como las de cualquier otro inquilino. Los refugios han estado acogiendo a personas, y aunque Brighton y Prudencia ayudaron a salvar el día, todo esto sucedió porque los Regadores de Sangre esperaban que cometiéramos el error de volver a casa. Hemos desplazado a todos nuestros vecinos sin motivo.

Salgo de la habitación y me dirijo directamente a la biblioteca, donde Wyatt ya está en el balcón. No lleva nada más que los mismos pantalones cortos que ayer, con un libro grueso descansando sobre sus abdominales mientras sus pies están apoyados en la espalda de Nox dormido. La luz del sol ilumina su pelo castaño de una manera que lo hace brillar como un halo. No puedo decir si está entrecerrando los ojos porque hay mucha luz o porque está concentrado leyendo, pero tiene buen aspecto para un tipo que ya está muy bien.

—Hola —le digo cuando salgo. El sol calienta instantáneamente mi cuello.

—Te has levantado mucho antes de lo que esperaba —dice Wyatt. Cierra el libro y lo apoya en su regazo, dejando al descubierto su pecho. Me las arreglo para mantener el contacto visual, pero noto que mi mirada se esfuerza por desplazarse hacia sus pectorales, como el magnetismo—. Si hubiera sabido que estabas despierto, te habría invitado a nuestro vuelo matutino.

—En otra ocasión —digo. Me encantaría aceptarlo. Es algo a lo que debería acostumbrarme en caso de que alguna vez llegue a convertirme en un Caballero del Halo.

—Me has pillado en un momento interesante, amor. Estoy leyendo sobre la historia de tu predecesor. Tu primer intento de retrociclado fue asombroso, aunque creo que irá mejor si te concentras en regresar al día de su muerte. Maribelle sintió que estaba cerca del día de Sera, y dado que los dos murieron el mismo día, tal vez ese sea tu camino también.

—Me parece bien.

—¿Tenemos un pequeño club de lectura de Bautista?

Solo hay unas pocas páginas sobre Bautista en *La lista negra del Halo*, pero Wyatt cree que vale la pena estudiarlo todo. No hay mucho que no sepa sobre Bautista, debido a la obsesión de Brighton con él a lo largo de los años y su perfil en el museo, pero refrescar mi memoria no hará ningún daño.

Bautista de León tenía veinte años cuando aparecía en los titulares por haber desafiado a Regadores de Sangre en Nueva York. El grupo había estado robando bancos, intimidando a jueces y políticos y matando a alquimistas que intentaban crear pociones para neutralizar sus poderes. Su racha no había sido controlada hasta que Bautista comenzó a rastrear sus patrones, una habilidad que definitivamente no tengo. Se defendía en las peleas, pero cuando los Regadores de Sangre comenzaron a acosar a otros jóvenes, a los que llamaron «acólitos», para que hicieran el trabajo sucio, Bautista supo que necesitaba un equipo. Formó los Portadores de Hechizos para combatir todas las oposiciones a la paz.

Pasó un tiempo antes de que se ganaran al público, pero se convirtieron en una fuerza valiosa con su historial de salvar vidas e incapacitar a los Regadores de Sangre el tiempo suficiente para que las autoridades los encerraran en el Confín.

Cuatro años después, Bautista fue asesinado dentro de una fábrica de armas, y mientras muchos lo lloraban, el autor de este texto afirmó que si Bautista alguna vez aparecía de nuevo con los poderes ilegales de un fénix, los Halos se asegurarían de que su próxima muerte fuera tan permanente como la de Keon Máximo.

—No es el final más feliz —digo.

—Los Halos tienen corazones ardientes —responde Wyatt.

—Ojalá ninguno de ellos descubra que sus libros de Historia se equivocan sobre Keon.

Dado que el ungüento de Dayrose no me ha devuelto la salud por completo, decido mantenerme ocupado buscando más información sobre Bautista hasta que tenga la fuerza para intentar retrociclar nuevamente. Pido prestado el ordenador portátil de Brighton, y él me ayuda a revisar una docena de pestañas mientras pasa el tiempo en la sala de entrenamiento con Prudencia. Noto que se siente cada vez más cómodo con los poderes que estoy decidido a apagar, pero debemos asegurarnos de que somos lo suficientemente fuertes como para acercarnos a los Regadores de Sangre si queremos tener alguna posibilidad de desempoderarlos.

La primera pestaña es un vídeo de YouTube en el que una presentadora de CNN entrevista a Bautista y él explica sus intenciones respecto de los Portadores de Hechizos. He visto transmisiones de él a lo largo de los años, y aunque este vídeo es una repetición, es la primera vez que veo vida en él desde que descubrí nuestro vínculo.

Su cabeza está alborotada y no tiene vello facial. Se siente cómodo frente a la cámara y su carisma realmente lo vende como el héroe al que una vez celebraron millones de personas.

El otoño pasado se anunció que una película sobre la vida de Bautista estaba en proceso, y los fans, incluido Brighton, se pronunciaron sobre qué actores creían que podían igualar su encanto. Pero el estudio canceló el proyecto después del Apagón para distanciarse de los Portadores de Hechizos. Brighton se enfadó porque la película ya no se iba a hacer, pero no me sorprendería que hubiera enviado un mensaje directo a los productores intentando vender los derechos de nuestra historia.

Hay un artículo con enlaces a las muertes públicas de Bautista. Aguanto la respiración mientras hago *clic* en un vídeo en el que lucha contra un espectro de hidra con dos cabezas y cuatro brazos. El espectro pega a Bautista con una daga infinita, pero él es más rápido, rueda hacia un hacha que está tendida en la calle. La levanta, le prende fuego con llamas doradas y la mueve tan rápido que veo rodar una cabeza antes de cerrar el vídeo; confío en que la segunda cabeza también voló.

Chillo en mis manos.

—¿Qué pasa? —pregunta Wyatt.

—Vengo de asesinos, y soy un idiota si creo que voy a salir de esta guerra sin seguir sus pasos.

—Es inevitable en nuestro trabajo, ¿no?

Le cuento todo sobre cómo los Portadores de Hechizos también han argumentado en cuanto a este tema, y aunque también están interesados en evitar muertes, no tengo idea de si han matado antes ni de cuáles fueron las circunstancias.

Maribelle quemó vivo a Anklin Prince y está buscando la sangre de June. Y luego está Brighton, quien, desde que nos pusieron por primera vez en la órbita de los Portadores de Hechizos, me ha dicho que matar para salvar el mundo es diferente.

—Creo que los héroes no deberían hacer recuento de cadáveres.

—Entonces no soy un héroe, según tu opinión —dice Wyatt.

Eso me pilla desprevenido.

—¿En serio? Pero ni siquiera luchas.

—Repito, forma parte de nuestro trabajo. Hace tres años, visité los Estados Unidos para investigar una granja en Colorado que estaba robando huevos de fénix para reproducirse. Resultó ser durante la noche del Vigilante del Futuro, esa pequeña y encantadora constelación principal que ayuda a los celestiales con todas las formas de predecir el porvenir. Mi madre y mi padre lo habían visto hacía años, así que se quedaron mientras Nox y yo volamos sobre Chalk Cliffs para mirar las estrellas. Desafortunadamente, un psíquico nos había vendido a un alquimista y aspirante de espectro en la búsqueda de un fénix, y fuimos emboscados.

Wyatt se ve aún más horrorizado que cuando me estaba contando sobre la crueldad que Nox sufrió con su excompañero.

—No tienes que hablar de esto. No te estoy juzgando —digo.

—No, no. Es importante. Fue una experiencia de primera mano lidiar con la desesperación violenta de alguien por convertirse en un espectro. Combinado maravillosamente con otro gran problema estadounidense: ser amenazado con una varita. El alquimista atrapó a Nox en una red eléctrica que le daba descargas cuanto más se resistía. Tuve una oportunidad de agarrar la varita y no la desperdicié. Lancé hechizos, y aunque no tenía la intención de matarlos, lo hice. —Wyatt mira por la ventana abierta, fijo en el cielo—. Fue en defensa propia, pero eso es mucho para afrontarlo a los diecisiete años. Necesité alrededor de un año de terapia antes de poder aceptar que no soy como esos depredadores. Mi esperanza para ti, dulce Emil, es que seas amable contigo mismo si alguna vez tienes que matar por tus seres queridos. No te sentirías vivo si tuvieras la oportunidad de salvarlos y la desaprovecharas.

Después de un sueño perturbado por las inquietantes pesadillas de los actos heroicos de Bautista, me acomodo en la sala de meditación poco después del amanecer, más decidido que nunca a asegurarme de que mi vida no se haga eco de la suya. Brighton no lo intenta esta vez, solo observa junto a Prudencia, con una actitud bastante neutral al respecto, debo decir. Maribelle está ansiosa por darle otra oportunidad al retrociclado. Se sienta con las piernas cruzadas frente a mí mientras Wyatt y Tala nos recuerdan que el objetivo es encontrar a Sera y a Bautista en su último día con vida.

—Entendido —dice Maribelle.

—¿Cómo estás? —le pregunto.

Maribelle me mira como si tuviera el descaro de decirle algo.

Podría ofrecerle una vida de disculpas, y no importaría mientras Atlas esté muerto. En lugar de molestarla más, cierro los ojos y doy una respiración profunda para prepararme mentalmente para este próximo intento hacia el pasado.

—Confiad en vuestros instintos otra vez —dice Tala en voz baja—. Recordad la historia, respiradla y volved a ella.

Oigo que las llamas de Maribelle cobran vida y yo también me enciendo. No he usado el bálsamo de Dayrose desde hace dos noches, pero por fortuna mi poder es significativamente menos doloroso que antes. Puedo construir la vida de Bautista, comenzando por su voz, que ahora conozco mejor gracias a esas transmisiones, y busco y busco un camino hacia su último día.

Me siento atascado, como si mis piernas estuvieran enterradas en la arena, y pienso en lo desesperadamente que quiero encontrar esos ingredientes para no tener que quedar atrapado en esta guerra.

Todo se vuelve borroso a medida que surgen voces apagadas.

Un joven Bautista lucha contra la oscuridad, gritando cuando encuentra su mano en llamas, diciéndole a alguien que no quiere ser un arma. Me han preguntado alguna vez si he experimentado algún *flashback* a vidas que no he vivido, y ahora puedo decir que sí. Durante varios momentos olvido mi propio rostro, mi nombre y mi historia. Vuelvo como Emil Donato Rey con este recuerdo de Bautista pidiendo no pelear, y siento su desesperanza como dedos en mi cuello, asfixiándome. Compartimos este dolor a lo largo de las vidas. Bautista también quería escapar, y lo insto a que me ayude a pesar de que está muerto, a pesar de que soy el nuevo nosotros, pero es como pedirte a ti mismo que resuelvas un problema del que no sabes la respuesta. Luego Bautista, mucho mayor que en el *flashback*, un poco mayor que en los vídeos, parpadea en la oscuridad de nuevo, articulando palabras que nunca le he oído decir; palabras como «lágrima de hueso» y «raíz carmesí». Los ingredientes. Sigo buscando su voz como si fuera algo físico que puedo agarrar y apretar. Los otros ingredientes siguen viniendo a mí, como cuando mis manos saben qué palabras quiero escribir en un texto, una conexión total entre el cuerpo y el cerebro.

Entonces estoy parado en la oscuridad. Siento que debería estar cayendo para siempre.

Bautista aparece ante mí. Tiene el pelo largo, es castaño y está revuelto, y probablemente necesite un corte.

Su barba ha crecido en parches. Sus ojos marrones demuestran que necesita dormir. Gotas de sudor en su rostro. Lleva una camisa sin mangas de color gris metida en sus vaqueros negros, y vaya, tiene unos brazos musculosos. No es de extrañar que todos vieran en él a un superhéroe. De repente siento que la determinación y la esperanza aumentan dentro de mí, y llegar hasta aquí es increíble, pero hay algo sobre estos sentimientos que no cuadra, como una camisa que me queda bien pero no me he dado cuenta de que está al revés. Creo que estoy leyendo las emociones de Bautista. Estoy de pie frente a él, aunque parece que no puede verme, ni siquiera cuando la oscuridad se encoge a nuestro alrededor, reemplazada por el color y la luz que pinta la amplia habitación en la que estamos.

Hay rayos de color amarillo metálico encima de nosotros y sangre seca manchando el suelo blanco que resplandece en mis ojos. Hay un cartel con precauciones de seguridad junto a la ventana. Luego, alineadas a lo largo de las paredes, hay una variedad de armas que en su mayoría solo son utilizadas por los militares, como varitas de francotirador semiautomáticas y lanzagranadas de gemas. Esta es definitivamente la Fábrica Incendiaria en el sur del Bronx, donde mataron a Bautista, a unas manzanas de donde nací. Odio tanto este lugar que ya quiero volver a mi tiempo, pero luego me doy la vuelta y encuentro a un hombre en una silla sosteniendo algo que podría ser más poderoso que cualquier arma en esta habitación; un frasco con un líquido espeso que me recuerda a la arcilla húmeda. Oh, tío, le rezo a cada maldita estrella para que esa sea la poción que apaga poderes.

—Esto tiene que funcionar —suplica el hombre de la silla. No está gritando, pero su voz suena fuerte en mi cabeza. Tiene un ojo morado y mientras su mandíbula cuelga abierta noto que le faltan la mitad de los dientes. Supongo que es unos años mayor que yo, pero no me sorprendería que en realidad tuviera mi edad y solo hubiera envejecido mal por lo que sea que haya pasado.

Sería genial si compartir un espacio con Bautista pudiera conectarme con todo lo que él sabe, o al menos dejarme leer su mente en el momento, pero me quedo con las emociones.

—Al igual que las otras pociones, esta versión del Ahogador de Estrellas también es una prueba —dice Bautista, echando un vistazo al diario azul que yace abierto sobre la cinta transportadora desactivada.

Nunca había oído hablar del Ahogador de Estrellas, pero el nombre sigue su propósito. Si todos los poderes se originan en cuerpos celestes como las estrellas, entonces este nombre es apropiado para cuando los apagas. Me acerco al diario. Las páginas continúan siendo de un blanco nítido, no amarillentas como en mi época, con una ficha de índice encima. Intento tomar la ficha, pero mi mano la atraviesa una y otra vez. Solo estoy aquí como observador; no puedo tocar nada. Me inclino sobre la ficha y se trata del Ahogador de Estrellas, escrito con letra que identifico como la de Sera en la mitad de las páginas del diario.

Intento N.º 7: Ahogador de Estrellas
lágrimas de hueso (lágrimas de un fénix que se lamenta)
cáscara fantasma (cáscara de huevo de un fénix renacido)
pluma roca (muda de un basilisco emplumado de sangre)
raíz carmesí (raíz de una flor Dayrose)
~~cápsula antidisturbios (caparazón de aliento)~~
agua del Mar de la Sombra (saliva de una hidra estrella-sombra hibernando)
bayas quemadas (granos de antorcha triturados)
polvo de cúmulo (una pizca de tierra de alta montaña que no esté frecuentada porque está infestada de hidras)
~~estrella torcida (suelo peculiar)~~
ceniza sombría (hollín de un anciano coronado)

No sé cuánto tiempo tengo antes de que me echen de esta vida, así que estoy memorizando todo esto tan rápido como puedo. Lágrimas de un fénix que se lamenta, desgarrador pero bastante simple. Las cáscaras fantasma son literalmente cáscaras de huevo de un fénix que ha resucitado. Muda de basilisco emplumado de sangre, muda de basilisco emplumado de sangre, muda de basilisco emplumado de sangre. Tengo Dayrose gracias a Wyatt. Nunca hubiera descifrado el código de que el agua del Mar de la Sombra era saliva de una hidra estrella-sombra hibernando, y ese es el objetivo; pero, hombre, quién sabe cuántas veces puedo retrociclar, así que estoy decidido a conseguirlo todo ahora. Granos de antorcha triturados, que sé que son comunes. Y los Caballeros del Halo, con suerte, pueden ayudarnos con el hollín de un anciano coronado.

Estoy repasando todo una y otra vez —lágrimas de fénix, cáscara de huevo de fénix, muda de basilisco emplumado de sangre, Dayrose, saliva de hidra estrella-sombra hibernando, granos de antorcha triturados, hollín de anciano coronado— cuando Bautista se acerca al hombre, tirando de mí con él incluso mientras me resisto, como si estuviéramos atados.

Es todo un viaje, desearía que Brighton estuviera aquí para hacer esto en equipo. Se volvería loco porque Bautista huele a axilas y a colonia callejera.

El fundador de los Portadores de Hechizos se para ante el hombre mientras tiembla para desenroscar el frasco, metiéndolo entre sus piernas y luego extendiendo su antebrazo. Bautista le agarra la muñeca.

—Respira hondo, Price. Voy a contar hacia atrás desde tres.

Price se retuerce.

—Como si alguna vez hubieras contado desde…

Bautista clava la daga en la mano de Price, y su grito resuena tan fuerte que me tapo los oídos. La sangre se derrama en el frasco, manchando los pantalones de Price también, y una vez que Bautista parece satisfecho con la cantidad de sangre que ha entrado, vuelve a poner el corcho y lo agita como un barman que prepara un cóctel.

—Te curarás en cualquier segundo —es todo lo que dice. Yo me hubiera disculpado.

—No significa que duela menos —dice Price mientras la herida en su mano se cierra, dejando una leve cicatriz en la palma—. Este es el poder que más echaré de menos. Me ayudó a sobrellevar momentos difíciles en el Confín.

—Y a menos que quieras volver allí, beberás —dice Bautista, devolviéndole la poción a Price.

—Pero es muy repugnante. ¿No puede tu mujer hacerlo más rico?

—Mientras le paso tus comentarios a Sera, esperemos que tu fuego de fénix no te queme vivo como al Regador de Sangre al que has reemplazado. Dime, ¿cómo está ese montón de cenizas?

—¡Está bien, está bien!

La actitud de Bautista no es la que esperaba después de haberlo visto tan respetuoso y heroico en sus entrevistas televisivas. Nunca pensé que sería tan burlón. Definitivamente, yo no lo soy. En verdad demuestra que las únicas cosas que compartimos son estos poderes y una historia con el primer espectro.

Price mira la poción. No puedo imaginar que vaya a bajar suavemente por su garganta. Bebe, y cuando comienza a sentir náuseas, Bautista le apoya la mano en la boca y en la nariz hasta que traga. Price comienza a temblar violentamente y se hunde en su silla. Bautista le sostiene la nuca mientras grita:

—¡Me está quemando!

—Pasará.

Siento que Bautista está mintiendo. Está seguro de que Price está a punto de morir. En realidad, es compasivo con este Regador de Sangre.

Los ojos de Price se oscurecen como un eclipse y Bautista da un paso atrás en su instinto de protegerse. Price deja escapar otro grito que daña mis oídos, como si estuviera gritándome directamente. Las llamas blancas se tragan todo su cuerpo, y me recuerda a Orton quemándose hasta morir. Bautista se siente inútil hasta que las llamas se desvanecen y Price respira hondo.

—¿Estás bien? —pregunta Bautista.

Price se sienta. Extiende la mano, como si intentara lanzar fuego, pero no pasa nada. Múltiples intentos y nada.

—Mis poderes se han ido —dice Price.

—Estrellas.

La esperanza nos atraviesa a los dos con tanta fuerza que no puedo distinguir la mía de la suya.

—¡Mis días de Regador han terminado! —dice Price con una carcajada.

—Los días de Regador de Sangre de todos han terminado —responde Bautista mientras se levanta recogiendo el diario y sale corriendo de la habitación arrastrándome como una sombra.

43
MADRE

MARIBELLE

Hay un frío en la oscuridad que se siente como los vientos invernales el día en que mataron a mamá y a papá, y de repente Sera Córdova se manifiesta de la nada. Es maravillosa. Tiene mi piel morena (yo tengo su piel morena) y aunque mi pelo generalmente está trenzado, ella lo lleva suelto y le llega hasta la mitad de su espalda. Lleva una blusa blanca con un hermoso anillo azul y brazaletes plateados. Mientras la oscuridad se encoge a mi alrededor, puedo oler flores y hierbas, y escucho un caldero burbujeando y un bebé llorando.

Sera me levanta de una cuna: la bebé Maribelle. Debo tener un par de meses. Me está cantando en voz baja una canción sobre una chica que hace una corona con las ramas de su jardín, y estoy tan enfadada por no haber escuchado esto antes y la rabia se acumula en mí tan rápido que podría quemar esta habitación que parece ser un laboratorio de alquimista.

Pero la serenidad y la necesidad de consolarme se apoderan de mí, aunque eso no concuerda con cómo creo que debería sentirme.

Es como si de alguna manera me conectara con los sentimientos de Sera y de la bebé Maribelle. La bebé se posa contra los pechos de Sera, como si la canción de una madre y su contacto fueran todo lo que necesitara.

—¿Quieres ayudar a tu madre, mi girasol? —pregunta Sera. Nunca había escuchado ese apodo antes, pero puedo sentir cuán amorosamente lo usa tanto como puedo verlo en sus cálidos ojos marrones. Señala el caldero de acero y los morteros cargados de hierbas sobre el mostrador pulido—. Estoy preparando una poción para tu tía Aurora, para ayudarla a que se sienta mejor. Últimamente ha estado enferma desde que perdió a un ser querido. No puedo recuperar su pérdida o hacerla feliz instantáneamente, pero puedo hacer que su cuerpo sea más amable con ella durante este momento triste.

—Aurora no es mi tía —digo en voz alta, pero Sera no me escucha.

Quiero que Sera hable más sobre la pérdida y la tristeza de mamá. ¿Es esta la época en la que falleció su propia madre?

La puerta se abre de golpe, e instintivamente levanto mis puños para luchar, pero la calma de Sera me tranquiliza. Aparece un hombre que rápidamente reconozco como Bautista, con un aspecto bastante sucio, como si hubiera estado arreglando un coche. Siempre lo recuerdo como el líder de los Portadores de Hechizos, y lo saludaría si pudiera verme, pero pensar que él es mi padre es otra cuestión. Si no pudiera leer claramente la emoción en su rostro, diría que noto algo de triunfo en su corazón. Debo poder sentirlo también porque todos somos una familia, y como dijo Wyatt, ese es uno de los dos sustentos que tienen los fénix. Hacer malabarismos con cuatro emociones a la vez es vertiginoso.

Entra completamente y Emil lo sigue. Nos vemos y, gracias a las estrellas, no siento lo que sea que esté sintiendo por dentro. Está murmurando algo para sí mismo, con los ojos cerrados y concentrado.

—¡Ha funcionado! —dice Bautista.

Las lágrimas asoman a los ojos de Sera mientras la alegría y el orgullo se disparan en su interior.

—¿El Ahogador de Estrellas ha funcionado?

Deja el diario en el mostrador.

—¡Lo has hecho, mi preciosa visión!

Sera y Bautista se besan, el amor explota tan ferozmente que imagino a mi propia familia con Atlas como si aún estuviera vivo. Estos íbamos a ser nosotros en el futuro. Héroes y padres.

Bautista besa a la bebé en la frente.

—¿Has oído eso, Maribelle? Tus padres te están haciendo un mundo mejor.

—Rezo a las estrellas para que la poción no sea usada contra los de nuestra especie —dice Sera—. Tenemos que ser selectivos sobre a quién se la presentamos. Tal vez solo a los otros Portadores, para que permanezca en la familia. Ni siquiera confiaría en el gobierno en este momento. Podrían usarla con Maribelle cuando tenga sus poderes.

—Si es que los tiene —dice Bautista—. Mi sangre puede haberlo arruinado.

—Sé que los tendrá.

—Eres la vidente. Estoy seguro de que será como su poderosa madre.

—Tendría suerte de tener tu fuego, mi rayo de sol.

—Cuando estas calles sean mías, apagaré mi fuego. Papá a tiempo completo —dice Bautista con una sonrisa mientras vuelve a besar la frente de la bebé Maribelle.

¿Cómo habría sido mi vida si no los hubieran matado?

¿Habría sucedido el Apagón si Sera hubiera predicho la catástrofe claramente en lugar de mi persistente intuición que no podía entender? ¿Habríamos transformado todos el mundo para mejor, para poder tener nuestra propia casa después de que las calles fueran limpiadas de espectros violentos?

Los ojos de Sera brillan como una luna llena rebotando entre sus ojos izquierdo y derecho. Nos advierten de un peligro tan intenso que lo sentimos en los huesos, en la piel; así es como debería sentirse mi poder. Aunque no puedo ver lo que está viendo, tengo experiencia en definir el momento que está temiendo. El terror aprieta su garganta y no puede hablar de su destino. Por un momento estaba imaginando un futuro esperanzador, al siguiente estaba viendo que nada de eso sucedería jamás. La muerte puede moverse rápidamente, pero hay consuelo en saber que puede prepararse.

Si tan solo me hubiera podido preparar para Atlas.

—Sera, ¿qué has visto? —Bautista no ha estado nunca tan asustado.

—Nuestro fin —susurra Sera—. Pero solo el mío y el tuyo. Todavía hay esperanza para Maribelle. Mi madre nunca puede saber que es mi hija. La perseguirá y usará sus poderes como me usó a mí.

Bautista está tratando de mantenerse fuerte, mientras que Emil llora como si fuera su propia familia. En cierto modo, lo es.

—¿Qué hacemos? —pregunta Bautista mientras sus propias lágrimas se abren paso—. Ya ha sido bastante difícil ocultar tu embarazo este año.

—Tengo un plan —dice Sera. Está sollozando, sus labios tiemblan mientras planta un largo beso en la mejilla de la bebé Maribelle—. Lo siento, no estaré contigo, mi girasol.

Esta es la disculpa que escuché durante mi primer intento de retroceso.

—¿Cuánto tiempo tenemos? —pregunta Bautista.

Sera casi no quiere responder, pero el tiempo no está de su lado.

—Minutos. Mi madre y sus fuerzas irán entrando mientras hablamos.

La rabia se apodera de Bautista mientras sus ojos arden como un eclipse y llamas grises estallan alrededor de su puño.

—Ella no se va a acercar a nuestra hija. No, a menos que Luna quiera morir con nosotros.

Aunque no puedo percibir la conmoción de Emil, sé que somos las únicas dos personas en la habitación que la sienten.

Luna es la madre de Sera, y mi abuela.

44
HISTORIA

BRIGHTON

Emil y Maribelle brillan como rayos de sol. Están sudando con sus llamas doradas, grises y amarillas y, aunque las palabras se escapan de vez en cuando, en realidad no tengo ni idea de lo que está pasando. Todo lo que sé es que deben haber retrociclado con éxito.

No me lo puedo creer. Emil está conociendo a mi héroe, su vida pasada, mientras que Maribelle está con su madre biológica. ¿Cómo funciona? ¿Se han convertido en ellos? ¿Tienen algún control? Nadie pensó que lo harían, pero no sabíamos que esto era posible antes de llegar. Las reglas para un fénix no tienen que ser las mismas reglas para los espectros con poderes de fénix.

Treinta minutos después, Prudencia pregunta:

—¿Y si están atrapados?

—No ha pasado ni una hora —dice Tala—. Los fénix no van tan rápido.

Wyatt asiente.

—El único sol gris que fue registrado retrociclando volvió de la hibernación después de dos días.

—No voy a estar aquí sentado durante dos días —replico.

—Entonces esperemos que Emil y Maribelle puedan encontrar el camino de vuelta pronto —dice Wyatt.

—¿Confiando en sus instintos?

—Los han llevado lejos.

Pero ¿cuán lejos es eso? Pues sí. Están limitados por lo que podrían hacer, incluso alguien tan especial como Maribelle, un híbrido de espectro celestial. Soy el Salvador Infinito, y la razón por la que no debo poder retrociclar es porque no tengo todos los poderes que mi Sangre de la Parca me ha prometido. Incluso si los poderes fantasma no tienen mucho que ver con los de mi fénix, todo está empaquetado dentro de mí y seguramente se afectarán entre sí, al igual que Maribelle no pudo volar por completo hasta que también activó su fuego.

Puede que me quede fuera, pero cuando tenga todos mis poderes, haré que su retrociclado y todo lo que puedan hacer parezca un juego de niños.

Lo aseguro.

Transcurre una hora, luego otra, y me paso las tres siguientes respondiendo a mis comentarios de YouTube y contestando algunas preguntas en Instagram, pero a la octava hora de esperar, empiezo a preguntarme si mi hermano y Maribelle podrán volver a nuestro tiempo.

45
SERA CÓRDOVA

MARIBELLE

Soy la nieta de la mujer que me lo ha quitado todo.

He nacido en una oscuridad maldita. Siempre me ha gustado ser una celestial, pero nunca he deseado estos poderes tan poco como ahora. Anhelo el drama familiar en la línea de mi madre que no se habla con mi abuela porque no le gusta mi padre o las discusiones sobre la mejor manera de criarme. En cambio, ha habido embarazos ocultos, padres secretos y una abuela malvada, como un horrible cuento de hadas.

Comparto sangre con la líder de pandillas más temida que está detrás de las muertes de mamá, papá, Sera, Bautista y Atlas. Quiero llorar de rabia, pero Luna se ha asegurado de que ya no haya nadie que me abrace.

Emil intenta acercarse a mí, pero extiendo una mano. No quiero su consuelo.

—¿Han vuelto Konrad y Finola? —pregunta Sera.

—Creo que no —responde Bautista—. La cita de Iris con el sabio debería estar sucediendo ahora. ¿Crees que estarán bien?

—No los he visto sufrir en mi visión —dice Sera.

—¿Qué has visto? ¿Cómo pasa?

—¡¿Qué importa cómo pase?! Nos estamos muriendo, Bautista. ¡Lo mejor que podemos hacer ahora es asegurarnos de que nuestra hija y nuestros amigos no mueran con nosotros! —Sera está temblando mientras apaga el fuego del caldero—. Ni siquiera he podido terminar la poción para Aurora, y nunca llegaré a ver a Maribelle hablar o caminar. Está pasando demasiado pronto, demasiado pronto. Odio estas visiones que solo me muestran el dolor y la muerte, pero nunca la vida.

La bebé está llorando, pero Bautista intenta callar a Sera para calmarla. Le sostiene el rostro contra su pecho y le frota la espalda. Ninguno de los dos se está adaptando particularmente a esto.

Lo que dice Sera sobre las visiones que solo muestran dolor y muerte se sincroniza con cómo mi sentido psíquico solo me ha advertido del peligro. No sé de dónde viene este poder. ¿Un antepasado de Luna? ¿Mi abuelo? Quienquiera que sea. Por mucho que Sera crea que quiere ver mi futuro como si tuviera una vida bonita, solo vería cómo el mundo ha empeorado y me ha hundido con él.

—Tenemos que llevar a Maribelle con Aurora —dice Sera.

—No, vamos. Te sacaré de aquí. Demostraremos que tu visión está equivocada —responde Bautista.

—Esta advertencia está escrita en las estrellas, y ni siquiera somos lo suficientemente poderosos como para cambiar el destino. Trae el diario. Todavía hay tiempo para preparar a los Portadores para el éxito contra los Regadores de Sangre.

Cuando Sera sale de la habitación y corre por el pasillo, me arrastra con ella, como si ella fuera la tierra y yo una luna puesta en su órbita. Bautista la alcanza, y agarra el diario al pasar. Emil está a mi lado.

—¿Estás bien? —pregunta Emil.

Me sorprende poder escucharlo. Lo ignoro como si no pudiera.

Sera y Bautista corren por el pasillo, temiendo sus muertes, pero sin decir nada entre ellos. Si mamá y papá hubieran sabido que estaban a punto de morir, habrían utilizado hasta el último minuto para expresarse su amor mutuo. Pero yo era más grande cuando mamá y papá murieron. Aquí soy una bebé que necesita que mis padres biológicos me entreguen para poder convertirme en quien soy.

No puedo creer que vaya a ver a mamá y a papá.

Sera se detiene en seco, luego empuja a Bautista a un lado mientras da un paso atrás y una corriente de ácido pasa por donde estaban. Todos nos giramos y un hombre con un mono gris y ojos verde veneno les da a Sera y a Bautista un saludo espeluznante con su mano escamosa. Bautista no pierde el tiempo lanzando fuego dorado, pero el espectro del basilisco se mueve tan suavemente como Stanton.

—¡Tómala y vete! —dice Bautista.

Le arroja el diario a Sera antes de lanzar otro ataque, sin saber si la volverá a ver. Sera deja caer el diario, y mientras lo recoge y huye, deja atrás una ficha de índice.

Emil grita inútilmente su nombre mientras intenta recogerla sin éxito.

—¡Esos son los ingredientes! —dice Emil.

—¡Memorízalos! —grito mientras Sera me empuja con ella por el pasillo.

Este es el momento de la historia que explica por qué se permitió criar a dos décadas más de espectros, lo que provocó más conflictos entre los que tenían poderes y los que no los tenían. El descuido de un guerrero provocado por la determinación de una madre de proteger a su hija. Todas las muertes, desde mamá y papá hasta Finola, Konrad y Atlas, ¿podrían haber sido evitadas si esta poción que apaga poderes se hubiera abierto camino en el mundo? ¿Luna habría renunciado a la lucha si sus esfuerzos hubieran sido contrarrestados?

Es como lo he estado pensando todo el tiempo: estoy tocada por la Muerte. Simplemente no me he dado cuenta de que ha sido así desde el principio.

Sera casi ha llegado al final del pasillo cuando veo a mis padres salir de una de las habitaciones, con las varitas listas. Estoy aturdida y es como si hubiera olvidado cómo respirar mientras me maravillo por ellos. Nunca pensé que sería posible volver a ver a mis padres, y mucho menos en un momento en el que solo son un par de años mayores que yo. Mamá es tan guapa; ojalá me pareciera más a ella. Su pelo oscuro no es tan largo como lo recordaba, pero tiene un corte hasta los hombros con una corona dorada envuelta alrededor de su cabeza que resalta las manchitas verdes de sus ojos marrones. Papá es tan guapo como en todas las fotos, y no me sorprende que fuera el don juan del grupo.

Sus espesas cejas están a poco de la uniceja, y me dan ganas de reír pensando en lo serio que se puso papá con la depilación con cera unos años después. Ambos llevan chalecos anticuados a prueba de poderes, con nuestra insignia de Portadores de Hechizos pintada con grafitis plateados.

—Los Regadores de Sangre han entrado —dice Sera.

—Mira por la ventana; estamos rodeados de acólitos —añade mamá.

Esto sorprende a Sera, su miedo aumenta.

—No tengo mucho tiempo, pero Bautista y yo necesitamos que cuidéis a Maribelle.

—Nos quedaremos y lucharemos —dice papá.

—¡No, tenéis que marcharos! ¡He tenido una visión y necesito que mi hija se vaya de aquí!

Mamá aferra la muñeca de papá, lo que siempre la he visto hacer para que él escuche.

—Llevaremos a Maribelle a un lugar seguro. ¿Hay algún sitio en particular en el que deberíamos encontrarnos?

Sera mece a la bebé Maribelle de un lado a otro mientras acaricia la cabellera con la que nací. Mira a mamá y a papá con lágrimas en los ojos y, aunque no puedo sentir sus emociones, confío en que sepan lo que viene tan claro como una visión.

—Esta es mi última lucha, y la de Bautista también. He visto nuestros cadáveres en un futuro muy cercano, y la única forma en que podéis ayudarnos es cuidando a nuestra hija.

Papá niega con la cabeza.

—Sera, no vas a ir a ningún lado. Quizás estés leyendo mal la visión. No caigas en eso.

Mamá está llorando, y cada vez que lloraba en la vida, siempre me resultaba difícil verla. Esta vez no me apartaré.

—Sé que es difícil, Lestor, pero sus visiones nunca se han equivocado. La última vez que no confiamos en su poder, nos rompió el corazón aún más... —Se coloca una mano en el estómago y frota el brazo de papá, tranquilizándolo mientras lucha por contener sus propias lágrimas.

Estoy confundida hasta que me doy cuenta de que mamá debe haber tenido un aborto espontáneo, una pérdida que Sera hubiera previsto. No sé lo doloroso que debe haber sido para ellos, y si alguna vez planearon decírmelo, pero quiero abrazar mucho a mamá y a papá.

La desesperación y la devastación se están acumulando dentro de Sera.

—Deseo más que nada haber visto a nuestras niñas crecer juntas... Estoy desconsolada. Ni siquiera podré ver a mi pequeño girasol florecer. Pero vosotros dos podréis. Necesito que crieis a Maribelle como vuestra. No dejéis que nadie, especialmente los Regadores de Sangre, sepan que ella es mía. No puedo permitir que mi madre la use de la forma en que me utilizó toda mi vida.

Mamá asiente de inmediato, dispuesta a darme la bienvenida como a su hija, y papá todavía se encuentra en estado de shock.

—La amaremos como ya lo hacemos —dice—. Nunca se sentirá como una farsa, pero ¿qué hacemos si sus poderes se imponen por Bautista? No hay fuego en nuestro linaje.

—Entonces, apágalos —dice Sera mientras le entrega a papá el diario—. Bautista probó mi poción en Price y funcionó. Cuando sea mayor y esté segura, tú decidirás qué sabe o qué no. Pero su vida es más importante para mí que la verdad. ¿Entendido?

—Sí —dice mamá.

—¿Lestor?

—Tú y Bautista habéis salvado nuestras vidas. Haremos cualquier cosa por vosotros —dice papá.

Sera mira a los ojos de su hija.

—Sé fuerte y amada, Maribelle Córdova de León. Tu padre y yo tenemos constelaciones de amor por ti. —Besa la frente de la bebé Maribelle y la abraza contra su pecho antes de dársela a mamá.

Hay algo en este traspaso que me hace sentir como si me estuviera viendo nacer.

—Cuidaos —susurra Sera a todos.

Papá abre la ventana y es el primero en salir. Mamá se asegura de que la manta esté bien envuelta alrededor de la bebé antes de detenerse para darle a Sera una última mirada. Entonces mamá sale, y Sera y yo los vemos volar a la distancia.

Esta es la primera vez que mi familia surcó los cielos junta. Y la última vez que mi madre biológica me vio.

46
BAUTISTA DE LEÓN

EMIL

En cada gran historia de viajes en el tiempo, la persona que regresa al pasado trae *spoilers*.

Aunque sé que Luna es en última instancia quien mata a Bautista, todavía no estoy seguro de cómo se desarrollará esta batalla entre el Portador de Hechizos original y el basilisco Regador de Sangre. Ojalá pudiera asumir el control para que Bautista pueda alcanzar a Sera y a Maribelle y decirles adiós, pero soy impotente en ese espacio.

El ácido verde se dirige hacia Bautista y este da una voltereta hacia un cuarto con estantes llenos de granadas de gemas de colores.

Está calculando algo mientras se esconde detrás de uno de los doce barriles que hay. Casi me escondo con él, pero el Regador de Sangre no puede verme cuando entra.

—¿Quién era ese precioso bebé? —pregunta.

En el hospital de Cuidados Celestiales, cuando Stanton atacó, nos rastreó rápidamente. No sé si este Regador de Sangre tendrá las mismas habilidades, pero se está moviendo rápido hacia Bautista. Puedo notar que Bautista está nervioso. No sé si es porque está en una sala de explosivos o porque un adversario podría darse cuenta de que Maribelle es su hija.

El Regador de Sangre se detiene en seco, olfateando el aire, y Bautista salta desde detrás del cañón y da una increíble patada hacia su mandíbula; es difícil imaginarme a mí mismo haciendo eso, y de hecho puedo volar, a diferencia de Bautista. Intercambian golpes, errando el uno al otro cada vez hasta que el Regador de Sangre acumula ácido en su boca y Bautista lo golpea en la garganta y lo derriba con una patada en el tobillo.

Bautista corre hacia la puerta.

—No voy a caer solo —dice mientras lanza un orbe de fuego dorado a la pared de granadas de gemas. Va por el mismo pasillo por donde Sera y Maribelle salieron corriendo, tan concentrado que no ve la ficha con los ingredientes de la poción en el suelo. En unos momentos, la explosión más fuerte que he escuchado resuena en mis oídos y el fuego y la electricidad destrozan la habitación. Suena una alarma por los pasillos. Bautista sigue huyendo como si fuera una estrella que escapa de un apocalipsis, sin volver a mirar ni una sola vez el caos electrizante y ardiente que se desata detrás de él.

Cuando está despejado, se detiene para recuperar el aliento. No siente ningún remordimiento por haber matado al Regador de Sangre o por haber destruido la propiedad. Nunca podría haber protegido mi vida tan rápido como ha protegido la suya. Pero ¿si tuviera que cuidar de Brighton? Quizá. Espero no tener que averiguarlo nunca. Repito los ingredientes una y otra vez para asegurarme de no tener que volver a ser un soldado.

El ex Regador de Sangre, Price, viene corriendo por el pasillo.

—¿Qué está pasando? ¿Nos están atacando?

—No, he pensado que hacer explotar esto sería festivo —dice Bautista.

—Disfrutas siendo un idiota; voy a salir de aquí —Price deja de hablar cuando una lanza con llamas verdes lo atraviesa por detrás y cae muerto tan rápido como un parpadeo.

Nos damos la vuelta y vemos una tripulación de refuerzos: dos Regadores de Sangre y un grupo de acólitos, basándonos en su apariencia. El hombre que ha arrojado la lanza con fuego fénix tiene una cola de caballo negra y músculos enormes. Puede que ya no tenga su lanza, pero probablemente podría aplastar a alguien con sus manos quemadas. Hay una mujer con tres ojos, uno de ellos cerrado, y cuatro brazos con dedos que no paran de temblar; sangre de hidra, seguro. Estos deben ser algunos de los primeros Regadores de Sangre, si no los primeros. Los acólitos van vestidos con jerséis de cuello alto grises y pantalones negros, muy diferentes a los monos que usan hoy en día.

Bautista levanta dos puños de fuego y trata de hacer gala de la mayor confianza posible; todavía no saben que lograrán matarlo.

—He matado a vuestra serpiente —dice—. ¿Quién será el siguiente?

—Tal vez yo —dice la voz de una mujer, y los acólitos se separan para que Luna pueda llegar al frente. Debe estar en sus cuarenta, o principios de los cincuenta; tiene el pelo oscuro, con las primeras canas. Se mueve y respira con facilidad. Si Luna es tan peligrosa como lo es en mi época, solo puedo imaginar cómo debió ser en plena salud.

Sonríe a Price en el suelo.

—El traidor está muerto. Maravilloso.

—Solo quería una vida mejor —dice Bautista.

—¿No es lo que queremos todos? —reflexiona Luna—. ¿Dónde está Sera?

—Se ha marchado —miente Bautista.

—No llegará muy lejos.

—Tú tampoco.

Empuja sus puños hacia adelante repetidamente como si estuviera frente a un saco de boxeo; es una técnica que estaría bien probar mientras tenga estos poderes. Siete orbes de fuego vuelan hacia Luna y el fénix Regador la defiende con un escudo de fuego verde.

La hidra Regadora corre a lo largo de la pared, y cuando Bautista se concentra en intentar quemarla, se vuelve vulnerable a los dardos de fuego en el pecho y cae hacia atrás.

Grito mientras el fuego también me quema. No salgo volando como Bautista, pero aprieto mi pecho deseando poder hacer algo más que quedarme aquí. No sabía que iba a experimentar el dolor de Bautista de esta manera...

Los Regadores de Sangre lo inmovilizan.

Luna desenvaina el puñal asesino de infinitos de su cinturón.

—Es una pena que Sera no esté presente para ver esto. Aunque quizá ya lo haya hecho... —Se lanza sobre él y presiona la mano contra su corazón—. Te prometo, querido Bautista, que si te atreves a aparecer en otra vida para oponerte a mí, te mataré una y otra vez hasta que aprendas tu lección. Ten en cuenta que pienso estar cerca por mucho tiempo.

Intento romper con mi vida pasada para no tener que sentir este dolor, pero Luna es rápida y lo apuñala en el estómago. Bautista y yo gritamos, haciéndonos eco el uno del otro. Su sangre sube alrededor de la daga y fluye por sus costados. Su poder curativo intenta activarse, pero el mismo dolor de cuando Ness y Luna me apuñalaron se enciende, una y otra vez, y es insoportable. Bautista lucha por respirar y yo me noto mareado, luchando por respirar también. Él sabe que va a morir, pero me estoy asustando porque tal vez yo también muera.

No sabemos si los fénix que han retrociclado se han visto afectados por las muertes en sus linajes, y desearía haber aprendido más sobre cuántos de esos fénix hibernantes realmente se han despertado, y si alguno de ellos ha muerto por no volver a la vida que les corresponde a tiempo.

—¡BAUTISTA!

Sera corre con la actual Maribelle a su lado. Se pone de rodillas, tan audaz que no les hace caso a los Regadores de Sangre alrededor de Bautista. Empuja a Luna, que se ríe.

Maribelle empieza a agarrarse el estómago y grita; ¿puede sentir su dolor también, incluso si se transporta a Sera? No puedo concentrarme mientras Sera saca lentamente el puñal asesino de infinitos del estómago de Bautista. Todo es demasiado angustioso para notar la diferencia. Es tan extraño sentir todo su dolor y no ver mi propia sangre corriendo por mí.

—Hemos ganado —dice Sera con lágrimas en sus mejillas ruborizadas—. Hemos ganado. ¡Ellos no! Te veré en el más allá, mi rayo de sol.

Su cuerpo se está apagando, pero cuando Sera lo besa, hay tanto amor que me atraviesa... Amor que nunca he conocido porque nunca he dado este salto. Bautista quiere quedarse aquí, quiere seguir viviendo, y yo también, pero la oscuridad nos esconde a todos, y estamos solo nosotros, muriendo juntos.

Entonces, justo al borde de la muerte, caen llamas doradas y grises a mi alrededor y estoy gritando en mi propio cuerpo.

Estoy vivo, he vuelto.

Estoy empapado en sudor y no me he sentido tan mareado desde que usé mis poderes por primera vez. Brighton, Prudencia y Wyatt están a mi lado y quieren saber si estoy bien, si he visto a Bautista o me he convertido en él, si he averiguado los ingredientes. Pero es demasiado pronto.

Todavía me duele el cuerpo y me levanto la camisa, sin importarme un carajo quién esté mirando, para asegurarme de que no haya un agujero en el estómago por donde han apuñalado a Bautista. Las únicas cicatrices son las mías. La forma en la que Luna mató a Bautista es lo que pretendía hacerme la última noche del Soñador Coronado.

Me balanceo hacia adelante y hacia atrás, afligido por cómo he sentido la muerte de Bautista. Miro a Maribelle en sus llamas de color amarillo oscuro, con la esperanza de que pueda volver a su propio cuerpo antes de tener que sentir cada gramo de dolor mientras su madre biológica también muere.

47

HONOR

MARIBELLE

Sera todavía está viva, pero toda su luz la ha abandonado.

Puede que el dolor de Bautista me haya abandonado, pero el corazón de Sera está tan destrozado que es como si estuviera reviviendo la muerte de Atlas una vez más. Excepto por que ella no tiene mi rabia. A pesar de toda su charla sobre cómo ella y Bautista han ganado —un mensaje en código para hacerle saber que han logrado poner a salvo a la bebé Maribelle, y tal vez incluso descubrir esa poción que apaga poderes—, su cara valiente ha caído.

Luna apoya su mano en el hombro de Sera, y ella ni se molesta en sacarla.

—Eras digna a mi lado. Íbamos a crear un mundo en el que no tuvieras que preocuparte por perder a tus seres queridos como yo. Sin visiones de peligro y muerte, porque todos estarían a salvo, intocables. En cambio, ambos me habéis traicionado y habéis intentado deshacer todo mi trabajo. Dime, mi única e inigualable. ¿Qué piensas de este mundo de la muerte mientras sostienes su cadáver?

Sera mira a su madre a los ojos.

—Es una lástima que no esté presente para verte morir. —Se vuelve hacia Bautista y le besa los labios porque siente que será la última vez—. Ya he visto el final. Manos a la obra.

—Muy bien —dice Luna. Hay remordimiento vivo dentro de ella, pero su necesidad de supervivencia es más aguda.

Luna agarra el puñal asesino de infinitos, tira la cabeza de Sera hacia atrás sosteniéndole el pelo y le corta la garganta. Sera choca contra el hombro de Bautista, la sangre se acumula debajo de ella. Para cuando comienza el dolor, la oscuridad se apodera de mí y solo somos Sera y yo muriendo hasta que mis familiares llamas de color amarillo oscuro se desvanecen y vuelvo a mi propia vida.

Respiro profundamente y casi golpeo a Tala mientras intenta poner una toalla fría contra mi frente.

—He vuelto, he vuelto —le susurro.

—Estás bien —dice Emil, todavía sentado donde empezamos.

El retrociclado tiene el potencial de ser precioso. Pero esto ha sido una pesadilla.

—Voy a matar a Luna —digo.

—¿Qué ha pasado? —pregunta Tala.

—¿Alguien puede informarnos ya? —pregunta Brighton—. Mentes curiosas.

Casi espero sentir las emociones de Sera, pero solo siento las mías porque ya no estoy a su lado. Hay una conclusión que sigo elaborando en mi cabeza.

—¿Cómo no hemos sabido que Luna era la madre de Sera?

—¡¿Espera… qué?! —pregunta Brighton.

Todo el mundo está tan sorprendido como yo, y ese es el problema. El hecho de que Sera fuera alquimista no era una pista suficiente, pero ahora es sin duda una pieza importante del rompecabezas. ¿Por qué mamá y papá no me lo dijeron? Sera dijo que no hacía falta que yo supiera que era su hija, pero ¿por qué no podían confiar en mí al decirme que la madre de Sera era Luna? Tal vez para ellos no importaba, pero es otro secreto familiar, y será mejor que este sea el último que escuche de alguien, o que alguien me ayude.

—¡¿Por qué no lo sabíamos?! —grito.

—Estoy recordando una cosa —dice Emil—. Cuando Luna me tuvo como rehén, mencionó algo sobre un traidor que cautivaba a Bautista. No dijo nada más sobre ellos, pero Sera encaja perfectamente.

—¿Por qué no lo has mencionado antes?

—No parecía importante con todo lo que estaba pasando —dice en voz baja.

La cantidad de veces que me ha fastidiado esta triste excusa es asombrosa.

—Planeo honrar a Sera deshaciendo todo el trabajo de Luna. ¡Será mejor que hayas memorizado los ingredientes de la poción porque no voy a revivir eso otra vez!

Emil asiente vigorosamente. Toma el diario y comienza a marcar los nombres de los ingredientes. Lo oigo hablar sobre granos de antorcha triturados antes de desconectar.

Todo el dolor que he pasado este año es cruel. Es como si los dioses escondidos en las constelaciones me odiaran, como si me estuvieran castigando por desafiar a la naturaleza con mi existencia como un híbrido espectro celestial. Llorar la muerte de mis padres y a Atlas ha sido bastante duro, pero ¿vivir en el corazón de Sera mientras pierde al amor de su vida y al padre de su hija? ¿Mi padre? Tengo que pagar la sangre con sangre, y todos los caminos conducen de vuelta a Luna.

Tala agarra el diario de Emil y lee.

—No me encanta explotar el dolor de un fénix para usar sus lágrimas, pero ciertamente es mejor que todas las pociones que requieren sus ojos y sus garras. Hay un mercado subterráneo en la ciudad donde ya he hecho negocios. Deberían tener algunos de estos ingredientes más raros.

—Vamos a ganar un maldito premio Nobel con esto, ¿no? —pregunta Wyatt—. Bueno, otorgado póstumamente a Sera y a Bautista.

—Todo el mundo lo está mirando—. Es broma, por supuesto. Larga vida a nuestros fénix, je.

—Maribelle, ¿montas conmigo? —Tala me ayuda a levantarme—. Todos los demás, quietos.

—Podemos ayudar —dice Brighton.

—Puedes ayudar manteniendo tu cara famosa lejos del público —contesta Tala.

Se vuelve hacia mí como si quisiera mi apoyo, pero estoy siguiendo el ejemplo de Tala.

—Necesitamos discreción.

—Vale. Pero esta lucha es toda nuestra —dice Brighton.

—Absolutamente. Siempre que se entienda que Luna es mía.

Es mi deber matar a mi último familiar vivo.

48
NOCHE DEL OLVIDO

EMIL

Es increíble la cantidad de tiempo que he perdido viajando al pasado.

Ni siquiera he dormido lo suficiente esta noche, y ahora estoy agotado. Brighton me trae dos ensaladeras con tofu, quinoa y garbanzos, y fácilmente me podría comer otra. Ya le he dado a Wyatt mi informe oficial sobre todo lo que ha ocurrido durante el retrociclado, y mientras está ocupado actualizando a su comandante, Brighton todavía está captando hasta el último detalle. Juro que no se relajará hasta que pueda dejarse crecer una barba como la de Bautista.

—Estaba más preparado de lo que esperaba —digo.

—Por supuesto. Nadie ha salvado al mundo siendo relajado —responde Brighton.

Eso es como un desaire en mi contra. Toma su teléfono.

—¿Estamos seguros de que no podemos hacer contenido sobre el retrociclado? Ahora que tenemos los ingredientes de la poción, podemos asegurarnos de que si alguien piensa intentar algo, los Reyes Infinitos lo detendrán.

Prudencia apoya la mano en el hombro de Brighton.

—No nos conviene presumir del retrociclado. Necesitamos sorprender a los Regadores de Sangre con el Ahogador de Estrellas para que no estén preparados.

—Buen punto —dice.

—También vamos a beber la poción nosotros mismos —le recuerdo.

Brighton parece estar luchando para evitar una mirada exasperante.

—Entiendes que beber inmediatamente la poción no resolverá ningún problema, ¿verdad? Es nuestra responsabilidad usar nuestros poderes para proteger a la mayor cantidad de personas posible antes de las elecciones. De lo contrario, todo lo que este país verá será caos porque los héroes no están dando un paso al frente para salvarlos.

—Lo sé.

—Entonces abróchate el cinturón, hermano. Si Sunstar gana, necesitará unos meses para establecer la Unión Luminaria, por lo que continuaremos defendiendo el país hasta entonces. Pero si Iron toma la Casa Blanca, estaremos en esto a largo plazo hasta que podamos arreglar este mundo.

Hay una parte de mí que piensa que a Brighton no le importaría que el senador Iron ganara las elecciones para poder seguir jugando al héroe.

No quiero esto, nunca he querido esto, y estoy muy nervioso ante el hecho de que Brighton siga cambiando las reglas sobre cuándo dejaremos los poderes.

Y la verdad es que dudo de que alguna vez los deje, aunque no entiendo por qué. Podría ganarse la vida fácilmente siendo Brighton Rey, el chico que fue infinito. Podría relajarse e interactuar con sus millones de seguidores y publicar algunas memorias reveladoras sobre cómo es estar en esta guerra. Pero conozco demasiado bien a mi hermano. Ningún foco brillará lo suficiente a menos que sea el Hijo Infinito.

Les digo a Brighton y a Prudencia que necesito aire y salgo.

Me dirijo directamente a la biblioteca sin pensarlo dos veces. Entro con cautela en caso de que Wyatt todavía esté ocupado con su reunión virtual, pero hay silencio y está completamente vacía. Estoy nervioso por si está durmiendo, donde sea que haya colocado su cama. Doy un paso en silencio y me encuentro a Wyatt descansando en su lugar habitual en el balcón, vestido con la chaqueta de cuero de Caballero del Halo con mangas de plumas negras que no se la he visto puesta desde que nos conocimos hace tres días. Nox está devorando parte del follaje envuelto alrededor de las barandillas de piedra mientras un devorador de sol resplandece en el cielo oscuro.

—Tío, tus vistas son mucho mejores que las mías —le digo.

Wyatt se da la vuelta con una sonrisa con hoyuelos.

—Mis vistas son bastante fantásticas —dice mientras me mira de arriba abajo—. Pero las tuyas también son un metro ochenta de belleza.

—Me has pillado —digo.

—Me alegro. ¿Estás aquí para un brindis de celebración? Has hecho algo absolutamente rompedor, amor. Estoy orgulloso de ti.

Estoy quieto, mirando las estrellas. Ha habido mucho odio por parte de extraños, exigencias de parte de Brighton, desprecio a mis esfuerzos por parte de Maribelle y compasión por parte de Prudencia, pero nadie ha estado orgulloso de mí. Ni siquiera yo lo he estado.

—Todo lo que he hecho ha sido emprender el viaje. Tú eres quien ha descubierto el camino.

Wyatt se inclina hacia adelante únicamente para poder darse una palmadita en la espalda.

—A Crest le ha gustado escuchar la noticia. Ha sido difícil para él adaptarse como comandante, ya que no era exactamente el siguiente en la fila ni de lejos, pero cuando todos esos Halos murieron, tuvo que aceptar el desafío. No importa que solo tenga treinta y tres años. Los Alas de Bronce ahora son su responsabilidad.

—¿Alas de Bronce?

—Sí, es la división más grande de Halos. El Consejo de los Fénix de la Luz fue reestructurado hace una década para administrar mejor a los aproximadamente mil Caballeros del Halo activos en todo el mundo. Los Alas de Bronce son los que han sido Halos por menos de veinticinco años, luego son Alas de Plata por los cincuenta años y Alas de Oro por los setenta y cinco años y más. Si bien muchos de los Alas de Oro son miembros del consejo que nos transmiten sus conocimientos, Crest tendrá el gran placer de hacerles saber que uno de los más jóvenes (y guapos) de nuestro grupo ha descubierto cómo hacer que los espectros retrociclen.

—Espero que aprecien lo brillante que eres.

—O encargarán una estatua en mi honor o me enterrarán vivo por entrenar a los humanos para que usen mejor los poderes del fénix. Francamente, no estoy seguro de poder sobrevivir a los intentos fallidos de un escultor de capturar mi magnificencia, así que optaré por que los ancianos me entierren con una linterna y un libro largo.

—Me enfrentaré a estos ancianos en lugar de a los Regadores de Sangre.

—La mayoría son buenas personas. Tengo curiosidad por saber qué pensarán de ti.

—Espero que haya algo de perdón. Brighton me puso bastante nervioso al hablar sobre cuánto tiempo más cree que tendremos que ser los Reyes Infinitos. Quiero hacer del mundo un lugar mejor, al igual que él, no solo porque es lo que debo hacer, sino porque es lo que todo el mundo debería hacer. Yo veo diferente a ese mundo mejor. Se parece menos al de un Portador de Hechizos y más al tuyo.

—No es una vida sin angustia, pero las victorias de un Caballero del Halo son absolutamente maravillosas.

Me apoyo en la barandilla de piedra con los brazos cruzados sobre el pecho.

—Debe ser realmente precioso el día en que alguien se convierte en un Alas de Oro. Saber que te has pasado la vida haciendo lo correcto.

—Hacer lo correcto significa cuidar de uno mismo también. Mi madre siempre ha dicho que el cuidado personal no se valora lo suficiente, especialmente en nuestra cultura, con lo mucho de nosotros que les damos a los fénix. Tenemos más que ofrecer cuando nos cuidamos. No sé cuánto tiempo pasas haciendo eso.

Pienso en cómo Wyatt ha hablado de tener buen sexo y que eso es algo que siempre me ha interesado hacer con quien esté saliendo. Realmente esperaba que pasara algo en el instituto con Nicholas, que me confió el secreto de que él era un celestial, pero la cosa no funcionó. Luego estaba muy emocionado con Charlie al hacerle un recorrido por el museo cuando me dijo que le importaba una estrella fugaz la vida de los fénix. Y, por supuesto, Ness, que es tan malditamente especial que es insultante incluso pensar en él tan inmediatamente después de pensar en alguien con quien nunca me iba a llevar bien. Pero siempre me reprimo, ocultando mis verdades a mí mismo y también a los demás.

—No quiero ser un Portador de Hechizos o el Hijo Infinito ni nada de alto perfil. Quiero ser un Caballero del Halo discreto y descubrir la forma más eficaz de proteger a los fénix.

—Creo que serías un Halo divino. Ahora sé que puedes volar, pero ¿tienes miedo a las alturas?

—No —digo—. Aunque no tengo tanta experiencia como Maribelle. Solo he volado grandes distancias un par de veces.

Wyatt se levanta de su silla y frota el cuello de Nox.

—No pasa nada. Tu poder desaparecerá lo suficientemente pronto, a pesar de lo que pueda pensar tu hermano, y si vas a ser un Caballero del Halo, tienes que estar familiarizado con lo que es montar un fénix.

Niego con la cabeza porque esto es muy absurdo.

—No, lo siento, no merezco…

—¿Por qué no? Podemos llevar nuestro pasado con nosotros en cada vida, pero no tenemos que dejar que nos defina. Por favor, cuídate una milésima parte de lo que cuidas a los demás.

He trabajado duro durante un mes para ser el héroe que todo el mundo necesita que sea y rara vez me he alimentado de felicidad. Ese momento a solas con los jóvenes fénix en la torre me hizo más fuerte, fue algo asombroso para mi alma.

—¿Y si Nox me echa en mitad del vuelo?

—Entonces estarás agradecido de que no te hayamos cortado las alas todavía. Vamos, quiero que veas el mundo que te espera al otro lado del infinito.

Wyatt rasca alrededor del pico de Nox y salta sobre su lomo. No puedo creer que esto esté sucediendo, ni siquiera cuando Wyatt me levanta con él. No hay silla de montar, lo cual sé que es por respeto a los fénix, y me siento como si estuviera sentado en un colchón rígido cubierto con un edredón suave y plumoso. Paso mis dedos por las gruesas plumas negras de Nox, y noto que no le molesta. Me hace sentir bien que no desconfíe de mí después de todo lo que ha pasado durante su vida. Me relajo más encima de él, tanto como uno puede cuando monta a un fénix más grande que un caballo por primera vez.

—Agárrate —dice Wyatt por encima del hombro.

—¿Alrededor de ti?

—Siéntete libre de abrazar el trasero de Nox si lo prefieres.

Me acerco más a Wyatt, rodeando su estómago con los brazos y entrelazando los dedos. Me apoyo en su espalda y puedo oler muchas aventuras en su chaqueta; pino fresco, hierba mojada, tal vez incluso un par de flores. Me pregunto si una será Dayrose. Me dice que me sujete fuerte, y no creo que sea necesario hasta que Nox despega. Luego siento como si estuviera tratando de fusionarme en un solo ser.

Volar con Nox es una sensación tan extraña y liberadora, diferente a cuando lo hago yo solo. No tengo que intentarlo; puedo relajarme mientras navegamos por los campos del Santuario y dejamos Nuevas Brasas detrás de nosotros. Wyatt conduce con confianza a Nox por la carretera a la que originalmente llegamos en coche, pero ahora vemos las copas de los árboles y una docena de chaquetas de hoja perenne nos persiguen.

—¡Agárrate como si tus vidas dependieran de ello! —grita Wyatt sobre los vientos rugientes.

Nox chilla mientras se sacude y vuela hacia la luna, y estoy tan nervioso de que me vaya a caer y arrastre a Wyatt al bosque conmigo, pero la obsidiana se ajusta y estamos más altos que nunca. Miro las montañas debajo de nosotros, pensando que podrían ser una caminata desafiante incluso con mis fuertes piernas de neoyorquino que están preparadas para largas caminatas, pero de aquí en adelante solo quiero volar. La luna y las estrellas todavía están tan malditamente fuera de nuestro alcance, y quiero que Nox nos acerque aún más.

Es como si Nox pudiera percibir mis sentimientos e hiciera exactamente lo contrario. Nos sumergimos como la montaña rusa más intensa del mundo hacia el río reluciente. Mis dedos se clavan en los abdominales de Wyatt cuando parece que estamos a punto de zambullirnos, y no tengo ni idea de si a las obsidianas les va bien allí como a los nadadores del cielo. Nox vuela entonces suavemente, su vientre roza la superficie del río y sus enormes alas salpican agua hacia nosotros. Wyatt se ríe mientras tiemblo contra él, el aire fresco es aún más frío ahora que estoy empapado.

Una oleada de alegría me recorre como cohetes, y me duelen las mejillas de sonreír.

—Alucinante, ¿no?

—Alucinante —le digo al oído.

Me pregunto si puede sentir la sonrisa en mi voz como yo lo hago con la suya.

Estamos de vuelta en el aire, pero nos movemos como una suave ola, arriba, abajo, arriba, abajo.

Wyatt se gira y me mira, dándome palmadas en las rodillas con entusiasmo. Me aferro a sus piernas, aunque no puedo mentir, no es estrictamente para mantener el equilibrio.

—¿Qué tal vas con todo esto? —pregunta Wyatt mientras sacude un poco de agua de su pelo.

—La mejor noche en mucho tiempo. —Lucho contra algunos escalofríos porque no quiero que esto termine, pero el castañeteo de mis dientes me traiciona—. Y un poco fría.

Wyatt se quita la chaqueta y la sostiene. Trato de rechazarla porque soy yo, y nunca acepto ayuda sin sentirme raro al respecto, pero afortunadamente él es él y trabaja un poco más duro para ayudarme.

Me pongo la primera manga emplumada y siento una oleada de poder, un poder que no tiene nada que ver con el fuego del fénix robado. Es como si pudiera cambiar el mundo solo con mi buen corazón. La chaqueta de Caballero del Halo pesa un poco, y quiero una propia.

—Gracias por venir —dice Wyatt.

—Es broma, ¿verdad? Gracias por estas vistas increíbles —digo mientras me giro hacia donde el Santuario Nuevas Brasas se ve lejano, como una estrella—. No me refiero solo a las montañas y al río. Tu perspectiva también. Ha sido una gran lucha teniendo en cuenta mi historia, y siento que cada día me estoy hundiendo más y más profundamente en un espacio oscuro. De verdad, hay veces en las que ni siquiera he querido vivir, y quiero ser más agradecido por esta vida que no debería tener.

—Por supuesto que deberías tener tu vida —dice.

Miro al cielo, lleno de estrellas; no se puede ver una vista como esta en la ciudad. Me imagino que cada estrella pertenece a aquellos que han caído en mi vida y más allá: papá, mamá, Ness, Atlas, Gravesend, Bautista, Sera, los otros Portadores de Hechizos, todos los celestiales que fueron asesinados por miedo y odio, y todas las criaturas ajusticiadas por poder.

—No crecí creyendo en las almas reencarnadas como tú, Wyatt. Y desde que supe que tengo vidas pasadas, he estado rodeado de muerte. —Extiendo mis manos, preparándome para un dolor agudo mientras conjuro un orbe de fuego, pero estoy bien gracias al ungüento de Dayrose—. Me has dado la esperanza de que puedo hacer cosas increíbles con estos poderes. Que puedo asegurarme de que el sol gris cuya sangre está en la mía no haya muerto en vano.

—Tienes un futuro brillante por delante, amor.

—Voy a asegurarme de eso. Morí con Bautista, morí siendo él. No quiero volver a sentir esa muerte, pero sí quiero lo que él tuvo en su vida. Incluso en medio de todo el caos, Bautista todavía encontró tiempo para un amor que fue tan épico que se sacrificó por él. —Pienso en cuando Ness regresó a por mí en Nova, en lo invencible que me sentí. Y cuánto desearía haberle dejado eso claro en ese mismo momento—. Es muy difícil estar abierto a la felicidad cuando hay personas desaparecidas y muriendo, pero nunca llegaré a ninguna parte en la vida si espero a que todo sea perfecto. Si todo sale según lo planeado, esta podría ser mi última vida, y tengo que empezar por algún lado… y con alguien.

El orbe de fuego hace que sus ojos brillen hasta que lo aplasto entre mis palmas porque no quiero quemarlo. Todavía puedo distinguir sus labios en la oscuridad, y él también está prestando atención a los míos. El viento silba mientras Nox continúa llevándonos por montañas y ríos, aunque solo estoy concentrado en Wyatt.

Mi corazón palpita con fuerza cuando me agarra por el pelo para acercarme a él, nuestras caras están tan cerca que me quedo sin aliento. Su sonrisa con hoyuelos es la llave que me abre, que me libera, como montar a un fénix en una noche preciosa. Lo beso, nuestros labios se juntan y estoy tan caliente que podría explotar.

No esperaba nada de esto cuando entré a la biblioteca esta noche: volar sobre Nox, besar a Wyatt, dar la bienvenida a la felicidad. Sería muy fácil ser miserable y estar solo durante una guerra a pesar de que quiero más, pero este es el primero de muchos momentos en los que espero ganar mientras sigo librando la batalla más grande. Y la vida que Wyatt me ofrece como Caballero del Halo es una que espero vivir.

Su mano se desliza por debajo de la chaqueta y me tenso cuando me agarra el costado, casi rompiendo el beso. No estoy acostumbrado a esto. Tampoco me opongo. Paso mis manos por sus pectorales, luchando contra todos estos pensamientos desagradables de que alguien como Wyatt solo me quiere porque soy gay y estoy cerca. Entonces recuerdo cómo Ness me pidió que estuviera solo con alguien que pensara que soy hermoso por lo que soy. Creo que eso fue así para Ness, y creo que también lo es para Wyatt.

Me inclino para alejarme del beso aunque nuestras frentes permanecen juntas y todavía nos abrazamos. Su sonrisa me saca otro beso rápido.

—No paras de mejorar, amor.

—Tú también, Rompecielos.

Cuando me las arreglo para apartar la mirada de sus ojos azules, me doy cuenta de que estamos de vuelta en el Santuario. Podría haberme quedado fuera toda la noche así, pero eso no es justo para Nox. Wyatt se baja primero y me toma de la mano mientras yo salto. Completamente innecesario y totalmente bienvenido. No lo suelto mientras me doy la vuelta para acariciar a Nox, agradeciéndole el increíble viaje.

Entramos en la biblioteca y me doy cuenta de que no estoy preparado para volver a mi habitación.

—Me ha encantado abrazarte esta noche —digo con los ojos en el suelo, porque dejar escapar estas palabras ya es suficientemente vulnerable—. ¿Me puedo quedar aquí?

—Mi puerta ha estado abierta desde el día en que llegamos —responde Wyatt.

Me lleva al rincón más alejado de la biblioteca, donde hay un saco de dormir escondido detrás de una estantería que llega hasta la cintura con tomos organizados por colores, como un arcoíris de literatura. Todos los colores desaparecen cuando apaga la luz. Ambos estamos mojados, así que nos quitamos la ropa y me pongo una de las camisas secas de Wyatt; me he puesto su ropa, como él quería.

Compartimos una almohada con los labios separados por un suspiro y nos abrazamos mientras la canción del fénix suena afuera como la mejor lista de reproducción de la naturaleza. Excepto por que estoy demasiado emocionado como para pensar en dormir.

Hoy he retrocedido en el tiempo para poder salvar vidas, y esta noche he cambiado la mía.

49
PARA SIEMPRE

MARIBELLE

Es tarde cuando Roxana nos lleva a Saffron Square en Brooklyn. Tala la despide porque será vulnerable en el mercado.

Bajamos a la estación de tren abandonada donde hace siete años se detuvo la construcción después de que basiliscos salvajes se comieran a los trabajadores enteros y mordieran las vías de acero entre sus colmillos. Recuerdo que mamá dijo que no envidiaba a los celestiales contratados para matar a los basiliscos y lo indignados que estaban los activistas de Salva a la Serpiente.

No tenía ni idea de que había todo un mercado clandestino aquí. Es una sensación extraña cuando los visitantes conocen tu ciudad mejor que tú, pero Tala ha hecho negocios en este lugar.

Hay grafitis en todas las paredes: un celestial estrangulando telequinéticamente a un basilisco con las vías del tren; sangre verde goteando de una palma cortada y formando una niña y su sombra serpentina; una entrada del metro con forma de boca de serpiente con la palabra «mudar» escrita en colmillos; y la pieza más grande es un basilisco con ventanas que bajan tres escalones como un tren que nos lleva directamente al mercado.

—Bienvenida al Cobertizo —dice Tala mientras se pone la máscara, con el pico todavía roto por nuestra pelea, y pasa al lado de compradores con los hombros rectos.

Linternas resplandecientes cuelgan sobre las veinte o más cabinas, aunque afortunadamente todavía está lo suficientemente oscuro como para que la gente no me reconozca. Es cerca de la una de la madrugada y hay un centenar de personas. ¿Cuántos están aquí para salvar el mundo y cuántos quieren seguir arruinándolo? He olido peores cosas en mi vida, pero la forma en que alguien ha camuflado con incienso lo peor de los humanos sigue siendo horrible.

Durante el vuelo, revisamos qué cuatro ingredientes necesitamos y Tala ya ha comenzado a regatear con los proveedores. Veo un candelabro que tiene la forma de una calavera de cristal mientras Tala cambia uno de sus tranquilizantes por saliva de una hidra sombraestrella hibernando.

Necesitamos la muda de un basilisco emplumado de sangre, y no podemos pensar en nadie mejor para preguntarle que a un hombre con lentillas; sus ojos parecen rendijas y los brazos tatuados hacen que parezca escamoso; no es imposible que sea un espectro, pero, personalmente, creo que está sobrecompensando.

En los estantes detrás de él hay ojos de serpiente en frascos de vidrio, algunos tan grandes como manzanas, joyas hechas de colmillos y horribles zapatos de piel de serpiente que afortunadamente pasaron de moda hace años. Tala señala lo que parece un cinturón hecho de rubíes en el tercer estante. Intercambia las últimas granadas de gemas de su bolso por piel muerta.

Rodeada de todas estas hierbas, sustancias químicas y esencias, me impresiona lo buenos que son los alquimistas para entender las propiedades de los ingredientes con los que crear pociones eficaces. Cualquiera puede preparar una mezcla si se le dice qué poner dentro de un caldero, pero descubrir todo tú mismo es una verdadera habilidad. Debe haber sido horrible crecer con Luna como madre, pero si eso significó que Sera aprendiera el oficio a un ritmo mucho más rápido, entonces me aseguraré de que su esfuerzo no haya sido en vano al usar esta saliva de hidra sombra-estrella y la muda de basilisco emplumado de sangre y todo lo demás contra Luna y su ejército.

Preguntamos por lo que Sera llamó «polvo de cúmulo». Una mujer piensa que sería más fácil encontrar fresas frescas que crezcan en una nevada de diciembre. Pero un hombre que ha visto días mejores nos dirige hacia una mujer llamada Gemma hacia el final de los puestos.

La cabina tiene linternas escondidas detrás de las cortinas violetas, lo que la hace brillar como una puesta de sol. La vendedora parece tener la edad de mamá y lleva un vestido negro con velo como si hubiera regresado de un funeral elegante.

—¿Eres Gemma? —pregunta Tala.

Ella asiente mientras cuenta su dinero en efectivo.

—¿Qué necesitas?

—Tierra de una montaña alta. Tal vez del Aconcagua o del Everest.

Gemma nos mira por primera vez y sonríe.

—¿Por qué necesitan tierra así una Caballero del Halo y una Portadora de Hechizos? ¿Prepararán una poción?

—Eso no es de tu incumbencia —digo.

—No, pero no puedo evitar ser entrometida cuando la gente viene en busca de objetos raros. Esa tierra se usa a menudo para purgar las toxinas de las criaturas, aunque es difícil conseguirla sin que esas malditas hidras te muerdan —dice Gemma—. Cuesta más que dinero en efectivo.

Tala mete la mano en su bolso.

—Creé estrellas con cuchillas que explotan en la luz.

Gemma se ríe.

—Jovencita, aplaudo tu innovación, pero eso no me interesa. ¿Qué más tienes? —Nos mira, pero el único objeto de interés potencial que llevo es la daga del olvido. Y no voy a intercambiar una forma infalible de matar a June por la oportunidad de hacer una poción para desempoderarla. Los ojos de Gemma se posan en Tala de nuevo—. Me quedaré con tu chaqueta.

—No —dice Tala—. Quédate con mi ballesta en su lugar.

—Una vez más, tus armas no me emocionan. Ya estoy bien protegida. —Los ojos de Gemma arden de repente como un eclipse. Mi sentido psíquico se dispara cuando dos brazos extra salen de los costados de Gemma, se colocan detrás de ella y sacan dos varitas de debajo de una manta—. Sin embargo, una chaqueta de Caballero del Halo es un artículo de colección en el que varios de mis clientes se interesarían.

—Esta chaqueta me la dieron mis padres, que fueron asesinados hace semanas.

—Mis condolencias —dice Gemma con la suficiente honestidad como para no prenderle fuego—. Pero ese es mi precio. Quiero vivir y administrar mi negocio, y mantener mi reputación de tener la mejor alta gama, jovencita.

Tala se aprieta la chaqueta como si estuviera helando, cuando en realidad la tristeza en sus ojos ambarinos me dice que está a punto de separarse de ella. Acaricia las mangas de plumas negras, y espero que sea de consuelo para Tala que Roxana todavía esté viva como para producir suficientes plumas para empezar de nuevo. Tala se quita la chaqueta, exponiendo sus tatuajes de alas, garras y picos. Antes de entregarla, pregunta:

—¿Dónde está la tierra?

Gemma mira mientras sus brazos de hidra abren un cofre y saca una bolsa estampada con rayas azules y blancas.

—¿Cómo sabemos que esto es legítimo? —pregunta Tala.

—No es culpa mía que no conozcas el producto —dice Gemma mientras se apodera rápidamente de la chaqueta y le entrega la bolsa—. Pero si resulta ser nada más que tierra del parque, me verás aquí vestida como uno de vosotros hasta que tenga un comprador.

Tala se marcha como una tormenta y yo la sigo.

—Soy buena arrancándole los brazos por si quieres recuperar tu chaqueta —le digo.

Tala se detiene frente a un puesto de venta de ungüentos que pretenden prevenir la viruela fénix.

—No hay honor en eso, pero lo hay en el sacrificio que he hecho. Es mejor perder algo sentimental si eso significa salvar a todos los fénix.

Su devoción por los fénix me hace sentir egoísta por no haber ofrecido siquiera la daga del olvido. Pero ella ha tomado su decisión y yo, silenciosamente, tomé la mía.

—Disculpe —dice un hombre bajo, tratando de llegar a la cabina. Tiene una barba espesa y oscura salpicada de gris y lleva un chándal. Me mira dos veces y está claro que me reconoce. Luego se ve especialmente petrificado cuando descubre la máscara de Tala. Huye inmediatamente, serpenteando entre la multitud.

Hay algo que me resulta familiar en él. ¿Era uno de los traficantes de Cerveza a los que me enfrenté durante la noche del Fantasma Encapuchado?

¿O uno de esos alquimistas de farmacia que esperaba que tuviera alguna afiliación con Luna?

Entonces lo sé. Nunca he conocido a este hombre, pero cuando los Portadores de Hechizos investigaron la vida de Emil antes de traerlo al equipo, supimos que su jefe en el Museo de Criaturas Naturales había escrito un libro de no ficción sobre un viaje con fénix. Lo que más recuerdo es esta foto de autor en blanco y negro de él con un jersey blanco de cuello alto y un guante de rapaz. No pude evitar reírme de lo serio que intentaba parecer mientras descansaba su barbilla en su puño enguantado, e incluso Atlas no pudo contener su sonrisa por lo gracioso que me parecía.

—Ese hombre es Kirk Bennett. El conservador del museo que contrató a tus padres para proteger a Gravesend y luego intercambió su huevo por Emil.

Tala echa a correr empujando a los compradores fuera del camino, y yo sigo el sendero que ella ha despejado. Kirk pasa corriendo por la escalera y atraviesa un túnel oscuro donde no hay linternas a la vista para iluminar la ruta. Lanzo fuego, pero Tala todavía está varios metros por delante de mí, siguiendo a Kirk por sus fuertes pasos. Se lanza hacia adelante y lo ataca, metiendo su cara en un charco profundo; tiene suerte si solo es agua sucia.

Mi orbe de fuego ilumina su rostro.

—No hemos tenido el placer, Kirk.

—Por favor, déjame ir —dice—. ¡No he hecho nada!

—Las personas inocentes no huyen como tú. ¿Qué estás haciendo aquí?

—Estoy haciendo un recado —dice Kirk.

—¿Para qué?

Se muerde la lengua hasta que acerco el orbe de fuego.

—Para quién: Luna.

Toco el hombro de Tala y le pido que se relaje con él, pero está demasiado furiosa.

—¿Qué vas a comprarle? ¿Dónde está?

El Ahogador de Estrellas puede esperar si conseguimos una ubicación de Luna ahora.

—¡No sé dónde está! Estoy recogiendo unos aceites y hierbas que se usan para fortalecer a los fénix y un ungüento para cambiantes. Está planeando enviar a alguien a buscarlos en los próximos días.

No voy a acampar en su casa. Eso puede convertirse en una trampa rápidamente.

—¿Sabes quién soy? —pregunta Tala.

—Una Caballero del Halo —dice Kirk.

Lo pone boca arriba y se quita la máscara.

—Mis padres fueron asesinados en tu precioso museo por un trabajo que no honraste. —Intenta disculparse, pero el puño de Tala se conecta con su barbilla demasiado rápido y fuerte—. Tu palabra no significa nada. —Le clava la rodilla directamente en el estómago—.

Te aprovechaste de los fénix y no te molestaste en proteger la valiosa primera vida de alguien que tenía siglos de vida por delante.

Kirk le ruega que se detenga mientras ella levanta el puño.

—¡Por favor! ¡Haré lo que sea! ¿Quieres a Luna? Podemos tenderle una trampa a quien venga por su pedido. ¡Sabrá más que yo!

Tala finalmente lo suelta.

—Tienes diez segundos para salir de aquí.

—¡Gracias, gracias! —Kirk está jadeando mientras corre por el túnel.

—¿Le crees? —pregunto.

—Mis padres le creyeron una vez. No cometeré ese error. —Tala elige una flecha normal y la carga en su ballesta. Apunta sin nada más que el sonido de Kirk corriendo para señalar dónde está. Toma una respiración profunda mientras las lágrimas se deslizan por sus mejillas sonrojadas. Es una de las muchas personas responsables de la muerte de sus padres.

Tala dispara la flecha a través de la oscuridad. Los pasos fugaces se detienen y gritos angustiados resuenan por el túnel.

—Merece ser un extraño para siempre —dice Tala—. Pero me conformaré con tenerlo encerrado por sus crímenes contra los fénix y contra mi familia.

50
EL ASESINO DE ESTRELLAS PLATEADAS

BRIGHTON

Una ojeada a las noticias demuestra que no soy el niño problemático de este país.

Últimamente han aumentado las acusaciones contra los celestiales. A veces es como si hubiera una nueva todos los días. Pero las tres que han salido esta mañana son duras: el entrenador invisible del instituto espiando a los estudiantes mientras se cambian en los vestidores; el jefe con fuego en los ojos mientras acorrala a su asistenta por negarse a tener citas con él; y la madre que cegó a los niños que le hacían *bullying* a su hijo en la escuela.

—No sé cómo Sunstar va a contrarrestar a Iron durante el debate del lunes —le digo a Prudencia mientras termina su desayuno—. Tengo que volver a salir, tratar de ayudar.

—La última vez que intentamos ayudar volamos un edificio —dice Prudencia.

—Técnicamente, lo hizo estallar el otro espectro.

—Estoy segura de que podemos confiar en Iron para que haga esa distinción.

—Quiero darle a Sunstar algo con lo que disparar de vuelta.

—Brighton, no importa cuánto bien hagamos, la gente de Iron encuentra formas de distorsionarlo. —Prudencia toma mi mano—. Sé que te sientes impotente, aunque sabemos que no lo eres. Pero ahora mismo no es seguro. Ni siquiera pudiste ir a casa sin que te atacasen. Tenemos suerte de que nadie haya muerto esa noche.

Me alivia que no hayan matado a ninguno de mis vecinos. En verdad. Pero este es uno de esos momentos en los que estoy agradecido de que Prudencia sea telequinética y no telepática, porque le disgustaría leer mi mente y ver que yo no lamentaría algunas pérdidas por un bien mayor.

Es difícil ser el Salvador Infinito cuando no puedo salvar a la gente.

—Está bien —digo, lo que se siente como una promesa débil que podría romper en cualquier momento.

—Maribelle y Tala deberían volver pronto con los ingredientes de la poción, y luego podremos desempoderar a los Regadores de Sangre para siempre. Eso pintará a Sunstar y su propuesta para la Unión Luminaria con una mejor luz. Siéntate conmigo un poco más, ¿sí?

Me besa detrás de la oreja, luego dos veces en la mejilla y finalmente en los labios.

Volvemos a caer sobre la cama y se sienta encima de mí, cerrando y trabando la puerta con su telequinesis, lo que definitivamente se ha convertido en algo excitante. Mi móvil sigue vibrando, pero lo ignoro mientras mis manos entran debajo de su camisa y sus manos desabrochan mis vaqueros. A pesar de que anoche teníamos la habitación para nosotros solos, no tuvimos sexo porque no estábamos seguros de cuándo volvería a aparecer Emil, pero esta noche supongo que está con Wyatt otra vez o acurrucado con algunos fénix afuera. No me importa. Estoy a punto de quitarme los pantalones cuando Prudencia agarra mi móvil.

—Tienes muchas notificaciones —dice Prudencia.

—Así es mi vida —le digo, sentándome para besarla, pero ella me detiene.

—Brighton, esto parece serio.

Debería haber derretido el maldito teléfono cuando tuve la oportunidad. Cuando lo reviso, veo que todo el mundo me está etiquetando en todas las plataformas. Todos me están etiquetando en una nueva crítica del Asesino de Estrellas. No puedo esperar a ver qué teoría de la conspiración sobre mí tiene a todos tan enfadados que ha interrumpido mi propósito de tener sexo con Prudencia. El título del vídeo me cabrea: *Verdaderos aliados de Nueva York*.

Presiono *play*, y Prudencia y yo nos quedamos impactados al ver al Asesino de Estrellas sentado al lado de Eva. Prudencia inmediatamente quiere hablar con Iris, pero miramos primero. Así que Eva está siendo detenida por las fuerzas del orden. ¿Significa esto que mamá también lo está?

Estoy muy tentado de adelantar el vídeo. Eva no comparte ninguno de los grandes secretos revelados entre los Portadores de Hechizos, pero está claramente abatida por el peso de todo esto. Donar su sangre parece que vale la pena, aunque estoy seguro de que el gobierno estará más interesado en usarla para curar a sus fuerzas del orden y a sus militares que en investigarla para los ciudadanos comunes. La entrevista termina y pasa directamente a la siguiente.

Mamá está viva. Está realmente viva, ¡como he estado diciendo todo este tiempo! Una ráfaga se dispara a través de mí como cuando bebí la Sangre de la Parca, pero al igual que cuando el elixir se volvió en mi contra, caigo rendido. ¿Por qué está con Asesino de Estrellas? Explica que ella también está detenida, aunque odio que esté cooperando con él.

El Asesino de Estrellas termina su vídeo sobre cómo el gobierno está de nuestro lado; luego mira a mamá.

—*Una última pregunta. Si pudieras enviar un mensaje a tus hijos ahora mismo, ¿qué les dirías?*

Mamá parece muy agotada mientras respira hondo.

—*No seáis tan creídos, y no os matéis usando poderes que no deberíais tener. Sois todo lo que me queda.*

Ahí van esas palabras de nuevo. «Creídos». Incluso después de nuestra última discusión, esto es lo que decide hacer público. También podría haber dicho directamente lo mucho que la he decepcionado al beber la Sangre de la Parca.

En cuanto al Asesino de Estrellas, está en mi maldita lista de personas a las que les llegarán cosas horribles y ardientes.

—Es una gran noticia —dice Prudencia.

—Es un gran comienzo, pero no tenemos idea de dónde están mamá y Eva.

—Llamaré a Iris. Tal vez ella tenga algunas ideas sobre por dónde empezar la búsqueda.

Me arreglo mientras me dirijo hacia la puerta.

—Voy a buscar a Emil.

Abro la puerta y corro por el pasillo, lleno de poder y de vida porque nuestra madre está viva. Esta es mi oportunidad más personal para mostrarle al mundo por qué me llaman el Salvador Infinito; y por qué no tienes que meterte con mi familia.

51
AMANECER

EMIL

He pasado mañanas tranquilas aquí en el Santuario, pero esta es la mejor. Los brazos de Wyatt me rodean, su cuerpo contra el mío dentro de este saco de dormir. La luz del sol y las canciones de fénix están llenando lentamente la biblioteca. Definitivamente quiero que esparzan mis cenizas aquí.

Le estoy contando a Wyatt más sobre mi familia, usando el último diez por ciento de la batería de mi móvil para enseñarle algunos recuerdos del álbum de mi cámara. Hay una foto de mamá abrazándonos a Brighton y a mí el día en que nos graduamos, y Bright sostiene una foto enmarcada de todos nosotros con papá.

—Brighton quería crear una de esas series infinitas en las que tomas una foto con la última que has tomado. La siguiente habría sido después de graduarnos de la universidad. Luego, con los trabajos de nuestros sueños. Conociendo gente que amamos. —Estoy bastante seguro de que no estoy enamorado de Wyatt, aunque es posible que mi cabeza esté chocando contra mi corazón, pero sé a ciencia cierta que me estoy sonrojando porque hablar de amor con alguien cuyos brazos están envueltos alrededor de ti es algo grande—. El plan final era tener una gran foto familiar con mi pareja, mis hijos y los de Brighton.

—Eso es muy tierno. Todavía puedes hacerlo —dice Wyatt.

—Es como si estuviéramos maldiciéndonos a nosotros mismos si lo hiciéramos sin mamá. Cada vez que tomamos una fotografía, es como si garantizáramos que alguien que sale en ella no estará la próxima vez.

—Tonterías, amor. Sigue buscando tiempo para tu vida como si no te quedara mucho, pero no olvides que también estás luchando por tu futuro. Asegúrate de estar preparándote para la grandeza; convertirte en un Caballero del Halo, imágenes infinitas con tu familia, vincularte con un fénix. Quizás incluyas a tu fénix en tus fotos familiares, y a la familia de tu fénix, y a las familias de la familia de tu fénix, y...

Me doy la vuelta y callo a un Wyatt sonriente con un beso. Desliza sus dedos por el cuello de la camisa que le pedí prestada anoche, siguiendo mi clavícula. Nuestros cuerpos están reaccionando de maneras súper sólidas, especialmente porque anoche no tuvimos sexo, porque no tenía ganas de hacerlo.

Creo que tengo algo de trabajo que hacer antes de sentirme preparado para desnudarme delante de otra persona, especialmente de alguien que ha trabajado tanto en su propio cuerpo. Sin embargo, no hay nada de malo en besarnos; puedo decir que lo estoy pillando por la forma en que Wyatt gime en mi boca.

La puerta de la biblioteca se abre de golpe, tan repentinamente que jadeo. Se desencadenan las memorias de las fuerzas del orden irrumpiendo en Nova, y tengo miedo de que nos hayan encontrado de nuevo. Intento salir arrastrándome del saco de dormir, pero es difícil ya que Wyatt trata de hacer lo mismo, y luego Brighton da la vuelta a la esquina y sus ojos se agrandan; creo que hubiera preferido a las fuerzas del orden.

—¡Guau! —Brighton se da la vuelta—. Perdón.

—¡Bright, vete!

—¡Hermano, no! Vístete. Tienes que ver una cosa.

—¡Vale, espera en el balcón!

Brighton escucha y encuentro la manera de salir del saco de dormir. Me pongo los pantalones, mojados por el río, y le digo a Wyatt que se quede quieto. Me encuentro con Brighton en el balcón, absolutamente incapaz de mirarlo.

—Ahora sé por qué no volviste a la habitación —dice Brighton.

—No hemos hecho nada —respondo.

—No hay necesidad de mentir...

—Lo sé, por eso no lo estoy haciendo.

—Volveremos a esto más tarde. Asuntos más importantes. Mamá está viva.

Olvidada toda la vergüenza, miro a Brighton con lágrimas en los ojos.

—¿De verdad?

Brighton me entrega su teléfono con un vídeo cargado. Estoy nervioso de que vaya a ser algo horrible, como cuando Stanton golpeó a Brighton delante de la cámara, pero es una entrevista que comienza con ese asqueroso Asesino de Estrellas y Eva. Miro todo con el calor del sol del amanecer en mi cuello, y estoy muy aliviado de que mamá y Eva están vivas, pero hay algo que no encaja.

—Mamá nos habría llamado —le digo.

—No la dejan.

—Pero tiene derechos.

—Son personas que nos tratan como terroristas. La única forma de que dejen que mamá haga una llamada es si creen que los llevará hasta nosotros. —Brighton está tan enfadado que parece que va a lanzar rayos de fuego al cielo—. Esto tiene que ser un movimiento político para provocar más problemas antes de las elecciones.

—¿Por qué no usan una red de noticias real?

—Probablemente porque usar al Asesino de Estrellas sea como mandarme a tomar por culo.

Demasiados juegos mentales.

—¿Cuál es nuestro movimiento?

—Buscaré a Prudencia y lo resolveremos todos juntos. Volveré en minutos, para que no tengas tiempo para lo que sea que tú y tu novio estabais o no haciendo —dice Brighton, y se aleja corriendo.

—No es mi novio —digo a nadie.

Pero tampoco estoy en contra.

Un par de horas en la biblioteca y no hemos encontrado ninguna pista.

Prudencia logró hablar con Iris por teléfono cuando salía con Wesley a la calle, aunque no hay garantía de que Eva y mamá sigan en esta ciudad. Brighton ha publicado vídeos de respuesta en Internet, hablando sobre el Asesino de Estrellas y cómo Iron está jugando con nuestras cabezas y probablemente hiriendo a nuestra madre. Palabras duras, pero no está mintiendo. Wyatt ha visto la entrevista una vez y confirma nuestra intuición de que no hay nada en ese fondo que podamos usar para determinar dónde fue grabada.

—Estoy a punto de derribar la puerta de Iron y exigirle que me diga dónde está mamá —dice Brighton.

—No veo cómo eso ayudará con tu imagen —dice Wyatt.

—¡Me da igual! —Brighton grita.

Se abre la puerta y entran Maribelle y Tala.

—Esta es la biblioteca más ruidosa del mundo —comenta Maribelle—. ¿Quiero saber lo que pasa?

—Grandes actualizaciones desde que te has ido —dice Brighton, y luego informa a ambas con todo lo que sabemos.

—Todo está sucediendo —dice Tala, y deja una bolsa en la mesa redonda—. Cuando llueve, diluvia. Tenemos los ingredientes.

Abro la bolsa, coloco todos los ingredientes y los admiro como si fueran piezas de mi nuevo rompecabezas favorito. Así es como crearemos el Ahogador de Estrellas, una poción que ha estado oculta en el tiempo durante décadas, y cambiaremos el destino de los espectros en todo el mundo. Apagaré mis poderes, trabajaré para convertirme en un Caballero del Halo, lucharé en esta guerra de una manera que sea más yo. Por primera vez desde que aparecieron esas llamas doradas y grises, creo de verdad que hay vida más allá.

Brighton también mira los ingredientes, pero no creo que esté viendo lo mismo que yo.

—Se requieren tres días para que esté listo —digo.

Prudencia lo empaqueta todo.

—Será mejor que empecemos.

—Disfrútalo. Me voy a dormir —dice Maribelle.

—Lo mismo —añade Tala.

—Despiértame solo si hemos rastreado literalmente a cualquiera de los que estamos buscando —añade Maribelle.

Las dejo ir, y Wyatt nos lleva al laboratorio donde había preparado el ungüento de Dayrose para mí. La habitación es pequeña, ocupada por un Caballero del Halo que está usando un póster con los diferentes elementos químicos para enseñarle a un niño la elaboración de pociones. Les damos el mayor espacio posible, colocándonos cerca de dos calderos de plata. Corro hacia el diario y regreso justo cuando Brighton y Prudencia terminan de enjuagar los calderos. Wyatt entra en un armario y me entrega un frasco de granos de antorcha triturados, un par de raíces de Dayrose, un frasco de lágrimas de fénix y paquetes de hollín de anciano coronado.

—Voy a buscar la cáscara de huevo de uno de los nidos —dice Wyatt.

—Asegúrate de que sea de un fénix renacido, no de un novato —añado.

—Estoy en ello, Alitas Calientes. —Guiña un ojo al irse.

Brighton se ríe.

—Puede que Inglaterra y Alitas Calientes estuvieran el uno encima del otro anoche.

Lo ignoro, aplastando la piel muerta del basilisco emplumado de sangre, como se indica en el diario. Nuestra primera poción empieza a formarse, y revisamos tres veces cada paso para asegurarnos de estar haciendo un buen uso de nuestros limitados ingredientes.

Prudencia rocía el hollín y los granos de la antorcha en el caldero humeante, y remueve telequinéticamente mientras Brighton hierve algunas lágrimas de fénix con la piel de basilisco molida.

—Este es el comienzo del fin de los espectros —digo.

Siento una mezcla de orgullo y ansiedad durante todo el fin de semana mientras trabajamos en el Ahogador de Estrellas. Hay un horario al que se supone que debemos ceñirnos para que nada salga mal pero, por supuesto, Brighton prefiere entrenar y mejorar sus «movimientos característicos» en lugar de despertarse en medio de la noche para comprobar la poción que un día silenciará sus poderes. No lo digo en voz alta, pero prefiero perder sueño para ver esto por mí mismo, antes que arriesgarme a que Brighton lo sabotee.

Para el lunes todo parece ir bien, aunque los ánimos siguen estando bajos ya que no hemos recibido actualizaciones concretas sobre mamá o Eva.

—Organizaré una reunión para que veamos los debates en una hora —dice Brighton.

—Ver cómo Sunstar demuele a Iron será un buen descanso —comenta Prudencia.

—Chupito cada vez que Iron mienta.

—Moriríamos.

—Quizá tú, sí. Emil y yo somos los Reyes Infinitos.

Brighton sonríe e intenta chocar los puños, pero niego con la cabeza.

Prudencia y yo rociamos virutas de la cáscara de huevo del fénix en la poción y nos unimos a Brighton y a Wyatt en la biblioteca. Nos reunimos alrededor del portátil de Brighton, listos para que Sunstar le muestre a este país por qué merece ser la próxima presidenta.

52
ECLIPSAR

NESS

Pregúntame cualquier cosa sobre Nicolette Sunstar.

Nació con luces brillantes en el cenit de la constelación de la Brújula Deslumbrante. Tiene una mancha de nacimiento en forma de reloj de arena por encima de la rodilla izquierda. Recibió su segundo nombre, Penélope, de la tía que hizo que se interesara por primera vez en la justicia. Le encanta viajar a climas fríos, especialmente a Alaska cuando la aurora boreal pinta el cielo. Es hija de un consejero matrimonial y de la propietaria de una librería. Siempre ha llenado su casa con plantas verdes, que cuida sin usar su poder. Conoció a su marido durante la noche de karaoke en la universidad y Ash Hyperion estaba borracho cantando una canción de amor. Empieza su día haciendo el desayuno con su hija, Proxima —generalmente pancakes de arándanos—, y preparándola para el colegio.

Merece ser la presidenta de los Estados Unidos.

He estado revisando todo el material que me dieron sobre ella durante esta semana.

He leído dos veces el libro de bolsillo de trescientas ochenta y cuatro páginas sobre su vida, *Nuestro país, nuestro universo*. He estado pegado a una tableta sin Internet y viendo más de treinta horas de entrevistas y discursos. También me han dado los debates, que he vuelto a ver diez veces por cómo Sunstar humilla al senador en la televisión nacional mientras relata todos sus fracasos.

Pero va a perder estas elecciones porque voy a mentirle a todo el país mientras parezco una copia al carbón de ella.

Estoy en una limusina con el senador, Bishop y Roslyn en la parte de atrás, y Jax y Zenon delante. Dione nos está siguiendo en un coche con Luna y June. Desde que salí de Nueva York y llegué a Boston para el debate, he estado esperando que alguna catástrofe natural nos tragara a todos en el abismo de la tierra para que algunas de las peores personas del país murieran, pero desafortunadamente es una noche hermosa.

Llegamos al sitio anfitrión del debate, la Universidad Doherty. A pesar de que la universidad históricamente ha favorecido los derechos celestiales, eso podría morir esta noche después de golpearlos con la nueva postura de supremacía celestial de Sunstar. Los asistentes están llenando el campus mientras conducimos hacia la parte trasera del edificio.

—Hora del espectáculo —dice el senador—. Deshazte de tu cara, Eduardo.

Brillo en gris y me transformo en un guardaespaldas blanco con pelo negro como la boca del lobo. Me dan gafas de sol para que los medios de comunicación tengan más dificultades para identificarme si alguno de ellos se molesta en investigar. Recorrer estos seis metros entre el coche y el edificio es lo primero que hago desde que me retuvieron en la mansión. Es imposible disfrutar del aire libre sin sentir que me ahogo bajo el control del senador.

La joven saludadora nos escolta a un camerino, divagando con el senador todo el tiempo sobre lo gran fan que es y que se postulará para hacer prácticas si llega al puesto. El senador dice que se siente honrado, pero yo sé que está impaciente por deshacerse de ella. A diferencia de Sunstar, que dedica su tiempo a conocer a todos los miembros de la comunidad, el senador se alinea principalmente con los que están en el poder; una mujer joven que nos dirige a una habitación difícilmente se ajusta a ese proyecto, según él.

—Vendré a buscarlo en quince minutos —dice.

—Muy agradecido —responde el senador, estrechando su mano. En el momento en que la puerta se cierra detrás de ella, se vuelve hacia Zenon—. ¿Estado?

Los ojos de Zenon brillan.

—La persona que dirige la vigilancia en la sala de cámaras no nos mira.

La sonrisa forzada del senador cae.

—Fantástico. Roslyn, notifica a Luna. Zenon, localiza a Sunstar. El tiempo para hacer el intercambio es limitado.

Bishop parece complacido, como si toda esta corrupción fuera una fiesta sorpresa que ha estado planeando durante mucho tiempo.

Zenon continúa saltando de visión. El senador debe estar pagando una fortuna por este exsoldado que sobrevivió a la batalla y llevó a su escuadrón a numerosas victorias debido a sus habilidades para orientarse desde la perspectiva de otros en situaciones como esta.

—Sunstar está en una habitación con su familia y la senadora Lu, aunque la senadora parece estar saliendo… y se ha ido. La seguridad está bloqueando el número de la habitación, pero Lu ya ha pasado por la biblioteca. Estimaría veinte pasos.

—Eso servirá —dice el senador.

—Entrada —dice Roslyn mientras mira su teléfono.

June y Dione aparecen de la nada. Jax parece que está listo para arrojarla al otro lado de la habitación si no fuera por la advertencia de Roslyn.

El senador se mantiene erguido, radiante de orgullo.

—Todos conocéis vuestros roles. Eduardo, si juegas mal el tuyo toda la familia de Sunstar será asesinada. Si yo no puedo ser presidente, ella tampoco lo será.

Su ego significará la muerte de millones.

—Entendido —digo.

—Estoy observando cada movimiento que haces —añade Zenon.

—He dicho que lo entiendo.

June recibe instrucciones sobre cómo encontrar a Sunstar antes de que se aferre a mí y a Dione, y desaparezcamos. Mientras todos entramos y salimos de las habitaciones, siento como si mi cuerpo se desmoronara cada vez, al igual que cuando June me rescató durante el Apagón y luego me transportó hasta Luna. Afortunadamente, este viaje es más corto, pero sigue siendo nauseabundo.

Aparecemos dentro del camerino de Sunstar. Todos están tomados de la mano mientras Sunstar los guía en oración. A Dione le crece un tercer brazo, agarra tres varitas de su cinturón y las apunta a Sunstar, Ash y Proxima. La familia se echa a reír al final de su oración, y luego se sorprenden al encontrar a tres espectadores no invitados entre ellos.

—Si alguien llama a la seguridad, estáis todos muertos —dice Dione.

Sunstar empuja a su temblorosa hija de doce años detrás de ella, y los labios de Proxima tiemblan mientras nos mira. Nos observa como si fuéramos monstruos, y tiene razón. Solo estoy agradecido de que no pueda ver mi rostro real en este momento.

Los ojos de Ash brillan como monedas de plata y hay arrugas en el aire. De repente estoy agotado y mi ritmo cardíaco se ha ralentizado. Este es su poder para manipular la conciencia, y le doy la bienvenida. Los brazos de Dione han caído a sus costados y podría desmayarme en cualquier momento. Entonces mi morfología se reducirá, mi identidad será revelada y me detendrán; entonces podremos exponer al senador como el fraude y el terrorista que es.

June se desvanece y reaparece detrás de Ash. Intento gritar, pero no tengo suficiente energía mientras Ash continúa induciéndome a dormir. June entra en el marido de la congresista, poseyéndolo instantáneamente. Las arrugas en el aire se igualan cuando June obliga a Ash a poner a su hija a su lado.

Dentro del cuerpo de Ash, June abre la boca y no hay palabras. Solo los sonidos de los aullidos de los vientos que me congelan hasta los huesos.

—Está poseído —digo. Esto me recuerda a cuando Emil trató de advertir a los Caballeros del Halo en el museo que June había poseído a uno de los suyos, y Luna lo golpeó—. No hagáis ninguna tontería.

Parece que Sunstar quiere llenar la habitación con luz ardiente, pero se queda quieta. Los movimientos repentinos no terminan bien para los celestiales.

Todavía me siento somnoliento, pero se me pasa rápido, como por la mañana cuando finalmente consigues levantarte de la cama.

—Por favor, no hagáis daño a mi familia —dice Sunstar.

—No lo haremos si cooperas —le respondo, aunque no creo del todo que sea cierto.

—Vendrás conmigo —dice Dione.

—Se supone que debo estar en el escenario en unos minutos. Las autoridades sabrán que estoy desaparecida.

—No, no lo harán —dice Dione, haciéndome un gesto con los tres brazos.

Me quito las gafas mientras la luz gris me baña. Mi piel se suaviza y se oscurece. Mi pelo crece hasta los hombros. Mis uñas se ponen blancas. Mi traje de guardaespaldas negro es reemplazado por el mismo traje verde oscuro que usó Sunstar en su visita de campaña a Carolina del Norte.

La verdadera Sunstar me mira con horror.

—Problema resuelto —anuncia Dione—. No podemos suplantaros a todos, por lo que la supervivencia de tu marido y de tu hija depende de sus actuaciones durante el debate. Tenemos personas en la audiencia encargadas de observarlos. Si no apoyan o ni siquiera hablan con nadie más, serán asesinados en el acto.

Sunstar asiente.

—Proxy, cariño, haz todo lo que te digan, ¿de acuerdo? —Proxima está temblando, incluso después de que June se separara de Ash. Él abraza a Proxima, asustándola al principio, pero asegurándole que es él. Dione y June agarran a Sunstar, que mira fijamente a su familia, sin saber si volverá a verlos.

—Aquí también te estamos vigilando —dice Dione—. Haz lo correcto y apoya a tu mujer.

Todos se desvanecen y, por primera vez desde que me mantuvieron cautivo, me quedo solo en el mundo exterior con buena gente. Pero no puedo hacerles saber que estoy de su lado, no importa lo asustados que estén. Zenon nos está mirando en este mismo momento, y si me disculpo siquiera por todo el daño que estoy a punto de causar a su familia, es posible que no vivan para verlo.

Subiré al escenario y debatiré con el senador con todas las mentiras escritas que he memorizado.

Planeo sacar a escondidas una gran verdad mientras estoy en la televisión nacional.

53
DEBATE

NESS

—Bienvenidos al tercer y último debate.

El moderador de esta noche es Hugh Cooper, una personalidad de las noticias que ha sido muy crítico con el senador en el pasado y con suerte lo desafiará esta noche cuando yo no pueda; cuando Sunstar no pueda. Dice que ninguna de las preguntas de los segmentos ha sido revelada a los candidatos. Pide silencio a la audiencia durante toda la noche para que los presentes y los que miran desde casa puedan concentrarse.

—Por favor, den la bienvenida a la candidata demócrata, la congresista Sunstar, y al candidato republicano, el senador Iron.

Cruzo el escenario y me encuentro con el senador en el medio para un apretón de manos. Está exudando mucha confianza en su traje presidencial, sabiendo que tiene el debate en el bote.

Estoy tentado a dejar de disfrazarme y exponerlo, pero cuando me dirijo a la multitud y veo a Ash con Proxima cerca, continúo cooperando por su bien.

El senador y yo ocupamos nuestros lugares detrás de los podios. Hay un bloc de notas con tres bolígrafos. Sunstar es una anotadora diligente, un comportamiento que se espera que mantenga. La oscuridad cae sobre la audiencia y solo hay un reloj a la vista. Es una pequeña misericordia, para no tener que ver cómo tiembla Proxima.

—Me gustaría empezar esta noche hablando de la economía —dice Hugh Cooper—. En el último debate, ambos compartieron los puntos de vista sobre el declive de los puestos de trabajo, y quiero preguntarles qué harán para asegurar el crecimiento para que quienes viven en este país prosperen en él. Senador Iron, irá primero en este segmento. Tiene dos minutos.

—Gracias, Hugh, y gracias a la Universidad Doherty por recibirnos tan amablemente —dice el senador, enmascarando su desdén por este campus procelestial con una sonrisa.

Habla inmediatamente sobre el gran honor que ha sido trabajar junto a los obreros en Nueva York y viajar para conocer a otros en todo el país, que expresan su angustia por gastar cientos de miles de dólares en educación para luego estar excluidos de sus trabajos de ensueño por culpa de celestiales que pueden hacer la misma tarea en un abrir y cerrar de ojos. Cita uno de nuestros vídeos de propaganda sobre un obrero que ya no puede mantener a su familia porque ha sido reemplazado por un celestial con telequinesis avanzada.

—El poder no debe anteponerse a la pasión —dice.

—Gracias, senador. Me gustaría hacer la misma pregunta a la congresista Sunstar. ¿Cómo mejorará la economía?

Los planes de Sunstar de aumentar el salario mínimo y subir los impuestos para los ricos es un país en el que me encantaría vivir, pero en lugar de eso, pronuncio las líneas escritas para mí. Digo que los celestiales deberían continuar invadiendo los mercados fuera de su interés y cobrar los pagos originalmente asignados a los trabajadores manuales. El senador se apresura a contrarrestar, en el momento justo, sobre cuántos estadounidenses están endeudados y sin hogar debido a la falta de empleos disponibles.

El debate se pone interesante a partir de este momento.

Sobre el tema de la violencia con varitas, el senador defiende el derecho de todos a llevar armas, ya que considera a los celestiales como armas andantes. En cuanto a la salud, el senador desvía cuántos celestiales no están asegurados debido a sus poderes y, en cambio, aconseja pautas más amplias que permitirían una mejor cobertura para las propiedades dañadas por el destello, y no menciona en absoluto cómo eso les convendría a sus donantes ni que aumentará los impuestos a todos los demás. Rechaza la idea de que los campamentos subterráneos se hayan abierto camino en nuestro país, diseñados para mantener como rehenes a celestiales embarazadas durante todo el período de gestación, para evitar que los niños nazcan bajo los cielos y alcancen el pleno potencial de sus poderes.

No soy un espectador más entre la audiencia. Soy uno de los dos mentirosos en este escenario.

Me han encomendado la tarea de retratar a Sunstar como alguien que se resquebraja bajo la presión de su campaña, especialmente a la luz de los vídeos del Asesino de Estrellas, y respondo con una agresión que Sunstar no ha demostrado ni una vez en ninguno de sus debates.

Cuando se me pregunta, no condeno a los espectros en su conjunto, afirmando que hay personas buenas y bien intencionadas que buscan el poder para alargar sus vidas, y aplaudo los riesgos que corren, especialmente los mayores, dado que la alquimia de sangre no siempre es amable con sus cuerpos. Quiero advertir a todos, sin importar sus intenciones, que convertirse en un espectro no vale la pena, pero estoy muy ocupado en no mostrar la compasión que pidió el senador a quienes perdieron a sus hijos por los fuegos cruzados.

No puedo imaginar que los celestiales que actualmente ocupan escaños en el gobierno no se avergüencen durante todo este debate. Quizás algunos de ellos incluso sospecharán, habiendo trabajado con Sunstar y compartido sus puntos de vista sobre cómo cambiaría el país. Pero entre el senador que se presenta a sí mismo como un candidato con los pies en la tierra que será recordado como fuerte y yo contraatacando, seguro que etiquetarán a Sunstar como desquiciada. Es imposible creer que alguien espere algo diferente al senador tomando la Casa Blanca el mes que viene.

Hugh Cooper recupera el control.

—Terminaremos en breve, así que me gustaría cambiar y preguntarle, congresista, sobre su reciente anuncio acerca de su plan para abolir el Programa de Fuerzas del Orden y poner en su lugar una organización a la que llama Unión Iluminaria. ¿Qué les diría a los estadounidenses que están intranquilos por depender de guardianes poderosos?

No conozco todas las intenciones de Sunstar sobre esto, ya que solo me enseñaron un vídeo de ella hablando del tema, pero sospecho que simplemente quiere dejar de ver que las personas de su comunidad sean asesinadas por agentes que usan varitas cargadas con sangre celestial. No puedo difundir este mensaje, y que las estrellas se apiaden de mí.

—La Unión Luminaria está diseñada para proteger al público, pero, más específicamente, a los extraordinarios celestiales que son la columna vertebral y el corazón de este país. Es hora de que nos convirtamos en autoridades y líderes.

—Así que les está dando aún más trabajo a los celestiales —dice el senador—. Y deja a nuestros ciudadanos en desventaja frente a los que tienen el poder. Esta visión para el futuro es sombría y solo causará más Apagones. Prometo que nadie quiere recibir una llamada diciendo que su hijo murió debido a una pelea de poder entre Portadores de Hechizos, a quienes no solo no condenarán, sino que los traerán a su nueva división. ¿Puede realmente mirarme a los ojos y decirme frente al pueblo estadounidense que el grupo terrorista que mató a mi hijo debería convertirse en nuestros nuevos cuerpos de seguridad?

La ira en el rostro de Sunstar es la más real que ha tenido en toda la noche.

Intento argumentar que los fallos de algunos no pueden recaer en toda una comunidad, pero el senador es más claro y contundente.

—¡No lo creo! ¡No lo creo! Los estadounidenses se niegan a construir los ladrillos de su país supremacista celestial. —El senador sale de detrás del podio, creando una intimidad con el público escondido en la oscuridad—. Podemos evitar la presidencia de Sunstar, pero deberíamos preocuparnos de que haya llegado tan lejos. Tenemos un número récord de celestiales en puestos de poder, y ya habéis escuchado los rumores de oponentes calificados que quieren serviros, pero estaban demasiado intimidados para competir contra los celestiales. Entre las historias de Sunstar usando la hipnosis de su marido para controlar las mentes de políticos y votantes, ¡tenemos que protegernos ahora!

Quiero decir que el control mental ni siquiera es un poder real y que Ash nunca lo usaría de esa manera si lo fuera, pero no tendría sentido incluso si me lo permitieran.

Para mi horror, lo están aplaudiendo.

El senador me señala.

—Mereces estar encerrada en el Confín.

Los aplausos son cada vez más fuertes y Hugh Cooper está teniendo dificultades para lograr que la audiencia se calme. Me aterroriza convivir en un país con esta gente.

—Gracias —dice Hugh Cooper mientras todos finalmente se calman—. Me gustaría abrir pase para las declaraciones finales. Congresista Sunstar, puede empezar.

Miro directamente a la cámara. Se supone que debo impulsar algunos ideales más de Celestiales Primero, y he descubierto cómo hacerlo a mi manera.

—Los celestiales son como luciérnagas que han sido reprimidas durante mucho tiempo, asfixiadas en frascos que se han convertido en nuestros hogares. Exigimos ser liberados de nuestros frascos, pero necesitamos su ayuda para destaparlos. Gracias.

Esto puede parecer una tontería para la mayoría de este país.

Solo necesito que una persona lo entienda.

54
ALLANAMIENTO

EMIL

Sunstar está hablando de luciérnagas.

Levanto la cabeza del hombro de Wyatt y arrastro el portátil de Brighton más cerca de mí, volviendo a mirar los comentarios finales. Todo este debate ha sido salvaje con la forma en que Sunstar ha dado un giro de ciento ochenta grados con sus posturas, pero ¿y si algo ha salido terriblemente mal? ¿Y tal vez incluso un poco bien?

—Creo que es Ness —digo, mirando la imagen congelada de Sunstar.

—¿Ness-Ness? —pregunta Wyatt.

—¿De qué estás hablando? —dice Brighton.

Mi corazón está latiendo contra mi pecho, aunque apenas me he movido.

—Mira, durante las últimas dos horas nos hemos estado preguntando por qué Sunstar parece tan fuera de lugar y dice tantas cosas peligrosas. ¿Y si no es ella?

—Eso es arriesgado, especialmente porque creemos que está muerto —dice Brighton.

—Pero no tenemos pruebas de que lo esté —comenta Prudencia.

—Ness me llama «luciérnaga». Iron debe estar usándolo, y esto debe haber sido un código para que yo sepa lo que está pasando. Pensadlo, la última vez que vi a Ness fue cuando se lo llevaron las fuerzas del orden. Alguien se lo habría dicho a Iron, ¿verdad? Quizás Iron esté usando los poderes de Ness para ganar las elecciones.

Todo el mundo parece inquieto, como si quisieran que fuera cierto. No lo sé, tal vez lo sea. Nunca he tenido un cierre con Ness. Apenas he tenido un comienzo.

Vuelvo a reproducir los comentarios finales de Sunstar.

—Ella está… Él está hablando de luciérnagas que se ahogan en frascos que son como su hogar. Tal vez ese sea el código para hablar de la casa de Iron y que lo tienen como rehén ahí.

—Hermano, estás dando vibraciones de teórico de la conspiración. Si todo lo que dices es cierto, ¿no sería arriesgado para Iron poner a Ness en un escenario nacional?

—Sí, seguro, pero tal vez Iron tenga algo para mantener a Ness bajo control.

¿Quizás alguna promesa de libertad? Las cosas iban tan mal en casa que Ness eligió una pandilla en lugar de quedarse allí. O tal vez lo estén chantajeando por todo lo que ha hecho como Regador de Sangre. Por encima de todo, Ness ha querido recuperar su vida, y no va a tenerla detrás de unas rejas si exponen su identidad y sus crímenes.

Los ojos de Prudencia se agrandan.

—Iron también podría tener a Carolina y a Eva como rehenes.

—Pero están con… —Brighton se calla.

—El gobierno —termina Prudencia.

—Si es que eran ellas las de los vídeos —digo.

Brighton abre otra pestaña en su portátil y volvemos a ver las entrevistas de Asesino de Estrellas. No puedo hablar por Eva, pero todo lo relacionado con la apariencia de mamá parece verdadero.

Ness también es un cambiante increíble que podría hacerse pasar por ellas tanto como lo ha hecho con Sunstar esta noche.

—Definitivamente esa es mamá —dice Brighton—. Incluso dice que somos «creídos», como en mi última discusión con ella.

—Pero si todos estuvieran alojados juntos, Ness lo sabría —responde Prudencia—. No conocemos a Eva lo suficientemente bien, pero no creo que ella hubiera dejado el equipo. No importa cuán enfadada estuviera con Iris por haber mentido.

—Entonces, ¿qué ha pasado realmente con esta narrativa de «salvadas por las fuerzas del orden»? —pregunto—. Los Regadores de Sangre no estarán trabajando con Iron, ¿verdad?

¿Qué podría poseerlos para que hicieran eso?

Nada está claro, pero hay suficientes estrellas que no se conectan en una constelación como para poder ver lo que está pasando.

—Creo que deberíamos ir a investigar —digo.

Brighton se ríe y aplaude.

—¿Me has estado castigando desde que obtuve mis poderes, y ahora estás hablando de irrumpir en la casa de un candidato presidencial celesfóbico para salvar a tu otro novio?

—¡No tengo novio!

Wyatt ha estado callado mientras discutíamos, pero ahora siento el peso de su silencio como si hubiera dicho algo malo. No es mi novio y lo mismo ocurre con Ness. Pero sea cual fuere el drama que surja de esto, ahora es definitivamente una de las muchas razones por las que no estoy tratando de jugar con el amor en medio de una guerra.

—Bright, si no quieres, está bien. Volaré de regreso a la ciudad si es necesario.

—No, estoy preparado. Solo quería dejar claro de quién fue la idea en caso de que nos encierren en el Confín.

—Es una mala idea —dice Prudencia—. Si nos equivocamos, esto solo demostrará todo lo que Iron ha estado diciendo acerca de que los artesanos de luz se comportan como si estuviéramos por encima de la ley porque tenemos poderes.

—Si tenemos razón, podremos salvar a nuestra madre, a Eva, a Ness y a Sunstar —responde Brighton.

Prudencia asiente, pero todavía parece incómoda. Tiene derecho a sentirse así y yo la apoyo. Seguramente todos aquellos a los que esperamos rescatar ya estén muertos.

Wyatt deja escapar un profundo suspiro.

—Estáis operando bajo la gigantesca suposición de que el hombre que podría convertirse en presidente puede haber secuestrado a seres queridos y organizado un debate público con su hijo que cambia de forma.

—Sí —digo.

—Este país es horrible.

—Sí —digo de nuevo.

—Voy a volar contigo, amor —afirma Wyatt.

—Gracias. —Espero que no se sienta obligado, pero definitivamente nos irá bien porque las estrellas saben cuánta seguridad debe tener el senador.

Nos preparamos rápidamente, sin tener idea de si Iron regresará de Boston esta noche o irá a otro lugar. Tardaremos más de una hora en conducir de vuelta a la ciudad, y si Iron vuelve en un helicóptero, estamos jodidos. Desafortunadamente, Nox no puede llevarnos a todos, así que Prudencia prepara el coche mientras Brighton pone al tanto a Maribelle para ver si está dispuesta a venir con nosotros. Corro para mezclar más lágrimas de fénix en el Ahogador de Estrellas, y es una lástima porque nos faltan horas para terminar la poción. Podríamos haberla traído con nosotros para probarla en cualquier Regador de Sangre.

Pero no podemos permitirnos el lujo de esperar. No cuando Ness arriesgó su vida para enviarme ese mensaje.

Viajo en el asiento trasero del coche para poder planear estrategias con Brighton y Prudencia, y Wyatt, Tala y Maribelle vuelan en los fénix. No había sentido tanta esperanza en mucho tiempo, y seré una vergüenza para el legado de Bautista si por mi culpa nos capturan a todos (o algo peor), justo cuando estamos a punto de hacer historia.

Nos reunimos a un par de manzanas de la casa de Iron. Los fénix se esconden junto al río, manteniéndose a poca distancia. Brighton ha intentado comunicarse con Iris y con Wesley varias veces en el coche, pero no han respondido, ni siquiera usando el teléfono de Prudencia, así que ha dejado un mensaje y listo. Seremos nosotros seis —cuatro con poderes y dos con armas— contra no sé cuántos Regadores de Sangre y guardias de seguridad que vigilan la finca. Una vez dentro, nos dividiremos en dos grupos de tres: los Reyes de la Luz más Wyatt, y luego Maribelle, Prudencia y Tala, por lo que el poder está uniformemente distribuido.

—Prohibido matar —les recuerdo a todos.

—No te lo prometo —dice Maribelle mientras lidera el camino.

Los alrededores de la casa se esconden detrás de setos. Miro a través de la puerta principal y veo a un guardia de seguridad con pelo gris oscuro que pasa junto a una fuente; no iremos por ese camino. Brighton corre por la manzana y nos mantenemos en las sombras mientras corremos con él. Regresa con la buena noticia de que en la entrada sur no hay ningún guardia a la vista, así que nos apresuramos hacia allí. Prudencia abre telequinéticamente la puerta, frenando cuando cruje, y pasamos por debajo antes de que se cierre. Las luces del patio trasero están apagadas, y estoy muy nervioso por si se activan las alarmas que sé que tienen las personas ricas.

Me congelo, mientras el mismo guardia de seguridad de antes dobla la esquina. Sus ojos brillan cuando comienza a levantar las manos, pero Prudencia le bloquea los brazos a los lados y le cierra la mandíbula en un solo movimiento; todo el tiempo que ha pasado practicando su poder en la cabaña está dando sus frutos. El guardia lucha por liberarse, Brighton se lanza hacia él y lo noquea con tres golpes.

—El mejor jugador hasta el momento —dice Maribelle, dando palmadas al hombro de Prudencia.

Brighton le quita las esposas del cinturón al guardia y le ata los brazos a la espalda por si se despierta. También lo arrastramos detrás de un arbusto, esperando que esto nos dé otro minuto si hay alguien más aquí.

Prudencia abre telequinéticamente la puerta y no suena ninguna alarma. Inmediatamente entramos en una especie de acuerdo telepático para no hablar cuando entramos. Estamos en una terraza acristalada con plantas en flor y bancos de mimbre blanco. Temo que el suelo de madera nos pueda delatar, si hay alguien más aquí. Tala conduce a Maribelle y a Prudencia a través de un comedor y se aleja de nosotros, y Prudencia y Brighton intercambian una mirada de preocupación; me aseguraré de que se vuelvan a hablar.

Subo lentamente los escalones y, cuando uno comienza a crujir, levanto el pie. Todos lo saltamos y llegamos a un segundo piso con cuadros fuera de una oficina. Brighton se asoma y vuelve a salir. Si esta es una de esas casas que tiene escondites secretos que se activan al retorcer un trofeo viejo del instituto en un estante polvoriento, no vamos a tener mucha suerte esta noche. El dormitorio principal y los otros dos dormitorios están vacíos, lo que deja una habitación más al final del pasillo.

Abro la puerta y encuentro la que debe ser la habitación de Ness. Las cortinas verdes están corridas y hay una pared realmente interesante con diamantes negros. Definitivamente está vivo, a juzgar por la forma en que se ve el lugar, con vasos vacíos, envoltorios de patatas fritas, ropa tirada. Siempre he pensado que si alguien que me gusta me trae a casa, realmente me traería a casa; no me dejaría pistas durante un debate nacional para que yo pudiera irrumpir y rescatarlo. Y menos con mi hermano y con algún otro chico por el que siento cosas.

—Está vivo —le susurro.

—Y no está aquí —dice Brighton.

No puedo evitar acercarme a su cama. Si Ness y yo fuéramos normales, podríamos pasar el rato aquí, jugar, hablar de libros, seguir conociéndonos.

Tal vez incluso besarnos y dormir abrazados como hice con Wyatt en el Santuario.

Hay un libro de bolsillo sobre Sunstar en su almohada. No puedo creer que hayamos descubierto todo esto gracias a que me dio esa pista durante el debate.

Suena un teléfono de los nuestros, y Brighton rápidamente lo silencia con una mirada culpable en su rostro.

—Wesley está llamando —susurra.

Wyatt pone los ojos en blanco.

—¿En serio, no has pensado en poner tu teléfono en silencio antes de irrumpir en la casa de un político? Francamente, te lo recomiendo para cualquier futura intrusión.

—Cállate.

—¿Es demasiado tarde para unirme al otro equipo? —pregunta Wyatt.

—Bright, volveremos a llamar a Wesley, pero por ahora…

Se oyen pasos, y por un segundo me atrevo a soñar que podría ser Ness, pero cuando todos nos giramos hacia la puerta, vemos a un guardaespaldas con ojos brillantes y electricidad crepitando alrededor de sus puños.

55
EL VACÍO

BRIGHTON

El guardaespaldas no pierde el tiempo y arroja relámpagos.

Arrastro a Emil y a Wyatt fuera de peligro, y el escritorio detrás de nosotros explota. Los celestiales que usan sus poderes de manera tan agresiva para un candidato que los odia se encuentran entre las personas más tontas que conozco. Desde el suelo, tiro un rayo de fuego al guardaespaldas y lo dejo tumbado en la entrada.

Ayudo a Emil mientras el guardaespaldas gime.

—Ya no tiene sentido andar a escondidas, así que voy a recorrer la casa. Quedaos juntos.

—Ten cuidado —dice Emil.

Salgo corriendo de la habitación, sintiendo la nariz del guardaespaldas crujir bajo mi pie, y no presto atención a sus gritos de angustia mientras subo los siguientes escalones y me dirijo al ático.

La puerta está bloqueada, aquí podría estar retenida mamá. La abro con un rayo de fuego. No hay nadie. Es un ático enorme que me habría encantado como dormitorio si hubiera sido lo suficientemente rico como para crecer en una casa como esta, pero el espacio solo tiene una cámara en un trípode, sillas y un escritorio. ¿Tal vez para las entrevistas de Asesino de Estrellas?

Voy al escritorio, esperando encontrar alguna prueba de la gran teoría de Emil en caso de que no podamos hallar a nuestra gente. Definitivamente ha habido trabajo de campaña, con algunos folletos de Iron-Bishop, declaraciones de impuestos y recibos de reuniones. Abro una carpeta y veo las transcripciones de un par de vídeos anticelestiales recientes. Justo cuando estoy a punto de cerrarla, noto que algunas de las páginas han sido editadas en rojo.

No son transcripciones. Son guiones reales.

El equipo de Iron debe tener a Ness difundiendo propaganda también.

Por primera vez en mi vida, estoy realmente aterrorizado por Iron. Si todo esto es cierto, entonces nos enfrentamos a alguien más peligroso que Luna y los Regadores de Sangre.

Sostengo la carpeta cerca, me doy la vuelta y me encuentro con ese guardia de seguridad con pelo oscuro que he derribado afuera.

—Lo de antes no ha sido personal. Tampoco esto.

Disparo un rayo de fuego, pero el guardia es más rápido. Fuertes vientos soplan de sus palmas y apagan mis llamas tan fácilmente como si apagara velas de cumpleaños. Intento correr hacia adelante, pero es como querer atravesar un tornado. Pierdo el equilibrio.

Sus vientos me llevan al techo del ático y se me cae la carpeta. El guardia extiende una palma para mantenerme inmovilizado con sus vientos, y con la otra mano hace un gesto como si estuviera apretando algo. No entiendo lo que está pasando hasta que de repente jadeo una y otra vez, me está sacando el oxígeno.

Este no puede ser el final.

No puede ser que vaya a morir así. Si alguna vez muero en una batalla, será algo épico y a manos de un oponente más digno. No debido a Atlas del Lado Oscuro que literalmente me está chupando la vida. Pero no puedo escapar. No puedo creer que un don nadie vaya a matar al Salvador Infinito.

No puedo respirar, e incluso cuando mi temperatura desciende fuerte y rápidamente, casi hasta bajo cero, no puedo evitar pensar en que moriré como papá, luchando por respirar. Estoy mareado y me siento ingrávido mientras caigo del techo. La falta de oxígeno me debe estar afectando porque el mundo pierde el color, y las luces y sombras cambiantes transforman todo como los negativos fotográficos de la vieja escuela. Tiene que ser mi final. Estoy a punto de estamparme contra el suelo cuando, en cambio, me hundo a través de él, y caigo de nuevo a la habitación de Ness, donde Emil lanza fuego contra el celestial de antes y las llamas me están cegando. Los sonidos de los vientos me siguen mientras caigo por el suelo de nuevo, a pesar de que ese Don Nadie Oscuro todavía está en el ático y de algún modo me estoy estrellando contra la cocina. No, no me estoy estrellando, estoy atravesando esta casa gradualmente, y paso por una caída más antes de golpearme contra un suelo de baldosas y poder tomar aire en profundidad.

Mis poderes fantasma me han salvado la vida antes de que pudiera morir.

Tengo los tres conjuntos de poderes que prometió la Sangre de la Parca, lo que me hace más que el Hijo Infinito, soy…

—¡Brighton!

Mamá.

Me doy la vuelta y veo una enorme caja negra dentro de un escudo de resplandor amarillo. Es una de esas salas de pánico. No puedo ver a mamá a través de la ventanilla de la puerta, pero sigue gritando que está dentro. También escucho a Eva. En verdad están vivas. El senador va a arder por esto. Pero ahora, tengo que rescatarlas.

—¡Te voy a sacar!

—¡Hay un botón en la pared! —grita Eva.

Encuentro el teclado con el botón de emergencia y el escudo de brillo se apaga.

Arriba hay una explosión, seguida de gente gritando y cristales rotos. Espero que mi equipo esté ganando para tener más tiempo para liberar a mamá y a Eva. La puerta no se abre. Estas salas de pánico fueron construidas para mantener alejados a los celestiales, pero ¿qué pasa con los espectros con poderes fantasma?

No hay nadie en mi vida que pueda ser mi instructor fantasmal de la forma en que tengo a Emil para mis poderes de fénix y a Wesley para la velocidad rápida. Soy todo lo que tengo, y todo lo que soy es más que el resto. Si alguien puede entrar en una habitación diseñada para mantener a la gente fuera, ese soy yo.

Me concentro en el pánico y la determinación que deben haber despertado mi poder, y pienso en volverme ingrávido de nuevo hasta que el mundo vuelva a perder color y el sonido de los vientos aulladores se enfurezca dentro de mi cabeza.

Estoy nervioso por caerme en la tierra mientras doy mi primer paso hacia adelante, pero eso no es lo peor. Es difícil y helado, como caminar a través de un océano frío y furioso, y me estoy asfixiando como si me estuviera ahogando en él.

Una vez dentro, las luces y las sombras se reajustan y trato de recuperar el aliento, pero mi madre, que llora, me da un fuerte abrazo. No me quejo.

—Lo siento por todo, mamá.

—Yo también, mi estrella brillante, yo también.

Me mira bien y odio lo desnutrida que se ve.

—¿Quién más está aquí? —pregunta Eva. Tiene moretones por todo el cuerpo.

Los monstruos que les hicieron daño encontrarán su fin. Incluso si tengo que poseerlos a todos uno por uno y tirarlos desde rascacielos.

—Tenemos respaldo suficiente —digo. No hay tiempo para analizar por qué Iris y Wesley no están con nosotros—. Este poder es nuevo, así que espero poder hacerlo funcionar para todos.

Agarro sus manos y mamá aprieta como si no quisiera dejarme ir nunca más. Caminamos hacia la puerta y comenzamos a pasar. Es aún más difícil, como si fuera un bote pequeño con dos anclas tiradas por la borda, y estoy a punto de abandonar cuando llegamos al otro lado. Soy el único que está jadeando por aire, y mamá y Eva no parecen afectadas en lo más mínimo.

Subimos las escaleras y mamá tiembla todo el tiempo.

Es un caos absoluto ahí arriba.

Maribelle está luchando contra un guardia en los escalones, y se balancea en el pasamanos mientras lo patea con tanta fuerza que él se cae. Tala y Wyatt están en una pelea vertiginosa con una mujer que sigue teletransportándose dentro y fuera, y siempre le da un golpe a uno de ellos. Emil está rodeando las esquinas de varios muebles grandes mientras dispara dardos de fuego y esquiva más ataques de rayos del mismo celestial que antes. Y Prudencia está luchando contra el guardaespaldas de pelo plateado con un reloj de pie suspendido en el aire; sus vientos están comenzando a abrumarla y el reloj podría aplastarla.

—Empezad a moveros hacia la puerta —digo.

—No, no nos dejes —pide mamá, abrazándose a mí.

Suelto mi mano de la de ella y me apresuro hacia Prudencia. El guardaespaldas la está superando hasta que me precipito contra él con tanta fuerza que cae por las ventanas de la terraza acristalada; debería haberse quedado abajo cuando lo esposamos afuera. Prudencia golpea telequinéticamente el reloj del abuelo, y las campanas distraen tanto que Maribelle sorprende a la teletransportadora con una flecha de fuego y la deja inconsciente.

—¡Pru, lleva a mi madre afuera!

Ni siquiera espero su reacción antes de correr hacia Emil, derrapando hasta detenerme cuando el guardaespaldas ataca. Agarro a Emil y le pido a cada estrella que mi poder no me falle. Los relámpagos nos atraviesan, estallando en chispas candentes contra la chimenea. Mientras Emil está en shock, lanzo un rayo de fuego directamente al pecho del celestial, que aterriza en las ruinas del reloj del abuelo.

—He salvado a mamá y a Eva, ¡vamos!

Gritamos a todos que salgan con nosotros. Pasamos junto a una estatua y llegamos a la puerta principal, que Prudencia ha abierto con su poder. Los Halos llaman a sus fénix y Emil corre directamente a los brazos de mamá. Hay sirenas a lo lejos, así que les doy a Emil y a mamá tres segundos antes de que tengamos que seguir moviéndonos. Volvemos rápidamente al coche y nos alejamos, Emil y yo sentados con los brazos de nuestra madre envueltos alrededor de nosotros y llorando juntos.

Lo hemos conseguido. Los Reyes de la Luz, los Reyes del Infinito —principalmente yo—, hemos salvado a nuestra familia.

56
CAMBIAR LA HISTORIA

NESS

Escondo mi sonrisa mientras caminamos por la mansión destrozada.

La casa que ha pertenecido a nuestra familia durante generaciones ha quedado patas arriba. Los guardaespaldas encargados de vigilar el terreno han sido derrotados y están ensangrentados, y Jax y Zenon los están regañando en el invernadero destruido. Roslyn está fuera hablando con las autoridades y con los periodistas, manteniéndolos alejados de la mansión mientras Luna, Dione y June se esconden en el ático por si acaso.

El senador está pálido, como si hubiera visto a un fantasma. Sus puños han estado cerrados desde que recibió la noticia de que sus cautivas habían sido liberadas por los Reyes Infinitos, Maribelle, Prudencia y un par de Caballeros del Halo. Carolina y Eva van a contarlo todo.

Ojalá hubiera estado aquí para saludar a Emil. Pero haber podido reunirlo con su madre es mi gran victoria esta noche. Me ha devuelto un trozo de mi alma.

Bishop pasa por encima del televisor roto y apoya una mano en el hombro del senador.

—Volverán a estar encerrados en poco tiempo, Edward.

—Lo sé.

El senador irrumpe en el invernadero y lo seguimos, yo me hago pasar por el mismo guardaespaldas blanco de cuando llegamos a la universidad. El senador es conocido por ser encantador, pero ni siquiera él se molesta en ocultar su absoluto desdén hacia los cuatro guardias que le han fallado esta noche.

—Os he confiado mi casa a todos. Os he apoyado a pesar de que mis seguidores me han advertido que los celestiales podían traicionarme. —No se molesta en reconocer la eterna lealtad de Jax y de Zenon.

—Lo siento, señor —dice uno de los guardias de cabello plateado.

—Tus disculpas no salvarán mi reputación. Girar esta historia a mi favor sí lo hará. La política se rige por narrativas. Sin duda tendrá sentido para el pueblo estadounidense que después de que yo dominara a mi oponente celestial en el debate de esta noche, los Portadores de Hechizos intentaran asesinarme. Mi apoyo subió después de haber perdido a mi mujer y a mi hijo, aunque la efusión cuando escuchen esta noticia será monumental. Los votantes verán que estoy haciendo algo bien si estos vigilantes estaban dispuestos a que me mataran en lugar de verme ascender al poder. —El senador camina en círculo alrededor de los guardias—. La muerte es política, incluso aquellas que son insensatas.

Chasquea los dedos.

Los ojos de Jax brillan y rompe telequinéticamente el cuello de los cuatro guardias.

Todos caen muertos y yo me doy la vuelta antes de traumarme con sus caras. Trato de razonar conmigo mismo que cualquiera que trabaje para el senador no puede ser buena persona, y que las vidas de Carolina y de Eva valen más que las de ellos. Pero sé muy bien que las personas de buen corazón se ven atrapadas en situaciones equivocadas. A veces incluso crecen en ellas.

—Quemad sus cuerpos —dice el senador—. Vamos a endilgárselos a los Reyes Infinitos.

Estoy seguro de que Brighton ya ha quemado a personas vivas por no haberlo seguido en Instagram, pero Emil no es un asesino. Ni siquiera puedo imaginarlo matando en defensa propia.

—Saca tu cara —me dice el senador.

La luz gris me baña, para mi alivio; haberme transformado tantas veces esta noche, especialmente en Sunstar, me empieza a pesar.

—No es casualidad que esta entrada, Eduardo, se produzca inmediatamente después de la primera vez que te dejamos salir en público.

—He hecho lo que me pediste —digo.

—No del todo. Te has salido del guion al final.

—Hablando de mariposas —dice Bishop.

—Luciérnagas —corrige el senador cuando se pone frente a mí—. ¿Era algún tipo de código para tus aliados?

Me encojo de hombros.

—O tal vez los Portadores de Hechizos han estado esperando el momento para atacar desde que me grabaste haciéndome pasar por su sanadora y por la madre de Emil y de Brighton. ¿De verdad pensaste que te saldrías con la tuya? ¿De verdad crees que nadie va a notar que Sunstar se estaba comportando de manera diferente y ahora está desaparecida?

—Yo creo en todo esto. Este es un país lleno de gente fácil de engañar —dice el senador.

Ojalá sus votantes pudieran escuchar la forma en que habla de ellos.

—Edward —dice Luna desde lo alto de las escaleras—. Quiero hablar contigo.

—Estoy ocupado —contesta.

—Estás interrogando a tu hijo sobre algo acerca de lo cual ya sabes la respuesta —contesta Luna—. Es mejor que emplees tu tiempo castigándolo por su crimen y poniendo a prueba su lealtad. De una vez por todas.

Ya está.

Luna finalmente le contará al senador sobre las vidas pasadas de Emil.

Al salvar la vida de su madre, he arruinado la suya.

57
FANTASMAL

BRIGHTON

Los Caballeros del Halo no nos han dado la bienvenida desde que regresamos al Santuario.

Han estado siguiendo las noticias y saben de nuestra irrupción en la casa de Iron. Ven que las principales fuerzas del orden están ampliando su búsqueda por nosotros. Entiendo que somos un foco de atención más grande desde que me convertí en el Salvador Infinito. Tampoco quiero que nadie asalte estos terrenos sagrados, especialmente porque mamá merece un poco de paz después de todo lo que ha pasado. Si hay peligro, lo solucionaremos.

Wyatt y Tala acuerdan vigilar primero, por si hay problemas. Las cocinas están cerradas, así que me arriesgo a hacer enfadar a todos un poco más al entrar a escondidas. Mamá y Eva necesitan una comida sustanciosa después de haber vivido a base de refrescos, sopas y galletas durante dos semanas.

Cocino una olla de pasta y brócoli con limón mientras miro las redes sociales. Tengo un montón de comentarios de celestiales que intentan cancelarme y llamarme «traidor a la causa» por haber usado mis poderes no solo para parecer superior a la ley, sino también para atacar la casa de un hombre de la ley. Asesino de Estrellas nos llama «peligrosos» en lugar de «heroicos», como si entendiera el abuso físico y psicológico que ha sufrido mi madre. No sé lo que le haría si llegara a descubrir que lo sabía. Los políticos celestiales también están condenando nuestro comportamiento sin conocer la historia completa. La gente se vuelve contra sus aliados demasiado rápido hoy en día.

Todos sabrán la verdad pronto.

Llevo la comida al comedor. Eva está hablando con Maribelle mientras esperamos la llegada de la familia de Iris y de Wesley, a quienes hemos contactado mientras volvíamos. Emil vuelve con mamá justo a tiempo después de hacer guardia fuera del baño mientras se duchaba. Quería privacidad y protección y Emil le ha dado ambas. Prudencia está trabajando en la poción Ahogador de Estrellas, que estará lista en algún momento en medio de la noche.

Eva está medio dormida en la mesa y demasiado enferma para terminar de comer mientras mamá nos cuenta cómo engañaron a Ness para que les contara historias personales para las entrevistas de Asesino de Estrellas. Luego confirma nuestras sospechas: Luna y los Regadores de Sangre están trabajando con Iron. Es despreciable lo lejos que ha ido el equipo de Iron para manipular estas elecciones. Me pregunto a cuántos de sus partidarios les importará que sus guardaespaldas no tuvieran problemas para agredir a dos mujeres, una de las cuales es una pacifista que no contraatacaría incluso si tuviera poder ofensivo.

—¡EVA!

Todos nos damos la vuelta.

Iris corre tan rápido por el comedor que es como si se creyera tan veloz como Wesley, que viene detrás de ella con Ruth, Esther y Tala. Eva casi se tropieza en su aturdimiento somnoliento, e Iris la levanta con un fuerte abrazo. Espero que digan cuánto se quieren o algo así, pero ambas están calladas y solo respiran.

Esto es lo más parecido a una reunión familiar que pueden tener los Portadores de Hechizos, pero solo veo una cosa en esta gran reunión: nuestro ejército está creciendo.

Todo el mundo está metido en el laboratorio del Santuario. Esto me recuerda a cuando nos reunimos por primera vez con los Portadores de Hechizos en la cámara de preparación de Nova, excepto que esta vez no somos invitados; estamos a cargo. Son casi las dos de la mañana cuando terminamos de actualizar a los Portadores de Hechizos y compañía sobre todo lo que hemos estado haciendo desde que llegamos aquí por primera vez.

—Guau. Viaje en el tiempo —dice Wesley—. No es justo que te alojáramos en nuestra casa secreta y nos hayamos perdido lo de viajar en el tiempo.

—También te robaron el coche —comenta Iris, rodeando el hombro de Eva con el brazo.

—Las reglas no se aplican a los viajeros en el tiempo.

—Falso —dice Emil mientras pone el poco músculo que tiene en agitar el Ahogador de Estrellas, que se está espesando como una pasta. ¿Cómo diablos se supone que alguien va a beber eso? Va a ser agotador cuando deba retrociclar de nuevo para averiguar dónde se ha equivocado.

Mamá reprime un bostezo y se niega a descansar porque nos echa mucho de menos.

Maribelle está en mi portátil con un auricular.

—Iron pronunciará un discurso en breve.

—Oh, se va a disculpar por todos los secuestros y las mentiras —dice Wesley.

—Gracias a todos por haber salvado a Eva y a Carolina —dice Iris—. Me hubiera encantado que fuera menos destructivo, pero estamos donde estamos. ¿Qué vais a hacer para compensar esto?

—Voy a usar mis canales, los que tanto odias —digo. No puedo evitar ser un poco mezquino ahora que las cosas han cambiado. Maribelle también sonríe—. Mi plataforma ha crecido, así que mamá y Eva contarán sus verdaderas historias.

—Pero no tienes pruebas —dice Iris.

—A sus seguidores no les importan las pruebas.

Iris se ríe.

—No les importan cuando se adaptan a su narrativa, pero desafiarán todo lo demás. Estoy realmente sorprendida de que no hayas retransmitido toda la misión de rescate a tus seguidores.

Prudencia me toma la mano.

—Dice mucho sobre Brighton que no lo hiciera. Nuestro plan no ha sido perfecto, pero hemos hecho todo lo posible sin saber siquiera si había alguien a quien salvar.

Me vuelvo hacia Prudencia y me doy cuenta de que mamá también le sonríe. Ella siempre ha sabido que hay algo entre nosotros, y estoy feliz de que esté cerca para vernos crecer.

—Eso no significa que no asumiremos la responsabilidad por nuestras acciones —dice Prudencia—. La idea de Brighton de una entrevista es genial, y podemos informar a todos sobre el Ahogador de Estrellas.

—Pensaba que no mencionaríamos eso —digo.

—Emil y tú sois vistos como amenazas innecesarias ya que sois espectros. En primer lugar, se supone que no debes tener poderes, y si podemos demostrarles a todos que los apagarás, podría ser de gran ayuda para reconstruir algo de buena voluntad —responde Prudencia.

Quiero soltar su mano, pero me quedo quieto.

—Oh, bien —dice mamá—. Envía esos poderes de vuelta. Los fantasmas son tan antinaturales.

Los ojos de Wesley se agrandan.

—¿También tienes poderes fantasmales? Necesitamos iniciar un chat grupal.

—He atravesado paredes esta noche —respondo.

—Superestrella —dice Wesley.

—Pero esos poderes son malvados —comenta mamá.

No tengo mi instinto habitual de sangre y huesos, pero puedo decir que se está comenzando a formar una pandilla clásica.

—Los poderes no tienen un lado bueno u oscuro por naturaleza. He salvado a todos esta noche con fuego de fénix y *también* corriendo y atravesando objetos. Todo lo que siempre he querido hacer ha sido ayudar y marcar la diferencia. Continúo con el trabajo que comenzó con mi serie.

—¿Y si te pierdes? —pregunta Emil—. June no habla.

—Estoy hablando, hermano. Y no me gusta que me pongan en la misma categoría que una asesina cuando yo soy un salvador.

—Solo queremos salvar tu vida —dice Prudencia con suavidad—. Orton tenía tus mismos poderes y se destruyó.

—No tenemos ninguna estadística sobre espectros híbridos más allá de eso. Esta Sangre de la Parca fue diseñada con esencias puras para que fuera más fuerte que otras —digo.

—Fue diseñada para Luna —comenta Emil—. Tienes los fantasmas de sus padres en ti. Podría haber repercusiones.

No les voy a decir lo desconcertante y difícil que es el poder cuando está activo; solo lo usarán en mi contra. Lanzar rayos de fuego y correr rápido puede ser agotador, pero esas habilidades no me cortan el aire como cuando estoy en esa zona fantasma. Además, todavía me queda mucho por explorar. June no parece sentir ningún dolor físico y no sería lo peor del mundo que no me frenara en el combate.

—Sigo siendo yo —digo—. Pero mejorado.

—Breve pausa —interrumpe Maribelle—. Iron hablará en cualquier momento.

Me reúno con Emil, Prudencia, mamá y Maribelle alrededor de mi portátil mientras Wesley e Iris lo buscan en sus teléfonos.

Veamos cómo Iron intenta dar un giro a sus crímenes.

58
EL DISCURSO

NESS

Estoy esperando mi castigo en la sala del pánico.

El escudo resplandeciente emite zumbidos. Es ridículo que Jax lo encendiera cuando me encerró aquí, como si pudiera convertirme en un insecto y escapar por los pequeños conductos de ventilación. Nadie está usando el resplandor para atravesar esta barrera. Ese es el tema.

Ha pasado casi una hora desde que Luna y el senador han empezado a hablar, deben estar planeando algo terrible para mí. ¿Qué podría ser peor que hacerse pasar por Sunstar y arruinar sus posibilidades en las elecciones? Para mí, sería cualquier cosa que lastimara a Emil. Estoy seguro de que sería genial si pudieran obtener algunas imágenes de mí haciéndome pasar por Emil y agrediendo físicamente a la cámara. Moriré antes de poder hacer eso.

Me estoy preparando para esa realidad.

Me levanto del sofá con el sonido de muchos pasos bajando las escaleras. A través de la ventana de la puerta veo al senador y a Bishop liderando la carga, seguidos por Jax y Zenon, y luego Luna con Dione y June a su lado.

La apariencia del senador no es tan cuidada como de costumbre. Ha abandonado las gafas y la chaqueta, se ha aflojado la corbata, se ha desabrochado el botón superior y se ha arremangado como si hubiera estado haciendo un trabajo manual por una vez en su vida. Apaga el escudo resplandeciente y abre la puerta.

—Una noche llena de acontecimientos. He visto poderes tremendos y amenazantes en mi vida, pero nada tan aterrador como la resurrección.

—Los muertos deben permanecer muertos —dice Bishop, mirándome.

—Entonces nunca habéis conocido la verdadera pérdida —comenta Luna.

El senador levanta la mano para silenciarlos.

—La resurrección es el mayor peligro para nuestro mundo, y el pueblo estadounidense debe comprender lo que está en juego con la proximidad del día de las elecciones. Hay numerosos reporteros en nuestras puertas que quieren hablar sobre la invasión en nuestra casa, y tendrás el gran honor de entregar esta noticia, Eduardo.

—Pero creen que estoy muerto —respondo.

—Es por eso que darás el discurso siendo yo —dice mientras saca una hoja de papel doblada de su bolsillo.

Salgo de la habitación del pánico y la tomo.

—Es una idea horrible. El público en general ni siquiera sabe que la resurrección es posible. Es mejor mantener esto en secreto.

El senador entra en la sala del pánico.

—Deja de anteponer tus hormonas a tu país, Eduardo. Es vergonzoso para mí como padre y como político. No permitiré que seamos más vulnerables a aquellos que ya nos superan. ¿Quieres que nuestros soldados entren en guerra contra enemigos que pueden volver a la vida en el campo de batalla? Este país necesita tomar una postura contra aquellos que permitirán que se produzca este desequilibrio. Esto incluye a los Portadores de Hechizos, los Regadores de Sangre y hasta el último alquimista que pueda construir este ejército contra nosotros.

Él asiente con la cabeza a su equipo, y todo sucede muy rápido.

Bishop empuja a Luna a la habitación del pánico y ella cae al suelo. Él cierra la puerta de golpe. Zenon enciende rápidamente el escudo resplandeciente mientras June corre hacia Luna, y cuando choca contra él, atraviesa la habitación y también la pared. Dione corre hacia el senador mientras le crecen un par de brazos más, y Jax rompe telequinéticamente sus piernas, perforando los huesos mientras cae. Estoy tentado de correr, pero los gritos de Dione son una advertencia suficiente.

Los ojos de Zenon brillan.

—June está volviendo.

—¿De dónde? —pregunta Jax.

La mitad superior del cuerpo de June asciende del suelo y agarra a Dione antes de que ambas se hundan como si el cemento fuera arenas movedizas.

—Se están teletransportando —dice Zenon—. Me mantendré alerta.

—Ya hemos capturado al pez gordo —dice Bishop.

El senador me empuja escaleras arriba con todos siguiéndome mientras Luna grita mi nombre como si pudiera, o quisiera, ayudarla.

—Esa alianza se ha acabado —dice él—. Te estoy dando una última oportunidad para mantener la nuestra.

—A la mierda. Ve a dar tu propio discurso.

—Si tus amigos fueron lo suficientemente valientes como para irrumpir en mi casa, no me extrañaría que intentasen un asesinato.

Ni siquiera tengo que preguntarle si está dispuesto a dejarme morir en su lugar. Él ya trató de que me mataran por su futuro.

—La prensa está esperando —dice el senador—. Lee cada palabra como la he escrito.

—¿O qué?

—No has llegado tan lejos para morir ahora, ¿verdad?

Hace que sea imposible pensar en él como mi padre cuando me amenaza así.

Luz gris.

Me transformo en el senador una vez más, reflejando su corbata suelta y sus mangas enrolladas. Me estudia. ¿Conoce su rostro tan bien como cree? Lo sé muy bien por todas las veces que me ha gritado en la cara que fuera mejor, que le diera espacio para trabajar cuando quería que pasara tiempo conmigo. Hubo algunas noches durante mis días de Regador de Sangre en las que estaba al límite cada vez que veía a alguien que tenía el más mínimo parecido con él. Su rostro me ha perseguido, y lo estoy usando ahora para mentir por él como si lo hubiera hecho toda mi vida.

—Ese poder es extraordinario —dice el senador—. No me decepciones.

—No estoy seguro de que sea posible —digo mientras me voy, seguido por Bishop. Paso la estatua del abuelo, deseando que hubiera sido un mejor ser humano en lugar del pedazo de mierda celesfóbico que crio a otro. Las cámaras nos reciben en la puerta. La última vez que los medios irrumpieron en la mansión de esta manera fue después del Apagón, cuando el senador lloraba mi muerte. Han vuelto por otra mentira.

Roslyn silencia a todos los reporteros y fotógrafos.

Abro el discurso, una página completa escrita a mano por el senador.

Es interesante cómo puede encontrar el tiempo para escribir estas mentiras en minutos, pero solo puede dedicar una frase a mis tarjetas de cumpleaños, y a veces ni siquiera eso. Hay mucho suspenso en el aire mientras todos esperan que hable.

Me quedo en silencio mientras leo rápidamente el discurso.

Comienza con la pena que siente por los guardaespaldas que fueron asesinados por Emil y por Brighton.

Mentira.

Cómo los Portadores de Hechizos quieren asesinarlo.

Mentira.

Cómo la resurrección en humanos es real con sangre de fénix.

Verdad.

Que él es el responsable de la captura de Luna Marnette.

Verdad omitiendo la mayor verdad.

Cómo todos los grupos de justicieros se están uniendo para volverse invencibles.

Mentira.

Cómo Emil Rey es la última reencarnación de Keon Máximo y Bautista de León.

Verdad.

Cómo él es el verdadero héroe que este país necesita.

Mentira.

Miro a todos con lágrimas en mis ojos, sabiendo lo que tiene que suceder a continuación. Hay que detener al senador. Es aterrador lo rápido que se ha adaptado a los eventos de esta noche. Escribió todo esto incluso antes de detener a Luna. En el tiempo que hemos regresado, ha tramado una completa traición para tratar de salvar las apariencias.

Esta podría ser la última vez que salga de mi jaula.

Rompo el guion con el corazón palpitante.

—¡Os están mintiendo! El Apagón fue orquestado por…

Un hechizo golpea el aire.

Hay gritos entre la multitud, pero no veo adónde va nadie. Estoy en el suelo con sangre saliendo de mi estómago y una luz gris bañándome para mostrarle al mundo mi verdadero rostro.

Por última vez.

59
FURIA

EMIL

El senador Iron ha recibido un disparo en directo.

Estoy horrorizado mientras estoy al lado de mi madre, y su mano aprieta la mía. No importa cuánto respeto le tengamos a este tipo, especialmente después de todo lo que le hizo pasar a mamá, pero así no es como se supone que se debe hacer justicia. Brighton y Prudencia están mirando la pantalla en shock cuando el pandemonio estalla frente a la puerta principal de Iron; por la que escapamos hace horas. Incluso la sedienta de sangre Maribelle aparta la mirada.

—No es bueno —dice Wesley mientras Ruth se aleja de la retransmisión en su móvil.

El cámara todavía apunta a Iron en el suelo mientras otros huyen. De primeras creo que alguien lo está iluminando, pero conozco ese resplandor gris. Mis ojos se llenan de lágrimas de inmediato. Podría vomitar.

—¡NESS!

El verdadero Iron pasa cojeando por la puerta y tiene un ojo morado. ¿Ness se ha defendido? Iron está rompiendo a llorar mientras pide ayuda y presiona la herida de Ness.

—¡ES UN MENTIROSO!

Los equipos de noticias los rodean como si fuera más importante cubrir esta historia innovadora de que Ness ha estado vivo todo el tiempo y se ha hecho pasar por su padre en lugar de procurarle atención médica. Alguien intentó matarlo y estos buitres ni siquiera pueden darle una maldita dignidad.

Probablemente fue obra de Iron. Está castigando a Ness por haberme ayudado.

Castigado.

Doy un paso atrás y Prudencia evita que tire accidentalmente el caldero con el Ahogador de Estrellas.

Estoy ardiendo al pensar en cuánto se merecía Ness un mejor padre, alguien que lo amara tanto que no pudiera ser sospechoso de su ataque. Llamas doradas y grises estallan a mi alrededor como si pudiera proteger a Ness. Podría quemar el laboratorio del Santuario. Todos me dicen que respire, pero no puedo controlarme.

Brighton desafía mi fuego y envuelve sus brazos alrededor de mí, gritando mientras me arrastra hacia la pared a gran velocidad. Antes de colisionar, nos fusionamos y salimos al patio.

—¡Ve a por ello! —grita Brighton mientras se agacha de dolor.

Tardo un segundo en averiguar qué me está diciendo que haga.

Cedo a mi furia y le grito al cielo nocturno, lanzando orbe de fuego tras orbe de fuego hacia las estrellas hasta que parece una tormenta de meteoritos dorados y grises que se dispara sobre el río. He molestado a algunos fénix dormidos, incluso he asustado a algunos que han salido volando. Me agoto y caigo de rodillas, Brighton envuelve de nuevo sus brazos alrededor de mí y me dice que respire una y otra vez el tiempo suficiente hasta que finalmente lo escucho. Lloro contra el pecho de mi hermano, odiando esta vida que me obliga a volver a llorar por Ness.

60
DESENMASCARADO

NESS

Primero hay oscuridad, luego el olor a agua salada, luego un dolor extraordinario.

Por un momento, me pregunto si alguien me ha robado un órgano antes de recordar lo que ha sucedido fuera de la mansión. Me han disparado muchos hechizos durante mi tiempo como Regador de Sangre. La mayoría me ha arrojado al otro lado de la habitación o, en el peor de los casos, me ha dejado atónito. Este me ha atravesado. Pensé que me iba a desangrar.

Intento tocar mi herida, pero tengo los brazos atados.

Abro los ojos y la luz duele aunque no es tan brillante. Estoy atado a una camilla. Alguien me va a llevar a Cuidados Celestiales. Giro el cuello y veo al senador mirándome. Tiene un ojo morado y un labio cortado. Hay chalecos salvavidas sobre su cabeza. No voy de camino a recibir atención médica. Estoy de vuelta en el mismo barco donde nos reunimos por primera vez.

El destino es obvio.

—Has intentado dejarme en ridículo —dice el senador—. Afortunadamente, Jax tiene una puntería impecable.

—No me ha matado —contesto, con la garganta en carne viva.

—No me eres útil muerto. Por ahora. El país ya me ha visto llorarte. Lo que necesitaban esta vez era verme condenarte, mi hijo que ha vuelto de entre los muertos. Es una señal de mi fuerza y de mi compromiso para proteger a todos de los celestiales y los espectros. He estado jugando el juego largo gracias a mi amiga… —El senador gira mi camilla y Luna está esposada en un rincón con los ojos cerrados—. Por supuesto, la he derrotado antes de que pudiera evitar mi victoria.

—Hablas demasiado —dice Luna con un suspiro aburrido.

—Disfruta de la conversación mientras puedas. Te la perderás cuando estés en aislamiento.

Nunca antes había visto a Luna tan derrotada. ¿Realmente no tiene un truco bajo la manga? ¿Va a aparecer June en cualquier segundo y desaparecer con su líder? Tal vez Luna me muestre un poco de misericordia final, y que June me lleve también porque ya no tengo muchos más movimientos. Depende de Emil y los Portadores de Hechizos aclarar los crímenes del senador. Ser más listos que él.

—¿Recuerdas cuando eras pequeño y me apoyabas para que me convirtiera en el presidente Iron para poder vivir en la Casa Blanca? Deberías estar orgulloso de ti mismo. Han hecho falta algunos empujones y amenazas, pero ¡lo has conseguido!

—No ha terminado. Todavía puedes perder, especialmente sin que yo mienta por ti.

El senador se ríe.

—¿No crees en que ya tengo estas elecciones en el bote? A los ojos de este país, he derrotado a la supremacista Sunstar en el debate, he detenido a la alquimista responsable de muchos de nuestros terrores y he sentenciado a mi hijo a una vida detrás de las rejas por su protección. Y por si eso no fuera suficiente, no todo está perdido.

Sucede lo imposible.

Sus ojos arden como un eclipse y el ojo morado y el labio cortado brillan en luces grises y se desvanecen como si nunca hubieran estado allí. Y eso es porque nunca lo han estado. Parpadeo varias veces, sin creer que sea cierto. Luego lo recuerdo todo. El senador y Luna se fueron juntos la noche del Fantasma Encapuchado. Luego volvió enfermo…

—¿Cómo? Esa alquimia no funciona bien para personas de tu edad.

—Quizás en manos de algunos alquimistas inexpertos, pero he trabajado con los mejores. Luna me advirtió que podría tener resultados peligrosos, aunque cuando vi lo valioso que era tu poder supe que aún lo necesitaría de mi lado después de que inevitablemente me traicionaras. ¿Quién mejor para hacer este trabajo sucio que la única persona en quien confío?

Este hombre es absolutamente diabólico.

Me hizo trabajar hasta los huesos, pero tendrá una larga carrera por delante si puede hacerlo todo por sí mismo. ¿Qué mejor manera de pintarse a sí mismo como un santo que convirtiendo a sus oponentes en monstruos?

—Debería haberte envenenado —dice Luna.

—Pensé que lo estabas haciendo, después de beber la sangre de esa repugnante criatura. Eduardo, deberías haber visto a ese espantoso cambiante. Era como si un coyote tuviera alas hechas de escamas de pescado.

Nadie conoce el verdadero estado de un cambiante, ya que todos adoptan formas diferentes, pero la mayoría son lo suficientemente sabios como para mezclarse con otros animales y criaturas. El cambiante herido del que obtuve mis poderes parecía un pequeño elefante rojo con patas de liebre y cola de león. Lloré al verlo morir, mientras que al senador le repugna el que lo hizo poderoso.

Miro a Luna.

—Esto pasará a la historia como uno de tus peores crímenes.

—De los cuales hay muchos —agrega el senador—. Pero no te desprestigies, hijo. Tú también has hecho que esto fuera posible. —Se ilumina en gris otra vez y se encoge unos centímetros, le crece un pelo negro y largo con un poco de plateado delante. Su piel pálida se vuelve un poco más oscura que la mía y crecen senos de su pecho. La piel tensa de su rostro se vuelve relajada, natural y hermosa con ojos marrones y pómulos altos—. Estoy orgullosa de ti —dice con la voz de mi madre.

Está maldiciendo su memoria.

—¡PARA!

Utilizo todas mis fuerzas para intentar abrir las correas.

El senador empieza a reír como mamá. Luego le crece un bulto en la nariz que solo puede corresponder al senador, y su mandíbula redonda vuelve a tener forma cuadrada. Está bañado en luz gris.

—Todavía estoy poniendo en orden los trucos, pero lo voy a conseguir.

Se abre la puerta de la terraza.

—Atracamos, Edward —dice Bishop.

—Fin del camino —dice el senador—. No puedo esperar a empezar en la oficina y tengo ganas de todo lo que cumpliré. Me da paz saber que si alguna vez me eliminan, simplemente puedo transformarme en el próximo presidente y continuar con el gran trabajo que he comenzado para proteger a este país de personas que abusan de sus poderes. —El senador lanza un profundo y orgulloso suspiro—. Piensa en mí en la Casa Blanca desde tu celda. Si sobrevives.

El senador ha engañado al mundo sin estos poderes. Ahora que los tiene, lo destruirá como presidente.

61
VILLANIZADO

BRIGHTON

Mantengo la lucha por la privacidad de Emil.

Mamá quiere dejarlo llorar en sus brazos, Wyatt quiere abrazarlo y Prudencia solo quiere hacerle compañía, pero él ha pedido estar solo y así será. Sin embargo, sacamos algunas sillas al pasillo para poder estar con él en cualquier momento si cambia de opinión.

Todo el mundo está exhausto. Antes de irse a dormir a la habitación de Maribelle, Eva me ha curado generosamente mis marcas de quemaduras del fuego de Emil. Hay escasez de habitaciones disponibles, por lo que Wesley y Ruth se unen a ella, y a Maribelle no le importa que Iris también esté allí. Ojalá mamá se quedara con la cama de Emil en nuestra habitación, pero está siendo tozuda y está descansando en su silla.

—Debe importarle mucho —susurra Wyatt.

Honestamente, no he entendido todo el asunto de Ness. No parecía un Brightsider, la verdad. Pero hizo mucho por mi hermano.

—Conectaron —digo.

—Él también se preocupaba por Emil —dice mamá con los ojos cerrados—. Dijo que Emil lo hacía sentir cálido.

Wyatt mira al suelo.

Cuando Emil esté listo para hablar, estaré aquí para él. Supongo que acabará con la situación de Wyatt de inmediato. Conozco a mi hermano, seguro que se siente muy culpable en este momento por haberse involucrado románticamente con Wyatt mientras Ness estaba vivo y todavía pensaba en él. Incluso se vinculó con nuestra madre.

Escribo en mi móvil el formato de las entrevistas que grabaré mañana por la mañana, cuando vuelvo a la cobertura de BuzzFeed del descubrimiento de Ness para una actualización. Prudencia se acerca más cuando presiono *play* en el vídeo. Es del senador Iron parado en un muelle y dirigiéndose a los reporteros.

—*Gracias por vuestra paciencia en esta noche imposible* —dice Iron mientras se ajusta la chaqueta—. *Ha habido tantas noches después del Apagón en las que me despertaba y olvidaba que Eduardo estaba muerto. Nunca en un millón de años he sospechado que podía estar vivo y que los Regadores de Sangre lo habían corrompido, y más tarde los Portadores de Hechizos. Fue manipulado para que pusiera el poder por encima de todo: su país, su familia, la justicia. Para castigarme después de un debate exitoso contra la congresista Sunstar, ha intentado destruir la campaña en la que una vez creyó plenamente con los poderes de un cambiante.* —Se frota el ojo morado, haciendo una mueca—. *Lo admito, si esto no fuera un asunto público, llevaría a mi hijo a un programa de rehabilitación para rescatarlo de esta oscuridad, pero mi lealtad no puede ser solo para mi familia. También se la debo al pueblo estadounidense. Mi hijo no está por encima de la justicia y ha sido enviado al Confín junto a la terrorista Luna Marnette, que envenenó a Eduardo con sus poderes. Le he fallado a la memoria de mi difunta esposa, pero espero que este gesto desgarrador demuestre mi compromiso de hacer que este país esté a salvo de la supremacía de artesanos de luz.*

Iron no responde más preguntas, se sube a un coche negro y se aleja.

Prudencia y yo vamos de inmediato a la biblioteca y la cabeza de Emil se levanta de la mesa, en pánico.

—Está vivo, está vivo —decimos ambos.

—¿Qué? —Emil se seca los ojos.

Mamá y Wyatt nos siguen y reproducimos el discurso de Iron.

Emil estalla en más lágrimas.

—¿Lo han enviado al Confín? Entonces no es una victoria.

—Puede ser —digo. Todos me miran como si estuviera loco—. No sería nuestro primer allanamiento esta noche. Ya estamos haciendo seguimiento uno a uno en tasas de éxito.

—Esta no es la casa de un político en los suburbios —dice Prudencia—. Es una prisión federal en una isla.

—Y tal vez nuestra última oportunidad de salvar a Ness —dice Emil—. Nunca tendrá un juicio justo.

Nadie protesta.

—Este país va a villanizar todo lo que hacemos —respondo—. Pero sabemos que somos los verdaderos héroes. Vamos a salvar el día.

62
ESTRATEGIA

MARIBELLE

—¿Soy realmente la única que va a seguir desafiando estas malas ideas? —pregunta Iris.

—Sí —respondo.

Todos nos hemos reunido fuera de mi habitación de invitados, donde Esther está durmiendo y siendo vigilada por uno de los clones de Ruth. La importancia de irrumpir en el Confín es lo suficientemente grande, y no estoy segura de que esté de humor a esta hora, tan tarde.

—Puedo entrar y salir atravesando paredes —dice Brighton.

—Sigue infringiendo la ley —replica Iris.

—Nunca te has preocupado por salvar a la gente a menos que te beneficie —contesta Brighton—. Esto es como cuando los Regadores de Sangre me mantuvieron como rehén, cuando Stanton me pegaba y me humillaba y no querías rescatarme.

—Esa no fue solo Iris —dice Wesley—. Estaba de acuerdo con ella y estoy de acuerdo con ella ahora también. Somos la cara visible de los celestiales en este país. No estará bien visto si derribamos las puertas del Confín para rescatar a alguien del que todos piensan que es un terrorista.

—Pero sabemos que no lo es —contesta Emil—. Ness podría destapar todo lo que ha hecho su padre.

—¡La verdad no importa! —Iris grita—. Se supone que sí, pero ¡no es así! Sé que es una dura realidad, pero es en la que vivimos.

—Entonces, ¿qué sugieres que hagamos? —pregunto.

—El hecho de que Luna esté encerrada es muy útil, pero Iron continúa culpándonos por el Apagón y ha estado usando a Ness para mentir en escala mayor durante semanas. Necesitamos enfocarnos en descubrir qué le sucedió a Sunstar y esperar salvarla para que pueda reconstruir este país para nuestras familias.

Wesley, Ruth y Eva parecen estar de acuerdo. Salvar a Sunstar es importante. Pero Iris no sabe la historia completa de mi familia.

—No se ha hecho justicia. Cuando retrociclé, descubrí que Luna es mi abuela. Aunque, oye, tal vez hayas estado guardando ese secreto también —digo.

La cara de Iris está congelada por la sorpresa, con los ojos vidriosos y los labios entreabiertos.

Puede que sea una mentirosa, pero no es actriz.

—Esa criminal nos convirtió en huérfanas, Iris. Tala también perdió a sus padres. Tenemos que asegurarnos de que el encarcelamiento de Luna no sea otro truco de Iron para lucir bien.

—¿Y si no lo es? —pregunta Iris.

—Entonces acabaremos con Luna de una vez por todas.

Iris mete las manos en los bolsillos de la chaqueta de pana de su padre, que siempre le ha ido grande.

—Lo siento —dice tímidamente—. No pretenderé entender la pesadilla de ser familia de ese monstruo que ha arruinado nuestras vidas. Estamos aquí para ayudarte con eso porque aunque me haces enfadar como nadie más, sigues siendo mi familia, y la de todos nosotros. Haz lo correcto, Maribelle. Matar a Luna no te traerá la paz.

No solo he sido testigo de cómo Luna asesinó a mi madre biológica, sino que he sentido esa cuchilla en el cuello de Sera. El Apagón se llevó a mamá y a papá lejos de mí. Luego, cuando Atlas me trajo algo de luz, también lo mataron. Es como si mi corazón se hubiera convertido en piedra, y la única forma de romperlo es asegurándome de que la fuente del mayor de los dolores haya llegado a su fin.

Me alejo de Iris.

—Deberíamos empezar a movernos. ¿Quién se apunta?

—Equipo Infinito —dice Brighton, de pie entre Emil y Prudencia.

Tala ya tiene lista su ballesta desde que está de guardia afuera. Puede que tengamos que pelear por quién matará a Luna.

—Disfrutaré de un libro y un baño de burbujas si no nos arrestan —dice Wyatt.

—No puedo dejar a Esther —dice Ruth con la mano en el corazón. Siempre ha sido un amor de persona que se siente culpable cuando no debería—. Lo siento. Carolina, puedes pasar la noche con nosotras. Lo haré lo mejor que pueda para protegerte si hay más problemas.

Carolina ofrece una sonrisa cálida y cansada.

—Gracias.

—Yo también estaré aquí —dice Wesley—. Maribelle, odio jugar esta carta, pero... Los padres de Atlas todavía están encarcelados por haber ido más allá de la ley con sus poderes. Él no querría que a ti también te encerraran.

No permitiré que se use la memoria de Atlas en mi contra, y no me atraparán.

—Yo no seré útil —dice Eva—. Me voy a quedar.

Iris le agarra la mano.

—Yo también. No te he perdido para huir tan pronto otra vez. —Se dirige a Emil y a Brighton—. No puedo detener a ninguno de vosotros, pero también protegeré a vuestra madre con mi vida si las fuerzas del orden nos encuentran.

—Gracias —responde Emil.

—Vamos —dice Brighton.

Tala nos lleva a un armario con equipo de entrenamiento, y no permite que nadie use la armadura oficial de Caballero del Halo. Todavía tengo mi chaleco a prueba de poderes, pero Emil, Brighton y Prudencia se han puesto uno de color gris. Wyatt se pone nervioso cuando Tala llena una bolsa con granadas de gemas, porque llevar armas a una prisión con criminales poderosos es una mala idea, pero también lo es entrar en una. Emil y Brighton se toman unos segundos con Carolina, prometiendo que se cuidarán el uno al otro. Nos despedimos, lo cual es un gesto exasperante por parte de aquellos con poderes que se niegan a ayudar. Roxana nos lleva a Tala y a mí por las montañas mientras Wyatt y Emil nos siguen de cerca sobre Nox.

Prudencia y Brighton vienen detrás con el coche.

Me siento poderosa bajo estas estrellas, pero no me darán fuerza hacia donde vamos. Las celdas subterráneas en el Confín me debilitarán, pero solo necesito ser lo suficientemente fuerte como para lanzarle flechas de fuego a Luna, una por cada persona que me ha arrebatado.

63
CELDA

NESS

Tengo los ojos vendados mientras los guardias me llevan a través de la isla hasta el Confín. Solo escucho el chillido del fénix cerúleo que rodea las torres, los fuertes vientos y a Bishop instruyendo a los guardias para que procesen a Luna para el aislamiento y a mí para una celda de vigilancia mínima. Entre esto y el hecho de que no me han esposado con guanteletes neutralizantes, supongo que no soy la amenaza que me han dicho que era.

Moriré aquí sabiendo la verdad, y sabiendo que ellos también la saben.

Noto que estamos adentro cuando el viento se detiene, reemplazado por el sonido de las puertas. Por los pasillos huele a sudor, a carne quemada y a vómito fétido.

Dejo de hacer un seguimiento de a dónde vamos después del tercer tramo de escaleras.

Hacerlo solo me engaña haciéndome pensar que hay alguna posibilidad de escapar. Si no pude liberarme del hogar de mi infancia, no tengo ninguna posibilidad en este laberinto. Hay poder en renunciar a tu destino.

Los reclusos vitorean y rugen mientras me empujan por los pasillos. Ven a alguien joven, pero no tienen ni idea del poder que tengo. Probablemente podría usar eso a mi favor durante uno o dos días. Se abre la puerta de una celda y me desatan de la camilla.

Para cuando me quito la venda de los ojos, la puerta está cerrada. Gimo mientras me siento. Hay una cama, un inodoro y una huella de una mano ensangrentada en la pared. Tengo una docena de vecinos al final de este pasillo y Bishop me está mirando desde fuera de los barrotes como si fuera un animal enjaulado.

—¿Alguna vez pensaste que volverías aquí bajo estas condiciones? —pregunta Bishop.

—No necesito una charla. Esto es castigo suficiente.

—Estás en mi terreno, Eduardo, y te estoy haciendo un acto de cortesía para que no te sorprendas cuando tu puerta se abra repentinamente en la próxima hora. —El pensamiento más estúpido de que Bishop podría intentar ayudarme pasa por mi mente—. Estas celdas a veces se sobrepueblan, y cuando eso sucede, mis guardias desbloquean celdas para que sobrevivan los mejores. Desafortunadamente, no puedo estar en las instalaciones cuando eso sucede, pero estoy deseando conocer los resultados de un nuevo juego para que sea más emocionante: encuentra al cambiador.

Por eso me han vendado los ojos.

Es por eso que mi poder no ha sido neutralizado.

Por eso no se molestan en ponerme en una celda personalizada.

Estoy a punto de estar en la pelea final de mi vida.

64
REBELDE

EMIL

Estoy de pie en el muelle, mirando el Confín al otro lado del río.

Entre irrumpir en la casa de Iron y prepararme para asaltar una prisión, me siento como el espíritu rebelde de Bautista. Sin embargo, no puedo solo mirar lo bueno; me pregunto si yo también me estaré volviendo corrupto como Keon. No tengo idea de qué empujó a Keon a crear espectros más allá de las teorías habituales de que él quería poder, pero tal vez su corazón también lo estaba guiando hacia actos ilegales.

Brighton y Prudencia han llegado hace unos minutos, y actualmente están decidiendo cuál es el mejor barco de alquiler para «tomar prestado» y que pueda llevarlos de un lado a otro, como si estuviéramos buscando un nuevo récord sobre el mayor número de delitos en una sola noche. Ojalá Brighton pudiera volar y Prudencia pudiera confiar en su poder para cruzar el río. Mientras tanto, Maribelle y Tala están elaborando estrategias sobre cómo derrotar al nadador del cielo que se sabe que cuida la prisión. Nox y Roxana están de pie en el río, balanceándose en busca de peces.

Luego está Wyatt, que se acerca a mí.

—Esta noche se ha convertido en algo muy emocionante, ¿no?

—Lo siento. Apuesto a que estás deseando no haber impedido que Tala nos matara a todos.

—Eres tonto si piensas que me arrepiento de haberte conocido, amor. Si me permites ser directo…

—Siempre lo eres.

—Espero que nuestro tiempo de conocernos no haya terminado. Entiendo que las cosas son un poco complicadas y te daré el espacio que necesitas. Pero realmente me encanta cuando me abrazas mientras volamos por los cielos y cuando me quedo contigo por la noche. Odiaría perder eso tan pronto.

No es justo que me esté diciendo algo así en este momento, no cuando estoy a un río de distancia de Ness, pero no puedo actuar como si no me conmoviera. Es hermoso, confía en sí mismo, aunque es casi un poco engreído, devoto de la especie fénix y sigue soñando con un mundo mejor para mí como un Caballero del Halo. Estoy realmente interesado en todo lo que me dice, también: mis brazos rodeándolo mientras volamos sobre Nox, la forma en la que conectamos y lo fácil que ha sido dormir por estar con él.

No puedo darle nada a cambio hasta que me aclare.

—¡Hola! —dice Brighton, sentado dentro de una barca de cuatro plazas con Prudencia—. ¡Estamos listos!

Nos reunimos y revisamos nuestro plan para cuando hayamos entrado en el Confín. Nos dividiremos en parejas: Brighton y Prudencia, Maribelle y Tala, Wyatt y yo, para cubrir más terreno. Hay un espectro fénix en cada equipo y, con suerte, nuestro fuego será suficiente para derretir cualquier celda en la que se encuentre Ness. No esperamos que nuestros móviles funcionen bajo tierra, por lo que si escuchamos el caos, se supone que debemos hacer sonar los silbatos que los Caballeros del Halo han usado al entrenar a los fénix y correr hacia el peligro para asegurarnos de que ninguno de nosotros sea capturado durante esta misión.

—Petición especial para alertarme si veis a Stanton —dice Tala—. Voy a cortarle la cabeza a esa serpiente por haber matado a mi madre.

—Muy oscuro —dice Wyatt.

—Y debidamente anotado —añade Brighton.

—¿Cuánto tiempo estaremos allí? —pregunta Prudencia.

—Hasta que encontremos a Ness —digo.

—Eso no va a pasar —replica Maribelle—. Una hora.

—Hay cuatro torres en las que buscar.

—Hermano, voy a ir rápido, pero tendremos que dejarlo en algún momento —dice Brighton.

—Entonces me quedaré.

—Entonces estás obligando a todos los demás a quedarse también porque yo soy la puerta que nos lleva a entrar y salir, y sabes que no te voy a dejar atrás.

Brighton me está mirando y sé que habla completamente en serio.

Puedo sacrificarme todo lo que quiera, pero no puedo obligar a todos a que hagan lo mismo.

Estoy de acuerdo con los términos, sin saber cómo podré vivir conmigo mismo si no puedo salvar a la persona que sigue arriesgando la vida por mí.

65
ATAQUE

MARIBELLE

Los relámpagos azotan y la lluvia golpea el río mientras Roxana nos lleva a Tala y a mí hacia el Confín. Prudencia está pilotando telequinéticamente la lancha rápida lejos de la tormenta del fénix mientras Emil y Wyatt se mezclan en la noche sobre Nox. Todo va viento en popa, como solía decir papá, hasta que un ave fénix surge de la superficie del río y se dispara hacia el cielo con agua saliendo de sus grandes alas.

—Por favor, que no nos ataque —dice Tala, esperando que no tenga que haber violencia entre los fénix.

El nadador del cielo vuela hacia nosotras a una velocidad vertiginosa. Sus alas comienzan a arder en llamas cerúleas y el fénix nos lanza el fuego con la fuerza de un vendaval. Tala nos aleja bruscamente del ataque y yo me aferro a las fuertes plumas amarillas de Roxana para mantener el equilibrio.

El nadador del cielo se lanza hacia la lancha rápida, a punto de chocar, hasta que Nox surge de la nada con un soplo de llamas de bronce que asusta al nadador del cielo bajo el agua.

Intento buscar sombras en el río, pero está demasiado oscuro. El nadador del cielo emerge detrás de nosotras y acelera en nuestra dirección.

—Tala, ataca ahora o…

La colisión de los fénix es tan potente que ambas nos caemos de Roxana. Mis llamas amarillo oscuro me levantan, pero Tala choca directamente contra el río. Wyatt se zambulle con Nox para buscarla. El nadador del cielo está arañando a Roxana con sus garras, y la aulladora de luz chilla como nunca antes.

Lanzo flechas de fuego al nadador del cielo y le doy en el lomo. El fénix se gira y me persigue. Me alejo volando aterrorizada, mirando por encima del hombro para ver cómo el nadador del cielo se acerca. Mi poder no es lo suficientemente fuerte como para derribar al fénix, así que freno en el aire el tiempo necesario para que el nadador del cielo vuele sobre mí, y vuelvo con Roxana lo más rápido posible.

Me dejo caer sobre Roxana mientras llora, sin saber cómo calmarla, pero sabiendo que la necesito.

Los Caballeros del Halo se han comprometido a no dañar a otros fénix, incluso si eso significa poner en riesgo sus propias vidas.

No soy una Caballero del Halo.

Grito el comando que usó Tala cuando nos conocimos:

—¡ATACA!

Roxana abre la boca y enormes rayos embisten al nadador del cielo en el aire, una y otra vez, y antes de estrellarse contra el río, explota en una enorme bola de fuego azul. Las cenizas nublan el aire y las plumas flotan en el agua.

Mis músculos palpitan por el relámpago de Roxana mientras la conduzco hacia la isla, aterrizando momentos antes que los demás. Tala baja de Nox castañeteando los dientes, mientras observa los cortes en el vientre de Roxana.

—He tenido que matar al fénix —digo.

—Gracias por salvar a la mía —contesta Tala mientras guía a Roxana hacia la orilla, haciendo que se acueste para que las suaves olas enfríen su herida.

—¿Cuánto tiempo hasta que resucite el fénix? —pregunta Brighton.

—Los nadadores del cielo necesitan una hora, tal vez dos —responde Wyatt.

—Depende de la edad que tenga —agrega Emil.

—Entonces será mejor que nos mantengamos en movimiento —dice Brighton, cruzando la playa.

Tala besa a Roxana entre los ojos.

—Voy a volver a por ti.

Admiro su fuerza mientras corre hacia el Confín, con la ballesta preparada.

Quizá las dos dispararemos flechas a Luna a la vez.

66
EL CONFÍN

BRIGHTON

Hora del espectáculo.

Subimos hasta el Confín, pegándonos a las sombras todo el rato. Maribelle es capaz de sentir el peligro más allá de un árbol y agarra el brazo de Emil antes de que caiga en una trampa donde un basilisco naranja sanguina está enroscado alrededor de una espiga, agitando su cola. Prudencia cubre telequinéticamente el agujero con una piedra cercana, dejando suficiente espacio para que pasen el aire y la luz de la luna, pero no lo suficiente para que emerja y nos mate.

Hay cuatro torres, y estamos afuera de la más cercana.

Los preparo para atravesar las paredes, asegurándoles que no sentirán nada.

Tienen suerte.

Enciendo el modo fantasma, esforzándome por respirar y congelándome mientras miro a través del grueso muro de piedra. El pasillo está filtrado de un blanco puro y sombrío como una radiografía debido a mi poder. Hago que todos entren lo más rápido que puedo, comenzando por Emil, Maribelle y Prudencia para que puedan defenderme si aparecen guardias. Entro a Tala porque siento que me van a estallar los vasos sanguíneos de mis ojos, y mientras agarro a Wyatt, estoy seguro de que me desmayaré y los dos nos quedaremos congelados dentro de esta pared para siempre. Emil me agarra de la muñeca y me entra a la prisión.

—¿Estás bien?

Mi respiración es superficial.

—Es mucha gente —digo mientras el color llena el mundo nuevamente—. Lo hemos conseguido.

Prudencia me frota la espalda y su toque me devuelve a mi cuerpo.

—Continuad. El tiempo es limitado.

Maribelle y Tala avanzan por un pasillo, con el fuego del fénix amarillo oscuro iluminando su camino.

—Juega bien, Bright —dice Emil, extendiendo su puño.

—Mantente con vida, hermano —respondo, chocando los puños y silbando con él. No creo que ninguno de los dos haya pensado alguna vez que haríamos este saludo de la infancia en una prisión.

—Yo lo protegeré —dice Prudencia mientras abraza a Emil—. Poneos en marcha.

Emil y Wyatt corren en sentido contrario, y Emil mira por encima del hombro antes de doblar la esquina, como si fuera la última vez que nos veremos. Se está olvidando de que somos los Reyes Infinitos, vamos a seguir y seguir y seguir.

—Esto es una pesadilla literal —dice Prudencia. Sigue mirando hacia adelante y hacia atrás por los dos pasillos como si alguien fuera a emerger de las sombras—. Es incluso más oscuro de lo que parece en los documentales.

Tomo su mano, tratando de mantenerme fuerte. Bajamos una escalera con curvas y llegamos a un nivel que huele a inodoros atascados y a sudor. Cubrimos nuestras narices con los pañuelos para la cabeza y bajamos cautelosamente por un pasillo hacia un zumbido. Detrás de una pared hay una cerca eléctrica que rodea la celda de un recluso dormido. Prudencia me lleva.

—¿Qué prisa hay? Por lo que sabemos, podría ser Ness.

—No tenemos tiempo para entrevistar a todos los presos que podrían ser Ness disfrazados —dice Prudencia.

—Dile eso a Emil cuando nos vayamos sin él.

—Ness ya no tiene motivos para esconderse. Todos saben que está vivo. ¿Dónde lo habrán puesto? ¿Aislamiento? ¿Una celda personalizada?

—Su poder no es lo suficientemente peligroso para eso —digo.

Las celdas personalizadas son más para personas poderosas como yo. Si tuviera que diseñar una celda para encerrar a alguien con Sangre de la Parca, comenzaría con cadenas para evitar que se lanzara contra los guardias desprevenidos, lo pondría dentro de un tanque de agua para que cualquier incendio de fénix fuera de corta duración y atraparía al espectro en un escudo resplandeciente para evitar que atravesase cualquier pared, techo o suelo. Apuesto a que todavía encontraría una salida.

Seguimos, y nos topamos con celdas más tradicionales con reclusos que empiezan a gritar cuando nos ven. Prudencia y yo nos quedamos en el centro, lejos del alcance de sus manos; si alguien la toca, le meteré un rayo por la garganta. Escaneo la cara de todos, pero no veo a Ness.

—Apuesto a que algunos de estos prisioneros tendrían grandes historias para los *Celestiales de Nueva York*.

—Voy a dejar de seguirte en la vida real —dice Prudencia.

—Oye, solo digo…

Las bombillas del techo parpadean en rojo y el metal rechina mientras todas las puertas de las celdas se abren.

Los presos han sido liberados.

67
LA CAZA

NESS

Mi corazón late tan rápido como las luces rojas parpadeantes. Los otros reclusos salen con cautela de sus celdas cuando se abren las puertas. No sé qué poderes poseen, solo sé que probablemente no sean tan letales si están en estas celdas normales. Eso no significa que no sean peligrosos.

A menos que todos los demás también hayan sido encarcelados falsamente.

Hay interferencias provenientes de los altavoces de la esquina.

—*¡Atención! Antes de que empecéis a desahogaros y pegaros entre vosotros, debéis saber algo* —dice una voz baja que nunca antes había escuchado—. *Los que no hayáis estado encarcelados hasta después de finales de enero recordaréis que el hijo de un senador fue una de las seiscientas personas muertas durante el Apagón de la ciudad. Excepto por que no lo estaba. Eduardo Iron vive y respira en esta prisión. Se convirtió en un espectro para los Regadores de Sangre y será juzgado por actos de robo, allanamiento de morada, venta de drogas, asalto agravado, sustitución de identidad y terrorismo.*

En otras palabras, estoy aquí de por vida, si me dejan vivir. Estoy luchando por contener las lágrimas por lo corrupto que es este lugar.

—*Eduardo tiene el poder de cambiar* —continúa diciendo la voz—. *Puede parecerse a cualquier persona: un extraño, tu compañero de celda, incluso tú mismo. Si estáis buscando un desafío adicional mientras os desahogáis, quien encuentre al cambiador antes del amanecer será recompensado con treinta minutos en la terraza por la mañana.*

No dudo del atractivo de ese gran premio. Respirar el aire antes de ser desterrado de vuelta a esta oscuridad podría ser tan bienvenido como un abrazo de un ser querido.

Las luces rojas dejan de parpadear cuando el orador dice:

—*Feliz caza.*

Hay gritos y vítores, incluso un rugido, que resuena por los pasillos.

Un hombre calvo con un tatuaje de hidra de tres cabezas en su antebrazo está hablando con alguien mientras me mira. Hay una clara señal de que no pertenezco aquí: no llevo uno de los monos verde lima. Ando en sentido contrario, y los oigo buscándome. Lucho contra el dolor de mi herida punzante, brillando gris a mitad de camino y vistiéndome con el mono y una nueva cara antes de mezclarme con una multitud de celestiales pegándose unos a otros hasta la muerte.

Muchas personas a quienes confundirán conmigo morirán esta noche.

68
LLAMAS DE LUCIÉRNAGA

EMIL

—Jugar al escondite con el cambiante se ha vuelto infinitamente más difícil —susurra Wyatt mientras nos ocultamos en una escalera.

—Y él ni siquiera sabe que estamos intentando encontrarlo —digo.

Justo cuando pensaba que este lugar no podía ser más monstruoso, los guardias echan la bronca a los otros presos sobre Ness, como si esto fuera una práctica aceptable. Estar aquí me aterroriza más que nunca, aunque no me arrepiento de nada. Ness podría pensar que está solo en esta pelea, pero voy a respaldarlo.

—Quizás sea hora de reagruparnos —Wyatt tira de su silbato.

—No, tal vez alguien piense que deberíamos irnos.

—No es la peor idea del mundo.

—No me iré sin Ness. —Miro a Wyatt a los ojos. Estoy en deuda con él por haberme salvado una y otra vez a pesar de que somos desconocidos que nos conocimos hace menos de un mes.

—Por supuesto —dice Wyatt, aunque está claro que sabe los peligros que corre por una causa en la que no cree—. ¿Qué propones que hagamos para encontrarlo? ¿Gritar su nombre una y otra vez?

—No, pero estás en el camino correcto. No lo buscamos. Hacemos que venga a nosotros.

—¿Cómo lo hacemos?

Conjuro dos orbes de fuego grises y dorados, con la esperanza de atraer a Ness hacia mis llamas.

69
AISLAMIENTO

MARIBELLE

Desde el anuncio, Tala y yo no hemos podido movernos a través del Confín sin que nos vean.

Mi flecha de fuego choca contra el pecho de una mujer que intenta tocarme con sus manos eléctricas. Tala derrumba una pared y clava la culata de su ballesta en la frente de alguien, derribándolo. Dispara una flecha en el hombro de otro recluso que carga hacia ella, y él se desploma en agonía. Salto un par de los diez o doce cuerpos que se amontonan y continuamos buscando a Luna.

Hemos bajado más de cien escalones desde donde comenzamos, como si el aislamiento estuviera en el centro de la Tierra. Hay muchas posibilidades de que los guardias nos atrapen y nos entierren también en una de estas celdas, pero el recuerdo de esta alianza con Tala me hará sentir menos sola. El dolor puede ser muy aislante, y a Tala y a mí nos ha unido la venganza por los asesinatos de nuestros padres en formas por las que Iris y yo nos hemos distanciado.

Puede que Luna no se haya ensuciado las manos, pero los monstruos que creó son la razón por la que todos hemos perdido a nuestros seres queridos. A continuación, mataremos a los monstruos.

Llegamos al nivel más bajo. Ilumino nuestro camino a través de lo que parece ser una cueva oscura. Hay una mujer gritando y golpeando una puerta, y no es hasta que nos acercamos que me doy cuenta de que no está encerrada. Tala apunta su ballesta, pero le impido disparar a través de la oscuridad, como cuando mató a Kirk.

—¡Esto es tu culpa! —grita la mujer, llorando—. ¡Juraste que me convertiría en una Regador de Sangre!

—Luna —digo.

La joven se da la vuelta y llamas blancas le suben por el brazo. Hay algo familiar en ella. Su pelo se ve entrecortado, pero eso no es todo.

Malditas sean las estrellas, ella es el espectro que Atlas y yo perseguíamos la primera noche del Soñador Coronado. Atlas había recibido un aviso de que un espectro había atacado a su propia familia, y corrimos a la escena, persiguiéndola durante varias manzanas antes de luchar. Ella también era poderosa, y necesité una granada de gemas para derribarla. Esa fue la noche en que también conocimos a Brighton y a Emil, días antes de que se manifestaran los poderes de Emil; algunos dirán que conocernos fue cuestión del destino.

Lo mismo puede decirse de esta mujer que fue detenida después de que Atlas y yo nos fuéramos.

—¿Te acuerdas de mí? —pregunto.

—Ahora tienes fuego —dice.

—Resulta que siempre estuvo en mí —respondo—. ¿Esa de ahí es Luna?

Ella asiente.

—Me dio poder y dijo que se preocupaba por mí, pero ya no la vi más cuando me encerraron.

—No hay ninguna parte de mí a la que le importe… —digo—. Es nuestro deber acabar con Luna. —La mujer extiende las palmas de las manos como si estuviera a punto de desatar un fuego—.

Tómate un segundo para pensar. Nosotras somos más, y tu poder se ha reducido desde que has llegado al Confín, lejos de las estrellas. Yo me he vuelto más fuerte y menos paciente. Tú eliges lo que sucede a continuación.

El espectro mira entre nosotros y la puerta, sopesando sus opciones.

Las llamas blancas se desvanecen en la oscuridad, y ella también.

Tala no pierde el tiempo y corre hacia la celda, ansiosa por asegurarse de que el aliento de Luna desaparezca para siempre. Deja caer una granada de gemas y derriba la puerta. Estamos fuera de la pequeña habitación donde Luna está contra la pared.

Mi abuela nos mira como las Parcas que somos.

70
CAZAR AL CAMBIANTE

NESS

Me mantengo con vida haciéndome pasar por hombres muertos.

Un hombre ha sido telequinéticamente estampado contra una pared con tanta fuerza que su cuello se ha partido. Llevaba sus mejillas hinchadas y su pelo blanco mientras pasaba cojeando junto a tres que me perseguían. He encontrado a otro muerto en el suelo, estrangulado por sus propios brazos estirados y flexibles, enroscados alrededor de su garganta como una serpiente. Me he imaginado que su rostro no estaba tan morado cuando me transformé en él para subir las escaleras sin ser visto. Durante los últimos diez minutos, he estado caminando como alguien con cejas espesas y un rostro en forma de lágrima, antes de que una mujer herida con manos eléctricas lo quemara irreconociblemente.

Ningún disfraz es seguro durante mucho tiempo en el Confín. O corro el riesgo de toparme con alguien que conozca a la persona a la que estoy suplantando o genero sospechas por ser irreconocible.

Mantener las características de alguien que capturé de un vistazo rápido se está volviendo más difícil a medida que sigo cambiando de rostro bajo el estrés de estar siendo literalmente perseguido por convictos desatados.

Entro en una pequeña habitación con suelos blancos estériles y cuatro celdas octogonales con paredes de plexiglás. Esta es una de las habitaciones que utilizan cuando crean una contención eficaz para los nuevos reclusos. Cuando Bishop nos dio un tour al senador y a mí hace años, había guardias de seguridad monitoreando a todos los celestiales, usando esas tabletas especiales que podían manipular las condiciones si el celestial estaba actuando mal. Los guardias no están supervisando a nadie ahora mismo, lo que me hace preguntarme si ellos también han sido liberados para que puedan unirse a la caza.

Por una vez, tengo un momento de paz para recuperar el aliento.

Brillo gris.

No debería ser un alivio volver a ser yo mismo, pero no usar mi poder es exactamente eso.

Tomo una de esas tabletas, y navego por las funciones: ajustes de temperatura de hasta sesenta y cinco grados y tan bajos como diez bajo cero, electrificación entre cien y trescientos voltios, descompresión de aire y gases tóxicos. No conozco a un solo artesano de luz que pueda sobrevivir a todo esto.

El sistema penitenciario siempre ha tenido errores, incluso durante mis ignorantes días de fantasear con el senador sobre cómo castigaría al celestial que mató a mi madre. Los procedimientos en el Confín son tan inhumanos porque los arquitectos y los guardias simplemente no ven a los celestiales y a los espectros como humanos. A los partidarios del senador no les importa, especialmente porque Bishop sigue enmascarando esta inquietante realidad como dominación y seguridad.

Si no es Sunstar, tal vez alguien más ponga fin a esta crueldad.

No cuento con ello.

La puerta detrás de mí se abre de golpe, y me transformo de nuevo en el hombre con la cara en forma de lágrima. Dos mujeres están demasiado distraídas peleando como para percatarse de mi presencia. Me quedo el tiempo suficiente para ver a una exhalar hielo en los puños de la otra, congelándolos y rompiéndolos de un golpe contra la pared. El grito agonizante de la mujer me sigue hasta el pasillo, y si vivo lo suficiente, su cara aparecerá en mis pesadillas.

Subo corriendo las escaleras, directo hacia un caos más bárbaro.

Sigo cambiando, luz gris tras luz gris tras luz gris.

Doblo una esquina y me tropiezo con alguien de espalda firme. Espero que no crea que estoy intentando iniciar una pelea. Se da la vuelta y mi corazón se acelera.

Stanton.

Sus venas de color verde oscuro se ven más de lo habitual a través de su piel pálida. Esto es lo más débil que ha estado jamás: desnutrido, magullado, con cicatrices en la cara y los brazos. Me empuja al suelo, mirándome con sus furiosos ojos amarillos. No ve nada más que a un hombre blanco pelirrojo con una cicatriz en el cuello, y espero que siga así.

—Fíjate por dónde vas —dice Stanton.

—Lo siento —respondo. Un signo de debilidad.

Se está alejando, despidiendo a un alma patética que no merece su tiempo cuando huele el aire. Me mira amenazadoramente mientras la gente se pelea detrás de él.

—Puedes cambiar tu rostro, Ness, pero no puedes cambiar tu olor.

No tiene sentido negar los hechos. Pero inventar algo podría ayudar.

—Los Portadores de Hechizos me han dejado aquí —miento—. A Luna también. Tenemos que encontrarla; ella no puede defenderse. Creo que está en aislamiento.

—Tu corazón está acelerado —dice Stanton.

—Hay una prisión entera buscándome. ¿No lo has oído?

—Tu corazón se acelera porque eres un mentiroso.

Aparece la celestial que respira hielo de la sala de confinamiento, señalo a Stanton y grito:

—¡Ese es Eduardo Iron! —Sus ojos brillan inmediatamente como copos de nieve hechos de estrellas y su aliento frío congela los pies de Stanton en el suelo.

Me levanto y corro, apartando a la gente del camino, sabiendo que eso no retendrá a Stanton por mucho tiempo. Estoy atento a cualquier cosa que pueda enmascarar mi olor, y estoy dispuesto a mojarme con gasolina si eso disgusta a Stanton. Calculo mis transformaciones en los segundos entre las peleas que paso, e incluso si he llamado más la atención de otros reclusos, confío en poder engañarlos rápidamente de la forma en que no puedo hacerlo con este espectro de basilisco. Eso es solo si tengo la energía para seguir cambiando. Estoy casi sin aliento y mi herida está sangrando, y si mi vida está a punto de terminar, entonces debería morir siendo yo mismo.

El miedo me impulsa hacia adelante cuando me doy la vuelta y veo a Stanton romper el cuello de alguien. Me persigue como un basilisco liberado de una jaula. No merezco el final cruel que me daría. Miro hacia adelante y sale humo oscuro del balcón. Me pongo nervioso al atravesarlo, pensando que podría ser un poder tóxico, pero me da una gran cobertura. Toso todo el rato y veo fuego en el piso de abajo.

Las llamas son doradas y grises.

Mi corazón se acelera, tan salvaje que estoy seguro de que Stanton podría detectarme desde el otro lado del mundo. Solo conozco a una persona cuyo fuego es de esos colores.

Entonces ahí está, junto a un Caballero del Halo mientras sacan colchonetas de las celdas y las arrojan a la pila en llamas.

Emil es más fuerte de lo que cree.

Su hermoso rostro es el último que me esperaba encontrar en el Confín.

Me dirijo a las escaleras, dando pasos cuidadosos cuando noto un pie en mi espalda. Caigo hacia abajo, golpeándome el hombro, las rodillas, los codos y la cara, que cae sobre el último escalón. Escupo sangre, sorprendido de estar vivo y con ganas de estarlo más que nunca.

Utilizo hasta la última gota de mis fuerzas para gritar:

—¡Luciérnaga!

71
GANADOR

EMIL

Ese extraño me ha llamado «luciérnaga».

Antes de que termine su brillo gris, corro hacia él. El hermoso color marrón de su piel regresa, le ha crecido la barba desde la última vez que lo vi, y parece que ha pasado por un infierno con todos estos moretones, cortes y sangre. Sostengo su cuello y respiro profundamente al poder tocarlo de nuevo.

—Estás vivo, estás vivo —le digo, lo cual es más importante para mí de lo que nunca podría haber imaginado.

—Luciérnaga —dice Ness. Es mi palabra favorita.

Wyatt se agacha, levantando a Ness de debajo de sus brazos.

—Vamos, campeón, vamos a sacarte de aquí.

Quiero quedarme aquí con Ness, pero Wyatt tiene razón; tenemos que salir antes de que lo reconozcan.

Mi pecho se encoge cuando alguien surge de entre el humo: Stanton. No pierdo el tiempo y lanzo orbes de fuego, con la esperanza de derrumbarlo otra vez como en Cuidados Celestiales.

Uno lo golpea en el hombro y otro en la espalda. Agarro mi silbato, lo soplo una y otra vez, rezando a cada maldita estrella para que todo mi escuadrón escuche esto por sobre el caos y venga a ayudarnos.

Wyatt levanta a Ness sobre su hombro y pasa corriendo junto al colchón en llamas, pero no lo suficientemente rápido. Stanton se recupera y esquiva todos los dardos de fuego que le lanzo. Sus pasos golpean el suelo y es demasiado tarde; me agarra por la nuca y me tira contra la pared. Stanton arranca a Ness del hombro de Wyatt y lo estampa contra el suelo como un mazo. Hay miedo en los ojos de Wyatt, que Stanton parece estar bebiendo antes de arrojarlo hacia el fuego.

Stanton se abalanza sobre mí y me da un puñetazo en la cara.

—¿Pensabas que te habías librado de mí?

Siempre que intento concentrarme para prender fuego a mis propios puños, él me desconcentra con otro golpe.

Me cuesta mantener los ojos abiertos…

Ya ni siquiera siento los golpes…

Está oscureciendo, aunque mi poder curativo trata de encontrar la luz…

Alguien me quita a Stanton, pero está borroso.

Primero creo que es Ness siendo un idiota y salvándome por enésima vez. Todavía está en el suelo, luchando por respirar.

Lo mismo ocurre con Wyatt, que está gimiendo de dolor.

La persona ya no está borrosa.

Es mi hermano, rescatándome como un héroe caído del cielo.

72
LA PARCA INFINITA

BRIGHTON

Nadie intenta matar a mi hermano.

Mi fuerza física no es rival para Stanton, pero eso no me impide pegarle con puños ardientes. Sus ojos arden como un eclipse mientras las venas verdes de su cuello se oscurecen. Me aparto del camino antes de que pueda escupirme ácido. Stanton se lanza hacia mí y yo me vuelvo intangible a tiempo para que él me atraviese y se estrelle contra la pared.

Ya había querido asesinarme antes de que yo tuviera estos poderes. Ahora soy la historia de éxito definitiva que no puede destruir. He sufrido mucho abuso a manos de Stanton: fuera de mi apartamento en la calle, pegándome en el cementerio, castigándome mientras estaba cautivo, y luego en el hospital cuando me estaba muriendo.

—Parece que no estás preparado para esta revancha —le digo colocándome detrás de él y golpeando su cabeza—. Es una pelea diferente ahora que no estoy atado a una silla, ¿verdad?

Stanton se balancea de nuevo y lo golpeo con un rayo de fuego.

Me siento como un personaje de un videojuego enfrentándose al jefe final, decepcionado por lo fácil que es. Es uno de los espectros más mortíferos que la ciudad haya visto y ni siquiera me puede pegar. Pero cuando veo a Emil, a Wyatt y a Ness sufriendo en el suelo, recuerdo que Stanton es muy fuerte. Solo que yo soy más fuerte.

—¡Brighton! —Prudencia aparece finalmente después de animarme a seguir el silbido—. Los guardias están disparando contra la gente con sus varitas. Está fuera de control. Nosotros… ¡Detrás de ti!

Stanton me agarra y me levanta. Intento zafarme haciéndome incorpóreo, pero luego recuerdo que June tampoco podía usar su habilidad cada vez que alguien la agarraba físicamente. Corre hacia el balcón, y me arroja al suelo. No puedo volar, no puedo correr en el aire, no puedo desvanecerme como un fantasma. Me giro hacia adelante y vislumbro los cuatro pisos que estoy a punto de caer cuando de repente el aire me succiona, aterrizando de pie junto a Prudencia, cuyos ojos aún brillan.

—Eres increíble —le digo.

Prudencia estampa telequinéticamente a Stanton contra la pared.

—¡Haz que todos se levanten!

Corro hacia Emil. Su rostro parece estar curándose; Stanton no tendrá tanta suerte cuando termine con él.

—Hermano, tenemos que irnos.

—Ness —dice con un suspiro.

—Lo has salvado, está aquí —le digo. Me vuelvo hacia Ness y veo a tres guardias que vienen detrás de Prudencia—. ¡Pru!

Apuntan sus varitas y lanzan hechizos.

Prudencia se gira, levanta las manos y la aparto justo antes de que los hechizos la golpeen.

Los guardias continúan disparándonos, pero yo me aferro a ella, y los hechizos nos atraviesan hasta que han gastado todas las cargas de sus varitas. Ese es el problema con estas armas, que su poder es limitado. Los lanzo por el aire con rayos de fuego, demostrando el poco control que podrían tener sobre alguien especial como yo.

Stanton corre hacia mí y yo hago lo que hay que hacer.

Atravieso su pecho con mi mano, agarro su corazón y se lo arranco.

Sus ojos de serpiente se agrandan y lo tiro por el balcón, viendo cómo su cuerpo cae en la oscuridad. Su corazón gotea sangre roja y verde y lo prendo en llamas de zafiro y plata.

Sonrío al ver cómo le he ganado a un monstruo que intentó matarme, cuyo reinado ha terminado para siempre porque he tenido el coraje de acabar con él de una vez por todas. Es increíble no frenar mi potencial.

Los salvadores defienden vidas. Las Parcas las toman.

73
LA SONRISA

EMIL

El rostro de mi hermano está iluminado por el zafiro y las llamas plateadas que queman el corazón de nuestro enemigo. La sonrisa de Brighton también puede ser una promesa de que nunca apagará sus poderes. No está lanzando vibraciones humanas. Es como si las esencias de fénix, hidra y fantasma lo estuvieran convirtiendo por completo en alguien más… en otra *cosa*.

¿De qué color es la sangre de mi hermano?

—Bright, ¿qué has hecho?

—He matado a Stanton.

—¡Lo sé! ¿Por qué?

—Tenía que morir —dice Brighton.

—Ya está en la cárcel, donde merecía pudrirse —añade Prudencia.

Brighton lanza el corazón en llamas por el balcón.

—Se pudrirá. Al menos, su cuerpo lo hará.

—Maldita sea —dice Wyatt mientras mira por encima de la barandilla—. Creo firmemente que deberíamos pirarnos de aquí, como diría Emil.

Tiene razón; no puedo discutir con Brighton en este momento. Ayudo a Ness a levantarse y está sangrando mucho; desearía que Eva hubiera venido.

Si atravesáramos la pared ahora mismo, nos encontraríamos bajo tierra o incluso bajo el agua, así que subiremos los escalones con Brighton asomándose en todos los pisos para ver cuándo estamos a salvo para escapar. Prudencia sigue haciendo sonar el silbato para atraer a Maribelle y a Tala, y yo intento oírlas, pero nada.

—Debería ir a buscarlas —dice Wyatt.

—Por favor, quédate con nosotros —le pido. No puedo empezar esto otra vez.

—Pero…

—No, las esperaremos en la cima.

No sé cuánto tiempo tenemos con Ness desangrándose, pero haremos lo que podamos.

Subimos al siguiente piso, y los guardias detrás de las torres están lanzando hechizos por el camino que debemos seguir. Los ojos de Brighton arden cuando sale y todo lo atraviesa. Está atrayendo la atención sobre él el tiempo suficiente para que Prudencia desvíe telequinéticamente los hechizos hacia las torretas, dañándolos a todos.

—Te estoy retrasando —susurra Ness—. Solo vete.

Hay demasiadas personas intentando jugar al héroe en este momento.

Lo ignoro y veo que los presos están peleando contra los guardias que bloquean una de las entradas al otro lado de la torre. Un celestial arroja chorros de agua mientras otro arroja un rayo, y electrocutan a los guardias justo cuando uno está colocando un escudo resplandeciente; individualmente, los celestiales pueden ser sumisos, pero unidos son una fuerza. Esta revuelta no es sorprendente dado lo abusivos que se sabe que son estos guardias, al haberlos obligado literalmente a luchar entre sí.

Cada Confín necesita una investigación en toda regla que Sunstar defiende (¿defendía?).

Luego, más horror: los presos derriban la puerta y corren de regreso al mundo. ¿Cuántos son inocentes y cuántos culpables?

El gas sale por las rejillas de ventilación del techo alto, y envuelvo mi pañuelo alrededor de la cara de Ness y me tapo la nariz.

—Nos vamos —dice Brighton.

—No me iré sin Tala —replica Wyatt.

—Eso es lo que crees —dice Brighton. Agarra a Wyatt del brazo y lo arrastra a través de la pared. Vuelve solo—. Emil, sois los siguientes.

Me estremezco cuando mi hermano me toca, horrorizado por lo cruel que parece. Respiro profundamente al otro lado de la pared, aliviado de haber escapado del Confín.

Wyatt maldice el nombre de Brighton instantáneamente y me acuerdo de que estamos dejando atrás a gente. Brighton y Prudencia atraviesan la pared. Él corre hacia el bote y Prudencia me hace el gran favor de llevar telequinéticamente a Ness, que parece flotar en el aire.

—Wyatt, Wyatt, tenemos que irnos —le digo, agarrando su muñeca.

—¡Tala todavía está ahí!

—Puede que aún puedan escapar, pero necesito tu ayuda. Creo que tenemos que llevar a Ness de regreso al Santuario rápido o podría morir.

—El hospital de Cuidados Celestiales puede solucionarlo.

—Todo el mundo piensa que es un criminal, y salir del Confín no lo hará parecer inocente. Por favor, sé que esto es muy egoísta, pero no puedo dejar que Ness se desangre en esta isla después de todo.

Wyatt apoya su mano en la pared como si pudiera atravesarla, se da la vuelta y corre hacia nuestro equipo.

Odio que me esté eligiendo.

Me acerco y observo a un recluso que vuela en el aire hacia la libertad mientras otros corren hacia el río y comienzan a nadar. Algunos artesanos de luz van hacia el bote, y Brighton se adelanta, atacándolos con flechas de fuego hasta que se caen o retroceden.

Monto a Nox mientras Prudencia sienta telequinéticamente a Ness entre mis piernas, y lo sostengo exactamente como estoy acostumbrado a sostener a Wyatt. Ness gime, coloca sus manos sobre las mías e inclina su cabeza en mi hombro.

Es un momento de consuelo que quiero vivir plenamente y apreciar, pero cuando Nox comienza nuestro rápido ascenso hacia las estrellas, miro hacia atrás y contemplo todo el caos causado por mi egoísmo: Roxana esperando a Tala, que tal vez nunca llegue, estar abandonando a Maribelle, y los criminales peligrosos que andan sueltos en nuestra ciudad para que yo pueda salvar a un inocente.

Este será el crimen por el que seré recordado en esta vida.

74
MARNETTES Y CÓRDOVAS

MARIBELLE

Quiero comenzar el final de Luna, pero no sé por dónde empezar.

Mi familia ha pasado años luchando contra ella, y es surrealista tenerla tan vulnerable frente a mí por fin. Esto merece más que flechas instantáneas, da igual el caos que esté ocurriendo en estas torres.

—Este es sin duda un capítulo final decepcionante de mi viaje —dice Luna mientras se sienta lentamente en la cama. Tiene manchas de sangre alrededor de los labios y la mano—. He logrado más en mi vida de lo que la mayoría logrará en vidas y, sin embargo, he fracasado en mis más grandes ambiciones. El tiempo no estaba de mi lado, pero morir ahora es más misericordioso que una muerte lenta en esta celda. Os lo agradezco.

—Deberías haber dado la bienvenida a la muerte después de que Brighton te disparara —digo.

—Morir bajo el Fantasma Encapuchado hubiera sido más poético —dice Luna—. Lo admito, creí que Brighton Rey sería el que me mataría con mis propios poderes, para completar el ciclo. Una Portadora de Hechizos y una Caballero del Halo uniendo fuerzas también es suficiente, por no decir «aburrido». —Se da la vuelta hacia Tala—. ¿Tú quién eres exactamente?

Hay odio y angustia en los ojos de Tala cuando se encuentra finalmente cara a cara con la mujer que ordenó el asesinato de sus padres.

—Tala Castillo, Alas de Bronce.

—Hermoso nombre, pero me refiero más a por qué estás aquí con tu bonita ballesta.

—Mataste a mis padres.

Luna estudia su rostro.

—Me temo que necesitaré más información. Los Halos no os habéis mantenido al margen de mis asuntos a lo largo de los años precisamente.

—El museo —dice Tala.

—Ah, sí. Reciente. Fue una masacre, aunque algunos lucharon con valentía. Podemos fingir que tus padres estaban entre ellos. —Luna se vuelve hacia mí—. La noche de esa gala fue interesante. Al perder a tu amante, echaste fuego y luego quemaste vivo a mi querido Anklin Prince. Ni Lestor ni Aurora Lucero poseían esas habilidades. ¿Era ese un poder latente en generaciones pasadas?

Realmente no tiene idea de nuestra relación personal.

—Intento entender más sobre mi familia desde esa noche.

—¿Secretos de familia?

—Secretos guardados para protegerme de la familia y de ti.

—¿Perdón?

—Soy la hija biológica de Sera y de Bautista. Te escondieron su embarazo para que no pudieras usar mi poder de la forma en que utilizaste los de Sera.

Luna se levanta de la cama, cerrando el espacio entre nosotras. No pestañeo. Ya me ha hecho daño de la única manera posible. Sus ojos verdes me miran con confusión y ladea la cabeza.

—Esa es una mentira extraña. ¿Has dicho que te enteraste de esto hace solo unas semanas?

—Me transmitieron la noticia y he podido proyectarme a través de mi linaje y al pasado para ver a Sera y a Bautista. Vi lo mucho que se amaban, lo mucho que querían criarme. Sentí su muerte mientras le cortabas la garganta —digo, sacando la daga del olvido y presionándola contra su cuello—. Toda mi vida se ha desviado por tu culpa.

A diferencia de cuando estaba retrociclando, ya no puedo sentir las emociones de Luna, aunque está claro que ella no tiene miedo de que su vida sea amenazada.

—Has retrociclado con éxito.

—¿Sabes lo que es?

—Mis padres, tus bisabuelos, eran profesores. Mi madre estudió a los fénix; mi padre, a las hidras. Un romance que se desarrolló tras acalorados debates sobre la larga guerra entre criaturas. Al crecer, mi hermana Raine y yo nos criamos con historias de fénix e hidras. Le traje mucha de esa valiosa información a Keon, pero con los espectros de fénix en su conjunto, el retrociclado ha ido más allá de sus capacidades cuando ninguno de ellos pudo siquiera resucitar como ellos mismos… —Luna se aleja de la daga, paseando por el pequeño espacio de su habitación—. Pero, mi querida nieta, si posees este poder, entonces puedes ser la llave que siempre he necesitado para descubrir secretos preciados enterrados en el pasado.

—Solo estás tratando de vivir.

—Ahora que me has dado una razón para hacerlo. He estado desanimada esta noche, desde que Edward Iron me traicionó antes de que pudiera traicionarlo, pero ahora hay esperanza de nuevo. Tu abuelo Santiago fue uno de los cinco poderosos hermanos con poderes de muerte. Podía prever muertes inminentes y, cuando nos casamos, me dio todos los secretos de la familia. Uno en particular te resultará de gran interés.

Nunca he investigado a los Córdova. Ni siquiera he estado obsesionada con eso hasta que pude ver a Sera y a Bautista y sentir su amor por mí. Este abuelo mío tiene las mismas visiones que Sera, excepto por que yo no veo nada. Solo siento fuerzas amenazantes.

—Sigue —dice Tala, sin perder de vista la puerta.

—Paciencia, Caballero del Halo. También valorarás esta historia —dice Luna, volviendo a su cama—. Después de la muerte de mi hermana, exigí que la incineráramos. Esperaba descubrir algún día una manera de resucitar a Raine de sus cenizas como un fénix. Comencé mi viaje en busca de la resurrección y me encontré en el camino hacia la inmortalidad después de la creación de los espectros. Cuando conocí a Santiago, estaba aprendiendo sobre los fantasmas… y me enseñó a darles vida.

—¿Un fantasma viviente?

—No te sorprendas, mi primera historia de éxito es la razón por la que tus padres y tu novio han muerto.

Estoy tratando de conectar las estrellas.

—June es un espectro con sangre fantasma.

—Lo es. Ella también estaba muerta. Las prácticas que heredé de los Córdova solo funcionan para muertes recientes, lo cual fue muy desafortunado para Raine pero todavía me ha dado esperanza. Aunque lo admito, no volvería a traer a Raine si funcionara como June; viva, pero no del todo.

—¿Qué dices que puedes hacer por nosotras? —pregunta Tala.

—Que con el conocimiento recopilado de un viaje al pasado y las cenizas de tus seres queridos difuntos, puedo restaurarlos como si nunca hubieran estado fuera de este mundo.

Dejo caer la daga del olvido, y repiquetea a mis pies.

—Tú puedes…

—Puedo devolverle la vida a Atlas.

75
ROMPECIELOS Y CAMBIANTES

EMIL

El vuelo de vuelta al Santuario es tenso.

Nox no está hecho para llevar a tres personas, pero afortunadamente se las arregla mientras Wyatt lo guía a través de los cielos. Me aferro con fuerza a Ness, todavía completamente impresionado de que esté vivo, de que sea alguien a quien puedo rodear con mis brazos, a quien puedo inhalar. Se marea a tanta altura, así que le dejo cerrar los ojos, pero necesito que siga hablando porque, si se desmaya, no sé si se va a despertar. No deja de darme las gracias una y otra vez, y cuando las palabras son demasiado, aprieta mis manos con las suyas para hacerme saber que está despierto; también puedo sentir el agradecimiento en su tacto.

No sé por dónde empezar a desglosar todo lo que he pasado con Ness, especialmente con el guapo Caballero del Halo llevándonos a un lugar seguro, pero rezo a todas estas malditas estrellas para que sea un problema que tendré si Eva lo cura a tiempo. Luego está Wyatt, que ha puesto mi corazón antes que el suyo para que podamos salvar la vida de un cambiante al que no conoce.

Estoy en deuda con ambos y no tengo ni idea de cómo retribuirles lo que han hecho.

El sol sale mientras volamos sobre el Parque Estatal Storm King y el castillo finalmente aparece a la vista. Un ciclo de fénix arranca el vuelo para comenzar su día justo cuando aterrizamos en el patio. Esto normalmente también sería cuando Wyatt y Nox se despiertan y vuelan, pero en su lugar el fénix de obsidiana se coloca debajo del manzano y se acuesta.

—Iré a perturbar el sueño de Eva —dice Wyatt, murmurando sobre las ganas que tiene de dormir mientras sale corriendo.

—¿Sigues conmigo, Ness?

Su cabeza se inclina hacia adelante, su cuerpo se vuelve más débil a cada minuto.

—Estoy contigo, luciérnaga. —Un chaqueta de hoja perenne del tamaño de una paloma salta hacia nosotros—. Bonito pájaro verde —dice, adormilado.

Me pongo nervioso pensando en que igual tengo que empezar a abofetearlo para despertarlo cuando Wyatt, Eva e Iris entran corriendo por el patio, rompiendo una pelea entre tragadores de sol. Pongo a Ness en la hierba con cuidado.

Eva investiga inmediatamente sus heridas. Toma una respiración profunda, y se prepara. Sus ojos cansados brillan como un rápido amanecer mientras luces de colores refulgen sobre la herida sangrienta de Ness por el hechizo.

Iris se aferra a su novia mientras Eva absorbe el dolor de Ness. Él respira mejor cuando Eva sana las otras cicatrices de guerra a través de su cuerpo y su rostro. Los rosas, verdes, naranjas y azules se desvanecen tan rápido como un parpadeo cuando Eva termina su trabajo.

—Estás bien —dice Iris mientras apoya la barbilla en el hombro de Eva.

—Muchas gracias —le digo.

—Guau. —Ness se sienta. Se levanta la camisa agujereada y examina la piel lisa, todavía resbaladiza por la sangre pero sin heridas—. Haces verdaderos milagros.

—Es un placer ayudar —dice Eva.

—Ayudar no debería doler tanto —replica Wyatt mientras camina hacia Nox.

Eso definitivamente iba por mí.

—Él nos ha informado —dice Iris mientras ayuda a Eva a ponerse de pie—. No he escuchado nada de Maribelle, obviamente, pero despertaré a Wesley para ver si ha hablado con él.

—Vale. Lamento mucho que tuviéramos que irnos, se estaba poniendo desagradable y…

—Fue una misión imposible con una victoria —dice Iris, aunque creo que se esconde detrás de palabrerías diplomáticas cuando a mí me puede decir la verdad. Le da la mano a Ness—. Gracias por tu trabajo.

Ness se encoge de hombros.

—No me lo agradezcas. He hecho más daño que bien.

—Sí, lo has hecho —coincide Iris—. Pero estamos personalmente agradecidos por lo bueno.

Eva abraza a Ness, un celestial y un espectro unidos por la libertad de un captor improbable.

—Me alegro de que estés bien —dice.

—Yo también me alegro por ti.

Iris toma la mano de Eva.

—Deberíamos dejar que se pusieran al día.

—En realidad, ¿te importaría llevar a Ness a la cocina un segundo? Tengo que comprobar la poción. —Me giro hacia Ness—. Tienes que estar hambriento, ¿verdad?

Ness está leyendo mi rostro como un erudito en expresiones.

—Debería comer, sí —dice a pesar de que sabe que algo está pasando. Todos se marchan, y Ness mira por encima del hombro un par de veces, demasiado preocupado por mí para asimilar el castillo o los fénix o su nueva oportunidad de vida. Una vez que no están a la vista, me dirijo directamente a Wyatt, que está tumbado junto a Nox en el césped con sus ojos cerrados.

—¿Podemos hablar? —pregunto.

—Estoy durmiendo —dice—. Ha sido una noche muy, muy larga.

—Lo sé. Has hecho mucho para salvar a mi gente. No puedo agradecértelo lo suficiente.

—Hay varias formas en las que puedes intentarlo… —Wyatt se calla, como si tuviera alguna función de ligue automática que se ha olvidado apagar—. Ha sido un placer ayudar.

—Salvo por que ayudar no debería doler tanto, ¿verdad? Mira, sé que estás respetando mi espacio mental mientras intento aclarar mi cabeza, pero yo también quiero respetar el tuyo. Ha sido increíble por tu parte arriesgar tu vida para salvar a Ness sabiendo lo que significa para mí.

Wyatt se sienta, sus ojos azules se parecen más a un océano mientras llora.

—Precisamente por eso lo he hecho, Emil. Por ti. El encarcelamiento de Ness fue trágico, sí, pero no era un fénix enjaulado e indefenso por el que he entrenado para rescatar. Hice la promesa de servir a la raza fénix y proteger a mis compañeros Halos, y en su lugar hemos abandonado a Tala y a Roxana. Es algo que no me ha sentado bien desde que volvimos.

Nunca he visto este lado de él. Está tan disgustado que está llorando, algo con lo que me identifico.

—Me dijiste que comenzara a ser más egoísta, y siento que eso haya tenido un coste para ti.

—Espero que me valga la pena a largo plazo. Ness es un buen hombre que también ha salvado a tu familia, nunca lo negaría ni diría nada malo sobre alguien a quien no conozco. Simplemente espero verte al otro lado del infinito. —Wyatt parece tentado a besarme, y una parte de mí desea que lo haga, así que sé que todavía hay algo bueno entre nosotros, pero en cambio se tumba dándome la espalda. Lucho contra mis propias tentaciones de abrazarlo, preguntándome si alguna vez tendré la oportunidad de volverlo a hacer.

Regreso al castillo y me dirijo directamente al laboratorio. Brighton y Prudencia deberían volver en los próximos diez a veinte minutos, a menos que hayan hecho una parada en boxes para poder arrancarle el corazón a otra persona. El diario está abierto junto al caldero. Sigo las últimas instrucciones, empapo la raíz de Dayrose en lágrimas de fénix y pongo la poción a hervir. Esto estará listo enseguida, y luego averiguaré cuándo podré encontrarme con Wyatt al otro lado del infinito.

Se oye un golpe en la puerta y al principio creo que es un fantasma, porque todavía no estoy acostumbrado a que Ness esté vivo, y mucho menos aquí en el Santuario. Camina por el laboratorio, sin prestar atención a nada más que a mí, y viene directamente a abrazarme. La última vez que nos abrazamos fue cuando corrí a sus brazos porque había regresado para ayudarme en Nova, y antes de eso fue cuando nos separamos, sin saber si alguna vez nos volveríamos a ver.

—No deberías haberme rescatado —dice Ness, abrazándome.

—Tengo que estar a la altura de mi apodo.

—Apareciendo como una luciérnaga en la noche. —Da un paso atrás para mirarme a los ojos—. Fue una gran sorpresa, no me malinterpretes. Pero ¿irrumpir en el Confín? No sé si yo podría haberlo hecho.

—Lo habrías intentado. Te debía el mismo respeto.

Ness se sienta en un taburete y me sonríe.

—Supongo que estamos atrapados en nuestro propio ciclo infinito, turnándonos para salvarnos el uno al otro de la perdición. Ojalá no nos separemos de nuevo. Me gusta la idea de que nos quedemos juntos. Mucho.

—A mí también.

Hay tantas cosas que no se han dicho entre nosotros que cuando leo entre líneas es como si estuviera encontrando todas las palabras correctas en mayúsculas.

Me sonrojo y me vuelvo hacia el Ahogador de Estrellas como si hubiera más cosas que hacer aquí aparte de asegurarme de que no explote en sus últimos minutos de preparación.

—¿Cómo estás?

—¿Físicamente? Curado, pero agotado. ¿Emocionalmente? Aliviado de estar aquí y aterrorizado de que alguien me arrastre de regreso a la mansión o al Confín en cualquier momento. ¿Psicológicamente? Destruido por cómo un padre podría intentar que mataran a su hijo y luego acoger su resurrección usando sus poderes para obtener ganancias políticas.

—¿Intentó matarte?

—El Apagón —dice Ness, y me explica todo sobre cómo Iron y Luna se unieron en ese ataque terrorista para ganar apoyo y simpatía para la campaña presidencial—. Solo he sido un peón en sus juegos. Alguien para realizar misiones y luego sacrificado por un bien mayor.

Ness se merecía algo mejor cuando sabía que su padre estaba abusando de sus poderes, pero ¿descubrir que Iron trató de matar a su hijo? Sin palabras.

—Probablemente estés pensando que no puede empeorar, ¿verdad? Luna convirtió al senador en un espectro con poderes cambiantes propios.

No me importa una estrella lo que digan los demás; esta locura parece sacada de una novela distópica, y tengo miedo de ser uno de los héroes que se espera que salven al mundo.

—Vale, eso es absolutamente salvaje, pero podemos detenerlo. Esta es la poción que apaga poderes del diario de Bautista. Simplemente mezclas la sangre de un espectro en un frasco de Ahogador de Estrellas y sus poderes se apagarán.

—Conociendo nuestra suerte, no funcionará.

—Lo he visto funcionar. De alguna manera, retrocedí en el tiempo.

—¿Que has hecho qué?

Hay muchas cosas que no sabe, empezando por la batalla del Soñador Coronado en la que Brighton robó la Sangre de la Parca, pero me concentro en lo que nos ha traído aquí al Santuario Nuevas Brasas; nuestra separación temporal de los Portadores de Hechizos, descubrir que Maribelle y yo podíamos retrociclar, repasar las vidas de Bautista y de Sera, descubrir que Luna era la abuela de Maribelle y traer los ingredientes para el Ahogador de Estrellas.

Ness me mira con asombro.

—A mí me han castigado en mi dormitorio y han hecho que me transformara en varias personas.

—Eso es definitivamente mucho.

Empieza a pasear por el laboratorio.

—Esto tiene sentido. Luna me contó que tenía una hija, lo que fue una novedad para mí y… nunca pensé que fuera Sera Córdova. Ser el hijo del senador tiene un alto rango de horror, pero también lo es ser la nieta de Luna.

—No te ofendas, pero Maribelle prácticamente solo fue al Confín para matar a Luna.

—Para nada. Espero que le dé la muerte que se merece. —Deja de pasearse frente al caldero—. Así que esto puede desempoderar al senador.

—Y a nosotros —digo. Apago el caldero y el Ahogador de Estrellas huele a naturaleza, cosa que mi olfato de ciudad aprecia—. Está listo.

Dejo que se enfríe mientras reflexiono sobre todo lo que hemos pasado para llegar a este punto.

Mis poderes tenían que manifestarse, no importa cuánto dolor me hayan hecho pasar, y ahora podré proteger a mucha gente al desempoderar a los Regadores de Sangre, a Iron y a cualquier otro espectro. Pero no importa cuánto Prudencia y yo intentamos descifrar los códigos de Sera, le debemos mucho a Wyatt y a sus teorías que pusieron todo el retrociclado en marcha. Una parte de mí siente que debería estar aquí conmigo ahora mientras uso la jeringa de acero para llenar el primer frasco de Ahogador de Estrellas que ha existido en mi vida.

—Eso no parece muy potable —dice Ness.

—Ese Regador de Sangre se lo tragó. —Lleno seis viales y le doy uno—. Tú también puedes. Disfruta de tu libertad.

Ness mira la poción.

—Entonces, ¿mezclo mi sangre en esto y luego mis poderes desaparecerán?

—Se ahogarán, pero sí.

—Estoy deseando beberlo cuando esté seguro de que el senador ya no es una amenaza —dice Ness, colocando la poción bajo el mostrador—. Cuando se dé cuenta de que no me mataron en el Confín, vendrá a buscarme otra vez. Esta vez ni siquiera tendrá que ser discreto, ya que todo el mundo sabe que estoy vivo. Los medios pueden hacer circular mi cara sin saber que él puede cambiar la suya.

No quiero saber qué se siente al ser perseguido por todo un país a gran escala.

—Pero si lo bebes ahora, no podrá obligarte a usar tus poderes nunca más.

—Entonces ¿qué, Emil? ¿Me convertiré en un Portador de Hechizos honorario? ¿O me van a echar porque puede que no valga la pena?

—Donde yo vaya, tú irás.

—Pero ¿por qué? Apenas te conozco, pero también eres la única persona viva en la que confío. ¿Por qué estamos haciendo tanto esfuerzo el uno por el otro?

Me levanto la camisa, solo lo suficiente para mostrarle la cicatriz en el costado donde me apuñaló.

—Hiciste esto para salvarme, y te creo. La confianza es mutua.

—Pero incluso eso… matarte hubiera sido más misericordioso. En cambio, sigo protegiendo tu vida y tú sigues protegiendo la mía. ¿Por qué estamos haciendo esto? ¿Somos amigos? ¿O somos más?

—Creo que somos más que amigos. —Mi corazón late con fuerza mientras se acerca a mí—. Pero también pensé que estabas muerto y… —Es un asco que el retrociclado no me permita cambiar el pasado, porque me gustaría evitar todo lo que tengo que decir ahora—. Empecé a conectar con Wyatt. No es mi novio, pero hemos estado conectando desde que llegué aquí e incluso estoy pensando en convertirme en un Caballero del Halo. No es que el mundo se vaya a olvidar de mi cara después de que haya renunciado a mis poderes, así que estaría bien seguir haciendo cosas buenas. —Da un paso atrás y quiero tomarle la mano, pero eso no está bien—. Lo siento.

—¿Por qué? No has hecho nada malo.

—Siento que lo he hecho.

Ness niega con la cabeza.

—Pensaste que estaba muerto, e incluso si lo estuviera, no me debes nada. Pero me interesa saber cómo te sientes ahora que sabes que estoy vivo.

Me he arrepentido de tantas cosas en estas últimas semanas, tantas cosas que desearía haber hecho y dicho.

—Quiero conocerte mejor. No solo en quién te has convertido por esta guerra, sino en quién eras antes y quién quieres ser cuando termine.

—Si es que termina —dice Ness.

—Me aseguraré de ello. —Agito un vial de Ahogador de Estrellas—. Quiero asegurarme de que nunca más tengas que esconder tu preciosa cara.

Ness sonríe.

—Preciosa, ¿eh? Has llegado muy lejos desde que solo podías decir que mi cara era sólida.

—Estoy tratando de arrepentirme menos. La vida ya es lo suficientemente complicada.

—¿Qué quieres saber sobre mí?

Hay tanto, pero empiezo con algo sencillo.

—¿Cómo elegiste tu nombre?

—Es el nombre de una estrella en el Fantasma Encapuchado. Es la estrella más tenue de esa constelación, y eso es lo que me gustó de ella. He estado creciendo con muchos ojos puestos en mí desde que mataron a mi madre, y mis compañeros de clase pensaban que mi vida era dura porque trabajaba en todos esos círculos políticos. Este poder finalmente me iba a dar algo de discreción para descubrir en quién quería convertirme. —Me aferra la mano—. Las cosas han dado un giro con todo lo de los Regadores de Sangre, pero no puedo enfadarme demasiado ya que también me llevó hasta ti. Quizás algún día, cuando todo se estabilice, podremos transformarnos en algo juntos, luciérnaga.

La forma en que me llama «luciérnaga» y roza suavemente mi palma me hace arder por dentro. Está leyendo mi rostro, como si supiera lo bien que me está seduciendo con su tacto.

No lucho en contra. Estoy alejando todos mis pensamientos de culpabilidad sobre el Caballero del Halo al que besé mientras volaba en un fénix, porque Ness ha vuelto de entre los muertos y quiero avivar estas llamas por una vez en mi vida.

Pongo mi mano en su corazón, y está latiendo tan rápido y fuerte como el mío.

Mis labios prácticamente vuelan a los suyos, y beso al cambiante a quien siempre le he parecido hermoso por lo que soy y que nunca ha querido cambiarme. Me devuelve el beso, tomando las riendas mientras me levanta y me deja junto al caldero. Mis palmas están en sus mejillas mientras su lengua se desliza lentamente por la mía. Todavía no estoy listo para desnudarme, pero me quito la camisa y esta vez no le pido que mantenga los ojos cerrados. Espero que todo lo que he pensado sobre él sea correcto, que no se sienta decepcionado por lo que encuentre debajo. Él sonríe a pesar de que no tengo un solo abdominal a la vista, como si ver más de mí fuera suficiente para hacerlo feliz. Se quita la camisa y presiona su pecho desnudo contra el mío, y es la primera vez que he estado piel con piel con alguien. Nuestros cuerpos han pasado por mucho antes de llegar a este punto, y tal vez, algún día, vivirán cosas realmente grandes juntos.

Por mucho que pueda llegar a experimentar en esta vida, este momento es algo que nunca olvidaré.

76
FAMILIA

NESS

Esto es lo más seguro que me he sentido en semanas.

El abrazo de luciérnaga lo es todo y quiero que nuestros labios y cuerpos permanezcan pegados.

No me estreso por el Caballero del Halo, especialmente porque no lo conozco. Mantengo mi atención en Emil, que me ha fascinado tanto que me he despertado en su forma y me pregunto cómo cambiará eso si consigo abrazarlo cuando me duerma después de esta noche infernal de disparos y caza en el Confín.

Hay gritos en el pasillo y lo primero que escucho es:

—¡Pru, dime algo!

Emil rompe nuestro beso. Sus cansados ojos color avellana se agrandan.

—Brighton y Prudencia han vuelto —dice poniéndose la camiseta.

Su hermano siempre se interpone en el camino. Yo también me visto y lo sigo fuera del laboratorio.

—¡Hola! —dice Emil.

Prudencia se detiene.

—Excelente. Emil, hazte cargo. Vengo de pasar una hora en el coche con tu hermano mientras intentaba justificar el asesinato.

Probablemente sea mejor que Emil no mencione lo que ha estado haciendo.

—Haces que suene feo —dice Brighton—. Stanton estaba arrebatándole la vida a Emil e intentó tirarme por un balcón. Fue defensa propia.

—La gente no suele sonreír cuando arranca corazones, Bright —responde Emil.

—¡Estaba feliz de que estuviera muerto! Ese monstruo me torturó. No voy a hacer una fiesta, pero no esperes que llore por alguien que intentó asesinarme.

Ciertamente tampoco voy a llorar por Stanton. Era un terror absoluto y todo el mundo debería poder dormir un poco más tranquilo ahora que está muerto. Pero ciertamente no me voy a meter en estos asuntos familiares.

—Estoy nervioso —dice Emil—. Nunca en un millón de vidas mataría a alguien.

—Bueno, Keon y Bautista no están de acuerdo —replica Brighton, sin importarle que Emil llore—. Es posible que tengas que cambiar tu opinión pronto, porque todos esos fugitivos de la prisión están sueltos y vamos a tener que encontrarlos. —Me señala—. Especialmente con tu padre culpándonos de todo.

—¿Ya ha hecho una declaración? —pregunto.

Brighton saca su teléfono, deslizando sus muchas notificaciones para mostrarnos a Emil y a mí un vídeo de noticias.

Hay imágenes del Confín capturadas por un dron, y sale humo negro de una de las cuatro torres; afortunadamente, no han citado a Emil como el causante. Ahora se ve al gran fénix amarillo en la isla volando con tres pasajeros mientras una tormenta los sigue hacia la ciudad.

—Por favor, dime que son Maribelle y Tala y no unos convictos —dice Emil.

—Afortunadamente. Aunque me preocupa más la tercera persona —indica Prudencia.

Estoy exuberante de ira.

—No me digas que Luna la ha convencido de que no la matara.

El vídeo muestra al senador fuera de la mansión. Todavía engaña a la prensa con su ojo morado falso y su labio cortado.

—*Nuestro país está bajo ataque y ni nuestro presidente en funciones ni mi oponente han condenado las acciones de los Portadores de Hechizos y los Caballeros del Halo que han irrumpido en el Confín de la ciudad de Nueva York en medio de la noche. Permítanme ser el primero en decir que este terrorismo no se permitirá cuando el país esté bajo mi supervisión.* —Hace la pausa más hipócrita—. *Creo que mi hijo, Eduardo, organizó todo esto en caso de que alguna vez fuera capturado, y logró escapar junto con muchos otros criminales peligrosos. Tened cuidado con cualquiera que hable mal de mí a partir de este momento: puede ser simplemente Eduardo disfrazado con la esperanza de que la congresista Sunstar sea electa para que los que tienen el poder conviertan en totalitarios a los que no tienen el poder.*

Casi tiro el teléfono de Brighton, pero me lo arrebata de la mano.

Intento respirar profundamente.

—Esto es lo que él quería desde el principio. Otro crimen para culpar a quienes están en su contra. —No hay forma de vencerlo. Esta fantasía de eliminar el poder del senador para poder reiniciar mi vida nunca se hará realidad. Si todavía está cambiando de formas en este país, yo también. No puedo perseguir ningún sueño, ninguna relación, sin temor a que sean utilizados en mi contra—. Mierda. Emil, hay algo más. Conoce tus vidas pasadas. Se suponía que debía exponerlo, y cuando rompí el guion, fue cuando me dispararon. El senador puede convertirte en el enemigo público número uno diciéndoles a todos que eres inmortal.

Emil parece frenético.

—¡No soy inmortal! Si muero, estoy muerto.

—No es así como él lo va a contar.

—Así que todos me van a culpar por lo que causó Keon; ¡no tengo ni un solo recuerdo de esa vida! Ahora, esto va a poner en peligro a muchos fénix, y los Caballeros del Halo apenas pueden seguir salvándolos.

Brighton niega con la cabeza.

—Digo esto con la mayor ofensa, Ness, pero tu padre es un idiota.

Lo ignoro, consolando a su hermano ya que no le importa.

—¿Qué impedirá que Iron exponga a Emil? —pregunta Prudencia.

Me encojo de hombros.

—Podría chantajearme para que volviera con él.

—¡No! —Emil sujeta mi muñeca.

Entonces oigo ese acento inglés detrás de mí:

—Es un sacrificio digno —dice Wyatt.

—¿Estás intentando matarme? —pregunto.

—No, en absoluto. Esto no tiene nada que ver con lo obvio y solo tiene que ver con la amenaza contra la especie fénix que se puede evitar.

Emil niega con la cabeza.

—No creería a Iron si dijera que mantendrá el secreto oculto.

Brighton aplaude, devolviendo la atención hacia él.

—La única forma en que podemos combatir todas estas mentiras es con la acción. Esos criminales que escaparon del Confín son un milagro para nosotros. Podemos ponerlos a todos en su lugar y demostrar que somos los verdaderos héroes. —Comienza a escribir en su móvil mientras se aleja—. Voy a ver si ha habido alguna actividad delictiva.

—Disculpa, pero ¿Brighton también se arrancó el corazón? —pregunta Wyatt.

—Tienes que hacerlo beber el Ahogador de Estrellas rápidamente —le digo a Emil.

—¿Está hecho? —pregunta Wyatt.

Emil asiente.

—No quiere comprometer sus poderes hasta que Sunstar sea elegida y cree la Unión Luminaria.

Se está engañando a sí mismo si piensa que Sunstar todavía tiene una oportunidad en estas elecciones. Si es que está viva siquiera.

—Luciérnaga, me ha costado años entender realmente la amenaza que es mi padre. Voy a necesitar que llegues antes con tu hermano.

—Pero…

—No hay peros.

—Conoce a su hermano —interrumpe Wyatt.

—¿Quieres apostar? —pregunto.

—Relajaos —nos dice Emil a ambos. Se gira hacia Prudencia—. ¿Qué opinas?

Prudencia cruza los brazos mientras intenta mantener la cabeza en alto después de esta larga noche.

—Estoy desgarrada. La muerte de Stanton da miedo, pero Brighton ha demostrado tener razón desde que tenía esos poderes. Lo convencimos para que no hiciera muchas cosas.

—Buen punto —dice Emil—. Hablaré con él. Tal vez traiga a mamá también.

Hay un destello de esperanza en su rostro que dura poco porque incluso él sabe en el fondo que esta intervención no funcionará. Pero seguirá mintiéndose a sí mismo hasta que su hermano demuestre de lo que es capaz. El hecho de que alguien sea familia no significa que no te hará daño.

Esta va a ser una lección difícil que ya conozco muy bien.

77
TRAIDOR

BRIGHTON

Mi popularidad está en juego, y con eso, mi poder.

He perdido más de cien mil seguidores desde que irrumpimos en la casa de Iron anoche, y a medida que más personas se están despertando con las noticias sobre el Confín, espero una caída mayor. Me etiquetan en todos los memes de *TRAIDOR INFINITO* de Brightsiders que creen que he traicionado su confianza y arruinado la percepción de los artesanos de luz, como si todo fuera amor antes de que yo llegara. Estoy exhausto porque, a diferencia de estos guerreros del teclado, he estado fuera en el mundo tratando de cambiar las cosas mientras ellos critican cada movimiento que hago. Casi les contesto, pero eso nunca sale bien.

Tengo que recuperar su apoyo.

Estoy en la biblioteca, realmente tentado a cerrar los ojos aunque sea diez minutos en esta mesa, pero estoy seguro de que me despertaré con más personas criticando a los Reyes Infinitos, a los Portadores de Hechizos y a los Caballeros del Halo, ya que parece ser que el tono no se enseña en ninguna parte. Nadie me hará sentir culpable por haber violado la ley para rescatar a mi madre secuestrada. Fin de la historia.

Sería reconfortante saber que mis seguidores me apoyan, pero creo que ahora mismo se están hundiendo. Puede que sea el momento de descubrir cómo hacer que se sientan más involucrados aparte de republicar. Debería desarrollar una red de apoyo que incluyera a todos, tengan poderes o no. Necesitamos personas que trabajen con cámaras para proteger nuestra imagen y otras que luchen contra los delincuentes para proteger nuestras calles. Este movimiento puede comenzar a nivel nacional y luego globalizarse.

Unidas, mis facciones de Brightsiders (debo mantener mi marca personal) volverán a crear el mundo.

Emil llama a la puerta.

—Hola, Bright —dice en voz baja.

Estoy nervioso, anticipándome a una confrontación.

—Hasta ahora no hay informes de actividad delictiva. Si quieres que me vaya para que tú y Wyatt podáis dormir un poco más, avísame. ¿O ahora tú y Ness sois algo?

La mirada de Emil es como si estuviera tratando de calcular algo él mismo.

—Nada —dice, y luego mira alrededor de la biblioteca—. Ya veremos.

—Muy bien, hoy tenemos que grabar a mamá y a Eva para que puedan contar su versión de los hechos. ¿Crees que Ness también podría hacer un vídeo?

—Tendrías que preguntarle.

—Sería estúpido si no lo hiciera. Una entrevista con el hijo de un candidato presidencial al que se creía muerto, que obtuvo poderes y se unió a un pandilla no es algo que la gente vaya a ignorar.

—Ya has oído al senador; ya tiene a todos pensando que Ness es un mentiroso —dice Emil.

—La historia de Iron es la única que existe en este momento. Eso cambiará una vez que hablemos.

—Mira, he venido a hablar de otra cosa.

—No voy a seguir repitiéndome sobre lo de haber matado a Stanton, hermano. Era poderoso y había que detenerlo. No es como si hubiera arrancado el corazón indefenso de Luna. —Aunque supongo que la maté a mi manera cuando robé la Sangre de la Parca. Espero que Maribelle ya haya echado a Luna de ese fénix—. Hay amenazas más grandes ahora mismo.

—Tengo miedo de que te conviertas en una, Bright. Te ruego que me escuches. El Ahogador de Estrellas está listo y creo que deberías bebértelo.

Nunca dejará que pase esto. Finalmente les estoy mostrando a todos cómo es un verdadero héroe y están tan acostumbrados a las versiones esterilizadas de nuestra generación que los asusta. Por eso nada ha cambiado.

—No tuviste problemas con mis poderes cuando los usamos para sacar a Ness, pero ahora que tienes lo que quieres, ¿soy una amenaza? No puedes tener las dos cosas. Esta ciudad me necesita ahora más que nunca. Si esto es demasiado para ti, bebe tu poción y averigua si estás tratando de fastidiar a Wyatt, a Ness o a ti mismo. Tengo mucho trabajo que hacer.

Cada vez que arremeto contra Emil de esta manera, él suele llorar o enfadarse, pero ahora se queda ahí, paralizado. Es como si esta vida finalmente lo hubiera adormecido.

Me levanto y guardo mi móvil en el bolsillo. No me quedaré por aquí mientras se siente mal por él mismo.

—¿Brighton?

Antes de que termine de darse la vuelta, Emil me golpea con tanta fuerza en la mandíbula que me choco directamente contra una estantería; está chalado. Me inmoviliza. Intento alejarme gradualmente de él, pero estoy atascado debido a su control sobre mí. Saca un cuchillo pequeño, uno de los de la cocina, y me corta el antebrazo. Grito mientras Emil tira de mi carne ensangrentada.

—¡¿Qué estás haciendo?!

—¡Esto es por el bien de todos!

Emil corre hacia la puerta.

¿Por el bien de todos? ¿Qué diablos significa?

No. No lo dejaré.

Muerdo mi lengua por el dolor y corro hacia Emil, agarrándolo antes de que pueda salir de la biblioteca. Me da un codazo en el estómago y aprieta mi nueva herida. Duele mucho. Corro hacia atrás, arrastrándolo conmigo, y lo balanceo sobre la mesa. Lo golpeo por la mitad con un rayo de fuego y Emil se hunde entre las grietas.

—¡No me vas a quitar esto!

Arremeto con una oleada de golpes, traicionado por mi hermano. Esto es diferente a cualquier otra pelea que hayamos tenido. No tiene por qué intentar imponerme este cambio.

De repente me separan de Emil y me estrello contra la pared, chocando contra una impresión artística de un fénix verde. Miro hacia arriba desde el suelo y Prudencia y Wyatt se sorprenden al verme encima de Emil de esa forma, pero no tanto como al ver a Emil también de pie junto a ellos, sosteniendo el brazo de nuestra horrorizada madre.

El Emil incorporado se ilumina en gris. Ese bastardo de Ness se estaba haciendo pasar por mi hermano.

El verdadero Emil mira como si no me conociera.

78
DOMINAR

EMIL

Que seamos hermanos no es motivo suficiente para que se detenga.

Por la expresión en el rostro de Brighton, no sabía que la persona a la que estaba golpeando no era yo. Todos esos golpes estaban destinados a mí. Sigo tratando de preguntarles a Ness y a Brighton qué ha pasado, pero lo descubro cuando veo el brazo de mi hermano sangrando y a Ness agarrando un trozo de carne.

—¡¿Has planeado esto?! —grita Brighton.

—Emil no tenía idea —dice Ness mientras cojea hacia mí—. Lo siento, luciérnaga, pero tenía que mostrarte la verdad.

Hubiera muerto feliz sin saber esta verdad.

Los ojos de Brighton arden y disparan serpientes alrededor de sus muñecas. Lanza un rayo de fuego mientras Ness está de espaldas y Prudencia lo saca telequinéticamente por el balcón. Le lanzo un orbe de fuego muy rápido, pero lo atraviesa.

Me mira fijamente, tal vez incluso un poco más sorprendido que yo cuando lo he encontrado dándome un puñetazo en la cara.

—Ve a por una poción —digo al aire, y Wyatt sale corriendo.

—No lo voy a beber —replica Brighton.

—Por favor, Bright.

—Estos poderes son míos, ¡casi muero por ellos!

—¡Casi mueres *a causa* de ellos!

—No soy papá; ¡soy un sobreviviente!

Hay un silencio completo en la habitación excepto por el jadeo de mamá. Los fénix están chillando afuera, pero de alguna forma mi corazón palpitante se oye más fuerte. Ni siquiera puedo contener las lágrimas, pensando en lo agradecido que estoy de que papá no esté cerca para ver a Brighton siendo tan absolutamente horrible.

—¡No insultes así la memoria de tu padre! —grita mamá—. Si él estuviera aquí, te diría que no deberías estar jugando al juez, al jurado y al verdugo con estos poderes antinaturales.

Brighton tiene la cara roja.

—¡Ninguno de vosotros apreciáis lo extraordinario que soy! Los Portadores de Hechizos trataron a Emil como si fuera un elegido, cuando yo soy el que ha desafiado a la muerte para convertirme en el artesano de luz más poderoso del mundo entero. Haré grandes cambios y protegeré a todos de cualquiera que use sus poderes para aterrorizar. Dominar al enemigo es la forma en que se ganan las guerras, y eso a veces significará decidir si alguien vive o muere.

Recuerdo mi pesadilla en la que Brighton aterrorizaba a todos con sus poderes de Parca.

Intenté pensar que no era nada más que un sueño, pero tal vez era mi subconsciente tratando de prepararme para esta oscura realidad.

—¿Soy tu enemigo? —pregunto.

—Si no estás conmigo, estás en mi contra.

—Entonces domíname.

Brighton y yo nos miramos fijamente, y en un instante atraemos fuego.

Mis orbes de fuego grises y dorados hacen estallar sus rayos de fuego de plata y zafiro, clavándose directamente en el pecho de mi hermano.

Esta no es una pelea que quiero tener, pero es una que tengo que ganar.

79
BRILLAR AÚN MÁS

BRIGHTON

Debería haber sabido que acabaría así.

Mi pecho arde por los orbes de fuego, pero no seré el único que sufrirá. Lanzo un rayo de fuego tras otro mientras me levanto y todos vuelan por el aire, y Emil sigue contraatacando con sus propios recursos. Emil necesita un examen de conciencia agonizante para justificar su lucha contra enemigos reales, pero ahora que soy yo, no tiene ningún problema en ser agresivo. No puede dominarme así, no con su único conjunto de poderes. Me precipito en zigzag, esquivando sus orbes de fuego, y estoy tan cerca que casi estoy a punto de darle un puñetazo cuando Prudencia me empuja telequinéticamente de vuelta a través de la biblioteca.

—¡No te metas! —grito.

—¡No! He estado con vosotros desde el principio y estaré hasta el final —dice Prudencia.

—Se supone que debes estar de mi lado.

Ella niega con la cabeza.

—Se supone que debes convencerme de que vale la pena estar de tu lado. Nunca me ha preocupado que Emil abuse de sus poderes, pero no puedo decir lo mismo de ti.

—¿Y qué, me preferías cuando no tenía poderes?

—Eres la misma persona, Brighton. Los poderes solo han arrojado luz sobre tu peligroso ego.

Algo dentro de mí se está rompiendo, y en lugar de ceder a la angustia, tomo represalias:

—No mereces estar con alguien genial como yo. Vuelve corriendo con tu patético ex.

Prudencia sonríe como si le hubiera contado un chiste.

—De verdad crees que soy tan débil como para que eso me parta el corazón. Tu orgullo está herido y siempre se interpone en tu manera de admitir cuándo te equivocas. Mantente bajo control ahora para no tener que vivir una vida solitaria.

—Hay millones de personas que me quieren...

—¡Tus seguidores no conocen tu verdadero yo! Tu personalidad falsa es la razón por la que nunca he podido confiar en mí misma para enamorarme de ti.

—No puedo salvar al mundo con tu amor. Quédatelo.

Prudencia me da la espalda mientras mamá la toma de la mano. Wyatt vuelve a la biblioteca y Ness le quita la poción. Exprime la sangre de mi carne en el frasco y comienza a agitarlo. Mi brazo aún no se ha curado.

Los poderes de fénix de Emil son más fuertes que los míos, tengo que admitirlo.

Fuego más fuerte, autocuración, vuelo, retrociclado.

Eso puede cambiar.

Hemos llamado la atención de Iris, Eva, Wesley y Ruth. Todos me miran como si esta división no fuera una sorpresa. Me han tratado de manera injusta desde el cambio.

Emil le quita la poción a Ness.

—Sé que quieres hacer lo correcto, Bright. Todos te amamos y podemos dejar todo esto atrás si terminas con ello ahora.

Me han dominado y herido. Me superan en número y estoy agotado. Estoy listo para terminar con esto. Me encuentro con Emil en medio de la biblioteca. Agarro el Ahogador de Estrellas, apreciando cómo algo tan pequeño puede apagar a alguien tan poderoso. Descorcho el frasco y el aroma es como el de un parque después de una tormenta. Lo huelo mientras mi corazón se acelera. Le sonrío, y cuando ve que mis ojos arden, lo atravieso y rodeo su cuello con mi brazo. Empujo el Ahogador de Estrellas entre sus labios, sosteniendo su cabeza hacia atrás para hacerlo tragar. Puede que esto no funcione ya que no es su sangre, pero espero que pueda debilitarlo y darme la ventaja en cada futura pelea.

El Ahogador de Estrellas vuela de mi mano, chocando contra la pared y manchándola.

Prudencia intenta apartarme de él y los demás me atacan, pero traspaso el suelo con Emil y aterrizamos directamente en el patio. Mantengo su boca tapada, sellando sus fosas nasales también para que se vea obligado a tragar lo poco que ha bebido del Ahogador de Estrellas. Las manos empiezan a quemarme, pero grito de dolor y no lo suelto. Tiene que estar quedándose sin aire y tendrá que elegir entre tomar un respiro y tragar la poción o desmayarse.

Estallan alas doradas y grises, haciéndome volar hacia atrás. Noto como si mi cuerpo entero estuviera en llamas cuando Emil está arrodillado, escupiendo la poción. Levanta la mano, listo para defenderse si ataco.

—¿Por qué no has podido confiar en mí, Emil? ¡Te apoyé como un buen hermano!

—¡No estaba matando gente!

—¡Sabes que no quiero morir!

—Si sigues este camino, Brighton, no te convertirás en un icónico Salvador Infinito. Este mundo te odiará y te temerá tanto que nunca te sentirás seguro hasta que te hayas quedado completamente solo.

—Si alguien viene a matarme, lo enviaré a la tumba. —Nos miramos fijamente, esta amenaza y la promesa de romper los Reyes de la Luz, los Reyes Infinitos. No hay silbido ni choque de puños que pueda salvar esto.

Los demás cruzan el patio corriendo y yo soy lo suficientemente inteligente como para girar hacia el otro lado, enfilar rápidamente hacia el Santuario, cruzar el puente, correr por los árboles y mantenerme alejado de la carretera en caso de que vengan a perseguirme. No puedo correr más rápido que Wesley o los fénix, pero esta ventaja es todo lo que necesito para prepararme para el éxito.

Voy a demostrar que todos están equivocados.

Soy el arma que esta guerra ha estado necesitando todo el tiempo, y como la guadaña de una parca, cortaré a aquellos que se interpongan en el camino de un mundo mejor.

Pero voy a necesitar un ejército.

Saco mi teléfono y me miro en la cámara: ojeras bajo mis ojos enrojecidos, cara encendida por el calor de las alas de Emil, moretones por todas las peleas.

Abro Instagram y hago un directo, dejando que todos vean mi apariencia y los sonidos del río fluyan a mi lado mientras comienzo mi viaje de regreso a la ciudad sin coche ni alas propias.

—Hola, Brightsiders. No sé por dónde empezar —digo mientras cientos de miles de personas se unen a la transmisión. Algunos de los comentarios ya son de odio, mientras que otros piden escucharme—. Ha habido muchas mentiras flotando por ahí y quería que todos supierais la verdad sobre mí. He tenido días mejores, pero ahora mismo estoy destrozado. Todas las personas que amo y en quienes confiaba me han traicionado. Necesito algo de apoyo, y sé que tengo que ganarme eso con una honestidad tan épica como todos vosotros. —Toda mi rabia proviene de lo que sucedió en el Santuario—. Esto me duele, pero los poderes que casi me matan puede que no sean suficientes para salvarme si no consigo ayuda. Todos sabéis que mi hermano, Emil, es poderoso, pero no sabéis cuánto. Al igual que los fénix, Emil puede resucitar. Pero esta no es su única vida. En el pasado, fue uno de los héroes de mi infancia, Bautista de

León, y antes de eso, fue el primer espectro que empezó todo esto, Keon Máximo. Realmente pensé que Emil iba a hacer algo bueno en esta vida, pero me ha demostrado que estaba equivocado; ha demostrado que todos estábamos equivocados.

No hay forma de volver atrás y no lo haría si pudiera. Estoy redefiniendo el heroísmo.

—Os prometo a todos como el Salvador Infinito que haré todo lo que esté en mi poder para detener al Hijo Infinito. Incluso si eso significa que me deba convertir en la Parca Infinita para protegeros a todos...

Las vidas pasadas de mi hermano serán su muerte.

Agradecimientos

Escribo mucho sobre la muerte y lucho aún más con la vida.

Escribir siempre ha sido difícil, pero nada ha sido más desafiante que reescribir mi primera secuela durante una pandemia global y una gran crisis de salud mental. Las cosas han sido oscuras, especialmente mientras estábamos en aislamiento, pero afortunadamente estoy aquí, y tú también, y espero que podamos poner de nuestra parte para hacer de este mundo un lugar más brillante y más justo.

Muchísimas gracias a mi extraordinario editor, Andrew Eliopulos, por profundizar siempre en mis historias y emprender este viaje a través del Infinito conmigo, y esperar casi lo mismo a que entregue mis versiones para poder hacerlo bien. A Jodi Reamer, por ser una agente increíble que entiende que soy un humano y no una máquina.

A mi familia de HarperCollins: Michael D'Angelo, Rosemary Brosnan, Mitchell Thorpe, Bria Ragin, Tyler Breitfeller, Jane Lee, Suzanne Murphy, Caitlin Garing, Kathy Faber, Liz Byer, Jacqueline Hornberger, Laura Harshberger y Dan Janeck. Y a Erin Fitzsimmons y Kevin Tong, por esta preciosa portada.

Gracias a Writers House y a todos mis editores internacionales por difundir mi trabajo.

A mi mamá, Persi Rosa, que cita líneas de mis libros a sus compañeros de trabajo. Y a mi hermano, Andrew Silvera, que no lee ninguno pero me defiende de todos modos.

A mis amigos: Luis «12-20» Rivera y Jordin Rivera, por las interminables llamadas de risa, lágrimas y amor. A Elliot «Capítulo dos: Ness» Knight, que estaba físicamente conmigo cuando comencé este libro y mentalmente conmigo cuando lo terminé. A Becky Albertalli, que escuchó horas y horas de notas de voz con mis altibajos durante todo el proceso. A David Arnold, Jasmine Warga, Nicola Yoon y David Yoon, por animarme siempre en cada aspecto de la vida. A Sabaa Tahir y Victoria Aveyard por ser verdaderas reinas de la fantasía a las que siempre puedo recurrir. A Angie Thomas por la mejor canción de ánimos que me hizo llegar a la línea de meta. A Arvin Ahmadi por México, ya se ha dicho suficiente. A Dhonielle Clayton, Patrice Caldwell y Mark Oshiro por una charla grupal de brillo y sombra. Y muchas gracias a Marie Lu, que me dio su bendición para abrir este libro con la cita perfecta de *La sociedad de la rosa*.

A mis hermanas de gira de Epic Reads, Farah Naz Rishi y Abigail Hing Wen, por todas las aventuras en salas de juegos y librerías.

A mi terapeuta, que literalmente me mantiene con vida.

A libreros y bibliotecarios, que dan tanto y no reciben lo suficiente a cambio. Gracias por todo lo que habéis hecho, y espero que estéis siempre.

Por último, a los lectores que me han seguido desde mi primera serie, espero que os guste el resto del Ciclo Infinito.

DA LA VUELTA A LA PÁGINA PARA LEER

«**PRIMERA CARA**»,

UNA BREVE PRECUELA DE EDICIÓN

LIMITADA PROTAGONIZADA POR NESS.

PRIMERA CARA

1
EL HIJO DEL SENADOR

EDUARDO

Todos creen conocerme.

Para el público, soy el joven que habla con entusiasmo contra la violencia de los artesanos de luz después de que su madre fuera asesinada por un celestial. Para mis compañeros de clase, soy alguien a quien seguirán menospreciando a menos que mi padre, el senador, consiga la candidatura presidencial. Para el personal de campaña, soy un portavoz dispuesto a decir cualquier cosa para entrar en la Casa Blanca, incluso mentir. Y para mi padre, soy un hijo leal que quiere lo mejor para nuestra familia.

Me he vuelto bueno engañándolos a todos. Tenía que hacerlo.

Abro mis cortinas verdes y veo que el jardín está cubierto por una fina capa de nieve. El invierno solía ser mi estación favorita, pero ahora siempre estoy agradecido cuando las vacaciones se convierten en sombras detrás de mí. Papá nunca ha sido un padre cálido y acogedor. Mamá siempre era la que colocaba el árbol de Navidad la mañana después del Día de Acción de Gracias y cantaba canciones mientras decorábamos. También cuidaba mucho sus regalos: juegos de mesa para dos jugadores para que disfrutáramos mientras papá estaba ocupado, vídeos con saludos personalizados de mis actores favoritos, entradas en las plantas intermedias para los espectáculos de Broadway porque siempre he preferido una vista de pájaro en lugar de estar en primera fila.

Ahora solo recibo corbatas.

Elijo una azul marino, pensando que combinará bien con mi abrigo. Los profesores de D'Angelo High nos han dado permiso para vestirnos más elegantes para esta excursión al Conservatorio Nightlocke, pero no tengo ese privilegio de libertad. Todo en mi vida es político: mis redes sociales, las entradas para el cine que compro, mis clases de actuación y todo lo que llevo puesto. Podría haber hablado con la directora de campaña sobre optar por un cárdigan elegante o un suéter grueso en lugar de una camisa blanca planchada, pero no me ha gustado Roslyn Fox desde que era la secretaria de mi padre y ahora es aún más insufrible. Cuantas menos conversaciones, mejor.

Los exámenes parciales son la próxima semana, y ya es bastante difícil estar al tanto de mis estudios cuando me sacan de la escuela en cualquier momento para emprender la campaña con papá, pero ahora este viaje al Conservatorio Nightlocke para aprender sobre historias celestiales me está retrasando un poco más. Podría suspender todos los exámenes que quisiera si papá fuera elegido presidente porque igualmente se me abrirían todas las puertas del mundo. Pero eso no parece probable. Se está quedando atrás en las primarias frente a sus oponentes, el gobernador Horn y el senador Krause. Crucemos los dedos para que la influencia y las donaciones de papá continúen protegiendo mis notas independientemente.

Bajo las escaleras y escucho a la gente en el comedor. Me he acostumbrado a tener compañía inesperada durante los últimos meses, aunque probablemente no sea justo decir que ha sido inesperada en este momento. La oficina oficial de campaña de papá está en el

Upper West Side, pero se sabe que recibe a algunas personas en casa cuando tiene un horario ajustado; cuando mamá habló de dar la bienvenida a extraños a nuestra casa, no creo que se refiriera a esto.

Cinco personas se sientan alrededor de papá en la mesa del comedor: Roslyn es la que está sentada más cerca, como si eso fuera a hacer que él la desee tanto como ella lo desea a él; un asesor de políticas que odia a los celestiales por razones que ya no tienen mucho sentido para mí; el director de comunicaciones, que usa mi cara en todas las redes sociales para atraer a los que cumplen dieciocho años antes de las primarias; la encuestadora cuyos grupos de encuesta dijeron una vez que papá y yo no parecemos tan cercanos *—ding, ding—* y Barrett Bishop, que es el arquitecto principal del Confín y un potencial compañero de fórmula.

Si este país tiene suerte, la alianza Iron-Bishop no sucederá.

—Buenos días a todos —digo. Solían saludarme como si fuera un príncipe, pero también les quedó claro que no tienen que besarme el trasero para estar en buena posición con papá. Los niveles más básicos de respeto funcionan bien.

—Buenos días —murmura papá mientras se concentra en lo que parece ser el último gráfico de encuestas. Se ajusta las gafas como si eso fuera a cambiar todo a su favor. Mira a su equipo—. Nunca vamos a ganarnos a los votantes a este ritmo.

—No sin una gran victoria —dice Bishop.

—Como encerrar a los Portadores de Hechizos en tu prisión —contesta papá, tenso. Parece a punto de golpear la mesa con el puño—. Incluso con todas nuestras fuerzas del orden y exploradores, ¿cómo es que no los hemos encontrado en nuestra propia ciudad?

—Se esconden detrás de sus poderes —dice Roslyn.

Hace unas semanas, papá organizó un pleno en el ayuntamiento en el que un hombre al borde de la muerte preguntó si el gobierno había usado aviones para buscar Portadores de Hechizos en los cielos porque estaba seguro de que se escondían en las nubes. Yo era la única persona en el edificio que podía ver el desdén por este teórico de la conspiración en los ojos de papá mientras respondía respetuosamente.

—¿Qué pasa con los Regadores de Sangre? —pregunto ahora. Esa pandilla de espectros caza, tortura y mata a personas con los poderes que les otorgó su líder, la alquimista Luna Marnette—. ¿No sería mejor encerrarlos y detener su violencia?

Papá calla por un momento.

—Ellos también están fuera del radar.

Hay derrota en su voz. Sus sueños de tomar la Casa Blanca y reclamar poder sobre los que nacieron con los suyos están llegando a su fin. Incluso como senador, le resultará más difícil restringir a los celestiales si la campaña de la congresista Sunstar le consigue la nominación demócrata y asegura la presidencia. Hay muchos momentos en los que una victoria de Sunstar me pone realmente nervioso. Estoy trabajando para averiguar si eso es porque papá me ha enseñado a tenerle miedo o porque no quiero más celestiales envalentonados corriendo por el mundo como dioses que pueden matar a madres y luego desaparecer de la faz de la Tierra antes de que puedan ser juzgados.

Podrían ser ambas cosas.

—No te preocupes por los Regadores de Sangre —me dice Roslyn—. Revisaremos algunos puntos de conversación más sobre la Verdad para los Jóvenes cuando vuelvas de tu viaje.

—Estaré estudiando —replico.

Roslyn se vuelve hacia mi padre, sabiendo que no tiene autoridad sobre mí.

—Este país necesita de tus servicios —responde papá.

No es justo que se espere que sirva a este país cuando yo no soy el que se postula para un cargo y no tengo ambiciones políticas. Soy más que el hijo de un senador, y estoy cansado de que mis palabras hagan daño a la gente… que maten a la gente. Como Rhys Stone, el celestial de quince años que podía extender sus extremidades de formas inimaginables. Murió con los brazos estirados atados a los extremos opuestos de la puerta de un aparcamiento, torturado por personas sin poderes y dado por muerto. Sus asesinos se motivaron con uno de mis discursos y desquitaron su odio en un niño inocente que volvía a casa después de meditar en el parque con otros celestiales. ¿Esto realmente está sirviendo a mi país?

—Claro —miento.

Me pongo el chaquetón y me miro en el espejo. El abrigo es bueno; no es el más caliente, pero es elegante para usar en el trabajo que mi padre quiere. Casi me pongo un sombrero, pero no quiero que me estropee los rizos. Me cortaría los lados del cabello si papá no estuviera tan preocupado por que me haría parecer demasiado casual, similar a las críticas dirigidas a la hija del gobernador Horn. Odio cómo cada decisión que tomo en mi propia vida se ve afectada por sus elecciones. Me miro al espejo, sabiendo que lógicamente esta es mi cara, pero todavía lucho por creer eso, dado lo mucho que no me siento yo mismo.

—Me voy —digo.

Papá se levanta y me recibe junto a la puerta. Apoya su mano en mi hombro y me mira a los ojos.

—Sigue enorgulleciéndome, Eduardo.

Estos pequeños momentos de afecto son la forma en que me ha atrapado a lo largo de los años. La palmadita en la espalda después de amenazar con ahogar a Peter McCall si alguna vez usaba su poder de agua delante de mí. Cómo papá me vendó la mano después de haberle pegado a Harry Gardner. El elogio después de la muerte de Rhys Stone. He atacado a toda una comunidad de personas por amor paternal. Pero cada vez que pienso en mi madre, sé que ella no me habría criado para odiar tanto. Necesito cambiar y ser alguien de quien se hubiera sentido orgullosa de llamarlo «hijo».

Es difícil cuando ya tengo tanta sangre en las manos.

A veces pienso en que preferiría estar muerto antes que seguir escondiendo mis monstruosidades detrás de esta máscara.

2
EL PASAJERO

EDUARDO

La gente se debe estar preguntando quién estará dentro de este coche con cristales polarizados.

Cuando mamá y yo solíamos caminar por la ciudad, jugábamos a adivinar quiénes eran los pasajeros dentro de las limusinas y los coches. Cuando era niño, imaginaba personas con alas de fénix e hidras hablando por tantos teléfonos como cabezas. Pero crecí rápido después de la muerte de mamá, y mis aciertos maduraron tanto como yo. Supuse que los pasajeros eran políticos. Una vez pensé que era el presidente, pero papá dijo que no se detendría en un semáforo y estaría rodeado por una caravana. En mis suposiciones más soñadas, seguía deseando que los pasajeros fueran actores, y me perdía pensando en lo increíble que debe ser alguien que todos conocen, alguien que tiene que estar escondido de un destino glamuroso al siguiente. Teatros, decorados, estudios de grabación, estrenos, convenciones, todo.

Nunca llegaré a ser famoso por mis propios logros.

Hoy está levantada la división, así que no puedo hablar con mi conductor, Frederick, a quien conozco desde hace años. Tiene dos hijos, que han venido varias veces, pero nunca conectamos del todo. Está claro que nunca son ellos mismos a mi alrededor. Cuando nadie está mirando, los pillo haciendo bromas groseras y empujándose. Pero una vez que entro en escena, se comportan de la mejor manera. Prefiero tener amigos que jueguen rudo y hablen de tonterías siempre que sean honestos.

Mi guardaespaldas, Logan Hesse, está sentado frente a mí. Tiene mi altura, un metro setenta, y originalmente esperaba que me defendiera alguien con una presencia más poderosa. Pero el músculo no es tan importante cuando Logan puede crear escudos abovedados que nos protegerán de cualquier ataque de destello. Es un poder que los celestiales como Logan han ayudado a la gente común a recrear, donando su sangre a alquimistas para que puedan crear escudos para cajas fuertes y salas de pánico, pero tenerlo a mi lado me ha hecho sentir mucho más seguro. Nadie ha intentado atacarme.

Sigo pensando que es algún truco especial conseguir que los celestiales trabajen para la familia de un hombre que crea leyes que limitan sus derechos, pero papá y muchos otros les pagan muy bien por su protección. Ayuda que a Logan le guste lo suficiente.

—¿Viste la lucha libre anoche? —pregunto.

—No iba a perderme eso. Te hubiera perdido de vista para ver ese evento —dice Logan con una risa profunda. Es refrescante tener a alguien que bromea conmigo de esta manera—. Grité tan fuerte cuando Hagen derribó a Cosmo de la jaula de acero con ese rayo, que desperté a mi mujer.

—Apuesto a que necesitarás tu propio guardaespaldas después de eso.

—No es broma; necesita sus ocho horas de sueño. Pagaré ese precio más tarde, pero la lucha valió la pena.

No veo luchar a los celestiales. Por un lado, todo es teatro y no del tipo que disfruto. Pero es principalmente porque papá nunca ha querido que los celestiales me entretuvieran. Lo supe desde que era joven. Un día estaba en el parque con mis padres y escuché risas encima de mí. Miré hacia arriba y vi a un niño en el aire, más alto que cualquier edificio por el que pasáramos. Se reía tanto, y tan fuerte, que estaba arrodillado mientras señalaba a otro niño que estaba tendido hacia él, luchando, como si nadara en aguas fangosas.

Apunté al cielo y dije: «Ojalá pudiera volar».

Papá estaba enfadado. «Si la gente estuviera destinada a volar, todos podríamos hacerlo», había dicho. «Si te acercas demasiado a un celestial, es posible que te lleven a las nubes y se rían mientras te tiran desde el cielo».

Mamá fue más gentil, diciéndome que la artesanía de luz podría ser peligrosa para el cuerpo y la mente. Esos poderes crean un sentido de superioridad. Pero el miedo que papá me instauró ya estaba echando raíces, e hizo que rechazara a los celestiales durante mucho tiempo.

Es aterrador cómo un momento de la infancia puede dejar cicatrices durante años.

Suena el teléfono de Logan y él responde.

—¿Sí, señor? —Me mira—. Pero dejaría a Eduardo vulnerable... Entendido, señor.

—¿Quién era?

—Jax. Dice que me necesitan.

Si el jefe de seguridad de papá está llamando a Logan, debe ser grave.

—¿Qué pasa?

—No es mi trabajo preguntar. Frederick debería llevarte a casa.

Miro por la ventana, justo a tiempo para ver que estamos doblando la esquina hacia el Conservatorio.

—Ya he llegado. Estaré bien.

Por la naturaleza del trabajo, las expresiones de Logan son todas sutiles, pero puedo ver la incertidumbre en sus ojos. Su trabajo depende de mantenerme con vida, pero esta no es la primera vez que salgo en público sin él a mi lado, y no será la última.

El coche aparca y Logan sale, inspeccionando el camino desde la acera hasta la entrada del Conservatorio.

—¿Estás seguro?

—No soy un objetivo tan grande como papá piensa que soy. Pero si se convierte en presidente, estarás tan pegado a mí que al final empezaré a ver la lucha libre.

Le doy una palmada en la espalda y camino hacia el Conservatorio Nightlocke, e incluso con la docena de huellas que he dejado en la nieve, siento sus ojos sobre mí todo el tiempo.

3
EL COMPAÑERO

EDUARDO

Siempre me siento muy importante cuando alguien me abre la puerta. Puede ser un signo de cortesía para la mayoría de las personas, pero para aquellos asociados con el poder, se ve como respeto.

Doy las gracias al recibidor mientras entro en el Conservatorio Nightlocke, mirando hacia el techo abovedado de cristal mientras paso por seguridad. La nieve cubre el punto más alto, pero el resto del cielo gris se puede ver desde el interior. Estoy seguro de que el cielo nocturno debe ser majestuoso, pero veo cada estrella como un arma que hace que los celestiales sean más peligrosos. No, esas son las palabras de papá en mi cabeza. Las estrellas hacen que los celestiales sean más poderosos, no los hacen automáticamente peligrosos.

Las dos personas a las que es más probable que pueda llamar «amigos» me saludan. Está Luke Fey, cuyo padre congresista no pudo obtener suficientes donaciones para seguir postulándose como candidato presidencial y está preparado para respaldar a papá, lo que hace que las cosas sean menos incómodas para Luke y para mí, que nos conocemos desde hace casi cinco años. Y está Louise Kama, que no se avergüenza de que todos sepan que su padre es el principal jefe de las fuerzas del orden de la ciudad de Nueva York. Tengo algunos otros asociados, pero Luke y Louise son las únicas dos personas en la clase que tienen mi número de teléfono y siguen mi cuenta privada de Instagram, en la que ni siquiera publico porque soy demasiado paranoico; alguien podría traicionarme algún día.

—Mira quién ha llegado al final —dice Louise.

—¿He llegado tarde? —pregunto, comprobando la hora en el viejo reloj de mi padre. Su pelo rojo está metido debajo de una gorra de punto y sus brillantes ojos verdes siempre encienden algo en mí; la forma en que una vez me miró por un segundo demasiado largo nos llevó a nuestro primer beso—. No quiero estar a solas con Luke.

—Sabes que no tuviste suficiente —dice Luke. Sus ojos azules también son bastante magnetizantes, aunque mi parte favorita de él siempre ha sido la marca de nacimiento en forma de botella de champán en su cuello pálido. También besa bastante bien.

En un momento u otro, podría haberme visto saliendo con Louise o con Luke. Nos unimos mucho por nuestro odio a los celestiales, incluso a los inocentes. A diferencia de mí, no veo que su ira pierda fuerza. Tarde o temprano cederán y finalmente comenzarán a tener citas, y probablemente permanecerán juntos y también transmitirán sus enseñanzas. No voy a dejar que me derroten; aunque pretendo que sigo siendo uno de ellos.

—No me importa una hidra lo de Noah Nightlocke —dice Luke mientras nos unimos a nuestra maestra, la señora Fitzsimmons, y al resto de nuestra clase.

—¿Por qué has venido? —pregunto.

—Cambio de escenario —dice.

—Ajá.

Desde que Luke se unió a algunos de mis mítines hace años, nunca ha estado quieto; a veces subía al escenario antes de que yo terminara para que pudiera explotar con esta energía cargada contra los celestiales. Esa actitud hizo que me sintiera seguro con él.

Hay farolillos de papel decorados con estrellas colgando alrededor del Conservatorio, y también hay sansevierias que son más altas que todos mis compañeros, un busto blanco de Noah Nightlocke, su retrato, vitrinas con objetos suyos de todos los años, y el enorme telescopio de bronce en el centro de la habitación que ya tiene gente apiñándose a su alrededor para tomar fotos.

—¡Bienvenidos, D'Angelo High! —dice un hombre con un chaleco marrón—. Soy Deckard, y en nombre de todos los profesores del Conservatorio, estamos muy contentos de que podáis acompañarnos esta mañana.

—Pon una varita en mi cabeza si alguna vez soy un guía turístico —dice Luke—. A menos que sea en la Casa Blanca después de que gane tu padre.

Quiero ser sincero con él sobre cómo mi padre claramente no ganará, pero se espera que muestre apoyo por todos lados.

—Noah Nightlocke fue un celestial extraordinario que hizo descubrimientos aún más extraordinarios —dice Deckard, señalando el retrato. Noah está pintado con piel morena tan clara como la mía, ojos oscuros, mechas grises en su pelo negro y una media capa granate—. El señor Nightlocke tiene el récord de detectar las constelaciones más importantes que decoran nuestros cielos y empoderan a la especie celestial, como el Poeta Rescatado, el Lector en Alto y el raro Soñador Coronado, que resurgirá este septiembre por primera vez en sesenta y siete años… ¿Alguien sabe cuál es la próxima constelación principal que aparecerá?

La mano de nuestra compañera de clase Aria comienza a temblar, como si quisiera responder, pero no llama la atención.

El pobre Deckard mantiene su falsa sonrisa enyesada mientras espera a que alguien hable.

—Nuestra próxima constelación será el Fantasma Encapuchado en un par de semanas, y es impresionante, no os la podéis perder. Nuestra tienda de regalos tiene calendarios anuales para todas las constelaciones principales. El Fantasma Encapuchado beneficia a quienes tienen el poder de transformar sus apariencias, pero alienta a todos los que estén bajo sus estrellas a que hagan un balance de sus vidas y a que busquen un cambio para mejor.

Luke no se molesta en reprimir un bostezo.

Louise levanta la mano pero no espera a que Deckard la llame.

—Lo único que hacen esas constelaciones es inundar nuestras calles con celestiales, que usan sus poderes para aterrorizar a nuestra gente.

Deckard se ruboriza.

—Si bien es cierto que algunos delitos ocurren…

—Ocurren muchos delitos —interrumpe Louise—. Mi padre es el principal guardián de esta ciudad, y siempre me preocupa si volverá a casa o no.

Quiero detenerla, pero como alguien ya ha sacado su móvil y ha empezado a grabar otra de las victorias de Louise, no me pueden pillar defendiendo a un celestial sin que los medios lo usen contra la campaña de mi padre. Y que luego papá las tome conmigo.

—Suficiente —dice la señora Fitzsimmons.

—Bien —responde Louise, después de haber recibido su dosis.

He hecho muchas cosas despreciables en mi corta vida. Me alivia que salir con Louise o con Luke no esté entre ellas.

Deckard intenta recuperarse, pero se está sonrojando cada vez más por cómo fue tratado por una chica de diecisiete años cuyo padre podría hacer que lo arrestasen.

No es que los celestiales sean siempre culpables de los crímenes por los que están siendo acusados y brutalizados; una conversación con Bishop revelará lo orgulloso que está de encerrar a celestiales inocentes en el Confín antes de que puedan hacer algún daño.

Entonces, justo cuando parece que la lección sobre constelaciones continuará, el cielo se hace añicos.

El vidrio llueve sobre todos; la mayoría de nosotros estamos demasiado congelados para movernos, aunque algunos logran huir en medio de los gritos.

Dos mujeres caen encima de mí, una ahogando a la otra, y se estrellan contra el suelo.

Incluso antes de ver sus chalecos a prueba de poderes con el sello de su grupo, reconozco sus caras: son Aurora Lucero y Finola Simone-Chambers.

¿Por qué diablos las Portadoras de Hechizos se pelean entre ellas?

Sus maridos, Lestor Lucero y Konrad Chambers, cargan por la entrada e intentan acabar con la pelea. Aurora continúa estrangulando a su compañera de pandilla hasta que Finola rompe el control, usando su fuerza de potencia para apartar a Aurora y a sus maridos lejos de ella.

Sé que debería correr, pero es como si todos mis instintos se hubieran arruinado por tener un guardaespaldas. Si Logan estuviera aquí ahora mismo, su escudo podría evitar que cualquier fragmento de vidrio o celestial me dañara. Pero incluso cuando Aurora Lucero me mira, tengo los pies pegados al suelo.

La Portadora de Hechizos se lanza hacia mí.

4
EL OBJETIVO

EDUARDO

Voy a ser el próximo Iron en morir.

Esta es la primera vez que conozco a un Portador de Hechizos, y el resplandor oscuro en los ojos de Aurora Lucero me dice que será la última. Intento luchar contra ella, pero es inútil. Luke y Louise piden ayuda a gritos mientras se esconden detrás de una pantalla. Mi corazón se acelera cuando los dedos de Aurora se clavan en mis hombros.

Mi muerte será tan política como mi vida.

—Por favor, no hagas esto —le ruego—. Perdón por todo. Puedo hablar con mi padre; ¡me aseguraré de que nunca vuelva a buscar a tu gente! ¡Conseguiré que no se postule para el cargo! ¡Dame una oportunidad, por favor!

No puedo negociar, ha tenido suficiente con mi padre amenazando su vida. Es posible que solo se me permita hablar en escenarios con palabras que ni siquiera son mías, pero personas en la comunidad de esta Portadora de Hechizos han resultado heridas y asesinadas por mi culpa. Quizá no pueda volar como ella, pero mis palabras han sido poderosas; más peligrosas que la mayoría de los celestiales.

Aurora me golpea contra el suelo, mi espalda se retuerce de dolor.

No quiero morir, aunque mi padre ya no podrá usarme si lo hago.

Aun así, siento que estoy plagado de todas las pesadillas de muertes violentas que he tenido desde que mataron a mamá. Intento consolarme pensando en que tal vez muera rápido como ella, pero lo que quiero más que nada es vivir mi propia vida, convertirme en mi propio hombre.

Encontrame a mí mismo.

Pero no podré hacer eso. No podré por la granada de gemas que Aurora saca de su chaleco a prueba de poderes. La arroja hacia una esquina de la habitación, y Lestor Lucero salta al vuelo y la persigue. Aurora lanza otra sobre la cabeza de Finola, y ambos Chambers intentan atraparla; tal vez juntos puedan absorber la explosión.

Estoy sudando mientras miro la nieve que cae a través del techo, hasta el momento en que el Conservatorio explota en energía roja que nos traga enteros.

5
EL SOBREVIVIENTE

EDUARDO

Soy hombre muerto.

La explosión lo destruye todo: el metal del telescopio chirría cuando se parte, el último cristal se hace añicos, las paredes se derrumban, pero no debería escuchar nada. Debería estar en llamas, pero ni siquiera siento calor. En realidad tengo un poco de frío. El humo oscuro me impide ver nada, cuando de repente todo se siente más caótico. Huelo a carne quemada, siento la sangre empapando mis pantalones, estoy tosiendo y ahogándome. Me preparo de nuevo para algún tipo de explosión y no pasa nada. Me arrastro a través del humo, mi mano aterriza en la de otra persona. La recojo, y comprendo de inmediato que no está sujeta a un brazo. Tengo arcadas, listo para vomitar por todas partes.

Luego, mientras los vientos invernales alejan el humo, veo lo que queda de Aurora Lucero; la cremación es probablemente la mejor opción.

Todos deben estar muertos excepto yo... y la chica que sostiene mi hombro.

Inmediatamente, me da vibraciones del fantasma de una bailarina en una historia de terror. Pero considerando cómo ha debido salvarme la vida, tiene que ser una guardiana celestial, como en todas esas películas cursis hechas para la televisión.

La chica aprieta y siento como si todo mi cuerpo se desvaneciera, como si no fuera más que viento.

De repente, reaparecemos en la azotea de una farmacia cubierta de nieve. Luego en la estación de metro Union Square. Luego en la cocina de algún restaurante donde un cocinero está hirviendo arroz. Luego, en un armario de almacenamiento donde el polvo se acumula sobre las pertenencias de alguien. Luego en una juguetería con un niño que deja caer su tren cuando nos ve. Luego en un parque, donde el canto de los pájaros sería bienvenido después de toda la destrucción que acabo de escuchar si no tuviera tantas náuseas a causa de este viaje. Luego fuera de un banco. Luego, en medio del tráfico, tengo el corazón en el pecho mientras a duras penas evitamos ser aplastados por un camión. Luego en una escalera que huele a orina. Luego, dentro de un apartamento con una mesa de comedor de madera clara y un caldero encima.

No llego al caldero y vomito sobre la alfombra blanca.

No me había sentido tan enfermo desde que robé botellas del armario de licores de Luke y bebí con él en su habitación.

¿Ha muerto en el Conservatorio? ¿Louise también?

Me doy la vuelta para ver con más claridad a mi salvadora. Es blanca, baja y parece aburrida. No, su expresión está… vacía. Ella también debe estar conmocionada por todo lo que hemos vivido.

Me da vergüenza vomitar delante de ella, pero el daño ya está hecho, especialmente en su alfombra. Lo más probable es que sea la alfombra de sus padres, ya que supongo que debe tener quince o dieciséis años.

—¿Estás bien? —pregunto.

No dice nada.

—Gracias por haberme salvado.

Algunos celestiales hacen lo correcto con sus poderes. Mi padre lo sabe, no es que le dé crédito a nadie fuera de los que están a su servicio. Pero soy una prueba andante de que cuando un celestial intentó matarme, otro me salvó.

Pasos.

—Es a mí a quien debes dar las gracias —dice una anciana al entrar al comedor.

No importa el buen trabajo que haya hecho Luna Marnette al esconderse de los medios, todavía reconozco instantáneamente a la líder de los Regadores de Sangre por las pocas veces que alguien ha logrado ver a esta alquimista. Es más alta de lo que esperaba, y aunque su cuerpo parece frágil, se sostiene con tanta confianza que no estoy seguro de poder enfrentarme a ella en una pelea.

Retrocedo contra un armario con platos elegantes, asustado de Luna, como si fuera uno de los espectros que ha creado. Me vuelvo hacia mi salvadora de nuevo, preguntándome por qué un celestial está trabajando para una pandilla de espectros. Por otra parte, todo es posible en un mundo donde mi padre emplea a celestiales a pesar de que quiere arruinar sus vidas.

Miro la puerta y corro hacia ella. La bailarina fantasmal aparece de la nada y me golpea entre los ojos. Me patea con tanta fuerza que ruedo contra una pared, sin aliento.

—¿Qué vas a hacer, torturarme? —pregunto.

—La tortura es ciertamente más interesante que la ejecución —dice Luna, pasando por encima de mi vómito y tomando asiento en la mesa—. Pero no te he salvado para hacerte daño. Te he salvado para que me ayudes.

—¿Ayudarte?

—Te he dado una bendición, Eduardo. Dentro de una hora, el mundo creerá que estás muerto junto con los Portadores de Hechizos y cuantas almas inocentes estuvieran en ese Conservatorio contigo.

Mis amigos, mis compañeros de clase, los enemigos de mi padre. Están todos muertos.

—¿Y qué?

—He estudiado tu rostro durante todas tus apariciones recientes. Solías tener rabia en ti, pero eso está muy bien asentado. Veo tus dudas. Ya no compras lo que vende tu padre, ¿verdad? —Luna sonríe mientras me quedo callado—. Sigues jugando al hijo leal. Un papel bastante convincente. Deberías ser actor.

No me guiña un ojo, pero puedo ver en sus ojos verdes que está jugando conmigo.

—Las ambiciones de tu padre seguirán bloqueando tus sueños.

—Corta el monólogo y ve al grano.

—¿Te gustaría vivir tu vida lejos de tu padre? —No digo nada. No le digo que ese es mi sueño. Pero como todo lo demás que ha descubierto sobre mí, tal vez pueda leerlo en mi cara.

No sé lo que está proponiendo, pero si es algo así como hacer que comience de nuevo con alguna capacidad de protección de testigos, es más de lo que podría haber imaginado sobre el día en que le dé la espalda a mi padre.

—Esto está en tu futuro, pero no de inmediato —dice Luna—. No eres ajeno a trabajar para alguien que está tratando de cambiar el mundo. Pero necesito más acción que estar de pie en un escenario y hablar sobre tus sentimientos. Necesito infiltración.

Esto no tiene sentido.

—No voy a tener exactamente un gran futuro si me atrapan infiltrándome en vidas.

—Si todo va bien, nadie sabrá que eres tú. El Fantasma Encapuchado sale a principios de febrero. Esta constelación eleva los poderes de los pocos que tienen habilidades cambiantes. Un antiguo espectro mío, Adrian Paige, estuvo atrapado como un pájaro entre las apariciones del Fantasma Encapuchado… varios meses frustrantes, pero una lección bien aprendida para el próximo cambiante, para ti.

No puede estar pensando en serio en convertirme en un espectro, y no puedo estar tan desesperado por esconderme de mi vida como para aceptar transformarme en uno.

6
EL MENTIROSO

EDUARDO

No soy un prisionero, pero no puedo irme.

He deducido por la vista desde la ventana de la habitación de invitados que estamos en el centro de Brooklyn, a unos treinta minutos a pie del puente. Todavía tengo náuseas por todo el teletransporte que esa chica —cuyo nombre aún no sé— hizo para traernos aquí, pero no es por eso que he rechazado una comida caliente de Luna. He crecido con tantas historias de terror sobre cómo no se puede confiar en los alquimistas, y estoy nervioso por si Luna ha envenenado la comida y luego se niega a darme un antídoto si rechazo su oferta de convertirme en un espectro.

Esta habitación es bastante lujosa, como algunas de las elegantes suites en las que mi familia se ha alojado a lo largo de los años. Sábanas de seda sobre la cama de matrimonio, librerías de latón pegadas a las paredes con diarios fotográficos alineados en las estanterías y un cuadro deslumbrante de nuestro país en forma de estrellas, como una constelación de los Estados Unidos.

Veo las noticias en el televisor montado sobre la pared, cambiando de canal mientras todos cubren el ataque en el Conservatorio Nightlocke. Parece que algunas personas lograron salir vivas, pero no creo que eso incluya a Luke y a Louise. No estaban cerca de la puerta cuando las granadas de gemas explotaron. Tal como son —eran—, no los querría como amigos a largo plazo, pero tal vez ellos también podrían haber cambiado. Haber pasado página de cómo sus padres los criaron. Nunca lo sabré, porque los mataron tan rápido como un chasquido.

Siento tanta rabia, confusión y dolor por los Portadores de Hechizos. No sé si Aurora Lucero venía realmente a matarme o si fui un feliz accidente. Aunque papá me ha dicho que solo las personas estúpidas ignoran las coincidencias. Tengo que pensar que Aurora decidió cazarme para enviar un mensaje a mi padre y los otros Portadores de Hechizos no estuvieron de acuerdo. Todos han perdido sus vidas tratando de quitarme la mía.

¿Qué significa para los Portadores de Hechizos que todos los miembros originales se hayan ido? Las fuerzas del orden están ampliando su búsqueda para localizar a los niños, Maribelle Lucero e Iris Simone-Chambers, junto con Atlas Haas y Wesley Young. Se ha visto a esta generación más joven de Portadores de Hechizos salvando personas aquí y allá, pero no sin dañar la propiedad o herir a inocentes en el camino. Si son inteligentes, disolverán el grupo y nunca volverán a mostrar sus caras.

Es extraño ver aparecer mi nombre en todos los canales como si fuera la única persona notable en el Conservatorio Nightlocke.

Voy a Wolf News, la cadena que siempre ha defendido más a papá. Me sorprende cuando, en lugar de un informe de un presentador, veo imágenes reales de papá saliendo del Conservatorio con una máscara blanca alrededor de la boca y la nariz.

Lo acompañan los bomberos y sus guardaespaldas —Zenon Ramsey y el jefe de seguridad, Jax Jann—, y Logan también está allí, absolutamente miserable. Cree que podría haberme salvado porque piensa que estoy muerto. ¿Cómo se supone que voy a dejarle vivir esa mentira aplastante? Con suerte, el hecho de que papá sea la razón por la que volvieron a llamar a Logan protege su trabajo.

Papá se acerca a la multitud de reporteros y se quita la máscara. Necesito ver algo de él, algo que demuestre que me he equivocado acerca de su falta de amor por mí. Se aclara la garganta e intenta parecer fuerte en un momento en el que nadie podría esperar eso de él.

—*Los he perdido a todos. Un celestial me quitó a Esmeralda y ahora los Portadores de Hechizos han matado a Eduardo. Mi único hijo...*

Una lágrima se desliza por su mejilla.

—*Esto es lo que pasa cuando se habla por la justicia, por la seguridad. Hoy es mi familia y mañana será la vuestra.*

Los reporteros se gritan unos a otros para obtener respuestas a sus preguntas:

—*¿Por qué vinieron a por su hijo?*

—*¿Qué va a hacer al respecto?*

—*¿Saldrá de la carrera presidencial?*

—*¿Está preocupado por su seguridad?*

Papá les da la espalda a todos, pero las cámaras lo siguen mientras mira el Conservatorio caído, sin ninguna duda de que él es el último Iron vivo. Pero no estoy convencido con esas lágrimas que está exprimiendo para los medios; lo hace cada vez que intenta parecer más tenso ante su público. Sé la diferencia cuando su desamor es real y cuando es falso.

Estábamos juntos en la mansión cuando uno de las fuerzas del orden se acercó para informarnos que mamá había sido asesinada por un celestial. Papá cayó de rodillas y no podía respirar, y se negó a aparecer en los medios durante semanas porque no podía funcionar; eso era verdadero dolor. Mirarlo ahora confirma todo lo que he estado pensando durante años.

Este no es el rostro de un hombre que extrañará a su hijo.

Estaba feliz de ser el marido de mi madre, pero ser padre significaba mucho para él. Aparte de significar cualquier cosa más allá de tener un legado y un peón.

Es un mentiroso al que nunca le importaron mi vida ni mi muerte.

Me levanto y busco en el desván hasta que encuentro a Luna en un gran salón con un candelabro plateado y sofás de terciopelo verde. Se supone que debo estar aterrorizado por ella, por todo lo que mi padre me enseñó. Pero a mi modo de ver, ambos quieren usarme; al menos uno de ellos planea liberarme después.

Haré lo que sea necesario para convertirme finalmente en yo mismo, sea quien fuere.

—Estoy listo para cambiar.

7
EL ESPECTRO

EDUARDO

Cada noche que me voy a dormir, pienso en quién podría ser cuando me despierte, cuando tenga mis poderes.

Sería divertido convertirme en mis actores favoritos, pero no quiero jugar a los disfraces con la vida de una persona famosa; yo quiero mi propia vida. He tenido algunos momentos en los que desearía poder comenzar mi infancia de nuevo, tal vez convertirme en un niño pequeño que es adoptado y amado por sus nuevos padres y recibir la crianza que me perdí desde que mamá murió. Otras veces pienso en convertirme en un hombre adulto que parece tener las cosas claras.

Cuando tenga estos poderes, podré parecerme a cualquiera. Pero no tendré que preocuparme por elegir una forma permanente y perder mi cara para siempre. Aún así, estoy listo para explorar la vida como otras personas. Podemos escuchar a amigos y a extraños hasta que se pone el sol, pero nunca podemos conocer la historia completa de alguien sin pasar por el mundo en su propio cuerpo. Podría encontrarme a mí mismo después de esos viajes.

No ha respondido todas mis preguntas sobre lo que se espera de mí como espectro, pero Luna ha dejado claro que me convertiré en un Regador de Sangre que acaba con personas corruptas. Estoy cansado de debatir quién es bueno y quién es malo; quiero conseguir estos poderes y hacer el trabajo. Si alguna vez estoy en una situación que no me gusta, me transformaré en otra persona y huiré del país. Sencillo.

Las últimas elecciones primarias han mostrado un gran impulso para mi padre, pero todavía no creo que sea suficiente para obtener la nominación. Es un pequeño consuelo que, si lo hace, podré fastidiarlo. Tal vez me convierta en él y diga cientos de cosas escandalosas a los periodistas para reducir sus posibilidades. Pero son pensamientos como este los que apoyan todo lo que teme acerca de los artesanos de luz en su conjunto, y tomará medidas contra celestiales inocentes si le pongo más leña al fuego. La tentación de arruinar su vida sigue siendo muy fuerte, a decir verdad.

La noche del Fantasma Encapuchado, Luna me lleva a la azotea del edificio; la entrada está bloqueada por la chica cuyo nombre me enteré que es June. Todo lo demás sobre ella es un misterio muy grande, como dónde han estado los otros Regadores de Sangre estas últimas dos semanas desde que June me salvó en el Conservatorio Nightlocke.

—Es muy bonita —dice Luna, mirando la constelación.

Las estrellas están puestas como una máscara que una vez usé durante una obra de teatro en sexto curso. Miro los ojos brillantes con asombro, preguntándome qué ven cuando miran el mundo que está allí abajo.

¿Puede el Fantasma Encapuchado ver cuánto quiero cambiar?

—¿Por qué no te das el poder? —pregunto.

—Las constelaciones no son tan amables con la gente de mi edad —dice Luna—. Además, he diseñado un plan más grandioso para mí; uno en el que serás fundamental para lograrlo. —Mira por encima del hombro—. Es el momento, mi milagro.

Con su poder que salva vidas, June entra por la puerta como si ni siquiera estuviera allí.

No sé para qué es el momento, pero está claro que pronto seré diferente. Me convertiré en una de las personas a las que me educaron para odiar.

—Estoy nervioso —admito.

—Es normal. Puede que no ames tu vida tal como es, pero sigue siendo una de las comodidades con las que estás familiarizado. Los cambios más grandes son los que más duelen. Qué mejor momento para deshacerse de tu antiguo yo que bajo las estrellas del ícono de la transformación.

Luna se acerca a un caldero de acero que descansa sobre un generador y mezcla la poción que estoy a punto de beber.

Si voy a dejar mi vida atrás, quiero asegurarme de empezar de nuevo.

Eso comienza con un nuevo nombre.

Mi padre originalmente quería llamarme Edward Jr., pero mi madre quería que tuviera algunas raíces con mi lado dominicano, así que me convertí en Eduardo. Pero estoy arrancando todo lo que me conecta con mi padre; ya ni siquiera lo reconoceré como tal. Él es solo Edward. No, eso es demasiado personal. Para poder avanzar, será simplemente «el senador». Y usaré el apellido de soltera de mamá, Arroyo, como mi nuevo apellido.

¿Quién voy a ser?

Miro al Fantasma Encapuchado como si fuera a darme una respuesta.

—¿Te sabes los nombres de las estrellas? —le pregunto a Luna.

Luna se da la vuelta y señala.

—Las dos que están en la cima son Lerrel y Sillis. La más brillante sobre el ojo izquierdo es Shalev, y Mal está debajo, a la derecha. La más tenue es Ness.

—Ness —interrumpo, sintiendo que el nombre me ilumina como una luciérnaga rodeada de una oscuridad completamente negra. Me gusta que esta estrella sea la más tenue de toda la constelación. He pasado demasiado de mi vida en las etapas equivocadas y no me importaría pasar inadvertido hasta que esté listo para presentar la mejor versión de mí mismo—. Llámame Ness a partir de ahora.

—Muy bien, Ness.

Siento que ya me estoy deshaciendo de las influencias de mi padre.

Mientras me pregunto qué cambiaré a continuación, hay un sonido poco natural que nunca he oído en la ciudad. Es como un rugido agonizante. Me vuelvo hacia la fuente y encuentro a June de pie junto al caldero con un animal diminuto, la criatura cuya sangre necesitaré para tener esos poderes.

No sé mucho sobre los cambiantes, solo que son criaturas raras a las que generalmente se les da bien mezclarse. Este cambiante parece un elefante rojo bebé con una cola de león enrollada alrededor de sus patas de liebre.

No debe pesar tanto como parece, dada la facilidad con que June lo lleva, pero cuando lo coloca en el generador, el cambiante se acuesta de costado y veo una mancha de carne ensangrentada.

—¿Qué le ha pasado? —pregunto.

—Cazadores —dice Luna.

—¿Es tuyo?

—El trabajo fue hecho para otro alquimista. Interceptamos al cambiante.

Sabía que iba a fusionar la sangre de una criatura con la mía, pero no esperaba verla. Es como crear lazos afectivos con un pollo antes de que se convierta en tu cena.

—¿Qué vas a hacer?

—Sacar a la pobre criatura de su miseria y dejar que viva a través de ti —dice Luna mientras empuja hacia atrás su capa ceremonial y desenvaina un cuchillo de su cinturón—. No tienes que mirar.

Miro los ojos del cambiante; son tan amarillos como pétalos de girasol. Ness Arroyo tendrá fuerza, pero yo no soy lo suficientemente fuerte para presenciar esto. Le doy la espalda y deseo poder bloquear los sollozos del cambiante cuando Luna muestra misericordia.

—Está muerto —dice Luna.

Todavía no puedo mirar. Me quedo observando la constelación, recordándome una y otra vez que voy a encontrar la versión más compasiva de mí mismo en un futuro cercano.

Que mi racha de dolor terminará pronto. La muerte de una criatura esta noche es mejor que las miles de personas que morirían si Eduardo Iron estuviera presente para ayudar a su padre a convertirse en presidente.

Luna aparece y me entrega una poción.

Sé que no hay garantías de que me convierta en un espectro. Mucha gente ha sido envenenada o incluso ha muerto en el intento. Pero no voy a dar marcha atrás después de haber dejado morir a un cambiante para poder escapar de mi vida.

Desenrosco la tapa y miro a las estrellas mientras bebo la poción. Sabe a té con gusto a pescado y corre suavemente por mi garganta. Mi cuerpo parpadea a medida que mi frecuencia cardíaca se ralentiza y mis músculos se relajan, y se siente como si mis huesos crecieran y se encogieran rápidamente. Me siento febril y desearía que mamá estuviera cerca para hacerme compañía y alimentarme con nueces y miel hasta que estuviera mejor. Luna no parece preocupada, pero mi espantosa muerte podría haber sido su verdadero plan desde el principio; explotar mi intento de convertirme en un espectro para avergonzar la reputación del senador. Luego me dice que respire porque me necesita vivo, y me concentro en hacerlo. Es difícil cuando siento que ya no tengo control sobre mis propios pulmones. Quiero gritar de dolor al Fantasma Encapuchado, pero no sale ningún sonido.

Los mayores cambios son los que más duelen.

8
EL CAMBIANTE

NESS

Puedo ser quien quiera ser. Esa es la esperanza.

Los cambiantes son criaturas difíciles de categorizar debido a sus formas siempre inconstantes, y todavía no estamos seguros de si el que mató Luna podría transformarse en otros humanos, animales o criaturas. Esto último no es útil para Luna y tampoco quiero vivir mi vida como un pájaro. Nada de eso importa, ya que no he tenido mucha suerte convirtiéndome en alguien desde el Fantasma Encapuchado de ayer.

A veces, los espectros muestran signos de que tienen los poderes y luego no sale nada. Pero Luna está decidida. Ella me guía a través de meditaciones silenciosas que son tan largas que extraño el alboroto de la campaña. Me muestra fotos de personas —políticos, prisioneros, alquimistas— y me dice que cambie a ellas, siempre a un tris de gritarme de frustración antes de recobrarse.

—¿Qué me vas a hacer si esto no funciona? —pregunto.

—Me temo que tendremos que decidir si todavía me eres útil como Eduardo Iron o planificar una muerte que será más permanente —dice Luna.

Estudio en los diarios de Luna todo lo que sabe sobre espectros con sangre de cambiante, que es mínimo ya que la tasa de éxito no es tan alta como con otras criaturas, pero es un gran curso intensivo. Mantener una forma es difícil porque tienes que conservar todos los detalles en tu mente o todo se derrumbará. También hay una advertencia para no repetir una sola forma demasiadas veces, ya que puede obligarte a disociar y llevarte a la locura. Hay muchas notas sobre cómo tomar el tamaño de una persona no te da su fuerza, y cómo puedes hacerte pasar por alguien pequeño y atacar por sorpresa a un enemigo que no espera que seas tan fuerte. Lo que es realmente clave es que solo puedes transformarte en alguien a partir de lo que ves. Si no has visto la marca de nacimiento en la parte interna del muslo de alguien, el brillo no lo creará. Estos errores pueden hacer que te maten.

—¿Qué pasó con este cambiante? —pregunto, señalando un boceto de uno en el diario.

—Muerto —dice Luna.

—¿Quiero saber cómo?

—¿Quieres?

Hay suficiente presión acumulada.

Me siento frente al espejo de la sala y me preparo. Esta es mi segunda oportunidad definitiva, el tipo de regreso que normalmente solo obtienes si eres un fénix. Quiero vivir, pero no si eso significa ser desterrado a mi antigua vida. Tengo que demostrarle a Luna, y también a mí mismo, que puedo transformarme.

Me siento en el suelo, concentrándome en quién quiero convertirme; la familiaridad debería ayudar.

Empiezo con algo pequeño. Reemplazo la cicatriz de mi rodilla con una costra, el molar que se agrietó y tuvo que ser reemplazado, el pelo rizado que se engrasó antes de que la gente interviniera. Siento un movimiento dentro de mí, como olas que llegan lentamente a la orilla, y sigo perdiendo mi forma: un par de centímetros más corto, mis huesos encogiéndose; los músculos se desinflan a medida que pierdo el tono; se me va el vello corporal como si me lo estuviera afeitando; y, finalmente, mi cara es cinco años más joven.

Brillo en luz gris, y una vez que se desvanece, soy Eduardo Iron, de trece años, de pie con la misma sudadera y los vaqueros que he estado usando estos últimos días.

—Lo he hecho —digo con mi voz de mayor, sabiendo que tendré que aprender a regular este aspecto.

—Y tanto que lo has hecho —dice Luna con sueños en los ojos.

Mantener esta forma es más difícil de lo que describe el diario, y la luz gris me baña de nuevo y me devuelve todo lo que era.

No todo.

Eduardo Iron está muerto, como cree el mundo.

Ness Arroyo está vivo.

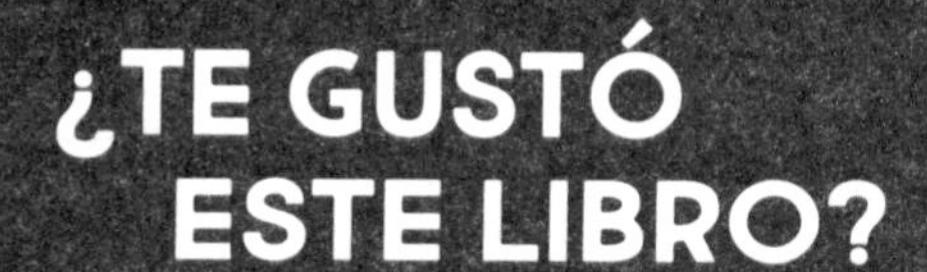

Escríbenos a

puck@edicionesurano.com

y cuéntanos tu opinión.

ESPAÑA /MundoPuck /Puck_Ed /Puck.Ed

LATINOAMÉRICA /PuckLatam

/PuckEditorial

¡Gracias por vivir otra
#EXPERIENCIAPUCK!

Ecosistema digital

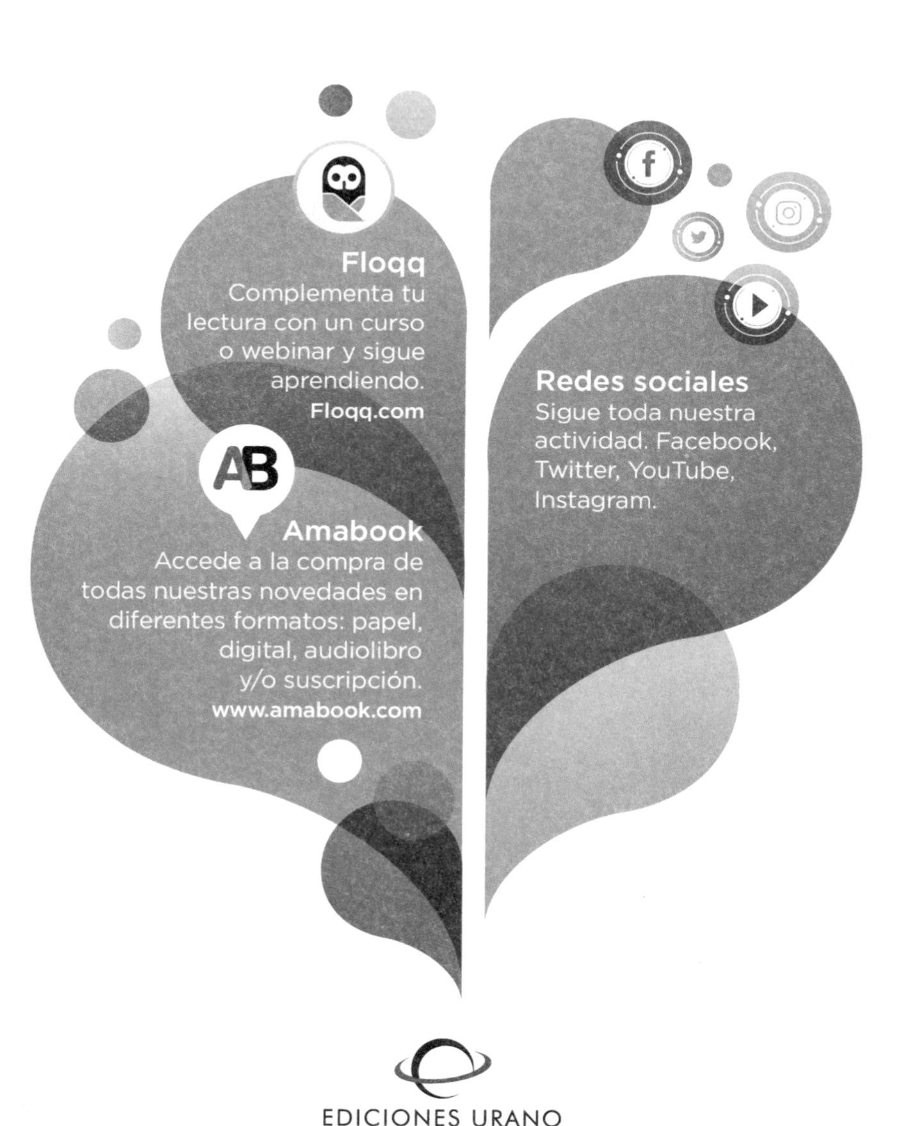

EDICIONES URANO